BASTEI
LÜBBE

Elizabeth Moon

Die letzte Siedlerin

Roman

Ins Deutsche übertragen von Marcel Bieger

BASTEI LÜBBE

BASTEI LÜBBE TASCHENBUCH
Band 24 242

Erste Auflage: Juli 1998

Deutsche Lizenzausgabe 1998 by
Bastei-Verlag Gustav H. Lübbe GmbH & Co.,
Bergisch Gladbach
Originaltitel: Remnant Population
Lektorat: Dr. Lutz Steinhoff / Stefan Bauer
Titelbild: Gary Rudell / Agentur Luserke
Umschlaggestaltung: QuadroGrafik, Bensberg
Satz: Fotosatz Steckstor, Rösrath
Druck und Verarbeitung:
Brodard & Taupin, La Flèche, Frankreich
Printed in France
ISBN 3-404-24242-4

Der Preis dieses Bandes versteht sich einschließlich der gesetzlichen Mehrwertsteuer

Für Betsy, die den Funken entzündete,
und Mary, Ellen und Carrie,
die darauf mit Wärme und Licht reagierten.

Danksagung

Dieses Buch besitzt eine ganze Anzahl von Patinnen, sowohl alte wie neue. Seine literarischen Vorgänger sind unter anderem ein Essay von Ursula K. LeGuin, *Die Wand* von Marlen Haushofer und ein Werk, das ich zwar noch nicht gelesen, von dem ich aber schon viel gehört hatte: *Two Old Women* von Velma Wallis (und das ich während der Arbeit an diesem Roman zu lesen angefangen habe) – und nicht zu vergessen all die Märchen, in denen weise alte Frauen über dieses oder jenes nicht unwichtige Wissen verfügen.

Aber ich hätte diese Geschichte niemals ohne die lebendigen Erfahrungen von Frauen wie Ofelia schreiben können, von der ich weit weniger gelernt habe, als ich es eigentlich hätte tun sollen.

Noch viele Personen mehr müßten hier erwähnt werden, und sie sind bestimmt nicht vergessen. Lois Parker hat bei der Überarbeitung mitgeholfen, und dabei kam vor allem ihre Bereitschaft zum Tragen, die vielen Erfahrungen ihres langen Lebens einfließen zu lassen.

Kapitel 1

Sims Bancorporation-Kolonie, Objekt 3245.12

Zwischen ihren Zehen fühlte sich die feuchte Erde noch kühl an, aber schon bildeten sich an ihren Haarwurzeln die ersten Schweißtropfen. Heute würde es noch heißer als gestern werden, und zur Mittagsstunde würden die wunderbar würzig duftenden roten Blumen der Tagesreben ihre Blütenkelche eingerollt haben und schlaff von den Ranken hängen. Ofelia preßte den Dünger fester gegen die Stengel der Tomatenpflanzen. Sie mochte die Hitze. Wenn ihre Schwiegertochter Rosara gerade nicht in Sichtweite war, nahm sie den Hut ab und ließ den Schweiß herunterströmen. Rosara machte sich immer große Sorgen, die Hitze könne Hautkrebs auslösen, und sie meinte auch, es schicke sich nicht für eine alte Frau, sich draußen im Freien aufzuhalten und nichts anderes auf dem Kopf zu haben als ausgedünntes graues Haar.

So ausgedünnt war es nun auch wieder nicht. Ofelia fuhr sich mit den Fingern an die Schläfe, als wolle sie eine lose Strähne zurückschieben; in Wahrheit vergewisserte sie sich aber nur des dicken Zopfs, den sie sich gebunden hatte. Ihr Haar war noch dicht, und ihre Beine waren kräftig, und mit ihren Händen konnte sie noch eine Menge anfangen, auch wenn diese vom Alter und der vielen Arbeit in ihrem Leben knotig geworden waren. Ofelia entdeckte ihre Schwiegertochter am anderen Ende des Gartens. Eine hagere, knochige Frau mit Haaren von der Farbe verbrannten Papiers und Augen, die schmutzigbraun dreinblickten. Rosara hielt sich selbst für eine Schönheit und war besonders auf ihre schlanke Taille und ihre weißen Hände stolz. Aber die Schwiegermutter wußte es besser. Sie hatte es immer schon besser gewußt, doch Barto wollte ja nie zuhören, wenn sie ihre Weisheit von sich gab; und so hatte er eben

Rosara mit dem knochigen Körper bekommen, die ihm keine Kinder schenken wollte. Sie sehe aus wie eine Schlange, hatte Ofelia einmal, aber nur einmal, gesagt.

Daß die Enkel ausblieben, bekümmerte sie weniger, als die anderen glaubten. Eine Schwiegertochter, die unabhängig genug gewesen wäre zu sagen, sie wolle keine Kinder, wäre ihr durchaus willkommen gewesen. Nein, vielmehr war Rosara wild entschlossen, ihrer Schwiegermutter all die kleinlichen Regeln und Gesetze aufzuzwingen, die dazu erfunden worden waren, die Tugend einer Jungfrau zu bewahren ... und das ging Ofelia nun wirklich gegen den Strich.

»Wir hätten mehr Bohnen anpflanzen sollen!« rief Rosara herüber. Das hatte sie schon bei der Aussaat erklärt, obwohl sie doch genau wußte, daß ihre Schwiegermutter schon jetzt nicht mehr wußte, wohin mit all den Bohnen, die sie normalerweise setzte. Die knochige Frau wollte, daß sie die Hülsenfrüchte nicht nur für den Eigenbedarf produzierten, sondern noch viel mehr, um sie zu verkaufen.

»Davon haben wir wirklich genug«, gab Ofelia zurück.

»Aber nur, wenn die Ernte was wird!« entgegnete die Schwiegertochter.

»Wenn aus der Ernte nichts wird, würde uns eine größere Aussaat nur noch mehr treffen.«

Rosara schnaubte über diese Antwort, ersparte sich aber weitere Einwände. Vielleicht hatte sie endlich begriffen, daß es ihr nichts einbrachte, mit ihrer Schwiegermutter zu streiten. Ofelia hoffte das jedenfalls und fuhr damit fort, an den Tomatenpflanzen zu arbeiten. Sie drückte hier und dort den Dung fester in den Boden oder band lose Rankenenden fest. Rosara behauptete immer, die Tomatenblätter würden bei ihr Juckreiz auslösen, und hielt sich deshalb von ihnen fern. Ofelia ging in die Hocke und lächelte breit, als sie daran denken mußte, und genoß den starken Geruch der grünen Früchte.

Dann wurden ihr inmitten der Pflanzen die Augen

schwer, und sie wurde erst wieder wach, als das schräg einfallende Licht der Nachmittagssonne durch die Reihen fiel. Licht, das ihr in die Augen drang, hatte sie immer schon geweckt. Und noch heute war sie sich nicht sicher, in den Kryo-Tanks überhaupt geschlafen zu haben, weil man in den Räumen die ganze Zeit das Licht hatte brennen lassen. Humberto hatte gesagt, das sei Quatsch, niemand bleibe im Kryo wach – und damit war für ihn der Fall erledigt gewesen. Ofelia hatte ihm nicht widersprochen, war sich insgeheim aber sicher, das Licht an Bord des Transporters bemerkt zu haben, weil es immer wieder durch ihre Lider gestochen hatte.

Während sie nun schläfrig zwischen den Tomatenreihen im Dung lag, sagte sie sich, wie wunderbar dieser Teil des Gartens doch aussah, wie ein kleiner grüner Dschungel. Und ausnahmsweise herrschte hier auch einmal Stille. Rosara mußte wieder ins Haus gegangen sein, ohne bemerkt zu haben, daß ihre Schwiegermutter eingeschlafen war. Vielleicht hatte dieses Miststück sie aber doch gesehen und sich nicht weiter darum gekümmert. Ofelia ließ das Schimpfwort auf der Zunge zergehen, sagte es immer wieder leise vor sich hin und genoß seinen Klang. Miststück. Schlampe. Sie kannte nicht sehr viele solcher Ausdrücke, und deswegen waren die wenigen ihr besonders kostbar. Mit diesen Beschimpfungen vermochte sie all den Ärger auszudrücken, für den andere bei allen möglichen Gelegenheiten einen ganzen Wortschwall verschleuderten.

Bartolomeos Stimme von der Straße drang hart in ihre Tagträumereien. Sie richtete sich rasch auf und seufzte zischend über die Schmerzen, die sich gleich in ihrer Hüfte und in ihren Knien einstellten.

»Rosara! Rosara, komm sofort heraus!« Er klang aufgeregt oder ärgerlich – vermutlich war er beides. So erging es ihm häufiger. Die meiste Zeit regte er sich über nichts auf, aber das gab er nie zu, nicht einmal später, wenn der Grund seines Grolls sich in Wohlgefallen aufgelöst hatte. Von all ihren Kindern war Barto ihr der am wenigsten Liebste, und das schon seit seiner Säuglingszeit. Der Kleine hatte immer besonders gierig gesaugt und an ihren Brustwarzen gebissen und gerissen, als könne sie ihm nie genug Milch geben. Aus dem nimmersatten Baby war ein ständig fordernder Knabe geworden, ein Sohn, den man nie zufriedenstellen konnte. Barto hatte sich unablässig mit den anderen Kindern gestritten und immer dann Fairneß verlangt, wenn ihm daraus ein Vorteil erwuchs. Als er ein Mann war, wurde es mit ihm nicht besser, und all die schlechten Eigenschaften, die sie an Humberto nie gemocht hatte, schienen bei ihm zehnmal so stark zutage zu treten. Aber er war das einzige Kind, das ihr geblieben war, und deswegen gab sie sich Mühe, Verständnis für ihn aufzubringen.

»Was ist denn?« rief Rosara ungehalten zurück. Entweder hatte Barto sie gerade aus einem Nickerchen gerissen (Mutter und Sohn waren sich wenigstens darin einig, Rosaras Mittagsschläfchen zu verurteilen) oder sie bei der Arbeit am Computer gestört.

»Die Firma! Die Firma hat die Konzession für diesen Planeten verloren!«

Seine Frau kreischte. Das konnte mehreres bedeuten: Entweder regte Barto sich ausnahmsweise einmal zu Recht über etwas auf, oder aber Rosara hatte gerade einen Pickel an ihrem Kinn entdeckt. Bei der knochigen jungen Frau konnte man nie so genau wissen, warum sie schrie – alle möglichen Ursachen kamen dafür in Frage. Ofelia rappelte sich auf die Knie und zog sich an einer Tomatenstange hoch, um auf die Füße zu kommen. Kurz verschwamm ihr alles vor den Augen, und sie wartete, bis sie wieder klar sehen konnte. Das Alter. Alle sagten ihr, im Alter ergehe es einem eben so, und es würde im Lauf der Zeit nur noch schlimmer. Eigentlich empfand sie es als gar nicht so furchtbar, in die Jahre gekommen zu sein. Nur wenn jemand wollte, daß sie sich beeilte, ärgerte sie sich, weil sie nicht mehr so schnell vorankam.

»Mama!« rief der Sohn jetzt aus dem Küchenfenster in den Garten. Ofelia war froh, wieder auf den Beinen zu stehen. Jeder, der sich nicht in ihrer Nähe aufhielt, würde glaube, sie arbeite gerade. Das verlieh ihr so etwas wie moralische Überlegenheit.

»Ja?« Sie entdeckte eine fette Raupe, und als Barto zu ihr gekommen war, hielt sie das Ungeziefer bereits zwischen den Fingern. »Da, bitte.«

»Ja, Mama. Hast du gut gemacht, Mama. Aber jetzt mußt du mir zuhören, das ist nämlich wichtig.«

»Dieses Jahr bekommen wir eine gute Ernte.« Sie ließ ihn nicht fortfahren.

»Mama!« Er beugte sich über sie und schob sein Gesicht ganz nah an das ihre heran. Jetzt sah er Humberto ähnlicher als je zuvor, obwohl ihr Mann viel freundlichere Augen gehabt hatte.

»Ist ja gut, ich höre dir zu«, entgegnete sie und legte die Hand wieder um die Tomatenstange.

»Die Firma hat ihre Konzession verloren«, schleuderte er ihr entgegen, als ob das für sie irgendeine Bedeutung haben müsse.

»Die Firma hat also die Konzession verloren«, wiederholte Ofelia, um anzuzeigen, daß sie aufgepaßt hatte. Er beschuldigte sie nämlich gern, ihm nie zuzuhören.

»Du weißt, was das heißt«, fuhr er ungeduldig fort, bequemte sich dann aber, es ihr zu erklären. »Das bedeutet, daß wir wegziehen müssen. Sie geben die Kolonie auf und reißen alles nieder.« Rosara war aus dem Haus getreten und näherte sich den beiden. Ofelia erkannte rote Flecken auf ihren Wangen.

»Aber das können sie doch nicht tun! Hier ist unser Zuhause –«

»Sei nicht so blöde, Rosara!« Barto spuckte auf die Tomaten, als seien sie seine Frau. Ofelia zuckte zusammen, und er sah sie wütend an. »Und du auch nicht, Mama. Natürlich können sie uns zwingen, von hier zu verschwinden. Schließlich sind wir ihre Angestellten!«

Angestellte, die kein Gehalt bekommen, dachte Ofelia bei sich. Die nicht in Pension gehen durften und nicht krankenversichert waren. Die nichts hatten außer dem, was sie selbst anbauten oder herstellten. Von solchen Angestellten erwartete man, daß sie sich selbst versorgten und auch noch einen Überschuß erwirtschafteten. Allerdings hatte diese Kolonie nicht die geforderten Mengen an Tropenhölzern bereitgestellt ... es war schon viele Jahre her, daß hier genügend Erwachsene lebten, um die verlangten Kubikmeter Holz zu schlagen.

»Aber ich habe mich doch hier so abgeschuftet!« heulte Rosara. Eine der seltenen Gelegenheiten, in der Ofelia ihr zustimmen mußte – zumindest fühlte sie jetzt ebenso wie ihre Schwiegertochter. Sie wich Bartos finsterem Blick aus, betrachtete ihre Pflanzen und konzentrierte sich auf den fransigen Blätterrand und die feinen Härchen, die von den Stengeln abstanden. Die ersten Blütenknospen saßen auf den Zweigen wie Kerzen an einem Kronleuchter, schienen aber bereit zu sein, sich dem Licht zu öffnen, um zu verbrennen und dann –

»Jetzt hört mir beide gut zu«, drängte ihr Sohn. Seine Rechte schob sich zwischen Ofelia und die Tomatenpflanzen. Die Finger legten sich auf ihr Kinn und drehten ihr Gesicht in seine Richtung. »Du bist immer noch im Rat abstimmungsberechtigt, Mama, und deswegen wirst du auch mit uns zu der Versammlung gehen. Stimm mit uns ab, Mama, denn wir haben immer noch die Chance, selbst zu beschließen, wohin man uns schickt.«

Eine Versammlung. Sie haßte solche Menschenansammlungen. Ihr fiel auf, daß er das seiner Frau nicht erklärte. Aber Rosara würde ohnehin mitgehen und sich bei allen Abstimmungen so entscheiden, wie er es von ihr verlangte.

»Jede Stimme zählt«, erklärte er ihr mit so lauter Stimme, als sei sie taub. »Sogar deine.« Barto ließ ihr Kinn los. »Geh jetzt ins Haus, und mach dich fertig.« Ofelia schob sich an ihm vorbei und achtete darauf, mit ihren bloßen Zehen nicht in die Nähe seiner hartbesohlten Stiefel zu geraten. »Und zieh dir Schuhe an!« schrie er ihr hinterher. Als sie sich ein Stück weit von ihnen entfernt hatte, hörte sie, wie die beiden sich unterhielten, erregt und rauh zwar, aber so leise, daß sie nichts verstehen konnte.

Sie hatte gebadet, die Haare gewaschen und das beste Kleid angezogen, das ihr geblieben war. Der Stoff hing lose von ihr herab, besonders an der Taille, weil es darüber nicht mehr viel gab, was das Kleid ausfüllen konnte. Der Saum hob sich an der Rückseite, woran ihr gebeugter Rücken schuld war. Die Schuhe – sie war seit Monaten nur mit nackten Füßen herumgelaufen – klemmten die Zehen ein und scheuerten an den Fersen. Nach der Versammlung würde sie Blasen an den Füßen haben. Waren die den ganzen Aufwand wert? Sie lehnte den Kopf an die Küchentür und hörte, wie Barto Rosara erklärte, daß man seine Mutter auf der neuen Welt sicher zwingen würde, sich schicklicher zu kleiden. Er meinte damit, daß sie dort die ganze Zeit über Schuhe und dunkle Kleider tragen mußte, wie das, das sie jetzt anhatte.

Ofelia ließ sich schweigend neben Rosara auf der Bank nieder und hörte den Geräuschen des Kummers und des Zorns zu, die den großen Raum anfüllten. Nur eine Minderheit sah den Umzug als große Chance und Gelegenheit an, etwas Neues zu tun – darunter ein paar Männer, noch weniger Frauen und ungefähr die Hälfte der Jugendlichen. Der Rest beklagte die verlorenen Jahre, den Verlust all dessen, was sie sich aufgebaut hatten, die große Not und das viele Elend. Wofür hatten sie hier jahrzehntelang hart gearbeitet? Sollten sie noch einmal ganz von vorn anfangen und sich der ganzen Plackerei von neuem stellen? Hier besaßen sie wenigstens schon Häuser und Gemüsegärten.

Carl und Gervaise beendeten schließlich das endlose Lamento, stellten die Wahlmöglichkeiten vor und beantragten die Abstimmung. Die beiden verloren aber kein Wort darüber, wer ihnen davon erzählt hatte. Ofelia glaubte nicht, daß die Firma ihnen überhaupt eine Wahl lassen würde. Vermutlich würde die Abstimmung ihnen rein gar nichts einbringen. Doch als Barto Rosara in die Seite gestoßen und ihr etwas zugezischt hatte, erhob sich Ofelia brav mit den beiden und stimmte so für Neubreit statt für Olcrano. Die Anwesenden entschieden sich mit Zweidrittelmehrheit für Neubreit, und danach erklärten nur noch die größten Sturköpfe, wie Walter und Sara, daß sie nie und nimmer dorthin gehen würden.

Erst am Ende der Versammlung, als sie sich erhob und umdrehte, bemerkte sie den Firmenrepräsentanten, der an der Tür lehnte. Er besaß das glatte, jugendliche und geschmeidige Aussehen eines Raumfahrers – jemand also, dessen Haut nur durch eine geöffnete Luke mit Sternenlicht in Berührung kam. Nie hatte ihm irgendwo eine Sonne die Haut gebräunt, nie ein Winter ihn frösteln lassen, nie ein Regen ihn durchnäßt und nie ein Wind ihn getrocknet. In seinen frisch gebügelten, makellos sauberen Kleidern und polierten Schuhen sah er aus wie ein Wesen von einem fremden Stern. Der Repräsentant sprach kein Wort. Bevor ihn jemand ansprechen konnte, drehte er sich um und verschwand nach draußen. Ofelia fragte sich, ob ihm jemand von den Schleimspuren erzählt hatte, aber natürlich besaß er Raumfahreraugen. Wo normale Siedler nichts mehr sehen konnten, vermochte er noch eine Menge zu erkennen.

Am nächsten Morgen stand sie noch vor dem Sonnenaufgang auf und ging gleich hinaus in ihren Garten, natürlich barfuß und in ihrem ältesten Arbeitshemd. Solange die Sonne noch nicht am Himmel stand, würde sie auch keinen Hut aufsetzen. Bald entdeckte sie draußen auf der Straße, die am Garten vorbeiführte, Bewegung. Die Firmenrepräsentanten in ihren schmucken

Raumfahreranzügen liefen vorüber. Ziemlich viele kamen an ihr vorbei, und alle trugen blaugraue Uniformen, deren Farbe an Morgennebel erinnerte. Blau und Grau waren die Firmenfarben von Sims Bancorporation.

Einer von ihnen blieb stehen und sah zu der alten Frau hinüber. »Ma'am«, grüßte er höflich, aber ohne zu lächeln.

Am meisten liebte Ofelia an der Morgendämmerung die Stille und die überall vorhandene Leere. Der Repräsentant blieb einfach stehen, als habe er ein Recht darauf, ihre Morgeneinsamkeit zu stören. Offenbar wollte er ihr ein paar Fragen stellen, und die Höflichkeit gebot ihr, sie alle zu beantworten. Sie seufzte leise und sah in eine andere Richtung. Wenn sie Glück hatte, würde er sie für eine verrückte alte Schachtel halten, mit der zu reden eine Zeitverschwendung wäre.

»Ma'am, haben Sie letzte Nacht an der Abstimmung teilgenommen?«

Nein, er würde nicht weitergehen. Sie sah ihn an und bemerkte seine Jugend und seine Andersartigkeit ... die Haut, die nie den Unbilden des Wetters ausgesetzt gewesen war; die Augen, die sie anstarrten, als ob er das Recht besäße ...

»Ja?« entgegnete sie nur. Aber die Sitte verlangte von ihr, nicht kurz angebunden zu reagieren, und so hörte sie sich selbst fortfahren: »Ich wollte nicht unhöflich sein, aber ich weiß nicht, wie ich Sie anreden soll ...«

Er lächelte belustigt. Galten die Gebote des Umgangs noch immer nicht unter den Raumfahrern? »Sie haben mich nicht beleidigt«, entgegnete er und trat noch näher. »Sind das echte Tomaten?«

Der Repräsentant hatte ihre Frage nicht beantwortet. Also mußte sie ihn direkter angehen. »Ich kann mich nicht mit jemandem unterhalten, wenn ich nicht weiß, wie ich ihn anzureden habe«, erklärte sie. »Ich bin Sera Ofelia.«

»Ach so ... Ich heiße Jorge. Tut mir leid. Sie erinnern

mich an meine Großmutter, und die hat mich immer Ajo gerufen. Wachsen die Tomaten hier wirklich im Freien … werden sie da nicht vergiftet?«

Sie strich mit einer Hand über die Blätter und setzte so den schweren Duft frei. »Ja, das sind Tomaten, und ja, wir pflanzen sie im Freien an. Aber natürlich tragen sie noch keine Früchte, sondern nur Knospen.« Ofelia drehte ein paar Blätter, um ihm die geschlossenen Blüten zu zeigen.

»Zu dumm«, sagte er wie jemand, der sich höflich für eine Unannehmlichkeit entschuldigt, die er selbst nicht tolerieren würde. »Sie haben einen so schönen Garten, und alles war umsonst –«

»Nein, nichts war umsonst«, erwiderte sie.

»Aber in dreißig Tagen müssen Sie von hier fort«, hielt der junge Mann dagegen. Sie mußte sich daran erinnern, daß sein Name Jorge lautete und er vermutlich eine Großmutter hatte, die ihren Enkel liebte; denn er machte den Eindruck, als sei das bei ihm nicht der Fall. Genausogut hätte er aus einem dieser wunderbar verpackten und glänzenden Pakete entsprungen sein können, wie Ofelia sie zu Weihnachten oder Ostern geschenkt bekommen hatte. Ja, wirklich sehr schöne Päckchen in hellen, lustigen Farben und ganz glatt an der Oberfläche. Gewiß war einer wie dieser Jorge nicht wie normale Kinder in Blut und Schmutz geboren worden. »Warum halten Sie sich noch mit dem Garten auf?« fragte er. »Sie sollten lieber anfangen, Ihre Sachen zu packen.«

»Ich mag die Gartenarbeit aber«, entgegnete Ofelia. Sie wollte, daß er weiterging, damit sie in aller Ruhe herausfinden konnte, was sich gerade tief in ihrem Innern getan hatte, nachdem er gesagt hatte, sie müsse hier fort.

Ofelia senkte den Blick. Unten schob sich eine Schleimrute über den Misthaufen und schien nach etwas Ausschau zu halten, das sie mit ihrem harten Körperteil durchbohren konnte – ihrer kleinen, hohlen Zylinderschale. Die alte Frau hob sie an ihrem weichen Hinterteil hoch und verfolgte, wie das Tier sich ausdehnte, bis es eine Länge von gut zehn Zentimetern erreicht hatte und dünn wie Garn geworden war. Dann schleuderte sie es mit einer geschickten Bewegung aus dem Handgelenk herum und ließ den Panzer auf dem Daumen der anderen Hand zerschellen. Ihr Daumen brannte einen Moment lang, aber als sie den entsetzten Gesichtsausdruck des jungen Firmenrepräsentanten sah, war ihr das jede Unannehmlichkeit wert.

»Was war denn das?« fragte er. Bei dem Gesicht, das er jetzt machte, erwartete er sicher, etwas furchtbar Schlimmes zu hören. Ofelia tat ihm den Gefallen. »Wir nennen diese kleinen Biester Schleimruten. Sie stechen, und zwar mit einem Stachel, der dünn wie eine Injektionsnadel ist. Den stößt so ein Tier in sein Opfer und fängt an zu saugen ...«

Mehr brauchte sie nicht zu sagen – der junge Mann wich bereits zurück.

»Kann der Stachel auch Schuhe durchdringen ...« Er starrte auf ihre nackten Füße. Ofelia grinste in sich hinein und fing umständlich an, mit einem Fuß an der Wade des anderen Beins zu kratzen.

»Das kommt ganz auf die Schuhe an«, antwortete sie. Vermutlich war der Stachel in der Lage, einen dünnen Stoffschuh zu durchdringen, der bereits Löcher aufwies. Aber aus irgendeinem unerfindlichen Grund griffen Schleimruten niemals menschliche Haut an (was sie dem Repräsentanten natürlich verschwieg). Am liebsten bohrten diese Wesen in die Stengel von Ofelias Nutzpflanzen, auch wenn sie dort nicht fanden, was sie suchten. Dafür blieben aber in der Pflanze Wunden zurück, für deren Heilung etliche wertvolle Kalorien aufgewendet werden mußten.

Nun gut, wenn der Bursche sich dann zurückzog, würde sie ihm gern noch mehr Schreckliches berichten.

»Sie müssen sehr froh sein, von hier fortzukommen«, sagte er schließlich.

»Entschuldigen Sie mich bitte, aber ich muß das Örtchen aufsuchen ...« Ofelia zeigte auf den Schuppen am hinteren Ende des Gartens. Damit errang sie endlich den Sieg. Der Jüngling errötete so sehr, daß es seine ganze Schönheit zunichte machte, und wandte sich abrupt ab.

Ofelia hätte beinahe gekichert. Der Repräsentant hätte eigentlich wissen müssen, daß die Siedler für solche Nöte im Innern der Häuser entsprechende Einrichtungen geschaffen hatten. Als allererstes hatten die Kolonisten den Bau des Abfallrecyclers in Angriff genommen.

Die alte Frau war froh, daß der junge Mann sie endlich in Ruhe ließ. Vorsichtshalber und für den Fall, daß er sich noch einmal umdrehte, watschelte sie tatsächlich den ganzen Weg bis zu dem Schuppen und ging hinein.

Ofelia war früher schon umgezogen. Wenn man versuchte, Sachen und Besitztümer zusammenzusuchen und mitzunehmen, dauerte der Auszug länger als dreißig Jahre. Die Repräsentanten hatten den Siedlern eingeschärft, daß sie rein gar nichts mitnehmen müßten und ihnen am neuen Zielort alles zur Verfügung gestellt würde.

Aber vierzig Jahre waren eben vierzig Jahre – für manche ein ganzes Leben; für einige sogar noch mehr als das. Nur wenige von den ersten waren noch übrig, und unter diesen war Ofelia die älteste. Sie besaß auch die lebendigste Erinnerung an andere Orte, und manchmal wachte sie mitten in der Nacht auf und sah eine Szene von einem anderen Planeten deutlich vor sich ...

... den Geruch von Getreidebrei, dem man mit Mezul Geschmack verliehen hatte – ein Gewürz, das sich hier nicht anbauen ließ. Sie erinnerte sich noch gut an den Tag nach Humbertos Tod, an dem sie den letzten Rest davon verbraucht hatte.

... wie die Straße vor ihrer Wohnung in Visiazh ausgesehen hatte. All die Planen, unter denen Händler Berge von Früchten und Gemüse, Stapel von bunten Stoffen oder Töpfe und Pfannen auf Regalen angeboten hatten. Früher hatte es eine Zeit gegeben, in der sie sich gesagt hatte, daß sie ohne diese Vielfalt an Farben, Geräuschen und Menschen nicht leben könne. Das erste Jahr auf dieser Welt hier hatte sie in Niedergeschlagenheit und Übellaunigkeit verbracht, bis sie die Blume mit den hellen Blüten entdeckt hatte, die am Rand ihres Gartens wuchs.

Ofelia hatte nicht viel zu packen. Während der letzten zehn Jahre hatte sie sich nur wenige neue Kleider aus dem einzigen Laden des Orts besorgt. Und ihre alten Andenken waren im Lauf der Jahre eines nach dem anderen verschwunden oder kaputtgegangen. Das meiste davon hatte sie ohnehin zurückgelassen, als sie und Humberto Kolonisten geworden waren, und den Rest hatten die Kinder zerbrochen oder die Insekten zerstört. Und was noch übriggeblieben war, war in den beiden großen Fluten untergegangen oder infolge der Wassermassen verschimmelt.

Sie besaß immer noch ein Chipbild, das sie und Humberto auf ihrer Hochzeit zeigte, Bilder von ihren beiden ersten Kindern und ein buntes Band, das sie in der Schule beim Buchstabierwettbewerb gewonnen hatte – von seiner Farbe war nur noch ein mattes Weißgrau übriggeblieben. Und natürlich die Obstschale von ihrer Schwiegermutter. Ein häßliches Stück, das all ihre Versuche, es vorsätzlich unbedacht zu zerbrechen, überstanden hatte – wo doch die schöneren und ihr wertvolleren Teile schon bei geringeren Anlässen heruntergefallen waren. Ofelia würde leicht in weniger als dreißig Tagen abreisebereit sein. Nur ... Sie lehnte den Kopf an den Griff des Spatens, der im Geräteschuppen an der Wand hing. Irgend etwas hatte sich in ihrem Innern verändert, als der junge Mann sagte, sie müsse von hier fort. Die alte Frau suchte nach diesem Wandel, wie sie bei anderen Gelegenheiten im schattendunklen Haus im Garnbeutel nach der Häkelnadel kramte.

Sie würde nicht von hier fortgehen. Ofelia blinzelte und fühlte sich mit einem Mal so wach wie schon sehr lange nicht mehr. Eine Erinnerung stieg klar und deutlich wie Morgentau, der auf seiner Oberfläche verzerrte Bilder seiner Umgebung reflektierte, in ihrem Bewußtsein auf. Bevor sie Humberto geheiratet hatte, und sogar noch vor der Zeit, als sie sich mit diesem Trottel Caitano eingelassen hatte, in den Tagen also, an denen sie gerade die Grundschule hinter sich gebracht hatte, hatte sie irgendwann einmal ihrem Vater mit dem Buchstabierband vor dem Gesicht herumgewedelt und ihm erklärt, daß sie nicht vorhabe, definitiv nicht vorhabe, die Schule aufzugeben und dafür bei Sims Bancorporation anzufangen, um dort nachts die Böden aufzuwischen.

Sie zuckte in Gedanken vor der Erinnerung an das zurück, was diesem Trotzanfall gefolgt war. Die Fakten sprachen ihre eigene Sprache, auch ohne daß sie die damaligen Emotionen wieder hochkommen ließ. In ihrer Not, als Putzfrau arbeiten zu müssen – sie, die ein Stipendium für die weiterführende Schule erhalten hatte, dessen sich dann aber Lucia bedient hatte –, hatte sie sich selbst etwas vorgemacht und sich eingeredet, Caitano sei der Richtige für sie.

Aber ... Sie zog sich vor all dem in die kühlen Schatten des Morgengrauens im Schuppen zurück. Heute war sie hier, und sie würde nicht von hier fortgehen. Ofelia fühlte sich plötzlich leicht, als falle sie, als sei der Boden unter ihren Füßen verschwunden und sie stürze hinab bis zum Kern des Planeten – war das ein Ausdruck von Freude oder von Furcht? Sie wußte es nicht zu sagen. Der alten Frau war nur klar, daß ihr Blut mit jedem neuen Herzschlag dieselbe Botschaft in Knochen und Muskeln trug: Sie würde nicht von hier fortgehen.

»Mama!« Barto stand in der Küchentür. Ofelia griff sich rasch das erste Werkzeug, das ihr in die Hände fiel, und trat aus dem Geräteschuppen. Eine Baumschere. Warum um alles in der Welt eine Baumschere? Hier gab es keine Bäume, die beschnitten werden mußten. Sie drehte sich zu ihrem Sohn um und fand die richtigen Worte.

»Ich kann die kleine Schere nirgendwo finden. Die für die Tomaten.«

»Mama, vergiß deine Tomaten. Wir sind nicht mehr hier, wenn es Zeit geworden ist, sie zu pflücken. Hör zu: Wir halten eine weitere Versammlung ab, weil die Firma gesagt hat, es würde sie nicht interessieren, für welche Welt wir mehrheitlich abgestimmt haben.«

Natürlich kümmerte sich die Firma einen feuchten Kehricht darum. Schließlich standen die Kolonisten bei ihr unter Vertrag und hatten sich gefälligst danach zu richten. Wenn Ofelia auch sonst nicht viel verstand, so hatte sie doch begriffen, was es bedeutete, sich mit Haut und Haaren den Herren der Firma verpflichtet zu haben. Sie würden genausowenig auf die Wünsche der Kolonisten hören, wie Humberto ihr zuzuhören pflegte. Davon sagte sie Barto jetzt natürlich nichts; denn damit würde sie nur einen neuen Streit auslösen, und auf ein Wortgefecht hatte sie nun wirklich keine Lust, vor allem jetzt nicht, in der schönsten Zeit des Tages, den frühen Morgenstunden.

»Barto, ich bin zu alt für solche Versammlungen«, erklärte sie ihm.

»Das ist mir klar.« Er klang ungeduldig wie immer. »Rosara und ich gehen hin. Wir möchten, daß du schon mal mit der Inventarliste anfängst.«

»Ja, Barto.« So war es für sie viel einfacher. Ihr Sohn und seine Frau würden an der Versammlung teilnehmen, und sie konnte so lange draußen sein und den Geruch des Gartens in den schönsten Stunden des Tages genießen.

»Und wir wollen frühstücken«, fügte er hinzu. Ofelia seufzte und brachte die Baumschere in den Schuppen zurück. Die Sonne verbrannte bereits den Morgendunst, und sie spürte die erste Hitze auf ihrem Kopf. Schon hörte sie Stimmen aus den anderen Häusern und Gärten. Rosara konnte doch das Frühstück zubereiten. Das tat sie doch auch sonst immer – weil ihr das nicht schmeckte, was ihre Schwiegermutter auf den Tisch brachte.

In der Küche vermengte sie Wasser und Öl mit Mehl, um Teigfladen herzustellen, und warf die kleinen Scheiben auf das Blech. Während die Stücke langsam braun wurden, schnippelte sie Zwiebeln, Kräuter, Wurstreste und kalte gekochte Kartoffeln darüber. Als die flachen Kuchen fertig waren, klappte sie sie über der kalten Füllung zusammen und gab noch Essig und Öl hinzu. So mochte Barto sie am liebsten. Rosara hingegen bestand auf einer warmen Füllung, aber das war Ofelia schlichtweg egal. An diesem Morgen hätte sie auch mit Eisenspänen vorliebnehmen oder hungrig bleiben müssen. Sie hörte auch gar nicht hin, als die Schwiegertochter ihre übliche Klagelitanei abließ und ihr Sohn sie mit den gewohnten Komplimenten bedachte. Als die beiden fertig waren und sich anzogen, kratzte die alte Frau das Backblech über dem Abfalleimer im Garten ab.

Nachdem sie gegangen waren, schleppte Ofelia den Eimer in den Garten und schüttete ihn im Abfallgraben aus. Danach schob sie Erde über die Kartoffelschalen, die Karottenenden, das Rübengrün, die Zwiebelschalen und die Kräuterreste. Die Sonne legte eine warme Hand auf ihren Nacken, und sie erkannte, daß sie wieder einmal ohne Hut ins Freie gelaufen war.

Das war mit Sicherheit einer der Vorteile, wenn sie hierbliebe. Niemand würde mehr mit ihr schimpfen oder ihr Vorwürfe machen, weil sie sich keinen Hut auf den Kopf gesetzt hatte.

Kapitel 2

Rosara und Barto kehrten in genau der Stimmung von der Versammlung zurück, die Ofelia erwartet hatte: Sie waren wütend, bedrückt und wollten ihre Enttäuschung an der alten Frau auslassen. Glücklicherweise hatte die Zusammenkunft der Kolonisten länger gedauert – offenbar hatten die Männer und Frauen sehr hitzig diskutiert –, und so hatte Ofelia die Zeit gefunden, mit der Inventarliste gut voranzukommen.

»Das Zeugs brauchen wir nicht«, erklärte ihr Sohn gleich zu der ersten von ihr aufgeführten Kategorie. »Ich habe dir doch oft genug gesagt, daß alles, was hier auf dieser Welt hergestellt worden ist, keinen Wert mehr für uns hat.« Er verschwand im Schlafzimmer, und aus den Geräuschen, die nun von dort zu hören waren, ließ sich leicht schließen, daß er alle Kleidungsstücke aus den Schränken riß und auf den Boden warf.

»Sie haben nur kategorisch festgestellt, daß wir kein Recht dazu hätten, uns unsere neue Heimat auszusuchen«, zischte Rosara. Die hagere Frau lief ruhelos in der Küche auf und ab und nahm unablässig irgendwelche Gegenstände in die Hand, um sie gleich wieder hinzustellen. »Die Repräsentanten haben verlangt, daß wir in genau neunundzwanzig Tagen abreisefertig sein müssen und jeder von uns lediglich zwanzig Kilogramm Gepäck mitnehmen darf. Natürlich legt man uns ins Kryo, und wir erfahren erst, wohin die Reise gegangen ist, wenn wir am Zielpunkt angekommen sind –«

»Barbaren!« Barto stand mit einem Berg Kleider in den Armen in der Tür. Ofelia bemerkte sofort, daß es sich dabei nur um Stücke von ihm handelte. »Alles, was wir hier geleistet haben – in so vielen Jahren ...« Sie erinnerte ihren Sohn nicht daran, daß er einige von diesen Jahren ein Baby und Kleinkind gewesen war, selbst nichts getan hatte und von anderen versorgt worden war. »Was soll denn aus der Kolonie selbst werden?« fragte Ofelia.

»Was interessiert mich das? Sollen sie sie zerstören oder vor sich hin faulen lassen, ist mir doch egal!« Er verschwand wieder im Schlafzimmer. Sie hörte, wie die Kleidungsstücke mit einem leisen, dumpfen Laut auf das Bett fielen.

»Mama, wo sind die Koffer?«

Ofelia mußte sich ein Lachen verkneifen und antwortete so ruhig, wie ihr das möglich war: »Wir haben keine Koffer, Sohn.« Wie kam er bloß darauf? Sie hatten nie Gepäckstücke gebraucht.

»Du und Papa müßt aber eure Sachen irgendwie hierher geschafft haben!«

»Die Firma hat uns eine Kiste zur Verfügung gestellt.« Der Behälter war für den Bau des Recyclers verwendet worden; genau wie die aller anderen Kolonisten. Alles, was man auf diesen Planeten hinunterbefördert hatte, war auf irgendeine Weise weiterverwertet worden.

»Die Repräsentanten haben gesagt, sie könnten uns nichts geben. Sie meinten, wir sollten unsere Besitztümer in irgend etwas verpacken, das sich im Laderaum verstauen ließe.« Er starrte seine Mutter so wütend an, als sei das ihre Schuld und sie habe sich jetzt gefälligst eine Lösung für dieses Problem einfallen zu lassen.

»Wir können ja eine Tasche nähen«, erklärte Ofelia. »Im Vorratsraum liegt doch noch soviel Stoff herum. Wenn wir den ohnehin nicht mehr für Kleider brauchen, können wir damit doch genausogut einen Behälter für unsere Habe herstellen.«

Du fliegst doch gar nicht mit, sagte sie sich, aber diese Frage beschäftigte sie dennoch. Immer schon hatte es ihr Vergnügen bereitet, praktische Probleme zu lösen. Schon beschäftigten sich ihre Gedanken mit dem, was sich in ihrem Gedächtnis noch über Gepäck fand, bevor sie sich entschlossen hatten, die Heimat zu verlassen und Kolonisten zu werden. Dabei handelte es sich um die Koffer anderer, denn Humberto und sie waren nie gereist. Die bestanden in der Regel aus irgendwelchen Materialien, die die Form von Kisten oder Röhren besessen hatten. Manche hatte man auch aus vorgestanzten Plastikteilen hergestellt. Bei den knapp dreißig Tagen, die ihnen noch blieben, würde es wohl am einfachsten sein, Gepäck zu nähen. Sie überlegte, wer von den anderen die Maschinen bedienen konnte, wer am flinksten mit Nadel und Faden umgehen konnte und wer am ehesten dazu geeignet war, die Schnittmuster herzustellen.

»Dann wirst du dich darum kümmern«, sagte Barto. »Und wenn du schon dabei bist, kannst du die Sachen hier gleich flicken.« Er zeigte mit einer weiten Armbewegung auf die Stücke, die auf dem Bett oder verstreut auf dem Boden lagen.

Ofelia wußte, daß es einfacher für sie sein würde, den ganzen Berg in die Nähräume des Gemeinschaftszentrums zu schaffen, statt sich jetzt mit ihrem Sohn herumzustreiten und ihn darauf hinzuweisen, daß die meisten Stücke gar nicht geflickt werden mußten. Oder daß er sie dort, wohin man sie befördern würde, vielleicht gar nicht brauchen konnte. Sie griff sich soviel von den Kleidern, wie sie tragen konnte, und wandte sich zur Tür.

»Warte mal! Was wird denn aus denen hier?«

»Barto, mehr schaffe ich nicht«, entgegnete sie, sah ihn aber nicht an. Er atmete schnaufend aus, und sie wußte, daß sein schlimmster Zorn verraucht war.

Ofelia trug die Sachen ins Zentrum, wo sie eine kleine Gruppe Frauen antraf, die draußen in der Vorhalle miteinander schwatzten. Als sie die alte Frau sahen, verfielen sie sofort in Schweigen. Schließlich fand Ariane als erste ihre Sprache wieder.

»Sera Ofelia ... darf ich dir mit dieser Last helfen?«

Ofelia hatte die junge Frau immer gemocht. Sie war eine enge Freundin ihrer Adelia gewesen.

Die beiden hatten als Mädchen miteinander gespielt ... Für einen Moment kehrten die Erinnerungen zurück, und sie sah die zwei, wie sie unter dem ersten Orangenbaum die Köpfe zusammensteckten und miteinander tuschelten. Nachdem Adelia gestorben war, hatte Ariane sie noch eine ganze Weile täglich besucht, mit ihr gesprochen und sie schließlich gebeten, die Taufpatin für ihr erstes Baby zu sein.

Ofelia lächelte die junge Frau an. »Barto will nur sichergehen, daß alle seine Kleider geflickt werden. Ich glaube nicht, daß das viel Arbeit machen wird.« Sollte sie Ariane von ihrem Vorhaben erzählen, aus dem Stoff in den Vorratsräumen Koffer zu nähen? Bestimmt würde jemand anderer auf die gleiche Idee kommen.

»Wir haben keine Kisten, Sera Ofelia«, klagte Linda. Auf diese junge Frau konnte man sich immer verlassen, wenn es darum ging, ein Problem offen zu diskutieren. »Ich weiß, daß unsere Eltern mit Behältern hier eingetroffen sind, die die Firma ihnen zur Verfügung gestellt hat. Aber niemand weiß, wo die abgeblieben sind, und die Repräsentanten wollen uns keine Kisten zur Verfügung stellen.«

»Die Behälter hat man seinerzeit dazu verwendet, die Wände des Recyclers zu bauen«, klärte die alte Frau sie auf. So etwas brachte man den Kindern in der Schule bei. Zumindest zu der Zeit, als sie selbst noch hier gearbeitet hatte. Linda hätte also eigentlich wissen müssen, wo die Kisten abgeblieben waren.

»Was sollen wir denn jetzt nur tun, Sera Ofelia?« Einige der hier versammelten Frauen wirkten verlegen. Und die alte Frau fühlte sich auch so. Allen hier war bewußt, daß man Ofelia nicht mit einem solchen Problem belasten durfte. Niemand erwartete, daß eine so alte Frau Lösungen anbieten konnte.

Sie spürte, wie boshafte Nichtsnutzigkeit in ihr erwachte, und unsinnige Antworten rasten lärmend wie ungezogene Kinder durch ihren Kopf. Ihr Bewußtsein geriet darunter fast aus den Fugen, und sie mußte sich anstrengen, ihre geistige Balance wiederzugewinnen.

Die alte Frau stellte sich vor, wie sie entgegnete: *Was habe ich damit zu schaffen, ich bleibe doch hier.* Aber dann erklärte sie laut: »Wir nähen Behälter zusammen, große Taschen, und zwar aus dem Kleiderstoff. Den brauchen wir jetzt ja doch nicht mehr.«

»Weißt du denn, wie so etwas geht?« fragte Linda. Ihre Miene zeigte Überraschung, und zwar so deutlich, wie es sich eigentlich nicht gehörte. Ofelia lächelte die Frauen der Reihe nach an und zwang sie so dazu, ihr Aufmerksamkeit zu schenken.

»Ich weiß, wie unsere besten Näherinnen neue Dinge planen und herstellen können«, antwortete sie. »Allein könnte ich das nämlich nicht –« Die traditionelle Verleugnung. Es galt als ungehörig, für sich Expertentum zu beanspruchen oder gar mit einem Wissen zu prahlen, das man ganz allein besaß.

»Meinst du, so etwas wie Tragesäcke?« wollte Kata wissen und klang hoffnungsvoll.

»Eher eine Art Kiste, nur eben aus Stoff«, erklärte Ariane.

»Haben wir denn dafür genügend Material zur Verfügung?« fragte Linda.

»Geh doch nachsehen«, forderte Ariane sie auf. »Dann kannst du uns berichten, wie viele Ballen dort liegen.«

»Wenn wir die Maschinen einschalten müssen, damit sie uns mehr Stoff anfertigen, sollten wir das so rasch wie möglich tun«, erklärte Kata, »am besten noch heute. Und das Material soll gerecht auf alle verteilt werden.«

Ofelia sagte nichts mehr und trat in den ersten Nähraum. Sie legte Bartos Kleider auf einen der langen Tische und fing an, die Sachen Stück für Stück auf Schäden durchzusehen. Die anderen Frauen kamen eine nach der anderen herein und unterhielten sich jetzt darüber, wie sie Stoffkisten für ihre Habe herstellen konnten.

Die alte Frau entdeckte an einem Hemd einen ausgefransten Ärmel und an einem Hosenbein einen kleinen dreieckigen Riß. Sie schaltete eine der starken Lampen ein, schwenkte das Vergrößerungsglas über die schadhafte Stelle und begann, den Riß zu flicken. Die Lupe hätte sie eigentlich gar nicht benötigt, denn ihre Finger ertasteten die Stoffränder fast noch besser, als ihre Augen sie sahen. Aber ihr gefiel die Art, wie das Glas den Faden wie dickes, fettes Garn erscheinen ließ.

Als sie mit den ordentlich gefalteten Kleidern im Arm nach Hause zurückkehrte, stand Rosara inmitten mehrerer Berge ihrer Besitztümer im Wohnzimmer. Ihre Augen waren gerötet, und sie sah aus, als würde sie sich jeden Moment übergeben. Ofelia nickte ihr nur zu und begab sich zum Schlafzimmer, um die Kleidungsstücke abzulegen. Der Raum war wieder aufgeräumt. Die Schwiegertochter hatte vermutlich all die Sachen aufgesammelt, die Barto durch die Gegend geworfen hatte. Auf dem Bett lagen weitere Stücke, die geflickt werden wollten. Die alte Frau nahm sie sofort an sich und eilte dann gleich ins Gemeindezentrum zurück, weil sie keine Lust hatte, mit Rosara zu reden.

Im Zentrum wimmelte es mittlerweile von Frauen. Sie hörte, wie der Fabrikator summte und klickte. Jemand mußte entschieden haben, daß sie noch viel mehr Stoff benötigten. In beiden Nähzimmern waren die langen Tische mit Stoffstreifen übersät. Zwei Frauen – Dorotea und Ariane – waren mit Schnittmustern beschäftigt, die sie aus dem dünnsten Tuch angefertigt hatten, und steckten mit Nadeln die Teile des ersten Stoffbehälters zusammen. Ein paar Kinder liefen mit besorgten Mienen herum.

»Das ist viel zu dünn!« schimpfte jemand und entfernte einen Streifen grünen Stoffs vom Tisch. »Für die Koffer brauchten wir das stärkste Tuch.«

»Aber es darf nicht zu schwer sein«, wandte eine andere Frau ein. Ariane sah von ihrer Absteckarbeit auf und bemerkte Ofelia.

»Hallo, komm bitte her, und sieh dir das einmal an. Meinst du, das reicht?«

Die Alte ging an den schwatzenden Näherinnen vorbei zu der Stelle des Tisches, an dem die ehemalige beste Freundin ihrer Tochter saß.

»Wir wollen die Arbeit so leicht wie möglich gestalten«, erklärte Dorotea. »So wenig Näherei wie nötig. Schließlich bleibt uns nicht mehr viel Zeit. Aber die Behälter müssen etwas aushalten können und dürfen nicht reißen. Und dann sollten wir uns eine Methode einfallen lassen, wie die Familien ihn als den ihren kennzeichnen –«

Ofelia warf einen Blick auf das rosafarbene Tuch, an dessen Enden die Stecknadeln glitzerten, und setzte ihre Last ab. »Paßt dieser Stapel hier hinein?«

Die beiden jüngeren Frauen legten die Stoffteile um die Kleider, die die Alte mitgebracht hatte. Das Ganze sah nun wirklich so aus wie die Koffer, die Ofelia in Erinnerung hatte – flache, kistenartige Gebilde. Aber der weiche Stoff hing zu schlaff über dem Inhalt.

»Das wird reichen«, meinte Ariane. »Doch jetzt stellt sich die Frage, wie wir die Teile aneinander befestigen.«

»Mit Klebestreifen«, schlug Dorotea vor. »Die Maschinen können sie in Nullkommanichts herstellen. Wir nähen sie dann an das lange Teil an, und zwar so, daß die Stoffstücke sich überlappen ...«

Ofelia wanderte weiter und betrat den nächsten Nähraum. Hier waren Josepha und Aurelia mit den Entwürfen beschäftigt. Ihre Behälter ähnelten zwar auch dem Grundmuster des Kastengebildes, aber sie hatten geschickt eine Falte eingelassen, so daß nur noch ein Stück Klebestreifen erforderlich sein würde. Ihr Koffermodell benötigte allerdings mehr Stoff, und die Falte mußte peinlich genau zusammengenäht werden.

Ariane folgte ihr wenig später und brachte den Stapel Kleider mit. »Ich habe die Sachen für dich geflickt«, erklärte sie. »Du mußt deine Augen nicht mit solchen Arbeiten überanstrengen, Sera Ofelia. Deine Idee mit den Koffern aus Stoff war –«

»Ach, das war doch nichts«, entgegnete die Alte automatisch. »Vielen Dank für deine Hilfe, Ariane.«

»War mir ein Vergnügen, Sera Ofelia. Und wenn du sonst noch etwas brauchst . . .«

»Nein, vielen Dank. Rosara und ich kommen schon mit allen anfallenden Arbeiten zurecht.« Schließlich hatte Ariane auch eine Familie zu versorgen. Davon abgesehen wäre ihre Bitte um Hilfe dem Eingeständnis gleichgekommen, daß ihre Schwiegertochter und sie nicht miteinander zurechtkamen. Das wußte zwar jeder in der Siedlung, aber alle taten so, als würden sie nichts davon mitbekommen. »Ich würde mich aber gern an der Behälterherstellung beteiligen«, erklärte sie. »Natürlich bin ich nicht mehr so geübt und flink wie früher, aber wir haben ja auch ein paar Sachen, die mitgenommen werden wollen –«

»Wenn du dir etwas Zeit nehmen kannst, wir freuen uns über jede Hilfe.«

»Barto hat das vorgeschlagen«, sagte Ofelia. Ariane verging das Lächeln. Sie verstand genau, was die alte Frau damit andeuten wollte.

»Vielleicht sollten wir erst einen fertigstellen. Der könnte uns dann als Modell für die anderen dienen«, meinte die jüngere Frau.

Ofelia schob eine Stoffbahn durch die Nähmaschine und achtete darauf, das Tuch gleichmäßig unter Spannung zu halten. Früher einmal war sie eine sehr gute Näherin gewesen, aber seit einiger Zeit hatte sie gelegentlich Mühe damit, sich auf die Arbeit zu konzentrieren, die gerade vor ihr lag.

Barto hatte sich bitter über die schiefen Säume im letzten Hemd beschwert, das sie ihm angefertigt hatte. Sie hatte im Lauf ihres Lebens so viele Hemden genäht, daß sie es mittlerweile leid war, die Säume glatt und gerade zu halten. Aber bei dieser Stoffkiste handelte es sich um etwas Neues, um eine Herausforderung, weil sie so etwas noch nie hergestellt hatte. Also mußte sie sich konzentrieren und darüber nachdenken, wie man die Ecken richtig zusammenfügte. Sie machte sich an die Arbeit und rief dann Ariane.

»Müssen die Ecken so viereckig sein? Wenn wir sie abrunden, können wir hier das Garn ansetzen und das Ganze insgesamt stabiler machen.« Die jüngere Frau nahm die Probe mit, um sich mit Dorotea darüber zu beraten.

Die Alte blieb einfach sitzen und schloß die Augen. In ihrem Innern schienen sich zwei Lager gebildet zu haben. Eine Stimme erklärte unaufhörlich: *Ich fliege nicht mit. Nein, ich bleibe hier.* Aber eine andere Stimme, die ihr wesentlich vertrauter war, machte sich Gedanken über die Herstellung der Stoffkoffer. Ofelia wußte, wie man ein Team anleitete und mit anderen zusammenarbeitete. Und sie hörte in der Regel auf die Stimme, die für sie zu sprechen pflegte. Die andere, die erste, kam ihr dagegen fremd vor.

Ariane kehrte mit Dorotea zurück. »Gut, wir runden die Ecken ab und setzen dann die Schnur ein. Sonst noch ein Vorschlag?«

»Nein ... entschuldigt, ich war gerade in Gedanken versunken.« Ofelia beugte sich wieder über ihre Arbeit, nähte um die Ecken herum und überließ es ganz ihren Fingern, den Stoff durch die Maschine zu führen. Sie hatte den Koffer fast fertig, als ihr bewußt wurde, wie schwierig es wohl werden dürfte, den Klebestreifen an die Ränder zu nähen, wo doch die Seitenteile schon am Boden befestigt waren.

»Wir sagen den anderen, daß die Klebestreifen zuerst angenäht werden müssen«, sagte Ariane. »Und du solltest dich jetzt etwas ausruhen. Es ist ja schon nach Mittag.«

Die alte Frau hatte die Zeit ganz vergessen. Schon immer hatte es ihr Spaß bereitet, sich den Kopf darüber zu zerbrechen, wie etwas funktionieren könne – obwohl ihr meistens jemand zur Seite gestanden und ihr Anleitung und Anregung gegeben hatte. So war sie es gewohnt, Anweisungen zu befolgen, genauso wie sie jetzt Arianes Vorschläge in die Tat umsetzte – auch wenn sich zwischen ihren Schultern ein Schmerz ausbreitete, weil sie zu lange vorgebeugt an der Nähmaschine gesessen hatte.

»Willst du mit uns essen?« fragte die jüngere Frau. Ofelia schüttelte den Kopf.

»Nein, ich sollte wohl besser nach Hause. Barto wird schon auf mich warten. Aber ich komme später wieder.«

Ariane umarmte sie, und zum ersten Mal spürte sie die Knochen unter dem Fleisch der jüngeren Frau. Ofelia betrachtete die Jugendfreundin ihrer Tochter. Ariane war auch in die Jahre gekommen. Sie bemerkte graue Stellen in ihrem Haar – die waren ihr vorher nie aufgefallen. In Ofelias Vorstellung war Ariane immer wie Adelia gewesen – und nie über die Zwanzig hinausgekommen, das Alter, in dem ihre Tochter verstorben war.

Als sie im Haus eintraf, waren Barto und seine Frau nicht da. Ohne die beiden strahlten die Räume Ruhe, Frieden und angenehme Kühle aus. Ofelia legte die geflickten Kleider auf das Ehebett und begab sich dann in ihr Zimmer. Jemand hatte alle ihre Sachen aufs Bett geworfen. Ein unordentlicher Haufen, der sich aus ihrer Unterwäsche, den Blusen, den Röcken und ihrem einzigen Kleid zusammensetzte. Die alte Frau mochte es nicht, wenn ihre Sachen so durcheinandergewühlt waren. Unterwäsche offen herumliegen zu lassen hatte etwas Unschickliches an sich, auch wenn sie so abgetragen und alt war wie die ihre. Schlaffe, unattraktive Gebilde in Beige und Weiß, dazu bestimmt, die Stellen zu bedecken, die von ihren mittlerweile viel zu weiten Kleidungsstücken ohnehin verdeckt wurden.

Nein, sie würde nicht mitfliegen. Und sie würde fortan auch keine Unterwäsche mehr tragen, sobald niemand mehr hier war, den so etwas hätte schockieren können. Bei der Vorstellung schlug ihr Herz schneller, und ein wohliges Gefühl sündiger Verruchtheit stieg von den Zehen bis zu ihrer Kopfhaut auf und badete sie in innerer Hitze. Ofelia kehrte ins Wohnzimmer zurück und schaute hinaus auf die Straße. Aber da zeigte sich niemand. Barto und Rosara aßen höchstwahrscheinlich im Gemeindezentrum. Sie kehrte in ihr Zimmer zurück und schloß die Tür hinter sich. Der Raum wies kein Fenster auf. Heimlich fing sie an, sich auszuziehen. *Im hellen Tageslicht?!* schimpfte sofort die öffentliche Stimme in ihr. *Und auch noch ohne ersichtlichen Anlaß?* Die neue Stimme, die sie stets aufforderte, hierzubleiben, schwieg jedoch. Einen Moment lang stand sie schwer atmend und nackt da. Dann legte sie sich Bluse und Rock wieder an, ließ die Unterwäsche aber auf dem Boden liegen.

Schamlose Person! empörte sich die öffentliche Stimme gleich. *So was von ungehörig! Schande über dich!*

Sie spürte, wie ihre Haut an Bauch, Hüfte und Oberschenkel den Stoff des Rocks berührte. Nun setzte sie einen Fuß vor den anderen und bewegte sich vorsichtig ein paar Schritte. Eine Brise schob sich zwischen ihre nackten Beine und schuf dort Kühle, wo vorher immer nur Hitze gewesen war.

Nein! wandte die öffentliche Stimme ein. *Das kannst du doch nicht tun!*

Die neue, die heimliche und private Stimme sagte immer noch nichts. Aber sie brauchte ja auch gar nichts von sich zu geben. Denn Ofelia konnte sich so etwas noch nicht erlauben, nicht so lange die anderen noch da waren und sie schelten und tadeln würden. Aber später ... ja, später würde sie nur noch das anziehen, was sich gut auf ihrer Haut anfühlte, ganz gleich was.

Rasch und ohne auf ihre Stimmen oder ihr eigenes Gefühl der Schamlosigkeit zu achten, zog sie Rock und Bluse wieder aus und die Unterwäsche an, jedes einzelne Stück, und danach die Oberbekleidung. Das würde sie weiter so halten, zumindest während der nächsten neunundzwanzig Tage.

Sie hatte sich gerade wieder angekleidet und angefangen, die Sachen auf ihrem Bett zu ordnen, als Sohn und Schwiegertochter zurückkehrten. Ihnen schien schon wieder eine Laus über die Leber gelaufen zu sein.

»Sie sagen, du wärst zu alt«, platzte es gleich aus Barto heraus, und er starrte sie an, als hätte sie sich aus einer Laune heraus dafür entschieden, alt zu sein.

»Du wärst schließlich Rentnerin und könntest nicht mehr arbeiten«, fügte Rosara hinzu.

Blödsinn. Sie hatte ihr ganzes Leben gearbeitet, und sie würde bis zur Stunde ihres Todes auch weiterhin tätig sein. »Mit deinen siebzig Jahren bist du vom Vertrag entbunden«, fuhr Barto fort. »Und deswegen kostet es die Firma zusätzlich, wenn sie dich woanders hinfliegen. Davon abgesehen wärst du der neuen Kolonie ja von keinerlei Nutzen mehr.«

Das überraschte sie nicht, ärgerte sie aber doch. Von keinem Nutzen mehr?

Glaubten die Repräsentanten, sie sei zu nichts mehr zu gebrauchen, bloß weil sie keine richtige Arbeit mehr hatte und sich nur noch um den Garten, den Haushalt und das Kochen kümmerte?

»Sie werden daher unser Konto belasten«, erklärte die Schwiegertochter. »Genauer gesagt, wir müssen ihnen die Kosten für deinen Transport zurückzahlen.«

»Im Vertrag steht zwar eine Rentenklausel«, ergänzte der Sohn, »aber weil du nicht wieder geheiratet und keine weiteren Kinder in die Welt gesetzt hast, sind dir ein Großteil deiner Ansprüche verlorengegangen.«

Davon hatte man ihr damals nichts gesagt. Sie hatten ihr lediglich mitgeteilt, daß sie ihren Produktivitätsbonus verliere, auch wenn sie weiterhin tätig sei. Von Abzügen an der Rente war nie die Rede gewesen. Aber schließlich stellte die Firma die Regeln auf. Und mit dieser neuen Bestimmung kamen sie ihr ja vielleicht sogar entgegen – erleichterten sie ihr damit doch die Entscheidung, nicht mitzufliegen.

»Ich könnte ja hierbleiben«, sagte die alte Frau leise. »Dann dürfen sie nicht mehr euer Konto belasten ...«

»Selbstverständlich bleibst du nicht hier zurück!« Barto schlug so fest mit der Faust auf den Tisch, daß das Geschirr klirrte. »Eine Rentnerin, hier ganz allein – du würdest elend zugrunde gehen.«

»Ich sterbe doch sowieso über kurz oder lang«, erwiderte Ofelia. »Und genau das meinen die Firmenrepräsentanten auch damit. Wenn ich aber zurückbleibe, müßt ihr für gar nichts aufkommen, nicht einmal für meine Beerdigung.«

»Aber, Mama! Du glaubst doch wohl nicht ernsthaft, daß ich dich hier zum Sterben zurücklassen werde! Weißt du denn nicht, wie sehr ich dich liebe?« Er sah aus, als würde er gleich in Tränen ausbrechen. Sein großes rotes Gesicht verzog und verzerrte sich in dem Bemühen, Sohnesliebe und -sorge auszudrücken.

»Vielleicht überlebe ich ja nicht einmal den Kryo. Immerhin heißt es doch, daß der Kälteschlaf für ältere Menschen recht gefährlich sei.« Sie sah seiner Miene an, daß er davon wußte – vermutlich hatten die Repräsentanten ihm das vorhin mitgeteilt.

»Immer noch besser, als hier zugrunde zu gehen, als einziger Mensch auf diesem Planeten.«

»Ich wäre dann aber mit deinem Vater zusammen«, entgegnete sie mit Bedacht; das Argument mit Humberto mochte bei Barto ziehen, der seinen Vater auch heute noch als gottgleichen Menschen sah, der einfach nie etwas Falsches hätte tun können. Allerdings haßte sie sich schon für diese Lüge, kaum daß sie sie ausgesprochen hatte.

»Mama, jetzt werde bitte nicht sentimental! Papa ist tot. Und zwar schon seit –« Er hielt inne und rechnete nach. Ofelia kannte die Antwort längst: seit sechsunddreißig Jahren.

»Ich möchte sein Grab nicht im Stich lassen«, fuhr die alte Frau fort. Da sie einmal mit dieser Lüge begonnen hatte, mußte sie auch damit fortfahren. »Und auch die Stätten von allen anderen ...« Die beiden Söhne, die sie verloren hatte, und die einzige Tochter, Adelia, die viel zu früh dahingerafft worden war. An diesen Gräbern hatte sie echte Tränen vergossen, und die würden auch heute noch dort fließen.

»Mama!« Er trat auf sie zu, aber Rosara stellte sich zwischen die beiden.

»Barto! Laß ihr doch ihren Willen. Natürlich sind ihr diese Menschen immer noch wichtig. Immerhin waren es ihre Kinder und ihr Mann.« Wenigstens hatte Rosara sie in die richtige Reihenfolge gebracht. »Und davon abgesehen ...« Aber die Schwiegertochter besaß das Talent, ihr Mundwerk im entscheidenden Moment nicht halten zu können und damit alles zunichte zu machen. Jetzt würde sie Barto erklären, daß das doch die beste Lösung für alle sei, auch wenn man der Schwiegermutter nicht einfach so erlauben dürfe, ihren Willen durchzusetzen. »Wenn sie wirklich lieber hierbleiben will«, fuhr Rosara fort und bestätigte in vollem Umfang das, was Ofelia erwartet hatte, »ersparen wir uns eine ganze Menge Kosten –«

»Nein!« Barto gab ihr eine Ohrfeige. Die alte Frau war klug genug gewesen, sich rechtzeitig aus seiner Reichweite zu entfernen. Daß Rosara zurücktaumelte und gegen sie prallte, störte sie wenig, bereitete ihr diese Züchtigung doch zu großes Vergnügen. »Sie ist immer noch meine Mutter, und ich werde sie nicht hier zurücklassen!«

»Ich gehe jetzt ins Zentrum«, erklärte Ofelia, »um dabei mitzuhelfen, die Stoffbehälter zu nähen.« Sie wußte, daß Barto ihr nicht hinterherlaufen würde. Das tat er nie. Vermutlich glaubte er, sie habe mit diesen Worten kapituliert und würde nicht mehr versuchen, ihren Willen durchzusetzen.

Später am Abend kamen die beiden nicht mehr auf den Vorfall zu sprechen und unternahmen auch sonst keinen Versuch, ihr das Vorhaben auszureden. Ofelia teilte ihnen mit, sie habe einen Koffer fertiggestellt und würde morgen wieder hingehen, um an anderen Stücken zu arbeiten. »Wenn die Maschinen genug Stoff herstellen, können wir für jeden Bewohner der Siedlung einen Behälter anfertigen. Bei der wenigen Zeit, die uns noch zur Verfügung steht, wird das zwar ein hartes Stück Arbeit, aber –«

»Rosara kommt morgen mit und hilft euch«, erklärte Barto.

Die Schwiegertochter arbeitete zu langsam und zu schlampig. »Alle Maschinen sind besetzt«, entgegnete die alte Frau. »Ich komme schon allein damit zurecht, die Koffer für unsere Familie zusammenzusetzen.«

»Und außerdem muß ich mich morgen bei der Berufsberatung melden«, wandte Rosara ein.

»Das ist doch einfach lächerlich, daß sie dich vor mir testen«, schimpfte der Sohn. Und dieser Einleitung folgte eine heftige Tirade über die Firma. Ofelia hörte wie üblich nicht hin.

Nach dem Essen reinigte sie das Geschirr und die Pfannen und trug die Reste in den Garten hinaus. Den ganzen Tag über hatte sie sich nicht dort aufhalten können. Sie atmete tief ein, um die Abenddüfte in sich aufzunehmen. Das Licht reichte gerade noch aus, um den Gleitkäfer zwischen den Pflanzenreihen zu erkennen und seinem Netz auszuweichen. Als sie zum Haus zurückgekehrt war, spähte sie vorsichtig durch die Küchentür. Niemand war dort. Die Tür zum Schlafzimmer der beiden war geschlossen. Gut so, dachte sie. Sie spülte Teller und Besteck und stellte sie zum Trocknen hin.

Am nächsten Morgen lautete ihr erster Gedanke: *Noch achtundzwanzig Tage.* Und gleich als nächstes dachte sie: *Ich fliege nicht mit. In achtundzwanzig Tagen bin ich frei!*

Sie war wie gewöhnlich recht früh aufgewacht, und als sie hinaus in den Garten trat, versperrten ihr die Nebel der Dämmerung die Sicht auf die Straße. Ofelia machte sich daran, Pflanze um Pflanze zu inspizieren. Die Bohnen mit ihren duftenden Blüten; die Tomaten, die noch jungen Maispflanzen und die verwinkelten, reichlich gedeihenden Ranken der Kürbisse. Einige der Tomatenblüten hatten sich geöffnet und wie winzige Lilien ihre Blütenblätter ausgebreitet.

Ofelia hörte, wie jemand munteren Schritts die Straße herunterkam, und duckte sich gleich. Ein Firmenrepräsentant hastete vorbei und schien es so eilig zu haben, daß er nicht einmal über den Gartenzaun schaute. Danach sputete sich die alte Frau mit ihrer Arbeit und pflückte nur die Blattfresser und Stengelsauger ab. Sie wußte, daß Barto sie dafür ausschimpfen würde, jetzt noch im Garten tätig zu sein, wo sie doch bald diese Welt verlassen würden. Womöglich würde er dabei so wütend, daß er die Pflanzen zertrat und zerstampfte.

Als Barto und seine Frau aus dem Schlafzimmer kamen, hatte sie den beiden schon das Frühstück auf den Tisch gestellt und lächelte sie an.

»Ich gehe jetzt ins Zentrum. Wahrscheinlich bleibe ich den ganzen Tag dort, weil wir soviel zu nähen haben.«

Und tatsächlich hatte sie bis zum Abend dort zu tun und verwandelte inmitten von Frauen und Kindern Stoffbahnen in Koffer. Wann immer die Schmerzen zwischen ihren Schultern zu groß wurden, kam jemand vorbei, um ihr den Rücken zu massieren und dann ihren Platz an der Nähmaschine einzunehmen.

Ofelia ruhte sich für eine Weile in dem gepolsterten Schaukelstuhl auf dem Flur aus und erzählte dort den Kindern Märchen. Es waren natürlich nicht ihre Enkel, aber sie hatte so viele Jahrzehnte lang kleinen Kindern Märchen erzählt, daß es mittlerweile gleich war, zu wem die Kleinen gehörten.

Hier im Zentrum redeten alle bei der Arbeit und spekulierten darüber, wo die Reise wohl hingehen würde und wie es auf der neuen Welt wohl aussehen möge. Ofelia ließ sich davon einnehmen und mußte sich mehrmals daran erinnern, daß sie nicht mitflog. Die anderen nannten sie stets ›Sera Ofelia‹ und suchten auch ihren Rat – da fiel es ihr natürlich nicht schwer, sich vorzustellen, weiterhin mit diesen Frauen zusammen zu sein, und wie schön es doch sei, kleine Kinder auf dem Schoß zu haben und jungverheirateten Frauen Tips zu geben, die mit ihrem Ehemann nicht richtig zurechtkamen oder sich mit einer Nachbarin zerstritten hatten.

Nur des Nachts, wenn sie im Bett lag, fiel ihr wieder ein, wie es sich angefühlt hatte, keine Unterwäsche zu tragen und den Stoff der Oberbekleidung überall direkt auf der Haut zu spüren. Ihre Hände wanderten über den Bauch und die Hüften.

Du bist sehr alt, sagte ihre öffentliche Stimme, eben die, die im Zentrum immer gewußt hatte, welcher Rat für die Frauen der richtige war. *Du bist alt und runzlig und jenseits der Gefühle, die du in deiner Jugend gehabt hast, als du erst mit Caitano und danach mit Humberto zusammengewesen bist.* So redete die gesellschaftsfähige Stimme zu ihr.

Aber die private Stimme, die neue, erklärte: *Ich gehe nicht mit. Die anderen fliegen ab, aber ich bleibe hier. Ganz allein. Und frei.*

Am nächsten Morgen wachte sie mit der Gewißheit auf, daß es nun nur noch siebenundzwanzig Tage waren. Und am nächsten, am übernächsten und an dem darauffolgenden erging es ihr ebenso. Sie verbrachte soviel Zeit wie möglich im Zentrum, half dort den anderen dabei, ihre Koffer herzustellen, beriet sie dabei, was sie mitnehmen und wovon sie sich verabschieden sollten, nahm die Allerkleinsten in die Arme, wenn sie sich einsam fühlten oder Angst hatten, und erzählte den größeren Kindern Märchen. Tagsüber gehörte sie zu den anderen und war Bestandteil der Gruppe, denen alles genommen werden sollte, was sie in vierzig Jahren geschaffen hatten und die trotz ihrer Hilflosigkeit und Hoffnungslosigkeit durchhielten und weitermachten.

Doch in der Nacht, wenn sie allein war, verwandelte sie sich in eine ganz andere Person, die sie selbst nicht so genau kannte, an die sie sich aber aus fernen Kindertagen zu erinnern glaubte.

Dann waren es nur noch fünf Tage. Aber die Firma hatte die Siedler schon wieder belogen. Schon startete das Shuttle zum Rückflug in den Orbit und hatte die ersten Passagiere an Bord. Die Dreißigtagefrist hatte lediglich für den Zeitraum gegolten, in dem hier auf dieser Welt alles zusammengepackt und aufgeräumt sein mußte, nicht aber die Frist gemeint, bis die ersten diesen Planeten zu verlassen hatten. Jeder Kolonist erhielt eine Nummer, und nach denen wurde bei der Evakuierung vorgegangen. Frauen und Kinder flogen als erste nach oben, weil Kinder nur Arbeit machten und im Weg herumstanden. Unverheiratete Erwachsene kamen demgemäß als letzte an die Reihe.

Ofelia drückte die Kleinen zum Abschied, die sie mittlerweile als Ersatzgroßmutter angenommen hatten, und winkte ihnen zu, als man sie ins Shuttle führte.

Schon eine Stunde später landete die nächste Raumfähre. Die Firmenrepräsentanten hatten vorher erklärt, daß ein perfekter Evakuierungszeitplan vorliege, der exakt eingehalten werden würde.

Jedesmal, wenn ein Shuttle oben am Schiff andockte, hatte man die Habe der vorangegangenen Gruppe bereits in den Frachträumen verstaut und gekennzeichnet und die Kolonisten selbst in die Kryotanks gelegt.

Zehn Fähren pro Tag, und das fünf Tage lang. Das letzte Shuttle würde rechtzeitig abheben, um die gesetzlich vorgeschriebene Frist von dreißig Tagen einzuhalten.

Ofelia konnte es kaum fassen, wie rasch die Siedlung sich leerte. Am Ende des ersten Tages mußte sie unwillkürlich an die schreckliche Zeit nach der ersten großen Flut denken, bei der so viele ihr Leben verloren hatten.

Am Ende des zweiten Tages sahen diejenigen, die sich hier noch aufhielten, einander mit großen Augen an.

Die Repräsentanten liefen überall herum, hielten die Menschen zur Arbeit an und unternahmen alles, damit keine Panik ausbrach. Ofelia mußte immer noch Mahlzeiten zubereiten und danach spülen, denn sie sollte erst mit der allerletzten Fähre abfliegen – wie die Firmenvertreter ihr oft genug ins Gedächtnis zurückriefen.

Rosara und Barto waren für den ersten Flug am letzten Tag vorgesehen und protestierten dagegen, von Ofelia getrennt zu werden. Sie hörte, wie die beiden den Repräsentanten klarzumachen versuchten, daß man der alten Frau nicht trauen dürfe, daß sie schon sehr betagt sei und daß sie immer wieder das eine oder andere vergesse. Die Vertreter sahen Ofelia dann an, und sie senkte den Kopf und tat so, als habe sie nichts gehört. Dabei wußte sie, daß die Firma nicht vorhatte, auf die Einwände von Barto und Rosara Rücksicht zu nehmen.

Am letzten Tag riß der Wecker sie früher als gewöhnlich aus dem Schlaf. Draußen war es noch dunkel, und der Morgennebel legte sich kühl und feucht auf ihre Haut, als sie ihren Sohn und ihre Schwiegertochter zum Landefeld begleitete. Die beiden stellten sich in der Schlange an. Dann kam das Shuttle, und seine Lichter zeigten sich in der Nachtfinsternis als verwischtes Glühen. Die Reihe setzte sich in Bewegung, und der Moment des Abschieds war gekommen.

Rosara umarmte Ofelia heftig, und Barto sagte mit unsicherer Kinderstimme: »Mama ...«

»Ich liebe euch«, entgegnete die alte Frau und schob die beiden von sich. »Los, ihr dürft nicht zu spät kommen, sonst werden die Firmenleute ärgerlich.«

»Sei du auch pünktlich«, ermahnte Barto sie und starrte sie an, als wolle er in ihren Kopf hineinsehen und dort die neue Stimme finden, die das Lied der Freiheit sang.

»Mach dir keine Sorgen, Junge«, sagte sie nur. Bis er

herausgefunden hatte, daß sie nicht mit an Bord gekommen war, würde es für ihn längst zu spät sein, noch etwas zu unternehmen. Sobald die Fähre mit den beiden abgehoben hatte, stand ihr ein ganzer Tag nur für sie allein zur Verfügung, bis ihr ... bis das Shuttle schließlich aufsetzen würde, das sie nicht vorhatte zu besteigen.

Sie trottete zurück, vorbei an der Schlange, die sich schon für die nächste Fähre formierte, und betrat das Haus. Nun war es ganz allein ihr Haus. Die neue Stimme ertönte lauter und beharrlicher. Sie teilte Ofelia mit, daß sie sich ein Versteck suchen mußte. Die Firmenrepräsentanten würden der Form halber wenigstens einen Versuch unternehmen, sie aufzuspüren. Einen Kolonisten einfach zurückzulassen ging natürlich nicht. Und wenn sie Ofelia finden sollten, würden sie sie mit Gewalt an Bord der Fähre bringen.

Hinter dem Haus und noch jenseits des Gartens erstreckte sich ein Stück Weideland. An dessen Rand erhoben sich schlanke Pflanzen, die aus dem ursprünglichen Boden wuchsen, sie waren wagemutig genug, es mit den Bakterien im terrageformten Erdreich aufzunehmen.

Noch weiter hinten zeigten sich die mannshohen Sträucher und dann die Riesen des einheimischen Waldes. Wenn Ofelia unbemerkt die Weide überqueren konnte, würde sie ungesehen zwischen Gestrüpp und Bäumen verschwinden. Die Vertreter würden keine ausgedehnte Suche unternehmen – höchstens ihr Haus auf den Kopf stellen, sie rufen, dann fluchen, sie noch einmal rufen und sich dann zu ihrer Fähre begeben.

Im ersten grauen Schein der Dämmerung machte die alte Frau sich mit Vorräten für mehrere Tage, die sie in einem Kopfkissenbezug mit sich trug, auf den Weg durch den Frühnebel. Sie hatte auch ein Säckchen mit Samen dabei – für den Fall, daß die Repräsentanten ihren Unmut am Garten ausließen. Ofelia wollte dann wieder neu einpflanzen, und über mehr machte sie sich noch keine Gedanken ... Der Weideboden fühlte sich unter ihren Füßen wie ein nasser Schwamm an. Die taubedeckten Halme wischten über ihre Unterschenkel und befeuchteten den Saum ihres Rocks. Irgendwann wurde ihr bewußt, daß sie womöglich im Gras eine Spur hinterließ, die sich dunkel auf dem von der Nässe silbergefärbten Weideland abzeichnen würde. Sie konnte nur hoffen, daß so früh am Morgen niemand einen Blick auf dieses Stück Land warf. Und wenn doch, würde man vermutlich annehmen, daß ein Tier hier entlanggelaufen sei.

Aus der Ferne drang das Geblöke von Schafen an ihr Ohr, und sie fragte sich, ob man das Vieh einfach seinem Schicksal überlassen wollte. Ofelia hoffte es und freute sich schon, weil sie gern strickte und häkelte.

Das hohe Unkraut jenseits der Weide fuhr mit seinen rauhen, feuchten Blättern über ihr Kleid und machte es bis zur Hüfte naß. Dann hörte sie hinter sich Stimmen. Doch sie war nicht gemeint. Die Rufe mahnten die zur Eile, die das nächste Shuttle besteigen sollten.

Nun erreichte sie die Sträucher, und zum Nebel gesellte sich tiefe Schwärze.

Als sie den Wald erreicht hatte, setzte sie sich unter einen Baum und verschnaufte. Außerdem war es hier viel zu dunkel, um weiterzugehen. Ofelia war schon öfter, als ihr lieb war, über Wurzeln gestolpert oder gegen Äste geprallt. Bald drang erstes Licht durch das dichte Laub, und je höher die Sonne stieg, desto mehr Formen und Farben ließen sich ausmachen. Hoch oben in den Wipfeln regte sich etwas, ratterte und quiekte. Die alte Frau fuhr kurz zusammen, floh aber nicht.

Irgendwann hatte die Sonne den Nebel aufgelöst. Sobald Ofelia mehr erkennen konnte, richtete sie sich wieder auf und marschierte langsam weiter. Sie schaute nach unten und hob die Füße, um nicht noch mehr blaue Flecken zu bekommen. Nach Humbertos Tod hatte sie einige Male den Wald aufgesucht und dabei festgestellt, daß sie sich hier zurechtfand und jederzeit wieder hinausgelangen konnte. Die anderen hatten ihr das nicht glauben wollen und sie so lange mit Sorgen und Vorwürfen genervt, bis sie diese Wanderungen eines Tages eingestellt hatte. Und heute, als sie sich wieder hier befand, fürchtete sie nicht im mindesten, sich zu verirren.

Als sie Hunger bekam, ließ sie sich wieder nieder und nahm etwas von den Vorräten im Kopfkissenbezug zu sich. Danach grub sie ein Loch, hockte sich darüber, erleichterte sich und schob dann Blätter über die Stelle. Als das Licht am späten Nachmittag schwächer wurde, suchte sie Äste und Laub zusammen, um sich ein kleines Nest für die Nacht zu bauen. Ihre Fähre sollte kurz nach Sonnenuntergang abheben. Ofelia rechnete damit, daß danach noch ein Shuttle landen würde, um die Firmenrepräsentanten aufzunehmen. Deswegen wäre es sicher ratsam, während der nächsten zwei Tage nicht nach Hause zu gehen.

Kapitel 3

Falls sie überhaupt nach ihr riefen, so bemerkte sie nichts davon. Und falls sie nach ihr suchten, so kamen sie nicht einmal in ihre Nähe. Ofelia lag in der Dunkelheit noch lange wach auf ihrem Lager, wartete, lauschte und hörte doch, bis auf das Donnern der abhebenden Fähre, nichts von den Repräsentanten. Dafür vernahm sie Rascheln im Blattwerk. Etwas fiel durch die Äste über ihr, plumpste von einem zum nächsten und krachte dann ein gutes Stück von ihr entfernt auf dem Boden auf.

Etwas später ertönte ein leises Surren, das sich wie ein gedämpfter Warnruf anhörte. Dann ein widerhallendes Geräusch, wie von Steinen, die in bestimmten Intervallen gegeneinander gestoßen wurden. Ihr rasender Herzschlag verlangsamte sich allmählich, als die Erschöpfung in ihren Augen brannte und die Furcht in ihr verbannte. Endlich fiel sie in Schlaf, auch wenn sie nicht wußte, wie lange die Nacht andauern würde.

Sie erwachte noch vor dem Morgengrauen vom Donnern eines weiteren Shuttles, das bei der Siedlung landete, fühlte sich naß und durchgefroren und konnte nicht wieder einschlafen, so sehr sie sich auch dazu zu zwingen versuchte. Als das erste Tageslicht durch den Waldbaldachin drang, glaubte Ofelia zunächst, das müsse ein Trugbild sein und ihre Augen, die der Finsternis müde waren, spielten ihr einen Streich. Doch langsam nahmen die Bäume in ihrer Umgebung Gestalt an, und über ihr zeichneten sich trübe Schatten dunkel gegen das erste farblose Licht ab. Als die Morgensonne stark genug geworden war, daß sie das Rotorange und das Blaßgrün der Bewuchsflecken auf dem Baum neben ihr ausmachen konnte, hörte Ofelia, wie die Fähre wieder abhob. Ihr Donnern verzog sich über den Wipfeln in den Himmel.

Das dürfte das letzte Boot aus dem Orbit gewesen sein. Aber die alte Frau konnte sich da nicht ganz sicher sein. Wenn die Firmenrepräsentanten die Siedler ein weiteres Mal belogen hatten und die verlassenen Häuser ausräumen wollten – um Ausrüstung, Maschinen oder was auch immer zu bergen oder zu rauben –, dann würden sie bestimmt noch weitere Shuttles herunterschicken. Ofelia hatte auch keine Ahnung, wie lange es dauerte, das große Raumschiff zu starten und auf Fahrt zu schicken. So blieb ihr wohl nichts anderes übrig, als mindestens einen weiteren Tag hier zu verharren.

Die alte Frau wünschte, sie hätte trockene Kleidung mitgenommen. Woher hätte sie ahnen sollen, wie durchnäßt und steif sie hier aufwachen würde? Draußen im Freien übernachtet zu haben löste jetzt bestimmt nicht das Gefühl von Freiheit in ihr aus. Im Gegenteil, sie fühlte sich verklebt und elend, und alle Gelenke taten ihr weh. Als ihr endlich in den Sinn kam, daß sie die nassen Sachen doch ausziehen konnte, die ihr so sehr an der Haut klebten, lachte sie laut auf, riß sich aber schon im nächsten Moment die Hand vor den Mund und brachte sich so zum Schweigen. Barto hatte immer mit ihr geschimpft, wenn sie ohne erkennbaren Grund zu lachen anfing.

Ofelia wartete und lauschte. Aber als keine Stimme ertönte, um sie zu tadeln, entspannte sie sich und ließ die Hand vom Mund sinken. Davor war sie jetzt sicher, und das war doch schon etwas. Sie schälte sich aus ihrer feuchten Kleidung, sah sich aber die ganze Zeit vorsichtig um, ob niemand sie beobachtete.

Im Halblicht glänzte ihre Haut heller als alles andere, was sich hier im Wald fand. Wenn sich noch jemand auf dieser Welt aufhielt und sie nun bemerkte, würde er sofort erkennen, daß sie nackt war. Der alten Frau widerstrebte es, an sich selbst hinabzusehen. Statt dessen starrte sie auf ihre Kleider und schüttelte sie aus. Am besten würde sie Rock und Bluse irgendwo zum Trocknen aufhängen.

Ofelia zuckte zusammen, als ein Wassertropfen auf ihrer bloßen Schulter landete, und wirbelte sofort herum. Dann kam ihr ihr Verhalten zu komisch vor. Sie kicherte lautlos in sich hinein und konnte damit nicht aufhören, bis sie Seitenstechen bekam.

Davon wurde ihr wärmer. Aber sie fühlte sich merkwürdig. Sie spürte die Luft, von der sie überall berührt wurde, doch davon wurde ihr weder heiß noch kalt. Als der nächste Tropfen zwischen ihren Schulterblättern landete und ihr Rückgrat hinunterrann, tat ihr das so gut, daß sie anfing zu zittern. Sie hängte die Bluse und nach einem Moment des Nachdenkens auch die Unterwäsche über ein paar Ranken und faltete dann den Rock zu einem Bündel, um sich darauf niederzulassen. Der Stoff fühlte sich immer noch unangenehm feucht an, aber die Nässe traf sie nur an den Pobacken, und ihre Körperwärme ließ sie das rasch vergessen. Die alte Frau holte das Fladenbrot und die Wurst aus ihrem Tragebeutel und schlang beides hungrig in sich hinein. Sie schmeckten nicht mehr so wie gestern, aber nicht unbedingt fad, sondern eher fremd. Auch das Wasser in ihrer Flasche schien sich verändert zu haben, auch wenn Ofelia nicht genau bestimmen konnte, wie.

Nach der Mahlzeit grub sie sich wieder ein Loch und erleichterte sich. Dabei kam ihr der Gedanke, daß sie das doch eigentlich gar nicht mehr nötig hatte. Wenn sie schon der einzige Mensch auf dieser Welt war, wer würde dann noch an ihren Fäkalien Anstoß nehmen? Aber man hatte ihr ein Leben lang eingetrichtert, daß man seine Ausscheidungen nicht einfach herumliegen lassen durfte. Wenn sie sich sicher sein konnte – wirklich sicher sein konnte –, daß tatsächlich alle für immer verschwunden waren, würde sie sich zum Recycler begeben und feststellen, ob er seine Dienste auch für sie erledigte. Bis dahin mußte sie sich damit begnügen, Erdreich und seltsam gefärbte Blätter über ihre Löcher im Boden zu schieben.

Die Sonne wärmte den Tag, und die alte Frau hatte bald keine Lust mehr, nur herumzusitzen. Sie vermißte ihren gewohnten Tagesablauf – die Gartenarbeit, das Kochen und die anderen Tätigkeiten, die sie so lange verrichtet hatte. Ein Feuer wäre jetzt nicht schlecht, auf dem sie etwas braten könnte. Aber Ofelia hatte nichts bei sich, mit dem sich ein Feuer entzünden ließe, und außerdem wollte sie nicht das Risiko eingehen, sich durch den Rauch zu verraten. Aus Langeweile fing sie an, Zweige und andere Hölzer zusammenzusammeln und aus diesen, ohne so recht darüber nachzudenken, ein Gebilde zu errichten. Als sie fertig war, erkannte sie, daß sie ein kleines Gestell gebaut hatte, auf dem sie gut ihr Gepäck abstellen konnte, damit es nicht länger dem feuchten Waldboden ausgesetzt war.

Und dort drüben, der umgekippte Stamm, dessen

Rinde bereits abfiel ... der würde doch eine prima Rückenlehne abgeben, damit sie es bei der nächsten Erdlochsitzung etwas bequemer hatte.

Die alte Frau fing an, in dem kleinen Geviert Ordnung zu schaffen, in dem sie sich niedergelassen hatte. Die Stelle wurde für sie mehr und mehr zu einem richtigen Zimmer, zu einem Ort, an den sie sich zurückziehen konnte.

Zur Mittagszeit fielen die Sonnenstrahlen senkrecht auf ihren Kopf, und sie legte eine Rast ein, um noch etwas zu essen und sich ein wenig umzusehen. Die Wasserflasche hatte ihren Platz in einer Höhlung zwischen zwei Wurzeln gefunden. Ofelia hatte große, flache Blätter darübergelegt, damit die Stelle im Schatten lag. Ein weiteres Blatt diente als Teller für ihre Speisen. Nach einigen Versuchen war es ihr auch gelungen, eine Sitzgelegenheit aus Ästen zu schaffen, die sie gegen einen Baumstamm stützte. Der zusammengefaltete Rock diente als Sitzfläche.

Aber die Nacktheit ließ ihr immer noch keine Ruhe. Sie spürte jede Luftbewegung und sogar den Zug, wenn sie selbst sich bewegte. Schließlich blieb ihr nichts anderes übrig, als die Unterwäsche wieder anzulegen, was sie dann auch mit verdrossener Miene tat. Sie schämte sich auch gleich dafür, Privatheit zu suchen, wo sie selbst doch die einzige war, die sich zusehen konnte. Und wo sie schon dabei war, zog sie sich auch noch die Bluse wieder an. Aber der Rock blieb auf dem Sitz, war er ihr als Kissen doch viel zu wertvoll. Und mit nackten Füßen herumzulaufen störte sie nicht, sondern fühlte sich, ganz im Gegenteil, großartig an.

Irgendwann am Nachmittag kam ein Regensturm auf. In der Kolonie hatte man die Zeichen für ein Unwetter sehen und sich entsprechend darauf vorbereiten können. Aber hier im tiefen Wald besaß Ofelia keine solche Möglichkeiten. Nur der auffrischende Wind und die sich rasch bewegenden Schatten teilten ihr mit, daß es gleich zu einem Wolkenbruch käme. Die alte Frau war auch früher schon von einem Schauer überrascht worden, und es machte ihr wenig aus, naß zu werden. Sobald der Regen vorüber war, würde die warme Sonne sie rasch trocknen.

Doch nun mußte sie erleben, was es hieß, einem Sturm in einem Wald ausgesetzt zu sein. Zuerst hörte sie nur den Wind, und den danach einsetzenden Regen vernahm sie zunächst nur, weil der Laubbaldachin die ersten Tropfen auffing. Doch irgendwann konnten die Wipfel das Wasser nicht mehr aufnehmen, und es fing an zu tröpfeln. Die alte Frau glaubte schon, das Schlimmste hinter sich zu haben – der Himmel wurde wieder hell, und der Donner rumpelte jetzt viel weiter entfernt –, als die Blätter ihre Last über sie ergossen. Tropfen um Tropfen, mitunter auch kleine Sturzbäche trafen sie unablässig, bis sie gegen Abend vollkommen durchnäßt war.

Weil sie die ganze Zeit auf ihrem selbstgefertigten Stuhl gehockt hatte, war der Rock nun genauso feucht wie sie. Dem Kopfkissenbezug, in dem ihre Vorräte steckten, war es nicht besser ergangen, und das trotz der schützenden Blätter, die sie darübergelegt hatte. Das Brot schmeckte jetzt wirklich schal und hatte viel Wasser aufgesogen.

Ofelia drängte es nicht danach, sich auf dem nassen Waldboden zum Schlafen auszustrecken, aber sie hatte auch keine Lust, die ganze Nacht zu sitzen oder zu stehen und wach zu bleiben. Während sie so dahockte, lehnte sie den Kopf an den Stamm, bis ihr die Lider schwer wurden. Doch jedes fremde Geräusch ließ sie aus dem Schlaf aufschrecken.

Beim ersten Tageslicht stand ihr Entschluß fest: Sie würde keine weitere Nacht in diesem feuchtnassen Wald verbringen. Jedenfalls nicht ohne solche Vorräte, die sie in ihrer Hast nicht mitgebracht hatte. Wie gern hätte sie jetzt jemandem ihr Leid geklagt und ihm oder ihr klar gemacht, daß das alles doch gar nicht ihre Schuld sei.

Schließlich sei sie noch nie fortgelaufen, und man könne doch wohl nicht erwarten, daß sie gleich beim ersten Mal alles richtig machen und an alles denken würde, oder?

Bis jetzt hatte sie es nicht als Mangel empfunden, keine Stimmen mehr zu hören. Barto und andere hatten ihr gesagt, daß sie langsam taub wurde. Ihr Sohn meinte sogar, auch ihr Verstand lasse jetzt endgültig nach. Aber Ofelia hatte immer noch alles mitbekommen, was sie hören wollte. Und mehr als einmal hatte sie sich Schweigen herbeigewünscht. In den seltenen Nächten, in denen Barto nicht schnarchte und Rosara nicht drei- oder viermal aufstand, um zur Toilette zu stampfen und dabei gegen alles Mögliche zu stoßen, hatte die alte Frau nur dagelegen und die Stille genossen.

Und am ersten Tag ihrer neuen Freiheit hatte das Schweigen, das sie umgab, sie nicht im mindesten gestört. Schweigen herrschte nur in der Außenwelt. In ihrem Innern aber stritten die beiden Stimmen unaufhörlich. Die öffentliche Stimme, die ihr immer wieder Konventionen und Sitte vorhielt; und die private Stimme, die Unvorstellbares, Unerhörtes von sich gab. Die Außenwelt hatte sich Ofelia nur in Form von Shuttle-Gedröhne bemerkbar gemacht – eine Fähre nach der anderen war gelandet und gestartet.

Am zweiten Tag hatten die Geräusche, die sie selbst verursachte – beim Heranschleifen von Ästen, beim Auflesen von Zweigen, beim Atmen, Essen und Trinken –, sie mit ausreichend akustischer Wahrnehmung versorgt, so daß ihr das Schweigen gar nicht auffiel; und schließlich waren da ja noch die widerstrebenden Stimmen.

Doch jetzt, als sie von jemandem Trost erfahren und vernehmen wollte, daß alles nicht so schlimm und überhaupt nicht ihre Schuld sei, empfand sie das Schweigen als etwas Furchtbares.

Das Fehlen von Stimmen war wie eine Mauer, die sie umgab und eine eigene Wesenheit zu besitzen schien. Wie ein Druck legte das Schweigen sich auf ihre Ohren, und zwar so stark, daß sie mehrmals nervös schluckte, so als könne sie damit die Gehörgänge freimachen. Die Stille legte sich wie ein schwerer Mantel über sie, der alle Geräusche dämpfte und sie gleichzeitig erstickte ...

Als der Panikanfall vorüber war, stand sie stocksteif und mit offenem Mund da und rang nach Atem ... Die alte Frau konnte sich nicht mehr daran erinnern, was sie eigentlich vorhin hatte fragen wollen und warum darauf ein anderer Mensch eine Antwort geben mußte. Ihre Ohren schienen wieder normal zu arbeiten und meldeten, daß sie die vielfältigsten Geräusche aufnahmen: das Rascheln der Blätter, das Tropfen des Wassers oder das nach Stein klingende fortwährende Hämmern. Aber diese Töne hatten keinerlei Bedeutung für sie, und die beiden Stimmen in ihrem Kopf hielten als Reaktion auf ihre Furcht inne. Schließlich sprach eine von ihnen – sie bemerkte gar nicht, ob es die öffentliche oder die private war.

Geh nach Hause. Die Stimme klang überzeugend.

Ofelia sah sich in ihrem selbstgemachten Zimmer um und hob dann den Rock vom Stuhl. Sie schüttelte ihn aus und zog ihn dann ganz automatisch an. Ja, es wurde wirklich Zeit heimzukehren, auch wenn der Tag noch nicht angebrochen war. So schulterte sie den Kopfkissenbezug und ließ sich von ihren Füßen tragen, die den Weg durch die Nebelschwaden, die ihr die Sicht erschwerten, über die Wurzeln, um die Stämme herum und vorbei an den Felsen kannten. Je näher sie dem Waldrand kam, desto heller leuchtete das Licht. Sie durchstreifte das Gestrüpp, und als sie den Rand des terraformten Landes erreichte und ihr Rock wieder einmal vom Morgentau durchnäßt war, konnte sie bereits durch den vergehenden Dunst die dunklen Schemen der Siedlungsgebäude ausmachen.

Die alte Frau legte am Rand der Weide eine Rast ein. Sie war inzwischen deutlich ruhiger geworden und konnte sich jetzt auch wieder an den Grund erinnern, warum sie nicht einfach ins Haus spazieren durfte. Hier war es noch viel stiller als im Wald. Eine Böe fuhr an ihr vorbei und trug den Geruch von Schafen mit sich. Die Tiere mußten sich irgendwo rechts von ihr befinden. Von Menschen war weder etwas zu sehen noch zu hören. Keine Stimmen. Keine laufenden Maschinen. Lagen die Firmenrepräsentanten hier irgendwo auf der Lauer, um sie gleich nach ihrer Rückkehr zu ergreifen? Oder hielten sie sich in ihrem Haus verborgen? Stand gerade jemand im Zentrum und wagte nicht zu atmen, während er durch eine Spezialmaschine ihr Näherkommen verfolgte und nur auf den günstigsten Moment zum Zuschlagen wartete?

Sie spürte Wärme im Nacken und an der rechten Wange. Die Sonne verbrannte den Nebel. Kühle Feuchtigkeit und trockene Wärme wechselten einander ab. Schließlich obsiegte die Sonne und beleuchtete die kleine Stadt.

Ihr Haus tauchte auf, lag direkt vor Ofelia. Sie bemühte sich, exakt denselben Weg zu gehen, den sie zwei Morgen zuvor gehuscht war; wenn von ihren Spuren im Tau noch etwas übriggeblieben war, trat sie wieder genau dort hinein, als sei kein anderer Weg möglich. Aber als sie einmal hinsah, entdeckte sie, daß nichts von ihren früheren Schritten übriggeblieben war und der Tau unberührt an den Gräsern hing.

Die alte Frau beschleunigte ihre Schritte durch das flüssige Silber. Sie wollte nur noch nach Hause und ihre feuchten Kleider ausziehen.

Kaum angekommen, riß sie sich die Sachen vom Leib und trat dann ins Bad, um sich eine heiße Dusche zu gönnen. Erfrischt betrachtete sie ihre Kleider. Was würde sie jetzt am liebsten tragen? Solange sie sich im Haus aufhielt, eigentlich gar nichts. Aber es verlangte sie auch, wieder in ihren Garten zu gehen, und noch fühlte sie sich nicht bereit, sich auch im Freien nackt zu zeigen. Also streifte sie sich ein langes Hemd über. Dazu würde eine kurze Hose passen, so wie die, die sie als Kind getragen hatte; oder die, die sie für den kleinen Barto geschneidert hatte.

In seinem Zimmer – *nein, nicht mehr sein Zimmer, denn jetzt gehören alle Räume mir* – fand sie eine lange Hose, die er wohl vergessen hatte mitzunehmen. Sie suchte ihre Schere und schnitt die Hosenbeine ab, machte sich aber nicht die Mühe, die Säume umzunähen. Als sie die Shorts anzog, mußte sie feststellen, daß sie im Bund viel zu weit waren; aber eigentlich war es gar nicht so schlimm, daß die Hose locker auf ihrer Hüfte saß; jedenfalls immer noch besser, als in Unterwäsche herumzulaufen oder sich wieder einen Rock anzuziehen.

Blätterknabberer hatten die vergangenen zwei Tage dazu genutzt, über den Garten herzufallen. Die Blüten an den Tomatenpflanzen waren aufgegangen. Ofelia inspizierte nacheinander alle Gewächse, schnippte Raupen fort, zerquetschte drei Schleimruten, die sie zwischen dem Grünzeug fand, und befreite die Bohnen von den Blattläusen. Die alte Frau vergaß darüber ganz die Zeit, bis sich ihr Magen knurrend meldete, und sie erkannte, daß sie Hunger hatte.

Sie bereitete sich aus dem, was sich im Kühlschrank befand, einen kalten Snack zu. In den zwei Tagen, die sie im Wald verbracht hatte, war nichts schlecht geworden. Allerdings brannte das Licht im Kühlschrank nicht. Sie schaltete das Licht in der Küche an, aber auch das funktionierte nicht. Warum war dann das Wasser in der Dusche heiß gewesen ... Sie grübelte darüber nach, bis ihr einfiel, daß die Wassertanks mit der gleichen Isoliermasse versehen waren wie der Kühlschrank. Wenn letzterer also weiterhin kühl blieb, dann blieb auch das Wasser noch eine Weile heiß.

Nachdem sie sich gestärkt hatte, unternahm sie einen Erkundungsgang durch den Rest der Kolonie.

Ein eigenartiges, fast ungehöriges Gefühl beschlich sie, als sie durch fremde Fenster spähte und die Türen von Häusern öffnete, deren Bewohner nicht mehr da waren, um ihr zu sagen: »Willkommen, Sera Ofelia« oder »Unser Haus ist dein Haus, Sera Ofelia.«

Niemand hatte abgeschlossen; nun, eigentlich besaß kein Haus ein festes Schloß, sondern nur Riegel, die vollkommen ausreichten, um Kinder im Gebäude oder draußen vor der Tür zu lassen. Die ersten drei Male, als Ofelia eine Tür aufschob, befiel sie doch große Verlegenheit. Doch dann kam ihr das Ganze wie ein Spiel vor, und sie fühlte sich auf köstliche Weise wie ein böses, unartiges Mädchen – fast so wie vor einiger Zeit, als sie zum ersten Mal ihre Kleider ausgezogen und sich vorgestellt hatte, von nun an nur noch nackt herumzulaufen.

Nun fand sie endlich Gelegenheit, bei den Senyagins unters Bett zu schauen. Oder bei Linda alle Schranktüren zu öffnen und nachzusehen, ob sie ihren Haushalt genauso chaotisch führte, wie sie zu denken und zu sprechen pflegte. – Es verhielt sich in diesem Haus tatsächlich so, und Ofelia entdeckte einige Gegenstände, die Linda schlicht vergessen hatte mitzunehmen; sie würde sich noch sehr darüber ärgern, wenn sie in einer fremden Welt aus dem Kälteschlaf erwachte.

Die Sonne brannte hell vom Himmel, und die alte Frau ging von Haus zu Haus, stieß alle Türen auf und ließ den Sonnenschein hinein (und sich selbst gleich hinterher). Alle Gärten sahen noch genauso aus wie vor zwei Tagen. Die Tagranken hatten ihre purpurroten Trompetenblüten geöffnet ... und da waren Tomaten, Bohnen, Erbsen, Rote Beete und alles andere, das sie als Gemüse schätzte. Mehr, als sie jemals essen konnte; mehr Samen, als sie je würde aussäen können.

Sie notierte sich in Gedanken besondere Gemüse: die Blaubohnen, die die Senyagins in ihrem Gepäck mitgebracht und zu einem hohen Preis unter den Siedlern verkauft hatten, weil diese Pflanzenart nicht zur Grundausstattung einer Kolonie gehörte. Endlich würde sie auch in ihrem Garten Blaubohnen ziehen können.

Des weiteren Melonen ... und dort drüben Flaschenkürbisse. Sie hatte noch nie selbst Melonen oder Riesenkürbisse angepflanzt und solche Früchte höchstens einmal gekauft.

Und erst das Zitronengras und all die anderen Kräuter. Zilantro und Pfefferschoten hatte sie in ihrem kleinen Kräutergarten gehabt, aber niemals Basilikum, Petersilie oder Dill. Sie würde ihren neuen Kräutergarten besonders pflegen. Die Siedlung hatte nur einen einzigen besessen, deswegen waren alle Kräuter kostbar.

Selbst das Zentrum hatte man nicht verschlossen. Die langen Nähtische waren noch mit Stoffresten und -bahnen übersät. Allerdings hatte jemand alle Maschinen abgeschaltet. Als Ofelia auf die entsprechenden Knöpfe drückte, sprangen die Maschinen nicht an.

Die alte Frau trat vor die Tür zum Energieraum. Die war zwar geschlossen, aber nicht versperrt. Sie mußte sie nur aufstoßen. Bernsteinfarbenes Licht drang von draußen hinein. Ofelia stellte sich gleich vor die großen Generatoren. Deren Schalter standen allesamt auf OFF, und sie drückte sie nach oben, auf ON. Rings um sie herum ging Licht an. Auch das Kontrollpaneel erwachte zum Leben, und alle Werte standen im Grünbereich. Die alte Frau war zwar keine Technikerin, sie wußte aber, was das bedeutete: alle Funktionen normal. Man hatte den Erwachsenen eine Grundausbildung für die Energiestation angedeihen lassen; denn für die Firma war es viel zu teuer, für deren Bedienung Spezialisten in der Kolonie zu belassen.

Nun war die Siedlung wieder mit Energie versorgt, und sie hatte auch zu Hause Licht. Da sie sich schon im Zentrum aufhielt, überprüfte sie auch den Abfall-Recycler. Sicher würde sie dessen Tanks von Zeit zu Zeit auffüllen müssen. Womöglich produzierte ein einzelner Mensch nicht genügend Abfälle, um die Anlage in

Betrieb zu halten. Doch zu ihrer Beruhigung waren die Anzeigen nur unmerklich gefallen.

Vom Zentrum aus schlich Ofelia vorsichtig zum Landefeld für die Shuttles. Wenn die Firmenrepräsentanten immer noch auf sie warteten, um sie einzufangen, würden sie am ehesten dort auf der Lauer liegen. Bis zum Ende der Straße hielt sie sich dicht an den Häusern. Vom letzten Gebäude aus konnte sie das Landefeld sehen. Seine Oberfläche war vom vielen Verkehr der letzten Tage geschwärzt und aufgewühlt, aber alles lag ruhig da. Keine Fahrzeuge bewegten sich über die Fläche, und die alte Frau konnte nirgendwo jemanden sehen oder hören.

Der Wind wehte ihr entgegen, und sie roch nur schwach das Aroma von Öl und Treibstoff. Dann drang ihr der Geruch von etwas Fauligem in die Nase. Sie folgte ihm bis zu einer erloschenen Feuerstelle. Offenbar hatten die Firmenrepräsentanten hier die Schafe der Siedler geschlachtet und ein Festmahl abgehalten. Nein, nicht alle Tiere, aber mindestens acht oder neun. Das übriggebliebene Fleisch hatten sie einfach liegenlassen, und es faulte vor sich hin. Die Felle lagen steif und blutig auf einem Haufen. Ofelia wurde furchtbar wütend. Was für eine Verschwendung von guter Wolle und bestem Leder!

Auf der anderen Seite besaß sie nun eine größere Ladung, um den Recycler zu füttern. Sie mußte ihm diese Abfälle allerdings möglichst rasch zuführen, denn mit der Zeit würden diese Haufen zu einem Problem werden. Schon jetzt reichte der Gestank aus, ihr jeglichen Appetit zu vertreiben, obwohl es doch Zeit fürs Mittagessen geworden war.

Sie kehrte also zum Recycler zurück, um sich die Handschuhe überzustreifen; man hatte ihr beigebracht, sie seien unabdingbar im Umgang mit tierischen Abfällen. Langsam und mühselig zog sie die Kadaver und anderen Reste zu einem Haufen zusammen. Dann machte sie sich wieder auf den Weg zum Landefeld, wo ein paar alte Laster und Transporter herumstanden. Ob einer von denen noch anspringen würde? Ofelia hatte schon seit Jahren kein Kraftfahrzeug mehr gesteuert, aber sie glaubte, damit durchaus noch zurechtzukommen.

Vielleicht hielten die Firmenleute sich noch im Orbit auf. Ihren Meßinstrumenten würde sicher nicht entgehen, wenn sich hier unten irgendeine Maschine einschaltete. Aber dann müßten sie ja auch längst gemerkt haben, daß jemand sich am Kraftwerk zu schaffen gemacht hatte. Würden sie sich veranlaßt sehen, auf diesen Planeten zurückzukehren? Befanden sie sich womöglich schon im Anflug? Natürlich konnte Ofelia jederzeit wieder in den Wald fliehen – aber diesmal würde sie den Regenmantel und ein paar trockene Sachen nicht vergessen.

Aber warum sollten die hohen Herren und Damen sich überhaupt die Mühe machen, noch einmal hierherzukommen?

Doch sie wurde die innere Unruhe nicht mehr los und trottete schließlich zum dritten Haus auf dieser Seite der Siedlung und fand im Geräteschuppen der Arramandys einen Bollerwagen.

Es kostete sie den ganzen restlichen Nachmittag, die Kadaver zum Recycler zu befördern. Der Bollerwagen konnte zwei von den Tieren aufnehmen, und sie packte die glitschigen Innereien und Fleischreste in Eimer, die sie sich vorher besorgt hatte. Obwohl sie äußerst vorsichtig zu Werke ging, gelangte doch einiges von der stinkenden Masse auf ihre Kleider.

Als alles getan war, wusch sie die Handschuhe aus und warf sie dann in den Behälter mit dem Desinfektionsmittel. Danach entkleidete sie sich und achtete darauf, die befleckten Stellen nicht zu berühren. Nach einem Blick auf ihre Sachen wurde ihr klar, daß auch sie desinfiziert werden mußten.

Aber wozu ein solcher Aufwand? Grinsend hob sie die Kleidungsstücke mit einem Stock vom Boden auf und warf sie ebenfalls in den Recycler. Danach betrat sie die Gemeinschaftsdusche und trocknete sich einige Minuten später mit einem der grauen Handtücher ab, die dort für jedermann bereitlagen.

Die alte Frau überlegte nun, ob sie sich eines der großen Tücher umwickeln und heimlaufen sollte ... Ach was, sie würde einfach in ein anderes Haus gehen und sich dort etwas Hübsches zum Anziehen aussuchen.

Oder ...

Oder sie ging einfach ganz nackt über die Straße nach Hause. Schließlich lebte hier niemand mehr, der sie dabei beobachten und sich dann mit anderen das Maul zerreißen konnte.

Die alte Frau näherte sich der Tür und spähte nach draußen. Die Dämmerung war bereits hereingebrochen und die Sonne hinter dem Wald am Horizont versunken. Niemand zeigte sich im Ort, und in keinem der Häuser brannte Licht.

Vor Aufregung verkrampfte sich alles in ihrem Bauch. Sollte sie es wirklich wagen? Ofelia wußte, daß sie eines Tages den nötigen Mut aufbringen würde. Das war ihr schon bewußt gewesen, als die neue Stimme sich zum ersten Mal in ihrem Kopf gemeldet hatte. Und wenn sie es ja doch irgendwann tun würde, warum dann nicht gleich heute abend, wo sie doch zumindest noch eine aufregende Erfahrung erwartete?

Sie ließ das Handtuch einfach auf den Boden fallen und trat zögernd einen Schritt nach draußen ...

Nein! Die alte Frau eilte ins Zentrum zurück, hob das Handtuch auf und hängte es an seinen Platz. Wenn sie schon splitternackt durch die Straßen laufen würde, dann konnte sie genausogut bereits hier in den Räumlichkeiten damit anfangen.

Im Zentrum, in dem sich bereits die Dunkelheit der Nacht ausbreitete, fühlte sie sich sicher. Ofelia trat wieder an die Tür.

Ja? Oder nein? Wozu sich unter Druck setzen, sie hatte

es doch nicht eilig. Sie konnte eine Weile an der Tür stehenbleiben. So lange, bis es ihr draußen dunkel genug war. Bis es so finster war, daß man sie beim besten Willen nicht mehr sehen konnte (auch wenn niemand mehr hier war).

Aber irgendwie wollte sie es doch herausfinden. Unbedingt. Also gut, einen Schritt hinaus. Fort von der Tür. Ein zweiter Schritt, der sie aus dem Schatten der Regenrinne führte. Ein dritter ... ein vierter ...

Das Zentrum lag hinter ihr, und sie fand sich auf der Straße wieder ...

Kein Blick verfolgte sie aus den schwarzen Fenstern. Und keine Stimme ertönte, die ihr Vorwürfe machte oder sie ausschimpfte. Die kühle Abendluft berührte sie an allen Stellen ihres Körpers – am Rücken, an den Seiten, an den Brüsten, am Bauch, entlang der Arme, die Beine hinauf und hinunter ... und auch zwischen den Beinen. Das fühlte sich sehr angenehm an; zumindest empfand sie es so, als sie ruhig genug geworden war, um sich darauf konzentrieren zu können.

Dann drehte sie sich um, weil sie feststellen wollte, wie weit sie schon unbekleidet herumgelaufen war, und sie entdeckte, daß das Zentrum sich strahlend hell vor dem dunkelblauen Himmel abzeichnete. Furcht strömte rasch durch sie hindurch; so sehr, daß sie kaum atmen konnte.

Du Idiotin! Wie hatte sie nur so dumm sein können? Wenn sich jemand im Orbit aufhielt, konnte ihm das hell erleuchtete Zentrum gar nicht entgehen. Die Firmenrepräsentanten brauchten dazu nicht einmal ihre Meßgeräte. Das Licht ließ sich mit bloßem Auge erkennen. Dann wußten sie gleich, daß unten etwas nicht stimmte, und würden wieder herkommen.

Ofelia lief, so schnell sie konnte, zum Zentrum zurück. Jetzt war es ihr vollkommen egal, daß sie nichts am Leib trug. Hastig suchte sie die Schalter und löschte die Lichter.

Endlich war sie zu Hause. Automatisch streckte sie die

Hand zum Schalter aus, ehe ihr bewußt wurde, was sie da tat. Sie konnte die Finger gerade noch zurückziehen und verkrampfte am ganzen Körper, ehe sie sich dazu zwingen konnte, ganz darauf zu verzichten, Licht zu machen. Ihr Herz schlug wie rasend, und in ihrem ganzen Körper konnte sie den Pulsschlag der Angst spüren.

Während sie sich langsam wieder beruhigte, schimpfte sie mit sich. Was für eine Närrin sie doch war! Wie überaus dumm von ihr! Sie konnte es sich nicht erlauben, die wichtigen Dinge einfach zu vergessen. Leider war niemand mehr hier, der sie daran erinnern konnte, wenn sie etwas versäumt hatte.

Die alte Frau nahm im Dunkeln eine kalte Mahlzeit zu sich. Wenigstens war sie jetzt wieder in ihrem Haus, und wenn es regnen sollte, würde sie nicht naß. Sie zog die Fensterläden zu, und im Haus wurde es noch finsterer. Ofelia ertastete sich den Weg zu ihrem Bett. Das Zimmer kam ihr noch kleiner vor, und in ihm schien kaum genug Luft zum Atmen zu sein.

Morgen würde sie in das Schlafzimmer von Barto und Rosara umziehen – in den Raum, den sie mit ihrem Mann geteilt hatte, als er noch am Leben gewesen war. Aber heute nacht noch nicht. Sie hatte keine Lust, in der Dunkelheit herumzuirren. Die alte Frau deckte das Bett auf, legte sich hinein und war schon fast eingeschlafen, als es ihr plötzlich einfiel ...

So allein war sie noch nie gewesen; in ihrem ganzen Leben nicht. Ofelia fragte sich für einen langen Moment, warum ihr die Vorstellung keinen Schrecken einjagte, so ganz allein in der Dunkelheit zu liegen ... der einzige Mensch auf dieser Welt zu sein ...

Nein, das machte ihr überhaupt keine Angst. Sie fühlte sich im Gegenteil sicher und geborgener als je zuvor. Als ihr Körper die vertrauten Senken in der Matratze fand, schlief sie endlich tief und fest ein.

Als sie am nächsten Morgen in ihrem eigenen Bett und in ihrem Haus aufwachte, umgeben von den vertrauten und gewohnten Gerüchen, konnte sie sich zuerst nicht daran erinnern, was geschehen war. Ofelia stand wie üblich auf, stolperte zum Lichtschalter, und als sie plötzlich im Hellen stand, wurde ihr bewußt, daß sie splitternackt war – und im nächsten Moment meldete sich ihr Gedächtnis. Die vergangenen Tage erschienen ihr jetzt unwirklich und wie in einem Traum. Die alte Frau griff nach dem Morgenmantel, der an einem Haken hing, und zog ihn an, bevor sie die Zimmertür öffnete. Halb rechnete sie schon damit, das gewohnte Schnarchduett aus Bartos und Rosaras Zimmer zu hören.

Aber Stille empfing sie, das vollkommene Schweigen eines Hauses, in dem niemand wohnt. Die alte Frau ging dennoch nachsehen.

Das große Schlafzimmer kam ihr bereits fremd vor – wie ein Raum, der seit längerem nicht mehr genutzt worden war. Da sie nur eine begrenzte Menge Gepäck mitnehmen durften, hatte Barto es nicht einsehen wollen, den wenigen Platz mit Bettzeug zu vergeuden. Das Bett sah daher immer noch frisch gemacht aus: die cremefarbene Tagesdecke mit dem breiten roten Streifen obenauf, und die Kissen in den roten Bezügen waren aufgeschüttelt.

Die Tür des Kleiderschranks stand weit offen und erinnerte an ein aufgerissenes Maul, aus dem eine einzelne Socke als Zunge ragte. Ofelia mußte grinsen, als sie daran dachte, wie wütend ihr Sohn werden würde, wenn er auf der neuen Welt seine Sachen auspackte und feststellen mußte, daß eine seiner Socken fehlte. Sie hob das Stück auf, schloß die Schranktür und verriegelte sie. Das war unumgänglich, weil sich die Tür immer schon von allein geöffnet hatte.

Die alte Frau ließ den Blick durch das Zimmer wandern. Der Raum erschien ihr immer noch fremd, und sie konnte nicht sagen, woran das lag. Tau hatte sich wie ein

Film auf der Fensterbank ausgebreitet. Noch während sie hinsah, löste sich ein Gleitkäfer an seinem Faden von der Decke.

In der Küche summte der Kühlschrank melodielos vor sich hin. Ofelia beachtete ihn nicht weiter und ging gleich hinaus in den Garten. Hier war noch alles so, wie sie es in Erinnerung hatte. Die Pflanzen reagierten in der gewohnten Weise auf das Licht und die Wärme und würden heute ein weiteres Stück wachsen und reifen. Die alte Frau trat durch die Reihen und erfreute sich an der Stille des Morgens.

Irgendwo blökte ein Schaf, und ein paar andere antworteten ihm. Und auf der anderen Seite der Siedlung fingen einige Kühe an zu muhen. Solche Tierlaute hatten sie noch nie gestört, waren sie doch nicht dazu angetan, ihren Frieden zu stören.

Dann fiel ihr ein, daß sie sich wohl auf die Suche nach dem Vieh machen mußte, um festzustellen, ob die Tiere irgend etwas brauchten. Aber das mußte nicht unbedingt jetzt sofort sein.

Die Sonne schien vom Himmel und wärmte ihr den Kopf, und der Duft der Bohnenblüten, der Tomatenpflanzen und der Blüten an den Tagranken war einfach viel zu angenehm. Als es heißer wurde, öffnete sie den Morgenmantel, zog ihn schließlich ganz aus und hängte ihn im Geräteschuppen an einen Nagel.

Die Sonne fühlte sich wie eine große, warme Hand an, die sie streichelte. Die Gelenk- und sonstigen Schmerzen, die sich morgens beim Aufwachen immer als erste meldeten, vergingen unter dem Sonnenschein.

Als sie ins Haus zurückkehrte, fühlte sie sich ein wenig schwindelig. Paß bloß auf, ermahnte sie sich, daß du dir keinen Sonnenbrand holst. Ofelia öffnete den Kühlschrank. Sie mußte sehr vorsichtig sein. Zumindest die erste Zeit.

Nach dem Frühstück räumte sie den Kühlschrank aus, um ihn zu säubern, und warf die verdorbenen Nahrungsmittel und auch die, die nicht mehr schmeckten, auf den Komposthaufen. Am besten kümmerte sie sich auch um die Kühlschränke in den anderen Häusern. Bei den meisten konnte sie den Stecker herausziehen und sie als Reserve nutzen, falls ihr eigener einmal nicht mehr richtig arbeiten würde. Darüber hinaus wäre ein funktionstüchtiger Kühlschrank im Zentrum ganz angenehm, wenn sie dort zu tun hatte. Und auch einer am anderen Ende der Siedlung, für die Stunden, in denen sie sich um das Vieh kümmerte.

Die meisten Kühlschränke enthielten noch Essensvorräte. Ofelia räumte alle aus, reinigte sie und warf die nicht mehr verwertbaren Nahrungsmittel auf den Kompost. Aber die leckeren Sachen nahm sie zu sich nach Hause mit: die Dauerwürste, das Geräucherte, den Käse und die eingelegten Gemüse. Ofelia dachte auch schon darüber nach, welche Gärten sie weiter nutzen und bearbeiten und welche sie aufgeben wollte. Und dann mußte natürlich auch irgendwo Futter für das Vieh angepflanzt werden.

Den ganzen Tag verbrachte sie mit solchen organisatorischen Angelegenheiten, angetrieben von der Sorge, irgendwo könnten Nahrungsmittel verderben, weil sie nicht rechtzeitig genug dorthin gelangt war. Erst am frühen Abend wurde ihr bewußt, daß sie bereits jetzt mehr als genug Lebensmittel zusammengetragen hatte. Auch wenn sie nirgendwo im Ort mehr etwas finden würde, würde der Vorrat sehr lange reichen. Natürlich schreckte sie die Vorstellung ab, irgendwann später auf einen Kühlschrank zu stoßen, in dem alles verrottet war, aber deswegen mußte nicht alles noch heute erledigt werden ...

Als ihr dieser Gedanke kam, hörte sie sofort auf zu arbeiten und ließ den Kühlschrank der Familie Falares einfach offen und erst zur Hälfte gereinigt zurück. Den Stecker hatte sie schon vorher herausgezogen. Ofelia begab sich ins Badezimmer, das sie in Gedanken immer noch als das der Falares ansah, und stellte sich unter die Brause. Auch jetzt noch beschlich sie, wenn sie sich in fremden Häusern aufhielt und die dortigen Geräte und Einrichtungen nutzte, das Gefühl, etwas Verbotenes oder Ungezogenes zu tun – auch wenn von den Falares nie jemand etwas von ihrem Eindringen erfahren würde. Es machte ihr Spaß, boshaft zu sein, und es bereitete ihr ein diebisches Vergnügen, nasse Fußspuren auf dem Boden des fremden Hauses zu hinterlassen. Ofelia verließ das Haus, spazierte die Straße entlang und zwang sich dazu, nicht zu hasten.

Am östlichen Himmel braute sich ein Sturm zusammen. Ein Wolkenturm mit schneeweißer Spitze und dunkelblau-grauem Fuß war zu erkennen. Heute abend würde es Regen geben. Im Frühsommer rollten solche Stürme beinahe täglich vom Meer heran. Im Westen begann die Hochregion. Das Land stieg Stufe für Stufe bis zu den weit entfernten Gebirgen an. So weit konnte die alte Frau allerdings nicht sehen, denn der Waldgürtel versperrte ihr die Sicht. Ofelia hatte lediglich von den Bergen gehört, und im Zentrum hing eine große Karte an der Wand, die in einem Fotomosaik – die Bilder stammten von den Beobachtungssatelliten, die vor der Gründung der Kolonie viele Aufnahmen gemacht hatten – die ganze Region zeigte.

Als sie ihr Haus erreichte, fuhren die ersten Windböen über die Rückseiten ihrer Beine. Sie drehte sich um. Die Wolken verdunkelten bereits die Hälfte des Himmels. Wenn die Firmenleute immer noch im Orbit waren, konnten sie jetzt nicht mehr erkennen, wenn sie hier unten ein Licht einschaltete. Ofelia widerstrebte es sehr, noch einen Abend in Finsternis zu verbringen. Außerdem wollte sie sich endlich wieder etwas Richtiges zu essen kochen. Im Haus schaltete sie mit dem gleichen Gefühl der Boshaftigkeit wie bei den Falares das Licht und allerlei Küchengeräte an.

Donner grollte, und der Sturm rückte näher heran.

Ofelia schloß überall, bis auf die Küche, die Fensterläden. Während sie ihre Mahlzeit zubereitete, warf sie immer wieder einen Blick nach draußen und wartete auf den Regen und die Sturmwinde. Als das Unwetter die Siedlung erreicht hatte, brutzelten Würste zusammen mit zerkleinerten Zwiebeln, Peperoni und in Scheiben geschnittenen Kartoffeln in der Pfanne. Sie schöpfte die Masse auf ein frisches Fladenbrot, ließ sich neben der Küchentür am Tisch nieder und lauschte, wie der Regen über ihren Garten geweht wurde.

Bald füllte sich alles um sie herum mit Wassergeräuschen an. Sie hörte den Regen auf das Dach trommeln, aus den Regenrinnen melodisch auf die Schwelle vor der Haustür tröpfeln und in den Gräben gurgeln, in denen das Naß sich sammelte und zum Abflußkanal abfloß. Ja, hier war es viel besser als im Wald.

Als Ofelia aufgegessen hatte, lehnte sie sich an den Rahmen der offenstehenden Küchentür. Feine Tröpfchen, die von dem Wasser stammten, das draußen vom Boden hochsprang, bedeckten bald ihre Arme und ihr Gesicht. Sie leckte sich über die Lippen, und das Naß erschien ihr köstlicher und erfrischender als jede Dusche.

Der Regen hörte auch in der Nacht nicht auf. Die alte Frau erhob sich schließlich, ächzte angesichts ihrer steif gewordenen Beine und des verspannten Rückens und beförderte ihr Bettzeug hinüber ins Schlafzimmer von Barto und Rosara. Der Gleitkäfer hatte den Tag dazu genutzt, in einer Ecke ein Netz zu spinnen. Ofelia zerquetschte das Insekt mit ihrem Schuh – das einzige, wozu Schuhe wirklich zu gebrauchen waren, wie sie sich fröhlich grinsend sagte – und wischte mit einer Hand das Netz fort. Gleitkäfer waren zwar nicht giftig, aber es fühlte sich doch unangenehm an, wenn sie mit ihren klauenbesetzten Beinen über einen hinwegkrabbelten. Die alte Frau verspürte kein Verlangen, mitten in der Nacht davon aufzuwachen.

Als sie sich hinlegte, fühlte sich das Bett merkwürdig

an. Sie hatte, als Humberto noch lebte, immer hier geschlafen und es knapp zwei Jahre nach seinem Tod Barto und seiner Frau überlassen. Als ihr Sohn Stefan gestorben war, hatte Barto das Schlafzimmer für sich beansprucht und seine erste Frau Elise eingeladen, zu ihm zu ziehen. Ofelia hatte nichts dagegen gehabt, denn sie hatte Elise sehr gemocht. Leider war die junge Frau bei der zweiten großen Flut ums Leben gekommen, und danach hatte Barto Rosara geheiratet ...

Zwanzig Jahre lang hatte Ofelia nicht mehr in diesem Bett gelegen. Ihr Körper hatte sich längst an das kleinere in ihrem Zimmer gewöhnt. So warf sie sich einige Zeit hin und her, bis ihre Glieder endlich daran gewöhnt waren, daß sie wieder viel Platz hatten.

Das Licht, das durch die Schlitze in den Fensterlädenlamellen drang, weckte sie, und sie streckte sich wohlig. Ihre Haut juckte an einigen Stellen, und als die alte Frau genauer hinsah, entdeckte sie, daß sie sich einen leichten Sonnenbrand geholt hatte. Also würde sie heute wohl oder übel ein Hemd tragen müssen. Aber als sie sich ihre Blusen und Arbeitshemden der Reihe nach ansah, wollte ihr keines so recht gefallen. Dann fielen ihr die Kleidungsstücke wieder ein, die sie in den anderen Häusern gesehen hatte. Die früheren Bewohner hatten sie offenbar einfach liegenlassen. Bei Linda hatte sie einen wunderbaren Schal mit Fransen entdeckt. Und nicht weit von Lindas Haus – Ofelia wollte einfach nicht einfallen, wie die dortige Familie geheißen hatte – lag eine schöne und weiche hellblaue Bluse herum. Und wenn ihr auch das nicht gefiel, konnte sie sich immer noch aus den Stoffresten im Zentrum etwas Neues schneidern.

Aber Eile mit Weile. Heute würde sie noch einmal auf Nahrungsmitteljagd gehen und sich die übriggebliebenen Kühlschränke vornehmen. Die alte Frau trat hinaus in einen feuchten Morgen und den Nebel, den der Regen zurückgelassen hatte. Mittlerweile dachte sie überhaupt nicht mehr daran, daß jemand sie in diesem Zustand sehen und sie ausschimpfen könnte. Die Luftfeuchtigkeit tat ihrem Sonnenbrand wohl. Als sie die blaue Bluse, die mit kleinen rosafarbenen Blüten bestickt war, wiederfand, zögerte sie lange, das Stück anzuziehen. Im Haus brauchte sie sowieso keine Kleidung, und wenn sie nach draußen ging, warf sie sich die Bluse nur wie einen Umhang über die Schultern. Hatte sie dann das nächste Heim betreten, streifte sie sie gleich wieder ab.

Am Nachmittag fiel ihr wieder ein, daß sie sich um das Vieh kümmern mußte. Die Tiere grasten in der Regel am anderen Ende der Siedlung, in der Nähe des Flusses. Dort konnte sie dann auch gleich nach den Pumpen sehen. Ofelia fand einen breiten Hut, den jemand zurückgelassen hatte, und legte sich wieder die Bluse um die Schultern.

Die Viehweiden lagen zwischen den Häusern und dem Wasserlauf. Das terrageformte Gras fand in dem feuchten Boden guten Halt. Die alte Frau hatte schon seit vielen Jahren nichts mehr mit den Schafen und Rindern zu tun gehabt – und auch nicht gewußt, daß man für die Kälber ein eigenes, festes Gehege gebaut hatte. Niemand schien bei der Abreise daran gedacht zu haben, die Tiere freizulassen. Zwei Kühe waren über das Gatter gesprungen und hatten sich ein gutes Stück entfernt. Eine dritte hatte ebenfalls diesen Weg in die Freiheit gefunden, graste aber ganz in der Nähe. Im Gehege standen zwei kräftig und gesund wirkende Jungtiere. Ein drittes war bis auf die Knochen abgemagert. Noch während Ofelia hinsah, versuchte das schwächliche Kalb etwas von der Milch einer Kuh abzubekommen, aber seine Geschwister schubsten es unsanft beiseite.

Die alte Frau wandte ihre Aufmerksamkeit dem Muttertier draußen vor dem Gatter zu. Sie war zwar keine Expertin für Viehhaltung, aber das Euter schien ihr praller zu sein als das der anderen Tiere im Gehege. Ein Stück entfernt am Fluß waren die braunen Rücken der anderen Rinder zu sehen. Sie machten allesamt einen zufriedenen Eindruck, und vielleicht war mit ihnen ja auch alles in schönster Ordnung.

Ofelia hatte keine Lust, sich auch noch um das Vieh Gedanken und womöglich Sorgen machen zu müssen. Kurz entschlossen öffnete sie das Tor zum Gehege, und die Kühe stürmten gleich heraus und führten ihre Kälber zum Gras. Das Muttertier, daß es nach draußen geschafft hatte, trottete sofort zu dem abgemagerten Jungtier und leckte es ab.

Das Kalb fand gleich eine Zitze und saugte daran. Aber Ofelia bemerkte keinen weißen Schaum um sein Maul, der besagen würde, daß das Kleine wirklich Milch zu trinken bekam.

Sofort meldete sich ihr schlechtes Gewissen zu Wort. *Das ist alles deine Schuld, Ofelia. Wenn du doch nur schon gestern gekommen wärst. Aber das war dir ja zuviel Mühe, du selbstsüchtiges Miststück. Hauptsache, du kannst irgendwo den Tag vertrödeln, dann ist der Rest dir vollkommen egal, du törichtes Frauenzimmer!*

Die alte Frau ging zum Trog im Gehege, um nachzusehen, ob in ihm noch Wasser vorhanden war. Dabei hatte sie gar nicht vor, die Tiere wieder dort einzusperren. Irgendwann fiel ihr auf, daß die Stimme des schlechten Gewissens so gar nicht wie ihre eigene klang, sondern vielmehr wie die von ... ja, von wem? Barto? Humberto? Nein, sie war älter und nicht die eines Mannes. Weibliche Zanksucht und Zeterei waren darin enthalten ...

Ofelia war viel zu erschöpft, um sich länger mit dieser Frage abzuplagen. So beließ sie es bei der schlichten, aber ausreichenden Erkenntnis, daß ihre öffentliche Stimme mehrere Tage geschwiegen hatte und jetzt zurückgekehrt war.

Am Abend hockte sie sich im kühlen Dämmerlicht vor der geöffneten Küchentür auf den Fußboden und genoß das gesunde Aroma ihres Gartens. Die neue Stimme sprach mit ihr und klang glücklich und ungefähr so wie das gurgelnde Wasser, das gestern durch die Gräben gelaufen war. Die alte Stimme hatte sich wie eine Katze in irgendeiner Ecke zusammengerollt und schlief.

Die private Stimme flüsterte ihr zu: *Frei, frei, frei ... alles ist so ruhig ... wie wunderbar, frei zu sein ... frei ...*

Ofelia träumte. Sie trug ein gelbes Kleid mit Rüschen an den Schultern und dazu passende gelbgetönte Socken und zwei gelbe Schleifen im Haar. In der Hand hielt sie eine karierte Büchertasche, und ihr erster Schultag stand bevor ... Ihre Mutter war gestern noch bis tief in die Nacht damit beschäftigt gewesen, ihr Kleid und die Schleifen zu bügeln und zurechtzulegen. Ofelia war ziemlich aufgeregt und konnte es gar nicht abwarten, endlich in die Schule zu kommen. Letztes Jahr war es bei Paulo so weit gewesen, und heute war sie an der Reihe.

Das Klassenzimmer roch nach Kindern und Dampf. Es lag im Keller der überfüllten Schule, und gegen Mittag hingen die Rüschen an ihrem Kleid schlaff herab. Aber das machte ihr nichts; denn hier gab es Computer, echte Computer, und den Kindern wurde gestattet, sie anzufassen. Das hatte Paulo ihr zwar schon erzählt, aber so recht hatte sie es ihm nicht geglaubt. Aber jetzt stand sie tatsächlich leibhaftig vor einer solchen Maschine. Ihre Finger wanderten über die Tasten, und sie lachte über die Farben auf dem Bildschirm. Der Lehrer forderte die Kinder auf, die Farbvierecke in einer bestimmten Reihenfolge mit der Maus anzuklicken; aber Ofelia hatte längst entdeckt, daß man die Maus auch dazu benutzen konnte, die Farbvierecke zu bewegen und durcheinanderzuschieben. Mittlerweile herrschte auf ihrem Bildschirm das schönste Farbchaos.

Natürlich war so etwas sehr ungezogen. Der Lehrer hatte genau gesagt, was die Kinder tun sollten, und sie hatte statt dessen etwas anderes angefangen. Das war falsch und ungehorsam. Heute konnte Ofelia das verstehen.

Aber in ihrem Traum flogen die wirbelnden Farben vom Bildschirm, malten den ganzen Raum bunt an und ließen die Erinnerungen lebendiger erscheinen, als es in Wirklichkeit gewesen war. Auf den anderen Schirmen folgte ein Farbviereck dem nächsten, immer wieder in derselben Reihenfolge, rot, grün, gelb, blau, schön, ordentlich, gehorsam und langweilig.

Auf Ofelias Bildschirm aber ... war eine richtige Unordnung entstanden. Der Lehrer hatte geschimpft, doch sie hatte längst gehört, was die Kinder riefen. Großartigkeit, Pracht und all die anderen Dinge, die sie niemals haben durften.

Die alte Frau wachte auf, und Tränen liefen über ihre Wangen. Sie blinzelte einige Male, um die letzten Tropfen hinauszupressen. Etwas Rotbuntes schwang immer wieder am Fenster vorbei. Trompetenblüten, die vom Wind bewegt wurden. Die Ranken an dieser Seite des Hauses mußten in der Nacht um mindestens dreißig Zentimeter gewachsen sein. Barto hatte immer darauf bestanden, keine Klettergewächse ans Haus zu lassen.

Ofelia lag da in ihrem breiten Bett und erlebte ein tiefes Glücksgefühl, das aus ihren Knochen selbst zu kommen schien. Glück über den Anblick dieser wunderschönen Blumen, die im Sonnenlicht tanzten.

Kapitel 4

INTERNES MEMO
VON: Gaai Olaani, Repräsentant von Sims Bancorporation an Bord des Unterlichtschiffes Diang Zhi.
AN: Leitung der Abteilung für Koloniale Operationen.

»Gemäß den Anweisungen wurde die Kolonie 3245.12 nach den normalen Vorschriften evakuiert. Im Anhang finden Sie unter A die Personalliste, unter B das Verzeichnis aller Ausrüstungsgegenstände, deren Bergung als unökonomisch angesehen wurde, und unter C Belege für die Hemmnisse durch die einheimische Biologie, die unserem Standard-Terraforming im Wege gestanden haben. Möglicherweise erklären sie, warum diese Kolonie gescheitert ist. Ganz gewiß haben diese Hemmnisse Auswirkungen auf die Biochemie der Kolonisten gehabt, was sicher deren unzureichende Fortpflanzungsrate erklärt.
Einem erneuten Versuch, diese Welt zu besiedeln, sollte unbedingt eine gründliche Erforschung der hiesigen Gegebenheiten vorausgehen, und damit sind insbesondere die biologischen Verhältnisse gemeint.
Ich gebe darüber hinaus zu bedenken, daß die Firma, die als nächste den Mietvertrag für diesen Planeten unterzeichnet, uns regreßpflichtig machen könnte, wenn wir keine weiteren Forschungsergebnisse vorlegen können.«

INTERNES MEMO
VON: Moussi Star, Vizepräsident und verantwortlich für Xenoexploration.
AN: Guillermo Ansad, Projektmanager.
»Es interessiert mich nicht, wie verläßlich Ihr Agent ist, ich weiß nur, daß diese Typen uns hier eine blöde Suppe eingebrockt haben. Wir wissen, daß Sims seine dortige Kolonie nicht ausreichend mit Material und Personal ausgestattet hat – und daß sie

ihre Siedler mitten in ein Flutgebiet mit schweren Tropenstürmen abgesetzt haben.
Wenn die Kühe und die Schafe dort immer noch am Leben sind, kann es also nicht daran liegen, daß mit dem Terraforming etwas schiefgelaufen ist.
Halten Sie sich deshalb an den Zeitplan.«

Ofelia wußte nicht einmal mehr, an welchem Tag sie ihr Zeitgefühl verloren hatte. Die ersten Tage hatte sie alle Hände voll zu tun gehabt. Wie lange hatte das angehalten? Vier Tage? Fünf? Als sie schließlich alle Kühlschränke abgetaut, gereinigt und abgeschaltet hatte, als sie alle Gebäude auf Schäden oder mögliche Gefahrenherde, die aufgrund einer Unachtsamkeit der abreisenden Kolonisten entstanden sein mochten, untersucht hatte und als sie sich schließlich einen festen Tagesablauf zurechtgelegt hatte – hatte sie sich eine Woche oder so des glücklichen Nichtstuns und Genießens gegönnt. Diese Zeit war wie im Traum vorübergegangen.

Tag für Tag tat sie nur noch das, was sie wollte. Störungen traten nicht auf. Keine wütenden Stimmen schimpften sie aus. Und niemand verlangte von ihr, dies zu tun oder jenes zu lassen.

Mit jedem neuen Tag schwollen die Tomaten von kleinen grünen Knospen zu fetten grünen Kugeln an. Bohnenschoten schoben sich aus runzligen Blumen und verlängerten sich zu dicken Stangen. Kürbisse bildeten sich unter bunten Blüten und blähten sich auf, bis sie schließlich Ballons glichen. Die alte Frau arbeitete jeden Morgen im Garten, befreite die Pflanzen von Stengelsaugern und Blattfressern, zerdrückte Schleimruten und hatte ihre Freude daran, über nichts und niemanden nachdenken zu müssen.

An den Nachmittagen stand dann die Inspektion der Maschinen an. Sie besuchte den Abfallrecycler, das Kraftwerk, die Pumpen und die Filter. Obwohl so etwas in den zurückliegenden Jahren nicht zu ihrem Aufgabenbereich gehört hatte, war ihr doch alles wieder eingefallen, was sie in den Lehrstunden über die Wartung und Bedienung der Anlagen gelernt hatte. Bislang blieben alle Anzeigen im grünen Bereich. Die Energie strömte gleichmäßig und ohne Störungen. Das Wasser, das aus den Hähnen kam, war nie gelb gefärbt oder schmutzig.

Nachdem sie ihre täglichen Routinearbeiten hinter sich gebracht hatte, spazierte sie durch die verlassenen Häuser und versorgte sich dort mit allem, was sie benötigte. Die meisten Gegenstände deponierte sie in den Nähräumen des Zentrums. Ofelia hielt sich gern in diesen Räumlichkeiten auf, und manchmal schlief sie dort sogar für ein oder zwei Stunden ein, bis die untergehende Sonne sie weckte und ihr anzeigte, daß es an der Zeit war, nach dem Vieh zu sehen.

Die Tiere beschäftigten sie etwas länger. Auf gar keinen Fall wollte sie die Tiere wie Kinder behandeln, die sich darauf verließen, von ihr versorgt zu werden. Auf der anderen Seite war ihr irgendwie bewußt, daß sie auf das liebe Vieh angewiesen war. Schließlich wollte sie auch weiterhin Fleisch essen, und irgendwann würde das Tiefgefrorene, das in den großen Truhen und Kühlkammern im Zentrum gelagert wurde, aufgebraucht sein. Und nicht nur das, sie benötigte auch neue Wolle. Allerdings freute sie sich ganz und gar nicht darauf, die Wolle zu waschen und auszukämmen, ehe sie verarbeitet werden konnte. Aber die Schafe waren vor dem Abflug geschoren worden. Sie mußte sich also erst im nächsten Frühjahr darum kümmern.

Bis dahin beließ sie es dabei, jeden Tag festzustellen, wo die Tiere abgeblieben waren. Weder die Schafe noch die Rinder entfernten sich jemals von ihren Weiden; denn die Pflanzen dieser Welt konnten sie nicht fressen. Die Schafe hatten sich in den ersten Tagen sehr ängstlich verhalten und waren immer wieder vor Ofelia davongelaufen. Sie vermutete, die Firmenrepräsentanten waren nicht sehr sorgsam bei der Jagd vorgegangen, sondern hatten sich lärmend und johlend der Herde genähert und die Tiere ergriffen, die nicht schnell genug hatten fliehen können.

Doch nach einer Weile faßten die Schafe Vertrauen zu ihr; schließlich hatte Ofelia sich auch schon früher um sie gekümmert. Und jetzt, da kein Schäfer sie mehr versorgte, folgten sie der alten Frau blindlings.

Die Rinder hielten weiterhin Distanz zu ihr. Wenn Ofelia an den Weiden vorüberspazierte, beobachteten sie sie mit großen Augen und verdrehten die Ohren. Aber wenigstens liefen sie nicht vor ihr davon.

Wenn die alte Frau darüber nachdachte, bekam sie gleich wieder Wut auf die Firmenleute. Wenn die verdammten Repräsentanten unbedingt frisches Fleisch hatten essen wollen, warum waren sie dann nicht ins Kühlhaus im Gemeindezentrum gegangen. Dort hätten sie sich nach Herzenslust bedienen können. Aber nein, sie hatten lieber die Schafe verängstigt und ihr selbst eine Riesenschweinerei zur Beseitigung hinterlassen. Nun gut, sie hatten ja nicht wissen können, daß nach ihnen noch jemand auf diesem Planeten sein würde, doch das war noch lange kein Grund, ein solches Durcheinander zurückzulassen.

In den Stunden vor dem Schlafengehen fertigte sie sich aus den Resten und Stücken, die sie in den Häusern gefunden hatte, bequeme Kleidungsstücke ganz nach ihrem Bedarf an. Da ihr jetzt ja niemand mehr zusah, durfte sie auch wieder die modischen und bunten Sachen anziehen, die sie seit vielen Jahren nicht mehr zu tragen gewagt hatte. Sie ertappte sich oft genug dabei, in einem fremden Heim ganz automatisch etwas Jugendlicheres herauszugreifen. Farben wie das kräftige Rot der Trompetenblüten, das Gelb ihres Kleidchens am ersten Schultag, das feurige Grün der jungen Tomatenknospen und das kühlere Grün der reiferen Knollen zogen sie magisch an. Bartos abgeschnittene Hose wanderte schon bald in den Recycler. Sie schneiderte sich lieber eigene Shorts, diesmal mit Fransen an den Säumen.

Dann entdeckte sie eines Tages, daß die ersten Tomaten sich rot gefärbt hatten, und das erschreckte sie. Wieviel Zeit mochte verstrichen sein? Wie lange hielt sie sich schon allein auf dieser Welt auf? Die alte Frau versuchte zurückzurechnen, aber sie kam nicht sehr weit damit, ihr Gedächtnis zu martern. Nach den ersten paar Tagen hatte sich zu wenig Bemerkenswertes getan, um einen Anhaltspunkt zu finden. Ihre Panik legte sich erst wieder, als ihr einfiel, daß die Maschinen im Zentrum ihr die Zeit sagen konnten, denn sie besaßen eine unauslöschbare Kalenderfunktion. Und da gab es auch eine Art Tagebuch oder Chronik, in die sie Einträge machen konnte.

Aber wollte sie das wirklich? Nein, im Grunde brauchte sie das gar nicht. Solange sie erfahren konnte, wann es Zeit für die Aussaat war, würde das vollauf reichen. Und bei dem Klima auf dieser Welt wuchsen und gediehen die Pflanzen das ganze Jahr hindurch. Davon abgesehen würde ja doch niemals jemand ihre Einträge zu lesen bekommen. Und verlangte es sie wirklich danach, das zu lesen, was sie selbst einmal dort hineingeschrieben hatte? Wohl kaum.

Irgendwann stand sie dann vor dem Tagebuch und schaute nach: Seit zweiunddreißig Tagen lebte sie hier allein. Das kam ihr doch sehr lange vor. Argwöhnisch tippte sie mit dem Zeigefinger gegen den Schirm. Aber die Zahlen veränderten sich nicht.

Ofelia blätterte zurück bis zum letzten Eintrag und zählte mit den Fingern mit, um ganz sicherzugehen. Tatsächlich, vor zweiunddreißig Tagen hatte zum letzten Mal jemand etwas vermerkt. Eine sehr lapidare Auskunft:

TAGEBUCH AUF WÜRFEL FÜR MITNAHME KOPIERT. KOLONIE DAMIT OFFIZIELL AUFGEGEBEN. ALLES NOCH LEBENDE PERSONAL EVAKUIERT.

Weitere dreißig Tage zurück stand auf dem Schirm zu lesen, daß die Firmenrepräsentanten eingetroffen waren.

Ofelia hatte es stets für Zeitverschwendung gehalten, in dieser Chronik zu lesen, ganz zu schweigen davon, selbst einen Eintrag hinzuzufügen. Doch eigenartigerweise fing das Siedlungstagebuch an, sie immer mehr zu faszinieren.

Jemand hatte sich die Mühe gemacht, die Maschinen viermal täglich zu kontrollieren und alle abgelesenen Werte in der Chronik verzeichnet. Ein anderer hatte den Wasserstand des Flusses gemessen, wieder ein anderer die Tagestemperaturen, die Regenmenge und die Windgeschwindigkeiten. Aber in der Chronik fanden sich auch Auskünfte über das Vieh – »Heute wieder ein totgeborenes Kalb« – und die Getreidebestände – »In diesem Jahr kein Blaukornbefall an den Schößlingen«.

Die alte Frau ärgerte sich bald, daß soviel ausgelassen worden war. Sie blätterte in der Datei vor und zurück und suchte nach Ereignissen, an die sie sich erinnern konnte. Man hatte Geburten eingetragen, auch Todesfälle, Familientransfers, schwere Erkrankungen, schlimme Verletzungen und Fälle von Geistesgestörtheit ... doch mit keinem einzigen Wort wurde auf die Schicksale eingegangen, die dahinterstanden.

Ein Eintrag wie »C. Herodis transferiert von K. Botha zu R. Stephanos« las sich, als habe jemand seine Habe zusammengepackt und sei auf die andere Straßenseite umgezogen. Dabei konnte Ofelia sich noch gut an die jahrelangen Streitigkeiten erinnern, die Caras Auszug aus dem Haus der Bothas vorangegangen waren. Zuerst die Fehlgeburten, dann Kostans Beschuldigung, sie sei eine Hexe, und schließlich Caras laute Klage, Kostan halte seinen Samen für »diese Hure Linda« zurück ... und dann Lindas Rache für eine solche Verleumdung ... die Tat hatte die Kolonie ihre letzten lebenden Hühner gekostet ... Reynaldo war der einzige Mann gewesen, der sich getraut hatte, Cara bei sich aufzunehmen, nachdem Kostan sie endlich vor die Tür gesetzt hatte ... und ein halbes Jahr später war Cara ums Leben gekommen. Bei einem Unfall ... niemand hatte den Vorfall genauer untersuchen oder der Frage nachgehen wollen, wie jemand nach vorn fallen und sich dabei an einem Stein den Hinterkopf aufschlagen konnte ...

Nein, das war doch alles unwichtig. Was sollte sie mit einem Tagebuch anfangen, das nichts weiter als Zahlen und dürre Daten enthielt? Ofelia zögerte. Die Instruktoren hatten den Siedlern eingeschärft, dies sei die offizielle Chronik der Kolonie, und niemand dürfe sich daran zu schaffen machen. Nur der Diensthabende, der dazu ausgebildet war, besaß die Erlaubnis, etwas ins Tagebuch einzutragen ... aber jetzt konnte ja niemand sehen, was Ofelia tat ... und was sollte daran auch falsch sein? Sie selbst wußte schließlich, daß sie nur ein paar Dinge richtigstellen würde.

Die alte Frau betrachtete vorsichtig die Kontrollen. Möglicherweise weigerte sich die Anlage, Korrekturen von ihr zu akzeptieren. Doch anscheinend gab sie den richtigen Befehl ein. Auf dem Schirm erschien nur der Tag, an dem Cara umgezogen war. Ein Pfeil zeigte auf die Stelle am Ende der Meldung und schien darauf zu warten, daß sie weiterschrieb.

Ofelia benötigte beinahe den gesamten Rest des Tages, die Geschichte von Cara und Kostan einzugeben – und zwar in der Form, die ihr als die richtige erschien. Die alte Frau wußte, wie man eine Geschichte zu erzählen hatte und wie man sie aufbauen mußte. Aber sie mit den Fingern einzutippen und auf dem Bildschirm zu verfolgen, wie sie Buchstabe um Buchstabe, Wort um Wort wuchs, war doch etwas ganz anderes. Immer wieder hielt Ofelia inne, weil sie glaubte, dies oder jenes noch erklären zu müssen. Zum Beispiel, daß Kostans Mutter Cara nicht hatte ausstehen können; oder daß sein Vater sie sehr lieb gehabt hatte, vielleicht etwas zu lieb; oder daß Kostans Bruder zu jener Zeit mit Linda ging …

Ja, das war doch wichtig, daß man alle Zusammenhänge erfuhr und nachlesen konnte, wie alles gekommen war. Aber dann gab es da noch die Dinge oder Vorfälle, die Ofelia beim Erzählen mit dem Hochziehen einer Augenbraue, einem Zwinkern oder eine Veränderung in ihrer Stimme kommentiert hätte. Auf einem Bildschirm wirkten sie recht unbeholfen, plump und stellenweise sogar unglaubwürdig.

Als sie es gut sein ließ, war draußen schon Nacht.

Zweiunddreißig Tage hatte sie schon allein auf dieser Welt hinter sich. Sie hatte gar nicht mitbekommen, wie schnell die Zeit verflog. Und heute hatte sie den ganzen Tag an der Chronik verbracht und ihre anderen Pflichten vernachlässigt. Der Rücken tat ihr wieder furchtbar weh, und die Hüfte schmerzte so sehr, daß sie lange brauchte, um aus dem Stuhl vor dem Computer hochzukommen. Wie schützten sich eigentlich die Menschen vor so etwas, die den ganzen Tag an einem Schreibtisch verbrachten? Ofelia schwor sich, diesen Fehler nicht noch einmal zu begehen. Als sie nach Hause ging, fühlte sich die Nacht viel dunkler an, obwohl die Sterne hell und klar am Himmel standen. Heute würde es keine Stürme mehr geben. Die Luft strich mild und feucht über ihren Körper.

Sie trat auf eine Schleimspur und stöhnte auf. Die alte Frau haßte es, auf etwas auszugleiten, ganz zu schweigen davon, daß jetzt ihr Fuß jucken würde. Zu Hause angekommen, duschte sie ausgiebig und schrubbte den Fuß so gründlich wie möglich. Dabei kamen ihr allerlei unangenehme Gedanken. Während des Abendbrots spürte sie, daß sich etwas in ihr festgesetzt hatte, an das sie nicht so recht herankam – und das hinderte sie daran, überhaupt noch in Ruhe über etwas nachzudenken. Sie spülte das Geschirr und schloß die Fensterläden. Obwohl es nun im Haus unangenehm warm wurde, brauchte sie doch das Gefühl, eingeschlossen zu sein.

Als sie in der Dunkelheit im Bett lag, entspannte sie sich und ließ sich treiben, damit die Gedanken wieder wandern konnten. Zweiunddreißig Tage. Eine große Furcht erhob sich wie ein Berg am Rande ihres Bewußtseins. Kam sie etwa näher? Nein ... das Merkwürdige daran war, daß sie diesen Furchtberg schon bestiegen und überschritten hatte, ohne sich dabei seiner Größe und Gestalt bewußt zu werden. Früher schon hatte sie solche Angst gehabt, auch wenn die Gründe andere gewesen waren ... als sie zum ersten Mal mit Caitano im Bett gelegen hatte ... als sie Humberto geheiratet hatte ... als das erste Baby sich seinen Weg aus ihrem Bauch gezwungen hatte ... und bei allen späteren Gelegenheiten war sie sich zwar einer Furcht bewußt gewesen, aber noch nie hatte sich diese wie ein Wall vor ihr aufgebaut. Ofelia hatte sie nie beachtet, und irgendwann war sie einfach sang- und klanglos verschwunden. Und genau so verhielt es sich auch hier.

Ich habe Angst gehabt. Sie erinnerte sich an den stillen Schrei, den sie in ihre Kehle zurückgezwungen hatte, so als würde man ein halbgeborenes Kind in die Gebärmutter zurückschieben. Wenn sie jetzt daran zurückdachte, fragte sie sich, warum sie den Berg der Furcht nicht überstiegen hatte. Aber sie konnte sich kaum noch an ihn erinnern. Er stand nur vage, ominös und auf immer unerforscht am Ende ihres Gedächtnisses.

Vielleicht war es auch besser so. Grübel nicht immer über dieses und jenes, hatte ihre Mutter sie früher oft ermahnt. Verschwende deine Zeit nicht damit, über Vergangenes nachzusinnen. Das ist nämlich längst fort, auf und davon wie ein Stück Papier, das vom Wind fortgeweht wird. Die Mutter hatte damit vor allem die schlimmen Erlebnisse gemeint. Mit den guten verhielt es sich ganz anders. An die solle man gern und oft zurückdenken, pflegte sie ihrer Tochter zu predigen.

Ofelia streckte sich auf dem breiten Bett aus und versuchte festzustellen, was sie gerade fühlte. Die linke Hüfte schmerzte mehr als die rechte, und die Schultern fühlten sich ganz steif an. Wie angenehm es doch wäre, wenn sie jetzt von jemandem massiert würde.

Aber hatte sie Angst? Nein, nicht mehr. Alle Maschinen in der Kolonie arbeiteten. Die Tiere waren nicht eingegangen, und selbst wenn sie morgen alle sterben würden, hätte Ofelia immer noch für viele Jahre ausreichend zu essen.

Und die Einsamkeit? Nein, sie fühlte sich überhaupt nicht einsam, jedenfalls nicht in dem Sinne, wie das von den meisten Zeitgenossen empfunden wurde. Die alte Frau war der Freiheit noch nicht müde geworden und sehnte sich ganz gewiß nicht nach der Zeit zurück, in der ständig jemand etwas von ihr gewollt hatte.

Aber als sie am nächsten Morgen im Garten stand, spürte sie, wie Tränen über ihre Wangen rannen. Warum weinte sie? Die alte Frau wußte einfach keinen Grund dafür. Die Tomaten wurde jeden Tag ein bißchen reifer – vielleicht konnte sie schon heute nachmittag die erste essen. Die grünen Bohnenschoten und die hohen Maisstengel mit ihrem reifen Duft erinnerten sie stets an Caitano ... Es war nicht unbedingt so, daß sie sich nach einer menschlichen Stimme sehnte; sie hätte nur gern jemanden gehabt, der ihr zuhören würde ...

Und damit kam ihr wieder die Maschine im Zentrum ins Gedächtnis. Der Apparat, der so reich an Daten und so arm an Geschichten war.

Ein anstrengendes Unterfangen, der Chronik alle Geschichten hinter den Zahlen hinzuzufügen. Ofelia könnte sich bis ans Ende ihrer Tage an die Tastatur setzen und würde immer noch nicht alles geschrieben haben. Sie notierte sich in Gedanken Stichpunkte: Evas schlimme Kopfschmerzen; der Geburtstag von Rosaras Schwester, als der große Krug zerbrochen war; die zweite große Flut, bei der auch das letzte ihrer Boote zerschmettert worden war und niemand sich mehr auf die andere Flußseite wagen konnte, nicht einmal in der Trockenzeit.

Ja, wenn sie erst einmal die Stichworte in der Chronik festhalten würde, könnte sie, wann immer sie etwas Zeit übrig hatte die dazugehörige Geschichte verfassen – irgendwann. Schließlich mußte sie ja nicht penibel jeden Tag etwas schreiben; sondern nur, wenn sie gerade Lust dazu hatte, oder wenn bestimmte Erinnerungen furchtbarer juckten als der Schleim von einer Schleimrute. Oder ganz einfach, wenn sie irgend etwas loswerden mußte, um im nachhinein festzustellen, wie das zu anderen Vorfällen paßte.

An manchen Tagen füllte die alte Frau das Tagebuch lediglich mit Meßwerten und sonstigen technischen Daten.

Ofelia saß auf der Schwelle und aß eine weitere reife Tomate. In diesem Jahr würde sie mehr von diesen Früchten ernten können, als sie zu essen vermochte. Die Mittagssonne brannte heiß auf ihre Füße. Sie hatte aber keine Lust, sie in den Schatten zu ziehen, sondern schob sie nur ein Stück zur Seite, bis der Sonnenschein sich wie ein glühendheißer Schuh anfühlte, der ihr die Zehen und den Ballen verglühen wollte.

Die Füße waren ziemlich braun geworden, seit sie mehr Zeit draußen und im Garten verbrachte, genauso wie die Arme und Beine. Sie hob eine Hand in die Sonne und bewunderte das Armband, das sie aus Rankenknospen geflochten hatte. Wenn sie den Arm schüttelte, rasselten die Samenkörner darin, daß es sich anhörte wie Castagnetten. Plötzlich fühlte sie einen Stich im Rücken, und gleich darauf fing es an zu jucken. Ofelia nahm die Fliegenklatsche, die sie aus einem Zweig und ein paar

Stoffresten gebastelt hatte und rieb sich damit über den Rücken.

Die alte Frau wußte, daß sie gerade die angenehmen Tage durchmachte. So schön würde es nicht bleiben. Spätestens in einem halben Jahr war es vorbei mit dem Faulenzen. Nein, das glaubte sie eigentlich nicht. Dank der Maschinen würde das Leben für sie immer ein Müßiggang bleiben. Zumindest so lange, wie sie funktionierten. Also mußte sie nur jeden Tag nach ihnen sehen. Bislang standen alle Anzeigen auf Grün, und das würde sich auch nicht so rasch ändern. Wahrscheinlich war es auch für sie so etwas wie Müßiggang, mußten sie doch nur einen einzigen Menschen erhalten.

Im Osten schob sich eine Wolkenbank zu flammenden Türmen auf, die zu hell waren, als daß man sie ansehen konnte. Aber an ihrer Unterseite wirkten die Wolken schmutzig und grau. Ein Seesturm. Eines der großen Sommerunwetter. Möglicherweise stand ihr tagelanger Regen bevor. In manchen Jahren war die Siedlung von den Stürmen verschont worden; in anderen hatte es sie zwei- oder dreimal erwischt, und dabei war dann stets der Großteil der Ernte vernichtet worden.

Obwohl Ofelia meist den Nachmittag verdöste, weil es viel zu heiß war, um irgend etwas zu tun oder zu erledigen, schob sie sich jetzt seufzend hoch und nahm ihren Korb auf. Sie wollte alle reifen Früchte abpflücken und noch einmal nach den Maschinen sehen, bevor das Unwetter begann.

Am späteren Nachmittag drehten heftige Winde die Blätter im Garten um und präsentierten deren bleiche Unterseite. Ofelia war immer noch unterwegs und sammelte in den Gärten das Obst und die Früchte ein. Sie prüfte in jedem Haus, ob die Fensterläden und Türen fest geschlossen waren, und sie sah auch in den Geräteschuppen nach. Eine hochfliegende Wolkendecke schob sich über den Himmel und verwandelte das gelbe Sonnenlicht in ein milchiges Glühen. Die Luft wurde dicker, und die alte Frau bekam Atemnot. Mal erstickte sie fast, dann wieder überfiel sie ein Frösteln. Das Haus füllte sich mit Körben voller Tomaten, Bohnen, Pfefferschoten, Kürbissen, Gurken und Melonen. Wohin man sich auch wandte, überraschte einen ein neuer Duft. Erst als der erste Regen fiel, beendete sie die Ernte und begab sich ins Zentrum.

Das Barometer war deutlich gefallen, genau wie die alte Frau es erwartet hatte, und die Unwetterwarnlampe flammte auf. Sie schaltete die Warnanlage aus und rief am Computer das Satellitenbild auf. Erst als sie die Wetterkarte vor sich sah, ging ihr auf, daß der Wettersatellit immer noch arbeitete. Warum hatte die Firma ihn nicht abgeschaltet und mitgenommen?

Auf dem Schirm zeigte sich draußen auf dem Meer eine Wolkenspirale, deren Rand die Küste berührte. Die alte Frau betrachtete die Werte und Zahlenkolonnen, die an den Rändern aufgeführt waren, und fragte sich, was sie wohl bedeuten mochten. Auf jeden Fall erkannte sie, daß sich auf dem Meer ein großer Sturm zusammengebraut hatte, der wohl über die Siedlung ziehen würde. Wenn sie noch die Zeit und die Kraft dazu hatte, würde sie alle Tiere in die Stadt treiben … bei solchen Unwettern trat nämlich der Fluß über seine Ufer und spülte das Vieh womöglich mit sich fort.

Als sie die Tür öffnete, sah sie, wie der Sturm schon Regen über die Straße peitschte. Feine Tröpfchen bedeckten ihr Gesicht, als sie den Kopf kurz nach draußen schob. Es war so finster, daß sie kaum noch die Umrisse der Häuser ausmachen konnte. Nein, sagte sich Ofelia, sie würde nicht durch ein solches Unwetter laufen und nach blödem Vieh suchen. Wenn die Tiere nicht genug Verstand besaßen, sich selbst in Sicherheit zu bringen, dann war das allein deren Schuld. Sie jedenfalls würde sich auf dem schnellsten Weg nach Hause begeben, sobald der Wind etwas nachgelassen hatte.

Zwischen zwei Böen lief sie hinaus, und die Luft legte

sich schwer, schwül und bedrängend wie ein unerwünschter Liebhaber auf sie. Ofelia hüpfte zwischen den Pfützen hindurch. Immer wieder hörte sie sonderbare Geräusche, die aus einiger Entfernung zu kommen schienen. Fuhr da der Wind durch den Wald? Stammte das Ächzen und Quietschen von Stämmen und Ästen, die von den Böen gebogen wurden? Oder schrien da vielleicht Tiere ihre Not?

Als die alte Frau die Tür hinter sich schloß, empfing sie der überwältigende Geruch der vielen Feldfrüchte, die sie eingesammelt hatte. Die feuchte Hitze hatte deren Duft um eine Vielfaches verstärkt. Ofelia fand eine Taschenlampe, lief durchs Haus und schob überall die schweren Sturmriegel vor die Fensterläden. Dann war die Küche an der Reihe. Zuerst die Fliegengittertür sichern, dann die massivere Innentür verriegeln. Nun wieder zurück zur Haustür. Hier zog sie nur die Fliegengittertür fest zu. Die andere konnte sie später immer noch schließen, wenn der richtige Sturm die Straße hinunterheulte.

Bis dahin blieb ihr noch einige Zeit, die sie dazu nutzte, Fladenbrot zu backen, Zwiebeln und Schnittgemüse zu braten und schließlich ein friedliches Abendbrot zu sich zu nehmen, bevor der Wind wieder stärker wurde und in seiner Heftigkeit an der Küchentür rüttelte. Versuch's doch, forderte sie den Sturm heraus, komm schon, trau dich. Humberto und sie hatten das Haus sehr solide gebaut und es in all den Jahren in Schuß gehalten. Es hatte schon schlimmeren Unwettern als diesem hier standgehalten.

Während draußen der Sturm tobte, schloß sie die Vordertür und ging zu Bett. Ofelia schlief gleich ein und bekam kaum mit, wie die Böen pausenlos um das Haus fegten. Als sie am Morgen aufwachte, drang kein Licht durch die Fensterläden. Die alte Frau mußte gar nicht erst nachsehen, um zu wissen, daß das Unwetter mittlerweile die Kolonie erreicht hatte. Sie hörte, wie der Wind um die Häuser heulte, und spürte den Luftzug, der sich durch alle Ritzen zwängte.

Die alte Frau machte Licht und freute sich, daß das Kraftwerk noch arbeitete. Auch frühere Stürme hatten ihm nicht viel anhaben können, aber Ofelia konnte sich noch an ihre Kindheit auf einer anderen Welt erinnern, als manchmal während eines schweren Unwetters der Strom ausgefallen war.

Ein sonderbares Gefühl, in der schwülen Hitze im Innern des Hauses ausharren zu müssen, während draußen frische Winde tobten und der Luftzug wie kleine Mäuse über ihre Füße huschte. Ofelia fing an, sich ein Frühstück zuzubereiten, hatte aber eigentlich gar keinen Hunger und beließ es schließlich bei einer der Melonen, die sie aus dem Garten einer anderen Familie geholt hatte.

Sie hoffte, deren Aroma nicht mehr so intensiv wahrnehmen zu müssen, sobald sie sie gegessen hatte, aber in der unbewegten Luft im Haus hatten sich die Gerüche einfach zu stark festgesetzt. Vielleicht sollte sie ein Fenster an der Seite öffnen, wo gerade kein Wind wehte.

Die alte Frau kehrte ins Schlafzimmer zurück und öffnete die Läden. Der Melonengeruch folgte ihr, als würde er an ihr kleben, und drang an ihr vorbei nach draußen. Ofelia stellte sich in eine Ecke des Raums und zuckte zusammen, als ein naher Blitz den Himmel spaltete. Das weiße Licht erleuchtete das Zimmer gleißend hell. Der Donnerschlag, der kurz darauf folgte, fühlte sich an, als habe jemand eine Schaufel auf ihren Schädel krachen lassen.

Nein, dann schon lieber den süßlichen Melonengeruch. Als sie sich halbwegs beruhigt hatte, schloß sie die Läden wieder und legte sich aufs Bett. Aber hier fühlte sie sich nicht wirklich sicher. Widerwillig stand sie auf und zog die Decke und die Kissen von der Matratze. Im Kleiderschrank war es bestimmt noch stickiger, aber wenigstens bekam sie dort weniger von den Blitzen mit.

Sie baute sich dort ein kleines Nest und hockte sich hinein.

Aber die Geräusche drangen immer lauter an ihr Ohr. Der Wind schrie wie ein Lebewesen, oder besser wie ein Dämon, der erschienen war, um sie zu packen und zu zerreißen. Ofelia kauerte sich tiefer in das Nest von Decke und Kissen und versuchte, sich in den Schlaf zu zwingen. Aber es wollte einfach nicht klappen – schließlich war ihr das auch noch nie gelungen. Jeder Donnerschlag ließ sie aufs neue hochfahren, und danach hatte sie Mühe, wieder zu Atem zu kommen. Jedes neue Geräusch zeigte ihr an, daß etwas kaputtgegangen war und gegen Türen oder Fenster schlug oder daß einer der Läden abgerissen war und den Sturm hereinlassen würde.

Worte und Sätze, die sie seit vielen Jahren nicht mehr ausgesprochen hatte, kamen ihr wieder in den Sinn. Vor allem Gebete, die ihre Großmutter gesprochen und ihr beigebracht hatte. In einem solchen Gewitter ließ man sich leicht dazu verleiten, an überirdische Mächte zu glauben. Sie hatte nach der Heirat alles Religiöse abgelegt. Ihr Mann hatte ihr das Beten nicht eigentlich verboten, aber das Bild von Gott und seiner Übernatürlichkeit mit einer Beharrlichkeit ignoriert, daß sie schließlich selbst nicht mehr daran geglaubt hatte. Als die beiden sich später als Kolonisten gemeldet hatten, hatte er auf dem Bewerbungsbogen in der Rubrik RELIGIONSZUGEHÖRIGKEIT »keine« eingetragen. Und Ofelia hatte es ihm, weil sie sich mittlerweile daran gewöhnt hatte, gleichgetan. Und hier, auf der neuen Welt, wo die anderen Kolonisten weder Gottglauben noch Aberglauben an den Tag gelegt hatten – jeder schien tunlichst für sich behalten zu haben, woran er glaubte oder nicht –, hatte Ofelia, bar jeder Unterstützung von außen, bald auch die letzten Reste dessen verloren, was man ihr in ihrer Kindheit über Gott und Religion beigebracht hatte.

Doch nun fielen ihr die Sätze aus den alten Gebeten

wieder ein. Sie stammelte sie zusammen, weil so viele Worte für immer vergessen waren, genoß aber dennoch die Geborgenheit, die diese Anrufungen ihr gaben. Irgendwann nickte sie darüber ein und fuhr beim nächsten Donnern wieder auf, und so verbrachte sie etliche Stunden zwischen Dösen und Zusammenzucken. Sie fühlte sich in dem beengten Kleiderschrank immer elender, bis sie schließlich doch einschlief und irgendwann in unheimlicher vollkommener Stille erwachte.

Man darf nie nach draußen gehen, wenn der Sturm gerade eine Atempause eingelegt hat. Diese Regel hatte man ihr früh genug beigebracht, und sie hatte sich stets brav daran gehalten. Auch ihre Kinder hatte sie das gelehrt und sie bei Unwettern immer im Haus gehalten. Doch manchmal hörte sie durch die geschlossenen Läden und Türen die Schreie von Erwachsenen und auch von Kindern, die sich dennoch auf der Straße aufhielten. Wenig später ertönte dann lautes Schimpfen, das die Betreffenden zurück ins Haus trieb.

War es noch Tag oder schon wieder Nacht? Stand der Höhepunkt des Sturm unmittelbar bevor, oder war er bereits weitergezogen? Die alte Frau spähte vorsichtig aus dem Kleiderschrank und erblickte nur die vollkommen normal aussehenden Zimmer, in denen weiterhin Licht brannte. Langsam und ächzend, weil ihr Rücken und die Hüfte sie wieder plagten – in einem Sturm wurde es besonders schlimm mit ihnen –, schob sie sich hinaus und kam langsam hoch.

Wenn das Unwetter wirklich noch vor seinem Höhepunkt stand, würde der Sturm von der anderen Seite heranrasen. Mit anderen Worten, sie durfte die Fensterläden im Schlafzimmer nicht öffnen. Dafür aber die Haustür ... Ofelia machte zwei Schritte auf dem kühlen, feuchten Boden und lauschte nach Donnerschlägen. Weit entfernt grollte tatsächlich etwas am Himmel. Aber das bedeutete noch lange nicht, daß sie das Schlimmste hinter sich hatte.

Ofelia öffnete die massive Tür. Der Regen, der durch das Fliegengitter getrieben worden war, hatte sie durchnäßt, und jetzt bildete sich auf dem Boden eine Pfütze. Aber die alte Frau entdeckte auch, daß es draußen schon etwas heller geworden war. Sie öffnete die Innentür ganz und wollte die Außentür aufstoßen, aber diese gab nicht nach. Die alte Frau warf sich seitlich dagegen und drückte mit aller Kraft dagegen. Der kleine Baum in ihrem Vorgarten war umgerissen worden und blockierte den Türboden.

Ein fahles Licht herrschte auf der Straße. Die Abflußgräben quollen über vor rauschendem Wasser, und der unbefestigte Weg hatte sich stellenweise in eine Schlammlandschaft verwandelt.

Die alte Frau blickte nach oben. Ein heller blauer Kreis zeigte sich am Himmel, der von einem Wolkenkranz umgeben war. Dessen Ränder wurden von der aufgehenden Sonne golden gefärbt. Ja, so hatte man ihr immer erzählt, würde es in der Mitte eines Unwetters aussehen, wenn die sogenannte Ruhe vor dem Sturm eingetreten war, und genau so konnte man es auch auf Bildern sehen. Aber es war etwas ganz anderes, wenn man es in Wirklichkeit sehen durfte. Ihre nackten Füße gruben sich in den Matsch, und sie bedauerte es, niemandem von diesem Anblick erzählen zu können.

Am besten wäre es, die zweite Hälfte des Gewitters im Gemeindezentrum abzuwarten. Dort war sie genauso sicher wie in ihrem Haus; nein, eigentlich noch sicherer. Aber sie wollte viel lieber hier draußen auf der Straße stehenbleiben und sehen, wie der Sturm zurückkehrte, wollte miterleben, wie schnell er heranraste.

Das ist viel zu gefährlich, warnte die alte Stimme in dem Tonfall, wie sie es in ihrer Kindheit von den Erwachsenen zu hören bekommen hatte. Dieses mächtige Unwetter könnte sie tatsächlich töten – mit der gleichen Leichtigkeit wie sie selbst Gleitkäfer mit der Fliegenklatsche erschlug oder Schleimruten zerquetschte. Es wäre also viel vernünftiger von ihr, ins Haus zurückzukehren und sich wieder im Kleiderschrank zu verkriechen.

Aber Ofelia entfernte sich noch ein Stück weiter von ihrem Heim, weil sie feststellen wollte, wie hoch die Wolkenformation im Osten stand. Das Gewitter schien noch nicht nähergekommen zu sein. Ein paar Schritte noch, und sie stand auf der Straße, von wo aus sie weit nach Osten blicken konnte. Dabei stellte sie auch fest, daß alle Häuser noch standen. Allerdings war ihr Gartenzaun niedergedrückt, und der Sturmwind hatte die Tomatenpflanzen zerfetzt. Die Maisstengel lagen flach am Boden und zeigten alle in Richtung Wald. Aus einiger Entfernung hörte sie die Schreie des Viehs.

Die dunkle Wolkenbank schien jetzt zurückzukehren, aber das ließ sich auf die Distanz hin nur schwer sagen. Am liebsten hätte Ofelia hier gewartet, bis das Unwetter den Shuttle-Landeplatz erreicht hatte. Vielleicht sogar, bis es über den Häusern am Ende der Straße wütete. Diesmal würden die Winde hinter ihrem Heim wehen, und so durfte sie auf einen gewissen Schutz von ihm hoffen.

Vorsichtig ging sie ein paar Schritte nach Osten und kam sich dabei genauso ungezogen vor wie damals, als sie zum ersten Mal nackt hinausgetreten war. Doch dann blieb sie stehen und traute sich nicht weiter. Was für eine Torheit, sich draußen im Freien einem Sturm zu stellen. Blitze zuckten durch die Wolkenmasse. Die kreisförmige freie Stelle am Himmel hatte sich von ihr entfernt; dafür war das Unwetter deutlich näher gekommen.

Was für ein einmalig schöner Anblick. Die alte Frau hatte immer schon gern die Satellitenbilder von solchen Stürmen angeschaut. Sie liebte die anmutigen weißen Wolkenspiralen, die aus dem blauen Meer aufzusteigen schienen. Alle Töne von Blau, Grau und Rot waren in dieser Wolkenballung enthalten, und die goldfarbenen Ränder färbten sich mit dem beginnenden Tag weiß, während das Blau des Himmels immer voller wurde.

Ofelia mangelte es an Worten, diese Pracht zu beschreiben, und in die Freude über diese Schönheit mischte sich bald die Angst. Zögernd machte sie noch ein paar Schritte die Straße entlang und kehrte dann vor ihr Haus zurück, wo sie es wieder genoß, als die Zehen langsam im kühlen Schlamm versanken, der ihnen so gut tat.

Dann ragte die Wolkenwand direkt vor ihr auf, und die Häuser am Ende der Straße verschwanden in einem Heulen von Wasser und Wind. Ein Ruck ging durch die alte Frau, und sie floh in ihr Heim. Sie kämpfte sich durch die um sich schlagenden Zweige des umgestürzten Baums, als der erste Windstoß die Rückseite ihres Hauses traf. Der Anblick von Gold, Weiß und Blau verwandelte sich übergangslos in das Grau des Regens, des Windes und des unerträglichen Getöses.

Ofelia blieb drinnen an der Tür stehen und öffnete sie einen Spalt weit, um nur ja nichts zu verpassen. Sie spürte, wie das Haus unter dem Ansturm der Böen erbebte, aber noch drängte es sie überhaupt nicht, sich in den Schutz des Kleiderschranks zu begeben.

Stunde um Stunde verfolgte die alte Frau, wie der Regen über die Straße gefegt wurde und gegen die Häuser auf der anderen Seite prasselte. Als ihr die Füße vom langen Stehen weh taten, besorgte sie sich einen bequemen Stuhl und betrachtete von nun an das Naturschauspiel im Sitzen ...

Den ganzen Tag regnete und stürmte es. Erst gegen Abend ließ das Unwetter nach, und die Abstände zwischen den Böen vergrößerten sich. Bei Einbruch der Nacht gewannen sie wieder an Kraft, und dazwischen wehte es ununterbrochen.

Auch der Regen schien nicht mehr aufhören zu wollen. Ofelia schlief in dieser Nacht in ihrem Bett, ließ aber das Licht in der Küche brennen. Einen vernünftigen Grund konnte sie dafür nicht nennen, außer, daß sie sich so sicherer fühlte. Im Schlafzimmer war die Luft zum Schneiden dick, und es roch streng nach den einzelnen

Gemüsesorten. Einige Früchte schienen bereits zu faulen, was bei der schwülen Luft auch nicht weiter verwunderlich war. Die alte Frau konnte bei dem Sturmregen natürlich nicht die Fenster öffnen, hatte als kleinen Ersatz aber die Haustür offenstehen lassen.

Sie träumte mehrmals, und dann immer von Wasser: Wasserfälle, Flüsse, Tränen, die über Steingesichter rannen, Tropfen aus einer löchrigen Dachrinne und Ströme aus geplatzten Rohren. Oft genug wachte sie davon auf und glaubte stets, das Geträumte sei real; doch dann stellte sie fest, daß sie im Bett lag und nicht in irgendeinem See; nur die hohe Luftfeuchtigkeit hatte sie ins Schwitzen gebracht.

Am Morgen goß es aus hohen grauen Wolken, stetig und unaufhörlich, aber die heftigen Winde hatten nachgelassen. Hin und wieder fegte ein Böe um die Ecken, und auch ein paar dicke Wolken zogen gelegentlich mit ihnen, aber im Osten ließen sich schon die ersten blauen Stellen am Himmel entdecken.

Die Hitze und die Feuchtigkeit hüllten Ofelia wie ein schwerer Mantel ein. Sie begab sich nach draußen, stieg über den umgestürzten Baum und ließ sich vom Regen abspülen. Das Wasser fühlte sich sehr warm an, schien kaum kälter zu sein als ihr Blut; sie legte den Kopf in den Nacken und ließ die Tropfen in ihren Mund rinnen.

Später sah sie sich um. An den Häusern waren keine Schäden festzustellen, aber sie schaffte es nicht, alle zu überprüfen. Schließlich mußte sie auch ins Zentrum. Die Maschinen liefen immer noch einwandfrei, so als hätte es nie ein Unwetter gegeben. In den Räumen roch es schwach nach Maschinenöl und etwas stärker nach Feuchtigkeit und Schimmel.

Ofelia schaltete die Ventilation ein, damit die Luft bewegt wurde, und betrat die Nähräume. Sie erinnerte sich an den letzten großen Seesturm, bei dem alle Nähnadeln Rost angesetzt hatten und die Frauen sie polieren mußten, um sie wieder benutzen zu können.

In den Abendstunden schleppte sie schließlich ihre Erntefrüchte ins Zentrum. Ofelia würde eine weitere Nacht, umgeben von Melonen und anderen Früchten nicht mehr aushalten können.

Als die letzten Windstöße an den Fensterläden rüttelten, lag sie wieder im Bett und fragte sich verwundert, warum sie vor diesem Unwetter überhaupt Angst gehabt hatte. Ihr Körper fühlte sich schwer, aber auch vom Regenguß wie neu an. Als Donner grollte, spürte sie ihn in Brust und Bauch. Er schüttelte sie durch, wie es früher nur Caitano vermocht hatte.

Was war sie doch für ein böses und lasterhaftes altes Weib, fing gleich die öffentliche Stimme an zu schimpfen. Eigentlich hätte sie für ihre Schlechtigkeit den Tod verdient. Die Stimme tadelte sie dafür, nackt oder nur spärlich bekleidet herumzulaufen, und erst recht dafür, auf welch schamlose Weise sie ihren eigenen Körper erforschte.

Die neue Stimme hingegen meinte, so sei es gut und schön. Mehr hatte sie nicht zu sagen, wiederholte diese Worte aber mehrmals. Dann wechselten die beiden sich ab mit dem dunklen Regen, den Winden und den hohen Wolken, die zum Licht aufstiegen.

Ofelia träumte in dieser Nacht von Burgen, Sternen und den Bergen, die sie nie gesehen hatte.

Die Tomaten- und die Maispflanzen waren komplett vernichtet. Die meisten Bohnenstengel hatten sich gelb verfärbt und hingen schlaff herab – offenbar hatten die Pflanzen zuviel Wasser abbekommen und waren ertrunken. Am Gartenrand breiteten die Kürbisse ihre Ranken mit den fächerartigen Blättern aus. Anscheinend hatten Wind und Wetter ihnen wenig anhaben können. Die alte Frau befreite die Wege von dem Gewirr der Tomatenranken, zog die Maisstengel aus dem Boden, um sie auf den Kompost zu werfen, und machte sich auf den Weg zu den anderen Häusern. Überall der gleiche Anblick: Alles, was höher wuchs, war dem Sturm zum Opfer gefallen. Alles, was nahe am Boden gedieh, hatte ihn überlebt. Einige Obstbäume waren stehengeblieben, aber die meisten hatte das Unwetter umgeworfen, manchmal sogar entwurzelt.

Danach standen die Tiere an, und Ofelia erwartete ein langer Fußmarsch durch Dreck und Matsch. Die Schafe hatten sich noch vor Einsetzen des Sturms in die Sträucher zwischen dem Wald und den Weiden zurückgezogen. Die alte Frau stieß ziemlich rasch auf ihre Spur und entdeckte sie wenig später. Ihre Felle waren vollgesogen, und sie knabberten lustlos an der einheimischen Vegetation. Die alte Frau trieb die Tiere mit einem Stock auf das Grasland zurück und fragte sich dabei, warum die Gen-Ingenieure nie die Anstrengung auf sich genommen hatten, Schafen die Blödheit auszutreiben. Ganz gewiß gab es keine andere Tierspezies, die so dumm war, lieber unverdauliches Grün von fremden Sträuchern zu fressen, als auf seiner eigenen Fährte auf die Weiden zurückzukehren, wo es gutes Gras gab.

Die Rinder grasten näher an der Siedlung, weil der Fluß über seine Ufer getreten war. Ofelia hätte sie gern noch weiter an die Häuser herangetrieben, aber die verdammten Biester zogen sich vor ihr so tief in Wasser zurück, daß sie ihnen kaum folgen konnte. Als die alte Frau versuchte, sie zu überlisten und sich ihnen von einer anderen Seite näherte, floh die ganze Gruppe vor ihr in den Fluß. Dabei verloren zwei von den Viechern den Boden unter den Füßen und wurden abgetrieben. Laut und erbärmlich muhend entschwanden sie bald aus ihrer Sicht.

Die alte Frau starrte die anderen Tiere wütend an. Sie verdienten es, im Fluß zu ertrinken, von Monstern gerissen zu werden oder auf einer Sandbank zu stranden, auf der kein Gras wuchs. Ofelia hatte doch nur versucht, ihnen zu helfen. Diese blöden Viecher verhielten sich zu sehr wie Menschen, und deswegen gerieten sie auch andauernd in Schwierigkeiten. Wenn ihnen Hilfe zuteil werden sollte, flohen sie davor, und wenn irgendwo eine Gefahr lauerte, rannten sie darauf zu. Die alte Frau stapfte aus dem Schlamm, war fest entschlossen, nicht noch einmal ihr Leben zu riskieren, um diesen blöden Kühen zu helfen, und trottete zur Siedlung zurück.

Der nächste Tag brachte noch mehr Schauer, und dazwischen heizte die Sonne alles tüchtig auf. Ofelia dachte daran, ihre Gefühle und Empfindungen über den Sturm dem Tagebuch im Zentrum anzuvertrauen, aber dann erschien es ihr doch als zu mühsam, wieder nach den geeigneten Worten suchen zu müssen.

Allerdings mußte sie dringend etwas tun. Eine merkwürdige Rastlosigkeit hatte von ihr Besitz ergriffen. Im Gemeindezentrum fielen ihr dann die bunten Stoffreste und -bänder auf den Nähtischen ins Auge. Niemand hatte während der Vorbereitungen die Zeit gefunden, die Gepäckkoffer hübsch zu dekorieren. Die alte Frau suchte in allen Schränken und Fächern und fand Unmengen von Zierbändern, Holzperlen, Saumbesatz und Stoffen aus dem Fabrikator, die fehlerhaft waren oder aus anderen Gründen keine Gnade vor den Augen der Arbeitsleiter gefunden hatten.

Aber so viel sie auch herumkramte, nichts sprach sie so recht an. Schließlich sah sie im Handbuch für den Fabrikator nach. Die alte Frau wollte Regen, Wind, Blitz, Wolken und Sonne erschaffen. Getöse und Schönheit und Zerstörung. Sie trat an die Fertigungsmaschine, drückte auf ein paar Knöpfe und legte einige Schalter um. Die Anlage quietschte, wie sie es immer tat, wenn sie nach einer Pause wieder in Gang gesetzt wurde, und spuckte wenig später eine silbergraue Faser aus und danach verschrumpelten lilafarbenen Stoff. Ofelia nahm beides an sich und trug es zu einem der Tische. Ihre Finger schoben die Stoffteile zusammen, wieder auseinander, fügten sie neu, probierten verschiedene Farbkontraste aus, verglichen grobes mit feinem Gewebe und hielten matte Farben neben buntleuchtende.

Nach einer Weile hatte sie ... etwas fertig. Sie wickelte sich unsicher in das Neue, und es fühlte sich gar nicht einmal so schlecht an. An einigen Stellen vielleicht etwas zu schwer, an anderen zu leicht. Lange Fransen fuhren kitzelnd über ihre bloßen Beine. Ofelia hatte Metalldekorationen wie Ringe oder Bögen auf den Stoff genäht, und wenn sie sich bewegte, klingelte das Wickelkleid. Als sie sich im Spiegel betrachtete, mußte sie feststellen, daß sie so etwas noch nie gesehen hatte. Sie wußte auch keinen Namen dafür und nannte es daher schlicht Kleid. Doch man mußte dem Kleid zugute halten, daß es in etwa dem entsprach, was ihr vorgeschwebt hatte. Sie trug es von nun an im Haus, vor allem in den dunklen, schwülen Stunden, und schlief darin.

In diesem Sommer blieb es bei dem einen Sturm, der vom Meer herangezogen kam. Ofelia bereicherte ihren Tagesablauf um die Kontrolle der Bilder und Daten vom Wettersatelliten. Des öfteren entdeckte sie einen weiteren Sturm draußen auf dem Meer, manchmal sogar deren zwei, aber sie stießen ein paar hundert Kilometer von ihr entfernt auf Land. Bei ihr stellte sich nur die übliche Spätsommerhitze ein, die nur ein- oder zweimal in der Woche von einem Nachmittagsschauer unterbrochen wurde.

Die alte Frau räumte in den Gärten der Kolonie auf und entschied, welche sie für die Wintersaat nutzen wollte. Sie schnitt und trocknete die geernteten Tomaten; sie schnitt die Bohnen zurecht und fror sie ein. Die Kürbisse deponierte sie in den Kühlräumen des Zentrums. Einige davon schnitt sie in Streifen und hängte sie zum Trocknen auf. Die Peperoni, Zwiebeln und Knoblauchzehen reihte sie an Schnüren auf und hängte diese in die luftigeren Räume des Gemeindezentrums.

Dann wurde es Zeit für die Wintersaat. Zum ersten Mal vermißte Ofelia die anderen. Mit dem Pflug hatte sie nämlich arge Schwierigkeiten, und dabei hatte sie schon den kleinsten gewählt. Früher hatte sie sich nie mit dem Pflügen abplagen müssen; für gewöhnlich war das die Aufgabe der stärksten Männer in der Kolonie gewesen, die für diese Leistung dann bei den anderen etwas guthatten – ein einfaches Kreditsystem.

Der alten Frau gelang es, den kleinen Pflug aus dem Schuppen zu bekommen, aber ihn die sanft ansteigende Straße bis zu ihrem Haus zu schieben ließ sie schon in Schweiß ausbrechen und um Atem ringen. Nach wenigen Metern schmerzten ihr Rücken und ihre Hüften.

Als sie das Gerät einschaltete, tat ihr das dumpfe, rumpelnde Donnern in den Ohren weh, und darüber vergaß sie, es festzuhalten. Der Pflug grub sich in den Boden, und Ofelia mußte sich mit ihrem ganzen Gewicht auf die Handgriffe stemmen, um die Scharen wieder hochzubekommen. Und dann hatte sie die größte Mühe, ihn in gerader Linie voranzubewegen. Als ungefähr ein Drittel ihres Gartens von Löchern und welligen, schiefen Linien durchzogen war, gab sie schließlich entnervt auf. Ihre Hände brannten wie Feuer, und jeder einzelne Knochen schmerzte. Ganz abgesehen davon, daß ihre Ohren noch eine ganze Weile später vom Lärm des Pflugs klingelten.

Nachdem sie sich ausgeruht hatte, rollte sie die Maschine auf die Straße zurück. Allerdings wollte sie das Gerät nicht dort stehenlassen, bis es vollkommen verrostet war. So rachsüchtig war sie nun doch wieder nicht. Aber wenn ihr jetzt der Ingenieur über den Weg gelaufen wäre, der diesen vermaledeiten Kasten entwickelt hatte, hätte sie dem liebend gern einen Satz heißer Ohren verpaßt. Warum schien es unmöglich zu sein, handliche Apparate zu bauen, die auch von kleinen, alten Leuten bedient werden konnten? Oder eine Maschine, die kein Höllenspektakel verbreitete, kaum daß man sie eingeschaltet hatte?

Am nächsten Tag bewaffnete Ofelia sich im Schuppen mit Hacke und Schaufel und fing an, den Garten umzugraben. So schwer war die Arbeit gar nicht, wenn sie nur gemächlich genug vorging. Aber rasch reifte in ihr der Entschluß, nicht alle Gärten auf diese Weise zu behandeln. Im Grunde brauchte sie soviel Anbaufläche ja auch gar nicht.

Später fuhr sie mit der Schubkarre zum Komposthaufen und belud sie mit Dung. Den heftigen Regenfällen war es nicht gelungen, alle Abfälle fortzuspülen oder im Boden versickern zu lassen. Die alte Frau fand genug Abfälle vor, um damit den Boden zu düngen und ihm die terranischen Bakterien und Pilze hinzuzufügen, die die Pflanzen zum Gedeihen benötigten.

Für die Wintersaat waren vor allem Rüben und Knollenfrüchte vorgesehen. Natürlich Zwiebeln, aber auch Karotten, Radieschen, Rote Beete und Kartoffeln; dazu Yamwurzeln und Lauch – eben die Sorten von blattreichen Gemüsen, die die Sommerhitze nicht vertrugen. Und, nicht zu vergessen, die Hülsenfrüchte. Da ihr die gesamten Vorräte der Kolonie zur Verfügung standen, pflanzte sie natürlich vornehmlich die Gemüse an, die ihr am besten schmeckten: Tina-Erbsen und Barque-Kopfsalat, tropfenförmige Radieschen, gelbe Kartoffeln und Pastinaken. Natürlich vergaß sie darüber die anderen Sorten nicht, aber sie setzte sie eher ein, um die Bestände aufzufrischen, nicht um ihren Speiseplan zu bereichern.

Als das alles bewerkstelligt war, verbrachte sie wieder mehr Zeit im Zentrum; und dort vor allem mit der Chronik, die sie fleißig las und mit noch mehr Ergänzungen und Änderungen versah.

Beinahe hätte sie Molly Suppert völlig vergessen, bis sie auf deren Todesmeldung stieß. Die arme Molly hatte nicht zur ursprünglichen Besatzung der Siedlung gehört. Man hatte sie als Spezialtechnikerin hierhergeschickt. Fünf lange Jahre hatte die Frau die Klinik ganz allein geführt und dabei versucht, aus den Reihen der Siedler einen Ersatz heranzuziehen. Nach Ablauf dieser Frist sollte sie von einem Schiff abgeholt werden. Doch als das Shuttle schließlich eintraf, war Molly schon tot.

Ofelia hatte nie erfahren, von welcher Welt Molly stammte. Aber allen war klar gewesen, daß dies ein fremdartiger Ort gewesen sein mußte, wenn dort alle so aussahen wie diese Frau. Molly hatte eine durch und durch weiße Haut, gelbgrüne Augen und orangefarbenes, strähniges Haar besessen. Und gar nicht erst zu reden von ihren merkwürdigen Ansichten. So hatte sie den jungen Frauen Dinge beizubringen versucht, daß sie nicht so früh heiraten müßten oder daß man Kinder nicht schlagen dürfe, um sie zum Gehorsam zu zwingen ...

Wenn Molly sich darauf beschränkt hätte, Immunisiermittel und Schwangerschaftstests auszuhändigen oder den Ammen beizubringen, wie sie die Diagnoseapparate bedienen sollten, hätte man sie wohl nicht eines Morgens hinter dem Zentrum mit einem Messer im Hals aufgefunden.

Es hatte einige Mühe gekostet, ihren Tod so aussehen zu lassen, als sei sie bei der Verfolgung einiger Rinder in eine Sichel gefallen – nicht am Zentrum, sondern unten am Fluß. Ofelia fragte sich heute, ob die Firma das den Siedlern wirklich abgekauft hatte. Eigentlich hatte sie Molly immer gemocht, obwohl sie natürlich nicht so dumm gewesen war, der Frau ihre intimsten Geheimnisse anzuvertrauen, wie das die jungen Dinger bald getan hatten. Molly hatte es vielleicht durchaus als richtig empfunden, den jungen Frauen solche Flausen in den Kopf zu setzen, aber davon änderte sich die Welt nicht, und alles blieb so, wie es immer schon gewesen war. Die Mädchen heiraten weiterhin früh, und wer nicht parierte, bekam eine Backpfeife.

Ofelia trug alles in das Tagebuch ein, was ihr noch zu Molly einfiel. Es war nie so recht ans Tageslicht gekommen, wer denn nun das Messer in ihren Hals gestoßen hatte. Ofelia hatte da zwar einen Verdacht, aber sie wollte in der Chronik niemanden zu Unrecht beschuldigen, ohne hundertprozentig sicher zu sein. Aber sie schrieb hin, wie sich das Sonnenlicht in ihrem roten Haar verfangen hatte, so daß es oft genug aussah, als trüge sie einen Heiligenschein. Natürlich war Molly keine Heilige gewesen; immerhin hatte sie in zwei Sprachen äußerst derb fluchen können. Was ihre Muttersprache anging, war Ofelia natürlich nur auf Vermutungen angewiesen. Doch Mollys Tonfall und Gestik ließen mit ziemlicher Sicherheit darauf schließen, daß sie zeterte und wütete. Ofelia konnte sich an keinen ihrer Flüche erinnern, aber das machte nichts, weil sie die sowieso nie verstanden hatte.

Kapitel 5

So viel Zeit war vergangen, seit sie zum letzten Mal menschliche Stimmen vernommen hatte, daß sie im ersten Moment gar nicht erkannte, was sie da hörte. Befremdliche Krächzer und quiekende Töne wurden laut, und im ersten Moment glaubte Ofelia, sie kämen aus dem Wald. Die alte Frau blieb stocksteif auf der Straße stehen, und ihr Herz fing an, wild zu hämmern. Was war das? Wo kam das her?

Sie folgte den Stimmen und gelangte schließlich ins Zentrum des Kontrollraums, wo eine der großen grauen Kisten ein Gebrabbel von sich gab, in dem ihr Gehirn erst nach einer Weile Worte identifizieren konnte. Ofelia starrte die Box längere Zeit an, ehe ihr bewußt wurde, daß sie nicht zu ihr sprach. Und noch weitere Minuten vergingen, bevor sie erkannte, daß der Lautsprecher sich nicht mit den erwarteten Verwaltern unterhielt.

»... Korrigiere Kurs, jetzt Achtzehn-Sechs-Einundvierzig ...« Der Mann sprach mit einem merkwürdigen

Akzent, und die alte Frau hatte Mühe, seinen Ausführungen zu folgen. Aber es handelte sich bei diesen Worten eindeutig um eine terranische Sprache, und der Sprecher war ohne Zweifel ein Mann, der es gewohnt war, Befehle zu geben.

»Neuer Kurs eingelegt«, bestätigte eine andere Stimme. »Shuttle Eins-Saphir hat korrigiert. Bewegen uns nun auf Sechs-Null-Zwo und Dreißig Zwölf ...« Zischen und Prasseln folgte, dann: »... Schon Anzeichen von der anderen Kolonie?«

»Die erscheint auf unserem Infrarot-Schirm wie ein Leuchtfeuer«, antwortete die erste Stimme. »Die Grenzlinie zwischen terraformtem Gebiet und einheimischer Vegetation sieht stabil aus. Ein Shuttle-Landefeld ist zu erkennen ... und ein paar Häuser. Warum willst du das wissen? Wir kommen nicht einmal in die Nähe der Siedlung.«

»Ich mußte nur an die Kolonisten denken. Sie haben doch ...« Wieder ging seine Stimme in Zischen und Krackeln unter.

Eine längere Pause folgte, bis die erste Stimme wieder zu vernehmen war: »Tja, der Fehler ist uns nicht unterlaufen. Das müssen doch ausgemachte Idioten gewesen sein, die Siedlung mitten ins Tropengebiet zu legen. Soweit ich gehört habe, haben sie weniger Kolonisten abgeholt, als sie hergebracht haben.«

Wieder eine Unterbrechung. Ofelia glaubte, jemand habe dem Mann eine Frage gestellt, obwohl sie nichts als Zischen und Leere hören konnte.

Dann sprach der Mann wieder: »Nein, keine Rebellen, das waren alles Ausfälle. Aber so etwas kann unseren nicht passieren.«

Ofelia lief kalter Schweiß den Rücken hinunter, und sie mußte sich setzen. Ein Shuttle? Im Anflug auf diesen Planeten? Kolonisten?

Man hatte entdeckt, daß sie nicht an Bord war. Sie kamen sie jetzt suchen, und sie würden sie finden, um sie dann hinauf in den Raum zu befördern, in einen Kryo-Tank stecken und ... oder, und das war mindestens ebenso schlimm, sie würden sie zu den neuen Kolonisten stecken, und dann war Schluß mit ihrer Freiheit, dann mußte sie wieder den ganzen Tag das tun, was andere von ihr verlangten.

Ihr Herz schlug unregelmäßig, ihr war kalt, und sie zitterte am ganzen Leib. Nein, so etwas wollte sie auf gar keinen Fall. Sie hatte keine Lust, sich einfangen, einsperren und befehlen zu lassen.

Die alte Frau dachte fieberhaft darüber nach, was sie jetzt tun sollte. Etwa wieder in den Wald und sich dort verstecken? Vielleicht blieb ihr noch Zeit, diesmal etwas mehr einzupacken und mitzunehmen ... aber sehr viel länger als beim letzten Mal konnte sie nicht im Wald bleiben. Schließlich war alles, was dort wuchs, nicht für den menschlichen Verzehr geeignet.

Ofelia trat nach draußen und starrte zum Himmel. Natürlich war da oben nichts zu entdecken. Das Firmament zeigte sich ihr wie eine hellblaue Kuppel, über die ein paar Wolken zogen. Wenn wirklich ein Schiff in den Orbit gekommen war, konnte sie es vom Boden aus nicht erkennen.

Aber konnte es sie sehen? Bei Tageslicht kaum, sagte sie sich ... und in der Nacht?

Die alte Frau wußte, daß sie heute abend nicht wagen durfte, das Licht einzuschalten. Obwohl es in diesen lauen Sommernächten lange genug hell blieb, so daß sie gar kein künstliches Licht brauchte, fühlte sie sich jetzt, da ihr diese Freiheit nicht mehr blieb, von der Dunkelheit eingeengt. Schließlich mußte sie noch einiges erledigen und zusammenpacken, wenn sie in den Wald fliehen wollte.

An diesem Abend saß sie in ihrem dunklen Haus und warf immer wieder einen Blick hinauf zu den Sternen. Konnten die Raumfahrer sie auch ausmachen, wenn hier unten kein Licht brannte? Der Sprecher hatte etwas von

Infrarot gesagt ... Ofelia erinnerte sich mit einiger Mühe, daß das etwas mit Wärme zu tun hatte. Den Kolonisten hatte man am Anfang Spezialbrillen ausgehändigt, mit denen sie in der Dunkelheit Tiere erkennen konnten. Aber die waren im Lauf der ersten Jahre samt und sonders kaputtgegangen.

Das Schiff da oben mochte über andere Mittel und Apparate verfügen. Und mit dem Infrarotgerät ließ sich ganz gewiß die Hitzeabsonderung des Recyclers messen. Ob sie sich damit zufriedengaben, daß man bei der Abreise einfach vergessen hatte, die Anlage auszuschalten, und daß sie seitdem ununterbrochen lief?

Nach so vielen Monaten des Alleinseins fiel es ihr schwer, sich in einen anderen Menschen hineinzuversetzen und sich zu überlegen, was er wohl denken mochte. Wenn nun Barto dort oben saß, was mochte ihm gerade durch den Kopf gehen? Wie lange noch, bis meine Schicht 'rum ist ... Wann fängt meine Schicht an ... Gibt's gleich Abendessen ...

Als der Morgen graute, wachte sie auf. Sie hatte sich gegen die Wand gelehnt und war darüber eingeschlafen. Jetzt tat ihr natürlich der Nacken weh, und ihre Augen waren verklebt. Ofelia streckte sich langsam und vorsichtig, und jede Bewegung bereitete ihr Schmerzen. Endlich gelang es ihr, sich an der Wand hochzuschieben.

Im Zentrum herrschte gerade genug Licht, daß sie von einem Raum zum nächsten finden konnte. Die alte Frau begab sich ins Kontrollzentrum und stellte sich vor den grauen Kasten, aus dem gestern die Stimmen ertönt waren. Gerade als sie sich fragte, ob sie das alles nicht vielleicht nur geträumt hatte, krachte und zischte es wieder, und die Stimmen meldeten sich erneut.

»Hier geht gerade die Sonne auf«, meldete ein neuer Mann. Ofelia fragte sich, wo sie sich gerade aufhalten mochten. Die Sonne würde doch erst in gut einer Stunde aufgehen. Befanden die Männer sich östlich von ihr? Im Osten gab es nur Meer.

Die alte Frau schaltete den Wetterbildschirm ein. Gleich erschien darauf eine Karte vom Kontinent, und dort war die Trennlinie zwischen Tag und Nacht zu erkennen. Irgendwo entlang dieser Linie mußte sich also die Landezone der Fremden befinden – über tausend Kilometer von ihr entfernt.

Möglicherweise würden sie sie ja nie finden. Und wahrscheinlich hatten sie ohnehin genug anderes zu erledigen. In den vierzig Jahren, in denen Ofelias Siedlung bestanden hatte, hatte sich niemand weiter als ein paar Kilometer von der Kolonie entfernt. Natürlich hatte der eine oder andere geplant, einmal eine größere Reise anzutreten, aber wie es nun eben einmal war, immer war irgend etwas dazwischen gekommen. Die alte Frau hegte erste Hoffnung, ihren neuen Lebensstil doch nicht ganz aufgeben zu müssen.

»Acht-Acht wird die Schweren in Zwei hinunterlassen.«

»Wir sind bereit.«

Ofelia verbrachte den ganzen Tag am Lautsprecher und verfolgte die Landung – auch wenn sie die in Gedanken nur ›Invasion‹ nannte – anhand der abgebrochenen Satzfetzen, die zu ihr durchdrangen.

Die alte Frau erinnerte sich an die Landung ihrer Gruppe und wußte daher noch, in welcher Reihenfolge alles ablief. Die ersten Shuttles landeten auf irgendeiner freien Stelle und brachten die Mechbots mit, die dann das Landefeld für die weiteren Transporter herrichteten. Erst dann kamen die eigentlichen Lastträger – die »Schweren« –, und währenddessen waren die Bautrupps schon dabei, Zelte und Schnellbauhallen zu errichten, in denen Vorräte und Gerätschaften untergebracht wurden. Zum Schluß kamen dann die Passagier-Shuttles mit den gerade erwachten Kolonisten. Dabei ging man strikt nach Eignung vor. Die Fachkräfte und Spezialisten zuerst, danach die anderen.

Ofelia stellte sich eine junge Frau vor, so wie sie

damals selbst gewesen war, die gerade in ihrem Kryo-Tank zu sich kam, sich dann gleich um ihre Kinder kümmerte, die jetzt ebenfalls wach wurden, und versuchte, sie ruhigzuhalten, während die Kolonisten aus den Lagerräumen zum Shuttle geführt wurden ... Die alte Frau erinnerte sich noch gut, wie sie mitten in einem Regenguß angekommen waren. Barto hatte in einem fort geschrien und seinen harten, runden Kopf immer wieder gegen ihre Brust geschlagen.

Aber noch war es drüben im Nordosten nicht so weit. Heute entlud man erst die Mechbots und die großen Baumaschinen, die sicher schon damit angefangen hatten, die einheimische Vegetation auszureißen und zu fressen, um ein Landefeld zu schaffen. Die alte Frau fragte sich kurz, ob sie da oben Wald oder Buschland vorgefunden hatten.

Am Abend kehrte sie in ihr Haus zurück und legte sich ins Bett. Sie war überzeugt, sofort aufzuwachen, wenn ein Shuttle auf dem Landefeld ihrer Kolonie niedergehen würde. Ofelia war zwar recht gelassen, machte aber dennoch kein Licht; das wäre wirklich zu töricht gewesen, solange über ihr ein Schiff im Orbit schwebte und alles aufzeichnete, was sich auf dem Planeten tat. Irgendwann würde der Raumer schon wieder abziehen, und die gelandeten Siedler hätten dann anderes zu tun, als nach Lichtern in der alten Kolonie Ausschau zu halten. Dann konnte sie die Schalter wieder betätigen.

Die alte Frau war sich ziemlich sicher, niemals aufgespürt zu werden. Immerhin hatten die Stimmen doch gesagt, daß es eine große Dummheit gewesen sei, eine Siedlung mitten in der Tropenzone zu errichten. Das hieß doch wohl, daß niemand dort oben so bald vorhatte, diese Region hier zu erkunden.

Oh, natürlich würde das irgendwann jemandem einfallen, aber erst in zwanzig, dreißig oder gar vierzig Jahren, und bis dahin würde Ofelia längst tot sein.

Vielleicht lasen diese Forscher ja dann die Chronik der

Siedlung – und natürlich auch Ofelias Ergänzungen und Richtigstellungen. Während sie so im dunklen Schlafzimmer dalag, mußte sie bei der Vorstellung grinsen, daß die Fremden dann etwas über die wahren Umstände erfuhren und Geschichten von wirklichen Menschen statt bloßer Zahlen, Daten und dürrer Angaben vorfanden.

»An Sechs vorbei. Auf Kurs.« Genau wie alle anderen vorher auch, dachte die alte Frau. Fünf Passagier-Shuttles waren inzwischen gelandet. Sie hörte mittlerweile nicht mehr so gebannt zu; sie hatte bereits deutlich herausgehört, daß niemand auch nur einen Gedanken an die aufgegebene Siedlung in der Tropenzone verschwendete. Wozu auch, sie konnten ja doch nichts damit anfangen.

Ofelia war sogar zwischendurch nach draußen gegangen, um nach den Gärten zu sehen und später, um sich etwas zu kochen und in aller Ruhe zu essen. Und die Nächte verbrachte sie auch längst wieder in ihrem Bett. Sie hatte zwar angefangen, Vorräte und sonstiges Gerät für die Flucht in den Wald zusammenzupacken, aber irgendwann hatte sie auch damit aufgehört.

Jetzt saß sie ganz entspannt auf einem Stuhl im Nähzimmer, hatte die Lautstärke am Empfänger aufgedreht und reihte Perlen, die sie selbst bemalt hatte, an einer Schnur auf.

»Clearance für Landung.« Eine neue Stimme, eine weibliche; ohne Zweifel die einer der Spezialisten unter den Kolonisten; eine von denen, die man als erste aufgeweckt hatte, damit sie gleich nach der Landung, ihrer Befähigung entsprechend, tätig werden konnten.

Ofelia versuchte, sich die Frau vorzustellen. Natürlich war sie jung, das waren die Spezialisten doch alle. Ob sie schon Kinder hatte? Sie klang sehr ernst und schien es mit ihrer Arbeit ziemlich genau zu nehmen. Wenn sie tatsächlich Kinder hatte, würde sie die stets in adrette Kleider stecken ...

Die alte Frau betrachtete die Perlenkette und beschloß, nicht mehr bei den grünen zu bleiben und zur Abwechslung eine blaue aufzureihen. Danach eine gelbe und dann wieder eine grüne. Während sie ihr Werk betrachtete, hörte sie:

»Wir haben hier Schwierigkeiten ...« Die Stimme versuchte, sachlich zu klingen; die Panik war ihr aber deutlich anzumerken.

Ofelia hob den Kopf und rechnete schon halb damit, jemanden in der Tür stehen zu sehen. Aber nein, auch diese Stimme kam aus der grauen Kiste, und ihre Worte bezogen sich auf etwas, das weit weg lag, wo auch immer.

»Was denn?« erkundigte sich der Funker an Bord des Schiffes gelangweilt.

»Da sind ein paar ... es tauchen immer mehr auf ... auf dieser Welt soll es doch kein intelligentes Leben ... aber das sieht ganz danach aus, als ...«

»Kannst du vielleicht auch in zusammenhängenden Sätzen reden?«

»Etwa hundert oder mehr ... große braune Tiere ... sie bewegen sich auf uns zu ... nicht jedes für sich, sondern in Formation. Ich erkenne helle Muster auf ihrem Oberkörper, und sie tragen etwas, das wie primitive ...« Ein Geräusch ertönte, das die alte Frau nicht identifizieren konnte. Es hörte sich aber gefährlich an, und auch wenn ihr Verstand wenig damit anfangen konnte, so reagierte ihr Körper doch sofort darauf.

»Sie wollen uns töten ...« rief die Frau ungläubig. Ofelia reagierte ähnlich – so etwas war doch ausgeschlossen. Intelligente oder meinetwegen auch halbintelligente Wesen, die die Siedler umbringen wollten? Einfach lachhaft! Die Frau war offensichtlich nicht zurechnungsfähig. Stürme, ja. Auch Fluten, Mißernten, Fieberkrankheiten und ähnliche Katastrophen. Aber hier gab es weder Intelligenzwesen noch Tiere, die in Massen Menschen angriffen. In den vierzig Jahren war der Siedlung niemals so etwas widerfahren. Schließlich hatte man den Planeten vorher gründlich erforscht. Die Neuen mußten betrunken sein! Aber Ofelia legte die Kette hin und begab sich in den Kontrollraum. Wenn die Audioverbindung zu ihr übertragen wurde, dann doch sicher auch die Videoaufzeichnung. Sie konnte sich mit eigenen Augen von den Vorgängen im Nordosten überzeugen ... Die alte Frau zappte sich durch alle Kanäle, bekam aber keine Bildverbindung. Zu dumm, dann würde sie eben nur zuhören können.

Ihre Phantasie reichte nicht aus, sich vorzustellen, was an der neuen Landestelle vor sich ging. Dummerweise schien auch niemand Auskunft darüber geben zu können, was das für Wesen sein konnten. Während der nächsten Stunden hörte sie verschiedene Stimmen, aber mehr, als daß sie ziemlich groß seien, erfuhr Ofelia nicht. Einer rief noch, daß die Wesen sich ziemlich flink bewegten. Aber wie groß war groß? Und wie flink war flink? Die alte Frau bekam genausowenig wie die an Bord des Schiffes zu hören, ob es sich bei den Angreifern um Säugetiere oder Reptilien handelte – ganz zu schweigen davon, ob sie Intelligenz besaßen oder nicht.

Doch egal ob mit oder ohne Verstand, die Wesen schienen fest entschlossen zu sein, die Siedler zu töten. Ofelia hockte direkt vor dem Lautsprecher und folgte den mittlerweile vertrauten Stimmen. Anscheinend setzten die Angreifer Explosionsstoffe ein, andere hingegen meinten, sie schleuderten Steine mit irgendwelchen Maschinen. Etliche Siedler waren den Wurfgeschossen bereits zum Opfer gefallen, und niemand wußte genau zu sagen, ob Steine oder Detonationen dafür verantwortlich waren. Nur wenige Siedler verfügten über Waffen. Die meisten kauerten sich in das Shuttle, das gerade auf dem Landefeld stand. Der Pilot erbat dringend die Erlaubnis, in den Orbit zurückkehren zu dürfen.

»Sie sind für den Rückflug viel zu überladen ... Werfen Sie unbedingt Fracht ab ...«

»Geht nicht ... Die Leute wollen nicht von Bord ... Wir schaffen es nicht ...«

»Hören Sie ... dringend ... Ballast loswerden ...«

»Wenn die Tiere ein Loch in das Landefeld sprengen, kommen wir hier nicht mehr weg ... Wir müssen starten ... jetzt oder nie ...«

Darauf erhielt er keine Antwort mehr. Ofelia hörte ihn aber noch murmeln. »Verdammte Idioten ... Mach schon, Tig, bereite den Booster vor ... Wir brauchen jedes beschissene bißchen Energie ...«

Eine Explosion folgte, so gewaltig, daß die alte Frau trotz der Entfernung und der im Lautsprecher eingebauten Dämpfer glaubte, ihr seien die Trommelfelle geplatzt.

Danach Stille. Ein paar Sekunden später meldete sich das Schiff im Orbit.

»Carver ... bitte kommen! Carver ... hören Sie mich?«

»Zu spät, ihr verdammten Arschlöcher ... Sie haben das Shuttle und das Landefeld!« Das mußte von jemandem stammen, der am Boden zurückgeblieben war. Ofelias Brust schnürte sich zusammen. Hatten die Wesen das Shuttle gesprengt oder mit ihren Steinwerfern ausgeschaltet?

»Holt uns hier raus!«

»Es dauert drei Stunden, bis das nächste Shuttle soweit ist.« Das kam vom Schiff, war aber eine neue Stimme. Sie hörte sich älter an und strahlte sehr viel Autorität aus. »Die Maschine kann erst nach Ihrem Sonnenuntergang bei Ihnen sein ... Sie müssen Lichter aufstellen, damit sie das Flugfeld finden. Wir schicken ausreichend Fachpersonal an Bord ...«

»Drei Stunden? Dann gibt's uns nicht mehr!« rief die Stimme am Boden. »Lichter? Wie sollen wir denn hier Lichter aufstellen ... Verdammt, unternehmen Sie etwas! Sofort! Diese Biester kommen immer näher ... Wir können uns nicht mehr lange ...«

Die alte Frau spürte Nässe auf ihren Wangen. Sie leckte mit der Zungenspitze danach. Tränen. Ofelia weinte um die armen, hoffnungslosen und hilflosen Kolonisten, die gerade erst aus dem Kryo erwacht waren, nur um auf einer Welt ihr Ende zu finden, die sie noch nicht einmal kennengelernt hatten. Der Untergang dieser Menschen war noch furchtbarer als ihr eigenes Schicksal, sagte sie sich, das darin bestanden hatte, vierzig Jahre für nichts und wieder nichts gearbeitet und geschuftet zu haben.

Ofelia wußte bereits alles, was diesen Ausgesetzten noch an bitterer Erfahrung bevorstand: Firmenschiffe, die sicher im Orbit standen, würden unter gar keinen Umständen sich selbst in Gefahr bringen und in die schmutzige Atmosphäre eintauchen, um irgendwelchen Kolonisten zu Hilfe zu eilen. Von der Kosten-Nutzen-Rechnung aus gesehen, war es wesentlich billiger, ein paar Siedler zu verlieren als ein ganzes Raumschiff.

»Wir haben keine Raum-Boden-Waffen«, teilte jemand den am Boden Gebliebenen mit. »Wir schlagen vor, Sie errichten einen Verteidigungssperring –«

»Womit denn?« Die Bitternis, mit der diese Frage gestellt wurde, traf Ofelia bis ins Innerste. Sie verzog das Gesicht. »Ich gebe meinen letzten Spruch ab, und den können Sie dann ja Ihren Unterlagen hinzufügen oder es lassen: Wer immer diese Welt erkundet hat, muß nicht nur blind, taub und blöd, sondern auch –«

Die alte Frau vermochte kaum zu atmen, als die Geräusche, die jetzt aus dem Lautsprecher drangen, an Deutlichkeit kaum etwas zu wünschen übrigließen. Die Wesen überrannten die letzten Stellungen der Siedler. Ofelia hörte Schreie, die meist mittendrin abbrachen oder in Gurgeln übergingen – und dazwischen Laute, die wohl von den Angreifern stammen mußten. Als letztes ein dumpfer Stoß, ein Krachen und dann ein Knall, so als sei etwas Schweres auf das Funkgerät gestürzt.

Ofelia floh nach draußen auf die Straße. Die Dämmerung war hereingebrochen. Sie hörte ein Dröhnen und dann einen lauten Knall. Ein Shuttle befand sich im Senkflug, bewegte sich aber nicht auf dem Kurs der anderen.

Die alte Frau lief ins Zentrum zurück, um alles mitzubekommen. Die Besatzung des neuen Shuttles gab gerade durch, was sie an der Unglücksstelle zu sehen bekam. »Ja, da sind Lichter. Thermalprofil läßt auf brennende Gegenstände schließen. Licht stammt also vom Feuer und nicht von einer künstlichen Energiequelle. Infrarot zeigt Tausende, nein, Zehntausende von ... Kreaturen an, was auch immer sie sein mögen. Wir senden und empfangen auf allen Frequenzen. Dort ... Gott, was ist das? Bring uns rasch wieder hoch, Shin!«

Vom Schiff wurden hastig und ohne Ordnung Fragen gestellt. Das Shuttle antwortete: »Da kann nicht der geringste Zweifel bestehen, daß diese Biester intelligent sind ... Ja, sie fertigen Werkzeuge an und benutzen sie ... Nein, das wäre glatter Selbstmord, wenn wir dort jetzt landen würden. Vielleicht morgen früh ...«

»Sie erstatten einen vollständigen Bericht an das Ministerium«, erklärte die autoritätsgewohnte Stimme vom Schiff ganz nüchtern. »Morgen überfliegen Sie das Gebiet in großer Höhe. Niemandem ist damit gedient, wenn wir noch mehr Menschenleben aufs Spiel setzen. Die Firma hat gute Aussichten auf Schadensersatz, da bin ich mir ganz sicher. Schließlich haben wir es hier mit einem eindeutigen Fall von Fehlinformation durch den vorherigen Mieter zu tun. Sollen die Politiker entscheiden, ob sie eine diplomatische Expedition hierher senden wollen. Das ist nun wirklich nicht mehr unser Problem.«

»Sollen wir bei der alten Landestelle nachsehen?«

»Nein. Wenn diese Welt über eine eigene intelligente Spezies verfügt, haben sich die Spielregeln grundlegend geändert. Wir lassen die Finger von diesem Planeten und erstatten Bericht. Wenn Sie jetzt schon ausreichend Daten für eine Klageerhebung zusammen haben, können wir uns den Erkundungsflug morgen schenken. Außerdem haben wir ja noch die Funksprüche von der Landestelle.«

»Ich wüßte zu gern, wie sie diese ... diese Wesen einfach übersehen konnten.«

»Das kann uns jetzt egal sein.«

Ofelia hatte einen solchen Tonfall und solche Worte schon einmal gehört. Wer immer da oben vollkommen sicher im Raumschiff saß – mit Air-Conditioning –, bekam keine Skrupel, bloß weil tief unter ihm viele Menschen ihr Leben verloren hatten.

Die alte Frau verzog den Mund. Zu gern hätte sie diesem Typen erklärt, was sie von seinem Verhalten hielt. Plötzlich fiel ihr die Sprechtaste der Anlage ins Auge. Komisch, daß sie bis eben nicht einmal daran gedacht hatte. Aber das ließ sich ja immer noch nachholen. Wenn sie die Firmenleute da oben hören konnte, mußte sie sich ihnen doch auch verständlich machen können. Und dazu bedurfte es nicht mehr, als die Sprechtaste zu drücken ...

Nein, das würde ihr überhaupt nichts einbringen und sie nur in größte Schwierigkeiten bringen.

Einen Tag lang konnte sie sich vormachen, daß das Leben so weiterging wie bisher. Die Bedrohung hatte sich in Luft aufgelöst, und die neue Siedlung bestand schon nicht mehr. Wenn diese mordlustigen Wesen sie in vierzig Jahren nicht gefunden hatten, würde ihnen das wohl auch in den nächsten Jahren nicht gelingen. Warum sollten sie überhaupt zu ihr kommen?

Sie würde so weitermachen wie immer, ihr friedliches, geruhsames Leben in der verlassenen Siedlung führen, Perlen an Schnüren aufreihen, die Kügelchen bemalen und gerade so viel Gartenarbeit erledigen, wie nötig war, damit sie immer einen gedeckten Tisch vor sich hatte. Entschlossen ging sie zu den Tieren und spazierte am Rand der Weide entlang. Im Sonnenlicht und im Flug der Gräserpollen fiel es ihr sogar noch leichter, so zu tun, als sei überhaupt nichts geschehen. Die Strahlen wärmten ihre Schultern, die Schafe rochen nach Schaf, und die Rinder ... die Kühe drehten ihre Köpfe in Ofelias Richtung, schnüffelten mit ihren feuchten schwarzen Nasen und wichen vor ihr zurück. Der Bulle schnaubte und warf den Kopf hin und her. Aber er sah nicht in ihre Richtung, sondern über den Fluß.

Das Vieh wirkte nicht nervöser als sonst auch. Das redete sie sich auch noch ein, als ihr Atem flacher ging und ihr Nacken zu jucken anfing. Die alte Frau kehrte lieber zu den Schafen zurück, weil die mehr Ruhe ausstrahlten. Kaum war sie bei ihnen angekommen, rissen alle Wolltiere wie auf Kommando gleichzeitig den Kopf hoch und starrten auf eine Stelle im Wald. Ofelia konnte dort nichts erkennen.

Ach was, Schafe waren für ihre Blödheit bekannt. Und Rinder neigten zu nervösen Überreaktionen. Ofelia spähte ein paarmal in den Wald und kehrte dann zu ihrem Garten zurück. Es konnte nur ein Zufall sein, daß sie immer wieder gerade an der Stelle zu tun hatte, von der sie am schnellsten in die Küche springen konnte. Sie hackte dieselbe Stelle mehrmals und starrte dabei immer wieder über das Gewirr der Tagranken am Zaun hinweg, den sie, wie ihr jetzt auffiel, nie zu Ende repariert hatte, auf das Weideland und die dahinter sich ausbreitende Gestrüppregion.

Vielleicht hatte sie all diesen Unsinn ja bloß geträumt. In der Schule hatte sie gelernt, daß niemand sehr lange allein leben konnte, ohne nicht irgendwann den Verstand zu verlieren. So etwas äußerte sich dann am ehesten darin, daß man glaubte, Stimmen zu hören und Menschen zu sehen. Ofelia hatte das immer für ein Ammenmärchen gehalten, aber jetzt kamen ihr leise Zweifel. Wenn sie tatsächlich verrückt geworden war und das nicht bemerkt hatte (konnte man so etwas überhaupt registrieren?), dann war es durchaus möglich, daß die ganze beunruhigende Episode nur ihrer kranken Phantasie entsprungen war. Ein neues Raumschiff war niemals hier erschienen und hatte auch keine Shuttles abgesetzt. Warum sie sich für die eingebildeten Kolonisten ein so grausames Schicksal ausgemalt hatte, war ihr jedoch schleierhaft. Das mußte wohl auf die ihr innewohnende Bosheit zurückzuführen sein, dieselben negativen Charakterzüge, die sie auch schon dazu gebracht hatten, allein hier zu bleiben und nackt herumzulaufen.

Kaum war ihr diese Erklärung eingefallen, fühlte sie sich gleich besser, und sie faßte sogar den Plan, die Wahrheit herauszufinden. Die Maschinen im Zentrum hatten den Funkverkehr sicher aufgezeichnet, falls es solchen in der Realität überhaupt gegeben hatte. Sie mußte also nicht mehr tun, als das Aufzeichnungsgerät zurücklaufen zu lassen und sich anzuhören, was immer darauf enthalten war. Und wenn sich nichts vernehmen ließ, hatte sie den endgültigen Beweis in der Hand, sich das alles nur eingebildet zu haben.

Nein, sie wußte genau, was sie wußte, und sie brauchte keine Maschine, die ihr sagte, was wahr war und was nicht. In den folgenden Tagen suchte sie regelmäßig das Zentrum auf, aber nur um die Meßwerte abzulesen, sich die Wettervorhersage anzusehen und alle wichtigen Daten ins Tagebuch einzutragen. Zwar fiel ihr Blick häufig auf das Aufzeichnungsgerät, aber sie hielt sich von ihm fern.

Und dann war es eines Tages doch soweit – sei es nun Zufall oder nicht. Ofelia wollte eigentlich nur das Datum nachsehen, an dem sie im letzten Jahr Karotten eingepflanzt hatte. Aber irgend etwas kam dazwischen, und ihre Finger drückten unbeabsichtigt auf den Rücklaufknopf.

»Womit denn?« fragte eine ängstliche, bittere Stimme, die nicht die Ofelias war.

Und damit hatte sie ihren Beweis. Alles war tatsächlich geschehen. Die Maschinen logen nicht, konnten das auch gar nicht. Mit anderen Worten, die Stimme auf dem Band hatte einem lebendigen Menschen gehört, und ihre Panik und Verbitterung waren echt gewesen.

Nur war der Mensch, zu dem diese Stimme gehörte, seit einigen Tagen tot. Die alte Frau fing an zu zittern. Zuerst die Hände und die Arme, dann die Füße und die Beine und schließlich ihr ganzer Körper, so als erlebe sie die Furcht und die Panik am eigenen Leibe nach. Menschen waren oben im Nordosten gelandet und gestorben. Personen, die sie hätte kennenlernen, mit denen sie sich hätte unterhalten können. Doch dazu war es jetzt zu spät.

Ihre Hände zitterten immer noch, als sie versuchte, das Aufzeichnungsgerät abzuschalten, um endlich dieses Grauen nicht mehr hören zu müssen. Stille senkte sich über sie, das Schweigen, an das sie sich so sehr gewöhnt hatte und von dem sie glaubte, es sei Frieden und Ruhe.

Keine Stimmen mehr. Sie wollte niemals mehr Stimmen hören.

Langsam, sehr langsam konnte sie wieder normal atmen. Die alte Frau fühlte sich unsäglich müde und wäre am liebsten gleich zu Bett gegangen. Als sie auf ihre Hände starrte und die roten und geschwollenen Knöchel, knotigen Adern und Altersflecken sah, schienen sie ihr noch welker zu sein als die Pflanzen. Ihr Blick wanderte weiter nach unten und blieb an dem »Kleid« hängen, das sie sich geschneidert hatte. Das Fransengebilde kam ihr noch ungehöriger vor als ihr Körper. Noch während sie dastand, riß sie sich den Fetzen vom Leib, zerknüllte ihn wütend und schleuderte ihn zu Boden.

»Sie sind tot!« schrie die alte Frau, und ihre eigene Stimme kam ihr vom seltenen Gebrauch fremd vor. Ihre Gedanken sausten wie ein Wasserfall durch ihr Bewußtsein. Warum war sie so wütend? Wovor hatte sie eigentlich Angst? Und warum hatte sie nicht noch viel größere Angst? Sie hätte die Kolonisten niemals umgebracht. Zwar wollte sie hier keine Fremden haben, aber getötet hätte sie die deswegen noch lange nicht.

Ofelia ging wieder nach draußen. Der Tag unterschied sich in keinster Weise von den vorhergegangenen. Er war heiß und schwül, und die Wolken am Himmel bewegten sich träge vor einem anhaltenden Wind. Warum beschäftigten sich ihre Gedanken nur unablässig mit dem Tod der fremden Siedler? Die Kolonisten waren gekommen, jetzt lebten sie nicht mehr, und Ofelia war wieder allein. Sie wollte doch allein bleiben, oder?

Nein, es war irgendwie nicht mehr dasselbe.

Es würde nie mehr wie früher sein.

Etwas, nein, irgendwelche Kreaturen lebten auf dieser Welt und strebten vielleicht auch schon danach, sie zu ermorden. Sie hatten bereits Menschen getötet. Und Ofelia hatte die ganze Zeit nicht geahnt, in welcher Gefahr sie schwebte. Und jetzt gelang es ihr nicht mehr, diese Gedanken zu verscheuchen und zu verdrängen, so sehr sie sich auch bemühte ...

Die Luft stank nach fremdem Rauch. In der Ferne brannte ein Grasfeuer, und der Qualm, der aufstieg, beweinte die Nester. Obwohl das Gras wiederkehren und die Nacktheit des Landes mit seinem Tuch bedecken würde, könnten die Leute wohl nie vergessen, wo die Narben sich ausgebreitet hatten. Und der Rauchgeruch würde anhalten.

Wir haben eine Niederlage erlitten, trommelte Rechtehand. Nein, keine Niederlage erlitten, sondern einen Sieg errungen. Sie sind fort, und wir sind noch hier, entgegnete Linkehand. Einer nach dem anderen wechselte nun über, bis sich alle hinter dem Trommeln von Linkehand geschart hatten und dieser die Macht der Leute um sich vereinte.

Hoch über ihnen zeigte eine gebogene weiße Linie, wohin die Monster entflogen und in ihrer Flucht die Luft selbst zerschnitten hatten. Rechtehand erinnerte daran, daß man vor vielen Generationen solche Streifen auch weit im Süden am Himmel gesehen habe. Linkehand aber fuhr fort, seine Triumphbotschaft zu trommeln: Sieg, Sieg, Sicherheit, Rückkehr.

Die Narbe am Himmel löste sich in Nichts auf. Keine neuen Monster brüllten am Himmel, und keine neuen üblen Gerüche machten sich breit. Die Leute tanzten, drehten sich um die verbrannte Erde herum und bewegten sich in einer langen Spirallinie, die nach überlebenden Grashalmen Ausschau hielt, diese dann von Hand zu Hand unter den Tänzern weitergab, bis alles bloße Land wieder begrünt war. Sie drehten sich weiter, trommelten und tanzten, bis die Windtrommeln ihnen antworteten und schließlich die Himmelsleute sich ihnen anschlossen, ihre eigenen Linien bildeten und Spiralen drehten, über die Spuren der Monster Tränen vergossen und sie so mit dem köstlichen Naß füllten, an dem das Gras sich labte.

Nach dem Regen zogen sie weiter und folgten der Windtrommel über das Land. Sie waren beladen mit den Wasserflaschen vom Himmelslichtmacher, und Trommelschläger, der Jüngste in der Gruppe, stellte den anderen viele Fragen: Warum sind Narben am Himmel entstanden? Warum haben die Monster grau und grün ausgesehen? Warum hatten sie flache Gesichter? Warum besaßen sie weder Flügel noch Zehen ...

Sie waren nicht ohne Zehen, rief einer ihm zu. Ihre Zehen waren kurz und gekleidet in zehenlose Gebilde.

Waren das Kleider oder Panzer?

Nein, keine Panzer, sondern Kleider.

Aber warum war keiner von ihnen ohne solche Panzer?

Nein, Kleider.

Dann waren ihre Himmelswesen also auch Kleider?

Dieser Frage folgte eine lebhafte Debatte darüber, ob die stinkenden Leiber der großen Flieger nun Kleider, Panzer oder ganz eigene Wesen, sozusagen Verbündete der Monster, gewesen seien. Einer verstieg sich sogar zu der Behauptung, es habe sich bei ihnen um Maschinen gehalten, um Mechanismen, die genauso einfach seien wie die der Steinschleudern. Darüber lachten die anderen verächtlich. Solch dumme Geschichten erzählte man sich in den Städten. Küstenbewohnern fiel so etwas ein, wenn der Rauch ihnen wieder den Verstand getrübt hatte. Maschinen könnten einfach nicht fliegen ... Wer würde darin die Sehnen fest genug anziehen, damit die Schwingen flatterten?

Aber die Flügel der Flugwesen haben nicht geflattert.

Das haben wir auch gesehen.

Dann könnte man doch eine solche Maschine bauen.

Der Sprecher war allgemein als Maschinen-Enthusiast bekannt, der sich für alle Art von Mechanik begeisterte. Die Leute besaßen sehr gute Apparate, und eigentlich waren sie auch stolz auf ihren Enthusiasten. Natürlich war es nicht vollkommen undenkbar, eine Flugmaschine zu entwickeln, aber dazu bedurfte es noch der einen oder anderen guten neuen Idee.

Die Wesen liefen weiter und schwiegen. Man sollte niemals jemand ablenken, der gerade einer guten neuen Idee auf der Spur war. Das war genauso, als würde man einen Jäger von einer Fährte ablenken und damit das Festmahl ausfallen lassen.

Der Enthusiast fiel hinter ihnen zurück. Die anderen wußten, was das zu bedeuten hatte. Eine Zeit des Stillsitzens, eine Phase, in der weitere Enthusiasten gesucht wurden, eine Periode, in der er mit Stöckchen, kleinen Steinen und Sehnen herumprobierte ... und eines Tages eine neue Maschine, wie man sie noch nie gesehen hatte. Die anderen hatten mit der ganzen Angelegenheit nichts zu tun, bis es soweit war.

Wenn es noch mehr von ihnen gibt? rief einer, als er glaubte, der Abstand zwischen ihnen und dem Enthusiasten sei groß genug, um wieder lauter reden zu können.

Was für andere? Und wo?

Denkt an die Sagen. An die Himmelsnarben. Irgendwo

tief im Süden. Andere. Monster. Verbündete oder Gleiche. Verbündete der Monster.

Alle waren nun aufgeregt und drängten sich um den Sprecher. Noch mehr Monster? Noch mehr Nestverbrenner und Nestvernarber? Noch mehr Diebe und Kinder und Diebe? Ganze Brutphasen mußten vergehen, ehe die gerade neu bepflanzten Nestplätze wieder bereit für die Jungen waren, und bis dahin mußten sie sich anderswo Nestplätze suchen – und das bedeutete Unfreundlichkeit und Krieg im Streit um schmale Stellen mit den anderen, die das Grasland durchzogen. Und wenn die Phase endlich verstrichen war und sie hierher zurückkehrten, um das große Nestfest zu feiern, würden sie dann hier neue Monster vorfinden?

Ein Älterer, der das Geschrei der Jungen hörte, brachte sie zur Ruhe. Seit der Himmelsnarbe hatten sich keine Monster mehr blicken lassen. Man dürfe also mit Fug und Recht davon ausgehen, daß es sich bei ihnen nur um einen Aufklärungstrupp gehandelt habe.

Aber die haben sich doch gar nicht hier umgesehen!

Viele Brutphasen. Die Monster sind so schnell. Keine Bange. Die Monster haben sich nicht umgesehen – das kam von einem Jungen, der auf seine Weise ein ebensolcher Enthusiast wie der Maschinenfreund war. Sie alle wußten das von ihm, denn jeder in der Gruppe kannte die anderen in- und auswendig. Aber bis in den Süden ist es zu weit. Die Wüste dazwischen. Und das Land der Dornbüsche. Danach das nasse Land, und dahinter die hohen Bäume. Dort ist es schlimmer als in den Städten.

Der letzte Einwand reichte aus, alle in der Gruppe zu entmutigen – nur diesen Jungen nicht, dem die Entschlossenheit des Jägers innewohnte, eine einmal aufgenommene Fährte auch bis zum Ende zu verfolgen, ganz gleich, wohin sie führte.

Eine stinkende Fährte, entgegnete einer der Älteren. Und an ihrem Ende wartet nichts Gutes. Dort haben wir leere Bäuche, und die Monster können wir nicht essen.

Sie hatten es versucht, bloß um sich dann im verbrannten Gras zu übergeben wie selten zuvor.

Dann müssen wir bis zum Nestfest warten, sagte einer der schüchternen Jünglinge. Viele murrten darüber. Wenn die Schüchternen schon ihre Stimme erhoben, mochten bald alle Leute davor zurückschrecken – und das zu einer Zeit, wo neue Nester das allerwichtigste waren.

Wir gehen, trommelte Linkehand und gab auf seiner Seite die Trommel weiter. Sie wanderte von einem Jäger zum nächsten und war dann über die Mitte hinaus.

Geht, geht, geht. Sucht, sucht, sucht. Nehmt ausreichend Jäger mit, aber nicht alle.

Nach dem Nestfest? Der Jüngling schien nicht zu erpicht darauf zu sein, durch trockenes, salziges und dorniges Land zu marschieren, und dann auch noch durch Sumpf und Wald zu müssen, bloß um ein paar uneßbare Monster zu stellen.

Nein, jetzt! trommelte Linkehand. Geht jetzt, geht jetzt, geht jetzt – GEHT JETZT!

Die Gruppe teilte sich und teilte sich wieder. Der Jagdenthusiast, jetzt nicht mehr ganz so versessen, gehorchte dennoch seinem Instinkt, sich auf die Pirsch nach einer neuen Spezies zu begeben.

Dann der Scheue, der erst seit einer Phase aus dem Nest war.

Und ein paar von den Lautstarken. Die Älteren bedauerten kaum, eine Weile auf sie verzichten zu müssen.

Schließlich auch ein paar von den Älteren, die nach reiflicher Überlegung zu dem Schluß gelangt waren, daß ein Abenteuer bevorstand, oder die davon gehört hatten, daß im Süden viel mehr Fische zu fangen waren, oder die dort Verwandte hatten, die damals die Himmelsnarben gesehen hatten.

Mit ihnen und den Flaschen, Säcken und Taschen der Nomadenleute reisten alles Wissen und alle Fähigkeiten des Stammes mit. Wie lange die Wanderung auch dauern, wohin sie auch führen mochte, diese Leute liebten das Reisen, freuten sich schon auf das, was sie unterwegs lernen konnten, und erwarteten den Geschmack und den Geruch von Neuigkeiten und neuen Dingen.

Sie brachen auf und diskutierten gleich wieder über die Monster. Sie erinnerten einander an jedes Detail, an alles, was sie gesehen, gehört, geschmeckt (Brrr! was für ein widerlicher Geschmack, der einem gleich den Magen umdrehte) hatten, und natürlich an das, was sie vermuteten, erwarteten, befürchteten und erhofften.

Waren die Monster Innenleibbrüter wie die Grasfresser, die sie jagten? Wahrscheinlich. Sie waren Zweierwesen, sowohl was ihre Glieder wie auch ihre Körperlöcher anging. Alles an ihnen war zweimal vorhanden, bis auf das, was sich an den Enden der Arme und der Beine befand. Kleine Anhängsel, jeweils fünf an der Zahl. Warum gerade eine so merkwürdige Menge. Einem fiel ein, daß den Fischessern die Zahl Fünf heilig war. Wie gut konnten die Monster eigentlich mit diesen zwei Augen in dem flachen Gesicht sehen? Gut genug, um mit Feuerrohren zielen zu können – das war den Jägern deutlich aufgefallen.

Sie hatten Lappen an den Kopfseiten. Vielleicht Ohren. Oder Geschmacksorgane. Ihre Kleinen hatten große Köpfe, ansonsten sahen sie aber aus wie die Großen. Nur wenige Junge hatten sich unter ihnen befunden, die meisten waren Große gewesen. Die Großen hatten dunkles Fell auf dem Kopf, in allen Erdfarben.

So tauschten sie alles untereinander aus, was ihnen aufgefallen war, und am Schluß war jeder Einzelne überzeugt, ein Monster sofort zu erkennen, wenn es ihnen über den Weg lief.

Die Antwort auf die Frage, ob die Monster vernunftbegabt waren, erforderte eine längere Debatte. Die Monster schienen Verstand genug gehabt zu haben, die Gefahr zu erkennen. Aber das wollte nicht viel heißen, weil selbst die dümmsten Tiere eine Gefahr spürten. Sich rasch auf eine Bedrohung einzustellen besagte für sich allein noch gar nichts über den Verstand. Die Leute wußten, daß Tragedinge wenig Sinn ergaben, obwohl sie sonst für alles aufgeschlossen und sehr lernfähig waren. Einige von den Tragedingen waren Maschinen gewesen, darunter auch einige besonders große. Aber wie schwer konnte es schon sein, eine Maschine zu bauen, die Erdreich forttrug? Jedes Kind war dazu in der Lage.

Die Tragemaschine hat sich aber selbständig bewegt.

Hat sie nicht. Jemand hat einen Zauber über sie gelegt, damit sie sich bewegt.

Stimmt nicht. Ein Monster hat sie gesteuert.

Wer hat das gesehen?

Die Antwort auf diese Frage erstickte alle Zweifel. Ein Monster hatte die Maschine gesteuert, die die Erde (und damit auch die Nester – elende Diebe!) fortbewegt hatte. Auch wenn niemand die Sehnen oder Drähte ausgemacht hatte, mit denen das Trageding bewegt worden war, sie mußten zweifelsohne vorhanden gewesen sein.

Wir haben eben nicht genau genug hingesehen.

Nur Maschinen-Enthusiasten sehen sich Maschinen genauer an.

Beim nächsten Mal würden sie gründlicher hingucken.

Damit war dieses Problem geklärt, und sie konnten wieder zu der Diskussion zurückkehren, ob die Monster über Verstand verfügten oder nicht.

Hatten sie eigentlich gewußt, daß sie Nester stahlen? Wie hätte ihnen das entgehen können, wo doch das Zeichen der Leute deutlich zu sehen gewesen war? Jeder hatte die geflochtenen Graszöpfe erkennen können, die das Gelege anzeigten und die Namen der Wächter und des Volks nannten. Wenn die Monster nicht mit Blindheit geschlagen waren, mußten sie die Zeichen bemerkt haben. Und wenn sie über Verstand verfügten, mußten sie sie auch richtig gedeutet haben.

So flogen die Argumente hin und her, bis jemand Wild witterte und ein kurzes Signal trommelte.

Kapitel 6

Das Alleinsein hing Ofelia wie ein Mühlstein um den Hals und zog sie immer weiter herab. Sie mühte sich durch jeden neuen Tag, die stetig länger zu werden schienen, und zwang sich dazu, in den Gärten zu arbeiten und nach den Tieren zu sehen. Viel zu oft schien sie wie aus einem Schlaf zu erwachen und ertappte sich dabei, die Arbeit einfach mittendrin liegengelassen zu haben und mit offenem Mund und wie erstarrt dazustehen und nach etwas zu lauschen, das sie doch nicht hören konnte.

Die alte Frau verstand sich selbst nicht mehr. So war es doch nicht gewesen, als die anderen abgeholt worden waren – immerhin waren ihr Sohn und ihre Schwiegertochter unter ihnen gewesen, Menschen, die sie den Großteil ihres Lebens gekannt hatte.

Damals hatte sie sich frei gefühlt. Die leeren Wege und Straßen und die unbewohnten Häuser hatten ihr einen neuen Lebensstil ermöglicht, wie sie ihn zuvor nie erträumt hatte. Daß keine Stimmen zu vernehmen waren, hatte sie durchaus begrüßt, und im Lauf der Zeit war auch die Erinnerung an die anderen verblaßt, bis ihr Geist sich in einem Zustand von Ruhe und Frieden befunden hatte.

Aber jetzt hatte sie das Gefühl, in einer Falle zu sitzen. Die Siedlung kam ihr enger und kleiner als früher vor. Auf den Straßen und Wegen mochten sich vielleicht schon die Feinde zusammenrotten. Und in den leeren Häusern lauerten vielleicht schon die Mörder.

Ofelia konnte die fremden Stimmen einfach nicht mehr vergessen – Stimmen von Menschen, die sie nie kennengelernt hatte und die um Hilfe riefen und vor Schmerzen schrien. Und im Tod röchelten.

Die alte Frau hatte nicht geweint, als Humberto gestorben war; und auch nicht, als sie ihre Kinder beerdigen mußte. Auch die Vorstellung ihres eigenen Todes bereitete ihr keine Traurigkeit. Der Tod war eben der Tod, und irgendwann holte er jeden, niemand konnte auch nur das Geringste dagegen unternehmen.

Aber heute weinte sie, spürte, wie ihr Gesicht sich verzerrte, wie die Tränen hinabrannen, die Nase lief und Tröpfchen über ihr Kinn liefen – die unwürdige Art eben, wie alte Menschen weinen. Sie vergoß Tränen um Menschen, die sie nicht gesehen hatte und auch hier nie hatte sehen wollen. So weit waren sie gekommen, nur um hier zu sterben, und Ofelia hatte sie nicht bei sich haben wollen.

Das alles ergab doch keinen Sinn. Als der Tränenfluß versiegt war, wischte sie sich das Gesicht mit einem Lappen ab – ein Stück Stoff aus dem Zentrum, das sie unbewußt eingesteckt hatte – und spähte die Straße hinauf. Natürlich war dort nichts zu sehen. Genauso wie gestern und vorgestern und vorvorgestern. Nichts Verdächtiges war dort auszumachen, ebenso wie morgen, übermorgen und überübermorgen. Die alte Frau lebte im Zentrum des Nichts, in einem Moment, der auf ewig feststeckte zwischen der Ewigkeit, die hinter ihr lag, und der Ewigkeit, die vor ihr lag. Früher hatte sie daran nie einen Gedanken verschwendet, und heute konnte sie an nichts anderes denken.

Langsam, so quälend langsam, wie der Schmerz einer schweren Verletzung nachläßt, verging auch das Gefühl des Alleinseins. Aber die Furcht blieb in ihr. Jemand hatte all diese Kolonisten umgebracht und würde auch sie töten, sobald er sie aufspürte. Ofelia war darauf gefaßt gewesen, allein auf dieser Welt zu sterben, als sie den Entschluß gefaßt hatte, nicht mit den anderen zu fliegen. Aber sie war stets davon ausgegangen, der Altersschwäche oder einem Unfall zu erliegen – nicht aber einem Verbrechen.

Ofelia fühlte sich schwach, hilflos und wie auf dem Präsentierteller. In einigen Lagerräumen waren auch

Waffen deponiert, aber sie wußte, daß die ihr kaum die Rettung bringen würden. Niemand konnte tagaus, tagein und auch noch in der Nacht wachsam bleiben. Schließlich war sie ein Mensch und mußte essen, schlafen und auf die Toilette gehen. Ein einzelner Mensch konnte sich nicht auf einer fremden Welt behaupten, mochten ihm auch noch so viele Maschinen und Anlagen zur Verfügung stehen. Wenn die Mörder eintrafen, würde es ihnen kaum Mühe bereiten, eine alte Frau zu beseitigen. Ofelia hegte nicht den geringsten Zweifel daran, hatte sie doch noch viel zu lebendig im Gedächtnis, wie rasch und effektiv die Wesen Dutzende von Menschen abgeschlachtet hatten, die wesentlich jünger und stärker als eine alte Frau gewesen waren.

Aber irgendwann hatte sich auch die Furcht in ihr abgenutzt; allerdings hielt sie sich deutlich länger als die Einsamkeit. An manchen Tagen gelang es ihr für mehrere Stunden, nicht daran zu denken. Nicht, daß sie es wieder mit Verdrängen versuchte, sondern es geschah schlicht im Verlauf ihrer täglichen Routineangelegenheiten, die sie wieder mehr und mehr in Anspruch nahmen.

Die Wesen hatten sie noch nicht gefunden. Und auch noch nicht getötet. Ofelia entdeckte, daß sie an manchen Dingen noch Freude hatte und daß ihr immer noch Wünsche innewohnten.

Sie sammelte die Perlen auf, die unter die Tische gefallen waren, und fing wieder an, sie an Schnüren aufzureihen. Ofelia bemalte auch neue Perlen, trocknete die Kerne von Schleimruten und Pflanzenschoten und flocht die langen Haare von den Enden der Kuhschwänze zu Schnüren ... Manchmal wußte sie gar nicht so recht, was sie da tat oder warum. Ihr war nur klar, daß diese Tätigkeit ihr Freude bereitete und daß ihr das Aneinanderreihen von dicken und dünnen Dingen ebenso gefiel wie das Wechseln der Farben. Auch faßte sie die Perlenketten gern an.

Als sie sich das Gebilde anlegte, bemerkte sie, daß hier

noch etwas fehlte und dort noch etwas angebracht werden mußte, damit das Ganze ihr nicht von einer Schulter rutschte. Ofelia trat vor den Spiegel und bewunderte sich darin. Eigenartig, wie selten sie sich im Spiegel betrachtet hatte. Das letzte Mal irgendwann, bevor das andere Shuttle oben im Norden gelandet war. Die alte Frau hatte sich davor gefürchtet, ihr Spiegelbild zu sehen, weil sie sich höchstwahrscheinlich vor sich selbst erschrocken hätte. Doch was sie jetzt in der Glasfläche erblicken mußte, hatte kaum noch Ähnlichkeit mit einem menschlichen Wesen.

Sie starrte ihr Ebenbild an. Ofelia fühlte sich noch genauso wie früher – zumindest größtenteils –, und das Gesicht im Spiegel blickte auf die gleiche Weise zurück, mit der sie stets dort hineingeschaut hatte. Die Augenbrauen waren dünner und weißer geworden. Das Haar präsentierte sich als wirrer silberfarbener Schopf. Aber ihr inneres Selbst, das so versessen darauf gewesen war, Ketten aus Perlen, Federn, Wolle, Kuhhaar und getrockneten Kernen anzufertigen, das so genau gewußt hatte, wo dieses hingehörte oder wo jenes fehl am Platz war – dieses Selbst hatte sich beim besten Willen nicht vorstellen können, wie sie aussehen würde, wenn sie einmal nicht die alten, schmucklosen Arbeitshemden-, röcke und Hüte wie in den früheren Jahren trug.

Schamlos und ungehörig, schimpfte gleich wieder die öffentliche Stimme. Erstaunlich und wunderbar, lobte die neue Stimme.

Ofelias Körper war alt, voller Falten, eingefallen und an vielen Stellen von Altersflecken bedeckt ... aber das alles trat hinter das Spinnwebgebilde mit den wunderbaren Farben und Formen zurück, das sie selbst geschaffen hatte. Als sie das Gewicht von ihrer schmerzenden Hüfte verlagerte, bewegte sich das ganze Kunstwerk, als fahre eine Brise hindurch. Die größeren Perlen rollten über ihr Kreuz, was sie als angenehm empfand. Und die Pflanzenfasern, die auf ihren Schultern lagen, kratzten genau über die juckenden Stellen, die sie nie mit ihren Händen hatte erreichen können.

Lange Zeit stand sie vor dem Spiegel, ehe sie das Teil vorsichtig wieder abnahm. Bei den meisten Tätigkeiten, die sie tagtäglich zu erledigen hatte, würde es nur hinderlich sein ... aber es war so angenehm. Ofelia wußte, daß sie es bei jeder sich bietenden Gelegenheit wieder anlegen würde. Sie präsentierte sich dem Spiegel jetzt wieder in dem ›Kleid‹, daß sie in der letzten Zeit immer getragen hatte, und grinste ihr Spiegelbild an. Rosara hätte ihr bestimmt sofort Vorwürfe gemacht, wenn sie ihre Schwiegermutter so hätte sehen können. Und wenn sie erst die nackten Beine bemerkt und auch noch entdeckt hätte, daß die alte Frau keine Unterwäsche auf der runzligen Haut trug ...

Während sie an ihre Schwiegertochter dachte, überkam sie wieder der alte Übermut, und sie tauchte einen Finger in den Topf mit der roten Farbe, mit der sie einige Perlen angemalt hatte, und zog einen Streifen über ihre faltige Brust. Danach war Schwarz an der Reihe: ein paar Tupfer auf die Wangen, auf die Stirn und auf die Oberschenkel. Nun Blau: eine dünne Linie auf ihrem Nasenrücken ...

Ofelia fing an zu kichern. Sie hätte nie gedacht, wieviel Spaß es machen konnte, den eigenen Körper als Leinwand zu gebrauchen. Die alte Frau steckte die ganze Hand in den Topf Grün und bedeckte ihren Bauch mit Abdrücken, dann auch noch die Seiten der Oberschenkel und setzte schließlich auf jede Pobacke einen. Gelb spritzte sie über Hände und Füße. Voller Heiterkeit hinterließ sie auf dem Weg nach draußen gelbe Fußspuren. Zum ersten Mal plagte sie keine Furcht, und sie dachte eigentlich an gar nichts.

Ein leichter Nieselregen hatte eingesetzt, warme Tropfen, die belebten. Ofelia ging die Straße auf und ab und hinterließ auf Türen und Fensterläden gelbe und grüne Handabdrücke. Plötzlich kam ihr in den Sinn, alle Häuser zu verschönern. Sie lief, so schnell sie konnte, ins Zentrum zurück, griff sich den Topf mit der gelben Farbe und zog damit von Tür zu Tür.

Auf halbem Weg war aus dem spielerischen Vergnügen brennender, ängstlicher Ehrgeiz geworden. Die Furcht in ihr drängte sie immer stärker, diese Arbeit beenden zu müssen, und drohte damit, daß ihr etwas Schreckliches zustieße, wenn sie mittendrin aufhörte, wenn sie ihr Tun unterbrach oder wenn ihr die Farbe ausging, ehe sie die letzte Tür bemalt hatte.

Atemlos und mit schmerzenden Beinen hetzte sie von einem Haus zum anderen, dann zu den Geräteschuppen, den Scheunen, dem Abfallrecycler und wieder zurück zum Zentrum, wo noch so viele Türen auf sie warteten ...

Irgendwann ließ die Panik nach. Donnerschläge grollten draußen, und der Nieselregen schwoll zu einem Wolkenbruch an. Die alte Frau erinnerte sich, auch früher schon vor einem Unwetter von merkwürdigen Gefühlen befallen worden zu sein, Vorahnungen, seltsamen Gelüsten oder zwanghaften Handlungen. Ihre Malaktion war ebenso auf den heranrückenden Sturm zurückzuführen, ganz gewiß. Sobald er vorbei war, würde sie sich wieder besser fühlen.

Der Wind peitschte den Regen gegen die Fenster des Zentrums. Ofelia sah an ihrem verschönten Körper hinab und mußte lachen. Was für eine Bescherung. Nein, so konnte sie sich nicht ins Bett legen. Der Regen würde die Farbe abwaschen. Sie ging nach draußen, ließ sich von dem warmen Naß überspülen und rubbelte an den hartnäckigen Stellen, bis sie in einer Regenbogenfarbenpfütze stand. Wie seltsam, daß die Farben nicht zu einer unansehnlichen Brühe verliefen ...

Ihre Gedanken beschäftigen sich mit diesem Phänomen. Die einzelnen Farben schienen die anderen zu meiden und hinterließen isolierte Ringe und Flecke ... Dann brüllte ganz nah bei ihr der Donner, und Ofelia nahm die

Beine in die Hand, bis sie vor ihrer Tür angelangt war. Bis eben war der Regen wunderbar angenehm gewesen, doch mit einem Mal war ihr kalt geworden.

Drinnen trocknete sie sich ab und summte vor sich hin. Erinnerungen an Unartigkeiten ihrer Kindheit kamen ihr in den Sinn. Wie sie mit schmutzigen Schuhen ins Haus gelaufen war; wie sie in der Küche alles stehen- und liegenlassen hatte; wie sie mit bunter Kreide den Fuß ihrer Schwester bemalt hatte, bis er vereitert und geschwollen aussah ... die beiden Mädchen hatten das damals furchtbar komisch gefunden. Ihre Mutter hingegen hatte erst einen tüchtigen Schrecken bekommen und war dann wütend geworden. Ofelia bekam jetzt noch heiße Ohren, wenn sie an die Schläge zurückdachte, die sie dafür von der Mutter bekommen hatte. Was für ein dummes, dummes, dummes Mädchen du doch bist! Ja, vermutlich war sie ein dummes Mädchen gewesen, und heute war sie eine törichte alte Frau, aber all die Ungezogenheiten hatten immer Spaß gemacht. Auch sich anzumalen war lustig gewesen, und sie würde das unbedingt wieder tun. Warum auch nicht? Wenn sie über kurz oder lang von einer Horde mordlustiger Tiere umgebracht werden sollte, konnte sie sich vorher doch noch etwas Spaß gönnen.

Nach dem Sturm war das Vieh in großer Unruhe. Ofelias Blick wanderte über die Weiden bis zum Fluß, und sie versuchte, die ruhelosen Tiere zu zählen. Vierzehn ... nein, dreizehn, die Rotbunte mit dem schwarzen Gesicht hatte sie doppelt gezählt ... nein, doch vierzehn, da war ja noch die Rotschwarze mit dem weißen Fleck. Und natürlich der Bulle. Das Gras war zu hoch, um darin Kälber ausmachen zu können.

Die Sonne stand hoch am Himmel. Die alte Frau hatte sich einen breiten Hut aufgesetzt und ihn mit einem rosafarbenen Band unter dem Kinn festgebunden. Dazu trug sie ein blaues Cape, das sie mit Perlen in Blumenmustern bestickt hatte. Es gefiel ihr nicht mehr so gut, und so konnte es ruhig schmutzig werden, wenn sie hier draußen hinter dem Vieh herlaufen mußte.

Eine Kuh scheute und entfernte sich in einem hüpfenden Trab vom Fluß. Zwei weitere folgten ihr, und das Trio bewegte sich schneller. Ofelia konnte zwischen den Tieren den Kopf eines Kalbes ausmachen, dann entfernte sich auch der Rest der Herde muhend vom Wasser. Der Bulle fuhr herum, um festzustellen, was die Kühe erschreckt hatte. Ofelia entdeckte nichts. Auf halbem Weg zu den Häusern wurden die Rinder langsamer, liefen aber weiterhin unruhig umher. Die alte Frau lief am Kälbergehege vorüber und dann weiter stromaufwärts. Die Kühe drehten die Köpfe in ihre Richtung und beobachteten sie. Der Bulle stampfte los und schloß sich seiner Herde an.

Ofelia zählte wieder: die schwarzgesichtige Rotbunte, die Rotbraune, die Rotschwarze, die mit dem weißen Fleck, die Braunweiße ... ja, vierzehn Kühe und ein Bulle – und mindestens ein Kalb. Aus der Ferne ertönte das Muhen der Jungbullen, die sich dicht aneinander drängten.

Die alte Frau wollte unbedingt in Erfahrung bringen, wie viele Kälber die Herde hatte. Sie näherte sich den Tieren in weitem Bogen. Bloß nicht direkt auf sie zu laufen. Ein dunkelrotes Kalb stand jetzt neben der Rotbunten mit dem schwarzen Gesicht. Und da noch eins, gescheckt und mit weißen Beinen, neben einer der gescheckten Kühe.

Die Rinder schüttelten den Kopf, und Ofelia hielt weiter auf Abstand, während sie durch die Vielzahl von Beinen und Köpfen zu spähen versuchte. War das ein weiteres Kalb? Ja, ein hellbraunes mitten in dem Kreis, den die Kühe bildeten.

Die alte Frau zog sich in die Siedlung zurück und behielt die Tiere im Auge, weil sie befürchtete, eines könne sie angreifen. Die Rotbunte mit dem schwarzen Gesicht hatte ein tückisches Wesen.

Am anderen Ende der Kolonie grasten die Schafe friedlich vor sich hin. Die Lämmer lagen wie Wollbündel auf dem Gras und schienen sich zu sonnen. Ofelia trat zwischen sie, streichelte über die harten Köpfe und stellte fest, daß keines dieser Tiere abhanden gekommen war. Im Wald kreischte etwas, aber das geschah jeden Mittag, und die alte Frau achtete schon lange nicht mehr darauf. Selbst die Schafe ignorierten diesen Laut, zuckten nicht einmal mehr mit den Ohren. Eines der Lämmer wachte davon auf und hob den Kopf. Es sah sich um, schüttelte die Ohren, rollte herum, zog die Beine ein, richtete sich auf und stieß ein leises Blöken aus. Ein Muttertier antwortete ihm. Das Lamm sprang zu seiner Mutter und fing gleich an zu saugen. Binnen zweier Minuten waren die anderen Jungtiere ebenfalls auf den Beinen und ließen sich füttern.

Wieder in der Siedlung stellte Ofelia fest, daß der Regen es nicht vermocht hatte, ihre Handabdrücke wegzuwaschen. Einige strahlten noch in voller Farbpracht, andere hingegen waren halb verschwunden. Eines ihrer Symbole sah merkwürdigerweise so aus, als sei es weggewischt worden ...

Die alte Frau starrte darauf und fragte sich, wie das geschehen sein konnte? Fast konnte man den Eindruck gewinnen, eine andere Hand habe versucht, die Farbe zu verreiben ...

Eine Windböe blähte ihren Umhang auf, und sie mußte über sich selbst lachen. In jener Nacht war sie wild und verrückt durch die Straße getanzt, und vermutlich hatte sie selbst den Abdruck weggewischt. Wer mochte schon wissen, was ihr da gerade durch den Kopf gegangen war? Vielleicht war sie auch nur ausgeglitten und hatte die Hand ausgestreckt, um sich irgendwo festzuhalten ...

Langsam schob sie ihre Rechte auf den Abdruck. Ja,

die Höhe stimmte, wenn sie wirklich den Boden unter den Füßen verloren hatte. Wenn sie wirklich versucht hatte, an der Tür Halt zu finden ... Aber sie konnte sich nicht an einen solchen Vorfall erinnern, auch wenn sie in jener regnerischen Nacht des öfteren ausgeglitten und irgendwann von einem Haus zum nächsten gerutscht war, weil sie hoffte, so schneller voranzukommen; schließlich hatte die innere Stimme sie ja gedrängt, unbedingt fertigzuwerden.

Ihr wurde kalt. Sie wollte die Sonne auf ihren Schultern spüren, nahm das Cape ab, faltete es über dem Arm zusammen, band auch den Hut los, nahm ihn ab und hielt ihn in der Linken. Die warmen Strahlen beruhigten sie rasch. Alles war in Ordnung. Den Tieren ging es den Umständen entsprechend gut, sie war hier in Sicherheit, und sie würde sich ein langes Mittagsschläfchen gönnen. Ja, genau.

Die alte Frau sah sich um. Sie hatte sich schon oft in andere Betten gelegt und das vernachlässigt, das sie als ihr eigenes ansah. An einem Tag wie heute, wo der Wind aus einer anderen Richtung wehte, würde es in ihrem eigenen Zimmer stickig und unangenehm sein. Zwei Häuser weiter jedoch lag das Schlafzimmer mit den zwei Fenstern nach Osten. Da sie die Häuser nur öffnete, wenn sie dort etwas zu erledigen hatte, war es dort bestimmt schattig und kühl.

An der Tür dieses Hauses war der Handabdruck nur ein kleines bißchen verlaufen. Ofelia trat ein und ließ die Tür hinter sich offenstehen. Nur wenig Licht drang durch die geschlossenen Läden, und leichter Schimmelgeruch erfüllte ihre Nase. Sie nahm sich vor, die Häuser in Zukunft häufiger zu lüften.

Ofelia riß im Schlafzimmer die Fenster auf und tastete dann die Matratze ab. Sie fühlte sich überhaupt nicht feucht an. Also mußte der muffige Geruch woanders herkommen, wahrscheinlich aus dem Kleiderschrank, wo die Vorbesitzer ein paar Sachen zurückgelassen hatten.

Die alte Frau versuchte sich zu erinnern, welche Familie früher hier gewohnt hatte, aber sie war sich nicht ganz sicher. Auf dieser Seite der Siedlung hatten die großen Fluten einige Häuser mitgerissen. Die Bewohner waren danach auf höherliegenden Grund gezogen, und einigen Jungvermählten hatte man die wiederaufgebauten Häuser hier zugewiesen.

Aber war das noch wichtig? Ofelia legte sich auf das Bett und streckte sich aus. Auch wenn sie an die vertrauten Senken und Klumpen in ihrer Matratze gewohnt war, fand sie es ab und an doch ganz spannend, eine neue auszuprobieren. Ihr Becken lag hier etwas zu hoch, die Schultern dafür etwas zu niedrig, doch sie war müde genug, um sich davon nicht länger irritieren zu lassen und gleich einzuschlafen.

Als sie aufwachte, herrschte draußen ein trübes Licht. Die Sonne mußte bereits untergegangen sein. Ofelia erinnerte sich, etwas geträumt zu haben, einen ziemlich lebhaften Traum mit leuchtenden Farben, schöner Musik und viel Bewegung. Aber die Szene verblaßte jetzt so schnell, daß ihr nichts mehr davon zu Bewußtsein kommen wollte. Die alte Frau streckte sich noch einmal und stand dann in aller Gemütlichkeit auf. Wieder nahm sie den feuchtschimmligen Geruch wahr und verzog die Nase. Vielleicht sollte sie in diesem Haus die Lichter brennen lassen, damit es dadurch etwas austrocknen konnte.

Ofelia zog die Läden zu, machte Licht, ging nach draußen und schloß die Tür hinter sich. Im Dämmerlicht schienen die Formen und Farben zu zerfließen und hatten gar nichts mehr mit der Geometrie bei Tag gemein. Die alte Frau blinzelte, und als sich danach nichts verändert hatte, zuckte sie die Achseln und trat den Heimweg an. Nach dem erfrischenden Schläfchen fühlte sie sich erholt genug, am Abend wieder an ihren Perlen und Ketten zu arbeiten.

... oder vielleicht an der Chronik. Sie bekam tatsächlich ein wenig Schuldgefühle, als ihr einfiel, wie lange es her war, seit sie zum letzten Mal dort etwas Interessantes eintragen hatte.

Als sie vor dem Tagebuch stand und das aktuelle Datum erblickte, überraschte sie das doch sehr. War denn wirklich schon so viel Zeit vergangen, seit die anderen Kolonisten oben im Norden gelandet waren ... und dort den Tod gefunden hatten? Ofelia setzte sich vor die Tastatur und überlegte sehr lange, was sie eigentlich schreiben sollte. Sie hatte sich sehr allein gefühlt, sie hatte ziemlich viel Angst gehabt, und sie wollte immer noch nicht darüber nachdenken, was geschehen war.

Sie waren nicht meine Nachbarn oder Bekannten, trug sie schließlich ein. *Trotzdem tun sie mir leid, und ich schäme mich dafür, weil ich sie nicht bei mir haben wollte. Ihre Familien glauben jetzt sicher, sie seien ganz allein gestorben. Woher sollen sie auch wissen, daß es auf dieser Welt noch jemanden gibt, der sie beweint.*

Danach ging sie die vergangenen Einträge durch und schrieb überall dort Ergänzungen, wo ihrer Meinung nach die bloßen Daten zu dürr erschienen. Bald tat ihr wieder der Rücken weh, und als auch noch die Hüften steif wurden, schaltete sie den Computer aus und zog sich mühsam hoch. Wie schmerzhaft es doch war, sich zu bewegen, wenn sie zu lange gesessen hatte! Ofelia glaubte, sie könne sich nicht noch älter fühlen. Seit Barto abgereist war, hatte sie sich noch nie am ganzen Körper so steif gefühlt.

Im Nähraum angekommen, blickte sie mit Widerwillen auf das Perlenkettengeflecht. Wenn sie sich jetzt schon wieder hinsetzte, würde sie womöglich nie mehr hochkommen. Andererseits fühlte sie sich auch noch nicht müde.

Die alte Frau beugte sich über den Tisch und schob die Perlen sinn- und ziellos hin und her. Als sie noch eine junge Frau gewesen war, hatte sie eine Halskette mit funkelnden blauen Steinen und viel Silber und Kupfer besessen. Dann hatte sie Humberto geheiratet und die Kette ihrer Schwester überlassen. Humberto hatte das Stück nämlich nicht leiden können und vermutet, Caitano habe es ihr geschenkt. Damit hatte er zwar den Nagel auf den Kopf getroffen, aber das hatte sie ihm gegenüber natürlich nie zugegeben.

Ofelia wünschte jetzt, sie wüßte, wie man eine so hübsche Kette herstellte und vor allem so leuchtende, funkelnde Farben gewann. Dem Fabrikator konnte man Farbtöne eingeben, aber wenn man bei ihm ein dunkles Blau bestellte, erhielt man nur etwas Mattes, Stumpfes – jedenfalls nichts, was sich mit der Kette von damals vergleichen ließe.

Ihre Finger fuhren über die getrockneten Streukörner, und sie erfreute sich an dem Rascheln. Wenn sie die auf eine dicke, feste Schnur aufreihte, würden sie den idealen Saumbesatz für ihren neuen Umhang abgeben. Natürlich mußte sie sie vorher färben, und ...

Sie hielt in ihren Überlegungen inne, weil ihre Haut zu jucken begann. Was war das ... Aber sie hörte nichts, auch wenn ihre Ohren sich noch so anstrengten, trotz des Blutes, das in ihr rauschte, etwas zu hören.

Ofelia drehte sich langsam um. Da war auch nichts Ungewöhnliches zu sehen. Sie schaute in jede Ecke und entdeckte natürlich nichts. Gut, wahrscheinlich hatte ihr nur das Unterbewußtsein einen Streich gespielt, aber dennoch ... Die alte Frau fand keine Ruhe mehr und war sich sicher, daß hier irgendwo Gefahr lauerte.

Dann roch sie es. Der gleiche Gestank wie in dem Haus, in dem sie am Nachmittag geschlafen hatte. Muffig wie Schimmel war er ihr erschienen, aber als sie jetzt schnüffelte, kam er ihr doch eher wie Mehltau vor ... nein, eigentlich roch es noch intensiver. Ihr Herz schlug immer schneller. Als sie eine Hand an die Seite legte, überraschte es sie nicht, an den Rippen deutlich ihren rasenden Puls zu spüren. Ofelia mußte schlucken, weil ihre Mundhöhle plötzlich ganz trocken war.

»Ich bin hier!« rief sie nach draußen in die Dunkelheit, die Leere und das Schweigen. Ihre Stimme kam ihr fremd vor, blechern und kratzig wie bei einer gestörten Funkverbindung.

»Zeigen Sie sich, wo immer Sie auch stecken mögen.«

Ofelia hatte natürlich keine Vorstellung, wen oder was sie da ansprach. Etwa die Geister der getöteten Siedler? Im Grunde glaubte sie nicht so recht an Gespenster, obwohl sie Humberto einmal gesehen hatte, sechs Monate nach seinem Tod. Damals trug er einen weißen Anzug und einen blauen Hut. Er hatte eine andere Frau angelächelt, und als Ofelia ihn beim Namen gerufen hatte, war er verschwunden ... Konnten Geister eigentlich Gerüche verbreiten? Humberto hatte damals nach gar nichts gerochen.

Er war einfach als makellos weiße und dimensionslose Gestalt vor ihr dahingeglitten.

Die alte Frau hielt die Luft an und atmete dann langsam ein. Ja, der Gestank war unzweifelhaft vorhanden, und er roch nach etwas, das sie nicht kannte. Nicht nach etwas Altem, sondern nach etwas Neuem. Die besondere Duftnote irgendeiner Tierart. Ein Wesen aus dem Wald, das neugierig und mutig genug war, in die Siedlung zu spazieren und sich hier umzusehen. Aber so etwas hatten die Waldtiere noch nie getan ...

Mit allem Selbstvertrauen, das sie aufbieten konnte, verließ sie das Nähzimmer und stellte sich in die Haupttür des Zentrums. Das Licht aus der Anlage fiel hinaus auf die Straße, und die alte Frau warf einen langen Schatten. Sie entdeckte nichts außer den Lichthalbkegeln links und rechts ihres Schattens. Neben der Tür befanden sich die Schalter für die Außenbeleuchtung. Zu Zeiten der Kolonie hatte man sie nur selten benutzt. Ofelia schaltete sie ein. Nur zwei Birnen flammten auf; die anderen waren wohl den Unwettern zum Opfer gefallen. Dennoch machte sie einen Schemen aus, der die Straße entlanghuschte.

Ein Monster! Ein Tier! Ein Alien!

Ein mordgieriges Ungeheuer, das schon etliche Menschen umgebracht hatte.

Die alte Frau wagte es nicht, sich dem Wesen zu nähern, und sie spürte auch keinen Drang, ins Innere des Zentrums zurückzukehren. Das Außenlicht ließ sie an. Beunruhigt blickte sie auch in die andere Richtung.

Da war noch etwas – ein Wesen, daß sich schwarz von der Nacht abhob ... Es bewegte sich direkt auf sie zu. Eine massige Kreatur mit vielen Beinen und glühenden Augen ...

Kühe.

Ofelia sank gegen den Türpfosten, als ein paar Rinder an ihr vorbeitrabten. Zwischen ihnen sprang ein Kalb herum. Eines der Tiere schlug mit dem Schwanzende gegen Ofelias bunten Handabdruck an der Tür.

So hatte es sich also abgespielt. Und der Geruch – stammte der von den Rindern? Schwer zu sagen, aber ohne Zweifel bereicherte die kleine Herde tüchtig das Aroma auf der Straße.

»Vieh!« rief Ofelia. Die Kühe erschraken. Sie drehten die Ohren nach hinten und wichen vor ihr zurück. Die alte Frau wußte nicht, was sie jetzt lieber tun würde – laut über ihre eigene Dummheit lachen oder die Tiere dafür schlachten, daß sie sie so erschreckt hatten.

»AAAAHHH!« schrie sie schließlich, ohne zu wissen, warum oder woher dieser Laut kam. Jedenfalls war der Ruf stark genug, daß ihr danach die Kehle schmerzte.

Die Kühe wirbelten herum und flohen unter lautem Hufdonner die Straße hinunter.

»Blöde Rindviecher!« schimpfte Ofelia ihnen hinterher, weil sie immer noch ärgerlich war. Sie löschte die Lichter und stapfte zurück zu ihrem Haus.

Da sie nun zum ersten Mal seit langer Zeit wieder gesprochen hatte, verspürte sie den starken Drang, weiterzureden, die Wörter wieder in ihrem Hals zu spüren und ihre Stimme nicht nur in ihrem Kopf, sondern auch mit den Ohren zu hören.

»Was bin ich doch für eine dumme Pute, mich von ein paar Kühen so ins Bockshorn jagen zu lassen. Ich hätte mir doch denken können, daß sie nachts durch die Siedlung wandern. Schließlich ist die Weide nicht umzäunt.«

Noch während sie sich das laut erklärte, drängten sich Fragen in ihr Bewußtsein. Sie hatte in der ganzen Zeit, die sie hier schon allein verbrachte, nicht einen Kuhfladen entdeckt. Weder auf der Straße noch zwischen den Häusern. Und was wollten die Rinder hier überhaupt? Gewiß nicht die Gärten kahl fressen; denn das wäre ihr bestimmt aufgefallen.

Ihre Stimme verstummte plötzlich, so als sei das schon alles gewesen, was sie zu sagen gehabt hatte. Die Kühe kamen also in die Siedlung ... Die Kühe kamen, aber sie drangen nicht in die Gärten ein ... Die Kühe kamen nämlich aus dem Grund, weil ... weil ... weil sie lieber hier waren ... weil etwas ihnen Angst eingejagte und sie vom Fluß vertrieben hatte ...

Zweimal in einer Nacht die größte Furcht zu empfinden bereitete ihr körperliche Schmerzen. Die Rippen taten ihr schon weh, weil das Herz immer wieder wie wild hämmerte und sie oft genug krampfhaft eingeatmet hatte.

Ofelia stand in der Küche und war nicht in der Lage, sich in die eine oder die andere Richtung zu bewegen – bis sie schließlich einen so stechenden schmerzhaften Krampf im linken Fuß bekam, daß sie darüber alle lähmende Angst vergaß. Sie hob den Fuß und verlagerte ihr Gewicht auf den anderen, keuchte und stöhnte und atmete endlich erleichtert aus, als der Krampf langsam nachließ. Die alte Frau fühlte sich am Ende ihrer Kräfte, und jeder einzelne Knochen tat ihr weh. Wenn die Aliens sie schon ermorden wollten, sollten sie das gefälligst tun, wenn sie gerade im Bett lag und schlief.

Sobald sie unter der Decke lag, kehrte der Krampf zurück, und sie schob sich unwirsch aus dem Bett, um wieder auf dem anderen Bein zu stehen. Verdammt, für so etwas war sie wirklich schon zu alt. Die vertraute Wut meldete sich wieder in ihr zu Wort. Sie war zu alt, der Fuß bereitete ihr zu viele Schmerzen, alles wurde ihr zuviel, und sie konnte doch nun wirklich nichts dafür.

Als der Krampf endlich vergangen war, legte sie sich sofort wieder hin und zog sich die Decke über den Kopf. Kaum lag sie gut, als ihr einfiel, daß sie vergessen hatte, den Riegel vor die Tür zu schieben. Eigentlich hatte sie das schon häufiger unterlassen, aber heute ... Wenn sich draußen wirklich blutrünstige Monster herumtrieben ... Seufzend stand sie wieder auf, murmelte unbewußt einen Fluch, von dem sie geglaubt hatte, ihn längst vergessen zu haben, und schleppte sich zur Haustür, um sie zuzusperren, auch wenn das kaum einen wirksamen Schutz darstellen konnte.

Aber ganz so einfach war das nicht. Sie mußte unbedingt noch einen kurzen Blick hinaus auf die Straße werfen. Ofelia hörte das Mampfen der Kühe, die in einiger Entfernung rhythmisch die Gräser herausrupften. Eine leichte Brise fuhr zwischen den Häusern hindurch und streifte ihren Körper. Die alte Frau entdeckte nichts, absolut gar nichts, und die Funken, die vor ihren Augen tanzten, rührten daher, daß ihr Sehorgan auch nicht jünger geworden war.

Ofelia blieb auf der Schwelle stehen, bis sie zitterte. Dann verriegelte sie die Tür und kehrte ins Bett zurück. Auf dem Weg dorthin stieß sie sich eine Zehe an irgend etwas an, das sie aus Achtlosigkeit nicht fortgeräumt hatte. Nun reichte es ihr wirklich, und sie hatte keine Lust, Licht zu machen und nachzusehen. Als sie sich ins Bett legte, war ihre Laune so schlecht, daß die Alpträume schon vorprogrammiert waren.

Doch wunderbarerweise träumte sie nur von schönen Dingen. Am nächsten Morgen konnte sie sich an keine

Szene mehr erinnern, wußte aber noch, daß alle angenehm gewesen waren. Sie schlief lange, und als sie die Augen öffnete, fielen die Sonnenstrahlen schon streifenförmig durch die offenstehende Hintertür auf den Küchenboden.

Ofelia verzog das Gesicht. Warum stand die Tür zum Garten auf? Hatte sie tatsächlich, als sie vergangene Nacht durch die Dunkelheit gestolpert war, um die Vordertür zu verriegeln, vergessen, daß die andere Tür noch nicht geschlossen war? Unsinn, sie ließ die Hintertür nie offen.

Es wollte ihr einfach nicht einfallen. Nun gut, so etwas war ihr auch früher schon widerfahren, daß sie fest glaubte, irgend etwas geschlossen zu haben, das sich dann beim späteren Nachsehen als offen erwies. Oder daß sie vollkommen überzeugt war, etwas geöffnet zu haben, von dem sie später feststellen mußte, daß es geschlossen war. Und das passierte ihr nicht erst, seit sie hier allein lebte. Schon Barto hatte sich einige Male darüber beschwert.

Ofelia ärgerte sich darüber, daß ihr Gedächtnis sie jetzt im Stich ließ. Sie kam sich vor wie eine vertrottelte alte Schachtel. Ein paar Augenblicke später stand sie auf, um den Gegenstand zu betrachten, an dem sie sich letzte Nacht den Zeh angestoßen hatte. Sie wollte ihn wegräumen, solange sie sich noch an den Vorfall erinnern konnte.

Aber zwischen der Haustür (die fest verriegelt war; das hatte sie sich also nicht nur fälschlicherweise eingebildet) und dem Schlafzimmer fand sich nichts, was einem Zeh schmerzlichen Widerstand leisten konnte. Die Stühle waren alle ordentlich unter den Küchentisch geschoben. Nein, da war wirklich nichts ... Vielleicht war sie in der Finsternis vom Weg abgekommen und mit dem Zeh gegen den Türpfosten vor dem Schlafzimmer gestoßen ... Aber dann hätten ihre Hände die Wand berühren müssen.

Ofelia untersuchte die Küche, das Schlafzimmer, alle Fenster, die Stühle und den Tisch. Alles war so, wie es sein mußte. Die Sonne brannte so warm und angenehm, und die Düfte aus dem Garten, die ein leichter Wind hereintrug, waren so appetitanregend, daß sie sich bald sagte, sie müsse sich in der letzten Nacht ganz einfach geirrt haben.

Die alte Frau schnüffelte. Nein, keine fremdartigen Gerüche, nur der Gestank der Kühe. Als sie nach vorn ging und hinaus auf die Straße blickte, entdeckte sie etliche Kuhfladen, alle in einer Linie aufgereiht.

Ofelia holte den Karren und eine leichte Schaufel aus dem Geräteschuppen und verbrachte den Morgen damit, den Kot einzusammeln und auf den Komposthaufen zu werfen. Die Rinder standen wieder auf ihrer Weide und grasten friedlich, als sei überhaupt nichts geschehen.

Es fiel der alten Frau viel leichter, die Kuhfladen von der Straße als von den Wiesen mit ihrem hohen Gras zu entfernen. Sie fing schon an zu rechnen. Wenn die Rinder jede Nacht in die Siedlung kamen und hier ihr Geschäft verrichteten, konnte sie mit dem Kot jeden Garten düngen und auch noch den Recycler ausreichend füttern. Natürlich behagte ihr die Vorstellung wenig, jeden Tag Kuhmist einsammeln zu müssen, ganz zu schweigen von dem ekligen Gestank, der den Fladen entströmte. Als die Kompostsenke voll war, fuhr sie den Rest zum Recycler und eilte danach unter die Dusche, um den widerlichen Geruch loszuwerden.

Später war sie wieder im Zentrum und trug ins Tagebuch ein, daß die Kühe nachts über die Straßen zogen. Das war vielleicht nicht ungeheuer wichtig, aber wenigstens hatte sie der Chronik mal etwas Neues mitzuteilen.

Danach sah sie sich die Wetterkarte an. Weit draußen auf dem Meer braute sich ein gewaltiger Sturm zusammen, der erste in diesem Jahr. Der war wesentlich gefährlicher als irgendwelche eingebildeten Aliens, und Ofelia setzte sich rasch hin, um eine Liste all der Dinge niederzuschreiben, die vor Eintreffen des Unwetters unbedingt erledigt werden mußten – falls das Gewitter überhaupt in diese Richtung zog: Fensterläden und Türen reparieren und sicherstellen, daß nichts lose herabhing, das von den Sturmwinden losgerissen und irgendwo gegengeschleudert werden konnte. Sie überlegte, ob sie bei diesem Gewitter im Zentrum bleiben sollte. Dazu müßte sie eine Matratze ins Nähzimmer befördern. Nicht die große aus Bartos Zimmer, sondern die schmale aus ihrem alten Zimmer. Die reichte völlig aus. Sie mußte sie nur die paar Meter von ihrem Haus bis zum Zentrum bringen.

Doch die Matratze war viel zu schwer für sie. Unmöglich, sie den ganzen Weg zu tragen. Aber die Straße war feucht und von den Kuhkotresten bedeckt. Ofelia starrte die Stellen zornig an. Auf gar keinen Fall würde sie ihre Matratze durch Kuhmist ziehen und dann darauf schlafen. Der Gartenkarren roch ebenfalls noch nach Kuhfladen.

Der Recycler verfügte über Lagerräume, und in einem standen größere Karren und Wagen. Besser gelaunt machte Ofelia sich auf den Weg dorthin, besorgte sich einen der Wagen und kehrte zu ihrem Haus zurück.

Aber der blöde Karren paßte nicht durch die Vordertür. Sie begab sich ins Haus, mühte sich mit der Matratze zur Tür ab und schob, hob und wuchtete das sperrige Stück schließlich auf den Wagen.

Die Eingangstür zum Zentrum war deutlich breiter, und der Wagen paßte geradeso hindurch ... Aber das traf nicht für die Tür zum Nähraum zu. Enttäuscht zerrte Ofelia die Matratze vom Karren und ließ sie einfach auf den Boden fallen. Sie war jetzt zu erledigt, um das Ding noch in das Nähzimmer zu schieben.

Als sie den Wagen endlich in den Lagerraum am Recycler zurückgebracht hatte, ging bereits die Sonne unter. Ofelia haderte mit ihrem Schicksal, war überaus mürrisch und zürnte Gott und der Welt. Am meisten aber den Fachidioten, die Türen bauten, durch die man keinen Karren schieben konnte. Und schließlich auch sich selbst, die heute nicht nach den Gärten gesehen hatte – womöglich hatten die Schleimruten schon die Hälfte der Tomatenpflanzen durchbohrt.

Voller Sorge lief sie zurück und stellte erleichtert fest, daß das Ungeziefer keinen nennenswerten Schaden angerichtet hatte. Aber dann entdeckte sie unter einem Blatt ein zerquetschtes Schleimrutengehäuse. Konnte nicht lange her sein, der Schleim glänzte noch. Die alte Frau pflückte in der einsetzenden Dunkelheit alle reifen Tomaten, die sie sehen konnte, und betrat dann das Haus.

Sie nahm sich fest vor, nicht über die zerquetschte Schleimrute nachzudenken. Wahrscheinlich war eine Kuh mit einem Huf draufgetreten. Oder ein Schaf ... Oder einer von den mordgierigen Aliens, der vorhatte, ihr den Kopf abzuschneiden ... Nein, darüber wollte sie sich jetzt keine Gedanken machen.

Ofelia stellte sich unter die Dusche, und das heiße Wasser verscheuchte ihre Irritation und wirkte überaus belebend auf ihre Muskeln und Glieder. Als sie heraustrat und sich abtrocknete, spürte sie, daß sie große Lust hatte, sich einige ihrer Perlenketten anzulegen. Eine weiße, eine rote und eine braune. Doch dann fiel ihr ein, daß sie heute noch kein Brot gebacken hatte. Also nichts mit den Perlen.

Die alte Frau schüttete einen kleinen Mehlhügel auf die Anrichte, gab etwas Backfett, eine Prise Salz und eine halbe Tasse Wasser hinzu und mengte mit den Händen einen dicken, runden Ball, von dem sie kleinere Stücke abbrach. Mit einer Hand schaltete sie den Herd ein und fing dann an, mit ihrer zweitbesten Nudelrolle die Brocken zu flachen, runden Fladen auszurollen (Rosara hatte die allerbeste Nudelrolle mitgenommen, und darüber war Ofelia immer noch verärgert; andererseits malte sie sich aus, wie ihre Schwiegertochter im Gefrierschlaf lag und sich auf dem Weg zu einer Welt befand, auf der es ihr überhaupt nicht gefiel – das war schlimmer als jede Strafe, die Ofelia sich ausdenken konnte, und sie war obendrein vollauf verdient).

Die alte Frau schnitt Wurst und Zwiebeln in die erhitzte Bratpfanne und verrührte die Masse, bis sie angebräunt war. Zu ihrem Bedauern mußte sie feststellen, daß der Vorrat am leckeren Schweinemett unwiderruflich zur Neige ging. Sie hatte alle Kühlschränke in der Siedlung geplündert und sich auch das Schweinemett aus den Kühlräumen im Zentrum besorgt. Nicht mehr lange, und es würde nichts mehr davon übrig sein. Auch die Menge der Hartwürste war drastisch zusammengeschmolzen. Bald würde ihr wohl nichts anderes übrigbleiben, als eine Kuh oder ein Schaf zu schlachten. Damit durfte sie sich nicht zu lange Zeit lassen, und sie sollte ans Werk gehen, solange sie noch die nötige Kraft dafür besaß.

Das hatte sie sich auch schon letzten Winter vorgenommen, dann aber entschieden, das tiefgefrorene Fleisch in Angriff zu nehmen. Schließlich, so sagte sie sich, würde das ja eher als das lebende Vieh verderben, und es wäre doch eine Schande um all das gute Fleisch. In Wahrheit aber war sie geradezu süchtig nach Schweinemett ... Wenn der Siedlung doch bloß nicht die Schweine ausgegangen wären. Die Kolonisten hatten die Schweine irgendwann notgeschlachtet, als klar geworden war, daß diese Tiere, anders als die Kühe und Schafe, nicht auf dem terraformten Land blieben und überall herumwanderten.

Als Wurst und Zwiebeln fast fertig waren, warf sie einen Fladen auf das heiße Backblech, drehte ihn mit einem Zweig und beförderte ihn geschickt auf ihren Teller. Die Masse in der Pfanne durfte noch ein oder zwei Minuten brutzeln. Sie schnitt Tomaten unter die Wurst und die Zwiebeln und streute ein paar Gewürze darüber.

Ofelia hatte sich nie Gedanken um eine gesündere Ernährung gemacht. Hauptsache, es schmeckte, lautete ihre Devise. Einige ältere Kolonisten hatten sich umstellen müssen, und sie erinnerte sich noch gut an deren Klagen darüber, daß die neuen Speisen nach gar nichts schmeckten oder daß sie davon keinen Bissen herunterbekämen. Ofelia ließ sich von so etwas nicht beirren: heiße Tomaten, Wurst oder Schweinemett auf Fladenbrot und dann herzhaft hineingebissen – ja, so konnte man es auf dieser Welt aushalten. Und morgen würde sie an die Vorbereitungen für den Sturm gehen, wenn der überhaupt bis hierher kam. Natürlich würde sie dann auch wieder regelmäßig nach den Maschinen und Anlagen sehen. Seit einigen Tagen schon hatte sie die Pumpen nicht mehr inspiziert. Alles sollte wetterfest gemacht werden, und sie würde es sogar mit dieser verdammten Matratze aufnehmen, um sie vom Flur in den Nähraum zu schieben, zu zerren, zu wuchten ... oder was sonst auch immer nötig war, um den vermaledeiten Klotz endlich an Ort und Stelle zu bekommen.

Kapitel 7

Am Morgen war das Unwetter schon deutlich näher gekommen. Der Wettermonitor zeigte seinen wahrscheinlichen Kurs an. Wenn der Sturm nicht im letzten Moment die Richtung änderte, würden er sich in vier oder fünf Tagen direkt über der Kolonie austoben. Das Gewitter sah nicht so groß aus wie der Sturm vor zwei Jahren, aber auf seinem Weg hierher würde er sicher noch anwachsen. Ofelia trat hinaus auf den Flur und stieg über die Matratze, die dort immer noch herumlag. Später würde sie das Stück ins Nähzimmer befördern. Wenn sie sich jetzt damit aufhielt, käme sie ja zu nichts anderem mehr.

Draußen erwartete sie ein klarer, sonniger Tag. Doch

von ihm ging auch diese eigentümliche Ruhe aus, von der Ofelia aus Erfahrung wußte, daß sie die Vorstufe zu den Sturmböen darstellte. Sie nahm sich ihre Liste vor. Zuerst die Pumpen, dann die anderen Maschinen.

Ofelia bewaffnete sich mit Block und Stift, um festzuhalten, welche Häuser reparaturbedürftig waren. Tagranken hatten die Tür zum Pumpenhaus überwuchert. Ihre herrlichen roten Blüten und zierlichen Samenkolben hingen elegant vom Dach herab. Die alte Frau riß alles herunter und bekam mit einiger Mühe die Tür auf. Drinnen bewegten sich die Pumpen in stetigem Rhythmus, und alle Anzeigen befanden sich im Normalbereich. Ofelia fragte sich, wie hoch der Fluß aufgrund der Regenfälle ansteigen würde. Wenn er zu stark über die Ufer trat, würde sie die Pumpen abschalten müssen. Aber das ließ sich, wenn es überhaupt so weit kommen sollte, bequem vom Zentrum aus bewerkstelligen.

Als sie die Tür wieder schließen wollte, erwiesen sich die Ranken erneut als Hindernis. Murrend schnitt und sägte die alte Frau die Stengel durch und räumte alles beiseite, bis die Tür sich zumachen ließ. Sie mochte es nicht, diese Pflanzen zu zerstören, verwelkten die Trompetenblüten doch schon nach wenigen Minuten, auch wenn man sie rechtzeitig ins Wasser stellte. Dennoch wollte sie sich die wenigen Momente solcher Pracht und Schönheit gönnen und behängte sich Arme und Hals mit den abgetrennten Ranken. Sobald sie den Recycler erreichte, konnte sie sie dort in den Auffänger werfen.

Das Vieh graste heute morgen besonders andauernd, so als wüßten die Tiere von dem herannahenden Sturm und wollten sich deswegen mit zusätzlicher Energie versorgen. Ofelia erinnerte sich, wie einige Tiere während der letzten Überschwemmung verlorengegangen waren. Sollte sie die Schafe und Rinder nicht besser in die Siedlung treiben, sie womöglich in einem Gebäude einsperren? Vielleicht reichte ja auch einer der ummauerten Gärten, aber würden die Mauern und Türen dort halten?

Nein, sie konnte sich damit jetzt nicht aufhalten. Das, was sie auf der Liste stehen hatte, ging vor.

Alle Maschinen arbeiteten normal, aber sie entdeckte, daß eine Reihe von Glühbirnen durchgebrannt waren. Glühbirnen konnte sie nicht ersetzen, sobald der Vorrat aufgebraucht war. Ihre Versuche, sich vom Fabrikator neue machen zu lassen, waren sämtlich fehlgeschlagen. Dabei standen Glühbirnen auf der Liste der Dinge, die er herstellen konnte. Die alte Frau wußte nicht, warum das nie klappen wollte. Sie kannte sich auch mit solchen Apparaten zu schlecht aus, um den Fehler feststellen zu können. So verzichtete sie jetzt darauf, die kaputten Birnen auszuwechseln, und schraubte lieber die heraus, die vom Sturm in Mitleidenschaft gezogen werden konnten. Nun konnte sie zwar im Zentrum und im Recycler die Außenbeleuchtung nicht mehr einschalten, aber die benutzte sie ohnehin nur selten.

Nach einem raschen Mittagessen nahm sie den Werkzeugkasten und machte sich daran, die Läden und Türen festzunageln, die schon lose waren und womöglich vom Sturmwind endgültig abgerissen wurden. Danach galt es, ein paar Dächer auszubessern und herabhängende Regenrinnen wieder zu befestigen. Zu ihrem Leidwesen fand Ofelia mehr Reparaturbedürftiges vor, als sie erwartet hatte.

Die alte Frau versuchte sich daran zu erinnern, wann sie zum letzten Mal etwas an den Häusern getan hatte, und bekam gleich ein schlechtes Gewissen, weil sie eigentlich täglich nach den Gebäuden, Türen und Fensterläden hätte sehen müssen. Natürlich war ihr klar, daß das ihren Zeitplan vollkommen durcheinandergebracht hätte, und dann wäre ihr kaum noch Gelegenheit geblieben, sich um die Gärten, die anderen Tätigkeiten und ihre Lieblingsbeschäftigung, das Nähen, zu kümmern. Doch in dem bedrückenden Wetter vor dem Sturmausbruch plagte sie die alte öffentliche Stimme wieder, hielt ihr ihre Pflichten und ihre Verantwortung vor und schimpfte, daß sie zuviel Zeit mit diesen wirklich unnützen Ketten und Halsbändern vergeudet habe.

Doch, dieser Zierat war ihr wichtig. Sie hatte diese Arbeit schon ihr ganzes Leben lang gebraucht, auch wenn ihr das erst ziemlich spät bewußt geworden war. Die Freude daran, etwas zu erschaffen und sich dabei spielerisch zu betätigen, bedeutete ihr ungeheuer viel, und sie erkannte, daß in ihrem früheren Leben eine Leere gewesen war, die von der Familie und ihren anderen Verpflichtungen nicht ausgefüllt worden war.

Ofelia begriff, daß sie ihre Kinder sicher mehr geliebt hätte, wenn ihr früher schon klar geworden wäre, welch starker Spieltrieb und welch kindlicher Drang ihr innewohnten, sich mit schönen Dingen zu umgeben und diese auch selbst herzustellen.

Über dieser inneren Debatte ging der Nachmittag dahin. Darüber vergaß sie allerdings nicht, mindestens ein halbes Dutzend lose Fensterläden wieder festzunageln. Dann erreichte sie eine Tür, bei der die Aufhängung für den Riegel nicht mehr richtig saß. Als sie davorstand, kam ihr zu Bewußtsein, daß die meisten Teile, die sie repariert hatte, beschädigt gewesen zu sein schienen. Materialmüdigkeit oder Verschleiß waren nur selten die Ursache für den Schaden. Die Kolonisten hatten hier Bäume mit hartem, festem und grobporigem Holz angetroffen. Nägel, die man hineinschlug, und Schrauben, die man hineindrehte, hielten besonders lange. Allerdings brauchte man starkes und scharfes Werkzeug, um das Material zu bearbeiten. In den vierzig Jahren, die die Holzkonstruktionen in der Siedlung bereits standen, hatte sich kaum etwas gelöst. Ofelia wußte, daß in ihrem eigenen Haus noch alle Nägel und Schrauben hielten. Am ehesten ging eine Fliegengittertür zu Bruch, weil während eines Sturms etwas dagegengefallen war. Und das einheimische Holz hielt eindeutig länger als Metallteile wie Scharniere und dergleichen.

Aber diese Aufhängung hier machte den Eindruck, als

sei sie von außen beschädigt worden ... als habe jemand versucht, sie abzulösen oder herauszubrechen. Die alte Frau sah genauer hin und entdeckte kleine Vertiefungen in dem harten Holz – helle, frische Stellen in der verwitterten Oberfläche. Ein kalter Schauer fuhr ihr über den Rücken, und sie versuchte sofort, sich zu beruhigen, weil sie schon die Panik spürte, die in ihr aufstieg. Das konnte nur von einem Tier stammen. Irgendein Geschöpf aus dem Wald, vermutlich eines von den geschickten Kletterwesen. Ofelia hatte mehr als einmal beobachtet, wie die mit ihren Händen etwas ergreifen und zu sich heranziehen konnten. Und gelegentlich bohrten sie mit ihren spitzen Fingernägeln in etwas hinein. Nachdem die Kolonisten verschwunden waren, hatten diese Tiere sich viel Zeit gelassen, in die Siedlung zu kommen, aber seit ein paar Tagen schienen sie diese Scheu überwunden zu haben ... und das erklärte auch die kleinen Merkwürdigkeiten, die ihr seit einiger Zeit auffielen.

Das konnten auch nicht die Wesen sein, die oben im Norden die anderen Kolonisten abgeschlachtet hatten; denn dann hätten sie Ofelia sicher längst auch angegriffen. Und das konnte nur eines bedeuten: Die Mörder hatten sich nicht auf den Weg zu ihr gemacht; dafür waren die Baumkletterer gekommen. Die alte Frau hatte sie bloß aus dem Grund noch nicht ausgemacht, weil sie sich vor ihr versteckten. Im Wald legten sie keine solche Scheu an den Tag, aber der war ja auch ihre natürliche Umgebung; das ließ sich von der Siedlung nicht behaupten, und da war es doch ganz natürlich, daß die Tiere sich erst einmal an alles gewöhnen mußten. Vermutlich besaßen sie auch bessere Ohren und Augen als Ofelia und zogen sich rasch zurück, wenn sie die alte Frau kommen hörten oder sahen.

Ofelia zog die Schrauben an, die die Riegelaufhängung im Holz verankerten, und schob dann den Riegel mehrmals hin und her. Er bewegte sich wie eine Eins. Die alte Frau überlegte einen Moment lang und getraute sich dann, das Haus zu betreten. Natürlich war es leer, was auch sonst? Die Spuren im Staub auf dem Boden schienen ihre Theorie von den Waldgeschöpfen zu bestätigen, die sich hier herumgetrieben haben mußten. Vielleicht stammten sie sogar noch von ihr selbst, als sie zum letzten Mal hier nachgesehen hatte. Ofelia ging wieder nach draußen, schloß und verriegelte die Tür und nahm sich fest vor, später am Abend der Versuchung zu widerstehen und nachzusehen, ob sich schon wieder jemand an der Aufhängung zu schaffen gemacht habe. Das konnte getrost bis morgen warten, wenn sie sowieso wieder herkommen würde, um die Fensterläden am Nachbarhaus zu reparieren. An einem war eine Leiste herausgebrochen. Sie konnte deutlich sehen, wie sich ein Zweig von einem Obstbaum in die Lücke geschoben hatte.

Als sie zum Zentrum zurückkehrte, fragte sie sich, warum sie sich überhaupt die Mühe machte, alle Häuser am Ort in Schuß halten zu wollen. Sie hatte doch für die meisten von ihnen überhaupt keine Verwendung. Die klammheimliche Freude daran, sich in fremde Betten zu legen oder die Badezimmer von anderen Familien aufzusuchen, hatte sich schon seit längerem gelegt. Ofelia beschränkte sich mittlerweile auf vier oder fünf Häuser, und welches sie aufsuchte, hing allein vom Wetter ab. Die übrigen Bauwerke stellten nur eine Last für sie dar, die mahnende Verpflichtung, sich auch um sie zu kümmern. Die alten Schuldgefühle bedrängten Ofelia immer wieder, sie sei für alles und jedes verantwortlich und müsse soviel wie möglich erhalten, weil sie ja nicht wissen könne, ob sie es später vielleicht noch einmal brauchen würde.

Die alte Frau schwor sich, in den nächsten Tagen keine Reparaturen an den Häusern vorzunehmen, die ihr eigentlich egal waren. Sie würde sich nur um ihr eigenes Haus und die paar anderen kümmern, die ihr nützlich waren – die beiden, in denen es so herrlich kühl blieb, wenn es draußen schwül war, das Gebäude, in dem immer angenehme Temperaturen herrschten (für den Fall, wenn es draußen empfindlich kühl wurde), und die beiden, die recht günstig lagen, wenn sie in der Nähe gearbeitet hatte und dringend eine Dusche brauchte. Die übrigen konnten ihretwegen verfallen.

Unwillkürlich überkam sie wieder Panik. Wenn sie zuließ, daß Wind und Wetter an den Häusern nagten, blieb am Ende vielleicht gar nichts mehr übrig, und dann stünde sie irgendwann alt, gebrechlich, hilf- und schutzlos einem neuen Unwetter gegenüber.

Wenn sie aber von einer Leiter fiele, machte sich die Stimme bemerkbar, die Ofelia trotz der langen Zeit, die sie sich nun schon kannten, immer noch die »neue« nannte, oder von einem Dach stürzte, bloß weil sie ganz allein die gesamte Siedlung in Schuß halten wolle, dann würde sie irgendwo elend zugrunde gehen, und die in Schuß gehaltenen Häuser und anderen Anlagen würden es ihr kaum danken und ihr zu Hilfe kommen ...

Die gute neue Stimme, die sie schon dazu verleitet hatte, nur noch das am Körper zu tragen, was ihr guttat, überredete sie nun dazu, genauso auf ihre Gesundheit zu achten, wie sie das bei den Häusern getan hatte. Sie solle mit ihren Kräften haushalten und sich immer wieder klarmachen, daß die Gebäude für sie da waren und nicht umgekehrt. Ofelia schulde den Häusern nichts und habe an ihnen nur solche Arbeiten zu erledigen, die sie in die Lage versetzten, ihr noch besser zu dienen.

Der Gedanke gefiel der alten Frau, aber nur für einen Moment, dann meldete sich das schlechte Gewissen wieder. Wenn sie bei den Häusern anfing, wo sollte das Ganze dann enden? Würde sie eines Tages auch das Vieh vernachlässigen? Nein, die Vorstellung behagte ihr überhaupt nicht. Andererseits galt es zu bedenken, ob sie wirklich alle Häuser benötigte. Und auch bei den Werkzeugen und Geräten konnte sie eine Auswahl treffen, oder? Eine leichte Brise kitzelte sie an den Waden. Ofelia hob den Kopf. Flauschige Wolken zogen über den Himmel und kündeten das Herannahen des Sturms an. Der Wind wurde heftiger. Die alte Frau stellte sich vor, wie sie morgen auf einem Dach oder einer Leiter stand ... Nein, sie würde sich das nicht antun. Gleich morgen früh ihr eigenes Dach, einverstanden, und wenn noch genug Zeit blieb, dann vielleicht das Dach vom Zentrum, aber nicht mehr!

Am nächsten Morgen war es furchtbar schwül, und langsame Luftbewegungen, die keine Erfrischung brachten, zeigten an, daß der Sturm aus Südosten kam. Ofelia stellte eine Leiter an ihr Haus und kletterte hinauf, um nach ihrem Dach zu sehen. Der Fabrikator hatte aus irgendeinem zusammengesetzten Material Dachziegel hergestellt, die leichter und dennoch belastbarer und langlebiger waren als die herkömmlichen Tonziegel. Die Kolonisten hatten fünf Jahre vor dem Abzug die Dächer neu gedeckt – eine notwendige und umsichtige Maßnahme. Wie zu erwarten, zeigten sich die Ziegel noch heil und am Platz. Nur einige wenige hatten sich etwas gelöst, und die befestigte Ofelia mit einem Nagel.

Von diesem erhöhten Standort hatte sie einen guten Ausblick auf die Schafweide, das Strauchland dahinter und den Wald am Horizont. Die Tiere hielten sich am äußersten Rand auf, unweit des Shuttle-Landefelds, das sich in eine graue, unansehnliche Masse verwandelt hatte, die beinahe ganz vom terraformten Gras überwuchert war. Die Kuhweide am Fluß konnte Ofelia nicht einsehen, weil die Siedlung ihr die Sicht blockierte.

Die alte Frau stieg hinunter, mühte sich mit der Leiter zum Zentrum ab und stieg dort wieder hinauf. Beim Dach des Gemeindezentrums handelte es sich um ein komplexeres Gebilde; denn erstens galt es, eine größere Fläche abzudecken, und zweitens sollte hier oben Regenwasser gesammelt werden. In der Anfangszeit hatten die Kolonisten noch nicht gewußt, wie einfach es war, das Flußwasser zu reinigen, und sich deshalb lieber auf Zisternen verlassen, in die das Regenwasser vom Dach abgeführt wurde. Ofelia gefiel es nicht besonders, dort oben herumzuklettern. Mal ging es steil hinauf, dann wieder ebenso jäh hinab, und die Täler zwischen den Dachsätteln erwiesen sich als schlüpfrig und mühsam. Rasch stellte sie fest, daß das Dach bei den früheren Stürmen keine Schäden erlitten hatte – sicher konnte sie es für diesmal gut sein lassen.

Aber dann packte sie ein Anfall hartnäckiger Pflichterfüllung, und sie kämpfte sich zum ersten Sattel vor. Der Weg kam ihr schwieriger vor als beim letzten Mal, als sie dort hochgekraxelt war. Danach brauchte sie erst einmal eine Pause. Natürlich hämmerte ihr Herz wieder wie verrückt, und sie hatte Mühe, Luft zu bekommen. Außerdem war die Sicht von hier oben doch nicht so hervorragend, wie sie erhofft hatte.

Als sie sich umdrehte und in Richtung ihres Hauses zur Schafweide blickte, bemerkte sie eine Bewegung zwischen den Sträuchern. Ofelia war völlig erschöpft und konnte sich nicht mehr bewegen. Selbst wenn jemand sie angestoßen hätte, wäre sie nicht vom Fleck gekommen.

Aus den Sträuchern lösten sich drei rötlichbraune Wesen von geringerer Größe als die Schafe. Mit hochaufgerichteten Schwänzen liefen sie über die Wiese und verschwanden wenig später hinter dem Haus der alten Frau.

Baumkletterer. Als sie die Tiere erkannte, kehrte ihr Atem rauschend zurück. Waldgeschöpfe, wie sie es sich gedacht hatte. Jetzt tauchte eines von ihnen auf ihrem Dach auf, streckte die langen Arme aus und fing an, irgend etwas zu tun ... Was trieb das Tier denn da? Riß es etwa ihre Dachziegel los? Dann schob es eine Hand zum Mund und fing an zu kauen. Offenbar hatte es auf dem Dach etwas entdeckt, das zu seinen Lieblingsspeisen gehörte. Ofelia war so erleichtert, daß ihr der Schweiß ausbrach. Diese Waldgeschöpfe hatten noch nie eine Gefahr dargestellt. Von denen hatte sie also nichts zu befürchten, außer, daß sie ihr ein paar Dachziegel abbrachen – und das wäre höchstens ein Ärgernis, aber keine ernste Bedrohung.

Die alte Frau winkte mit beiden Armen, und der Baumkletterer erstarrte. »Haut ab!« rief sie. Das Tier zuckte zusammen, als sei es angeschossen worden, huschte dann über das Dach davon und war einen Moment später nicht mehr zu sehen. Ein paar Sekunden später tauchten alle drei wieder auf – sie jagten über die Wiese ins Gestrüpp zurück. Ofelia bemerkte noch ein paar rötlichbraune Körper, die durch die Sträucher liefen, dann war der Spuk vorbei.

Wenn die Affen schon über die Dächer turnen konnten, würde sie selbst doch wohl nicht davor zurückschrecken, sich in solchen Höhen zu bewegen. Ofelia fühlte sich unbeschwert wie ein Kind und mußte sich fast schon tadelnd daran erinnern, daß sie bestimmt nicht in der Verfassung war, hier Kapriolen zu vollführen. Die alte Frau sah sich um, entdeckte aber nichts Interessantes mehr. Die Ziegel auf dem Dach des Zentrums machten einen soliden, festen Eindruck, und nicht einer von ihnen war zerbrochen. Das einzige, was Probleme bereiten könnte, wäre eine Verstopfung in den Abläufen der Zisternen. Langsam und sehr vorsichtig stieg sie wieder nach unten. Die Zisternen ließen sich auch vom Boden aus regulieren.

Der Wettersatellit zeigte den bisherigen und wahrscheinlich weiteren Verlauf des Unwetters an. Die ersten heftigen Böen dürften morgen die Siedlung treffen, und der eigentliche Sturm würde wohl übermorgen kommen. Ofelia schleppte und zerrte ihre Matratze ins Nähzimmer und schob sie dort unter einen der Arbeitstische.

Sie fühlte sich nervös und rastlos. Ihr fehlte die Ruhe und Geduld, um sich wieder mit den Perlen oder einer anderen Tätigkeit zu beschäftigen, die ihr sonst immer soviel Freude machten. Alle Nahrungsmittel hatte sie zusammengetragen, aber sie könnte noch ein oder zwei Runden durch die Gärten hinter sich bringen, ehe das Gewitter ausbrach. Schließlich würden die Feldfrüchte und das Obst weiterhin reif werden. Aber darüber hinaus wußte sie wenig mit sich anzufangen.

Die alte Frau verfolgte, wie die Wolkendecke sich immer weiter über den Himmel streckte. Wie eine Käseglocke schob sie sich über Ofelias kleine Welt – zuerst weiß, dann grau und schließlich dunkelgrau.

Als die ersten Böen heranwehten, empfand sie das als Erleichterung. Sie hatte sich mittlerweile ins Zentrum zurückgezogen, stand dort in der Tür, die zur Straße hinausführte, und beobachtete, wie der Wind den Regen vor sich her trieb. Die alte Frau wünschte, das Zentrum besäße einen zweiten Stock, damit sie von einer höheren Stelle einen besseren Ausblick hätte – am besten bis zum Wald. Sie wollte sehen, ob die großen, dicken Stämme schwankten und sich genauso bogen wie die kleineren und dünneren Stämme im Ort. Wie konnte der Wald solche Unwetter eigentlich überstehen ... und wie schützten sich die Kletterer? Blieben sie in den Baumkronen und wurden hin und her geschaukelt, oder suchten sie sich am Boden eine Deckung?

Die Böen fanden den ganzen Tag über kein Ende. Die Abstände zwischen ihnen nahmen deutlich ab. Die alte Frau breitete vor sich auf dem Tisch die Teile aus, an denen sie während des Gewitters arbeiten wollte, und wenn die Böen einmal etwas nachließen, lief sie in ihr Haus, um dort etwas zu holen, was sie vergessen hatte – eine bestimmte Rolle Nähgarn, Stoffreste von früheren Vorhaben, ihre Lieblingsnähnadeln und ihren besten Fingerhut.

Ofelia wollte ein zweites Netzgewand nähen ... ein festlicheres als beim ersten Mal. Zuerst zog sie den alten Überwurf an und betrachtete ihn gründlich, um zu entscheiden, was jetzt anders und besser gemacht werden sollte. Ja, es sollte ein Gewand werden, in dem sie sich wie ein Sturm fühlte – etwas, um Winde, Regen, Blitze und Donner auszulösen.

Am längsten dauerte es, die Metallbleche zu Glöckchen zu biegen. Natürlich hätte sie die auch vom Fabrikator anfertigen lassen können, aber dann hätte sie ihren Klang nicht überprüfen können, und von dem hatte sie sehr genaue Vorstellungen. Aus den Tiefen ihres Gedächtnisses drang die Erinnerung an einen Besuch in einem Kostüm-Fundus. Ein gelehrter Führer – der alte Ausdruck fiel ihr zusammen mit dem Besuch ein – hatte die Kleider, die zum Karneval oder zu einem Kostümfest ausgeliehen werden konnten, abgehängt und geschüttelt, und damals hatte sie gedacht, daß einige Stücke dabei wie Regen rauschten.

Nun hatte sie ihre Glöckchen, und die wollte sie an den Saum nähen ... Sie klangen hell und kühl. Ja, genau richtig. Größere Glöckchen aus Kupfer erzeugten weichere Töne und hörten sich an wie Wasser, das in einen See tropft.

Der Wettermonitor gab das Sturmwarnsignal von sich, aber die alte Frau ließ sich nicht beirren, erfreute sich immer noch am Klang der Glocken und fertigte aus ihnen Ketten an, die später ihre Schultern schmücken sollten. Irgendwann wurde ihr das störende Geräusch jedoch zu dumm, und sie lief in den anderen Raum, um den Alarm abzuschalten. Das Unwetter würde die Siedlung morgen mit voller Wucht treffen; besser, sie würde versuchen, noch etwas zu schlafen, solange das möglich war.

Dummerweise fiel ihr das Einschlafen ziemlich schwer. Obwohl sie im Lauf der Monate in verschiedenen Häusern ein Mittagsschläfchen eingelegt hatte, hatte sie die Nächte doch immer in ihrem Bett verbracht. Die alte Frau hatte sich an die breite Matratze und das große Bett gewöhnt. Im Zentrum gab es in der Nacht ganz eigene Geräusche, und die Windstöße, die draußen laut und wütend tobten, machten ihr das Einschlafen nicht leichter. Irgendwann fielen ihr dann aber doch die Augen zu, und sie erwachte irgendwann von einem anhaltenden Tosen. Draußen herrschte Finsternis. Ofelia begab sich gleich zum Wettermonitor und stellte fest, daß der Sturm an Geschwindigkeit zugenommen und früher als erwartet die Küste erreicht hatte.

Unter der Decke von grauen Wolken und fliegendem Wasser hatte es die Dämmerung besonders schwer, sich durchzusetzen. Ofelia hatte keinen Hunger auf Frühstück, kehrte gleich an ihr Vorhaben zurück und gab sich redlich Mühe, die Geräusche draußen zu ignorieren. Aber das Heulen des Windes schwoll unablässig an, und von Zeit zu Zeit erbebte sogar das Zentrum unter seinem Ansturm. Ob mit ihrem Haus noch alles in Ordnung war? Die Versuchung war groß, zur Tür zu gehen und nachzusehen, aber der Verstand riet ihr dringend davon ab. Bald gab sie es auf, Glöckchen zu formen, konnte sie deren Klang doch bei dem Tosen kaum noch voneinander unterscheiden. Statt dessen fuhr sie damit fort, die Perlen anzumalen und aufzureihen.

Ihre Ohren fingen an zu schmerzen, je weiter der Luftdruck absank. Darüber wurde sie immer müder, und irgendwann am Vormittag legte sie sich hin. Diesmal wachte sie in vollkommener Stille auf. Die alte Frau erhob sich und trat diesmal an die Tür. Da war sie wieder, die unheimliche Ruhe im Zentrum des Sturms. Von einem dunkelblauen Himmel drang hellster Sonnenschein. Mittlerweile war es Nachmittag geworden, und sie konnte es jetzt wagen, zu ihrem Haus zu gehen. Der vom Wind gepeitschte Regen hatte seinen Weg bis unter die Tür gefunden, und auf dem Boden breitete sich nun eine Pfütze aus, aber ansonsten ließen sich keine Schäden feststellen.

Ofelia ging wieder nach draußen, und dort erwartete sie ein Anblick, der so wunderbar war wie früher bei Unwettern. Im Osten verwandelte das Sonnenlicht den

Himmel in eine schneeweiße, silberfarbene und azurblaue Skulptur, die der alten Frau dekorativ erschien wie die Baiserverzierung auf einer Torte. Sie hüpfte vergnügt durch die Pfützen auf der Straße, behielt aber vorsichtshalber das Kunstwerk im Osten im Auge. Dieses Unwetter war noch etwas stärker gewesen als das letzte – mit anderen Worten, ihr blieb ein wenig mehr Zeit, draußen herumzulaufen. In jedem Fall wollte sie ihren Unterschlupf wieder erreicht haben, ehe der Sturm erneut ausbrach.

Ein Stück die Straße hinunter hatte sich ein Haufen aus Bruchstücken und Trümmern gebildet. Eine graubraune Masse mit etwas Weiß dazwischen. Wo mochte sie herstammen? Ofelia sprang darauf zu und genoß es, wenn der Matsch zwischen ihren Zehen aufspritzte.

Plötzlich entdeckte sie goldbraune Augen mit enorm großen Pupillen, die sie anstarrten. Jetzt regte der Haufen sich auch und ließ ein Geräusch vernehmen, das sich wie das Gurren eines ganzen Taubenschwarms anhörte.

Die alte Frau erstarrte, blieb stehen und rang um Atem. Diese schmutziggraue Masse, die ... ja, woraus bestand sie eigentlich ... besaß Augen, war riesengroß ... war ...

Von irgendwoher drang ein rhythmisches Trommeln an ihre Ohren, das nicht natürlichen Ursprungs sein konnte. Der Haufen antwortete darauf mit einem leiseren eigenen Trommeln. Offenbar eine Form von Kommunikation.

Ofelia mußte nicht lange nachdenken. Das waren die Aliens, die Monster, die all die neuen Siedler erschlagen hatten. Und jetzt hatten diese Ungeheuer sie gefunden. Nur der Sturm konnte sie noch retten, und zwar dann, wenn er alle tötete. Vor diesem Wesen, das dort hockte, kauerte oder was auch immer, konnte sie davonlaufen und ins Zentrum flüchten – das hoffte sie jedenfalls. Vielleicht hatte sie ja tatsächlich Glück, und die Biester fanden im Unwetter den Tod.

Die alte Frau drehte sich um. Vom anderen Ende der Straße näherten sich weitere Gestalten. Sie liefen aufrecht, waren deutlich größer als Ofelia und trippelten wie Kühe, die sich durch Wasser bewegen.

Solche Kreaturen hatte Ofelia noch niemals gesehen, selbst in ihren phantastischsten Träumen nicht. Ihre Haut oder ihr Fell – so genau ließ sich das nicht erkennen – war erdbraun mit beigefarbenen, weißen und anderen Streifen in allerlei Brauntönen. Die Gesichter – wenn man das, was ihnen aus den Schultern wuchs, überhaupt als solche bezeichnen konnte – erinnerten an die von Vögeln; allerdings verfügten diese Wesen weder über Federn noch Flügel. Wie die alte Frau selbst besaßen auch sie zwei untere und zwei obere Extremitäten – aber damit endete die Ähnlichkeit auch schon.

Ofelia wich zurück und prallte mit dem Rücken gegen eine Wand. Nein, dieser Gruppe konnte sie niemals entkommen. Angst breitete sich in ihren Eingeweiden aus, sie hatte plötzlich einen schlechten Geschmack im Mund, und vor ihren Augen verschwamm alles.

Um was auch immer es sich bei diesen Wesen handeln mochte, sie sahen die alte Frau direkt und aus Augen an, in denen Intelligenz zu funkeln schien. Offenbar handelte es sich bei ihnen nicht um Raubtiere. Lange Wimpern umrahmten die riesengroßen Augen.

Drei aus der Gruppe blieben stehen ... anscheinend um sich Ofelia genauer anzusehen. Die anderen vier eilten zu dem, der am Boden lag, und halfen ihm mit viel vogelartigem Gezwitscher auf die Beine. Das Wesen schien verletzt zu sein, denn es mußte sich auf seine Kameraden stützen. Die alte Frau entdeckte jetzt, daß diese Kreaturen über so etwas wie Finger verfügten, nur besaßen ihre Hände eine recht merkwürdige Form.

Sie drehte sich zu dem Trio um, das sich jetzt wieder in Bewegung setzte und auf sie zukam. Nein, diese aufrecht gehenden Vögel hatten nichts mit den Tieren gemein, denen sie schon einmal im Wald begegnet war. Die

Wesen waren deutlich größer, besaßen lange Beine, und ihre langen Zehen liefen in harten blauschwarzen Fußnägeln aus. Sie hatten sich Bänder oder Gurte umgehängt, an denen Säcke und Flaschen in einer Weise herabhingen, wie Ofelia das von alten Soldatendarstellungen kannte. Um den Bauch hatten sie sich ein kurzes Ledertuch mit Fransen gebunden. Abgesehen von langen Messern in Scheiden führten sie anscheinend keine Waffen mit sich.

Ofelia verlagerte ihr Gewicht, und einer aus dem Trio stieß einen heiseren Warnruf aus, woraufhin alle zu ihr herumfuhren und sie intensiv anstarrten. Die alte Frau glaubte, unter diesen vielen Augen zusammenschmelzen zu müssen.

Unvermittelt wurde es dunkler. Die Wolkenbank hatte sich vor die Sonne geschoben. Ofelia sah nach oben. Der zweite Teil des Unwetters stand bevor. Höchste Zeit für sie, ins Zentrum zurückzukehren. Der erste Donner grollte, und die Kreaturen blickten ebenfalls zum Himmel. Die alte Frau machte einen Schritt zur Seite, und sofort richtete sich die Aufmerksamkeit der Aliens wieder auf sie. Jetzt stießen mehrere von ihnen den heiseren Schrei aus. Sie fragte sich, ob diese Wesen überhaupt eine Ahnung davon hatten, was gerade auf die Siedlung zurollte – daß das Unwetter zurückkehrte und jeden Moment mit aller Macht zuschlagen würde. Wenn sie nur eine Möglichkeit fände, ins Zentrum zu gelangen und die Monster auszusperren, dann könnte der Sturm ihr einen großen Gefallen tun.

Der Verletzte hustete, und das Geräusch hörte sich so menschenähnlich an, daß Ofelia zu ihm hinsehen mußte. Seine Kameraden klopften ihm auf den Rücken, wie das auch Menschen getan hätten. Er röchelte und spuckte. Als sein Auswurf auf dem Boden landete, wandte die alte Frau doch lieber den Blick wieder ab. Selbst wenn sie jetzt losliefe, würde sie das Zentrum kaum noch erreichen. Aber nur wenige Meter entfernt befand sich eine

Haustür. Dorthin mußte sie es schaffen ... Vorsichtig trat sie einen Schritt auf das Haus zu. Wieder starrten alle Wesen sie an und riefen sich etwas zu, bewegten sich aber nicht von der Stelle. Ofelia hatte fast den Eindruck, sie kommentierten nur untereinander, was die in ihren Augen Fremde tat.

Mutiger geworden, machte sie einen zweiten Schritt und schließlich einen dritten. Der Donner klang lauter, und eines der Monster fing wieder an zu trommeln. Zwei andere fielen ein, und schließlich erzeugte die ganze Gruppe diesen Rhythmus. Dabei zogen sich ihre großen Pupillen zusammen.

Die alte Frau bewegte sich wie ein Krebs seitlich, damit sie die Aliens nicht aus den Augen lassen mußte. Die Wesen schienen unerklärlicherweise alles Interesse an ihr verloren zu haben. Feine Nieseltröpfchen kühlten ihre Haut – der Sturm würde in wenigen Sekunden losbrechen.

Ofelia hatte die Tür erreicht, aber sie war viel zu nervös, um den Riegel zu lösen. Doch wie durch ein Wunder lag er plötzlich in ihrer Hand. Sie stieß die Tür auf und warf einen letzten Blick auf die unwillkommenen Besucher. Alle starrten zum Himmel, als gebe es dort etwas Besonderes zu sehen. Was für Idioten! Wenn sie noch lange dort stehenblieben, würde gleich ein Sturmwind sie erfassen und sie fortschleudern.

Mörder. Aliens. Unruhestifter. Die alte Frau hatte sie nicht eingeladen, genausowenig wie die zweite Kolonistengruppe. Und beide wollte sie nicht bei sich haben ... Aber mit einem Mal bekam sie wieder ihr schlechtes Gewissen. Wenn die Kreaturen nun draußen verrecken mußten, bloß weil sie sie ausgesperrt hatte ... Und wenn sie überlebten, würden sie bestimmt erst recht wütend auf die alte Frau sein ...

»He!« rief Ofelia, und alle drehten sich zu ihr um. »Das Unwetter kommt zurück.« Ihr war natürlich klar, daß die Wesen ihre Worte nicht verstehen konnten. Schließlich ergab deren Gekrächze und Gezwitscher für sie ja auch keinen Sinn. Sie zeigte zum Himmel hinauf. »Whuschsch! Krach! Bumm!« gab sie von sich und begleitete ihre Ausführungen mit weiten, kreisförmigen Handbewegungen. Die Aliens sahen abwechselnd sie und ihre Kameraden verständnislos an.

»Kommt rein!« forderte die alte Frau die Killer auf und winkte ins Hausinnere. Die beiden, die den Verletzten stützten, bewegten sich auf sie zu. Die anderen krächzten nur. »Nun macht schon!« drängte sie, als der Himmel immer schwärzer wurde und der Wind am anderen Ende der Siedlung laut aufheulte.

Sollten die Trottel doch machen, was sie wollten! Ofelia stürmte in den Flur. Instinktiv wich sie zur Seite, und das war ihr Glück, denn sonst hätten die Aliens sie vermutlich umgerannt. Alle acht stürzten ins Haus, sogar der Verletzte, wenn auch humpelnd. Schon setzte draußen das Tosen von Wind und Regen ein. Die Tür wurde ihr aus der Hand gerissen und flog wild hin und her. Nasse Böen jagten ins Haus. Die alte Frau bekam die Tür wieder zu fassen und versuchte sie zuzuschieben. Sie spürte Wärme neben sich und entdeckte, daß eines der Wesen ihr half. Als die Tür endlich geschlossen und das Unwetter ausgesperrt war, schob ein anderer Alien den Riegel vor.

Jetzt stand Ofelia ganz allein mit acht Killern im dunklen Haus, während draußen die Welt unterzugehen schien. Sie streckte die Hand nach dem Lichtschalter aus, und ihre Finger stießen gegen etwas Fremdartiges – warm und haarig wie der Stengel einer Tomatenpflanze. Eines der Ungeheuer stöhnte und packte ihre Hand zwischen seinen langen Fingernägeln. Ofelia prallte zurück. Der Arm tat ihr schon weh, aber der Alien ließ nicht los.

Nein, Panik nutzte hier gar nichts. Sie streckte vorsichtig die andere Hand aus und fand den Lichtschalter. In der blitzartig auftretenden Helligkeit sah sie, wie sich die Augen der Killer veränderten und die weiten Pupillen sich zu schmalen Schlitzen zusammenzogen. Der eine hielt immer noch Ofelias Hand und zog sie zu sich heran, bis ihr Gesicht sich direkt vor dem seinen befand; erst dann ließ er sie los. Ofelia schüttelte sie und sah sie sich dann genauer an. Dort, wo die Fingernägel sie gehalten hatten, war die Haut gerötet, aber nicht verletzt, nicht einmal aufgeritzt.

Ein strenger Geruch drang der alten Frau in die Nase. Er konnte nur von den Aliens stammen, und es war genau der, den sie schon bei früheren Gelegenheiten bemerkt hatte, ohne ihn genauer identifizieren zu können. Aus der Nähe betrachtet und hier, in der Enge des Hauses, wirkten die Wesen noch größer und bedrohlicher. Mit ihren zusammengezogenen Pupillen und den Schnabelgesichtern machten sie ganz den Eindruck, als wollten sie sich jeden Moment auf die wehrlose alte Frau stürzen. Ihre langen Arme mit den harten Fingernägeln ließen darauf schließen, daß sie hart zuschlagen konnten.

Ofelia mußte dringend auf die Toilette. Sie hatte nicht vor, sich hier, vor diesen fremden Wesen, zu entblößen und zu beschämen. Also machte sie entschlossen einen Schritt auf die entsprechende Tür zu. Das Wesen, das vorher ihre Hand festgehalten hatte, legte ihr nun eine Kralle auf die Schulter und grollte leise.

»Laß mich los«, schimpfte die alte Frau. »Ich muß nur mal kurz verschwinden.« Ein anderer stieß ein tiefes Grollen aus – er trug eine Halskette mit hellen blauen Steinen –, und die Kreatur zog die Hand von ihrer Schulter. Langsam und bemüht, einen harmlosen Eindruck zu erwecken, bewegte Ofelia sich zwischen den Gestalten hindurch, da sie keine Anstalten trafen, ihr Platz zu machen. Als sie die Badezimmertür erreicht hatte, kam ihr in den Sinn, sich in dem kleinen Raum zu verstecken. Zumindest bis nach dem Sturm. Und wenn dieses Zimmer über ein Fenster verfügte, konnte sie dann leicht nach draußen fliehen.

Endlich war Ofelia im Badezimmer allein. Der Sturm

wütete am Fensterladen und riß an ihm. Ofelia ließ sich auf der Schüssel nieder, und mit ihrer Freude war es gleich wieder vorbei. Wenn die Aliens zu ihr wollten, brauchten sie nur hereinzukommen. Und sie würde Stunden brauchen, um durch dieses Fenster ins Freie zu gelangen – wenn überhaupt. Es lag ziemlich hoch, und die Vorstellung behagte ihr wenig, auf die Schüssel steigen zu müssen, um dort hinaufzugelangen.

Als sie fertig war, zog sie an der Spülung, hockte sich dann auf den Deckel und wartete. Wenig später klopfte jemand an die Tür. Sofort bekam sie es wieder mit der Angst zu tun; alles in ihr verkrampfte sich. Eigentlich war es ihr lieber, zu diesen Kreaturen hinauszugehen, als sich der Peinlichkeit auszusetzen, von ihnen hinausgezerrt zu werden. So hatte sie es auch bei Humberto immer gehalten.

Die alte Frau zog die Tür auf. Eines der Wesen stand davor und hielt den Kopf schief. Ob es auch mal mußte? Natürlich nicht. Diese wilden Bestien wußten doch gar nicht, was eine Toilette war. Sie hob den Deckel hoch, und ... aber wenn diese Kreaturen nur glaubten, die Schüssel enthalte Trinkwasser? Vielleicht konnte ihnen das Wasser der Spülung ja nichts anhaben ... vielleicht würde es sie aber auch vergiften ... Nein, sie mußte ihnen verständlich machen, daß man sich woanders bediente, wenn man etwas trinken wollte.

Die alte Frau schob sich an dem Wesen vorbei und begab sich in die Küche, die direkt neben dem Wohnzimmer lag. Am Ausguß drehte sie den Wasserhahn auf. Alle Köpfe drehten sich zu ihr. Die Blicke der Wesen waren so intensiv, daß Ofelia sich davon wie festgenagelt fühlte. Dasjenige, das an der Toilettentür gewartet hatte, trat als erstes zu ihr. Sie führte ihm vor, wie man das Wasser zum Laufen brachte: nach rechts gedreht, die Flüssigkeit lief, nach links gedreht, der Strom versiegte.

Der Alien streckte eine Hand nach dem Wasserhahn aus, glitt mit den harten Fingernägeln aber immer wieder am glatten Metall ab. Ofelia wollte ihm helfen, aber er schlug ihre Hand beiseite. Der Hieb schmerzte zwar, schien aber nicht dazu gedacht zu sein, ihre Rechte zu zerschmettern. Ofelia warf ihm einen wütendbösen Blick zu, aber nur kurz. Nach den Ehejahren mit Humberto wußte sie, daß man, wenn man Prügel bezogen hatte, am besten mit gesenktem Kopf dastand und sich zerknirscht gab, andernfalls setzte es gleich noch etwas. Dennoch ließ sich der Zorn in ihr nicht unterdrücken. Nachdem ihr Mann verschieden war, hatte sie sich geschworen, nie wieder in eine Situation zu gelangen, in der jemand sie schlagen durfte.

Das Ungeheuer mühte sich noch immer mit dem Wasserhahn ab. Einer seiner Kameraden rief ihm etwas zu, gerade laut genug, um den Sturm zu übertönen. Die Kreatur hielt inne, schüttelte sich und zog ein Stück Leder aus einer ihrer Taschen. Das wickelte sie geschickt um den Hahn, und nun ging alles wie von selbst. Das Wesen drehte das Wasser an und wieder ab, an und ab, an und ab. Fast alle hatten jetzt dazu einen heiseren Kommentar abzugeben. Der Alien am Hahn nestelte an einem Gurt, löste schließlich eine Flasche und hielt deren Öffnung in den Wasserstrom. Als der Behälter überfloß, reichte er ihn an die anderen weiter, die am Inhalt schnüffelten und ihn dann vorsichtig probierten.

Natürlich vergaß der Alien, das Wasser wieder abzudrehen. Ofelia wurde es schließlich zu dumm. Sie ging das Risiko eines zweiten Hiebes ein und drehte den Hahn zu. Wieder starrten alle sie durchdringend an. Dann trat einer vor und ruckte mit dem Schnabel in Richtung Glühbirne an der Decke – eine Geste, die man nicht mißverstehen konnte. Die alte Frau trat zum Lichtschalter und führte ihm vor, wie man Licht machte oder löschte.

Die Kreaturen stöhnten und krächzten. Ofelia war mittlerweile davon überzeugt, daß die Wesen auf diese Weise untereinander diskutierten. Ein Alien stellte sich neben sie, um die Sache mit dem Lichtschalter zu testen. Die harten, langen Fingernägel bereiteten hier keine Schwierigkeiten. Licht an, Licht aus ... an, aus ... an, aus. Die anderen begleiteten seine Versuche mit Gemurmel.

Plötzlich krachte etwas Schweres gegen das Haus. Unter dem Ansturm wackelten die Wände, und in einem der Schlafzimmer wurden die Läden aufgerissen. Wind fuhr durch alle Räume und trieb Regen herein. Ofelia hatte das Gefühl, als würde ihr ein nasses Handtuch ins Gesicht geschlagen. Die Kreaturen verzogen sich in die Ecken, um nicht direkt vom Wind getroffen zu werden. Die alte Frau selbst duckte sich neben der Tür und fragte sich, was die Läden wohl getroffen haben mochte. Schließlich nahm sie ihren Mut zusammen und lief zu dem Raum. Ein kurzer Blick zeigte ihr schon an, was vorgefallen war: Äste und Zweige schoben sich durch das Fenster, und auf dem Boden breitete sich eine Lache aus.

Nein, so konnte es nicht bleiben, das würde sonst nur noch schlimmer. Die alte Frau sah das Bett, dessen Matratze schon halb vollgesogen war, und daneben eine Wiege. Sie platschte über den nassen Boden zur Außenmauer. Das Wasser strömte von den Zweigen die Wand hinunter, die aber nicht zu Schaden gekommen zu sein schien. Draußen flammte ein Blitz auf, und sie hörte einen Angstschrei von der Tür. Ofelia drehte sich um und entdeckte, daß zwei der Kreaturen sie beobachteten. Ein Wesen zog seinen Fuß zurück, als die Pfütze ihn erreichte. Der Ausdruck auf seinem Gesicht verriet überdeutlich, daß ihm ein nasser Fuß überaus unangenehm war.

Das war mal wieder typisch Mann. Überließen ihr die ganze Arbeit! Aber jetzt reichte es ihr, sie hatte keine Lust mehr. Die alte Frau stapfte zurück, verließ den Raum und schloß die Tür hinter sich. Der Wind, der hereinblies, würde sie schon geschlossen halten. Doch dann entdeckte sie, daß es unten durch die Türritze zog. Die

Böen würden das Wasser also bis auf den Flur treiben. Ofelia suchte nach etwas, um die Ritze abzudichten. Die beiden Aliens standen immer noch unbeweglich da und sahen ihr zu. Endlich fand sie in einer Kommode einige Tischtücher, rollte sie zusammen und schob sie unten gegen die Tür.

Draußen schien es Nacht zu werden, und die alte Frau bekam Hunger. Außerdem war sie müde. Wenn sie jetzt im Zentrum gewesen wäre, hätte sie ausreichend zu essen gehabt. Natürlich war das allein die Schuld von diesen Killer-Aliens, sagte sie sich. Wenn der eine von ihnen nicht so dumm gewesen wäre, sich von einem Windstoß herumwirbeln zu lassen und sich dabei zu verletzen, könnte sie jetzt schön im warmen und trockenen Zentrum sitzen und es sich gutgehen lassen, während die Wesen wie Spielbälle hin und her geweht würden ... na gut, vielleicht wären sie ja so schlau gewesen, sich woanders einen Unterschlupf zu suchen. Hauptsache, nicht bei ihr!

Dann hätte sie eine letzte Nacht in Ruhe und Frieden verbringen können – natürlich nur, insoweit der Sturm das zuließ. Sie hätte genug zu essen gehabt und sich an ihrem letzten Abend eine üppige Henkersmahlzeit zubereiten können. Außerdem hätte sie sich auf ihre vertraute Matratze legen und sich mit allem beschäftigen können, was ihr Spaß machte ...

Statt dessen steckte sie hier mit acht Aliens, Killern, Mördern, Blutsäufern und was sonst noch fest und hatte weder etwas zu essen noch ein komfortables Bett ... Allerdings gab es ja hier noch ein zweites Schlafzimmer, und ... Sie mußte an den Verletzten denken, dessen Not sie erst in dieses Schlamassel gebracht hatte. Vielleicht sollte sie nach ihm sehen, diesem verdammten Mistkerl!

Als sie zu den Kreaturen zurückkehrte, konnte sie nicht auf Anhieb feststellen, wer von ihnen denn der Tropf war, der nicht aufgepaßt hatte. Drei Aliens hockten zusammen auf einer Bank, aber keiner von ihnen sah so elend aus wie das Wesen, das sie zusammengesunken auf der Straße entdeckt hatte. Wann und wo hatten diese Burschen eigentlich die Handtücher gefunden, die jetzt naß, dreckig und zerknüllt auf dem Fußboden lagen? Doch Ofelia war viel zu müde, um sich jetzt den Kopf darüber zu zerbrechen, was diese Wesen sonst noch angestellt haben mochten. Die Erschöpfung war einfach zu groß, und auch die panikbegleitete Vorstellung, die Aliens würden sie im Schlaf ermorden, und daß sie es nicht wagen durfte, die Augen zu schließen, änderte daran nichts. Sie würde sich jetzt hinlegen. Entweder würde man sie umbringen oder nicht – auf jeden Fall würde sie endlich Ruhe finden.

Kapitel 8

Ofelia erwachte voller Entsetzen. Sie glaubte ersticken zu müssen. Um sie herum war es dunkel, warm und zu schwül – und sie hatte das Gefühl, etwas schiebe und drücke an ihrer Seite. Weil kein Licht brannte, konnte sie natürlich nicht erkennen, worum es sich dabei handelte. Die alte Frau keuchte und röchelte – und stellte fest, daß sie doch noch atmen konnte. Als die Panik nachließ, fiel ihr ein, daß sie in einem Haus voller Aliens eingeschlafen war. Aber da hatte noch Licht gebrannt, oder?

Sie zwang sich dazu, ganz still dazuliegen. Nun spürte sie auch etwas an ihrem Rücken ... etwas, das wärmer war als die Luft und das sich ... lebendig anfühlte. Ofelia blinzelte, sah aber nur die wandernden hellen Punkte, die bei geschlossenen Augen aufzutauchen pflegten. Warum brannte das Licht nicht mehr?

In der Ferne grollte Donner, aber der Sturm schien längst weitergezogen zu sein. Das Regenwasser tropfte beständig vom Dach. Wo hielt sie sich eigentlich auf, und welche Tageszeit mochte inzwischen herrschen? Schultern und Rücken taten wie gewöhnlich weh, und ihre schlimme Hüfte gab regelmäßig einen stechenden Schmerz von sich, wenn die alte Frau sich bewegte. Manchmal wurde es so arg, daß sie sich auf die Zunge beißen mußte, um nicht laut zu schreien.

Der Alien neben ihr regte sich. Ofelia bemerkte sofort die innere Anspannung ihres Bettgenossen. Er gab Geräusche wie ein pfeifender Wasserkessel von sich, und die alte Frau spürte, wie die Kreatur sich näher an sie kuschelte.

Ofelia erstarrte ... etwas berührte sie, tastete ihren Bauch ab und blieb auf ihrer Brust liegen, unter der das Herz so raste, als wolle es zerspringen. Dann verschwand die Berührung unvermittelt. Die alte Frau blinzelte verwirrt? Wonach hatte das Wesen gesucht?

Wie sie so dalag, konnte sie bald vage Umrisse in der Dunkelheit ausmachen. Ein wenig Licht drang durch die Fensterläden – also mußte die Sonne schon aufgegangen sein. Ofelias Magen knurrte, und sie mußte wieder auf die Toilette. Dazu brauchte sie aber Licht, sonst würde sie noch auf eine der Kreaturen treten, und danach hatte sie zu so früher Stunde nun wirklich kein Verlangen. Die alte Frau versuchte, sich zu strecken, aber die schlimme Hüfte machte ihr gleich einen Strich durch die Rechnung. Verdammte Hüfte. Die wurde noch gebraucht, denn Ofelia wollte sofort davonrennen, sobald sich ihr eine Chance dazu bot. Langsam zog sie das Bein an und streckte es aus, immer wieder, bis der Schmerz nachließ. An allem waren nur diese Mordbuben schuld!

Als sie sich auf die Seite rollte, um aus dem Bett zu steigen, regte sich das Wesen neben ihr wieder. Die alte Frau konnte in der Dunkelheit erkennen, wie es über ihr aufragte, obwohl sie doch schon saß. Aber es hielt sie nicht auf. Sehr langsam und mühsam stellte sie sich auf die Füße. Mehr war bei ihr einfach nicht mehr drin, nachdem sie eine Nacht auf dem Fußboden verbracht hatte.

Jetzt machte sie auch die anderen aus. Sie hockten zu mehreren in den Ecken zusammen ... und Ofelia vermochte zwischen ihnen hindurchzutreten.

Derjenige, der neben ihr gelegen hatte, beobachtete sie. Seine großen Augen glühten in dem trüben Licht. Die alte Frau begab sich gleich ins Badezimmer, schloß die Tür hinter sich und setzte sich auf die Toilette. In der Stille, die nach dem Unwetter eingetreten war, hörte sich die Spülung unangenehm laut an. Ofelia hörte Geräusche aus dem Raum mit den Kreaturen. Als sie das Badezimmer verließ, waren alle wach und starrten sie an.

Für Angst hatte sie jetzt keine Zeit, dafür war ihr Hunger viel zu groß. Ihr Magen knurrte schon wieder, und eines der Wesen gab ein ähnliches Geräusch von sich. Hatte es ebenfalls Hunger, oder äffte es sie nur nach? Sie machte sich auf den Weg zur Haustür und fragte sich, ob die Monster sie gehen lassen würden. Sie wollte zum Zentrum, sich dort einschließen und dann essen, bis sie nicht mehr konnte, und danach ...

Ach was, die Burschen würden ja doch wieder hinterherkommen. Die alte Frau schaltete das Licht ein. Während die Wesen blinzelten und ihre Pupillen sich zusammenzogen, entriegelte sie die Tür und zog sie auf. Warmer Regen fiel unaufhörlich aus hohen Wolken. Ofelia wurde von unterschiedlichen Gerüchen empfangen: faulende Vegetation, Kuhfladen und nasse Wolle. Sie trat hinaus. Der Regen war wirklich unangenehm warm und fühlte sich eher wie eine Schweißschicht als wie eine reinigende Dusche an. Nach drei oder vier Schritten blieb sie stehen und drehte sich um. Zwei der Aliens standen in der Tür und sahen sie an.

»Ich komme zurück, ganz bestimmt«, rief sie den beiden zu und ließ sie stehen.

Wieder die heiseren Geräusche, diesmal von mehr als nur von einem der Monster. Sie warf einen Blick über die Schulter. Ein Alien trat in den Regen, schüttelte sich, folgte ihr aber tapfer weiter. Er bewegte sich nicht schnell und auch nicht gleichmäßig, sondern eher tänzelnd, weil er großen Wert darauf legte, den Pfützen auszuweichen. Ofelia stapfte weiter voran und ignorierte die Nöte ihres Verfolgers. Schließlich mußte sie was essen, sie fühlte sich müde und zerschlagen, die verdammte Hüfte gab keine Ruhe, und sie mußte endlich an einen vertrauten Ort zurück. Und es war ihr gleich, ob die Killer sie dort massakrieren würden.

Am Zentrum angekommen, mußte sie feststellen, daß Wasser aus dem Inneren lief. Hatte sie die Tür offenstehen lassen, nachdem sie nach draußen gegangen war? Oder hatte eines der Wesen darin herumgespielt und danach vergessen, die Tür wieder zuzumachen? Der Flur stand unter Wasser. Der Wind hatte den Regen durch den ganzen Korridor bis in die große Halle geweht. Wasser war in die benachbarten Räume gelaufen und hatte unter anderem Ofelias alte Matratze vollkommen aufgeweicht, die sie in das Nähzimmer gezerrt und geschleppt hatte. Andere Türen waren hingegen vom Zug des Windes zugeschlagen, und so hatte größerer Schaden vermieden werden können.

Bevor sie hier anfangen konnte zu kochen, würde sie erst aufwischen müssen. Vielleicht war es ja in ihrem Haus trockener. Die alte Frau eilte zur Eingangstür zurück, wäre beinahe mit ihrem Verfolger zusammengestoßen, stapfte hinaus auf die Straße und marschierte nach Hause.

Ja, in ihrem Haus war tatsächlich alles trocken geblieben – bis sie und kurz darauf ihr ›Begleiter‹ hereinkamen und auf den Boden tropften. Ofelia trocknete sich gründlich ab und reichte auch dem Monster ein Handtuch. Es nahm das Stück entgegen, hielt es aber einfach fest und starrte sie mit großen Augen an.

Leise Verwünschungen ausstoßend, nahm die alte Frau ihm das Handtuch wieder ab. Schlimmer als ein Kleinkind, murmelte sie. Der Tropf mußte doch wissen, daß er naß war, und er hatte gerade sehr gut an ihrem

Beispiel verfolgen können, wie man sich abtrocknete. Wenn man nicht alles selbst machte …

Ofelia streckte langsam den Arm aus und fing an, der Kreatur über den Arm zu reiben. Das Monster zitterte unter dieser Berührung, fuhr aber nicht zurück und blieb brav stehen. Nach dieser kleinen Vorführung reichte sie ihm wieder das Handtuch, damit es selbst weitermachte. Doch er wollte den Stoff immer noch nicht nehmen – und tropfte natürlich die ganze Zeit weiter ihren Boden voll. Was für ein Einfaltspinsel. Wie war es diesen Wesen nur gelungen, die neuen Kolonisten niederzumachen?

Die alte Frau trocknete nun den anderen Arm des Aliens ab, und als es keine Gegenwehr leistete, auch die Brust und den Rücken. Und schließlich die Beine. Am Ende wickelte sie das feuchte Tuch um eines seiner Füße und wischte damit die Lache auf, die er hinterlassen hatte.

Die Kreatur grunzte. Was hatte das denn nun schon wieder zu bedeuten? Die Beine des Wesens zuckten, und es grunzte noch einmal. Ofelia starrte den Riesen mit funkelnden Augen an. War er zu dumm oder einfach nur zu faul, seinen Fuß aus dem Tuch zu befreien?

»Das nimmst du jetzt aber schön selbst ab«, ermahnte sie das Wesen. Es grunzte wieder und schüttelte sein Bein. Auch wenn die Extremitäten nicht unbedingt wie die der Menschen aussahen, nannte Ofelia sie doch der Bequemlichkeit halber Arme und Beine.

»Was bist du doch für ein dummes Kind«, schimpfte die alte Frau und bückte sich, um das Handtuch zu entfernen. »Dumm, faul und ungezogen …« Zu ihrem Glück konnte das Monster natürlich kein Wort davon verstehen. Ofelia hatte in der langen Zeit ihres Alleinseins die Fähigkeit verlernt, im richtigen Moment den Mund halten zu können.

Wenigstens war der Kerl jetzt trockener und ruinierte ihr nicht mehr den Boden. Endlich konnte sie sich in die Küche begeben. Dort schaltete sie gleich den Herd ein und öffnete dann den Vorratsschrank. Sie brauchte Brot, Gemüse und Fleisch. Als erstes das Fladenbrot, denn das nahm die meiste Zeit in Anspruch. Ofelia hatte gerade eine Handvoll Mehl aus dem Behälter geschöpft, als jemand ihr auf die Schulter tippte. Vor Schreck zuckte sie zusammen, und das ganze Mehl landete auf dem Küchenboden.

»Idiot!« kreischte sie. Das Wesen grunzte und zog die Hand zurück. »Ich habe hier zu kochen«, erklärte sie streng, als könne ihr Gegenüber alles verstehen. »Mir knurrt der Magen, und deswegen werde ich mir jetzt etwas zubereiten.« Sie vermengte Mehl, Backfett, Salz und Wasser zu einem Teigklumpen, der sich unter ihren Händen angenehm anfühlte. Etwas Vertrautes, das sie verstand und mit dem sie sich auskannte. Kneten, kneten, flachklopfen, kneten, kneten, flachklopfen. Jetzt Stücke abbrechen, diese flachklopfen, ausrollen und in den Backofen aufs Blech legen ... Das Wasser lief ihr allein schon vom Geruch der Teigmasse im Mund zusammen.

Als die alte Frau sich einmal umdrehte, sah sie, daß das Wesen sich zur Haustür zurückgezogen hatte und auf den Backofen starrte, in dem der Teig bereits Dämpfe von sich gab. Hast wohl Angst vor Hitze und Feuer, was? Das würde sie sich zunutze machen, aber erst, nachdem sie sich tüchtig gestärkt hatte.

Ofelia öffnete den Kühlschrank und nahm ein großes Stück Schweinemett heraus. Der erste Brotfladen schien fertig zu sein. Sie rollte ihn gleich zusammen, verzichtete auf die Füllung, weil ihr Hunger so groß war, und biß herzhaft hinein. Das Brot war noch so heiß, daß sie sich daran die Zunge verbrannte. Das zweite bestrich sie mit der Marmelade, die sie im Frühjahr gekocht hatte. Danach ging es der alten Frau gleich bedeutend besser. Das Mett brutzelte bereits. Sie schnitt Kartoffeln klein und kippte sie in die Pfanne, damit sie im Fett braten konnten. Irgendwann fiel Ofelia ihr besonderer Freund wieder ein, und sie schaute sich nach ihm um. Sie mußte nicht lange suchen. Er stand mitten im Zimmer und starrte mit offensichtlicher Faszination auf den Kühlschrank. Die alte Frau tat ihm die Liebe und öffnete dessen Tür. Ihre Blicke trafen sich, und das Wesen grunzte ein weiteres Mal.

»Man darf ihn aber nicht zu lange offenstehen lassen«, erklärte sie einen Moment später und schloß die Tür wieder. Dann fragte sie sich, ob der Bursche vielleicht auch Hunger hatte und ob sie ihm etwas anbieten sollte. Aber als sie sich noch einmal zu ihm umdrehte, war er verschwunden. Nur das nasse Handtuch auf dem Boden legte noch Zeugnis davon ab, daß er hiergewesen war.

Nach dem Essen ging sie ins Zentrum, um dort aufzuwischen. Mitten in der Arbeit kehrten die Kreaturen zurück. Der Regen fiel immer noch, aber nur noch schwach. Sie wischte das Wasser hinaus auf die Straße, die sich mittlerweile in einen Fluß verwandelt hatte; die Abflüsse an den Rändern konnten nichts mehr aufnehmen. Ofelia bemerkte die Monster erst, als sie mit einer neuen Ladung auf dem Weg zur Tür war. Dort standen sie, und wie üblich rührten sie sich nicht von der Stelle. Die alte Frau ließ sich nicht beirren und schob den Besen mit dem Aufnehmer auf sie zu.

»Aus dem Weg!«

Sie rührten sich immer noch nicht. Was für ungezogene Burschen. Ofelia gab dem Besen mit beiden Händen einen Stoß, und eine richtige Welle rollte auf die Füße der Wesen zu. Einer fing an zu quieken und sprang zurück. Die beiden anderen blieben stehen.

»Das kann ich gern noch einmal machen«, drohte die alte Frau. Natürlich verschwanden die zwei Aliens immer noch nicht. Blöd wie Ochsen, dachte sie, und setzte eine neue Welle in ihre Richtung in Bewegung. Jetzt quiekten auch die beiden anderen, entfernten sich hastig von der Tür und sahen sich fragend an. Ofelia kehrte in die Halle zurück, und als sie wieder mit Wasser und Aufnehmer anrückte, hatten die Ungeheuer sich erneut auf der Schwelle versammelt. Doch diesmal wichen sie rechtzeitig zur Seite, ehe das Naß sie treffen konnte.

Und danach folgten sie ihr ins Innere des Zentrums. Ofelia verdrehte kurz die Augen, als sie deren nasse Fußspuren sah, kümmerte sich dann aber nicht weiter darum. Der Boden war ohnehin schon schmutzig und naß. Die alte Frau wünschte nur, die Aliens würden endlich lernen, sich abzutrocknen – und vor allem, sie würden nicht mehr dumm im Weg herumstehen und vor sich hin tropfen. Andererseits hatte sie keine Lust, jetzt ihre Arbeit zu unterbrechen und den Kerlen Handtücher zu besorgen. Wenn sie nah genug an einen von ihnen herankam, trat der rasch einen Schritt beiseite, doch ansonsten blieben sie stehen und sahen ihr beim Aufwischen zu, als hätten sie noch nie etwas so Interessantes gesehen.

Verwöhnte Faulpelze, ja, das sind sie, schimpfte sie in Gedanken. Wenn solche Wesen überhaupt so etwas wie eine Mutter hatten, dann hatte die es sträflich versäumt, ihnen beizubringen, im Haushalt mitzuhelfen. Wobei es noch fraglich schien, ob solche Schmutzfinke und Tunichtgute überhaupt Häuser kannten.

Der Gedanke beschäftigte die alte Frau. Sie hielt inne und sah sie der Reihe nach an. Natürlich mußten sie Behausungen besitzen. Intelligentere Tierarten bauten sich auch Höhlen oder ähnliches – schließlich erkannte man ja gerade daran, daß es sich bei ihnen um höher entwickelte Tiere handelte, oder? Wer wollte schon ungeschützt in Sturm und Wind herumstehen und sich vollregnen lassen? Diese wasserscheuen Burschen hier ganz bestimmt nicht. Auf der anderen Seite war einer von ihnen so dumm gewesen, sich vom Sturm umwehen zu lassen und sich dabei zu verletzen.

Trotzdem mußten sie Behausungen haben. Und wenn Wesen ein Heim bewohnen, muß es auch jemanden geben, der es sauberhielt. Also mußten auch diese Ölgötzen hier wissen, wie man so etwas anfing.

Mit dieser Erkenntnis ging sie zur Besenkammer und holte einen Mop und einen Besen heraus. Wenn diese Monster sie schon umbringen wollten, dann konnten sie wenigstens vorher etwas tun. Sie kehrte mit dem Rüstzeug in die Halle zurück, wo die Aliens immer noch herumstanden, als sei für sie die Zeit stehengeblieben.

»Hier, bitte.« Sie hielt dem ersten den Besen entgegen. Der Riese nahm ihn. Der nächste bekam den Mop und hielt ihn wie ein Kind, das einen Gegenstand vor sich hat, mit dem es nichts anzufangen weiß. Na wartet nur, das bringe ich euch gerne bei. Schließlich hatte sie eigene Kinder großgezogen. Und sie hatte nicht vor, für eine Bande von halbwilden Monstern die Putzfrau zu spielen – und das auch noch ohne Bezahlung.

»So geht das«, erklärte sie und führte vor, wie man einen Besen bediente. Das Wesen, das den Besen immer noch in beiden Händen hielt, sah interessiert mit seinen großen Augen zu, drehte sich dann zu seinen Kameraden um und grunzte, genauer gesagt gab es eine Serie von abgehackten Grunzlauten von sich und endete mit einem hohen Quieken. Die anderen antworteten ihm in der gleichen Weise.

»Ja, du hast richtig verstanden, ich erwarte von dir, daß du den Besen benutzt«, erklärte sie streng. »Der Boden ist naß. Du bist größer und stärker als ich. Also wirst du den Besen schwingen.«

Das Monster schob das Gerät vorsichtig und unbeholfen einmal über den Boden – und stellte sich dabei genauso an wie ein Kind.

»Du mußt fester kehren«, belehrte es Ofelia. »Du sollst den Boden nicht streicheln.« Sie zeigte es ihm noch einmal.

Das Wesen schob den Besen etwas fester; zwar noch nicht richtig, aber für den Anfang reichte es.

»Und jetzt immer weiter so.« Ofelia zeigte auf eine

Bodenvertiefung, in der sich eine Pfütze gesammelt hatte. Der Riese sah sie unsicher an, warf dann einen hilflosen Blick auf seine Kameraden und machte sich dann über die Pfütze her. Doch so, wie er sich anstellte, würde er dafür Stunden benötigen.

»Und du machst das so«, wandte sie sich an den Mophalter, legte die Hände auf den Stiel und schob ihn in die richtige Position. »Dieses Ding nimmt nämlich das Wasser auf«, erklärte die alte Frau dabei. Auch wenn das Monster sie nicht verstehen konnte, hielt sie es doch für pädagogisch wertvoller, laut auszusprechen, was zu tun war. Wenn man sich in Gesellschaft befand, hatte man sich auch mit den anderen zu unterhalten.

Unter ihren Fingern fühlten sich die Hände des Wesens größer, knochiger, härter und anders konstruiert als die von Menschen an. »Wenn der Mop sich vollgesogen hat, wringst du ihn aus«, fuhr Ofelia fort. Das Monster erstarrte, als sie versuchte, mit seinen Händen den Stiel hoch genug anzuheben, um ihm das Auswringen zu demonstrieren. Es fing an zu knurren, und die anderen fielen darin ein.

Die alte Frau sah ihm ins Gesicht und entdeckte, daß es die Augenlider beinahe geschlossen hatte. Irgend etwas schien nicht zu stimmen. Sie ließ seine Hände los, und schon öffneten sich die Lider wieder. Die Kreatur grunzte, doch diesmal nicht mehr bedrohlich. Also gut, dann bekam dieser Bursche eben auch einen Besen. Sie reichte ihr Gerät dem dritten im Bunde und wies ihn an, sich seinem Kameraden anzuschließen, der die Pfütze vor ihm weniger aufwischte als vielmehr im ganzen Raum verteilte.

Ofelia besorgte aus der Besenkammer einen dritten Besen, versorgte den Mophalter damit und brachte das Trio mit Gesten und Knüffen dazu, das Wasser ungefähr in die Richtung der Tür zu bewegen. Sie selbst nahm sich den Mop. Das Aufwischen mit einem solchen Gerät hatte noch nie zu ihren Lieblingsbeschäftigungen gehört, aber noch mehr haßte sie nasse Böden. Draußen regnete es unverdrossen weiter.

Als die anderen Aliens auftauchten, Geräusche von sich gaben – anscheinend wollten sie erfahren, was ihre Kameraden da trieben – und ihre Putzkolonne von der Arbeit abhielten, bekam Ofelia wieder Hunger. Die Monster quiekten, zwitscherten und quasselten, und schließlich ließen die Besenhalter ihr Gerät einfach fallen. Danach starrte die ganze Bande wieder auf die alte Frau. Ofelia fühlte sich unbehaglich, erneut im Zentrum ihrer Aufmerksamkeit zu stehen, wußte sie doch nicht, was gerade in ihren Köpfen vor sich ging. Wenn diese Mörder sie schon umbringen wollten, sollten sie das gleich erledigen oder sich verziehen. Wieso konnten sie eine alte Frau nicht in Ruhe lassen, und warum mußten sie sie so ansehen?

Der Boden war jetzt nur noch feucht, und sie benötigte ihre Hilfskräfte eigentlich nicht mehr. »Geht schon, ist mir doch gleich«, rief sie und schickte sie mit einer Geste fort. »Ich bin froh, wenn ich endlich meine Ruhe habe.«

Doch die Neuankömmlinge trotteten statt dessen auf sie zu und tropften auf den Boden. Bald bildeten sich dort, wo sie standen, wieder kleine Pfützen. »Trottel!« schimpfte Ofelia, griff sich wieder den Mop und bewegte sich damit direkt auf ihre Füße zu. Die drei, die ihr bis eben geholfen hatten, plapperten den anderen irgend etwas zu, und die plapperten zurück. Die Neuen ließen sich anscheinend durch nichts aus der Ruhe bringen. Ofelia stieß mit dem Mop direkt gegen ihre langen, harten Zehennägel, ohne die Wesen sonderlich damit zu beeindrucken. Ihr blieb schließlich nichts anderes übrig, als um sie herum zu wischen. Sie wrang den Mop vor der Tür aus und kehrte zurück, um die nächste Ladung anzugehen. Die Monster unternahmen rein gar nichts, um ihr in irgendeiner Weise behilflich zu sein, und blieben einfach stur auf der Stelle stehen.

Das war typisch für diese verwöhnten Bengel. Aber sie

würde ihnen schon gutes Benehmen beibringen. Ofelia merkte gar nicht, wie sehr sie die Monster bereits vermenschlichte und als Kleinkinder ansah. So dachte sie keinen Moment über die damit verbundenen Folgen nach und rief sich nur die Erfahrungen ins Gedächtnis zurück, die sie als erziehende Mutter gemacht hatte. Als sie alle Pfützen aufgewischt hatte, wrang sie den Mop zum letzten Mal vor der Tür aus und stellte ihn dann an den Pfosten. Die Wesen hatten wieder irgendwas untereinander zu bereden – *vermutlich wie ich wohl schmecke* – und beachteten sie nicht weiter.

Die alte Frau hatte immer noch Hunger. Am Ende des Gangs mit den Maschinenräumen befand sich die Gemeinschaftsküche mit den Vorratsräumen. Ofelia warf den Monstern einen letzten ungnädigen Blick zu und stapfte dann zu Herd und Nahrungsmitteln. Schon nach wenigen Schritten hörte sie hinter sich Laute der Überraschung und danach das scharfe Klicken langer, harter Zehennägel auf dem glatten Boden. Sie brauchte einen Moment, ehe sie begriff, warum diese Geräusche ihr nicht früher schon aufgefallen waren. Kunststück – das Unwetter war viel zu laut gewesen, und sie hatte ja auch die ganze Zeit auf die Kreaturen eingeredet.

Die Vorratsräume enthielten alles, was ihr Herz begehrte, und das in geradezu verschwenderischer Fülle: Mehl, Salz, Zucker, Hefe, Backpulver, Backmischungen, getrocknete Bohnen und Erbsen. Leider waren die Tiefkühltruhen nicht so wohlgefüllt: Fleisch und andere leicht verderbliche Lebensmittel waren zur Neige gegangen. Ofelia hatte gleich beim Betreten der Küche Licht gemacht und auch im Vorratsraum die Lampe angeknipst. Doch letztere schaltete sie gleich wieder aus, weil sie viel zu hungrig war, um darauf zu warten, bis die Trockenbohnen gar geworden waren. Da schaute sie sich doch lieber noch einmal in den Tiefkühltruhen um. Jeder Haushalt hatte für Notfälle ein paar fertiggekochte und eingefrorene Gerichte beigesteuert: Schmorbraten, Eintöpfe und Suppen. In der Zeit, in der sie hier allein lebte, hatte sie nur selten etwas davon zu sich genommen, weil ihre eigene Küche ihr immer noch am besten schmeckte. Aber jetzt entschied sie sich für eine Mahlzeit, die Ariane gekocht hatte. Das Schild auf dem Paket verriet ihren Namen und den Inhalt: Lammeintopf. Die alte Frau schob es in den Schnellauftauer und suchte dann nach einem Topf, um das Gericht darin zu kochen. Als sie einen brauchbaren gefunden hatte, war der Lammeintopf schon weich geworden. Sie schnitt das Paket auf und kippte die Klumpen in den Topf.

Während der Eintopf wärmte, trauten sich die Aliens in die Küche. Wie die kleinen Kinder mußten sie alles anfassen und überall herumspielen. Natürlich beschäftigten sie sich auch mit dem Wasserhahn am Ausguß. Ofelia lächelte befriedigt: Also hatten sie sich das gemerkt, was sie ihnen bei sich zu Hause beigebracht hatte. Aber leider ließen sie es nicht damit bewenden, sondern öffneten alle Schränke, nahmen Säcke, Schachteln, Dosen und das, was sich sonst noch herausnehmen ließ, in die Hand. Selbstverständlich schalteten sie auch überall das Licht an. Einer stellte sich schließlich neben die alte Frau und berührte langsam ihre Hand, in der sie den Löffel zum Umrühren hielt. Dabei grunzte er leise.

Solange die Aliens keine Miene machten, sie abzustechen und zu zerstückeln, konnte sie doch auch höflich zu ihnen sein. »Ich koche Eintopf«, erklärte sie ihrem Nebenmann. »Das ist ein Kochlöffel – das ein Topf – und das ein Herd.« Sie zeigte auf die einzelnen Objekte.

Kannten sie die Bedeutung dieser Geste überhaupt? War auch bei ihnen gebräuchlich, auf etwas zu zeigen? Das Wesen neben ihr beugte sich tief über den Topf und fuhr gleich erschrocken zurück, als das Gericht zu blubbern anfing.

»Heiß«, erklärte die alte Frau ihm, als habe sie einen Dreikäsehoch vor sich. »Muß man aufpassen. Ganz furchtbar heiß.«

Ein furchtbarer Knall hinter ihr ließ sie heftig zusammenzucken und sofort herumfahren. Eines der Wesen hatte in einem Schrank einen Stapel Teller entdeckt und versucht, ihn herauszuholen. Dabei waren einige weggerutscht und auf dem Boden zerschellt. Jetzt stand das Monster wie erstarrt da und ließ die Arme hängen. Zwei seiner Kameraden näherten sich ihm langsam. Ofelia fing an zu kichern. Die Szene erinnerte sie einfach zu sehr an ein Kind, das gerade Unsinn gemacht hatte und nun von seinen älteren Geschwistern ausgeschimpft werden würde. Die Teller waren nicht weiter wichtig. Sie gehörten zum Standardgeschirr, das vom Fabrikator hergestellt wurde – beigefarben mit einem braunen Streifen; ein Design, das Ofelia nie besonders angesprochen hatte.

Sie wandte sich wieder ihrem Eintopf zu, der jetzt heiß genug zu sein schien, und schaltete den Herd aus, um die Nachhitze zu nutzen. Nun mußte eine Schüssel her. Wenn sie es noch recht im Gedächtnis hatte, befand sich das Eßgeschirr im ersten Schrank. Ofelia öffnete ihn und entdeckte dort nur Servierschüsseln; aber der zweite enthielt das Gewünschte. Die Aliens verfolgten neugierig, was die alte Frau da trieb, auch, als sie einen Löffel aus dem Besteckkasten nahm und ihren Eintopf – nun gut, eigentlich den von Ariane – in die Schüssel goß.

Ofelia probierte einen Löffel voll. Ariane war keine schlechte Köchin gewesen, aber für ihren Geschmack etwas zu konservativ; vor allem fehlte es an Gewürzen, aber schließlich hatte die Frau für die Gemeinschaft und nicht für ihre Familie gekocht. Ofelia hätte Majoran und viel mehr Pfeffer an das Gericht getan. Doch unter den gegebenen Umständen war der Eintopf gar nicht übel, und der große Hunger tat ein Übriges.

Die alte Frau warf immer wieder einen Blick auf die Monster, die sich wieder damit beschäftigten, alles zu erkunden. Ofelia beschloß, lieber im Stehen und am Herd zu essen, wo sie die Bande besser im Auge behalten konnte. Die Aliens beachteten sie kaum, weil sie sich viel zu sehr für das interessierten, was es hier zu sehen und anzufassen gab. Ofelia leerte eine Schüssel, und weil der Topf noch genügend von dem Gericht enthielt, füllte sie gleich nach. Danach fühlte sie sich ausreichend gesättigt und fror den Rest in dem Topf, in dem er gar geworden war, in einer der Truhen ein.

Als sie mit dem Löffel und der Schüssel am Ausguß stand, fiel ihr auf, daß die Kreaturen die Tellerscherben keineswegs aufgesammelt oder zusammengekehrt hatten. Seufzend sah sie ihre ständigen Begleiter an. Einer von ihnen bemerkte ihren Blick und knurrte.

»Ich habe diese Schweinerei da nicht angerichtet«, erklärte die alte Frau, ohne große Hoffnung, daß sich nun etwas ändern würde. »Wer mag das wohl gewesen sein?« fuhr sie fort. Ofelia hatte keine Lust, sich jetzt zu bücken und die Scherben aufzuheben. Dafür fühlte sie sich viel zu erledigt; außerdem taten ihr wieder sämtliche Gelenke weh. Schließlich drehte sie sich um und stellte ihr Geschirr unter das laufende Wasser. Ein Alien trat zu ihr und verfolgte, wie sie die Schüssel abwusch. Kannten die denn so etwas auch nicht von Zuhause? Oder benutzten sie etwa überhaupt kein Geschirr? Ofelia stellte das Teil zum Trocknen an die Seite.

Als sie wieder nach den Wesen sah, war eines von ihnen damit beschäftigt, mit einer Hand die Scherben aufzulesen und sie in die andere zu geben. Hatten diese Viecher denn noch nie etwas von einem Mülleimer gehört? Ofelia öffnete den Schrank unter dem Ausguß und zog den Mülleimer heraus. Den trug sie zu dem Alien und führte ihm vor, wie man die Tellerteile dort hineinfallen ließ. Der Bursche starrte sie einen Moment lang an und folgte dann ihrem Beispiel. Die alte Frau lächelte, und das Wesen fuhr vor ihr zurück. Seine Pupillen weiteten sich. Was hieß das denn schon wieder? Wovor hatte das Monster Angst? Sie drehte den Kopf zur Seite und entdeckte, daß alle anderen zusahen. Hatte sie das Wesen in Verlegenheit gebracht? Die alte Frau konnte sich keinen Reim darauf machen. Am liebsten wäre sie jetzt nach Hause gegangen und hätte sich zu einem Mittagsschläfchen hingelegt. Was es hier noch zu putzen gab, konnte ruhig bis später warten. Aber halt, da war ja noch die vollkommen durchnäßte Matratze; die sollte sie besser irgendwohin zum Austrocknen bringen. Ihre Hüfte schmerzte schon bei dem bloßen Gedanken daran, das schwere Ding hochwuchten zu müssen.

Trotzdem stapfte sie zum Nähzimmer, und natürlich ließ sich hinter ihr wieder das Klicken der Zehennägel vernehmen. Mist. Sie konnte die Monster natürlich nicht allein im Zentrum zurücklassen. Wenn sie nun durch einen dummen Zufall in den Kontrollraum gelangten und dort an den Knöpfen herumspielten? Am Ende sogar eine der Maschinen beschädigten, auf die Ofelia so dringend angewiesen war? Die alte Frau blieb stehen und drehte sich um. Ja, da kamen sie alle heran, mit großen Augen und offensichtlich voller Tatendrang.

Haut ab, wollte sie ihnen entgegenschleudern. Verduftet, und laßt mich ein Nickerchen machen. Vielleicht fällt mir danach etwas ein, womit ich euch beschäftigen kann. Verzieht euch, faßt ja nichts an, und laßt alles so, wie es ist ... Ach, verdammt, das konnte ja nicht funktionieren. Die Wesen verstanden sie nicht, und auch bei Kleinkindern hatte so etwas noch nie die gewünschte Wirkung hervorgerufen, weil denen ganz egal war, ob die Mutter sich dringend für ein Stündchen hinlegen mußte oder ob sie gerade mit etwas anderem beschäftigt war. Mochte eine Maschine oder ein Gerät auch noch so gefährlich sein, wenn kleine Kinder auf Entdeckungstour gingen, konnte nichts und niemand sie davon abhalten.

Nun gut, diese Fremden hier waren im eigentlichen Sinne keine Kleinkinder, aber sie konnten mindestens ebensoviel Unheil anstellen – auch wenn sie vielleicht nicht mehr vorhatten, Ofelia zu ermorden.

Ihr würde wohl nichts anderes übrigbleiben, als auf das Nickerchen zu verzichten. Ob sie wohl irgendwie

Schlösser für die Türen anfertigen konnte; zumindest für die, von denen sie nicht wollte, daß die Monster sie öffneten? Die Hände und Finger dieser Wesen waren nicht so beweglich und geschickt wie ihre eigenen. Das war ihr spätestens dann klar geworden, als sie sich mit dem Wasserhahn abgemüht hatten. Ofelia vermutete aber, daß es den Burschen nicht recht sein würde, wenn sie ihnen irgendwo den Weg versperrte. Noch während sie nach einer Lösung für dieses Problem suchte, öffnete einer von ihnen schon die Tür zum Kontrollraum und fing nach dem ersten Blick hinein gleich laut an zu kreischen.

Nein! Die alte Frau schob sich an ihm vorbei und stieß ihn trotz seines Geschreis mit dem Ellbogen beiseite. Dann baute sie sich vor der Gruppe auf und breitete die Arme aus. »Hier dürft ihr nicht hinein. Ausgeschlossen!« Sie kam sich vor, als würde sie zu einem kleinen Hundewelpen oder zu einem fremden Baby reden. Die Wesen beachteten sie gar nicht, sondern verdrehten die Hälse, um an ihr vorbei auf die blinkenden Lämpchen, die Schalter und die Monitore zu spähen. Sie grunzten aufgeregt und drängten immer weiter vor.

»NEIN!« Ofelia stampfte mit dem Fuß auf. Die Monster blieben stehen und starrten sie an, als hätte die alte Frau sie ins Gesicht geschlagen. »Das hier ist nichts für euch. Ihr macht mir noch alles kaputt. Und danach funktioniert gar nichts mehr!«

Der erste in der Riege stieß ein rollendes Grollen aus und deutete in den Kontrollraum.

Ofelia schüttelte energisch den Kopf. »Nein. Hier dürft ihr nicht rein.« Und noch einmal, mit besonderer Betonung: »Ihr – dürft – hier – nicht -rein! Das ist viel zu gefährlich.« Damit stand sie vor einem neuen Problem. Wie sollte sie den Burschen mimisch Gefahr darstellen? Höchstwahrscheinlich hatten sie noch nie etwas von Elektrizität gehört. »Sssstt!« machte sie, tat so, als würde sie etwas anfassen, zog dann rasch die Hand zurück und schüttelte sie.

»Zzzzdd ...« Zum ersten Mal versuchte einer der Aliens, ein Geräusch von ihr nachzusprechen. Was mochte »Sssstt« oder auch »Zzzzdd« wohl in ihrer Sprache bedeuten? Und wichtiger noch, reichte das aus, sie davon abzuhalten, in dem Raum alles zu berühren und womöglich etwas kaputtzumachen? Die alte Frau versuchte, sich daran zu erinnern, wie man kleinen Kindern begreiflich machte, daß Elektrizität etwas Gefährliches sei ... Moment, die Aliens hatten doch die Blitze gesehen. Wie konnte sie ihnen beibringen, daß Elektrizität und Blitze miteinander verwandt und gleich schrecklich waren?

Der erste streckte seine langen Fingernägel langsam in Richtung der Kontrollpaneele aus und machte: »Zzzzdd.« Er klang leiser als Ofelia, zog aber wie sie sofort die Hand zurück, als habe er sich an etwas gestochen. Die alte Frau nickte mehrmals. Gut, das schien ja verstanden worden zu sein.

»Genau. Sssstt. Tut weh. Macht großes Aua!« Ofelia kam sich überaus dämlich vor, mit diesen Fremdwesen wie mit Babies zu reden, aber wenn sie damit Erfolg hatte ...

Das Wesen streckte seine Hand nach ihr aus, berührte sie aber nicht. Es legte den Kopf schief und sah sie aus einem Auge an. »Zzzzdd«, gab das Monster wieder von sich und tippte dann leicht auf ihre Brust.

Die alte Frau runzelte die Stirn. Was mochte das zu bedeuten haben? Offensichtlich wollte der Alien ihr etwas mitteilen ... aber ihr wollte beim besten Willen nichts Brauchbares in den Sinn kommen. Ofelia ging in Gedanken die ganze Szene durch. Mehrmals. Angefangen hatte es damit, daß sie den Wesen klarmachen wollte, wie gefährlich es war, die Geräte und Apparate im Kontrollraum anzufassen. Ihr Gegenüber hatte sie nachgeahmt. Das konnte natürlich bedeuten, daß es sie verstanden hatte. Aber Ofelia hatte zu viele Kinder erlebt, bei denen das Nachahmen allein wenig bewirkt hatte; diese hatten sich erst einige Male verbrennen oder sonstwie weh tun müssen, bevor sie begriffen hatten, welche Gefahren zum Beispiel Feuer in sich barg. Gut, weiter: Der Alien hatte das Elektrizitätsgeräusch nachgeahmt und auf sie gezeigt, sie aber nicht berührt. Und wenig später hatte er auf ihre Brust getippt.

Wollte das Wesen damit anfragen, ob sie selbst sich auch an den Maschinen verletzen oder weh tun könne? Oder vermutete es am Ende, daß auch von ihr elektrische Stromschläge ausgingen? Nein, letzteres ließ sich gleich ausschließen – die Monster hatten sie ja schon bei früheren Gelegenheiten berührt, ohne daß sie dabei verletzt worden waren. Die Wesen waren auch nicht erschrocken zurückgeprallt oder hatten so reagiert, wie man das normalerweise bei einem Stromschlag tat. Natürlich blieb noch die Frage offen, ob sie auf Schmerz so reagierten wie Menschen.

»Zzzzdd ...«, murmelte der Alien erneut und wiederholte den Vorgang. Doch jetzt zeigte er auch auf die Anlagen hinter Ofelia, machte noch einmal »Zzzzdd« und tippte ihr wieder auf die Brust.

Natürlich. Klar. Die alte Frau mußte laut lachen, ehe ihr bewußt wurde, daß das leicht mißverstanden werden konnte. Die Wesen wollten wissen, ob die Anlagen auch bei Ofelia »Zzzzdd« machten. Womöglich wollten sie jetzt demonstriert bekommen, wie die alte Frau einen »Zzzzdd« erhielt. Vielleicht brachte der Bursche aber auch nur sie in direkte Verbindung mit den Maschinen und dem, was sie bei anderen Gelegenheiten vorgeführt hatte.

Ofelia hielt den Zeigefinger hoch, und die Kreaturen starrten darauf. »An gewissen Stellen erhalten alle einen Sssstt«, erklärte sie und trat zu einer Steckdose, von der Kabel zu den Anlagen ausgingen. »Hier zum Beispiel«, fuhr sie fort, tat so, als würde sie mit dem Zeigefinger an die Steckdose fassen, ließ ein scharfes »Sssstt« vernehmen und zuckte zurück.

»Aber das hier, das darf man anfassen, wenn man sich damit auskennt und weiß, was man vor sich hat.« Sie begleitete ihre Ausführungen mit Gebärden und Zeichensprache, als habe sie Gehörlose vor sich: bei »weiß« tippte sie sich an die Stirn; bei »was man vor sich hat« deutete sie auf das Paneel; und als sie dort einen Knopf drückte, wackelte sie mit dem kleinen Finger – »kein Sssstt«.

Alle Lichter blinkten auf. Die alte Frau hatte eine Warnsequenz aktiviert, die alle Lämpchen im Kontrollraum aufblitzen ließen.

Die Monster quiekten, knurrten und brabbelten und traten hinter dem, den sie vorgeschickt hatten, unruhig herum. Ofelia drückte noch einmal auf den Knopf, und die Lichter brannten wieder normal. Und wo sie schon einmal dabei war, aktivierte sie weitere Kontrollen: die Aufzeichnungsgeräte, die Analyseabteilungen und die Notanlage, die alle anderen Systeme ausschaltete – nur für den Fall, daß eines der Wesen doch irgendwo herumspielte, man konnte ja nicht vorsichtig genug sein. Ofelia hoffte, damit ausreichend gegen Schaden vorgesorgt zu haben. Kaum vorstellbar, daß einer von den Burschen so lange überall draufdrückte, bis er die Sequenzen ausgelöst hatte, die alle Systeme wieder einschalteten. Andererseits lag dem einen oder anderen unter ihnen sicher eine Menge daran, auch so ein hübsches Blinkfeuerwerk in Gang zu setzen, wie sie es eben getan hatte. Sobald die alte Frau alles erklärt hatte, würde sie hier alles lahmlegen, was nicht dringend benötigt wurde.

Besser, sie jagte den Monstern vorher noch einen tüchtigen Schrecken ein, damit ihre Warnungen beherzigt wurden. »Wenn ihr nicht sehr vorsichtig seid und aufs Geratewohl auf die Knöpfe drückt, können ganz schlimme Dinge passieren.« Sie legte eine Hand wie zufällig auf das Paneel, und zwar genau auf die Platte, die den Notfallalarm auslöste.

Sirenen heulten auf und wurden immer schriller, in

allen Räumen ertönten Glocken, und die Lichter wurden abwechselnd heller und dunkler ... Sofort schaltete Ofelia den Alarm wieder ab und deaktivierte das Paneel. »Seht ihr, deswegen darf man hier nicht herumspielen ...«

Das war wohl doch des Guten ein wenig zuviel gewesen. Mindestens die Hälfte der Wesen hatte stinkende Häufchen auf den Boden fallenlassen, und alle starrten sie mit riesengroßen Augen an. Die alte Frau mußte nicht viel von ihnen wissen, um sofort zu erkennen, daß sie verärgert waren. Ofelia ließ sich nicht beirren und starrte noch finsterer zurück. Schließlich war es ja nicht ihre Schuld, wenn diese Monster ihren Dickdarm (oder was auch immer) so schlecht unter Kontrolle hatten. Außerdem hatte sie gar nicht vorgehabt, ihnen wirklich Angst zu machen. Ein kleiner, harmloser Schrecken, das war doch nichts. Sie hatte ihnen bloß beibringen wollen, daß man gefälligst die Finger von den Kontrollen zu lassen hatte. Und zum Dank dafür schissen sie ihr auf den Boden!

»Das mache ich aber nicht sauber«, erklärte sie streng. »Holt sofort die Besen.« Aber für diese Schweinerei brauchte man eher den Mop, und auch ... Nein, die Sache schien tatsächlich zu funktionieren. Eines der Wesen grunzte etwas, und die Schuldigen – zumindest waren sie es in Ofelias Augen – liefen sofort, so schnell sie konnten, los und kehrten wenig später mit schaufelartigen Geräten zurück, in denen die alte Frau zu spät Pfannenmesser aus ihrer Küche wiedererkannte. Na ja, halb so wild. Die Dinger ließen sich sterilisieren. Daß ihre Biochemie nicht mit der dieser Fremdwesen kompatibel war, kam ihr gar nicht erst in den Sinn, und wenn sie doch daran gedacht hätte, dann sicher nicht sehr intensiv. Für sie stand nur fest, daß sie keine Pfannenmesser benutzen würde, mit denen vorher Alien-Kot vom Boden entfernt worden war.

Die Monster verschwanden mit ihrem Unrat in Richtung Außentür. Vielleicht hätte sie ihnen ja zeigen sollen, daß man für so etwas Toiletten erfunden hatte. Sie betrachtete kurz die Wesen, die zurückgeblieben waren. Nein, ein Riesenschrecken am Tag war mehr als ausreichend. Sie wollte die Aliens nicht mit weiteren Demonstrationen überfordern oder zusätzlich ängstigen. Aus ihrer langen Lebenserfahrung wußte sie, daß es nicht besonders klug war, Wesen zu beunruhigen, die in der Überzahl sind und auch noch Waffen dabeihaben.

Eigentlich hatten diese Ungeheuer ihr noch nichts getan ... und sie fing an, sie als harmlos anzusehen; na ja, zumindest als keine unmittelbare Bedrohung.

Die Unglücksraben kehrten zurück. Die Pfannenmesser wirkten sauber. Offenbar hatten die Wesen sie im Regenwasser gereinigt. Aber man durfte sich nie auf den bloßen Anschein verlassen; Ofelia würde die Geräte trotzdem in den Sterilisator stecken und auskochen. Die anderen beruhigten sich wieder, und niemand starrte die alte Frau mehr an. Sie selbst entspannte sich auch. Wieder beschlich sie der Eindruck, daß diese Aliens nicht darauf aus waren, sie zu erschlagen. Wenigstens jetzt nicht. Oder so lange nicht, wie sie sie beschäftigen oder sonstwie ruhighalten konnte. Wenn es sich bei diesen Kreaturen um Kinder gehandelt hätte, hätte sie ihnen einen Pudding oder eine andere Süßspeise gekocht, aber ihr war in der Küche aufgefallen, daß die Nahrungsmittel kein Interesse bei ihnen hervorgerufen hatten.

Ofelia ging zur Tür, und diesmal machten die Aliens ihr Platz. Sie folgten der alten Frau den Flur hinunter ins Nähzimmer, wo die vollgesogene Matratze immer noch unter dem Arbeitstisch lag. Ofelia zählte ihre Truppe durch – wunderbar, alle waren versammelt. (Keiner war im Kontrollraum zurückgeblieben, um ein paar von den Knöpfen auszuprobieren.)

Wie schon in der Küche liefen sie hier überall herum, sahen sich alles an und gaben wieder diese Laute von sich, die die alte Frau mittlerweile für ihre Sprache hielt.

Ofelia gab nun ihrerseits ein Grunzen von sich, ging in die Hocke und tat so, als wolle sie die nasse Matratze unter dem Tisch hervorziehen. Das gute Stück hatte so viel Wasser aufgenommen, daß sich sein Gewicht verdoppelt haben mußte. Als die Monster nicht gleich herbeisprangen, blieb ihr nichts anderes übrig, als tatsächlich an dem Ding zu ziehen. Natürlich rührte die Matratze sich nicht von der Stelle. Ofelia strengte sich mehr an und verwünschte sich dafür, das Stück nicht auf den Tisch gelegt oder sonstwie erhöht untergebracht zu haben. Aber sie hatte ja auch nicht vorgehabt, die Außentür offenstehen und es hereinregnen zu lassen. Allerdings konnte sie sich immer noch nicht genau an den Vorfall erinnern. Hatte sie die Tür schlicht vergessen, als sie nach draußen gegangen war, um die Ruhe in der Mitte des Sturms zu genießen? Eigentlich war das jetzt auch nicht mehr wichtig.

Sie zog, sie zerrte, sie stützte sich mit einem Fuß ab – allein, die Matratze weigerte sich beharrlich, sich zu bewegen. Doch plötzlich glitt das Ding auf sie zu und Ofelia fiel auf ihr Hinterteil. Vier starke, knochige und eigenartige Hände waren ihr zu Hilfe gekommen und hörten jetzt natürlich nicht auf. Die Matratze rutschte über ihre Füße, und die beiden Wesen beobachteten sie.

»Vielen Dank«, sagte die alte Frau gleich, wußte sie doch, wie wichtig es war, sich bei kleinen Kindern zu bedanken. Selbst wenn ihre Hilfe nur gut gemeint, aber wenig hilfreich war. Und auch dann, wenn sie dabei alles verkehrt machten. Man mußte die Kleinen nämlich dazu bewegen, auch bei einer späteren Gelegenheit helfen zu wollen; und irgendwann würde ihnen kein Fehler mehr unterlaufen.

Ofelia zog die Füße unter der Matratze hervor, schob sich ein Stück von dem Ding fort, stand auf und bückte sich wieder. Mit vereinten Kräften zogen sie an dem Teil, und unter Ofelias sanfter Steuerung gelang es ihnen, sie unter dem Tisch freizubekommen und aufrecht gegen eine Wand zu lehnen. Die alte Frau stemmte die Hände in die Hüften und seufzte. Wenn sie den Abend noch erlebte, würde sie wieder in ihrem Bett schlafen und sich und ihrem Körper Ruhe gönnen. Sie sah sich in dem Raum um. Eines der Wesen stieß mit einem Finger die bemalten Perlen an. Ein anderer hatte ihren neuen Umhang entdeckt, hielt ihn hoch, schüttelte ihn sanft und schien sich an dem Klang der Glöckchen zu erfreuen. Kinder! Wenn man mal eine halbe Minute nicht hinsah, stellten sie garantiert etwas an. Nichts als Scherereien hatte man mit ihnen!

»Das gehört mir!« rief sie. Alle Köpfe drehten sich zu ihr um, und wieder starrten die Monster. Aber diesmal nicht so intensiv. Ofelia konnte das beurteilen, wußte sie doch sehr gut, daß diese Wesen nicht anderes zu tun brauchten, als sie anzustarren, und schon wurde es ihr angst und bange.

Die alte Frau nahm dem Alien den Umhang ab, und er ließ ihn auch gleich los. Dann kam ihr in den Sinn, daß die Monster vermutlich nicht die leiseste Ahnung hatten, wozu der Umhang gedacht war. »Das ist ein Kleidungsstück. Was zum Anziehen.« Eigentlich könnte sie es ihnen doch auch vorführen. Schließlich hatte sie ja keine Menschen vor sich, die ihre Nähkünste mit kritischen Kommentaren begleiten würden.

Sie zog sich den weiten Umhang über – im Grunde genommen war es ja ein Mittelding zwischen Cape und Kleid – und erfreute sich daran, alle Ketten und Perlen an der richtigen Stelle angebracht zu haben. Die Stelle am Schulterblatt, die immer so gemein juckte, wurde nun automatisch mit einem Kratzer bestraft – und dazu mußte die alte Frau nicht mehr tun, als sich zu bewegen. Ofelia vergaß für einen Moment vollkommen, daß sie nicht allein war, und strich mit den Händen über die Perlen, die Stoffstreifen und das sonstige Material.

»Wunderbar«, seufzte sie.

»Zzzzdd?« fragte eines der Monster und zeigte auf sie.

»Nein, kein Sssstt. Das habe ich selbst gemacht.« Sie entdeckte einen losen Faden und verknotete ihn rasch zwischen den anderen. »So etwas tue ich gern. Ich bin eine gute Schneiderin.« Ofelia nahm eine Perle, eine Spange und andere Kurzwaren vom Tisch und zeigte sie den Burschen. Sie drängten sich um sie, und die alte Frau glaubte, echtes Interesse bei ihnen wahrzunehmen.

Kapitel 9

Ofelia entschied schließlich, daß es wohl doch vernünftiger wäre, die Nacht im Kontrollzentrum zu verbringen. Sie konnte einfach nicht sicher sein, daß die Wesen die Finger von allem lassen würden, solange sie selbst woanders war. Natürlich bot auch der Umstand, im Zentrum zu bleiben, noch lange keine Garantie, aber bislang hatten die Monster keine Miene gemacht, ihr ans Leben zu wollen. So packte sie ein paar Stoffbahnen aus den Nähräumen zusammen und breitete sie auf dem Boden aus. Das Lager wirkte zwar nicht sehr bequem, aber sie hatte schon auf Schlimmerem geschlafen – wie zum Beispiel in der letzten Nacht, die sie zusammen mit einer Horde Aliens auf dem bloßen Boden verbracht hatte.

Als alles bereitet war, schlug sie den Monstern die Tür vor der Nase zu (na ja, dem Schnabel). Sie kratzten und klopften an der Tür, aber sie beachtete das nicht weiter. Ofelia legte sich nicht weit vom Eingang hin und knurrte, weil ihr wieder alles weh tat und sie sich am Ende ihrer Kräfte fühlte. Eigentlich war sie wirklich zu alt für solche Abenteuer. Aber als sie zurückdachte, fiel ihr keine Zeit ein, in der sie sich für so etwas ausgeruhter gefühlt hätte. Nur gesellte sich im Alter ein besonderer Widerwillen hinzu. Als die anderen Siedler abgereist waren, hatte Ofelia genauso leben können, wie es ihr gefiel, und sich nur um die »wirklich wichtigen« Dinge (wie sie das bei sich nannte) kümmern müssen: das Wetter, die Gartenpflanzen und das liebe Vieh.

Aber inzwischen war es so weit gekommen, daß sie statt in ihrem weichen Bett auf einem harten Boden schlafen (beziehungsweise wach liegen) mußte, bloß weil ein paar verwünschte Aliens, die sich wie verzogene Kleinkinder aufführten, unbedingt die blinkenden Lichter im Kontrollraum anfassen wollten. Genau wie Kinder konnten sie enormen Schaden anrichten, ohne etwas davon zu bemerken – aber anders als kleine Jungs oder Mädchen boten jene keinen Ausgleich, der sie dann doch wieder als liebenswert erscheinen ließ. Ofelia hatte keinerlei Bedürfnis danach, mit diesen Kreaturen zu knuddeln, sie in den Arm zu nehmen oder sie sich gar auf den Schoß zu setzen.

Wenn sie hier einschlief, würde sie mit steifen Knochen und schmerzenden Gliedern aufwachen. Wenn sie wach blieb, würde sie am Morgen zu nichts mehr zu gebrauchen sein. Wie immer es auch ausgehen würde, sobald sie wieder aufgestanden war, würden schon die »lieben Kleinen« um sie herum sein und sie mit ihren großen Augen ansehen. Diese Wesen brauchten sich – wie Kinder – nicht um ihren Schlaf zu sorgen. Sie legten sich hin, wenn sie müde waren, und es interessierte sie nicht im geringsten, was aus den Erwachsenen wurde.

Die alte Frau wußte, daß ihr nicht mehr viel Zeit beschieden war. Sie hatte gehofft, daß das Ende einfach so kommen würde. Bis zum Auftauchen der Aliens hatte sie geglaubt, sich über ihr Ableben ausreichend Gedanken gemacht zu haben. Sie ging natürlich davon aus, daß der Tod keine angenehme Erfahrung sein würde, aber wenigstens könnte sie die in aller Privatheit machen. Und danach konnte sie niemand mehr stören, sie vorzeitig wecken oder irgend etwas von ihr verlangen.

Ofelia döste vor sich hin, fühlte sich erwartungsgemäß wie zerschlagen, spürte aber dennoch ein ungekanntes

Glücksgefühl in sich ... Von draußen drangen Geräusche durch die Tür ... rhythmische und harmonische Klänge. Musik? Machten die Fremden etwa Musik?

Die alte Frau hatte sich bislang nicht vorstellen können, daß solche Wesen so etwas wie Musik kennen würden. Sie persönlich hatte auch in ihrem ganzen Leben nie einen Musiker kennengelernt oder live spielen hören. Für sie kamen Melodien immer aus einem Kasten, entweder aus den Würfelspielern oder aus den Sendungen im Entertainmentkasten. Einige Male hatte sie, vor allem in jenen Kasten gesehen, wie jemand musizierte. Und lange, lange zurück, auf der Grundschule hatte man versucht, den Kindern Rhythmusgefühl und Noten beizubringen. Sie erinnerte sich auch noch an einen Besuch der Schulklasse bei den Proben eines Orchesters. Aber danach war sie nie mehr jemandem begegnet, der ein Instrument beherrschte. Gut, sie selbst sang hin und wieder, aber das tat schließlich jeder, der eine schlechter, der andere besser. Und alle Mütter sangen ihre kleinen Kinder in den Schlaf. Oder verliebte Pärchen, die summten gern die Lieder, bei denen sie sich kennengelernt hatten, wenn sie Hand in Hand spazierengingen ... jedenfalls hatten Caitano und sie das so gehalten. Mit Humberto war es anders gewesen. Er hatte ihr gleich gesagt, sie könne keine Melodie halten und solle es besser bleiben lassen. Danach hatte sie nur noch für ihre Kinder gesungen, meist irgendwelche alten Lieder, von denen sie viele vergessen hatte. Und die hatten in der Regel ausgereicht, die Kleinen zu beruhigen und einschlafen zu lassen. Die Frauen in der Siedlung hatten ab und an gesungen, wenn sie zusammen arbeiteten, aber Ofelia hatte sich ihnen nie angeschlossen.

Wie stellten diese Aliens das mit ihrer Musik an? Sie dachte an die Gegenstände, die sie an den Gurten trugen. Flaschen und Säckchen – und, nicht zu vergessen, die langen Messer in den Scheiden. Aber ein ausgesprochenes Musikinstrument war ihr nicht aufgefallen. Ob sie nur mit Händen oder Füßen auf den Boden schlugen und dazu sangen?

Die alte Frau zog ihr unbequemes Nachtlager ein Stück von der Tür fort und öffnete sie vorsichtig. Die Burschen waren nirgends zu sehen. Vermutlich hatten sie sich in die Halle zurückgezogen. Dafür bekam Ofelia jetzt erheblich mehr von der Musik mit. Sie hörte eine fröhliche Melodie, die sie zum Lächeln verführte (auch wenn sie sich vorhielt, das sei doch zu albern von ihr).

Da-dah-dah dim-duh dim-duh dim-duh. Die Melodie kitzelte ihr in den Ohren. Aber irgend etwas daran kam ihr nicht richtig vor. Vielleicht sangen sie ja alle falsch, so wie Humberto es ihr vorgeworfen hatte. Möglicherweise war die Musik dieser Aliens einfach zu anders, um von einem Menschen sofort verstanden zu werden. Nach einer Weile sagte sie sich, ihre Glieder schmerzten so sehr, da habe es gar keinen Zweck, sich wieder hinzulegen.

Ofelia öffnete die Tür weiter und steckte den Kopf hinaus. Nein, da war nichts zu sehen. Licht drang aus einem der Nähräume. Jemand hatte vergessen, dort die Tür zu schließen. Ein leichter Unratgeruch stieg vom Boden auf, von den Stellen, an denen die Aliens ihres Schreckens nicht mehr Herr gewesen waren.

Langsam und so leise wie möglich schlich sie durch den Flur auf das Licht zu. Bald konnte sie auch die komplexeren Unterrhythmen vernehmen, leise Geräusche wie von Körnern oder Samen, die in einem Gefäß geschüttelt wurden, vielleicht auch Perlen in einem ausgehöhlten Kürbis. Ein gespenstischer, hauchender Klang trug die Melodie – er mußte von einem Instrument stammen, das ihr vollkommen unbekannt war. Aber da war noch etwas anderes, das nämlich, was ihr in den Ohren kitzelte.

Als sie die Tür erreicht hatte und vorsichtig hineinspähte, sah sie dort alle in einem Kreis hocken. Die Tische hatten sie an eine Wand geschoben. Ofelia konnte nicht allzuviel erkennen, aber einer von ihnen hielt ein Gebilde aus mehreren Röhren an den Mund. Offenbar ein Blasinstrument. Einer, der ihr den Rücken zukehrte, bewegte die Ellenbogen. Die alte Frau spürte, wie Tränen in ihren Augen brannten. Was waren das bloß für Tonfolgen? Unvermittelt fingen die anderen an, etwas zu singen, das sich nur ungefähr mit der Melodie der Instrumente deckte. Dann hielt jemand eine Hand hoch, und die Wesen senkten ihre Stimmen. Einige blickten in Richtung Kontrollraum, wo Ofelia offiziell schlief. Wenn es sich bei diesen Aliens um Menschen gehandelt hätte, hätte man durchaus darauf schließen können, ihnen sei gerade aufgegangen, daß dort jemand ruhen wollte und nicht durch Lärm gestört werden durfte. Aber das hier waren Fremdwesen, und sie konnte nicht ermessen, was eine solche Geste bei ihnen zu bedeuten hatte.

Die alte Frau drängte sich an die Wand, schaute nicht mehr in den Raum und hörte nur noch zu. Die Stimmen der Wesen hatten etwas Grobgesponnenes an sich und ähnelten mehr etwas Gehäkeltem oder einem in einer Fabrik hergestellten Arbeitsstoff als feiner Stickerei. Ihre Ohren mochten den Gesang ungefähr in der Weise, wie ihre Finger lieber mit weichem Garn als mit dünnem Faden arbeiteten.

Die alte Frau nahm nicht wahr, wie sie über der wunderschönen Musik einschlief. Sie wurde davon wach, daß alle Wesen um sie herumstanden und sie ansahen. Ofelia stellte fest, daß sie an der Wand herabgerutscht sein mußte und jetzt auf dem Boden saß. Ihr Hals ließ sich nicht bewegen, und in ihrem Mund hatte sie einen muffigen, schmutzigen Geschmack. Sie blinzelte die Monster an. Eines von ihnen hielt das Röhreninstrument in der Hand. Es blies nun hinein und erzeugte sanfte, hauchende Klänge, die man, wenn man nur flüchtig zuhörte, für das Rauschen des Windes um die Ecken halten konnte. Nach einer kurzen Melodie legte der Alien den Kopf schief.

Wollte er von Ofelia wissen, ob sie die Musik gehört hatte? Oder ob sie davon geweckt worden war? Oder darüber eingeschlafen war? Die alte Frau hatte nicht die leiseste Ahnung. Sie wußte nur, daß solche Klänge ihr sehr gefielen. Ofelia streckte eine Hand aus, um die Wesen zum Weiterspielen zu bewegen, doch statt dessen reichte der Bläser ihr seine Flöte.

Das Instrument bestand aus sieben glänzenden Rohren, die man mit geflochtenen Grashalmen von der Dicke eines Fadens zusammengebunden hatte. Die alte Frau besah sich das Stück genauer. Jemand mußte die Gräser in gleich dicke Teile geschnitten, diese dann zusammengeflochten – sauber und ordentlich wie dünne Zöpfe, wie Ofelia anerkennend feststellte –, davon mehrere miteinander verknüpft und das Ganze schließlich fest um die Rohre gebunden haben. Letztere fühlten sich sehr leicht an und waren entweder aus Schilfrohr oder aus Vogelknochen gemacht. Derjenige, der es gemacht hatte, hatte das Instrument Zinnoberrot bemalt, so daß seine ursprüngliche Farbe nicht mehr feststellbar war. Vielleicht waren die Rohre aber auch immer schon von solchem Rot gewesen. Sie rochen jedenfalls genau wie die Monster, streng, aber von ganz eigentümlicher Qualität.

Das Wesen zeigte auf eines der Rohrenden. Ofelia entdeckte kleine Löcher, die dort eingelassen waren. Sie blies in eines der Rohre und erzeugte ein harsches, vollkommen unmusikalisches Geräusch. Der zweite Versuch endete nicht besser.

»Tut mir leid«, sagte sie und gab dem Alien die Flöte zurück. »Dieses Instrument ist nichts für mich.«

Zeigte seine Miene Befriedigung an? Er blies eine kurze, lebhafte und triumphale Melodie und sah die alte Frau danach wieder an.

Ofelia lächelte. »Wirklich sehr schön. Ich wünschte, ich könnte auch so spielen.«

Sie warf jetzt einen Blick auf das, was die anderen mitgebracht hatten. Einer der Burschen hielt eine Art Flaschenkürbis, der mit einem Netz überzogen war, an dem kleine Körner oder Perlen hingen. Er schüttelte das Ding und erzeugte dabei den rasselnden Rhythmus, den die alte Frau vorhin gehört hatte. Auch er reichte ihr sein Instrument.

Ofelia nahm es, fing an, es zu schütteln, und erinnerte sich an ein Lied aus ihrer Kindheit, zu dem Caitano und sie später getanzt hatten. Ihre Zehen wackelten, während sie versuchte, sich genauer an die Melodie zu erinnern. Ein dumpfes Trommeln begleitete sie plötzlich, und sie hörte erschrocken auf. Eines der Wesen schlug mit einem Stock – der einem Knochen verdammt ähnlich sah – gegen seine Brust. Ofelia fing wieder an zu rasseln, verlor den Rhythmus aber immer wieder. Als sie ihn endlich halten konnte, fing einer der Aliens an, mit den langen Zehennägeln auf dem Boden den Takt zu schlagen, und der Flötenspieler blies in sein Instrument.

Die alte Frau versuchte, sich auf den Rhythmus des alten Liedes zu konzentrieren, verlor die Melodie aber immer wieder, weil die anderen Klänge sie zu sehr ablenkten. Nach einer Weile gab sie es auf und schüttelte den Kürbis nur noch vor und zurück. Rings um sie herum erzeugten die Wesen eine Vielzahl von Tönen, die zusammen ein Klangebilde ergaben, das Ofelia wirklich genoß, auch wenn sie sich das mit Worten nicht erklären konnte. Irgendwann wurde ihr der Arm zu schwer. Sie stellte das Rasseln ein und hörte nur noch zu.

Ofelia hatte sich früher nie vorstellen können, wie es sein würde, mit einer ganzen Gruppe Musik zu machen; und jetzt kam sie zu dem Schluß, daß so etwas wirklich Spaß machte – allerdings wäre ihre Begeisterung größer ausgefallen, wenn sie gewußt hätte, was diese Aliens hier eigentlich trieben.

Als die Wesen aufhörten, grinste die alte Frau und hielt die Rassel in die Mitte, damit derjenige sie sich nehmen konnte, der sie bedienen wollte. Dabei schüttelte sie ihren Arm, um anzuzeigen, warum sie nicht mehr mitmachen konnte. Ofelia sagte sich, sie könne doch einige von den Musikwürfeln heraussuchen, die die Kolonisten bei Feiern oder zur Entspannung abgespielt hatten, um den Fremden zu zeigen, wie menschliche Musik klang. Leider waren die meisten Würfel nicht mehr hier. Anfangs hatten alle ihre Bestände zusammengeworfen, damit die ganze Kolonie etwas davon hatte, aber bei der Abreise hatte jeder sich noch schnell seine Lieblingskonzerte herausgesucht.

Doch das hatte bis morgen Zeit. Jetzt war sie einfach zu müde und zu bereit, sich wieder schlafen zu legen. Sie erhob sich ächzend und schlurfte zum Kontrollraum zurück. Die Monster sahen ihr wieder hinterher, folgten ihr diesmal aber nicht. Die alte Frau schloß hinter sich ab, ließ sich auf ihr Lager nieder und fragte sich, ob die Burschen wohl wieder anfangen würden, Musik zu machen. Wenn ja, würde sie bestimmt nichts davon mitbekommen.

Sie erwachte, als jemand gegen die Tür hämmerte, bekam sofort einen Riesenschrecken und hörte ihr Herz schlagen. Aber die Wesen versuchten nicht, sich gewaltsam Zutritt zu verschaffen. Heute war es nicht so wie damals, als sie auch von einem Klopfen an der Tür erwacht war, ein Schatten sich hereingedrängt hatte und sie trotz ihrer Weigerung unbedingt haben wollte. Ofelia saß ganz still da, bis ihr Atem sich wieder beruhigt hatte. Nein, diesmal war es wirklich anders. Als sie wieder mehr hören konnte als nur das Blutrauschen in ihren Ohren, vernahm sie auch das Grunzen und Quieken der Aliens draußen im Flur.

Bevor sie ihnen aufmachte, warf sie einen Blick auf die Uhr. Heller Vormittag. Diesmal hatte sie wirklich reichlich Schlaf bekommen. Als sie die Tür aufzog, strömte eine Flut von Sonnenschein herein, aber keine Monster. Die alte Frau trat auf den Gang, schloß die Tür hinter sich und machte sich auf den Weg in die Küche. Die Burschen hatten schon wieder etwas angestellt. Einer von ihnen hatte ein Glas Kilfa auf den Boden fallen lassen, und der stechende Geruch dieser Beeren erfüllte den ganzen Raum. Ofelia grummelte vor sich hin, während sie die Gewürzmasse und die Glasscherben aufkehrte. Die Aliens waren doch wirklich wie die kleinen Kinder, man mußte ständig nach ihnen sehen und durfte sie keinen Moment aus den Augen lassen.

Die Wesen schienen verschwunden zu sein. Weder in den Nähräumen noch in der Halle, noch im Versammlungssaal, in dem die alte Frau zuletzt gesessen hatte, als die Kolonisten sich darüber stritten, wohin sie verschifft werden wollten, war einer von ihnen zu sehen. Ofelia ging nach draußen und entdeckte auf der matschigen Straße ihre Fußspuren. Von den Kreaturen selbst war hingegen nichts zu entdecken.

Sie würden schon zurückkommen, sagte sich die alte Frau, da brauchte sie sich überhaupt keine Sorgen zu machen. Aber bis es soweit war, hatte sie endlich Gelegenheit, in ihrem eigenen Haus und in ihrem Garten nach dem Rechten zu sehen. Der Schlamm auf der Straße schob sich zwischen ihre Zehen, und in den Gräben floß nur noch ein Rinnsal. Der Tag war heiß, schwül und typisch für das Wetter nach einem der großen Seeunwetter. Auf dem Weg zu ihrem Haus fühlte sich der Sonnenschein auf ihren Schultern wie ein feuchtwarmes Handtuch an.

Auf dem Boden zeigten sich noch die Fußspuren des Wesens, daß ihr bis ins Haus gefolgt war. Und auch die Handtücher lagen noch herum, mit denen sie es abgetrocknet hatte. Der Stoff roch bereits so, als habe er Schimmel angesetzt. Ofelia haßte diesen Gestank. Sie trug die Tücher gleich nach draußen und hängte sie über den Gartenzaun, der diesmal von den Windstößen nicht umgeworfen worden war. Die Pflanzen, die Sturm und Regen zu Boden gedrückt hatten, erholten sich langsam wieder. Die ersten hoben bereits die Blätter über andere, die noch am Boden lagen. Die alte Frau pflückte die

Tomaten, die nicht zerquetscht worden waren, versorgte sich auch mit einer Handvoll Bohnen und riß vier Maiskolben ab. Gerade als sie fast alle Maisstengel wieder aufgerichtet hatte, ertönten aus dem Wald schrille Schreie.

Was war denn jetzt schon wieder? Ofelia entdeckte, daß die Schafe sich nicht von dem Lärm stören ließen und friedlich auf ihrer Wiese grasten. Das Geschrei kam näher. Die alte Frau konnte noch nichts erkennen, aber wer immer diese Laute ausstieß, mußte sich jetzt irgendwo in dem Sträucherstreifen befinden.

Und dann stürmten sie aus dem Gestrüpp: eine Gruppe Kletterer, die mit erhobenem Schwanz auf die Siedlung zurannte und aus Leibeskräften schrie. Die Schafe hoben kurz die Köpfe und legten die Ohren nach hinten.

Hinter den Waldtieren tauchten jetzt die Aliens auf. Ofelia erkannte, daß ihre hochbeinige Gangart sich hervorragend fürs schnelle Laufen eignete. Sie näherten sich von zwei Seiten den Kletterern und trieben sie ... ja, wirklich, sie trieben sie auf die Häuser zu. Die Schafe rannten auseinander und gaben ihrerseits ängstliche Laute von sich.

Während die alte Frau hinsah, legte eines der Wesen einen Spurt ein, schloß zu einem der Kletterer auf und bekam ihn am Hals zu fassen. Es riß das Tier hoch, drehte es in der Luft, so wie ein Kind eine Puppe am Arm dreht, und zog gleichzeitig mit der anderen Hand das lange Messer aus der Scheide.

Nein! wollte Ofelia rufen. Aber es war schon zu spät. Die Klinge beendete, was nach dem Genickbruch noch an Leben in dem Tier war. Der Kletterer zuckte, und dann spritzte sein Blut ins Gras. Zwei weitere dieser Waldgeschöpfe wurden erlegt, ehe der Rest der Tiere die Häuser erreichte, rasch auf die Dächer krabbelte und dort wütend schimpfte.

Die alte Frau bemerkte erst jetzt, daß ihre Hände sich

um den Gartenzaun geklammert hatten. Also waren diese Aliens Jäger. Nun gut, sie hatte rasch bemerkt, daß sie keine menschliche Nahrung zu sich nehmen konnten, und nach dem Unwetter litten sie großen Hunger. Außerdem handelte es sich bei der Beute ja bloß um ein paar Baumkletterer.

Trotzdem ... Waren das wirklich noch dieselben Wesen, mit denen sie letzte Nacht musiziert hatte? Wie sie jetzt das Blut aufleckten, das aus den Halswunden ihrer Beute schoß? Wie sie mit raschen, geschickten Schnitten die Tiere ausnahmen? Wollten sie die Kletterer etwa roh verschlingen? Nein, das wollte sie nicht sehen. Die alte Frau hätte einen solchen Anblick nicht ertragen können, aber sie war auch nicht in der Lage, den Blick abzuwenden.

Die Jagdtruppe setzte sich jetzt wieder in Bewegung. Diejenigen, die einen Kletterer erlegt hatten, hängten sich diesen an den Gürtel. Ofelia wußte nicht, ob Töter und Träger identisch waren – dafür konnte sie diese Monster noch zu wenig auseinanderhalten.

Jetzt bemerkten die Aliens sie. Einer von ihnen schwang sein blutbeschmiertes Messer, als wolle er ihr zuwinken. Oder vielleicht eher damit drohen? Die alte Frau schluckte. Hinter ihnen zogen die liegengelassenen Innereien bereits einen Schwarm summender schwarzer Wesen an, von denen Ofelia wußte, daß es sich bei ihnen nicht im eigentlichen Sinne um Fliegen handelte. Sie wandte sich lieber ab und kehrte rasch ins Haus zurück, legte aber nicht den Riegel vor.

Die alte Frau hoffte, sie würden sie jetzt in Ruhe lassen. Vor allem das blutige Messer wollte sie nicht sehen. Aber wenn sie doch kämen, mochte sie nicht durch ein Klopfen an der Tür erschreckt werden. Ihr Blick fiel auf die orangeroten Tomaten, die grünen Bohnen und die gelben Maiskolben mit den grünen Blättern – nein, sie hatte keinen Appetit mehr.

Sie sah, wie die Monster draußen am Fenster vorbeiliefen. Die Wesen stiegen einfach über den Zaun und trampelten durch den Garten, als gehöre er ihnen. Fast alle zogen vorüber, aber einer schaute ins Fenster, entdeckte die alte Frau und fing an zu quieken.

»Ich habe alles gesehen«, erklärte Ofelia ihm. »Geht weg.« Zunächst schien sich der Alien den anderen anzuschließen, doch dann drehte er sich noch einmal um und zeigte auf das Gemüse auf dem Küchentisch. »Das ist meins«, sagte die alte Frau. »Davon kriegst du nichts.«

Das Monster grunzte und hob die oberen Armgelenke, daß es wie ein Achselzucken aussah. Dann hüpfte es gewandt über den Gartenzaun und war verschwunden. Ofelia konnte nur noch seine platschenden Schritte im Schlamm hören.

Wo wollten sie bloß hin mit ihren schmutzigen nackten Füßen und den bluttriefenden Tieren am Gürtel? Doch wohl nicht ins – nein, nicht ins Zentrum! Sie lief zur Tür und schaute hinaus. Da schlenderten sie über die Straße und zeigten auf einen der Baumkletterer, die sich auf den Dächern in Sicherheit gebracht hatten. Die Wesen bewegten sich nach Osten, auf das Shuttle-Landefeld zu. Ofelia drehte sich der Magen um, als ihr die aufgeblähten Schafskadaver wieder einfielen, die die Firmenrepräsentanten dort zurückgelassen hatten.

Den ganzen Tag über versuchte die alte Frau sich einzureden, daß so etwas ganz natürlich war, der Lauf der Natur eben. Selbstverständlich mußten auch Aliens essen. Und all das, was sich hier in der Siedlung auftreiben ließ, konnten diese Wesen nicht zu sich nehmen, genausowenig, wie für sie selbst die Waldfrüchte genießbar waren. Warum sollten die Monster also nicht jagen? Auch Menschen jagten, wenn sie auf Welten lebten, die viel eßbares Wild besaßen, und wenn nicht, verspeisten sie eben Vieh. Ofelia selbst hatte ja auch noch nie ein Stück Fleisch verschmäht. Das Töten von Tieren gefiel ihr zwar nicht, aber was konnte sie dafür, man hatte ihr das Schlachten ja nie richtig beigebracht. Und diese Fremden hier jagten bestimmt schon seit frühester Jugend. Deswegen durfte man sie noch lange nicht Killer nennen. Wenn man nur Tiere erlegte, weil man etwas essen mußte, war das noch lange nicht dasselbe, wie ein Wesen aus Spaß am Töten umzubringen.

Dennoch waren jetzt drei von den Baumkletterern tot. Außerdem hatte sie ja nicht gesehen, wie die Aliens ihre Beute verspeisten. Wenn es für diese Wesen nun wirklich nur so etwas wie Sport war, Baumkletterern das Genick umzudrehen? Wenn sie diese Tiere aus schierer Mordlust erlegten? Die alte Frau schüttelte sich. Und erst diese langen Messer ... damit hatten sie sicher auch die neuen Kolonisten umgebracht, oder? Nein, halt, da waren doch auch Explosionen zu hören gewesen. Und die Menschen oben im Norden hatten auch andere Waffen erwähnt.

Ofelia hatte bei den Kreaturen aber nur die Messer gesehen, und ansonsten schienen sie an Geräten nur ihre Musikinstrumente dabeizuhaben. Waren das am Ende gar nicht die Wesen, die die Siedler erschlagen hatten? Aber warum hatten die Kolonisten dann vierzig Jahre hier leben können, ohne jemals auch nur eines von diesen aufrechtgehenden Vogelwesen zu entdecken?

Am Nachmittag suchte sie wieder das Zentrum auf, sicherte die Tür zum Kontrollraum mit allem, was sie finden konnte, und versperrte auch die anderen Türen, einschließlich des Eingangs. Dann kehrte sie in ihr Haus zurück. Natürlich war sie hier nicht sicher, aber wo konnte sie das schon sein, und außerdem verlangte es sie dringend danach, wieder in ihrem eigenen Bett zu schlafen. Und wenn dies ihre letzte Nacht sein sollte, dann sei's drum. Wenigstens würde sie es behaglich haben. Und von nun an würde sie nie wieder, mochte geschehen, was wollte, auf einem harten Boden nächtigen.

Sie hatte es sich gerade auf ihrem Bett so richtig bequem gemacht, als sie die Wesen zurückkehren hörte.

Wieder quiekten, tschirpten und brabbelten sie, und der eine oder andere stieß ein befriedigt klingendes Grunzen aus. Der Flötenspieler hatte wieder sein Instrument angesetzt. Die huschenden Töne erhoben sich über das allgemeine Gequassel.

Ofelia erkannte an den Grunzern und Quieklauten, daß die Burschen das versperrte Zentrum erreicht haben mußten. Waren sie jetzt ärgerlich? Oder nur enttäuscht? Wer wußte das bei Aliens schon zu sagen? Sie hörte, wie die Wesen gegen die Eingangstür hämmerten. Dann schienen sie wieder zu diskutieren.

Endlich Ruhe – die aber nicht lange währte; dann klopfte es an ihre Haustür, und dazu spielte die Flöte einen schrillen Triller. Ofelia wurde langsam richtig wütend. Das ganze Dorf stand diesen Kreaturen zur Verfügung, warum mußten sie nur immer wieder eine arme alte Frau heimsuchen? Wieso konnten sie Ofelia nicht einmal etwas Ruhe gönnen? Wußten diese Wesen denn nicht, daß sie nicht mehr die Jüngste und hundemüde war und dringend ihren Schlaf brauchte?

Natürlich konnten sie das nicht wissen. Ofelia hatte ja auch keine Vorstellung davon, wie alt die Monster waren. Mürrisch schob sie sich aus dem Bett, machte Licht und ging zur Tür. Sie war verdrossen genug, zu allem nein zu sagen, egal was diese Wesen auch von ihr verlangten.

Der mit der Flöte stand vorn, winkte ihr mit dem Instrument zu und zeigte dann in Richtung Gemeindezentrum. Offenbar hatten die Wesen vor, heute abend wieder eine Party mit Musik zu veranstalten. Ofelia stand jedenfalls nicht der Sinn danach. Sie wollte nur noch in ihrem eigenen Bett schlafen, und zwar eine ganze Nacht durch und ohne Störungen. Unter Störungen war auch zu verstehen, diese Bande ohne Aufsicht im Zentrum herumtollen zu lassen.

»Sucht euch einen anderen Platz zum Schlafen«, erklärte sie ihnen. »Alle Häuser stehen euch offen.« Bis auf das ihre natürlich. Die alte Frau stellte sich so in die Tür, daß niemand an ihr vorbei konnte.

Der Flötenspieler winkte wieder und zeigte erneut auf das Zentrum. Dabei hielt er zwei von seinen Fingern hoch. Was hatte das denn schon wieder zu bedeuten? Zwei was? Zwei Abende mit Musik? Zwei von den Wesen? Jetzt deutete er auf seine Rohre, noch einmal aufs Zentrum und hielt erneut zwei Finger hoch,

»Ich möchte nicht, daß ihr allein dort herumlauft«, entgegnete sie. »Ihr macht nur wieder alles schmutzig.« Acht Augenpaare blinzelten sie an. Die Aliens gingen nicht fort und blieben einfach stehen. Ofelia wußte, wenn sie die Tür schloß, würden sie wieder dagegen hämmern, und ihr wurde klar, daß sie keine Ruhe finden würde, solange sie ihnen ihren Willen nicht erfüllt hatte. Die alte Frau kam sich so vor, als wäre sie wieder von ihrer Familie umgeben. Ob sie die Burschen nun noch eine Weile hinhielt oder nicht, am Ende würde sie ja doch nachgeben.

»Also gut, aber nur dieses eine Mal. Und ihr werdet nicht die ganze Nacht dort verbringen.« Natürlich würden sie das, und Ofelia konnte sie nicht daran hindern. Jetzt mußte sie nur noch einen Platz finden, an dem sie schlafen konnte. Ihr Körper hatte seine Wahl bereits getroffen: Er wollte in sein altes Bett zurück.

Kaum hatte sie die Eingangstür geöffnet, da sausten auch schon zwei von den Kreaturen an ihr vorbei ins Nähzimmer. Die anderen blieben erstaunlicherweise hinter ihr stehen. Im Licht, das aus dem Gebäude auf die Straße drang, erkannte Ofelia, daß die getöteten Baumkletterer von den Gürteln verschwunden waren. Also hatten sie die Beute doch verspeist. Sie schüttelte sich wieder. Die beiden vorwitzigen Monster kehrten zurück, der eine mit einer weiteren Flöte und der andere mit einem Rasselkürbis. Sie präsentierten ihren Kameraden die beiden Objekte, wieder gab es viel Gegrunze und Gequieke, und dann zog die ganze Truppe ab – nach

Osten, woher sie gekommen war. Sie hatten nur ihre Musikinstrumente wiederhaben wollen. Die alte Frau konnte es kaum glauben. Sie löschte das Licht, verriegelte den Eingang wieder und sah den Gestalten hinterher, bis ihre Schatten mit der Dunkelheit verschmolzen. Zurück in ihrem Haus lag sie lange auf ihrem Bett wach. Wer konnte schon begreifen, was und wie diese Aliens dachten? Wer besaß genug Phantasie, sich vorzustellen, warum sie das taten, was sie taten?

Die Musik der Wesen hatte ihr sehr gut gefallen, doch, wirklich ... aber das Abschlachten der Waldtiere ... sie waren so flink und so ohne Bedauern vorgegangen ...

Ofelia hatte schon mehrere Male gesehen, wie Menschen Hühner auf die gleiche Weise töteten. Einmal kurz den Hals umgedreht, dann war es um diese Tiere geschehen. Oder Schafe und Kälber, die bekamen auch einen raschen Stich. Aber sie hatte noch nie eine Jagd über eine Wiese miterlebt, wo jemand im Lauf die Beute erlegte. Gegen ihren Willen stellte Ofelia sich vor, wie sie mehr recht als schlecht über eine Weide stolperte, während solche Aliens hinter ihr her waren, die Jagd genossen und einander zulachten, weil ihr Opfer ja nicht die geringste Chance hatte. Und dann würden diese Hände mit den langen schwarzen Fingernägeln sie am Genick packen ... und eines der langen Messer schlitzte ihr den Bauch auf, damit die Eingeweide aufs Gras fallen konnten.

Trotz der geschlossenen Läden hörte sie leise die Musik der Wesen. Sie mußten sich gar nicht weit von ihrem Haus niedergelassen haben, vermutlich in irgendeinem Garten. Die alte Frau stellte sich vor, daß es ein angenehmes Gefühl sein mußte, nach Tagen des Hungers im Sturm endlich wieder einen vollen Magen zu haben, und das schien sich auch in ihrer Musik auszudrücken. Aber so ganz sicher war sie sich dabei natürlich nicht, und außerdem war es ihr viel zu anstrengend, jetzt darüber nachzudenken. Sie schlief mitten in der Überlegung ein, was wohl nach einem Fest sinnvoller sei, zu singen oder zu schlafen. Ziemlich schlimme Alpträume plagten sie, aber keiner davon war intensiv genug, sie zu wecken.

Am nächsten Morgen war es draußen wieder schwül, doch nicht mehr ganz so schlimm wie am Tag zuvor. Eine starke Brise wehte vom Meer heran, die zwar immer noch viel Feuchtigkeit mitbrachte, aber auch erfrischend wirkte. Als Ofelia aufwachte, fühlte sie sich rundum gut. Eine Nacht in ihrem eigenen Bett, die altvertrauten Gerüche ihres Hauses und die bekannten Formen ihres Zimmers. Der Schrecken der Träume verging darin schnell, und sie fühlte sich wieder in Einklang mit sich selbst.

Die alte Frau ging rasch in den Garten, bevor die Sonne zu hoch am Himmel stand. Zum ersten Mal seit vielen Tagen konnte sie ihn wieder betreten. Die Verwüstungen, die die Aliens hinterlassen hatten, waren auch nicht weiter schlimm. Sie hatten lediglich zwei Bohnenpflanzen und einen Kürbis zertrampelt. Ofelia machte sich gleich daran, die Tomatenpflanzen wieder hochzubinden, die abgefallenen Blätter zusammenzukehren und den Boden aufzulockern. Dabei entdeckte sie eine gelbe Tomate, eine von denen, die besonders süß schmeckten und die sie gestern abend vermißt hatte. Rasch steckte sie die Frucht in den Mund. Wie köstlich und saftig!

Jemand grunzte vom Zaun. Die alte Frau hob den Kopf und entdeckte, daß eines der Monster sie beobachtete. Wie war es ihm nur möglich gewesen, sich so unbemerkt heranzuschleichen? Ofelia fuhr damit fort, gelb gewordene Blätter abzureißen, nach Krabblern, Schleimruten und anderem Getier zu suchen und vor allem nach weiteren gelben Tomaten Ausschau zu halten. Da, eine Schleimrute auf halber Höhe an einem Stengel. Sie packte das Ungeziefer und zerdrückte es.

Die Kreatur quiekte kläglich. Ofelia drehte sich verwundert um. Das Wesen hielt ihr seine Hände entgegen.

»Willst du die Schleimrute?« Einfach unfaßbar. Diese Kleintiere waren widerliche, schleimige Störenfriede. Aber dann trat die alte Frau doch an den Zaun und ließ das Ungeziefer in die ausgestreckten Hände fallen. Das Wesen grunzte fröhlich und stopfte sich den Happen gleich ins Maul.

Ofelia hatte sofort einen galligen Geschmack im Mund. Eine Schleimrute roh zu verschlingen! »Das ist ja ekelerregend!« erklärte sie dem Monster, obwohl das natürlich kein Wort verstand. Es ließ sich auch durch nichts anmerken, daß ihr Tadel es getroffen haben könnte. Aber die alte Frau hatte ja auch keine Ahnung, was es mit seiner Miene ausdrückte. Kopfschüttelnd kehrte sie an ihre Arbeit zurück. Als sie eine weitere Schleimrute entdeckte, warf sie einen Blick über die Schulter. Der Fremde stand noch immer am Zaun und beobachtete sie. Sie hielt das kleine Tier hoch. Wieder streckte er eine Hand aus. Ofelia überließ ihm das Ungeziefer, ohne vorher den Kern zu zerdrücken. Das besorgte das Wesen schon selbst, rasch und behende, bevor es sich den Schädling in den Mund schob. Der alten Frau wurde richtiggehend schlecht. Na gut, sagte sie sich dann, Schleimruten gehören zu den hier heimischen Arten, und irgendwer muß sie ja fressen. Warum dann nicht diese Aliens?

Ofelia stieß unter den Kürbissen auf eine dritte Schleimrute. Das kleine Biest hatte sich bereits halb durch einen Stengel gefressen. Widerliches Miststück! Sie riß es herunter und gab es gleich an den Burschen weiter, der immer noch am Zaun stand. Der Stengel würde absterben. Sie nahm die Frucht ab, weil sie die vielleicht noch retten konnte. Der Kürbis war noch nicht reif, und in diesem Stadium ließ er sich kleinschneiden und in Essig einlegen. Manchmal verspeiste sie die kleinen Würfel auch roh, obwohl sie meist sehr bitter schmeckten. Ofelia brach ein Stück heraus und kaute darauf herum. Gar nicht übel.

Das Monster grunzte scharf. Als die alte Frau zu ihm sah, entdeckte sie, daß es die Augen zusammengekniffen hatte; genau wie bei dem Wesen, dem sie neulich den Mop in die Hand gedrückt hatte. Empfand der Bursche vielleicht Ekel? Nun, es hatte ihr auch den Magen umgedreht, als sie mitansehen mußte, wie er die Schleimruten verschlang. Gehässig brach sie noch einen Brocken aus dem Kürbis und verspeiste ihn mit großem Appetit – der aber nur aufgesetzt war, weil dieses Stück wirklich furchtbar bitter schmeckte. Sie hatte Mühe, es herunterzuschlucken, schleuderte den Rest der Frucht auf den Komposthaufen und lächelte den Fremden süßlich an.

Eine ganze Weile stand er wie erstarrt da, schien sich dann zu schütteln und verzog sich endlich. Von Westen näherten sich drei weitere Aliens. Sie bewegten sich auf ihre ganz besondere Weise, indem sie die Beine beim Gehen immer hoch anhoben, was Ofelia immer an ausgelassene Kinder denken ließ. Die alte Frau zuckte die Achseln und widmete sich wieder ihrem Gemüse. Schließlich erwartete sie eine Menge Arbeit, und heute mußte sie dringend nach dem Vieh sehen.

Als sie die Schafweide erreichte, hatten die Tiere sich in eine Ecke am Westende der Wiese verzogen und bewegten nervös die Ohren. Ofelia näherte sich ihnen, und die Schafe rissen voller Panik vor ihr aus, als sei sie ein Wolf. Die alte Frau war nicht so dumm, hinter ihnen herzulaufen. Statt dessen zählte sie die Tiere. War die Herde wirklich so groß? Offenbar ... obwohl sie die durcheinanderwirbelnden grauen Rücken kaum auseinanderhalten konnte. Hatten die Monster sie etwa gepeinigt? Höchstwahrscheinlich, aber sie fand keinen Beweis dafür. Die alte Frau lief weiter, westlich um die Siedlung herum bis zu den Rinderweiden. Der Fluß war immer noch angestiegen und über die Ufer getreten. Anders als die Schafe machten die Kühe einen ruhigen Eindruck. Sie standen verteilt zwischen dem Pumpenhaus und dem alten Kälbergehege. Ofelia zählte die Tiere rasch durch;

keines schien zu fehlen. Wieder zurück im Ort trottete sie von Haus zu Haus, um nach Sturmschäden Ausschau zu halten. Zerbrochene Fensterläden, teilweise abgedeckte Dächer und ein paar umgestürzte Bäume. Von Zeit zu Zeit sah sie in einiger Entfernung die Monster, die in Gruppen herumstanden. Aber keines wurde auf sie aufmerksam oder kam auf sie zu. Die alte Frau hatte keine Ahnung, was die Burschen dort trieben, aber solange sie sie oder das Vieh in Ruhe ließen, sollte es ihr von Herzen egal sein.

Als die Nacht heranrückte, hatte Ofelia die ganze Siedlung inspiziert und sich eine Liste der notwendigen Reparaturen gemacht. Sie erinnerte sich, vor einigen Tagen darüber nachgedacht zu haben, einige Häuser dem Verfall preiszugeben, weil sie sich schließlich nicht um alles kümmern konnte. Aber jetzt wußte sie, daß sie damals nur einen neuen Anfall von Depression vor einem Sturm erlitten hatte. Vor einem Unwetter mangelte es ihr anscheinend immer an Energie. Aber jetzt war das Gewitter ja vorüber, und da fiel ihr im Traum nicht mehr ein, Gebäude oder sonst etwas einfach kaputtgehen zu lassen, mochte sie auch noch so müde und erschöpft sein.

Die alte Frau trat ins Zentrum und überprüfte dort den Wettermonitor. Anscheinend drohten keine weiteren Stürme. Lediglich im Osten ballten sich einige Wolken zu einem Gebilde zusammen, aus dem leicht ein neues Unwetter entstehen konnte. Mehrere Stürme in einem Sommer, so etwas hatte die Siedlung nur selten erlebt – in den über vierzig Jahren, die sie hier lebte, nur zweimal. Das Unwetter im Osten würde sicher ein anderes Gebiet verwüsten. Ofelia hoffte es jedenfalls.

Danach begab sie sich zur Chronik, um einen kurzen Bericht über die Ereignisse der letzten Tage einzugeben. Aber als sie die Tastatur vor sich sah, stand sie erst einmal vor einem Berg Fragen. Wie schrieb man über Aliens? Wo sollte sie anfangen? Auch wenn sie wußte, daß aller Wahrscheinlichkeit nach niemals jemand ihre Zeilen lesen würde, wollte sie die Begegnung doch so sachlich wie möglich halten. Die Nachwelt sollte nicht glauben, die alte Frau sei mit der Zeit wunderlich geworden.

»Als der Sturm Atem holte und neue Kräfte sammelte, ging ich hinaus auf die Straße, und vor mir hockte ein Alien.«

Das hörte sich nach irgendeiner verrückten Geschichte an, wie aus einem Unterhaltungswürfel, die sich ein paar Spinner ausgedacht hatten. Aber sie war nicht verrückt geworden und ganz sicher auch keine Spinnerin. Die Fremden waren tatsächlich erschienen, waren wirklich da und real. Wie konnte sie diese Begegnung real und wirklich darstellen?

Auf dem Flur war wieder das mittlerweile vertraute Klacken zu hören. Natürlich waren sie hereinspaziert, Ofelia hatte die Tür ja nicht hinter sich zugemacht. Die alte Frau drehte sich um. Wie zu erwarten, wurde sie von einem der Monster beobachtet. Es verfolgte mit intelligenten und interessierten Augen alles, was sie tat. Natürlich waren diese Wesen real. Der Bursche hatte den Flaschenkürbis mit dem Netz und den Perlen daran mitgebracht. Als sie ihn ansah, schüttelte er die Rassel.

Was hatte das denn zu bedeuten? Eine Einladung? Eine Art Erklärung? Woher sollte sie das wissen? Und im Grunde genommen wollte sie sich auch gar nicht darüber den Kopf zerbrechen; viel wichtiger war es doch, den Bericht zu schreiben, besser, ihn so zu verfassen, daß er ihr und auch allen anderen Lesern vernünftig und klar erschien, ganz gleich, wenn außer ihr niemand dieses Tagebuch jemals zu sehen bekäme.

Ihre bisherigen Erfahrungen im Verfassen einer richtigen Chronik der Siedlung reichten nicht aus, dieses Problem zu lösen. Sie verstand sich darauf, über Liebe und Haß zwischen Menschen zu schreiben, über Ehebruch und häusliche Auseinandersetzungen. Schließlich wußte sie ganz genau, wie eine Ehefrau sich fühlte, wenn ihr

Mann grundlos eifersüchtig war – und auch, wie sie sich fühlte, wenn er Grund hatte, eifersüchtig zu sein. Ofelia kannte sich auch damit aus, wie menschliche Gefühle aufeinander reagierten, was die eine oder andere Erregung beim Gegenüber auslösen konnte. Die nach außen hin einfachste Auseinandersetzung zwischen Mann und Frau barg in der Regel eine Fülle von versteckten Andeutungen und löste mitunter die merkwürdigsten Assoziationen aus.

Aber was wußte sie schon von Aliens? Sie könnte sie höchstens beschreiben wie ein Forscher eine Tierspezies, und so etwas hatte die alte Frau noch nie getan. Ganz zu schweigen davon, Tiere darzustellen, die mit Intelligenz gesegnet waren.

Sie winkte ihren Beobachter fort, und er zog sich auch brav zurück. Hatte er ihre Geste tatsächlich verstanden, oder war ihm das, womit sie sich hier beschäftigte, schlicht zu langweilig geworden?

»Als der Sturm Atem holte ...« Ofelia las durch, was sie bislang geschrieben hatte. Nein, eigentlich war »Alien« der falsche Ausdruck. Bei den Wesen handelte es sich um Einheimische, wie die Baumkletterer. Wie lautete denn die Bezeichnung für eine solche Spezies? Die alte Frau hatte keine Ahnung und auch keine Lust, im Lexikon nachzusehen. Für den Augenblick würde sie es bei ›Aliens‹ belassen. Vielleicht ›Eingeborene‹? Oder ›Kreaturen‹?

»Ich hielt es für einen Haufen Trümmer, aber da sah er mich mit seinen Augen an.« Das hörte sich ja erst recht nach einem Billigstreifen an. Allerdings hatte es sich genauso verhalten: Aus dem Haufen auf der Straße hatten sie zwei große Augen angeblickt. Sollte die Nachwelt doch darüber lachen. Es war ja immer noch die Frage, ob tatsächlich irgendwann jemand hier auftauchen würde, um Nachforschungen über den Tod der Kolonisten anzustellen.

Nur sehr langsam brachte sie den Bericht zustande.

Immer wieder löschte sie ganze Sätze, und oft genug feilte sie mehrmals an einer Passage herum. Der Bericht fiel dann doch nicht so kurz aus, wie sie ursprünglich vorgehabt hatte. Denn um die Begebenheiten verständlich klingen zu lassen, mußte sie auch ihre Gefühle, ihre Schlußfolgerungen und ihre Vermutungen einfließen lassen. Am Ende blieb ihr nichts anderes übrig, als alles niederzuschreiben, was sie selbst getan und was die Eingeborenen angestellt hatten. Dann stand sie vor dem Problem, schriftlich die Laute wiederzugeben, die von diesen Wesen zu vernehmen waren. Aber gerade noch rechtzeitig fiel ihr ein, daß die Rekorder der Anlage diese Geräusche aufgezeichnet hatten. Sie konnte das entsprechende Band auf ihre Datei überspielen und mußte dazu nicht mehr tun, als aus den stundenlangen Aufzeichnungen die richtigen Stellen herauszusuchen.

Als sie sich über das Paneel beugte, um die Suche nach den gewünschten Segmenten einzugeben, erlitt sie einen heftigen Krampf im Rücken. Sie keuchte vor Schmerz, und ein Quieken hinter ihr zeigte an, daß die Wesen sie immer noch beobachteten.

Es war spät geworden, sehr spät sogar. Sie würde wieder bis weit in den Tag schlafen und sich erledigt und mies fühlen – außer, sie ginge sofort nach Hause und legte sich gleich in ihr eigenes Bett. Ofelia schaltete die Anlage ab und den Alarm ein. Dann erhob sie sich langsam, mühselig und mit knackenden Gelenken. Als sie auf den Flur trat, entdeckte sie drei der Monster, die in der Halle hockten. Sie verriegelte den Kontrollraum, sperrte das provisorische Schloß ab, das sie gebastelt hatte und erklärte den Wesen streng: »Bleibt weg davon. Das ist nichts für euch.« Die Eingeborenen schwiegen dazu, sahen ihr aber hinterher, wie sie den Flur entlangging.

Würden die Kreaturen ihr wieder folgen? Nein, diesmal anscheinend nicht. Offenbar wollten sie ohne Ofelia im Zentrum bleiben, und sie hatte nicht mehr die Kraft, die Burschen hinauszukomplimentieren. Im Moment war ihr das auch ziemlich egal. Sie wollte nur noch schlafen, und zwar in ihrem eigenen Bett. Und wenn die Monster in der Nacht all die Maschinen kaputtmachten, die sie zum Überleben auf dieser Welt brauchte, dann würde sie eben zugrunde gehen. Und es lohnte nicht, sich darüber den Kopf zu zerbrechen.

Kapitel 10

Am nächsten Morgen erwachte Ofelia mit dem Gefühl, während der letzten Tage neben sich gestanden und kaum noch etwas wahrgenommen zu haben. So vieles war ihr entgangen, auf das sie eigentlich sofort hätte aufmerksam werden müssen. Aliens waren hier, ja. Sogar intelligente Aliens. Und die hatten bislang keine Anstalten getroffen, sie zu töten. Vielmehr hatten sie die alte Frau ... studiert. Irgendwann vor dem Sturm, wann genau, wußte sie nicht zu sagen, waren sie hier eingetroffen. All die Merkwürdigkeiten, auf die sie gestoßen war, hätten sie eigentlich stutzig machen müssen: die offenstehenden Häuser, die Dinge, die bewegt oder an einen anderen Platz gestellt worden waren – natürlich waren diese Vogelwesen dafür verantwortlich gewesen. Und diese Kreaturen hielten sie nicht für Beute oder gar für einen Feind, sondern für ein interessantes Studienobjekt.

Die alte Frau wußte jetzt, daß sie sich nicht vor den langen Messern fürchten mußte.

Nur wußte sie selbst so gut wie überhaupt nichts über diese Eingeborenen.

Verhielten sie sich in bestimmten Fragen wie Menschen, die sich schon einmal kennengelernt hatten, oder besaßen sie überhaupt nichts von der menschlichen Persönlichkeit? Ofelia mußte sich eingestehen, daß sie keine Ahnung von diesen Monstern hatte. Also würde sie sie auch studieren müssen. Aber wie fing man so etwas an? Die alte Frau sagte sich, daß sie es zumindest versuchen sollte, so wie sie damals alles daran gesetzt hatte, Saras drittes Kind zu verstehen, das ohne die Fähigkeit zu sprechen geboren worden war und nur klägliche Laute und Schreie von sich geben konnte.

Nur gaben die Kreaturen keine solchen Geräusche von sich. Als Ofelia in ihren Garten ging, hielt sich dort schon einer von den Burschen auf und suchte zwischen ihren Pflanzen herum. Sie vermutete, er sei auf der Suche nach Schleimruten, aber zwischen den Maisstengeln würde er dabei kein Glück haben. Die alte Frau suchte unter den Tomatenpflanzen und fand gleich einen von den Schädlingen, was nicht allzuschwer war, weil sie sich am liebsten bei den Tomaten aufhielten. Sie rief das Wesen.

»Hier habe ich einen!«

Der Fremde sah sich suchend um. Ofelia hielt die Schleimrute hoch. Er kam sofort zu ihr, nahm ihr das Tier ab und stopfte es sich in den Mund. Die alte Frau beherrschte sich und ließ sich nichts von dem Schauder anmerken, der ihr den Rücken hinunterlief.

»Wir nennen sie Schleimruten«, erklärte sie dem Wesen, und dabei wurde ihr klar, daß sie sich die Aliens noch nie genau angeschaut hatte. Bislang hatte es ihr widerstrebt, in diesen klauenartigen Gebilden so etwas wie Finger zu sehen ... oder in ihrer Gesamtheit Hände. Doch jetzt erkannte sie, daß die Wesen diese Greiforgane genauso benutzten wie sie selbst ihre Hände.

Ofelia riß sich zusammen und betrachtete die Krallen. Die Fremden besaßen vier davon an jeder Hand. Einer dieser Krallenfinger war dicker als die anderen und stand in entgegengesetzter Richtung ab. Dadurch wirkte die Hand schmaler und länger als sie eigentlich war. Auch das Handgelenk sah anders aus als bei den Menschen, doch die alte Frau konnte nicht genau erkennen, worin die Unterschiede bestanden. Besaßen die Eingeborenen einen Unterarmknochen oder deren zwei? Und wie war es um den Oberarm bestellt? Hatten sie überhaupt so etwas wie Knochen, oder basierte ihr Skelett auf etwas ganz anderem?

Vier Finger, daran hielt Ofelia sich erst einmal fest. Hände mit vier Fingern. Sie verfolgte, wie das Wesen nun selbst anfing, Tomatenblätter umzudrehen. Die langen Krallen am Ende der Finger waren dabei den präzisen und vorsichtigen Bewegungen überhaupt nicht im Weg. Nicht einmal griff der Alien daneben, und kein einziges Blatt wurde von den Klauen beschädigt.

Die alte Frau warf einen Blick auf die Füße des Burschen. Lange, schlanke Gebilde mit gespreizten Zehen, das war ihr früher schon aufgefallen; aber jetzt entdeckte sie, daß die Füße ebenfalls vier Zehen besaßen. Drei davon standen parallel zueinander, während die vierte entgegengesetzt angebracht war. Die dicken schwarzen Zehennägel waren an den Enden abgerundet. Nein, das stimmte nicht ganz, der Zehendaumen lief spitz wie ein langer Dorn aus. Das Wesen, das hier in ihrem Garten hockte und ganz ruhig Blätter umdrehte, hatte die Füße flach auf den Boden gestellt. Die Spuren, die sie einmal entdeckt hatte, hatten keinen Hacken aufgewiesen. Wie liefen diese Kreaturen denn auf ihren Füßen? Oder bewegten sie sich auf den Zehen? Sie hob den Kopf und spähte über den Gartenzaun. Zwei Aliens liefen die Straße entlang. Aber sie waren zu weit entfernt, so daß sie nicht erkennen konnte, womit sie bei jedem Schritt aufsetzten.

Schließlich war sie ja keine ... wie hießen diese Leute doch gleich, die Tiere oder außerirdische Wesen erforschten? Woher sollte sie wissen, wie man diese Einheimischen klassifizierte oder sonstwie beschrieb.

Der Bursche in ihrem Garten grunzte, und sie drehte sich wieder zu ihm um. Er hielt eine rotgrüne Tomate zwischen zwei Fingern – mit den langen Krallen sah es fast so aus, als habe er sie mit einer Pinzette hochgehoben. Die Frucht war nicht beschädigt und nicht einmal von ihrem Stengel abgerissen.

»Die ist noch nicht reif«, teilte sie ihm mit und schüttelte zur Unterstreichung ihrer Worte den Kopf. Sicher waren Gesten besser zu verstehen als Worte; immerhin hatte sie bislang noch kein Wort der Aliens gelernt. Vorausgesetzt natürlich, daß es sich bei ihrem Grunzen, Quieken und Tschirpen überhaupt um eine Sprache handelte. Ofelia ging jedenfalls davon aus.

Die alte Frau erspähte eine reife Tomate an einer anderen Pflanze und tippte darauf. »Die hier ist fertig. Reif.«

Das Wesen ließ die von ihm entdeckte Frucht los und betrachtete lange die Tomate, auf die die alte Frau verwies. Ofelia pflückte die Frucht, legte sie in ihren Korb und begab sich dann zu den Bohnen. Das Wesen berührte schließlich abwechselnd die Tomaten und die Bohnen, so als wollte es sagen, die unterschieden sich voneinander. Natürlich waren Tomaten etwas anderes als Bohnen, das wußte doch jedes Kind. Erstere waren rot oder orange, letztere grün. Bohnen traf man lang und schmal an, Tomaten hingegen dick und rund. »Bohnen«, erklärte sie ihm und zeigte darauf. »Tomaten«, brachte sie ihm dann bei.

Der Alien grunzte, unternahm aber nicht den Versuch, die Worte nachzusprechen. »Bohnen«, wiederholte Ofelia. »Das sind Bohnen. Und das hier Tomaten.«

Zur Antwort erhielt sie mehrerer Grunzer, die jedoch nicht die geringste Ähnlichkeit mit ihrer Aussprache aufwiesen. Durfte sie so etwas denn überhaupt erhoffen? Immerhin handelte es sich bei diesen Wesen um Außerirdische. Womöglich waren sie gar nicht in der Lage, Laute von sich zu geben, die menschlichen Worten entsprachen. Die Tiere auf der Erde besaßen diese Fähigkeit ja auch nicht. Davon abgesehen hatte Ofelia noch einen Haufen Arbeit vor sich und keine Zeit, sich auf einen einseitigen Schwatz mit einem Monster einzulassen.

Sie pflückte noch mehr Gemüse und bemerkte, daß der Fremde sie die ganze Zeit beobachtete. Als die alte Frau den Korb gefüllt hatte, richtete sie sich ächzend auf und fragte sich gleich, ob der Bursche jetzt glaubte, ihr eher unfreiwilliges Stöhnen, Grunzen und Ächzen sei vielleicht ihr Versuch, sich in der Sprache der Aliens zu äußern? Ob sie das wohl je herausfinden würde? Dieser hier reagierte anscheinend nicht auf ihren leisen Schmerzenslaut.

Natürlich folgte er ihr zum Haus, trat aber nicht ein. Sie rieb die Fußsohlen an der Schwelle ab und entfernte so die Erdbröckchen und Matschreste, die an ihnen klebten. Das Wesen legte den Kopf schief und betrachtete sie. Danach ging Ofelia hinein, schloß hinter sich nicht die Tür, warf aber immer wieder einen kurzen Blick nach draußen. Sie legte die Bohnen ins Gemüsefach des Kühlschranks, weil sie die erst heute abend essen wollte. Die Tomaten wanderten in eine Schüssel auf dem Tisch.

Als sie Mehl, Salz und Zucker aus dem Schrank holte, lehnte der Bursche in der Tür. Die alte Frau wollte heute lieber richtiges Brot essen; heute war ihr nicht nach Fladenbrot. Sauerbrot war früher in der Kolonie nur an hohen Festtagen gegessen worden, höchstens ein- oder zweimal im Jahr. Der Recycler verfügte über Hefekulturen, und man konnte sich dort bedienen. Nur ließ sich Fladenbrot viel schneller backen, und sie hatte sich so an den Geschmack gewöhnt. Seit sie hier allein lebte, hatte sie noch nicht einmal einen Brotteig mit Hefe vermengt. Kannte sie überhaupt noch das Rezept? Wieviel Zucker gehörte zum Beispiel hinein? Am besten sah sie im Kochbuch nach.

Als sie das fleckige alte Buch aus dem Regal zog, das noch von ihrer Mutter stammte, warf sie wieder einen Seitenblick auf das Wesen. Hatte es eine Vorstellung vom Lesen? Kannte sein Volk so etwas wie Schrift, oder besaßen sie womöglich ein anderes System, um Worte dauerhaft zu machen? Sie blätterte in dem Kochbuch.

Einige Kolonisten waren der Ansicht gewesen, daß überhaupt keine Notwendigkeit bestünde, sich Bücher zuzulegen. Aber Ofelia liebte dieses Werk. Es erinnerte sie an ihre Mutter.

Sie warf einen Klumpen von der Hefe, die sie im Kühlschrank aufbewahrte, in einen Topf Wasser und gab Zucker und Mehl hinzu. Salz mußte noch hinein und auch Fett. Sie könnte doch eigentlich das Fett nehmen, das von den Würsten übriggeblieben war. Rosara hatte sich immer davor geekelt, kalt gewordenes, schon einmal benutztes Fett wieder zu gebrauchen, aber jetzt, wo ihre Schwiegertochter weit weg war, sah sie überhaupt keinen Grund mehr dafür, das Fett vorher im Recycler reinigen zu lassen. Die alte Frau ließ die Masse in einer Pfanne aus und filterte die Flüssigkeit dann durch ein Tuch, das sie aus einem von Bartos vergessenen Hemden geschnitten hatte. Dann kippte sie alles zusammen und testete die Wassertemperatur mit dem Handgelenk. Gut, nicht zu heiß und nicht zu kalt.

Zufällig entdeckte sie, daß jetzt zwei Burschen in der Tür standen und alles, was sie tat, mit größtem Interesse verfolgten. Ofelia kippte Mehl in die große Rührschüssel und rührte alles mit ihrem Holzlöffel um. Das weiße Pulver mußte sie nicht erst abmessen, so etwas hatte sie als Hausfrau im Gefühl. Die Hefe in dem Topf fing bereits an, sich aufzulösen und zu blubbern. Sie goß den Inhalt des Topfes in die große Schüssel und verrührte alles kräftig. Als die Masse nicht mehr klumpte, gab sie mehr Mehl hinzu und später noch etwas, bis der Teig nicht mehr an den Schüsselwänden klebte.

Jetzt Mehl auf den Tisch verstreuen, und das nicht zu knapp. Ihre Mutter hatte immer gesagt, es habe überhaupt keinen Zweck, richtiges Brot zu backen, wenn man sich darüber sorgte, Mehl zu vergeuden. Ofelia rollte die Masse auf dem weißen Belag aus.

Ja, es machte wirklich Spaß, den Teig zu kneten. Sie hatte es anscheinend wirklich vermißt, sich in dieser

Weise zu betätigen, ohne sich so recht darüber klar geworden zu sein. Einige der Siedlerfrauen hatten häufiger Hefebrot gebacken und immer gesagt, daß das große Befriedigung bereite. Damals hatte Ofelia jedoch nur an die ganze Schweinerei denken können, die dabei entstand. An all das Mehl, das auf den Boden fiel; an den Teig, der an den Fingern klebte. Aber nun versenkten sich ihre Finger in den warmen Teig und genossen seine Elastizität. Sie drehte den Klumpen, drückte ihn flach, rollte ihn aus und schob ihn wieder zusammen.

Die Kreaturen plapperten miteinander. Ofelia drehte sich zu ihnen um. Ein Wesen hielt den Kopf schief und hob einen Fuß, so als wolle es auf sie zutreten. Wollte es etwa erst ihre Erlaubnis abwarten? Die alte Frau schmeichelte sich in dem Gefühl, daß die Aliens sie tatsächlich so ausgesucht höflich behandelten.

»Ja, du darfst herkommen«, erklärte sie feierlich und lud ihn mit einer weitausholenden Geste ihrer mehlweißen Hand zu sich an den Tisch. Der Alien stellte sich tatsächlich neben sie, beugte sich über den Tisch und starrte intensiv auf den Teigklumpen. Einer seiner langen Finger schwebte abwartend über der Masse. Ofelia entdeckte Dreck an dem langen dunklen Fingernagel. Wer konnte schon wissen, was sich sonst noch darunter angesammelt hatte?

»Erst mußt du dir die Hände waschen«, sagte sie und nickte in Richtung Spüle. Als das Wesen sich nicht von der Stelle rührte, seufzte sie. Ja, wirklich, wie die kleinen Kinder, die auch nie glauben wollten, sich irgendwo schmutzig gemacht zu haben. Die alte Frau wischte sich Mehl von den Händen und führte den Burschen am Arm zum Ausguß. »Hände waschen«, erklärte sie. »Hier.« Sie nickte mehrmals.

Das Wesen starrte erst auf seine, dann auf ihre Hände. Dann drehte es tatsächlich den Wasserhahn auf und hielt seine Finger in den Fluß. Aber es sah die alte Frau an. Fragend? Oder vorwurfsvoll? Ofelia wollte ihre Hände nicht naß machen, weil sie doch an dem Teig weiterarbeiten mußte. Deswegen führte sie ihm nur pantomimisch vor, wie man Seife benutzte und sich die Finger schrubbte. Das Monster war im ersten Moment verwirrt, gehorchte dann aber, und die alte Frau verfolgte, wieviel Dreck sich von den Nägeln löste. Als sie glaubte, die Hände seien jetzt sauber genug, drehte sie das Wasser ab und reichte ihm ein Spültuch.

»Abtrocknen«, forderte sie es auf. Der Bursche schien sie tatsächlich verstanden zu haben und begann, das Tuch zwischen seine Finger zu pressen und zu drücken. Irgendwann waren die Hände dann trocken, und er gesellte sich wieder zu ihr an den Tisch. Erneut streckte er zögernd einen Finger aus, und diesmal nickte Ofelia. Er bohrte ihn in den Teig, zog ihn sofort wieder heraus und gab einen schrillen Laut von sich, als er sah, wie verklebt der Finger war. Die alte Frau grinste und fuhr fort, den Klumpen zu kneten.

Der Alien berührte die Masse nun deutlich vorsichtiger und hielt den Finger dann direkt vor Ofelias Gesicht. Was sollte das denn jetzt? Die alte Frau runzelte die Stirn. Das Wesen stach den Finger wieder in den Teig und führte ihn dann direkt vor ihren Mund. Ofelia hatte nicht den blassesten Schimmer, was es ihr damit sagen wollte. Sie ahmte seine Geste nach, und als sie ihren Finger an den Mund führte, geriet etwas von dem Teig auf ihre Lippen ... Natürlich! Essen. Das Monster wollte wissen, ob diese Masse eßbar war.

»Ja, ist aber noch nicht fertig«, teilte sie ihm mit. Wie sollte sie ihm beibringen, daß dies erst Brotteig, aber noch kein fertiges Brot war? Ofelia versuchte, es ihm vorzuführen. Sie bewegte die Hände über den Teig, um anzuzeigen, daß er aufgehen würde. Dann mußte sie ihn wieder kneten, ihn ein zweites Mal aufgehen lassen, dann in die gewünschte Form bringen und ihn schließlich in den Backofen schieben. Das Wesen verzog während der gesamten Demonstration nicht einmal die

Miene. Nun, dann würde es sich eben mit eigenen Augen überzeugen müssen.

Die Teigoberfläche war inzwischen seidig geworden, so wie es sein mußte, und fühlte sich unter ihren Händen fest und trotzdem immer noch elastisch an. Ofelia legte ein Tuch darüber, wusch sich die Hände und erinnerte sich daran, daß sie die Bohnen kochen wollte. Sie setzte einen neuen Topf mit Wasser auf und kippte die Bohnen hinein.

Ihr ›Freund‹ ließ sie nicht aus den Augen, und als sie sich ihm wieder zuwandte, zeigte er auf das Tuch, unter dem der Teig lag. »Nein, den lassen wir jetzt schön in Ruhe«, ermahnte sie ihn. »Er muß jetzt aufgehen.« Wieder führte sie ihm mit Handbewegungen vor, wie der Klumpen aufgehen würde. Das Monster zog sofort den Finger zurück.

Mit dem Backen war es leider nicht getan. Sie mußte noch das Haus lüften und kehren. Ofelia sah noch einmal das Wesen an, aber es schien sich nicht zurückziehen zu wollen. Sollte es eben weiter zuschauen. Sie ließ den Teig gehen, und als sie den Besen aus dem Schrank holte, wich das Monster ihren Fegebewegungen zwar aus, verließ aber immer noch nicht das Haus. Später, als der Klumpen aufgegangen war, drückte sie ihn nieder, und der Alien stand wieder an ihrer Seite. Nur einmal fuhr er erschrocken zurück, als der Teig Luft von sich gab, was sich wie ein lautes Klagen anhörte. Doch kaum hatte die alte Frau wieder mit dem Kneten begonnen, war ihr ›Freund‹ auch schon zur Stelle. Sie formte den Klumpen zu zwei runden Laiben, legte dann wieder das Tuch darüber und sah nach den Bohnen. Die fingen gerade erst an, weich zu werden.

Als der Teig zum zweiten Mal ging, hatte Ofelia alle Räume gefegt. Nun schaltete sie unter den neugierigen Blicken des Wesens den Backofen ein, ließ ihn vorheizen und schob dann die beiden Laibe hinein. Dabei strömte ein Schwall heißer Luft aus der Herdklappe, und das schien den Burschen wirklich zu faszinieren. Ofelia schob ihn ärgerlich aus dem Weg. Das dumme Monster konnte ja nicht wissen, welche Stellen des Backofens heiß waren. Dann führte sie es vor den Kühlschrank. Wie ein kleines Kind blieb es in dem kalten Luftzug stehen, der aus dem offenen Gerät fuhr, bis es der alten Frau zu dumm wurde und sie die Tür wieder schloß.

»Die Kälte darf man nicht verschwenden«, erklärte sie, und das Wesen sah sie mit einer Miene an, die Ofelia nur als trotzig werten konnte. Wahrscheinlich wollte es sich jetzt beschweren, wie das ihre Kinder auch immer getan hatten. Dazu hatte sie jetzt aber weder Zeit noch Lust, ging es ihr doch mehr darum, eine Möglichkeit zu finden, mit diesen Wesen zu kommunizieren. Es mußte doch, verdammt und zugenäht, ein paar Laute geben, die sie beide hervorbringen konnten!

»Kühlschrank – kalt«, begann sie und legte die Hand des Monsters auf das Gerät. »Kühlschrank – macht alles kalt.« Das Wesen starrte sie nur wie immer an. Sie zog es in die andere Ecke. »Herd – heiß. Herd – macht alles heiß ... Heiß – kalt, heiß – kalt.«

Der Bursche fummelte an dem Griff des Kühlschranks herum, bekam ihn schließlich auf und hielt die Hand in die kühle Luft. Und dann gab er einen Laut von sich, der sich in den Ohren der alten Frau weder wie Kühlschrank noch wie kalt anhörte. Aber als er ihn wiederholte, vernahm sie einen Konsonanten, der zumindest in die gewünschte Richtung ging.

»Küh«, machte er und schloß den Kühlschrank.

»Kühlschrank«, wiederholte Ofelia. »Kalt.«

»Küh.«

Na ja, fürs erste mußte das reichen. Ein Anfang war gemacht. Babies fingen auch auf diese Weise an zu sprechen. Immer nur einen Laut. Das Monster trat an den Herd und hielt eine Hand darüber, faßte ihn aber tunlichst nicht an. Und wie jetzt weiter? Sollte sie ihm noch einmal »Herd« und »heiß« vorsagen? Sie hatte ihren

Babies immer »heiß« gesagt und das Wort zischend betont. Die hatten das verstanden, aber bei den Einheimischen handelte es sich eben nicht um Babies. Der Bursche grunzte, war unzufrieden mit seinen Bemühungen und wurde ungeduldig. Ofelia nickte. Sie mochte zwar keine pädagogische Ausbildung haben und sich auch sonst wenig mit Wissenschaft und Forschung auskennen, aber mit Ungeduld kannte sie sich aus. Ihr Leben lang war ihr die begegnet.

»Heiß«, sagte sie und betonte das Wort wie bei ihren Kindern. »Heisss.«

»Küh«, machte er nur und stellte sich wieder vor den Kühlschrank.

Diese Wesen wußten wirklich überhaupt nichts. Weder daß Mehl aus Getreidekörnern gemacht wurde, noch daß Körner an Gräsern wuchsen, noch daß man diese Gräser auf abgegrenzten Feldern anbauen mußte, um sie vor dem Vieh zu schützen. Natürlich hatten sie auch keine Ahnung, daß man Getreide schneiden mußte; daß man die Halme dreschen mußte, um an die Körner zu kommen; daß man schließlich die Körner schütteln oder worfeln mußte, um sie von der Spreu zu trennen.

Vielleicht kannten sie sich aber doch damit aus und ernteten das hiesige Getreide auf ziemlich ähnliche Weise.

Ofelia wollte unbedingt herausfinden, was und wieviel die Aliens wußten. Mochte es sich bei einigen der Werkzeuge oder Geräte, die an ihrem Gürtel hingen, um deren Form von Sichel und Dreschflegel handeln?

Die alte Frau erinnerte sich, daß die Menschen in den ersten Jahren der Kolonie noch alles mit der Hand hatten erledigen müssen. Die Maschinen, die man ihnen zur Verfügung gestellt hatte, waren viel zu sehr damit ausgelastet, Teile für andere Maschinen oder Baumaterialien oder Nähstoffe oder Steingut herzustellen. So hatten die

Siedler sich mit Handgeräten daran gemacht, Unkraut zu jäten, Land zu bestellen und die Ernte einzuholen. Von der Arbeit hatten sie Blasen an den Händen und einen wehen Rücken bekommen. Erst viel später hatte der Fabrikator kleine Erntemaschinen produziert, die auch auf unebenem oder beengtem Terrain zurechtkamen und schneller schneiden konnten als die Frauen mit ihren Sicheln. Der Fabrikator vermochte auch grobe Körner in unterschiedlich feines Mehl zu verwandeln – und die Spreu hatte er dazu genutzt, eine Vielzahl von Dingen herzustellen. Auch wenn Ofelia in einer Stadt aufgewachsen war und Nahrungsmittel nur aus dem Supermarkt gekannt hatte, betrachtete sie damals, während der ersten Ernte, die sie nicht im Schweiß ihres Angesichts einbringen mußte, die kleinen Maschinen mit größter Ehrfurcht.

Würde es diesen Aliens ebenso ergehen? Glaubten sie an Magie und übernatürliche Dinge? Oder würden sie die mechanische Ernte für eine Selbstverständlichkeit halten?

Das Gespräch hatte begonnen, als die Wesen zum ersten Mal festgestellt hatten, daß hier eine Stadt wie andere auch angelegt worden war. Handelte es sich bei ihrem Bewohner um ein Ungeheuer? Es trug keine Kleider an den Füßen und auch nur wenige am Körper. Andererseits besaß es die weichen Zehen der Invasoren, dieser Diebe und Nesträuber. Fünf Zehen hatte es an jedem Fuß und fünf Finger an jeder Hand. Sein Haar war aber weiß und nicht dunkel wie bei den anderen – doch sein Gesicht war ebenso flach und wies die gleichen Löcher und Wölbungen auf.

Es ist eines von den Ungeheuern. Dort drüben ist auch die Narbe am Boden, wo die fliegenden Monster gelandet sind.

Es ist etwas anderes. Dieses Wesen lebt allein, und es

hat auf dem Kopf weiße Haare. Es ist ein interessantes Wesen und tut merkwürdige Dinge.

Schließlich ist es ein Ungeheuer, was hast du denn anderes erwartet?

Auf jeden Fall ist es kein Jäger. Ist es dann Beute?

Wir können es nicht essen, sondern es nur beobachten.

Es hat weiche Haut. Viele Falten. Und an seinem Körper hängt einiges schlaff herab.

Das sind keine Dinge, sondern Ornamente, Körnerfresser!

Ornamente. Ja, Ornamente hängen von ihm herab, und die wechselt es jeden Tag. Was mag das zu bedeuten haben?

Vielleicht zählt es sie auf diese Weise? Oder es bringt damit dem Wetter ein Opfer dar. Wer weiß das schon zu sagen? Aber das Wesen ist es wert, studiert zu werden, um von ihm zu lernen. Wenn noch mehr Monster hierherkommen, ist es doch gut, viel über sie zu wissen.

Und von diesem Wesen gibt es wirklich viel zu erfahren. All die Werkzeuge, Behälter, Schließvorrichtungen und Kisten. Vor allem die Kisten, die Geräusche oder Bilder machen.

Die Wesen beschlossen und taten dies durch gemeinsames Trommeln kund, daß niemand die Griffe und Schalter berühren oder betätigen solle – bis auf die, die das Monster ihnen vorführte und zeigte. Zum Beispiel, wie man Licht machte. Oder Wasser laufen ließ. Oder die kalte und die heiße Kiste.

Wenn das Wesen nicht Ornamente getragen hätte, wären die Leute sicher auf die Idee gekommen, die Monster interessierten sich nur für Kisten. Sie lebten in Kästen, bewahrten Essen in ihnen auf und hatten sogar Kisten, aus denen Bilder und Geräusche kamen. Unter den Leuten gab es einige, die aus Holz oder Knochen Kästen herstellten und sie mit der Haut von Grasfressern bespannten. Diese Kisten waren nicht schlecht, aber viel angenehmer reiste man mit Säcken und Flaschen. Nur diejenigen, die beschlossen, in einem dauerhaften Nest zu leben, bauten sich große Kisten.

Diese Bilderkiste. Sie zeigt das, was ein Vogel auf dem Flug sieht.

Wie meinst du das?

Der Vogel, der Hochvogel, der in höchste Höhen aufsteigt. Für ihn sieht alles ganz klein aus, und er kann ganz weit schauen.

Aber kann ein Hochvogel auch so hoch fliegen?

Die fliegenden Monster haben den Himmel verbrannt. Was nun, wenn sie ihn tatsächlich aufreißen? Von so hoch oben können sie bestimmt die ganze Welt auf einmal sehen.

Damit setzte eine lebhafte Debatte über das Aussehen der Welt ein, und jede bekannte Theorie wurde vorgebracht. Die einen meinten, die Welt sei flach, aber rund wie eine Feldflasche. Nein, die Welt sei nicht rund, sondern klumpig wie ein Stein. Unsinn, eher wie eine Wurzel, wie die Grabtiere sie so gern fraßen; schließlich hätten die Götter die Gestalt der Welt in der Erde versteckt, um alle darauf hinzuweisen, wie heilig sie sei ... Die Diskussion erlosch, als der Älteste, ohne auf die Argumente einzugehen, sich auf eine freie, von ihm vorbereitete Fläche auf dem Boden begab. Alle verstanden, was er wollte, und versammelten sich um ihn.

Sorgfältig geflochtenes Gras schuf die Rinnen zwischen den Kisten, und das ganze Gebilde war schmaler als eine Handspanne. Der Älteste hockte sich darüber, richtete ein Auge direkt auf das Muster und erhob sich dann langsam wieder. Die anderen sahen ihm zu und sprachen kein Wort. Soviel war ihnen nämlich schon klar und von allen akzeptiert: Wenn man mit dem Auge eines Vogels aus großer Höhe hinabsah, wurde alles klein.

Nur streckte der Älteste einen Arm aus und schnippte mit den Fingern. Sie sollten schätzen. Die anderen steckten die Köpfe zusammen. Die jungen Jäger blieben unter sich und versuchten selbst, auf die Lösung zu kommen.

Hier, das waren die Kisten-Nester der Monster. Und dort, die Rinnen – ein paar Grashalme breit, viel weniger dick als eine Zehe –, die Jäger hatten bereits gelernt, Entfernungen in vertraute Größenmaße umzuwandeln. Soundso viele Schritte, so weit wie ein Steinwurf, so weit wie ein Pfeil fliegt, um einen davonsausenden Gräber zu treffen. Oder so weit laufen, wenn das Tier einen beträchtlichen Vorsprung hat. Für weite Entfernungen besaßen sie kein eigenes Wort, aber sie kannten sich mit Vergleichen aus, und das reichte ihnen völlig.

Weniger als einen Tag auf dem Grasland laufen. Länger als ein Tagesmarsch zwischen den hohen Bäumen. Ihre Augen wurden groß. Einen Tagesmarsch in die Höhe? Sie blickten in den blauen Himmel und auf die Wolken. Wie weit waren die Wolken entfernt? Und wie groß mochten sie sein? Jeder gab eine neue Schätzung zum Besten. So weit, wie man bei einem wirklich schnellen Sprint läuft. Dann muß die Wolke größer als fünf Grasfresser sein. Aber wenn die Sonne sich eine Handbreit weiter bewegt, dann muß sie so groß wie ein Hügel sein. Jemand schlug einen bestimmten Hügel vor, aber einige hielten andere Hügel dagegen.

Ganz hoch oben mußte ein Monster sitzen und alles beobachten, ein Ungeheuer mit großen Vogelaugen. Es mußten schon gewaltig große Augen sein, wenn es so weit, so viel und auch noch in der Dunkelheit sehen konnte. Die Leute hatten nämlich mitverfolgt, daß das Bild im Kasten sich auch durch die Dunkelheit bewegen konnte. Das Bild selbst wurde niemals dunkel.

Ein Bild, erinnerte sie der Älteste, ist immer etwas Gemachtes. Und es obliegt ganz der Wahl seines Schöpfers, es licht oder dunkel ausfallen zu lassen.

Dort oben soll ein Schöpfer sitzen? Ein Monster liegt dort auf der Lauer!

Es beobachtet uns, um zu erfahren, wie wir mit seinem Ungeheuer hier unten umgehen. So kann es uns studieren, so wie wir sein Monster studieren.

Dann weiß es aber auch, daß wir einige von seinen Monstern getötet haben.

Sie alle erschauderten. Diese Monster waren Verbrecher gewesen, Diebe und Nestbrenner, aber ... wenn die Monster so hoch nach oben steigen, sich dort oben festhalten und auch noch alles beobachten konnten, was unter ihnen war, dann vielleicht ...

Die Nester müssen zuerst kommen! rief der eifrige Junge, der bald selbst einen Nestgrund brauchte. Wenn wir die Nester verlieren, verlieren wir auch uns.

Zustimmendes und beruhigendes Gemurmel. Ja, es wird Nester geben. Wir werden ein Nest finden. Ein Nest für dich und deine Jungen. Es hat immer Nester gegeben, und es wird immer Nester geben.

Warum nicht hier? Der Vorlauteste von ihnen besah sich die Monster-Kästen. Die anderen trommelten mit der Rechten, was Ablehnung bedeutete. Der Vorlauteste verdrehte den Hals, der ihm plötzlich zu dick für die Haltegurte seines Gepäcks geworden war, und senkte den Blick. Tut mir leid, war nicht so gemeint. Entschuldigung.

Der Älteste streckte erst den einen und dann den anderen Arm aus. Genug damit. Beruhigt euch. Hier sind wir sicher. Ihr könnt jetzt ruhen.

Einer nach dem anderen ließen sie sich nieder, bis sie alle im Kreis saßen. Der Älteste entkorkte seine Flasche und zog den Pfeifer heraus. Der Vorlauteste streckte die Hand danach aus. Spielte ein paar Töne, einmal rauf und einmal runter. Ein anderer schüttelte die Flasche, und die Samen und Körner tanzten, bis sie ihren Rhythmus gefunden hatten. Die anderen zogen die langen Zehen ein und stampften auf den Boden. Ein neuer Pfeifer fiel ein, erst unsicher, aber dann hatte er die Melodie des ersten gefunden. Finger verschränkten sich ineinander und tanzten. Endlich fielen die Stimmen ein.

Gute Jagd. Gute Jagd. Neue Jagd. Neue Jagd. Die Musik bewegte sich entlang bekannter Melodien, schloß

Neugehörtes und Unsicherheiten der Jungen in sich ein und spannte darüber den Bogen dessen, was sie wußten.

Monster, Monster. Tanz, Tanz. Monster, Monster. Kisten, Kisten.

»Küh«, sagte das Wesen, als es die Küche betrat, und Ofelia lächelte breit. Also konnten die Aliens sich etwas einprägen. Aber das hatte sie eigentlich erwartet – schließlich waren diese Kreaturen ja nicht dumm. Die alte Frau ging zum Kühlschrank und öffnete ihn. Das Monster stellte sich neben sie. Ofelia kratzte mit dem Fingernagel etwas von dem Frost ab, der sich an der hinteren Innenwand gebildet hatte, und hielt das dem Burschen hin. Der schnüffelte daran, aber sein Blick richtete sich dummerweise auf die alte Frau und nicht das Eis.

Dann traf es sie wie ein Schock, als seine Zunge schon über ihren ausgestreckten Finger leckte, ehe sie begriff, wie ihr da geschah. Natürlich hatte sie das Wesen auch angesehen und nicht mehr auf ihren Zeigefinger geachtet. Trocken und rauh war die Zungenspitze, und das erschreckte sie. Die Luft blieb ihr weg, und sie riß rasch die Hand fort. Der Alien blinzelte und zog die Zunge ein. Dabei spürte Ofelia seinen Atem, und der fühlte sich warm auf ihrer Haut an.

Warm. Warmblütig. Aber gut, das hatte sie schon längst vermutet. Immerhin hatte sie ja die Körperwärme der Wesen zu spüren bekommen, als sie in jener stürmischen Nacht alle aneinandergekuschelt in dem Raum geschlafen hatten. Daß aber auch der Atem der Aliens warm war, war ihr irgendwie gar nicht in den Sinn gekommen. Sie riß die Hand schon an den Mund zurück, ehe ihr bewußt wurde, was sie da tat. Die alte Frau konnte nur daran denken, wie schlecht ihr Atem oft roch; so schlimm, daß andere vor ihr zurückwichen. Doch der Atem des Burschen roch zwar eigenartig, aber nicht unangenehm.

Er starrte jetzt auf ihren Finger. Seine Zunge kam wieder heraus und leckte über das, was sie für seine Lippen hielt. Nicht so weich und beweglich wie die menschlichen Lippen, aber sie unterschieden sich doch deutlich von der restlichen Gesichtshaut, waren brauner, eher rötlichbraun. Auch die Zunge wies eine dunklere Färbung auf als das helle Rosa bei den Menschen. Und sie hatte sich steifer und trockener als eine Kinderzunge angefühlt.

Während Ofelia noch verwirrt und nachdenklich dastand, griff das Wesen mit einer Kralle in den Kühlschrank, kratzte mehr Eis ab und leckte mit der Zunge kurz und heftig daran. Nun brach es einen kleinen Frostklumpen heraus und hielt der alten Frau das Stück vor den Mund.

Was sollte das? Ofelias Blick wanderte von dem schwarzen Fingernagel mit seiner schmelzenden Eisschicht hinauf in die goldbraunen Augen und wieder zurück. Erwartete dieses Monster etwa, das sie jetzt Eis von seinem Finger schleckte? Die Kralle kam ihren Lippen ein Stück näher. Die alte Frau schluckte und sah, wie der erste Tropfen herabrann.

Schließlich erinnerte sie sich ihrer Höflichkeit und verzichtete einen Moment lang auf alle Vorsicht. Sie streckte vorsichtig die Zunge heraus und leckte zögernd an dem Eis. Natürlich schmeckte es kalt. Aber unter dem Eis berührte die Zungenspitze die harte, glatte Oberfläche des Nagels, oder der Kralle oder was auch immer. Er fühlte sich an wie ihre eigenen Fingernägel. Kein widerliches Gefühl, kein abstoßender Geschmack – nur eine harte, glatte Oberfläche mit einer Frostbeschichtung.

»Küh«, sagte der Alien.

»Küh«, bestätigte Ofelia. Ihre Kinder hatten auch immer gern das Eis aus dem Kühlschrank gekratzt. Fast alle Kinder liebten das, besonders wenn es draußen heiß war. Die alte Frau drehte sich um und besorgte aus dem Schrank eine kleine Schüssel und den Holzlöffel. Dann kratzte sie soviel Frost von der Kühlschrankwand, bis die Schüssel halb gefüllt war, und reichte sie ihrem Besucher. Er nahm sie entgegen, stand dann aber da, als wisse er nicht, was er damit anfangen solle. Der Bursche konnte doch jetzt wohl nicht erwarten, daß sie ihm wieder die Finger ableckte, wo die doch damit beschäftigt waren, die Schüssel zu halten. Vielleicht war ihm ja gar nicht bewußt, das Eis schmelzen würde und sich in Wasser verwandelte.

Währenddessen wurde ihr von der eisigen Luft, die aus dem Kühlschrank drang, an den Füßen und Knöcheln kalt, und davon abgesehen bedeutete es nur unnütze Energieverschwendung, wenn man die Tür des Geräts zu lange offenstehen ließ. »Steh mir nicht im Weg herum«, erklärte sie und schob das Wesen so weit beiseite, daß sie die Tür schließen konnte. Es hielt immer noch die Schüssel, blickte sie aber nicht an. Statt dessen beobachtete es sie. Ofelia war das höchst unangenehm. Fürs erste hatte sie genug Kontakt mit einem Alien gehabt. So zeigte sie in die Schüssel und sagte: »Kalt. Du kannst das alles aufessen, wenn du möchtest.«

Der Bursche stellte die Schüssel auf den Tisch und gönnte sich eine weitere Fingerspitze Eis. Ofelia beobachtete, wie seine Zunge herauskam und das Gefrorene ableckte. Ja, sie war wirklich dunkler, fester und trockener als menschliche Zungen. Danach sah er die alte Frau wieder lange an. Seufzend tat sie ihm die Liebe und steckte ihren Finger ebenfalls in das Gefrorene. Eigentlich hatte sie gar keinen Appetit darauf, aber was tat man nicht alles, um einen Gast bei Laune zu halten. Hoffentlich war es auch das, was der Bursche wollte. Nach ihr stieß er wieder eine Kralle in das Eis, leckte alles ab und wartete dann. Ja, genau das schien ihm vorzuschweben – daß sie sich abwechselnd aus der Schüssel bedienten. Befürchtete er vielleicht, sie wolle ihn vergiften, oder wollte er einfach nur nett zu ihr sein? Woher sollte sie das wissen? Das Gefrorene fühlte sich gut in ihrem

Mund an, viel besser, als sie den Geschmack in Erinnerung hatte. Sie ließ das Eis auf ihrer Zunge zergehen und dann tröpfchenweise durch ihren Mund zum Rachen rollen.

Nachdem sie ein paarmal genommen hatten, war das ganze Eis geschmolzen. Das Wesen tauchte den Finger ins das Wasser und hielt einen Tropfen an den Auswuchs über dem Mund, den die alte Frau für seine Nase hielt. Danach fuhr es sich damit über die beiden Lider und schob schließlich die Schüssel vor Ofelia. Mit gerunzelter Stirn tauchte die alte Frau einen Finger in das Naß. Sie hatte keine Ahnung, was die Geste ihres Gegenübers bedeutete. Wenn sie die nachahmte, beleidigte sie das Wesen womöglich; aber dann war die Furcht doch größer, einfach untätig zu bleiben. Was drückte man damit aus, sich Nase und Lider zu benetzen? Offenbar hatte das etwas mit Riechen und Sehen zu tun ... aber was nur? Sie strich einen Tropfen über die Nasenspitze und die Augen.

Das Wesen grunzte und verließ die Küche, ohne sich auch nur einmal umzudrehen. Was sollte das denn bedeuten? Hatte sie das Monster tatsächlich beleidigt, oder wollte er nur rasch zu seinen Freunden, um ihnen zu erzählen, was die verrückte Alte getan hatte? Sie eilte zur Tür und sah ihm hinterher. Der Bursche setzte in der üblichen Manier einfach über den Gartenzaun und hüpfte die Straße entlang. Nun bekam sie endlich Gelegenheit, seine Gangart zu studieren. Das Wesen lief tatsächlich auf den Zehen, und der Absatz berührte nur alle paar Schritte den Boden.

Ofelia zuckte die Achseln. Sie hatte heute Brot gebacken, und das wollte sie essen. Warum sich von morgens bis abends über die Eingeborenen den Kopf zerbrechen? Die alte Frau schnitt sich ein paar Scheiben ab und aß sie. Das Brot war gut geworden, angefangen von der harten Kruste bis zum weichen Innenteil.

Irgendwie erinnerten die Wesen sie an Brot. Mittlerweile hatte sie sie ja einige Male berührt, aber so ganz sicher war sie sich nicht, was ihre Haut betraf – falls man dabei überhaupt von so etwas sprechen konnte. Die Haut fühlte sich härter an als die ihre, aber nicht so hart wie die Hornhaut an ihren Füßen und Händen. Befand sich unter der Haut weiches Fleisch? Waren ihre Muskeln so weich wie die der Menschen oder so hart wie ihre Haut? Und was war mit ihrer äußeren Form – rührte die von einem Knochengerüst her, oder hielt die harte Haut alles zusammen?

Ofelia ertappte sich dabei, das Brot mit neuen Augen anzusehen. Wie lange war das schon her, daß sie in der Schule Biologieunterricht gehabt hatte? Damals hatte sich kein Lehrer sonderlich darum geschert, ob sie etwas von dem Stoff begriff oder nicht. Es hatte eine besondere Biologieklasse gegeben, in der die Kinder alles begriffen hatten. Ebenso Klassen für Begabte in Raumfahrtkunde oder Verwaltungsarbeit. Aber bei Ofelia hatten die Lehrer immer nur darauf geachtet, daß sie gehorchte, sich nicht danebenbenahm und keine Unordnung machte. Auch als sie auf Humbertos Drängen hin mit ihm die Abendschule besucht hatte, um alles zu lernen, was man als Kolonist wissen mußte, hatten die Lehrer keinen großen Wert darauf gelegt, ob sie die Arbeitsweise von Maschinen verstand; es hatte vollauf gereicht, daß sie wußte, wie man Maschinen wartete und reparierte. Folgen Sie immer nur den Anweisungen im Handbuch, hatte der zentrale Lehrsatz gelautet. Schauen Sie nur auf das Diagramm. Im Grunde ist das alles nicht schwerer, als ein Kleid nach einem Schnittmuster zu schneidern, hatte ein Lehrer ihr gesagt. Selbst Hausfrauen wie Sie sind dazu in der Lage. Sie hatte seinen Verdruß und seine gehässigen Bemerkungen über sich ergehen lassen und ihm schließlich bewiesen, daß sie wirklich in der Lage war, dem Lehrbuch und dem Diagramm genauestens zu folgen.

Was nun die Biologie und die Lebewesen anging, so

erinnerte sie sich nur noch an einige unzusammenhängende Begriffe. Zellen, von einer Haut umgeben, die man Membrane nannte; es gab Endoskelette, wie zum Beispiel Menschen, und Exoskelette, wie zum Beispiel Fliegen; Zellen tauchten in runder und in ovaler Form auf – im Körperinnern waren sie meistens rund ... Zellen sahen irgendwie aus wie die Löcher im Brot, nur waren sie viel kleiner.

Die alte Frau erinnerte sich an einen Lehrfilm, den sie einmal im Unterricht gesehen hatten und bei dem es ums Sezieren gegangen war. Ein Chirurg oder etwas Ähnliches hatte mit seinem Messer einer zuckenden Ratte den Bauch aufgeschnitten. Viel Blut war geflossen, und die Jungs in der Klasse hatten dauernd gekichert und grausame Bemerkungen gerufen. Einige der Mädchen hatten den Kopf weggedreht, aber Ofelia hatte hingeguckt – auf das komplizierte Gewirr der Eingeweide, die hellrosafarbenen Lungenflügel und das kleine, dunkelrot pulsierende Herz.

Erst Momente später war ihr aufgegangen, wie sehr ihr Herz raste, und seitdem hatte sie sich vorgestellt, wie sich jemand über sie beugte, um ihr mit einem großen Messer den Bauch aufzuschlitzen. Das war dann eines Tages tatsächlich geschehen, aber nicht ihr, sondern ihrer Freundin aus Kindertagen, der man den Bauch aufschneiden mußte, um ihr Kind auf die Welt zu bringen. Donna hatte es Ofelia nie verziehen, sie nicht im Krankenhaus besucht zu haben. Und die Ausrede, sie müsse für den Abflug zur Kolonie packen, hatte sie ihr nicht abgekauft.

Und nun hatte sie es hier und heute mit Aliens zu tun ... Die alte Frau zwang sich dazu, sich nicht mehr in Gedanken bei Donna zu entschuldigen, die vermutlich längst tot und begraben war auf jener Welt, auf der sie in ihrer Jugend die besten Freundinnen gewesen waren.

Die Wesen paßten in überhaupt keine der Kategorien, die sie in der Schule gelernt hatte. Allerdings war ihr bewußt, daß man ihr längst nicht alle beigebracht hatte. An ihrer Schule hatte man die Kinder nur so viel an Biologie gelehrt, wie man für nötig hielt. Hauptsächlich allerlei über die Tier- und Pflanzenwelt ihrer Umgebung, und das war nur ein kleiner Ausschnitt der terranischen Flora und Fauna gewesen.

In einem konnte sie sich sicher sein: Bei den Eingeborenen handelte es sich nicht um Pflanzen. Damit blieb nur das Tierreich übrig. Und in dem fanden sich Insekten, Fische, Säugetiere, Vögel, Reptilien und Amphibien. Gut, gehen wir die Liste durch. Insekten schieden aus, weil Kerbtiere keine Warmblüter waren. Fische kamen auch nicht in Frage, weil die Aliens an Land lebten und Luft atmeten.

Vielleicht Amphibien, aber wie Frösche oder Kröten sahen sie nicht gerade aus, und Ofelia wußte auch nicht, ob sie Eier legten. Und wie stand es mit Vögeln? Die besaßen Federn und Flügel und anstelle von Mündern einen Schnabel. Schön, auf der Erde hatte es Menschen gegeben, die flugunfähige Vögel gezüchtet und ihr Fleisch dann verkauft hatten. Aber selbst diese Tiere hatten Federn und kleine Flügel besessen. Das hatte die alte Frau mit eigenen Augen gesehen.

Diese Wesen wiesen weder das eine noch das andere auf. Außerdem besaßen sie einen Mund mit Zähnen. Also Reptilien? Nein, die hatten Schuppen, waren viel kleiner und nicht zu den Warmblütern zu rechnen. Damit blieben die Säugetiere. Aber denen wuchs Haar, und wie der Name schon sagte, säugten sie ihre Jungen. Die Aliens hatten aber keine Haare, und so etwas wie Brüste hatte sie auch nicht an ihnen entdeckt.

Auf anderen Planeten, auf denen man tierisches Leben entdeckt hatte, waren die Forscher nicht darum verlegen gewesen, neue Kategorien zu ersinnen. Doch darüber wußte Ofelia nicht mehr als den Umstand, daß sie existierten. Sie hatte keine Ahnung, um welche Kategorien es sich dabei handelte oder nach welchen Merkmalen sie definiert wurden. Die alte Frau wußte nicht einmal, wie die Zellen der Aliens beschaffen waren oder aussahen; oder ob Blut in ihren Adern rann. Würde sie das überhaupt als Blut erkennen, wenn sie es einmal zu Gesicht bekam? Waren die Kreaturen vielleicht in ihrem Innern trocken? Nein, auf keinen Fall. Als sie während Ofelias Vorführung im Kontrollraum ihre Verdauung nicht mehr unter Kontrolle hatten halten können, war viel Flüssigkeit auf den Boden geflossen.

Sie kaute lustlos auf ihrem Brot herum und versuchte, sich an die Dinge zu erinnern, die ihr seinerzeit nicht besonders wichtig erschienen waren. Es kostete sie viel Grübeln, bis ihr endlich einfiel, daß sie alles Wissenswerte in den Computerdateien finden konnte.

Kapitel 11

Archive des Konsortiums, Bericht über den Versuch der Neukolonialisierung von 3245.12 nach dem Scheitern der Kolonie der Sims Bancorporation und dem daraus folgenden Verlust ihrer Lizenz für diesen Planeten.

Das Studium der Dokumente, die von der Sims Bancorporation während der Anhörungen vorgelegt werden mußten, läßt den Schluß zu, daß das Scheitern ihrer Siedlung teilweise auf die Wahl des falschen Orts zurückzuführen ist. Die folgenden Fehlschläge haben sicher auch eine Rolle gespielt – wie zum Beispiel, daß die klimatisch bedingten Ausfälle nicht ersetzt wurden –, aber wenn man die Kolonie an einem besseren Ort errichtet hätte, wäre zumindest ein moderater Fortschritt denkbar gewesen. Aus den meteorologischen Unterlagen wissen wir, daß zyklisch wiederkehrende See-Zyklone im Verein mit Fluten zu erheblichen Verlusten an Kolonisten, Vieh, Ausrüstung (Boote und andere Fahrzeuge) und Ernteeinbußen geführt haben.

Aus diesen Gründen hat sich die Zeoteka O. S. dazu entschlossen, auf der Welt, für die sie nach der Anhörung die Lizenz erhielt, in der Nördlichen Klimazone ihre neue Siedlung zu errichten, unweit eines Stroms, doch abseits seiner Überflutungsgebiete (s. a. beigefügte Tabellen, Karten und andere Daten). Anhand der Daten des Wettersatelliten stand fest, daß der neue Standort für das Shuttle-Landefeld in den zweiundvierzig Jahren, in denen das Wetter dieser Welt beobachtet wird, nicht ein einziges Mal überflutet worden ist.

Die Koloniegründung folgte den Standardprozeduren, wie sie in der 14. Auflage des Unified Field Manual niedergelegt und spezifiziert sind.

Captain Gian Vasoni, der Kommandant des Frachtschiffes *Ma Jun Vi*, hat alle Daten während seines mehrtägigen Aufenthalts im Orbit über die betreffende Welt im Logbuch festgehalten. Die Orbitüberprüfung der in den Tropen angelegten Kolonie der Sims Bancorporation verlief nach Plan.

Beim Breitband-Scan war die Siedlung deutlich zu erkennen. Die Infrarot-Spektralanalyse ergab, daß die dortige Energieanlage nicht richtig abgeschaltet worden war. Ansonsten ließen sich dort keine Anzeichen von etwaigen übriggebliebenen Siedlern oder einer sonstigen Bevölkerung feststellen.

Sims Bancorporation behauptet, gemäß ihrer Unterlagen sei die Energieanlage ordnungsgemäß abgeschaltet worden. Allerdings gebe es in der betreffenden Region einheimische Tiere, die unter Umständen zwischenzeitlich an der Anlage herumgespielt und sie zufälligerweise aktiviert haben könnten. Weiterhin sagt die Firma aus, die zurückgelassenen Maschinen seien nicht zerstört worden, weil es bis zum Abzug keinerlei Anzeichen intelligenten eingeborenen Lebens gegeben habe (s. a. beigefügte Daten der ersten Untersuchung dieser Welt).

Captain Vasoni sandte Observations-Shuttles aus, um an die benötigten Daten über den vorgesehenen Ort für die neue Kolonie zu gelangen. Die Flüge ergaben Daten, die denen des Original-Beobachtungsfluges entsprachen. Temperaturen, Luftfeuchtigkeit, Luftzusammensetzung etc. befanden sich allesamt innerhalb der Toleranzgrenzen. Kleinere Herden oder Rudel von wilden Tieren wurden entdeckt, die durch die Region zogen, aber keine Gruppe kam näher als fünf Kilometer an die für das Shuttle-Landefeld vorgesehene Stelle heran. Darüber hinaus konnten keine Anzeichen von bewußten oder vorsätzlichen Aktivitäten ausgemacht werden, aufgrund derer auf die Anwesenheit intelligenten Lebens geschlossen werden könnte. An dieser Stelle muß nicht ausdrücklich erwähnt werden, daß keine feindseligen Lebensformen beobachtet wurden, die sich für unser nichtspezialisiertes Personal zu einer Bedrohung hätten entwickeln können. Daher stand auch kein Xenotechnologe oder ein ähnlicher Fachmann zur Konsultation zur Verfügung.

Nach Durchführung der vorgeschriebenen Erkundungsflüge gab Captain Vasoni Order, die Kolonisten aus dem Kryo zu wecken, und schickte die ersten unbemannten Transporte nach unten, im wesentlichen die robotische schwere Ausrüstung. Die Vorbereitungen der Landestelle und die weiteren Primärmaßnahmen verliefen plangemäß, und die ersten Shuttles mit Siedlern setzten ohne besondere Vorkommnisse auf. Als weiteres Gelände präpariert wurde und man die ersten Schnellbauunterkünfte aufzubauen begann, meldete der befehlshabende Offizier vor Ort das plötzliche Auftauchen ganzer Massen von Lebewesen aus östlicher Richtung (entsprechend dem Sonnenaufgang).

Das Erscheinen dieser Lebewesen wurde anfangs für die Flucht irgendeiner Gattung gehalten – möglicherweise waren die Tiere von den Landegeräuschen der Shuttles aufgeschreckt worden. Der Bodenoffizier ließ Rauchgranaten abfeuern, um die Tiere in eine andere Richtung zu lenken. Doch recht bald wurde offenbar, daß diese Lebensformen feindlich gesonnen waren und beabsichtigten, die Landegruppe anzugreifen. Aus den zur Verfügung stehenden Unterlagen läßt sich nicht eindeutig schließen, welche Waffen von den Angreifern eingesetzt wurden (s. a. angefügte militärische Analyse). Es darf jedoch davon ausgegangen werden, daß sich darunter Projektil- und Explosivwaffen befunden haben müssen. Ein Shuttle in Parkstellung wurde von einem Projektil mit Aufschlagzünder getroffen. Die Detonationswucht reichte aus, die Treibstofftanks aufzureißen und den Treibstoff explodieren zu lassen. Die militärische Analyse geht davon aus, daß es sich dabei um keinen gezielten Schuß gehandelt hat. Um wen auch immer es sich bei den Angreifern gehandelt hat, sie konnten einfach noch keine Erfahrung mit Shuttles gehabt haben.

Captain Vasoni hat dem Dienstreglement entsprechend keine Unterstützung zur Bodengruppe hinuntergeschickt. Dem Anhörungsprotokoll ist zu entnehmen, daß Captain Vasoni keine Mittel für ein militärisches Eingreifen am Boden zur Verfügung standen und es ihm auch an geeignetem Personal für eine solche Aktion fehlte. Doch er erkannte gleich, daß die Handlungen der vermeintlichen Tierwesen auf intelligente Lebensformen gemäß Paragraph 32, Abschnitt 14 des General Treaty of Space Exploration and Development handeln mußte und damit automatisch die Bestimmungen in Kraft traten, die in den Regularien für einen Kontakt mit Aliens festgehalten sind. Zu unser aller Leidwesen wurden die Kolonisten, die sich bereits auf dem Boden befanden, von den Wesen überrannt und vermutlich umgebracht. Captain Vasoni sah sich an Bord seines Schiffes mit einer großen Empörung darüber konfrontiert, die Siedler am Boden ihrem Schicksal überlassen zu haben. Er sah daher keine andere Möglichkeit mehr, als mit Waffengewalt einzugreifen, um eine potentielle Meuterei gar nicht erst ausbrechen zu lassen.

Aufgrund der Verzögerung, die durch die Verluste an Personal während der versuchten Landung wie auch während der im Entstehen begriffenen Meuterei entstanden waren, wie auch aufgrund der gerichtlichen Klärung der Vorfälle kann der vollständige Bericht über die tragischen Ereignisse erst jetzt dem Büro für Alien-Angelegenheiten vorgelegt werden.

Schlußfolgernd darf auf die dringende Notwendigkeit hingewiesen werden, ein erfahrenes Kontakt-Team auszusenden, um die eingeborene (?) Kultur und ihren technologischen Standard zu studieren. Da die Sims Bancorporation in ihrer aufgegebenen Kolonie einige sehr hochentwickelte Gerätschaften zurückgelassen hat, die auf Welten verboten sind, mit denen kein Abkommen besteht, müssen wir uns um das Schicksal dieser Maschinen größte Sorgen machen.

Die wenigen uns zur Verfügung stehenden Daten lassen die vorläufige Erkenntnis zu, daß es sich bei diesen eingeborenen (?) intelligenten (?) Lebensformen, die für das jüngste Debakel verantwortlich zeichnen, um eine nomadisierende Gemeinschaft handelt, deren Wanderwege auf die betreffende Region begrenzt sind. Allem Anschein nach halten diese Wesen Herden einheimischen, grasfressenden Viehs. Da die von diesen Tieren bevorzugten Gräser nicht in den dortigen Tropen wachsen, darf davon ausgegangen werden, daß diese Nomaden (?) die Sims Bancorporation-Siedlung noch nicht entdeckt haben. Wenn aber doch, oder sie kurz davor stehen und die Energieanlage noch in Betrieb ist, woran Captain Vasonis vorgelegte Daten keinen Zweifel zulassen, stehen wir vor einer großen Krise. Eine so aggressive und feindlich eingestellte Kultur darf noch nicht in den Besitz solch hochentwickelter Technologie gelangen.

Autorisierung 86.2110. Alien Kontakt-Maßnahme.
Team-Leiter: Vasil Likisi.
Aufgaben der Mission: Feststellung folgender Kriterien bei den Lebewesen auf 3245.12:
1. Intelligenz
2. Soziale Organisation
3. Stand der Technologie
4. Hostilitäts-Index

Wenn Umstände geeignet, Zustimmung der Lebewesen zu Abkommen Erster Art erlangen.
Unter allen Umständen die Energieanlage und sonstige verbotene Technologie am Standort der Sims Bancorporation-Kolonie sicherstellen.

»Das war doch von Anfang bis Ende eine Riesendummheit. Ganz gleich, was sie ausgesagt haben, ich gehe jede Wette ein, daß Sims Bescheid gewußt hat. Als sie die Lizenz verloren haben, waren sie jedenfalls reichlich sauer.«

»Über die Eingeborenen findet sich aber nichts in ihrem internen Datenstrom. Ich glaube daher, daß sie nichts davon gewußt haben. Und die Lebewesen sind vermutlich bei der ersten Untersuchung nicht als Intelligenzler aufgefallen.«

»Blödsinn. Sims muß ganz einfach davon gewußt haben. Oder die sind dort zu bescheuert, um sich die Aufzeichnungen des Wettersatelliten anzusehen. Sehen Sie nur, hier, das kann man doch wohl nicht einen unbearbeiteten, jungfräulichen Boden nennen!«

Kira Stavi lehnte sich in ihrem Sitz zurück und lauschte dem Gezänk der beiden. Vasil Likisi, der erfahrene Team-Leiter – von wegen. Richtiger müßte es heißen: Vasil Likisi, der größte Arschkriecher der Firma. Der Leiter machte Sims für alle Fehler verantwortlich ... Wie eigenartig, hatte er nicht einmal für Consol Varis gearbeitet, ein Unternehmen, das zur Sims-Gruppe gehörte? Kira konzentrierte sich auf ihr Display, um sich nicht in den Streit der beiden hineinziehen zu lassen. Vasil schien seinen Frust oder sonstwas an Ori ablassen zu wollen, und Ori kam damit allein klar und brauchte Kiras Unterstützung nicht. Außerdem hatte der Monitor Interessantes zu bieten. Zwar tauchte am Bildschirmrand keine Legende auf, aber die Wissenschaftlerin wußte aus Erfahrung, daß es sich bei den roten und gelben Streifen um stark vergrößerte Thermal-Emissions-Spektren handelte. Streifen und Punkte, eigentlich zu regelmäßig in ihrer Anordnung. In dem Punkt wenigstens mußte sie Vasil zustimmen.

Ori brachte schließlich einen wichtigen Punkt zur Sprache, den sie auch hätte vorbringen können, wenn jemand sie gefragt hätte: »Wäre es nicht denkbar, daß wir es hier mit einer Spezies dieser Welt zu tun haben, die sich gerade zu Intelligenzwesen entwickelt?«

»Unmöglich!« schnaufte Vasil. »Diese Trottel bei Sims haben lediglich –«

»Ich halte das überhaupt nicht für unmöglich«, entgegnete Ori weiterhin ruhig und ließ sich von dem Leiter nicht auf so billige Weise unterkriegen. »Bloß weil wir bislang noch nie auf eine intelligente Rasse gestoßen sind, heißt das ja noch lange nicht, daß so etwas ausgeschlossen sein muß. Theoretisch mußte einfach irgendwann der Tag kommen, an dem wir –«

»Die Aussichten dafür sind verschwindend –«

»Die spielen doch jetzt keine Rolle mehr. Wir haben uns nur um das zu kümmern, mit dem wir konfrontiert worden sind!« Ori konnte es eben nicht lassen, den Leiter immer wieder zu unterlaufen.

Vasils Gesicht rötete sich noch mehr, auch wenn das kaum vorstellbar war. Kira entschied, es sei jetzt höchste Zeit für sie einzugreifen.

»Was machen wir denn mit der Thermalquelle in der alten Sims-Siedlung? Sollten wir nicht davon ausgehen, daß wir es hier mit einer illegalen Inbesitznahme zu tun haben?« Die Miene des Leiters verfinsterte sich, aber er hielt den Mund, als Ori sich zu ihr umdrehte.

»Davon hat man uns nichts gesagt.« Er rieb sich den langen Nasenrücken. »Captain Vasoni ist die Wärmequelle zwar aufgefallen, aber er fand keine organisierte Bewegung. Nach seinen Aussagen hat er danach Ausschau gehalten, aber nichts dergleichen entdeckt. Hier, sehen Sie ...« Ori stellte sich an das Display, drehte das Bild und vergrößerte den neuen Ausschnitt. Die Umrisse des Shuttle-Landefels waren kaum noch auszumachen. Kira erinnerte sich daran, daß tropische Vegetation ein Gebiet sehr rasch überwuchern konnte. Die Kolonistenhäuser standen noch alle aufrecht und wirkten unbeschädigt. Na ja, Sims würde wenigstens dafür gesorgt haben, seinen Siedlern feste Unterkünfte zu bauen. Am Rand der Siedlung befanden sich ein paar Hitzepunkte. Schafe, wie der Computer mitteilte. Und am Fluß ebenfalls, diesmal Rinder. Diese Rotflecke störten Kira auch gar nicht. Bei gleichbleibenden klimatischen Bedingungen konnte Vieh auch ohne menschliche Versorgung so lange überleben.

»Hat bereits jemand die Unterlagen nach dem Vorkommen von Schafen und Rindern überprüft?«

»Haben wir. Und auch den ursprünglichen Herdenbestand. Was wir hier sehen, bewegt sich durchaus im Rahmen des Möglichen. Ohne Hege werden sie das Jahrzehnt nicht überleben, aber ihre Anzahl liegt deutlich unter der Menge, die ihre Weiden verkraften könnten. Außerdem finden die Tiere ja auch in den Gärten im Ort was zu fressen.«

»In der Siedlung haben wir aber auch einen Hitzepunkt«, bemerkte Vasil, der inzwischen deutlich ruhiger geworden war. »Vasoni hat den Ort nicht ununterbrochen gescannt. Deswegen können wir nicht sicher sein, ob es sich hier um dieselbe Quelle handelt, die ihm auch aufgefallen ist. Allerdings dürfte es sich bei diesem Punkt nicht um ein menschliches Wesen handeln.

Die Spektralmuster sprechen zu deutlich dagegen. Die damaligen Kolonisten haben von affenähnlichen Wesen gesprochen, geschickten Baumkletterern im nahen Wald, die sich in der Anfangszeit der Siedlung näherten. Unsere Experten glauben, dieser Punkt stellt ein solches Affenwesen dar. Auf jeden Fall ist es kleiner als die Großen im Norden.«

»Hmmm ...« Kira war noch lange nicht überzeugt. »Hat jemand mal die Sims-Listen durchgesehen, wen sie beim Abflug alles mitgenommen haben?«

»Die haben wir sogar besonders gründlich überprüft. Die Daten, die Sims vorgelegt haben, könnten natürlich getürkt sein, aber sie behaupten, jeden einzelnen Bewohner nach oben gebracht zu haben. Wie zu erwarten, sind einige von den Älteren während des Transits verschieden. Wir könnten natürlich Genaueres sagen, wenn Vasoni soviel Grips gehabt hätte, eine Feinbeobachtung der alten Siedlung vorzunehmen. Aber das ist ihm erst eingefallen, als auf seinem Schiff die Meuterei ausgebrochen war, und da hatte er natürlich anderes zu tun.«

»Tja ...«, begann Kira und hoffte, einen Weg zu finden, die beiden zum eigentlichen Problem zurückführen zu können – den Aliens. »Hat jemand von Ihnen eine Idee, wo diese Wesen auf der Varine-Skala einzuordnen sein könnten?«

Damit waren die Männer wieder beim Thema angelangt. Beide atmeten gedehnt aus und legten die Stirn in Falten. Genau die Reaktion, die in Kira regelmäßig die Frage auslöste, warum sie bei diesem Verein überhaupt noch mitmachte. Teamwork, von wegen!

»Keine Artefakte«, sagte der Leiter. »Wir wissen nicht einmal, ob sie schon die Metallverarbeitung kennen.«

»Unser Schiff startet in zehn Tagen, und wir werden wohl erst dann mehr in Erfahrung bringen, wenn wir aus dem Überlichtflug ausgetreten sind. Vasoni war wenigstens so klug, eine permanente Wachsonde dort zurückzulassen.«

Kira wandte sich wieder ihrer Liste zu. Als Spezialistin für Linguistik gehörte sie natürlich zu diesem Team, auch wenn die Alien-Linguistik-Fakultät bislang wenig hervorgebracht hatte, was diesem Fachgebiet zur Ehre gereichte. Man hatte für das Team solche Spezialisten ausgesucht, die sich auch in anderen Disziplinen auskannten, um so ein möglichst breites Gebiet abdecken zu können: Biologie, Technologie, Linguistik oder Anthropologie ... Aber für eine so bedeutende Mission wäre ein viel größeres Team nötig gewesen. Vor allem dann, wenn der Leiter seine politischen Beziehungen in Firma und Regierung hatte spielen lassen, um diesen Posten zu erhalten.

Dummerweise stand einem größeren Team die begrenzte Kapazität des Transportschiffes entgegen. Niemand hatte natürlich ein Interesse daran, mit einem normalen Schiff zu reisen, das nur quälend langsam von einem Sprungpunkt zum nächsten fliegen konnte, bis es endlich den Zielpunkt erreicht hatte ... Deswegen waren sie auf ein militärisches Schiff angewiesen, das für den Transit nur einige Tage und nicht gleich Monate benötigte.

Und das bedeutete auch, sich mit einer militärischen Präsenz an Bord zu arrangieren. Kira fragte sich, wie die anderen wohl darüber dachten. Immerhin hatten die Fremdwesen die Kolonisten getötet und nicht einen von ihnen verschont. Man mußte sie also durchaus als große Gefahr ansehen. Und die Soldaten waren an Bord, um sie zu schützen.

Auf der anderen Seite neigten Militärs dazu, alles an sich zu reißen, auch solche Angelegenheiten, die sie eigentlich nichts angingen; schließlich handelte es sich hierbei um eine wissenschaftliche und diplomatische Mission.

Ofelia fand heraus, daß alle Wesen von den Kühlschränken begeistert waren, vor allem von dem Eis, der sich im Eisfach bildete. Zweimal kam sie in die Küche, um zu entdecken, daß wieder jemand vergessen hatte, die Kühlschranktür zu schließen; meist hockte einer davor und kratzte an dem Eis, während ein zweiter mit einer Schüssel neben ihm stand.

Beim ersten Mal ließ der zweite bei ihrem Eintreten vor Schreck die Schüssel fallen – ganz so wie ein Kind, das man beim Naschen ertappt hat. Die beiden erhoben sich verlegen und schlichen dann nach draußen.

Beim zweiten Mal (handelte es sich dabei um zwei andere Wesen?) warfen ihr die Monster nur einen gelassenen Blick zu und fuhren damit fort, sich an dem Eis zu laben, bis die alte Frau sie nach draußen schob und hinter ihnen die Tür schloß. Die unterschiedlichen Reaktionen erschienen ihr doch sehr menschlich: Einige anerkannten die Spielregeln, selbst dann, wenn sie sie brachen, andere scherten sich nicht darum.

Ofelia war froh, die meisten Kühlschränke in der Siedlung ausgeschaltet zu haben. Sonst hätte sie den lieben langen Tag damit verbringen können, überall nachsehen zu gehen, ob nicht irgendwo einer offenstand. Schließlich hätte das nicht nur Stromverschwendung bedeutet, sondern auch sicher den Motoren in den Geräten nicht gut getan. Wenigstens fummelten die Burschen nicht an Apparaten oder Motoren herum. Irgendwie und ohne es recht zu wissen, war es ihr gelungen, die Wesen davon zu überzeugen, daß sie keine Geräte auseinandernehmen durften. Gut, sie schalteten nach Belieben das Licht ein und aus oder drehten den Wasserhahn auf – aber das rief keine wirklichen Schäden hervor. Natürlich hatte die alte Frau sich manchmal besorgt gefragt, ob die Aliens nicht eines Tages auf die Idee kommen würden, sich die abgestellten Fahrzeuge am Shuttle-Landeplatz genauer anzusehen und womöglich zu versuchen, eines davon in Gang zu setzen – merkwürdigerweise hatten sie das aber nie versucht. Vermutlich würden diese Wagen ohnehin nicht mehr anspringen, wo sie doch schon so lange nicht mehr gewartet und immerzu Wind und Wetter ausgesetzt gewesen waren. Ofelia hatte sich an kein Steuer mehr gesetzt, seit ... Nein, das letzte Mal wollte ihr nicht einfallen. Auf jeden Fall mußte das vor dem Tag gewesen sein, an dem die Monster aufgetaucht waren. Vielleicht hatten sie sich ja deswegen nie an den Gefährten vergriffen, weil die alte Frau sich nie mit ihnen abgegeben hatte.

Wenn Ofelia es recht bedachte, waren die Wesen eigentlich nicht so schlimm wie Kinder. Natürlich waren sie furchtbar neugierig, und das ließ sie wie Heranwachsende erscheinen, aber im Gegensatz zu Unmündigen verstanden die Kreaturen es, wenn man ihnen Grenzen setzte. Am schlimmsten erschien der alten Frau, daß sie keine ihrer Arbeiten und sonstigen Verrichtungen mehr erledigen konnte, ohne gleich einen oder zwei von den Monstern in der Nähe zu haben, die jede ihrer Bewegungen aufmerksam verfolgten. Wenn sie ihre Perlen anmalte, konnte man fast die Uhr danach stellen, daß einer der Burschen auftauchte und nach einer Weile einen seiner Finger in einen Farbtopf tauchte. Wenn sie die Perlen an einer Schnur aufreihte, tauchte wenig später ein Schnabelkopf auf und beugte sich über ihre Schulter. Wenn sie strickte, wollte einer natürlich unbedingt feststellen, wie sich Garn anfühlte, oder einer versuchte zu »helfen« und wickelte es vom Knäuel, damit es die ganze Zeit schlaff blieb ... Aber wie sollte die alte Frau den Wesen begreiflich machen, daß der Faden eine gewisse Spannung brauchte, weil sie sonst mit ihren Maschen Schwierigkeiten bekam? Und wenn sie mal wieder Zeit fand, das Tagebuch zu vervollständigen, drängten sich die Monster in der Tür und verfolgten, wie die Worte auf dem Bildschirm entstanden.

Ja wirklich, wenn man Kinder im Haus hatte, erging es einem kaum anders. Nie fand man einen Moment Ruhe, und nichts durfte man unbeaufsichtigt herumstehen lassen. Wenn Ofelia wußte, daß jemand sie dabei beobachtete, wie sie verschiedenfarbige Perlen zusammenstellte, Stoffe aussuchte, mit Nadel und Faden arbeitete oder nach den richtigen Wörtern für eine Begebenheit suchte, die in der Chronik festgehalten werden sollte, konnte sie sich schon bald nicht mehr konzentrieren. Auch wenn die Aliens sie nicht bewußt stören wollten, so stellte doch allein schon ihre ständige Anwesenheit eine erhebliche Beeinträchtigung dar.

Ofelia erinnerte sich daran, wie sie ihre Kinder erzogen hatte, und versuchte, die Burschen für andere Dinge zu interessieren, damit sie sich mit sich selbst beschäftigten. Wenn sie nur ein eigenes Projekt verfolgten, fände sie die Ruhe, mit ihrer Arbeit voranzukommen. So gab sie ihnen einmal eine Handvoll hellbrauner Holzperlen, die der Fabrikator hergestellt hatte, dazu Farbe, Stoffreste und buntes Garn. Es gelang ihnen zwar, Perlen an einer Schnur aufzureihen oder die kleinen Kugeln in Farbe zu tauchen, aber dabei hielten sie es nie allzu lange aus. Immer wenn Ofelia glaubte, die Aliens seien jetzt beschäftigt, so daß sie vor sich hin murmelnd darüber nachdenken konnte, was jetzt eigentlich am dringendsten zu erledigen sei, waren sie wenig später wieder irgendwo in ihrer Nähe. Standen in der Tür. Schauten ihr über die Schulter. Sahen zu. Waren einfach da.

Wenn sie sich draußen aufhielt, kam es ihr nicht ganz so schlimm vor. Dort empfand Ofelia sie nicht als ganz so aufdringlich, und sie hatte auch nicht mehr das Gefühl, die Monster überall zu sehen. Sie gewöhnte sich daran, im Garten ständig einen Helfer zu haben, der eigentlich nur auf die Schleimruten scharf war, die sie ihm zuwarf. Die Burschen paßten jetzt auch etwas besser auf, rüttelten nicht aus Übermut an den Maiskolben und zertrampelten nicht die Gurken- oder Kürbisblätter. Wenn die alte Frau zu den Weiden ging, um nach den Schafen und den Rindern zu sehen, wurde sie stets von einem kleinen Gefolge begleitet. Irgendwann gewöhnten die Tiere sich an ihre Begleiter und liefen nicht mehr vor ihnen davon. Manchmal genoß die alte Frau es sogar, an einem luftigen Tag mit zweien oder dreien von ihnen spazierenzugehen. Ihr fiel auf, daß sie wie selbstverständlich mit ihnen redete und die Grunzer und Quieker, die sie von sich gaben, so übersetzte, wie es ihr am besten gefiel.

Nur im Haus (oder im Zentrum) wollte sie des öfteren an die Decke gehen. Irgendwie waren sie zu groß, um mit ihnen die Arbeitsfläche zu teilen, aber das hielt sie nicht davon ab, sich überall dazwischenzuquetschen und immer im Weg zu stehen. Die alte Frau fühlte sich ständig beengt und nicht mehr Herr ihrer selbst. Gut, wenn sie eine Tür zumachte, unternahmen die Wesen keinen Versuch, zu ihr einzudringen (und sie kamen auch nicht durch die Hintertür); trotzdem fand Ofelia auch dann keine Ruhe, weil ihr ständig durch den Kopf ging, was die Monster wohl gerade draußen anstellen mochten. Zugegeben, auch das erinnerte fatal daran, Kinder um sich zu haben. Als ihre Kinder noch klein gewesen waren, hatte Ofelia sich gern ins Badezimmer zurückgezogen, um einen Moment Ruhe zu finden, aber sie hatte es nie lange in dem kleinen Raum ausgehalten. Zu gut wußte sie, wozu Kinder in der Lage waren, wenn man sie nicht im Auge behielt. Bei Kindern wußte sie es ... aber das hier waren Fremde, und von deren Treiben hatte sie keine Ahnung. Sie konnte sich nur sorgen.

Derjenige, der bald ein Nest bauen wird, erklärt es als erster. Das Monster ist ein Wächter. Ein Nest-Beschützer.

Die anderen trommeln mit der Rechten. Erst zögernd, doch dann entschieden. Das kann nicht sein. Es gibt hier keine Nester.

Doch, hier sind Nester. Er stellt mit Gesten die Bildermaschinen und ihre Bilder dar. Nester sind dort, wo der Wächter wohnt.

Trommeln mit der Linken. Das stimmt, diese großen

Kästen waren einmal Nester, und vielleicht ist das Ungeheuer ein Wächter ... der letzte, der geblieben ist.

Alt ... es muß sehr alt sein. Sie wackeln mit den Schultern, eine höfliche Geste gegenüber ihrem Ältesten, der doch soviel jünger ist als die ältesten der Leute. Dennoch trägt er den Titel eines Ältesten.

Derjenige, der bald ein Nest baut, fügt hinzu: Es weiß soviel über all diese Kisten und Dinge, die Licht geben, sich bewegen und sprechen ...

Falls es sich bei diesen Lauten um eine Sprache handelt.

Das muß eine Sprache sein. Das Monster antwortet ihnen, wenn sie reden.

Dinge können reden.

Das wird in einem Tonfall geäußert, der Hunger besser als alle Worte ausdrückt – ein wildes, raubtierhaftes Knurren. Sie alle richten sich ein Stück auf, und ihr Atem geht schneller. Wild in Sicht. Dinge, die reden, und Dinge, die Sachen tun können. Nützliche Sachen wie Wasser bewegen, Wärme und Kälte machen, Bilder malen oder Geräusche von sich geben. Und dann sind da noch die gefährlicheren Dinge wie die, mit denen die einfallenden Ungeheuer die Nester zerstört haben. Die Jäger haben noch den Geschmack des hellen Blutes im Mund, der aus den sich windenden Wesen geströmt ist.

Das Monster kann die Jungen füttern, sagt der Nester.

Das ist allen klar, aber ein Nester spricht immer Selbstverständlichkeiten aus, und das wieder und wieder. So erkennt man schließlich, daß es bei einem Nester bald so weit sein muß. All das Wissen im Kopf des Ungeheuers, damit kann man die Jungen füttern, wenn nur ...

Man kann das Monster nicht essen, erinnert sie der Älteste. Es ist ein Ungeheuer und kann nicht nähren. Ein rascher Trommelwirbel mit der Rechten, dann einer mit der Linken, endlich ein verwirrender Rhythmus, während sie versuchen, sich darüber Klarheit zu verschaffen.

Natürlich kann man das Monster nicht fressen. Wächter sind Wächter, und keine Beute.

Nicht essen. Nicht essen. Aber darf man es wenigstens mal schmecken? Nein. Ein sich drehender Rhythmus, der die Übelkeit wiedergibt, die sie befallen hat, als sie von den toten Monstern auf dem Nestgrund gekostet haben.

Atmen, sagt einer von den Jägern schließlich. Allgemeines Schnaufen, als sie das alle ausprobieren. Ja, atmen. So verbreiten sie untereinander Neuigkeiten. Man pustet sie in die Luft und atmet sie wieder ein. Und so werden sie auch die Weisheit des Ungeheuers atmen.

Seine Sprache. Wer wird lernen, sie zu atmen.

Ein rauhes, allgemeines Ausatmen. Dann ein leises Klopfen der Fingerknöchel auf Bauch und Brust. Sie haben die Münder geöffnet und versuchen sich an den Lauten.

Das ist zu schwer, sagt der Jüngste und verdreht die Augen.

Es ist eben die Sprache eines Ungeheuers. Wer erwartet da schon, daß es leichtfällt.

Ein Sänger kommt sicher besser damit zurecht. Wieder verdrehen sich Augen. Kein echter Sänger ist mit ihnen gekommen. Keinen von ihnen hat die Reise interessiert, wo es doch die Geschichte vom Angriff und vom großen Sieg zu singen gilt.

Wer wird zurückgehen?

Schweigen. Auch ohne zu trommeln, wissen sie, daß die Entscheidung getroffen werden muß, und sie fällen sie schweigend. Einer erhebt sich. Dann der nächste. Danach der dritte.

Die Angelegenheit ist zu wichtig. Wir benötigen hierfür alle drei Beine des Schemels.

Trommeln mit der Linken, langsam und traurig, aber ohne Zögern und Schwäche.

Sollen wir es dem Monster sagen?

Wir zeigen es ihm und lernen von ihm.

Am nächsten Morgen hatte sich die ganze Bande vor ihrem Haus versammelt. Ofelia zählte sie durch, glaubte, es seien tatsächlich alle erschienen, und fragte sich, was das zu bedeuten hatte. Schließlich traten drei Aliens vor, und eines nach dem anderen verbeugte sich tief, bis ihre Köpfe sich auf Ofelias Bauchhöhe befanden. Was sollte das denn jetzt schon wieder?

»Braucht ihr irgendwas?« fragte die alte Frau. Sie hatten sich eindeutig vor ihr verbeugt. Aber was mochte eine Verbeugung bei ihnen zu bedeuten haben? Ofelia erhielt auf ihre Frage keine Antwort, nicht einmal die Grunzlaute, die sie sonst bei jeder sich bietenden Gelegenheit äußerten.

»Wollt ihr Küh?« Sie öffnete die Tür und winkte die Burschen herein. Aber sie kamen nicht. Statt dessen machten die anderen Platz, und die drei, die vorhin vorgetreten waren, marschierten über die Straße fort.

Verwirrt ging Ofelia nach draußen. Wollten die Wesen sie irgendwo hinbringen, wo etwas repariert werden mußte? Als das Trio auf die Straße abbog, die zum Fluß führte, war die alte Frau sich darin ziemlich sicher. Wahrscheinlich die Pumpen. Aber heute morgen war das Wasser normal aus dem Hahn und der Dusche gekommen. Sicher wollten sie von ihr erfahren, wie die Pumpen arbeiteten. Die alte Frau hatte schon lange damit gerechnet, daß die Aliens Genaueres über diese Anlage wissen wollten.

Aber die drei ließen das Pumpenhaus links liegen und zogen weiter. Die alte Frau folgte ihnen, und hinter ihr trottete der Rest. Das erinnerte sie an frühere Prozessionen oder zeremonielle Handlungen, an denen die ganze Klasse teilnehmen mußte (und sie hatte nie gewußt, was sie da eigentlich sollte). Nun durchschritten sie die Wiese bis zu dem hohen Gras am Wasser. Die alte Frau mochte es nicht, sich durch die hohen Halme zu bewegen. Sie stachen ihr in die Füße und hinterließen brennende Linien auf ihrer bloßen Haut.

Hier blieben sie stehen und drehten sich zu Ofelia um. Wieder verbeugte sich das Trio. Einer von ihnen kam zu der alten Frau und legte sanft eine Kralle auf eine ihrer Halsketten. Er trillerte leise, holte dann mit den Armen weit aus, als wolle er die ganze Gegend umfassen und ruckte endlich mit dem Kopf in Richtung Fluß.

Plötzlich wurde ihr alles klar: Die Wesen wollten fort. Alle? Ofelia drehte sich zu den anderen um. Sie standen in einer Reihe da und rührten sich nicht. Wollten die Aliens etwa, daß sie wegginge? Nein, das konnte sie doch nicht. Ofelia vertrug ihre Nahrung nicht, und das mußten sie wirklich bemerkt haben.

Der Bursche, der vor ihr stand, berührte wieder ihre Halskette. Diesmal glitt die Krallenspitze unter den Schmuck, ganz sanft und vorsichtig, ohne auch nur einen leichten Kratzer auf ihrer Haut zu hinterlassen. Was wollte er? Etwa die Kette? Wieso? Die alte Frau hob die Hände und zog das Stück langsam über ihren Kopf. Es handelte sich um den Schmuck, den sie aus den Schleimrutengehäusen hergestellt hatte, vermischt mit einigen bemalten Holzperlen. Ihre gelbgrüne Kette (auch wenn sich ein paar blaue darunter fanden). Nicht direkt ihr Lieblingsstück. Wenn das Wesen es unbedingt haben wollte, dann bitte.

Sie hielt dem Burschen die Kette hin, und er nahm sie. Dabei sah er die alte Frau an, als wolle er sich unbedingt ihr Gesicht einprägen. Wenn er wirklich fort mußte, würde er das gewiß damit beabsichtigen. Als er den Blick schließlich abwandte, steckte er die Kette in eine der Flaschen, die von seinem Gürtel hingen. Er drückte den Stopfen drauf, verbeugte sich noch einmal und zog dann mit seinen beiden Gefährten von dannen.

Ofelia hatte die Aliens nie in der Nähe des Flusses bemerkt und wußte nicht einmal, ob sie schwimmen konnten. Sorge und Angst um die drei erfüllte sie – so als seien sie tatsächlich ihre Kinder. Im Strom lebten Wesen, die andere Wasserwesen fraßen. Die Siedler hatten einmal ein Kind an eine Kreatur mit Schuppen und langen Zähnen verloren.

Dann sah sie das schmale Boot, das sich durch das Schilf und auf den Fluß hinaus bewegte. Sie erkannte, wie wenig sie doch von diesen Aliens wußte und wie, natürlicherweise, wunderbar sie sich an ihre Welt angepaßt hatten. Das Gefährt bestand aus einem Rahmen gebogener Hölzer, um die sie irgend etwas – Häute? – genäht hatten. Die Nähte ergaben ein Ziegelmauermuster. Ofelia fragte sich, womit sie das Material gegen das Wasser abgedichtet hatten. Nun erkannte sie auch Paddel – lange Stangen, mit Paddeln an beiden Enden, die spitz zuliefen, wieder und wieder ins Wasser eintauchten und das Boot rasch und anscheinend mühelos über den Fluß brachten.

Die Kolonisten hatten nie dergleichen besessen. Und Ofelia hatte sich auch nie etwas so Elegantes vorstellen können. Die Boote der Siedler bestanden aus einteiligen Schalen, in denen zwölf Erwachsene Platz fanden. Sie waren eckig, auch vorn und hinten, und an einem Ende war ein kleiner Motor angebracht. Die alte Frau erinnerte sich noch gut daran, wie sie im ersten Jahr eine Anlegestelle für die Boote gebaut hatten. Der Fabrikator konnte so große Dinge nicht herstellen, und als dann irgendwann auch die letzten Boote verloren waren, hatten die Siedler es eben gelassen, sich auf den Fluß hinauszuwagen. Niemandem war in den Sinn gekommen, so kleine und wendige Boote zu bauen. Ofelia starrte ihm hinterher und stellte sich dabei vor, wie man Kuhhäute um einen Holzrahmen spannte. Vielleicht wäre so etwas ja auch den Kolonisten möglich gewesen ... wenn nur einer von ihnen auf die Idee verfallen wäre.

Die alte Frau drehte sich zu den anderen um. Sie starrten auf den Fluß, bis das Boot das jenseitige Ufer erreicht hatte. Man mußte schon genau hinsehen, um das Gefährt und seine Insassen zu erkennen. Die drei winkten noch einmal und verschwanden dann im Strauchland.

Die Aliens waren Bootsbauer und Bootstüftler. Sie mußten dieses Gefährt gebaut haben, als sie an diesen Strom gestoßen waren. Die alte Frau konnte sich nicht vorstellen, daß sie das Ding den ganzen Weg von den Steppen, auf denen sie lebten, bis hierher mitgeschleppt hatten.

Selbst wenn sie die Sprache dieser Wesen verstanden hätte, hätte sie nicht fragen müssen, warum die drei weggegangen waren. Aller Wahrscheinlichkeit waren sie losgezogen, um den anderen von ihr zu berichten. Die Aliens hatten sie nicht umgebracht (noch nicht, wie sie sich gleich klarmachte), und sie hatten sie jetzt genug studiert, um dem Rest des Stammes von ihr zu erzählen. Würde das ganze Volk jetzt hierherziehen? Oder würden auch die fünf, die noch geblieben waren, sie über kurz oder lang verlassen?

Eine interessante Vorstellung. Wenn der Rest auch wegzöge, fände sie endlich Ruhe und Frieden wieder. Sie könnte wieder das Leben führen, das ihr gefiel, ohne ständig ein Auge auf kleinkindhafte Aliens werfen zu müssen.

Für einen Moment gab sie sich dieser wunderbaren Möglichkeit hin und genoß das Gefühl, bald wieder ihre Tage in gesegnetem Alleinsein verbringen zu dürfen. Aber nein, so recht konnte sie nicht daran glauben. Ihr Friede war bereits nachhaltig zerstört worden, und zwar erst durch die neue Kolonie und dann durch das Auftauchen der Wesen. Und Ofelia wußte so genau, als säße sie selbst an einer der Stellen, an der die großen Entscheidungen getroffen wurden, daß eines Tages ein Trupp auf dieser Welt erscheinen würde, um Nachforschungen über die Wesen anzustellen, die die neuen Siedler getötet hatten.

Am nächsten Morgen war der Rest der Wesen immer noch da. Ofelia hatte eigentlich damit gerechnet, daß die Fremden sie verließen, im Wald jagen gingen oder sonstwas unternahmen. Schließlich war die Mission nach Hause ja längst auf dem Weg. Aber die Aliens blieben bei ihr, und das im wortwörtlichen Sinne. Auch wenn ihre Zahl sich verringert hatte, fühlte die alte Frau sich genauso bedrängt und beobachtet. Irgendwann ertappte sie sich dabei, das Grunzen und Quieken nachzuahmen und dabei ihre Lippen in alle Richtungen zu verrenken. Oft genug starrten die Fremden sie dann einfach an, und hin und wieder antworteten sie mit den für sie typischen Lauten darauf – wovon Ofelia natürlich nichts verstand. Es war ihr einfach bequem, solche Laute von sich zu geben. Genauso hatte sie es damals auch mit ihren Babies gehalten.

Mittlerweile waren sie in ihren Augen unterscheidbar und Individuen geworden, auch wenn der Begriff Individualität so recht nicht zutraf. Die alte Frau hatte noch nicht herausgefunden, wer von ihnen männlich oder weiblich war. Auch über ihr Alter oder ihre soziale Stellung wußte sie nichts. Aber sie hatte ihnen Namen gegeben, und die basierten auf etwas, das ihr an dem einen oder anderen aufgefallen war. Der Musiker – das war derjenige, der das Spiel auf den Rohren am besten beherrschte. Der Killer – das war derjenige, der den Baumkletterer aufgeschlitzt hatte (Ofelia wünschte, dieser wäre mit den anderen fortgezogen, aber leider war er geblieben). Der Gärtner – derjenige, der zwar keine Gartenarbeit verrichtete, aber sich stets zu ihr gesellte, wenn sie sich um die Pflanzen kümmerte, und auf Schleimruten wartete.

So gingen die Tage ins Land. Der Musiker bemalte Perlen und stellte daraus eine Halskette her. Er verwendete hauptsächlich blaue Holzperlen und lockerte sie mit ein paar grünen und gelben auf. Mit seinen harten, langen Krallen konnte er den Pinsel nicht so gut halten wie Ofelia. Doch der Bursche wußte sich zu helfen: Er brach einen Zweig ab, schälte ihn, steckte die Perle auf das spitze Ende und tauchte das ganze in den Farbtopf. Ofelia sah erstaunt zu, wie das Wesen dann darauf wartete, bis alle überschüssige Farbe den Zweig hinabgelaufen war (es hielt das Holz geschickt zwischen zwei Krallenspitzen), und die Perle dann zum Trocknen ablegte – und zwar auf einen aufgestellten Ast, dessen Zweige bald wie ein Weihnachtsbaum mit bunten Holzkügelchen besetzt waren. Die alte Frau konnte sich noch dunkel daran erinnern, wie an diesen Feiertagen alle öffentlichen Gebäude mit solchen Bäumen geschmückt gewesen waren.

Doch damit nicht genug der Überraschungen: Der Alien benutzte für jede Farbe einen anderen geschälten und angespitzten Zweig. Kindern mußte man erst langwierig beibringen, nach jedem Aufstrich den Pinsel zu reinigen, bevor er in eine andere Farbe getaucht werden konnte ... aber zum wiederholten Male mußte Ofelia sich ins Bewußtsein zurückrufen, daß es sich bei diesen Monstern nicht um Kinder handelte. Auch waren sie keine Menschen, obwohl die alte Frau das im Lauf der Zeit immer häufiger vergaß.

Als die Holzperlen trocken waren, verschmähte das Wesen die Schnur, die Ofelia ihm angeboten hatte, und reihte sie statt dessen auf zusammengeflochtenen Grashalmen auf. Schließlich war die neue Halskette fertig, und der Alien hielt sie ihr hin. Ein Geschenk? Oder eine Wiedergutmachung für die Kette, die die Reisenden mitgenommen hatten? Wie so oft konnte sie sich nicht sicher sein – nur die Absicht des Wesens war klar. Also nahm die alte Frau das Stück und legte es an. Das Monster hüpfte auf und ab und stieß ein Geräusch aus, das in Ofelias Ohren freudig klang. Die alte Frau lächelte und sagte ihm danke, so als habe sie einen Menschen vor sich.

Der Bursche, dem sie den Namen ›Killer‹ verliehen hatte, streifte am liebsten über die Wiesen und Weiden.

Anfangs fürchtete Ofelia um den Viehbestand. Sie zählte die Tiere jeden Tag, doch nie fehlte eins. Wenn sie sich zu den Schafen oder Rindern begab, folgte Killer ihr. Manchmal blieb er stehen und kratzte mit seinen langen Zehennägeln an einem der Grasbüschel. Gelegentlich ließ er sich sogar ins hohe Gras am Fluß fallen und rollte darin auf dem Rücken, wie es Hühner taten, wenn sie ein Staubbad nahmen. Ofelia kicherte gleich los, ehe ihr bewußt wurde, was sie da tat. Aber es sah einfach zu komisch aus, wie dieses Wesen sich im Gras wälzte und nicht einmal Federn besaß, die es aufplustern konnte. Die alte Frau hatte keinen Schimmer, warum Killer das tat. Sie vermutete, irgendein Juckreiz plagte ihn am Rücken, den er auf diese Weise loswerden wollte.

Gärtner stellte sich stets zuverlässig ein, wenn sie in den Garten kam, und half ihr dabei, der Schleimrutenplage Herr zu werden. Anscheinend besaß dieses Wesen keine anderen Hobbies oder Interessen. Wenn die anderen ins Zentrum drängten und Ofelia an der Arbeit hinderten, waren mal die einen, mal die anderen darunter; aber Gärtner kam nie mit. Von Zeit zu Zeit entdeckte die alte Frau im Erdreich rund um die Pflanzen Kratzspuren, so als habe jemand es während ihrer Abwesenheit aufgelockert oder Unkraut entfernt. Vielleicht verstand Gärtner ja, wozu Hacke und Rechen gut waren; wahrscheinlich rührten die Spuren aber nur davon her, daß er wieder Appetit auf Schleimruten bekommen hatte.

Sie hörte die Geräusche, während sie sich nach dem Duschen abtrocknete. Ein langer, rhythmischer Schrei, dem mehrere Stimmen antworteten. Ihr Herz schlug schneller und noch schneller. Dann ertönte unten von der Straße ein Ruf, und dem folgte das Klacken der langen Zehennägel. Die Wesen liefen irgendwohin.

Waren ihre Freunde eingetroffen? Oder gar ihre Familien? Ofelia trocknete den Rest ihres Körpers sehr langsam ab, damit sie Zeit zum Nachdenken gewann. Jetzt würde schon wieder alles anders werden. Die alte Frau war es leid, sich nochmal auf neue Bedingungen einstellen zu müssen. Aber die Welt hatte sich noch nie die Mühe gemacht, sich nach Ofelias Wünschen zu richten. Wie viele von den Aliens mochten gekommen sein? Würde sie jetzt noch die Möglichkeit haben, ein Leben nach eigenen Vorstellungen zu führen, wie es ihr bei der bisherigen Gruppe Monster (die sie insgeheim schon als Freunde betrachtete) gestattet worden war?

Sie legte die Halsketten an, die sie vorher auf den Küchentisch gelegt hatte. Vorsichtig öffnete sie die Tür und spähte hinaus auf die Straße. Niemand hielt sich dort auf, aber unten vom Fluß her drangen aufgeregte Stimmen und das Muhen der Rinder heran. Die alte Frau dachte nach. Sollte sie den Umhang anziehen, an dem sie gerade arbeitete, den mit den bunten Stoffstreifen ... oder lieber das Seesturm-Gewand ... oder das Cape, das sie mit Mustern von Blumen und Gesichtern bestickt hatte?

Die Stimmen kamen näher. Ja, das Cape. Das ließ sich im Nu überwerfen, und außerdem hing es hier im Haus im Schrank. Mit Cape und Halsketten fühlte sie sich schon prächtig ausstaffiert. Aber nein, da fehlte immer noch etwas. Armbänder, genau, und das großmaschige Häkeltuch, um damit den Kopf zu bedecken. Sie hatte das schon einmal angelegt und erinnerte sich noch gut daran, was für große Augen die Aliens gemacht hatten.

So trat sie hinaus auf die Straße und setzte sich in Richtung Fluß in Bewegung. Ja, sie würde ihnen entgegenschreiten und nicht in ihrem Haus auf sie warten. Immerhin war ihr Heim ihre Burg, und die wollte sie für sich behalten. Ein aufkommender Wind verschob das Cape an ihren Schultern. Sie blieb stehen und betrachtete die Gesichter, die sie darauf gestickt hatte. Warum hatte sie eigentlich einem davon drei Augen gegeben? Sie konnte sich nicht daran erinnern, und auch nicht daran, warum sie zwischen den Gesichtern und Blumen eine Doppelreihe Augen angebracht hatte.

Vorn tauchte jetzt ein Gedränge von Wesen auf. Einer von ihnen trug ihre Halskette. Waren die drei zurückgekehrt? Aber es waren auch neue darunter. Einer war viel dunkler als die anderen, und einer trug einen himmelblauen Mantel, der fast bis auf den Boden reichte.

Ofelia blieb am letzten Haus stehen. Die Gruppe kam auf sie zu. Die Aliens trugen Säcke. Nahrungsmittel? Werkzeuge? Die neuen Wesen, vor allem der mit dem Mantel, schienen sich viel langsamer zu bewegen, als sie es von den ihr vertrauten Aliens gewohnt war. Beim Näherkommen entdeckte sie, daß die Neuen vom gleichen Volk stammten. Die alte Frau spürte jedoch, daß diese mit einer ganz anderen Intelligenz gesegnet waren. Ofelia hatte nie festgestellt, ob es innerhalb ihrer Gruppe eine Organisation oder Hierarchie gab und wer überhaupt das Sagen hatte. Wenn die Aliens nicht gerade auf Jagd gingen, verbrachten sie den lieben langen Tag mit nichts anderem, als ihr zu folgen und alles in sich aufzunehmen, was die alte Frau anstellte. Doch jetzt fiel ihr auf, daß ihre Freunde hinter den neuen herliefen. Der mit dem Mantel schritt vorneweg, als sei dies sein gutes Recht.

Ihr Herz klopfte laut, und das Blut rauschte ihr in den Ohren. Vor Furcht oder vor Aufregung? Sie starrte den Mantelträger an, um irgendeine Besonderheit oder Eigenheit an ihm auszumachen. Unter dem offenen Mantel trug er wie alle anderen die Gürtel, an denen Flaschen und Säcke hingen.

Fünf Meter von ihr entfernt blieb der Neue stehen. Die anderen hielten ebenfalls an, wenn auch in respektvollem Abstand. Der Wind fuhr wieder in Ofelias Umhang und erzeugte auf dem Stoff Wellenbewegungen. Das Wesen hob langsam beide Hände und spreizte die Finger. Damit wußte Ofelia etwas anzufangen: Die Geste bedeutete, daß es ohne Waffen gekommen war. Ja, darin war sie sich ziemlich sicher. Nun hob auch sie die Hände und zeigte ihm die leeren Handflächen. Der Neue führte seine Hände nun zusammen und setzte die Krallenspitzen so vorsichtig aneinander, als habe er zerbrechliche Heiligenfigürchen vor sich, wie die alte Frau sie aus ihrer Kindheit kannte. Wieder ahmte sie die Bewegung nach. Was immer das auch bei den Aliens zu bedeuten hatte, es entsprach sicher nicht dem, was Menschen darunter verstanden. Ofelia hatte nie dem äußeren Schein ihrer Mitmenschen getraut. Ihr schlechtes Gewissen erwachte, das sie aber rasch verscheuchte. Woher sollten diese Wesen wissen, wieviel Schlechtigkeit sie den Menschen immer unterstellt hatte?

Der Mantelträger breitete nun die Arme aus, so als begrüße er die Siedlung, die sich hinter der alten Frau ausbreitete. Dann führte er die Hände wieder zusammen, und aus seinen Fingerbewegungen war zu schließen, daß er etwas zusammenpackte. Dieses ›Päckchen‹ reichte er ihr dann. Wenn Ofelia nicht irrte, bedeutete dies wohl, daß er ihr versichern wollte, der ganze Ort gehöre ihr. Vielleicht hatte er damit aber auch nur eine Frage gestellt.

Die alte Frau erinnerte sich an ein Kinderlied, zog mit den Händen Kreise durch die Luft, deutete auf den Horizont und tat dann ihrerseits so, als würde sie etwas einwickeln. Nun reichte sie dem Neuen dieses unsichtbare Paket so vorsichtig und behutsam, als handele es sich dabei um etwas ungemein Wertvolles. Diese ganze Welt gehört dir, wollte sie ihm damit sagen.

Ofelias Freunde hüpften vorsichtig, aber der Mantelträger zeigte für einen langen Moment überhaupt keine Reaktion. Dann drehte er sich zu den anderen um und gab ihnen mit einem Handzeichen etwas zu verstehen. Zwei von ihnen – Musiker und einer der Neuen –, holten ihre Instrumente hervor und bliesen eine Weise in den Wind. Nach wenigen Tönen fingen die anderen an zu trommeln.

Sie wußte, daß diese Wesen gern trommelten. Schließlich hatte sie das Nacht für Nacht zu hören bekommen. Aber sie war nie darauf gekommen, wie die Aliens diese Geräusche erzeugten – und erst recht nicht, welche Wirkung das auf sie selbst haben würde.

Kapitel 12

Ihre Kehlsäcke schwollen an und wölbten sich zu grotesken Gebilden, ihre Arme zuckten, und überhaupt schien ihr ganzer Körper zu vibrieren. Aus ihren veränderten Kehlen drang ein hart pulsierender Rhythmus. Ofelia spürte, wie er die Luft vibrieren ließ und durch ihren Leib fuhr, als wäre sie Bestandteil dieses Trommelns. Nie zuvor hatten die Aliens so laut und so intensiv gespielt. Die Fußsohlen der alten Frau zuckten und juckten in einem anderen Rhythmus, so als bewege eine Armee (und sie selbst mittendrin) sich im Gleichschritt, aber zu einem abweichenden Lied. Als sie wieder sehen konnte, entdeckte sie, daß die Wesen allesamt mit den Füßen aufstampften, doch in einem anderen Takt.

Diese Dissonanz gefiel ihr nicht. Ihr Körper wäre gern dem einen oder dem anderen gefolgt und konnte sich nicht auf beides einstellen. Warum eigentlich nicht? Ihre Füße zuckten, und sie spürte, wie sich aus der Diskordanz Synkopen entwickelten ... Die alte Frau riß die Arme hoch und wiegte sich ... Sie glitt ein in etwas, das sie für Tanz und Gesang hielt, obwohl sie sich nie zuvor zu einem solchen Klanggebilde bewegt hatte und auch nicht wußte, was ihr Wiegen und Schaukeln den Wesen vermittelte, die diese Musik zauberten.

Schlag, Schlag, Stampf, Stampf. Die beiden Ströme stabilisierten sich, und Ofelia entdeckte, daß sie die einzelnen Schläge voneinander unterscheiden konnte und ihre

Füße im Gleichklang mit denen der Wesen stampften. Hatten sie sich ihr angepaßt, oder verhielt es sich umgekehrt. Die alte Frau war sich überhaupt nicht mehr sicher. Sie fühlte sich atemlos und gleichzeitig leichtfüßig, so als könne sie eine ganze Nacht durchtanzen.

Ihre Freunde kamen nach vorn und bauten sich an den Flanken auf. Ofelia sah sie der Reihe nach an: Musiker, Killer, Gärtner und die anderen, für die sie noch keinen Namen gefunden hatte. Die Gruppe tanzte einen Schritt auf sie zu. Die alte Frau wich zurück. Wieder näherten sie sich ihr ... und mit dem schneller werdenden Takt und dem Gleichklang des Fußstampfens kam ihr die Erkenntnis – sie würden die Siedlung nicht ohne sie betreten – nicht ohne ihre Erlaubnis?

Einen Moment lang wehrte sich alles in ihr dagegen. Was sollte sie mit noch mehr Aliens? War es schon arg mit denen, die sie kannte, wie würde es dann erst werden, wenn noch ein paar neue dazukamen? Aber die Musik ließ sie nicht mehr los, gab ihr Kraft und beruhigte sie. Wenn die Wesen unbedingt in den Ort wollten, konnte Ofelia allein sie niemals aufhalten. So, wie sie es ihr jetzt vorschlugen, besaß die alte Frau wenigstens die Möglichkeit, das Tempo vorzugeben und sie dorthin zu führen, wo es ihr recht war. Sie drehte sich mit einem ausgestreckten Arm einmal um sich selbst, um anzuzeigen: Dies soll auch euch gehören.

Und damit führte sie die Schar aus Kehlsacktrommlern und Fußstampfern in die Siedlung. Das Getrommel veränderte sich zu einem einfachen Rhythmus, den sie gleichwohl in jedem einzelnen Knochen spürte, als würde der Boden selbst pulsieren.

Ofelia führte sie über die Straße, vorbei an den geschlossenen Häusern, an der Stelle, wo sie den Verletzten entdeckt hatte, und an dem Heim, in dem sie Schutz vor dem Unwetter gesucht hatten. Dann bogen sie auf die Hauptstraße ab, die zu ihrem eigenen Haus und zum Gemeindezentrum führte. Hier angekommen, bekam sie

Atemnot und Seitenstiche. Sie blieb stehen, beugte sich vor und preßte eine Hand an die Rippen.

Das Trommeln wurde langsamer und leiser – und glich jetzt einem Lied ohne Worte. Ihre Freunde traten auf sie zu. Machten sie sich Sorgen, oder waren sie nur hungrig? Ofelia stützte sich mit der anderen Hand an der Wand ab.

Was für eine Ironie. Sie hätte beinahe gekichert. Da stand sie nun, der Mittelpunkt der Aufmerksamkeit aller und die Attraktion, um derentwillen die Aliens über Tausende Kilometer gezogen waren, und weil sie schon so alt und gebrechlich war, konnte sie gleich vor Überanstrengung umfallen und sterben. Wäre das nicht eine ziemliche Zeitverschwendung für diese Kreaturen? Trotz der Seitenstiche fing sie doch an zu kichern und erstickte fast an einem Hustenanfall.

Als Ofelia wieder etwas leichter atmen konnte, hatten die Wesen sich in einem Kreis um sie aufgebaut und warteten schweigend. Der Mantelträger legte den Kopf schief und beobachtete sie.

»Geht schon wieder«, ächzte sie. »Ich bin wohl nur etwas aus der Übung. Das Alter ...«

Der Alien blinzelte. Dann lehnte er sich ebenfalls an die Wand, legte sich eine Hand an die Seite und fing an zu husten. Dieses Krächzen hörte sich allerdings an wie von einem Kind, das gerade gelernt hat, wie man in feiner Gesellschaft vornehm hüstelt, und sich darin üben will.

Der Neue streckte eine Hand aus und ließ sie stufenweise absinken, bis sie sich auf der gleichen Höhe mit Ofelias gebücktem Körper befand. Die Finger bewegten sich auf einer waagerechten Linie und teilten in bestimmten Abständen die Luft, als wollten sie Intervalle schaffen. Schließlich lag die Hand ganz still vor ihren Augen. Nun kam die andere Hand hinzu, bewegte sich ebenfalls abgehackt waagerecht und sauste unvermittelt nach unten. Dann senkte das Wesen auch die erste Hand und wackelte mit dem Kopf. Die alte Frau dachte scharf nach. So recht wollte ihr keine Antwort einfallen. Dann versuchte sie es mit dieser Möglichkeit: Sie hielt die Rechte ziemlich tief und ließ sie allmählich ansteigen; das stellte natürlich Heranwachsen dar. Die Hand bewegte sich nun horizontal; das Erwachsenenleben. Und endlich sackte die Rechte deutlich ab; der Tod. Wieder fing ihr Herz an, heftig zu pochen, und sie fühlte sich schwindlig. Hatte der Mantelträger nur fragen wollen, ob sie nicht mehr weit von ihrem Ende entfernt war? Oder hatte er das lediglich festgestellt?

Ofelia hatte keine Vorstellung, wie alt die Wesen sein mochten ... wie sollte sie dem Neuen da begreiflich machen, daß sie im Winter ihres Lebens stand?

Sie wiederholte die Handbewegungen, fügte diesmal die Intervalle hinzu, wie der Mantelträger es ihr vorgemacht hatte (auch wenn ihr vollkommen unklar war, was die zu bedeuten hatten. Stellten die Abschnitte Jahre dar, Jahreszeiten oder sonstwelche Ereignisse?), und zog eine längere waagerechte Linie als ihr Gegenüber. Schließlich sollten die Wesen ruhig erfahren, welch stolzes Alter sie bereits erreicht hatte. Die Frist, die ihr noch beschieden war, stellte sie mit der Linken dar, ließ sie aber nicht abrupt absacken, sondern senkte sie wackelnd, um darzustellen, daß sie selbst nicht wußte, wieviel Zeit ihr noch blieb. Ob die Wesen eine Vorstellung davon hatten, daß die alte Frau noch heute, in einem Jahr oder erst in drei Jahren sterben konnte?

Die Aliens schwiegen, bis sie fertig war, dann fingen ihre Freunde an zu reden. Der Mantelträger brachte sie sofort mit einer knappen Geste zum Schweigen und stellte sich direkt vor die alte Frau. Er zeigte mit einer Kralle auf das dreiäugige Gesicht auf ihrem Cape, dann auf ihre zwei Augen und wieder auf das gestickte Antlitz.

Wie sollte sie ihm das erklären? Ofelia wußte doch selbst nicht, warum sie das Gesicht mit drei Augen ausgestattet hatte. So zuckte sie die Achseln und breitete die Arme aus. Natürlich würden die Wesen das nicht verstehen, aber was konnte sie sonst tun? Nach einem langen Moment des Schweigens quiekte Musiker dem Mantelträger etwas zu, der ihm mit einem Grunzen antwortete. Musiker trat vor, nahm die alte Frau sanft am Arm und führte sie in Richtung Zentrumseingang.

Sie wollte ihm entgegnen, daß das ihr Zentrum sei und sie selbst entscheiden wolle, wann sie die Wesen hereinließ und wann nicht. Am liebsten hätte sie die ganze Bande fortgeschickt, denn nun wurde ihr immer bewußter, daß sie mehr Arbeit, mehr Störungen und noch weniger Privatheit erwarteten. Sie sah Musiker böse an, aber der stand gerade in Blickkontakt mit dem Mantelträger. Der Neue grunzte etwas, und ihr Freund trat sofort zurück. Blaumantel verbeugte sich wieder vor ihr.

Also schön, meinetwegen, dann würde sie die Angelegenheit eben gleich hinter sich bringen. Ofelia öffnete die Tür zum Zentrum und winkte die Burschen herein.

Aber nur der Neue folgte ihrer Aufforderung. Als er an ihr vorbeischritt, hörte sie seinen Atem und das Klacken seiner Zehennägel. Ein eigenartiger Geruch ging von ihm aus. Die alte Frau öffnete ihm alle Türen. Nähräume, Kontrollraum, Vorratsraum und die große Gemeindeküche.

Blaumantel blieb vor jedem Eingang stehen und warf einen Blick hinein. Ofelia erklärte ihm kurz, wozu der jeweilige Raum gut war, trat aber nicht ein. Auch er blieb draußen und folgte ihr, wohin sie sich wandte.

In der Küche drehte sie das Wasser auf und wieder ab, weil sie sich daran erinnerte, wie sehr das ihre Freunde am Anfang begeistert hatte. Blaumantel zischte nur, verhielt sich ansonsten aber ruhig. Vielleicht hatten die drei ihm bereits von dem fließenden Wasser berichtet, das direkt aus der Wand kam.

Sie öffnete einen Kühlschrank, und er beugte sich vor und wedelte sich die kalte Luft ins Gesicht. Dann kratzte er mit einer Kralle etwas von dem Eis ab und probierte es – genau wie die anderen.

»Küh«, sagte er. Ofelia starrte ihn mit großen Augen an. Hatten die anderen ihm dieses Wort übermittelt? Hatten sie wirklich begriffen, daß es sich bei den Lauten der alten Frau um eine Sprache handelte?

»Kühl«, bestätigte sie. Dann klopfte sie auf das Gerät. »Kühlschrank. Macht alles kalt.«

»Küh ... Kühschahhhk ...« Sein zweites Wort, und eines, das sich deutlich vom ersten unterschied. Aber es hörte sich nach etwas von dem an, was sie gerade gesagt hatte. Sie versuchte sich zu erinnern, was sie eben von sich gegeben hatte. Kühlschrank. Macht alles kalt. Stellte ›Kühschahhhk‹ etwa seinen Versuch dar, ›Kühlschrank‹ wiederzugeben?

Sie wollte es genau wissen und sprach langsam und betont: »Kühlschrank. Macht – alles – kühl.«

»Kühschahhhk – ahht – ashhh – küh«, sagte Blaumantel und legte so wie sie zwischen jedem Wort eine kleine Pause ein. Bedeutete das tatsächlich, daß er das zu wiederholen versuchte, was sie gerade geäußert hatte? Ofelia wünschte sich, es wäre so. Bei ihren Kindern hatte dieser Wunsch immer gewirkt.

»Kühlschrank«, sagte sie noch einmal, öffnete das Gerät und entnahm ihm ein Paket, das sie ihm zeigte. »Essen. Essen in Kühlschrank.«

»Ähhss ihh Kühschahhhk.« Blaumantel griff seinerseits in den Kühlschrank und zog ebenfalls ein Paket heraus. »Ähhss ...« Offenbar wollte er wissen, ob auch er etwas zu essen gefunden hatte. Ofelia fiel auf, daß er genau entgegengesetzt intonierte. Statt die Stimme beim letzten Teil der Frage anzuheben, senkte er sie.

»Essen«, bestätigte sie. Natürlich konnte er noch nicht erfassen, was alles mit dem Begriff ›Essen‹ gemeint war. Vielleicht glaubte er ja auch, damit werde die Verpackung bezeichnet. Aber Blaumantel schien für Ofelias Sprache deutlich empfänglicher zu sein als die anderen.

Hatten sie ihn womöglich aus diesem Grund hierhergebracht? Wenn es sich mit diesen Wesen ähnlich verhielt wie mit den Menschen, dann hatten sie zuerst ein paar Kundschafter ausgesandt. Und denen folgten dann die Spezialisten, zu denen höchstwahrscheinlich Blaumantel gehörte. Vielleicht ein Sprachenspezialist?

Das Wesen legte sein Paket in den Kühlschrank zurück und wandte sich ab. Die alte Frau gab ihr Päckchen ebenfalls wieder hinein und schloß die Tür. Der Alien stand jetzt vor dem Ausguß und betastete den Wasserhahn. Natürlich wollte er noch viel mehr Wörter lernen. Menschenkinder machten sich auf die gleiche Weise Sprache zu eigen. Sie wollten nicht endlos üben, bis sie ein Wort endlich richtig aussprachen, sondern lieber die Bezeichnungen von allem erfahren, was sie umgab.

Ofelia drehte den Hahn auf. »Wasser«, erklärte sie und hielt die Hand hinein. Blaumantel schob seine Krallen ebenfalls in das Naß.

»Uahhssah«, sagte er mit einem gurgelnden Unterton, der ihr so vorkam, als wolle er das Geräusch von Wasser wiedergeben.

»Was-ser«, wiederholte die alte Frau. Das Wesen zog die Finger zurück und legte sie wieder auf den Hahn.

»Ahht Uahhssah?« fragte es, was wiederum am Abfallen des Satzendes deutlich wurde.

Ofelia versuchte, sich zu konzentrieren. Wenn ›Kühschahhhk Ahht Küh‹ soviel wie ›Kühschrank macht Kälte‹ bedeutete, dann konnte es ›macht‹ wohl nicht besser als ›ahht‹ aussprechen. Mit anderen Worten, ›Ahht Uahhssah‹ hieß dann wohl soviel wie ›Macht Wasser‹. Ofelia gratulierte sich. Das hatte sie ja wirklich klug angefangen. Aber von einer Frau, die schon mehreren Generationen von Kindern das Sprechen beigebracht hatte, durfte man ja wohl etwas Gescheites verlangen. Außerdem war sie nun wirklich zu alt, um noch die Sprache der Aliens zu erlernen. Genau, sollten sie sich doch an der der Menschen versuchen.

»Macht Wasser an«, sagte sie und drehte den Hahn weiter auf, damit ein stärkerer Strahl herauskam. »Wasser an.« Sie drehte den Hahn zu. »Macht Wasser aus. Wasser aus.«

»Ahht Uahhssah Ahhn.« Ofelia staunte. Das ›ahhn‹ für ›an‹ klang ja schon fast richtig. Warum konnte das Wesen nicht ›machen‹ sagen, wenn es doch offensichtlich in der Lage war, so etwas wie ›an‹ auszusprechen?

Blaumantel tippte auf den Wasserhahn. »Ahht Uahhssah Ahhn.«

Ofelia drehte das Wasser wieder auf. Der Bursche nickte. Was sollte das heißen: Zustimmung? Freude? Dankbarkeit? Tja, wenn sie das mal wüßte.

»Ahht Uahhssah Auus.« Gut, das klang ja schon wirklich hervorragend. Ofelia belohnte ihn gleich damit, zu nicken und das Wasser wieder abzudrehen.

»Wasser aus.« Wieder bewegte er den Kopf vor und zurück. Dann kehrte er ihr den Rücken zu. Offenbar suchte er in der Küche etwas Bestimmtes. Ohne Zweifel etwas, wovon die anderen ihm berichtet hatten. Aber sie hatten hier so vieles Interessante entdeckt. Ofelia beschloß, es mit etwas zu versuchen, das garantiert ein Erfolg werden würde. Sie trat an die Tür. Als Blaumantel sich zu ihr gesellt hatte, zeigte die alte Frau erst auf den Lichtschalter und dann auf die Lampe an der Decke.

»Licht«, erklärte sie und betätigte den Schalter. »Licht an – Licht aus.«

Blaumantel dehnte das ›l‹ auf eine Weise, wie Ofelia es noch nie von einem Lebewesen gehört hatte: »Lllliahht. Lllliahht Ahhn – Lllliahht Auus.«

Ofelia machte das Licht aus, Blaumantel machte es wieder an, wobei er seine neuen Worte wiederholte. Dann tippte er auf den Schalter selbst, ohne ihn aber zu betätigen.

»Schalter«, sagte die alte Frau. »Lichtschalter. Schalter macht Licht an und aus.« Sie sprach sehr langsam und ließ wieder zwischen jedem Wort eine Pause.

Das Wesen gab ein Geräusch von sich, mit dem Ofelia zuerst überhaupt nichts anfangen konnte. Er hörte sich an wie ›Ahhta‹ oder so, hatte aber kaum Ähnlichkeit mit ›Schalter‹. Blaumantel legte den Kopf schief, und sie sprach ihm das Wort noch einmal vor. Warum hatte er nur solche Schwierigkeiten mit diesem Begriff? Er ließ sich dehnen, und er enthielt Vokale, die dem Wesen vorher auch möglich gewesen waren. Während sie das Wort wiederholte, hörte es sich plötzlich selbst für ihre Ohren fremd an.

Diesmal brachte der Alien ein: »Schahhta« zustande. Aha, es lag also an dem harten Zischlaut. Als sie das ›Sch‹ langsamer, so wie in ›Kühlschrank‹ ausgesprochen hatte, kam er damit besser zurecht. Nun gut, ›Schahhta‹ mußte reichen. Sie wollte ihn nicht überfordern. Und wenn sie ganz ehrlich war, mußte sie zugeben, daß er mit ihren Lauten besser zurechtkam als sie mit denen seines Volks.

»Schahhta Ahht Lllliahht!«

Ofelia übersetzte für sich jedes seiner Worte, so wie sie das früher bei ihren Jüngsten getan hatte. »Schalter macht Licht«. Gut, wunderbar, aber wie konnte sie ihm jetzt beibringen, daß es nicht eigentlich der Schalter war, der das Licht ›machte‹, daß es sich bei ihm nur um eine Kontrollvorrichtung zum Lichtmachen handelte? Aber mußte sie ihm das überhaupt erklären? Wenn sie es jetzt dabei beließ, würde sie später sicher die größten Schwierigkeiten haben, ihm den wahren Sachverhalt begreiflich zu machen. Das wußte sie aus leidvoller Erfahrung mit den Monstern. Sie hatte sich schon auf gefährliches Terrain vorgewagt, als sie ihm erklärt hatte, der Wasserhahn mache Wasser an oder aus.

Plötzlich erschien es ihr als ganz schön anstrengend, fremden Wesen ihre Sprache beizubringen. Bei den simpleren Worten, die Menschenkinder ganz von allein aufschnappten, war es viel einfacher. Da brauchte eine Mutter nur ja oder nein zu sagen.

»Schalter macht Licht an. Schalter macht Licht aus.« Sie demonstrierte es ihm noch einmal. Blaumantel sah sie mit vergrößerten Augen an. Nun mußte sie wohlüberlegt und langsam sprechen: »Schalter macht Licht nicht.« Das Wesen blinzelte. »Macht nicht Licht«, wiederholte sie. »Macht Licht an. Macht Licht aus.«

»Nihht.« Kopfschütteln. Dann legte er wieder eine Krallenspitze auf den Schalter und löschte das Licht. »Lllliahht Auus. Nihht Lllliahht.«

»Genau, jetzt kein Licht«, bestätigte sie in der Dunkelheit und schaltete gleich wieder ein. »Schalter macht Licht an. Macht Licht aus.«

»Ahht Lllliahht Ahhn. Ahht Lllliahht Auus. Nihht Ahht Lllliahht.«

»Du hast es erfaßt, mein Junge«, freute sich die alte Frau. Offenbar klappte es ja doch. Blaumantel besaß eine viel raschere und größere Auffassungsgabe als ein Kind, weil er zum Beispiel gleich begriffen hatte, was »nicht« meinte. Doch jetzt kehrte er an den Kühlschrank zurück, und Ofelia ging gleich hinter ihm her.

»Kühschahhhk Ahht Küh.«

»Kühlschrank macht Kälte, ja.«

Er ging weiter zum Ausguß und tippte auf den Wasserhahn. »Ahht Uahhssah.«

Ofelia schüttelte den Kopf. »Macht Wasser an. Macht Wasser aus.«

Das Wesen hielt die Hand unter den Hahn. »Nihht Uahhssah.«

»Richtig. Jetzt kein Wasser.« Sie drehte den Hahn auf. »Das macht Wasser an.«

»Ahht Uahhssah nihht.«

»Ganz recht. Macht kein –« Sie erkannte, daß der Alien ihren Ausführungen nicht würde folgen können. »Nicht macht Wasser. Macht Wasser an. Wie Licht.« Seine rasche Denkweise erstaunte sie, und wenn man ihm etwas erklärte, schien er gleich zu begreifen.

»Ahht Lllliahht.« Es zeigte nach draußen.

Ach so, Blaumantel wollte wissen, wer oder was denn nun das Licht machte. Sie fühlte sich viel zu erledigt, um ihm das jetzt auseinanderzulegen. Es würde sie Tage kosten, ihm die Energieanlage, Elektrizität, Kabel und so weiter zu erklären ... und das auch nur, wenn ihr alles wieder einfiel, was kaum der Fall sein dürfte.

Vielleicht verstand das Wesen ja die Bilder im Kontrollraum. Allerdings hatten die anderen damit nicht viel anfangen können. Ofelia verließ die Küche und machte sich auf den Weg. Sie hörte hinter sich ein Klicken und drehte sich um. Blaumantel hatte das Licht gelöscht, bevor er aus dem Raum trat. Wirklich erstaunlich.

Der Kontrollraum mit all seinen Paneelen, Tabulatoren, Bildschirmen und blinkenden Lichtern löste bei dem Wesen ein Zischen aus. Die alte Frau rief an einem Computer die Schaltpläne der Stromversorgung auf und ließ die Bilder vor sich ablaufen. Nein, das war alles viel zu kompliziert. Sie wußte zwar im wesentlichen, was die Diagramme zu bedeuten hatten. Doch wenn schon viele Kolonisten davor kapituliert hatten, wie konnte sie da erwarten, daß ein Alien sie verstand. Ofelia drehte sich zu dem Wesen um und entdeckte, daß es auf den Monitor starrte.

»Ahht ...« Blaumantel hob eine Hand und drehte die Finger, als wolle er die Ablaufbewegung der Diagramme nachahmen. Wollte er wissen, was die Bilder zum Laufen brachte? Nein, das konnte sie ihm unmöglich erklären. Ofelia hätte nicht einmal gewußt, wie sie einem Kind verständlich machen sollte, daß sich in dem Kasten Bilder bewegten – wie sollte sie da einem Fremdwesen so etwas erläutern, das nicht einmal ihre Sprache beherrschte? Sie ging aus den Schaltplänen hinaus, ignorierte Blaumantels Protestlaute und rief die Lehrprogramme auf. Die dienten dazu, Kindern etwas zu zeigen und zu erklären, waren bebildert und einfach gehalten, und dort mußte sich doch etwas finden lassen, mit dem sich der Wissensdurst dieses Aliens löschen ließ.

Sie erinnerte sich, in diesen Programmen einmal eine schematische Zeichnung gesehen zu haben. Ein Querschnitt durch eine Energieanlage, in dem auch die Verbindungen zu Häusern und Gebäuden aufgeführt waren. Ofelia fand das Bild.

»Energieanlage«, erklärte sie und zeigte auf die Darstellung. »Macht Elektrizität.« Nein, das war viel zu schwer. »Macht Zzzt. Zzzt geht in Draht.« Sie bewegte den Zeigefinger entlang der Verbindungen. »Zzzt macht Licht.«

Blaumantels Miene konnte alles von völliger Verständnislosigkeit bis zu lebhaftestem Interesse bedeuten. Nach einem Moment streckte er eine Kralle aus und deutete auf das klobige Kraftwerk. »Ähnahhkihh-Ahhnlahhe.« Das hörte sich doch zumindest ähnlich an. Energieanlage.

Aber Blaumantel war schon wieder unterwegs. Er stellte sich an die Tür und zog mit einem Arm einen großen Kreis durch die Luft.

»Ach so, du willst wissen, wo die Energieanlage steht? Warte, ich zeig's dir.« Ofelia kam ächzend hoch, sicherte den Computer, warf einen letzten Blick auf den Querschnitt und schlurfte zur Tür.

Anders als die Wesen damals machte Blaumantel ihr gleich Platz. Sie führte ihn nach draußen auf die Straße, wo die anderen Aliens zusammenhockten und über irgend etwas zu diskutieren schienen. Nur hatten sie ihre Stimmen erhoben. So laut hatte Ofelia sie noch nie gehört. Beim Anblick von Blaumantel verstummten sie jedoch augenblicklich. Er stieß ein kurzes Quieken hervor, und sofort erhoben sich zwei und schlossen sich ihm an.

Die alte Frau hatte es nicht eilig. Immerhin hatte sie einen ausgedehnten Tanz hinter sich. Ihre Knie knackten immer noch. Tief im Innern war sie sich auch gar nicht so sicher, ob sie dem Alien das Kraftwerk zeigen durfte. Gut, die Wesen hielten sich an die Grenzen, die sie ihnen gesetzt hatte. Sie respektierten Ofelia, weil sie diejenige war, die das Licht anmachen und das Wasser zum Fließen bringen konnte. Keiner von ihren Freunden war je auf die Idee gekommen, von ihr zu verlangen, sie solle ihm die Energieanlage zeigen. Die Wesen wußten also nicht, wie hier alles funktionierte. Aber wie stand es mit diesem Blaumantel? Er würde sich doch wohl kaum vom bloßen Hinsehen ein Bild machen können ... und wenn doch? Wenn diese Eingeborenen sich nun darauf verstanden, mit den Werkzeugen der Menschen umzugehen oder sogar ihre Maschinen zu bedienen. Sobald sie dazu in der Lage waren, brauchten sie die alte Frau sicher nicht mehr, und was würde dann aus ihr werden?

Der Manteltrager schien es auch nicht sonderlich eilig zu haben. Er blieb vor dem ersten Haus stehen und tschirpte etwas. Einer seiner Begleiter antwortete ihm. Blaumantel sah sie jetzt an. Anscheinend hatte er eine Frage gestellt. Wahrscheinlich wollte er wissen, ob das das Haus der alten Frau sei. Aber das hätte der andere ihm doch beantworten können. Womöglich wollte er erfahren, was er sich unter diesem Bauwerk vorzustellen habe.

»Haus«, sagte Ofelia. Wer hatte da früher drin gewohnt? Zu ihrer Verblüffung mußte sie feststellen, daß ihre Erinnerung daran, wer wo gelebt hatte, doch arg löchrig geworden war. So lange war das doch noch gar nicht her, verdammt. Tomas und Serafina? Oder Luis und Ysabel? Während sie noch darüber grübelte, öffnete sie die Tür und zog sie auf. Im Innern war es finster, und es roch muffig. Ofelia tauchte in das Dunkel ein, fand ihren Weg zu den Fenstern und stieß die Läden auf. Als sie sich umdrehte, stand Blaumantel mit gesenktem Haupt vor der Schwelle.

»Komm rein«, forderte sie ihn mit einer Handbewegung auf. Das Wesen gehorchte, und seine Zehennägel klackten auf dem Fliesenboden. Sie zeigte ihm alle Räume. Das Schlafzimmer, die Kleiderschränke ... in einem lag ein Stück verrotteter Stoff, und das brachte ihr Gedächtnis auf Trab. Ysabel hatte hier gelebt. Der Fetzen stammte von einer Tagesdecke, die die Frau nicht lange vor der Auswanderung aus mehreren Stoffresten genäht hatte ... das Badezimmer – Ofelia wies es auf die Dusche hin und drehte sie auf und wieder ab – und die Hintertür, die zum Garten hinausführte. Blaumantel folgte ihr aufmerksam überall hin. Einer seiner Begleiter entdeckte den Kühlschrank – eines von den Geräten, bei dem Ofelia schon vor längerem den Stecker rausgezogen hatte –, sagte »Küh« und grunzte dann zufrieden. Neugierig öffnete das Wesen die Kühlschranktür, woraufhin Blaumantel ein scharfes Quieken ausstieß. Der Alien schloß die Tür hastig wieder, als habe er sich daran die Finger verbrannt.

Fast kam es der alten Frau so vor, als habe hier gerade ein Vater oder eine Mutter ein unartiges Kind zurechtgewiesen. Darüber lohnte es sich nachzudenken. War Blaumantel vielleicht ein Erwachsener? Und waren die anderen tatsächlich noch Kinder? Die Vorstellung beruhigte sie, daß es sich bei Killer nur um einen etwas bösartigen Bengel handelte, den man disziplinieren mußte. Aber dann fiel ihr ein, daß alle Aliens diese langen Messer trugen. Blaumantel bildete darin keine Ausnahme.

Er begutachtete jetzt den Kühlschrank und sah dann die alte Frau an. Bat er um Erlaubnis? Sie nickte und zog dann selbst die Tür auf.

»Nicht kalt jetzt«, erklärte sie. »Kühle aus.«

»Küh Auus«, wiederholte er. Kühle aus. Er betrachtete das Gerät von allen Seiten. Ofelia hielt den Atem an. Das Wesen konnte nicht wissen, was den Kühlschrank zum Laufen brachte und warum er abgeschaltet war. Im Zentrum hatte er nicht genug Zeit gehabt, sich näher mit dem Gerät auseinanderzusetzen. Nein, unmöglich ...

Blaumantel besah sich jetzt die Hinterseite des Kühlschranks. Er sah die alte Frau noch einmal an, ging dann in die Hocke, streckte eine Hand aus und zog den

Stecker hervor. »Ahht Küh«, verkündete er bestimmt, und Ofelia ahnte gleich, daß seine Worte keine Frage darstellten.

Ihr wurde noch kälter als in einem Kühlschrank. Wie konnte der Bursche nur so rasch die Zusammenhänge begreifen? Kleine Kinder konnten so etwas nur erfassen, wenn sie sahen, wie jemand den Stecker einsteckte oder herauszog.

Diese Wesen besaßen keine elektrischen Anlagen, kannten Elektrizität nicht einmal ... oder doch? Nein, einfach undenkbar, daß sie so etwas verstanden. Aber Blaumantel stellte kluge und gezielte Fragen ... er mußte wesentlich intelligenter sein, als sie bisher angenommen hatte. Vielleicht sogar intelligenter als Menschen? Nein, über diese Frage wollte sie lieber nicht nachdenken.

»Bzzz macht kalt«, erklärte sie. Sollte sie auch das Kabel benennen? Wäre vielleicht besser, dann hätte sie es später mit den Erläuterungen leichter. »Das ist ein Kabel«, sagte sie und legte den Zeigefinger darauf. »Kabel. Bzzz in Kabel macht kalt.«

»Psss ...«, wiederholte Blaumantel. »Ähnahhkihh-Ahhnlahhe Ahht Psss.« Er legte eine kleine Pause ein, damit die alte Frau sich überlegen konnte, was er damit sagen wollte. Energieanlage macht Elektrizität – ja, das mußte es sein. »Psss Ihh Kahhal. Psss Ahht Küh.«

Ganz recht, mein neuer Freund, die Elektrizität im Kabel bewirkte, daß es im Kühlschrank kalt wurde. Aber wie bist du nur darauf gekommen, daß der Strom durchs Kabel fließt? So offensichtlich war das doch gar nicht, oder? Die Leitungen hinter dem Kühlschrank im Zentrum hatte das Wesen nicht sehen können, weil das Gerät direkt an die Wand geschoben war und man nicht dahinterschauen konnte. Gedankenverloren nickte sie und dachte nicht daran, daß die Aliens mit dieser Geste nichts anfangen konnten.

Der Fremde schlug eine Seite seines Mantels zurück und öffnete eine Netztasche, die an einem der Gurte hing. Er zog einen runden Gegenstand heraus, der so lang war wie Ofelias Unterarm. Sie glaubte, das sei Holz oder ein besonders dicker Grashalm. Blaumantel hielt das eine Ende an den Mund, schloß das andere mit der freien und blies hinein. Dann nahm er sehr sanft ihre Hand und drückte sie sachte an das untere Ende. Ofelia spürte den Luftzug, als er wieder hineinblies. Was wollte er ihr damit sagen?

Das Wesen fing an zu sprechen, aber so rasch, daß sie kein Wort verstand. Als es das bemerkte, verlangsamte es seine Rede. Das half immer noch nicht, und so atmete es vernehmlich aus, schwieg einen Moment, sagte dann »ihh« und tippte mit einer Kralle auf den Zylinder.

Luft im Zylinder? Die alte Frau nickte und hoffte, das Richtige getroffen zu haben.

»Uahhssah ihh ...« Ein gutturales Geräusch, mit dem Ofelia nichts anfangen konnte. Sie legte die Stirn in Falten. Wasser in ... in irgend etwas. Luft im Zylinder – Wasser im Zylinder? Floß Wasser durch etwas wie einen Zylinder? Nun, doch wohl eher durch ein Rohr ... handelte es sich bei dem gutturalen Laut um das Wort dieser Wesen für Rohr?

»Rohr«, sagte sie. »Wasser in Rohr.« Sie entdeckte, daß sie angefangen hatte, schneller zu atmen. Einfach unfaßbar, wie rasch dieser Alien die Zusammenhänge erkannte.

Blaumantel legte den Kopf schief. Stellte das vielleicht die Alien-Form des Nickens dar? Er wiederholte seinen Satz: »(Gurgel) Ihh (auf Zylinder zeigen)«. Das Wesen versuchte es in ihrer Sprache: »Uahhssah Ihh Ohh ...« Es hatte wohl Mühe mit dem Wort »Rohr. Die alte Frau sprach es ihm ganz langsam vor: »Rohhrr.«

»Koahh.« Der Alien tippte erregt auf den Zylinder, weil er sich noch einmal am ganzen Satz versuchen wollte: »Uahhssah Ihh Koahh. Psss Ihh Kahhal.«

Wenigstens hatte er das Prinzip begriffen. Wie Luft durch ein Rohr oder Wasser durch ein Rohr, so strömte

Elektrizität durch Kabel. Ofelia erinnerte sich, daß viele Kinder Mühe gehabt hatten, sich so etwas vorzustellen. Die meisten beharrten darauf, daß Elektrizität nicht fließen könne, weil ein Kabel ja innen nicht hohl sei. Aber dieser Fremde hier hatte das alles logisch erfaßt, und dazu waren nicht mehr als ein paar Blicke auf die Leitungen, Querschnittzeichnungen und Schalter nötig gewesen.

Die alte Frau fror immer mehr. Diese Wesen waren höchst gefährlich. Sie hatten Menschen umgebracht, und Ofelia hatte nichts Besseres zu tun, als ihnen die ganze menschliche Technologie offenzulegen ... So rasch, wie Blaumantel lernte, würde es sicher nicht mehr lange dauern, bis diese Kreaturen ihre eigenen Raumschiffe bauten.

Aber wie sollte sie die Wesen daran hindern? Schon bevor die alte Frau die Aliens überhaupt entdeckt hatte, mußten die schon allerlei Daten gesammelt haben. Und als Ofelia endlich deren rasche Auffassungsgabe entdeckte, hatten die Wesen schon mehr als genug gelernt.

Während sie sich das alles durch den Kopf gehen ließ, mußte sie sich gleichzeitig mit der alten Stimme darüber streiten, ob das alles nun ihre Schuld war oder nicht. Die alte Stimme überschüttete sie wie üblich mit Vorwürfen. Aber dann meldete sich die neue Stimme zu Wort und verteidigte sie.

Die alte Stimme wurde brüchig und teilte sich schließlich in die Bestandteile auf, aus denen sie sich zusammensetzte: ihre Mutter – ihr Vater – die Lehrerin in der Grundschule, die wütend geworden war, weil Ofelia zu schnell lernte – der Lehrer auf der weiterführenden Schule, der zornig geworden war, als sie das Stipendium abgelehnt hatte – Humberto – Barto ... und sogar Rosara.

Die neue Stimme ... nun, die schien sich wie sie selbst anzuhören, allerdings wie Ofelia in jüngeren Jahren. Aber konnte sie sich da sicher sein? Die neue Stimme bestand darauf, daß Ofelia nicht die geringste Schuld treffe, und führte aus, wie aufregend die ganze Geschichte doch war und welche Möglichkeiten sich boten.

Ofelia fing an, schallend zu lachen, und Blaumantel fuhr erschrocken zurück. »Oh, tut mir leid«, sagte die alte Frau gleich, als sie ihren Heiterkeitsanfall unter Kontrolle hatte. Der Ärmste konnte ja nicht wissen, was sie so zum Lachen gebracht hatte. Womöglich war ihm sogar das Lachen selbst völlig fremd. Wie sollte sie ihm erklären, was sie so belustigt hatte, sie wußte sich ja selbst keinen rechten Grund dafür. Der innere Dialog war ihr nur irgendwie schrecklich albern vorgekommen, wo die eine Seite behauptete, Ofelia bringe die gesamte menschliche Rasse in höchste Gefahr, während die andere fröhlich meinte, es sei doch toll, so viel über eine fremde Rasse zu erfahren.

Aber was immer sie hier lernen durfte, es würde ja doch für niemanden von Nutzen sein. Wenn die anderen kämen (falls sich überhaupt jemand auf den Weg hierher machte), wäre Ofelia bestimmt längst tot, und dann würde sich niemand mehr für die Hinterlassenschaft einer verrückten alten Schachtel interessieren; ganz zu schweigen davon, daß die Aliens vielleicht alles hier zerstörten.

Ebenso überfallartig, wie der Lachanfall über sie gekommen war, wurde sie jetzt von Trauer und Verzweiflung gepackt. Der Tod, den sie so lange nicht gefürchtet hatte, stand nun drohend am Ende ihres Weges. Und hinter ihm waren nur noch Leere und Finsternis. Erst jetzt wurde ihr bewußt, daß sie die Einträge, Erinnerungen und sonstigen Anmerkungen aus einem besonderen Grund ins Tagebuch geschrieben hatte. Sie wollte, daß etwas von ihr weiterlebte, daß etwas von ihr übrigblieb. Und nun mußte sie sich der bitteren Wahrheit stellen, daß womöglich nichts von ihr die Nachwelt erreichen würde.

Zusätzlich zu der Trauer meldeten sich auch alle schmerzenden Stellen in ihrem Körper wieder, so als würden ihre Nervenbahnen Gefühle in physische Signale umwandeln. Der unregelmäßige Herzschlag, der stechende Schmerz in der Hüfte, der dumpfe Schmerz im Knie und das Brennen unter den Rippen. Sie fühlte sich vollkommen erledigt und tastete hinter sich nach einem der Stühle, die am Küchentisch standen. Die alte Frau fand einen und zog ihn scharrend zu sich heran. Blaumantel erstarrte und breitete die Arme aus. Ofelia ließ sich schwer auf den Stuhl fallen. Der Schwächeanfall würde vorübergehen; bislang war es immer so gewesen. In ein paar Minuten würde sie wieder normal atmen können. Sie sollte an etwas Schönes denken, das hatte bisher immer geholfen.

Ihr Blick wanderte durch die Küche, dann durch die offene Hintertür hinaus in den Garten. Er gehörte zu denen, um die sie sich nicht mehr gekümmert hatte – abgesehen von der gelegentlichen Schaufel voll Terraform-Dünger. Die Bohnenpflanzen mit ihren cremeweißen Blüten hatten sich wild nach allen Richtungen ausgebreitet. Ihre im Wind schaukelnden Ranken reckten sich nach den Stützstangen, die Ofelia nie in den Boden gestoßen hatte. Eine Brise kam auf, ließ die Pflanzen erzittern und schickte ein kräftiges Bohnenaroma in die Küche.

Die alte Frau atmete den Duft tief ein. Ja, das half, die momentane Schwäche ihres Körpers zu überwinden. Man mußte nur das Richtige finden. Eine hübsche Farbe, einen Geruch oder etwas Musik. Ofelia wartete noch ein wenig, bis sie sich sicher sein konnte, daß ihr Herz wieder normal schlug. Dann stützte sie sich auf dem Tisch ab und schob den Stuhl zurück. Sie hätte das Haus beim Verlassen eigentlich verriegeln sollen, aber sie fühlte sich noch immer ungeheuer müde, und wenn sie mit ihrem Besucher noch zum Kraftwerk wollte, mußte sie mit ihren verbliebenen Kräften haushalten.

Als sie in Richtung Haustür schlurfte, hörte sie Blaumantel schnalzen. Sie drehte sich zu ihm um. Er hatte eine Hand auf den Griff der Hintertür gelegt, schwang sie ein paar Zentimeter vor und legte den Kopf schief. Das versteht ja sogar ein Blinder, dachte die alte Frau. Er fragt, ob er die Tür schließen solle. Ofelia nickte und zeigte erst auf die Tür und dann an die Wand, gegen die er sie bewegen sollte. Das Wesen befolgte ihre Anweisungen und schloß dann auch noch die Fensterläden. Als die alte Frau die Straße erreichte, verriegelte es auch die Vordertür.

Eigentlich hätte sie das verblüffen müssen, aber sie hatte heute schon so viele Überraschungen erlebt, daß nichts mehr sie aus der Fassung bringen konnte. Immerhin war sie eine alte Frau, sagte sie sich, da vermochte einen nicht mehr viel zu verblüffen.

Kapitel 13

Im Kraftwerk sah Blaumantel sich genauestens die Warnzeichen und Hinweisschilder an, genauso wie das auch ein Mensch getan hätte, den es an einen fremden Ort verschlagen hat. Die großen grüngrauen Kästen und Zylinder, die schwarzglänzenden Isolatoren, das konstante Summen ... Ofelia war schon seit Jahren nicht mehr in der Energieanlage gewesen. Eigentlich seit der Anfangszeit der Kolonie nicht mehr, als man sie zusammen mit den anderen Siedlern hierhergeführt und ihnen beigebracht hatte, wie man die Anlagen zum Laufen brachte und wie man sie am Laufen hielt. Heute kam das Werk ihr fast so fremd vor, wie es dem Wesen erscheinen mußte. Der Mut verließ sie, weil sie nicht wußte, wie sie Blaumantel das alles hier erklären sollte. Eine Reihe von Fachausdrücken fand sie noch in ihrem Gedächtnis, aber was wirklich hinter ihnen steckte, hatte sie nie verstanden. Der Abfallrecycler sorgte für den Treibstoff. Das Kraftwerk wandelte diesen Treibstoff in Elektrizität um. Allerdings nur so lange, wie jemand die Anlage wartete und dafür sorgte, daß alles lief.

»Psss«, bemerkte der Alien und trat vorsichtig auf einen der grüngrauen Klötze zu. Ofelia zog ihn rasch zurück.

»Nein!« rief sie. »Tut weh!« Sie tat so, als würde sie die Maschine anfassen, und zog dann rasch die Hand zurück.

Das Wesen sah sie einen Moment lang an und setzte dann seinen Rundgang fort. Sein Kehlsack pulsierte, und wenn es sich einer Maschine näherte, hielt es sorgfältig auf Abstand, wie die alte Frau es ihm vorgemacht hatte. Plötzlich fing der Fremde an zu zittern und lehnte sich zu einer Seite. Ofelia starrte ihn verwundert an. Dann lehnte er sich kurz auf die andere Seite und stand endlich wieder aufrecht. Er bewegte die Rechte auf eine Maschine zu, schien aber nicht vorzuhaben, sie zu berühren. Blaumantel kam ihr so vor wie jemand, der sich die Hände an einem Feuer wärmen will und nach der Stelle sucht, wo die Hitze am angenehmsten ist.

Die alte Frau stand ganz still da, bis das Hüftleiden sich wieder bemerkbar machte und sie erst ihr Gewicht verlagern und sich dann bewegen mußte. Das Wesen stand immer noch an der Maschine und streckte mal die eine und mal die andere Hand aus. Das fing an, sie zu langweilen. Was wollte es da? Ofelia hatte Durst und auch Hunger. Und sie mußte dringend auf die Toilette.

Mit jedem neuen Erlebnis wuchs ihre Irritation. Anfangs hatte sie sich verpflichtet gefühlt, ihrem Gast alles zu zeigen. Dann hatte seine rasche Auffassungsgabe sie begeistert. Aber wenn er jetzt hier nur untätig herumstehen wollte, sollte er sich sonstwohin scheren. Sie hatte Wichtigeres zu tun, als ihm dabei zuzusehen.

Ofelia hoffte nur, daß er nicht aus Unachtsamkeit hier

irgendwo gegrillt wurde. Allerdings war das höchst unwahrscheinlich. Man hatte beim Bau dieser Energieanlage auch den Umstand in Rechnung gezogen, daß irgendwelche Kolonisten sie bedienen mußten und daß sich auch Kinder unbeaufsichtigt in diese Halle verirren konnten. Wenn man das Gehäuse einer Maschine berührte, bekam man keinen Stromschlag, keinen richtigen jedenfalls. Mit einem dramatischen Seufzer machte die alte Frau kehrt und eilte zur Toilette im Vorraum.

»Ich bin in ein paar Minuten zurück!« rief sie ihm über die Schulter zu. Blaumantel regte sich nicht, er gab auch keine Antwort. Nun gut. Wenn er es für richtiger hielt, unhöflich zu sein, sollte es ihr egal sein. Sie wollte nur auf die Toilette.

Im Vorraum hielten sich, wie hätte es auch anders sein können, die anderen auf. Sie machten ihr bereitwillig Platz, und keiner kam auf die Idee, ihr zu folgen. Offenbar hatten die Aliens mittlerweile begriffen, daß es Orte gab, an denen sie allein bleiben wollte.

Als sie auf der Toilette saß, verging ihr Ärger rasch, und sie sagte sich, daß Blaumantel bestimmt nicht absichtlich unhöflich gewesen war. Womöglich hatte er sie gar nicht gehört, weil er so intensiv dem leisen Summen lauschte, das sie nur schwach hören konnte. Sie erinnerte sich, in jungen Jahren auch fasziniert davorgestanden und dem Geräusch gelauscht zu haben. Damals hatte sie es deutlich vernommen, richtig laut war es ihr erschienen; aber da hatte mit ihren Ohren auch noch alles zum Besten gestanden. Etwas Besonderes ging von dem Summen aus – etwas Beruhigendes.

Als sie fertig war, kehrte sie in den Maschinensaal zurück und fand Blaumantel immer noch vor dem Apparat vor. Ständig bewegte er die Hände vor und zurück. Das konnte doch nicht richtig sein, oder? Vielleicht besaß er ja empfindlichere Ohren als sie. Vielleicht trieb irgendein Instinkt ihn dazu, so auf das Summen zu reagieren. Manchmal reagierten ja auch die Schafe oder Rinder auf

Geräusche, die Ofelia nicht gehört hatte. Sie drehte sich zur Tür um und warf einen Blick auf die Aliens draußen im Vorraum. Ob sie sich Sorgen um ihren Führer machten? Gleichwie, Ofelia glaubte nicht, daß das Summen Blaumantel auf Dauer guttun würde.

Die alte Frau ging zu ihm. Seine Augen wirkten gläsern, und er schien sie gar nicht wahrzunehmen. Sie faßte ihn sachte am Arm, und er zuckte grunzend zusammen, als habe er einen Stromschlag erhalten.

Dann sah er sie an. »Tut mir leid«, sagte Ofelia, »aber ich habe mir Sorgen um dich gemacht. Du hast hier so lange gestanden.« Die alte Frau glaubte, daß es nicht so wichtig war, was sie von sich gab, Hauptsache, sie sprach leise und beruhigend. »Ich habe Hunger«, erklärte sie dann und führte ihm mit einer Hand vor, wie sie sich etwas zu essen in den Mund schob. »Höchste Zeit für die nächste Mahlzeit.«

Blaumantel gab ein leises Geräusch von sich, sah dann an ihr vorbei auf seine Stammesbrüder und redete in seiner eigenen Sprache zu ihnen. Dann wandte er sich wieder ihr zu, beugte sich herunter und sagte: »Psss ... Khhushhh.« Das letzte Wort hatte sie noch nie gehört und wußte auch nicht, was sie sich darunter vorzustellen hatte.

»Ich bin hungrig«, erklärte sie noch einmal und führte wieder die Hand an den Mund. Als sie sich umdrehte und losging, folgte er ihr sogleich.

Eigentlich hatte Ofelia ihn nicht in ihr Haus führen wollen, aber er kam einfach mit, und außerdem hatten sich die anderen Aliens längst dort versammelt. Irgendwie schienen sie gewußt zu haben, daß ihre Schritte sie hierher lenken würden.

Das war eine richtig dumme Angewohnheit von den Wesen. Wenn sie nicht eine Tür verriegelte oder sie hinausdrängte, spazierten die Burschen überall hinein oder hinaus, wie es ihnen gerade gefiel.

Blaumantel verfolgte, wie sie Käse aus dem Kühlschrank holte, wie sie nach draußen ging, um sich mit frischem Gemüse zu versorgen, wie sie Fladenbrot zubereitete und schließlich wie sie den Käse und Tomatenscheiben darin einwickelte. Mittlerweile hatte Ofelia sich wohl oder übel daran gewöhnt, ständig in Gegenwart von Wesen etwas zu sich zu nehmen, die selbst nichts aßen und sie nur anglotzten. Natürlich vertrugen die Körper der Aliens ihr Essen nicht, dennoch störte sie Blaumantels Anwesenheit.

»Ich wünschte, ich könnte dir etwas anbieten«, sagte sie vor dem ersten Bissen. Dann kam ihr plötzlich in den Sinn, daß vielleicht Salz die Lösung sein konnte ... Bei Salz handelte es sich um keine organische Materie, sondern um ein Mineral. Sie nahm das Salzfaß und schüttete sich etwas davon auf die Hand. Als sie ihm die Handfläche hinhielt, beugte er sich darüber, steckte schließlich eine Kralle in das Weiß und führte ein paar Körner in seinen Mund.

»Salz«, erklärte die alte Frau. »Wenn du das nicht magst, dann ...«

Aber er steckte schon zum zweiten Mal die Kralle in das Salz. Die Körner glitzerten auf dem dunklen, glänzenden Horn. Diesmal sah sie, wie seine Zunge über das Weiße leckten und rasch jedes einzelne Korn aufnahm. Ofelia kam sich dumm vor, nicht früher darauf gekommen zu sein, daß sie mit den Wesen Salz teilen konnte.

Der Fremde streckte jetzt die Rechte aus und zog ihre Hand vorsichtig zu sich heran. Ofelia wartete auf das, was jetzt folgen würde. Die Zunge kam aus seinem Mund, und er senkte den Kopf über die Handfläche. Aber vorher sah er sie an, so als bitte er um Erlaubnis, das Salz auflecken zu dürfen. So weit glaubte Ofelia inzwischen seine Gesten zu verstehen. Lieber hätte sie ihm ja einen Löffel mit Körnern gereicht ... oder auf einer Untertasse ... aber sie war auch neugierig darauf, wie sich seine Zunge anfühlen würde. Immerhin war sie eine alte Frau. Höchstwahrscheinlich würde sie nie wieder eine solche Chance erhalten. So bewegte sie die Hand langsam auf seinen Mund zu und nickte. Sofort fing Blaumantel an, die Körner aufzulecken. Erst kitzelte sie diese Berührung, dann glich es mehr einem Raspeln, und am Ende war sie doch eher der Meinung, einen angenehmen Juckreiz verspürt zu haben. Nun fuhr der Fremde die Zunge wieder ein, preßte seinen Mund kurz auf ihre Handfläche und ließ sie dann los.

Ofelia entdeckte, daß sie die ganze Zeit den Atem angehalten hatte. Jetzt drang die verbrauchte Luft fast explosionsartig aus ihrem Mund. Wenn Humberto so etwas bei ihr getan hätte! Aber nein, wie dumm von ihr, hier hatte sie einen Alien vor sich, eine fremde Kreatur, ein Monster – und sie war eine alte Frau, die jenseits von Gut und Böse stand. Dennoch konnte sie ein nervöses Kichern nicht zurückhalten, und bevor es noch schlimmer für sie werden konnte, fiel ihr ein, daß ihr Essen noch auf dem Tisch stand. Ofelia biß rasch in das gefüllte Fladenbrot, und gleich noch einmal und noch einmal, so als wollte sie die Gefühle zerstören, die in ihr erwacht waren, als wollte sie jeden Gedanken daran so rasch wie möglich hinter sich bringen. Natürlich wäre sie an den vielen Bissen beinahe erstickt. Sie zwang sich, langsam zu kauen und zu schlucken. Das wäre doch wirklich zu dumm, jetzt hier vor Blaumantel zu würgen, der nicht begreifen würde, was in ihr vorging, und sich womöglich die Schuld an ihrem Ungemach geben würde. Falls diese Wesen überhaupt zu solchen Gefühlen fähig waren.

Den Rest des Fladenbrots nahm sie fast übertrieben langsam zu sich. Danach fühlte sie sich so müde, daß sie am liebsten den Kopf auf den Tisch gelegt hätte und gleich eingeschlafen wäre. Sie wollte ein Nickerchen machen. Die alte Frau mußte sich ganz dringend ein wenig ausruhen. Wie sollte sie das aber diesem Alien begreiflich machen? Auch wenn er so gescheit war, sofort herauszufinden, daß Strom durch Kabel und Wasser durch Rohre lief. Plötzlich stand das Wesen auf und deutete an die Decke. Was denn nun schon wieder? Er zog mit dem Arm einen großen Bogen, in dem Ofelia die Bewegung der Sonne wiedererkannte. Blaumantel vollführte diese Geste noch einmal, ließ den Arm aber in der Luft stehen und schloß die Augen. Mit gesenkten Augen ließ er nun den Arm herabsinken bis zu der Stelle, die die alte Frau für Spätnachmittag hielt. Dann öffnete er die Augen wieder.

Also legt er sich auch gerne hin, um zu ruhen, sagte sie sich. Na ja, schließlich ist er heute viel herumgelaufen. Natürlich muß er müde sein. Ofelia nickte und schloß dann ihre Augen für einen langen Moment. Als sie die Lider wieder aufschlug, verließ der Fremde gerade das Haus und betrat die Straße. Er ließ sie allein. Die anderen Aliens versammelten sich um ihn und plapperten aufgeregt wie Kinder, die gerade schulfrei bekommen haben. Die alte Frau sah, wie der Zug sich in Richtung Zentrum bewegte, und hoffte, sie hatte nicht vergessen, den Kontrollraum abzuschließen. Ihr fehlten jetzt einfach die Kräfte, noch einmal aufzustehen und nachsehen zu gehen.

Ofelia erwachte mit der Erinnerung an den zurückliegenden Tag und dem guten Gefühl, einen Weg gefunden zu haben, sich mit einem der Wesen zu verständigen. Aber nicht alles hatte sie ihm beibringen können. Es hatte gefragt, wie alt sie sei, aber sie hatte es nicht nach seinem Alter gefragt. So viele Dinge hatte Blaumantel wissen wollen und so viele intelligente Fragen gestellt, daß sie darüber ganz vergessen hatte, von ihm und seinem Volk einiges in Erfahrung zu bringen.

Na gut, das lag sicher auch am Alter. Schließlich konnte niemand von ihr erwarten, sich an alles zu erinnern, sich alles mögliche einzuprägen und dazu auch noch Dutzende Dinge zu erledigen.

Diese Ausrede kam ihr doch ein wenig zu einfach vor. Sie hatte es hier nicht mit irgendeinem Firmensupervisor zu tun, der alte Frauen für eine Last hielt und sich lieber jemanden suchte, der klarer im Kopf war, um Antworten zu erhalten. Immerhin war Ofelia weit und breit die einzige Person, die sich hier mit allem auskannte. Also mußte sie sich bemühen, logisch und vernünftig zu denken, sonst ... Ja, was sonst? Ihr fiel keine rechte Antwort darauf ein, außer daß es sonst furchtbar werden würde. Wie furchtbar oder in welcher Form furchtbar, war ihr allerdings schleierhaft.

Die alte Frau hatte keine Verantwortung mehr übernehmen wollen. Und auch keine Aufgaben übertragen bekommen. Aber die Welt läßt sich nun einmal nicht so backen, wie du dir das wünschst, hatte ihre Mutter immer gesagt, genausowenig wie Teig sich von allein zusammenrührt, wenn du einmal großen Hunger hast. Und damit hatte ihre Mutter durchaus recht gehabt. Ofelia hatte ihr Leben lang feststellen müssen, daß es sich mit der Welt genauso und nicht anders verhielt.

Anders als in den Büchern, die sie in der Schule oder in der Bücherei der Sims Bancorporation gelesen hatte und die voller schöner Dinge und Träume waren, hatten die simplen Lebensweisheiten ihrer Mutter stets die Realität so wiedergegeben, wie die Tochter sie vorgefunden hatte. Nun gut, wenn sie also den Brotteig mit den Hoffnungen mischte – ging das eigentlich? –, würde das Brot der Welt vielleicht genießbar sein. – Seufzend erhob sie sich und machte sich auf die Suche nach Blaumantel.

Die alte Frau mußte nicht lange Ausschau halten. Sie hätte auch gleich darauf wetten können, daß die Burschen sich wieder im Zentrum aufhielten. Blaumantel verbeugte sich vor ihr. Ofelia nickte ihm zum Gruß zu. Das Wesen zeigte auf die Tür zum Kontrollraum. Sie schüttelte den Kopf. Ihre alten Freunde hatten irgendwann begriffen, daß das soviel wie nein bedeutete. Ofelia hoffte, daß sie den Neuen auch das mitgeteilt hatten.

Die alte Frau begab sich statt dessen in den Raum, den sie seit dem Abflug der Kolonisten nicht mehr betreten hatte. Darin waren die Kinder unterrichtet worden, und sie hoffte, daß einige von der Lehrmaterialien noch vorhanden waren. Blaumantel folgte ihr hinein, wie sie insgeheim gehofft hatte. Auch einer der anderen kam mit. Ofelia öffnete die Wandschränke und fand tatsächlich das gesuchte Modell. Wenn man an einer kleinen Kurbel drehte, fing ein Teil an, um eine Achse zu rotieren. Auf eine Weise, die Ofelia nie so recht verstanden hatte, wurde so ein schwacher Strom erzeugt, der ausreichte, eine kleine Glühbirne zum Brennen zu bringen; vorausgesetzt, die Birne war noch intakt. Die alte Frau konnte immer noch jedes einzelne Detail an dem Apparat benennen, und sie wußte auch, wie man die Teile richtig zusammensetzte; aber es hatte ihr nie in den Kopf gewollt, warum kleine Magnete, die man mit Drahtbündeln umwand, Strom durch den einzelnen Draht schickten, der mit der Glühbirne verbunden war. Ofelia war sogar in der Lage, das wortwörtlich wiederzugeben, was das entsprechende Lehrprogramm dazu zu sagen hatte, aber einen Sinn ergab das für sie noch lange nicht.

Aber da ihr nichts Besseres eingefallen war, mußte sie sich eben damit behelfen. Sie holte das Modell aus dem Schrank und nahm die Schutzhaube ab. Auch das hatte sich tief in ihr Gedächtnis eingeprägt: Wenn Staub in die Anlage eindrang, würde sie höchstwahrscheinlich nicht mehr funktionieren.

Die alte Frau drehte an der Kurbel. Da blöde Ding ließ sich nicht bewegen. Sie erinnerte sich daran, daß immer ein starker Arm vonnöten gewesen war, um die Achse in die rechte Geschwindigkeit zu versetzen. Ofelia drückte und zog mit aller Kraft. Der Schaft rührte sich ächzend und knarrend.

So schwer war das doch früher nicht gewesen. War sie denn so alt und gebrechlich geworden, daß sie nicht einmal mehr ein Kinderspielzeug in Bewegung setzen konnte? Die alte Frau starrte auf den Apparat, und unvermittelt fiel ihr die Sicherheitssperre ein. Wo steckte die noch? Ah ja, dort. Sie zerrte daran und konnte sie schließlich lösen. Jetzt ließ sich auch der Schaft drehen, schneller und immer schneller. Ofelia kurbelte aus Leibeskräften. Früher hatte das Modell dabei immer ein eigentümliches Geräusch von sich gegeben, aber das hörte sie jetzt nicht, weil sie sich voll und ganz auf die Glühbirne konzentrierte. War das tatsächlich schon ein erstes Glühen?

»Mach das Licht aus«, erklärte sie Blaumantel, als ob er ihr Assistent wäre und jedes Wort verstehen könnte. Tatsächlich trat er an den Schalter und tauchte den Raum in Dunkelheit. Jetzt konnte man es deutlich sehen: ein schwaches orangefarbenes Glühen. Die alte Frau gab sich an der Kurbel noch mehr Mühe, und das Orange verwandelte sich in Gelb.

»Ahht Lllliahht!« sagte der Fremde. Er legte ihr die Krallenfinger auf die Hand, und sie ließ die Kurbel los. Bevor sie langsamer wurde, hatte Blaumantel schon eine Hand darum gelegt und drehte viel schneller und kräftiger, als Ofelia vermocht hatte. Kannte sein Volk sich mit Einrichtungen wie einer Kurbel aus? Kleinkinder hatten gewöhnlich große Motorikprobleme damit, eine Kurbel zu bedienen. Einfach zu drehen erschien ihnen zu schwierig, und sie beherrschten nur eine Vor-und-zurück-Mechanik. Das Licht in der Birne wurde immer heller, beinahe gleißend weiß. In dieser Helligkeit sah die alte Frau, daß seine freie Hand über dem Dynamo schwebte ... Nein, wie an der Maschine im Kraftwerk bewegte er sich darüber vor und zurück. Der Bursche sollte bloß aufpassen. Von dem Dynamo konnte er ganz schön eine gewischt bekommen ... Aber seine Krallenspitzen kamen dem Gerät nicht zu nahe. Fast kam es Ofelia so vor, als betaste er etwas auf der Oberfläche, das sie nicht sehen konnte.

Die alte Frau sagte sich, daß es nun an der Zeit war,

mehr Licht in die Sache zu bringen. Sie ging zur Tür und schaltete die Beleuchtung wieder ein. Blaumantels große Augen schienen golden zu blitzen, als seine Pupillen sich zusammenzogen. Das Wesen ließ die Kurbel los, der Schaft rotierte immer langsamer, und das Licht der Birne wurde so matt, daß man es schließlich nicht mehr ausmachen konnte.

Das Wesen ließ nun beide Hände über dem Dynamo schweben und flattern. Neugierig trat Ofelia neben Blaumantel und streckte ihrerseits die Hände über dem Apparat aus. Aber sie spürte nichts. Woher auch? Hier gab es nichts zu ertasten.

Nestwächter hatte der Fremdensänger gleich gesagt. Dieses Wesen trägt die heiligen Symbole: die Augen des Körpers und das Auge des Geistes; und deswegen ist es es auch, das den Geist der Nestlinge gebären wird.

Ich hoffe, ihr alle habt ihm den nötigen Respekt erwiesen, fuhr Fremdensänger nach einer kleinen Pause fort. Niemand unterbrach ihn. Keiner von den Leuten würde es jemals wagen, einen Sänger zu unterbrechen, der mit der kitzligen Aufgabe betraut war, Harmonie zwischen Fremden herzustellen. Nur ein Nestwächter war noch heiliger als er. Der Sänger wartete, bis die Ungeduld des Jungen, der kurz vor dem Nesten stand, sich in einem kurzen, wilden Zehentrommeln entlud. Die Gruppe reagierte darauf mit einem beruhigenden Rhythmus.

Natürlich haben wir ihm den nötigen Respekt erwiesen. Natürlich haben wir gleich bemerkt, daß es ...

Nein, nicht von Anfang an.

Ich habe es aber gleich gewußt.

Diese Unhöflichkeit wurde ignoriert. Jungen, die vor ihrem ersten Nesten standen, verhielten sich oft schnippisch, launisch und vorlaut – man erwartete es auch gar nicht anders von ihnen.

Der Fremdensänger pochte einen komplexeren Rhythmus, und der Nester setzte sich mit offenem Mund wieder hin. Ja, bei ihm würde es nicht mehr sehr lange dauern, und danach würden er und die anderen sich wesentlich besser fühlen.

Ein Nestwächter, sang er. Und wo sind die Nestlinge?

Fort, antwortete einer der Jäger. Das Monster, der Nestwächter, ist gegangen. Der Jäger bewegte sich wie das Ungeheuer, machte eine weite Armbewegung, die auf den Ort verwies, ließ die Finger laufen, womit er weitere solcher Wesen meinte, und riß dann Arm und Zeigefinger zum Himmel.

Das Monster hat einen geflügelten Jäger dort oben, erklärte ein anderer. Einen geflügelten Jäger mit sehr guten Augen. Der sagt dem Monster hier unten, wie die Welt aussieht. Und auch, wenn ein Sturm von weit weg heranweht.

Kann es ohne Flügel durch die Luft laufen?

Wir haben es noch nie fliegen sehen. Aber die fliegenden Monster haben wir erblickt, nahe bei den Nestgelegen ... und die kleinen Monster wurden von dem großen Flugmonster aufgeschluckt.

Diese Wesen können weit reisen, bemerkte der Sänger, und sind sicher von weit her gekommen. Wenn sie hierher zurückkehren, weil sie wieder nesten müssen, werden sie von uns wissen.

Der Sänger schüttelte sich und gab einen einzelnen dumpfen Laut von sich. Die anderen zitterten ebenfalls. Diejenigen, die mit dem Sänger hierhergekommen waren, hatten von den langen und nüchternen Beratungen berichtet, die man nach der erfolgreichen Ausschaltung der Nestplünderer abgehalten hatte. Die Führer der Leute waren zu dem Schluß gelangt, daß der Sieg eher dem Glück als überlegener Taktik zu verdanken gewesen sei. Die Monster vom Himmel hatten offenbar nicht mit Gegenwehr gerechnet – und allein schon dieser Umstand zeigte an, welch ungeheure Macht diese Ungeheuer besaßen.

Wir sind doch nur ein paar Hüpfer fern der Heimat, sagte einer der Jäger. Man weiß, daß wir hier sind, wir sind für sie sichtbar, und wir können uns nirgends verstecken. Nicht einmal Hügel gibt es hier, und die am Himmel können uns nach Belieben sehen und jagen. Die Monster hoch oben können mit ihrem rasenden Flug den Himmel selbst verbrennen. Wehe, wenn sie hinter uns her sind.

Aber auch Hüpfer haben Zähne, erinnerte ihn ein anderer.

Dennoch bringt auch sie ein Messer zu Fall, wandte ein Dritter ein. Soviel wie Zähne gegen Messer ausrichten können, so schwach sind unsere Messer gegen die Waffen, die die Himmelsungeheuer bei sich haben mögen.

Die Leute des Nestwächters werden zurückkehren, erklärte der Sänger. Wenn sie zu den Leuten gehören, die wir getötet haben, dann ... wird es sehr schwerfallen, mit ihnen Harmonie zu trommeln.

Es ist aber für sie ein langer Weg ohne Reiselager, bemerkte einer der Jungen.

Auch für uns war es eine lange Reise, und wir mußten sie mehrmals antreten, wandte einer von den dreien ein, die den Sänger geholt hatten. Ich habe mir einen Dorn in den linken Fuß getreten, und das Gehen fiel mir immer noch schwer, als ich ihn längst herausgezogen hatte ... Vielleicht gehören diese Leute ja nicht zu denen, die wir getötet haben.

In vielen Dingen sind sie gleich, widersprach der Sänger.

Niemand widersprach ihm. Die Sänger hatten zusammen mit den überlebenden Nestwächtern die toten Monster sorgfältig untersucht. Einem Sänger fielen viele Dinge auf, die einem Jäger im Eifer des Gefechts entgingen. Der Hauptunterschied zwischen diesem Nestwächter und den besiegten Nestmördern, fuhr der Sänger jetzt fort, besteht hauptsächlich im Alter und in der Kleidung.

Diese Wesen verändern sich im Alter, genau wie wir das tun. Das lange Gras auf ihren Köpfen verliert seine Farbe; und genauso widerfährt es auch alten Grashalmen. Ihre Haut wird schlaff und fleckig. Und wenn sie uns auch in anderen Punkten ähnlich sind, dann werden diese Leute im Alter langsamer, und ihre Sinne lassen nach.

Bei diesem ist aber die Haut so heiß, wandte einer der Jäger ein.

Ich weiß nicht, wie sich die Haut bei den anderen angefühlt hat – schließlich waren sie alle tot, als wir sie untersuchen konnten. Aber wir dürfen wohl davon ausgehen, daß es sich bei diesem Ungeheuer um einen Warmblüter handelt. Damit ist es uns ähnlicher als die Schuppenhäuter. Hat jemand das Wesen einmal schwimmen sehen?

Nein, es scheint nicht zu schwimmen, aber es besprenkelt sich jeden Tag mit heißem Wasser. Manchmal sogar mehrmals täglich, selbst bei heißem Wetter.

Wenn das Monster nichts anhat, wußte ein anderer, hat es hier vorn so leere Beutel hängen – er zeigte sich auf die Brust –, aber wir haben nie gesehen, wie etwas dort hineingekrochen ist oder den Kopf herausgestreckt hat. Auch eine Öffnung in den Beuteln haben wir nicht entdeckt.

Der Sänger tippte mit den linken Zehen auf den Boden. Ja, so hat es sich auch bei einigen der Toten verhalten, aber die Beutel waren nicht leer. Bei einem dieser Monster war der Beutel von einem Messer aufgeschlitzt worden, und in ihm hat es genauso ausgesehen wie sonst auch im Innern ihrer Körper. Einer unserer Nestwächter hat sich mehrere von den Beutelmonstern angesehen und festgestellt, daß diese zwischen den Beinen ein zusätzliches Loch hatten.

Sie sind nestbereit gewesen! rief der Nester.

Könnte sein. Aber wir dürfen nicht vergessen, daß es sich bei ihnen um Monster handelt. Der Nestwächter, der die Untersuchungen durchführte, meinte, die Beutel seien dazu da, zusätzliches Fett für das Heranwachsen von Nestlingen zu speichern.

Wir könnten unser Ungeheuer doch einfach danach fragen, schlug ein Jäger vor.

Der Sänger bewegte wieder die Zehen, aber diesmal die des rechten Fußes, um zum Ausdruck zu bringen, daß er damit nicht einverstanden war. Es wäre sehr unhöflich und aufdringlich, einen Nestwächter darauf hinzuweisen, daß er seinen Wandel noch nicht abgeschlossen hat. Wenn er bei dieser Frage nun wütend wird? Sich gar weigert, uns weiter alles zu erklären?

Vielleicht spricht er ja auch nur mit uns, weil er keine Nestlinge hat, die er unterrichten kann.

Er ist viel zu klug, um uns mit Nestlingen zu verwechseln.

Er ist so allein, bemerkte der Nester mit kläglicher Stimme. So ganz allein, und seine Leute haben ihn verlassen.

Die anderen drängten sich um ihn und trommelten mit den linken Zehen, und als das noch nicht reichte, ihn zu beruhigen, auch noch mit den linken Fingern. Du bist nicht allein, sangen sie ihm, wir sind hier, deine Leute ...

Aber ich habe keinen Nestwächter für meine Nestlinge! Der Nester klang jetzt so jämmerlich, daß ein paar von den Jüngeren ängstlich schrien und dann trotzig und drohend ihre Kehlsäcke aufbliesen.

Der Sänger klopfte nun einen lauteren Rhythmus und sang den traditionellen Kontrapunkt zum Nestgesang. Hier ist ein sicherer Nestgrund. Hier ist ein sicherer Ort. Hier werden deine Nestlinge bewacht und behütet. Wir haben einen mächtigen Nestwächter, der machtvoll neuen Gefahren begegnen kann und noch mächtiger ist als alle Nestwächter, die du vorher kennengelernt hast.

Der Nester zitterte immer noch, beruhigte sich dann aber unter den streichelnden Fingern der anderen.

Er wird meine Nestlinge beschützen? fragte er, aber so,

als sei ihm das bereits bewußt. Sänger logen nicht, aber sie konnten mit ihren Liedern neue Wahrheiten schaffen und den Leuten neue Möglichkeiten gewähren, ihre Zustimmung zu trommeln.

Wächter sind weise, sang der Sänger. Dieser Wächter hier ist schon sehr alt. Er nährt unseren Geist ebenso wie den deiner Nestlinge. Dieser Wächter wird deine Nestlinge beschützen. Ich werde ihn mit meinem Lied dazu bringen.

Der Nester schlief ein, von einem Moment auf den anderen, wie es die Art derer war, die neues Leben in sich trugen, und der Sänger bedeutete den anderen, sich still zu verhalten.

Sie wußten nicht, wie der Wächter sich nannte. Der Sänger bemerkte, daß ein so altes Wesen sicher einen bevorzugten Namen habe. Wahrscheinlich hatte er ihn aus Höflichkeit verschwiegen; denn dieser Wächter war wie alle seiner Art großzügig, gutmütig und freundlich. Der Sänger sagte auch, er sei sich sehr sicher, das dieser Wächter gern die Aufgabe auf sich nehmen würde, die Nestlinge zu beschützen und zu versorgen. Es gebe nur eine Schwierigkeit: Wenn seine eigenen Leute zurückkehrten, würde er sich ihnen wohl eher verpflichtet fühlen als den Nestlingen gegenüber.

Der Sänger lehnte sich an die Wand und erinnerte sich, wie er die Leitsteine gefühlt hatte. Und was für Leitsteine! So stark und machtvoll waren sie in dem Gebäude gewesen, aus dem das Psss kam. Unter den Leuten gab es viele, die alles dafür gegeben hätten, auf solche Leitsteine zu stoßen ... Er bezweifelte allerdings, daß der Wächter ihm verraten würde, wo diese Steine hergekommen waren. Was für ein Schatz! Welcher Reichtum! Und nicht zu vergessen die kleineren Leitsteine in der Maschine, an der man drehen mußte. Diejenigen im Volk, die eine besondere Gabe dafür besaßen, Geräte zu entwickeln, sollten einen solchen Apparat nachbauen – falls sie je Gelegenheit dazu erhielten.

Der Sänger war sich sicher, daß das Psss allein seinem Volk nicht die nötige Macht über die gewaltigen Monsterwerkzeuge verlieh. Aber wenn es seinen Leuten gelänge, selber Psss zu machen – worum auch immer es sich dabei handeln mochte –, wären sie sicher in der Lage, ihre eigenen mächtigen Werkzeuge zu bauen.

Die Gedanken des Sängers machten sich selbständig, wie sie es zur Nacht oft taten, und beschritten die Traumpfade, wo das Trommeln so oft von der einen Seite zur anderen wechselte wie die Träume selbst. Ein wahrhaftiger Tag der Wunder lag hinter ihm. Er hatte einem lebenden Monster von Angesicht zu Angesicht gegenübergestanden, es sprechen hören und festgestellt, daß es sich bei ihm um einen Nestwächter handelte, das heiligste Wesen unter allen Sterblichen.

In den Träumen des Sängers bewegte das Monster sich nicht so schwerfällig und unbeholfen wie in der Wirklichkeit, sondern flink und anmutig – und schöner noch als die Leute mit ihren flachen Füßen. Es trug den Umhang des Wächters, der überall mit Augen bedeckt war, um anzuzeigen, daß er in alle Richtungen sehen konnte: nach außen, nach innen, nach oben und nach unten.

In den nächsten Tagen mußte Ofelia entdecken, daß sie unter einer Art Belagerung stand. Überall und andauernd wurde sie beobachtet, fast schon observiert. Allerdings verhielten die Aliens sich nicht mehr so aufdringlich wie vorher. Blaumantel mußte bei ihnen ein ziemlich wichtiges Wesen sein, weil die anderen ihm aufs Wort gehorchten. Und seine besondere Aufmerksamkeit schien ihr zu gelten. Wenn Blaumantel einen der Seinen dabei ertappte, einfach in ihre Küche hineinzulaufen, als ob sie ihm gehöre, gleich den Kühlschrank aufriß und sich am Eis gütlich tat – was die Burschen mittlerweile als ihr Gewohnheitsrecht anzusehen schienen – gab der

Mantelträger nur einen barschen Befehl, und der Eindringling sprang vor Schreck an die Decke. Es bedurfte dann nur eines weiteren Befehls, und der Übeltäter schloß alle Türen hinter sich und bedachte Ofelia mit einem Blick, den sie nicht so recht zu deuten wußte. Der Ärmste schlich dann an Blaumantel vorbei und lief über die Straße davon.

»So schlimm ist das doch nun auch wieder nicht«, erklärte die alte Frau, aber mehr aus Höflichkeit. In Wahrheit war es ihr schon ziemlich lästig, daß die Aliens nach Lust und Laune bei ihr hereinspazierten, um sich an dem Eis im Kühlschrank zu bedienen. Sie hatte oft gehofft, die Burschen würden endlich Manieren annehmen und darauf warten, von ihr zum Eisschlecken eingeladen zu werden.

Blaumantel sah sie einfach nur an. Er stand draußen am Gartentor. »Danke«, sagte Ofelia schließlich. Das Wesen tippte sich mit zwei Fingern an den Kopf und zog sich zurück.

Nach ein paar Tagen bemerkte sie, daß kein Alien mehr ungebeten ihr Haus betrat, und Blaumantel besuchte sie nur, wenn sie ihn mit einer Handbewegung dazu aufforderte. Wenn die alte Frau ein paar Stunden für sich haben wollte – und die brauchte sie mehr denn je –, störte sie niemand mehr. Sie konnte in aller Ruhe ihre Mahlzeiten kochen. Außerdem ließen die Wesen sich auch widerstandslos von ihr aus dem Nähraum scheuchen, wenn sie keine Lust mehr auf Gesellschaft hatte und lieber ohne störende Blicke über die Schulter an ihrem Schmuck arbeiten wollte.

Ja, so ließ sich das Leben ertragen. Sie erholte sich in ihrer neugefundenen Privatheit, und ihr wurde klar, wie sehr sie in der Zeit, seit die Wesen hier aufgetaucht waren, die Zeit für sich vermißt hatte. Ihre Muskeln entspannten sich zusehends, und auch ihr Verstand arbeitete wieder frischer. Natürlich stand die ganze Welt ihr nicht allein zur Verfügung, aber dieser Zustand war immer noch bedeutend besser als die Zeit, in der die Aliens noch nicht von Blaumantel zurückgehalten worden waren. Die Anwesenheit dieser Burschen war nicht mehr aufdringlich oder beengend.

Ofelia konnte sich zu jeder gewünschten Zeit Gesellschaft verschaffen. Nie zuvor hatte sie erfahren, wie es war, mit anderen zusammensein zu können und diese sofort wieder loszuwerden, wenn es sie nach dem Alleinsein verlangte. Blaumantel schien ihre Bedürfnisse zu verstehen. Aber vielleicht hingen diese Wesen auch nicht die ganze Zeit so aufeinander, wie es Menschen zu tun pflegten. Wenn die alte Frau sie beobachtete, und es kam ihr so vor, als sehe sie sie durch ihre neue Privatheit wie durch einen Schleier, entdeckte sie, daß die Eingeborenen einander auch von Zeit zu Zeit in Ruhe ließen. So ganz anders, als die Kolonisten im Ort miteinander umgegangen waren.

Ja, sie erinnerte sich noch gut an die wütende oder verdrossene Miene eines Abgewiesenen. Für diese Wesen schien es ganz natürlich zu sein, eine gewisse Zeitspanne allein zu verbringen. Wenn sie dann wieder für Kameradschaft empfänglich waren, kehrten sie rasch zu den anderen zurück. Und Ofelia entdeckte an sich, daß sie sich jetzt sogar darauf freuen konnte, mit den Wesen zusammen zu sein – eine Regung, die sie vorher für unmöglich gehalten hatte.

Sie kam auch dahinter, daß ihre Bereitschaft dazu vor allem von Blaumantels lebhaftem Interesse herrührte, sowohl von ihr zu lernen, als auch ihr etwas von sich beizubringen. Von Tag zu Tag, ja von Stunde zu Stunde lernte der Fremde mehr von ihren Worten und konnte sie ihn besser verstehen.

Blaumantel wußte jetzt – zumindest glaubte Ofelia das –, daß Menschenjunge im Körperinnern heranwuchsen und als hilflose Babies auf die Welt kamen. Sie hatte ihm auch erklärt, daß es sich bei den Beuteln an ihrer Brust um Organe handelte, mit denen die Neugeborenen gesäugt wurden. Die alte Frau wiederum hatte erfahren, daß die Aliens für ihren Nachwuchs ein Nest bauten. Aber ob sie nun Eier legten oder lebende Babies zur Welt brachten, hatte sie noch nicht so recht herausgefunden. Mit ihren Fragen schien sie nicht so recht zu ihm durchzukommen.

Wahrscheinlich würde die Angelegenheit sie mehr beschäftigen, wenn sie nicht ihre neugewonnene Freiheit so sehr genießen würde, auch wenn diese einige Einschränkungen aufwies. Sie empfand es auch jetzt noch als lästig, die Wesen in der Siedlung zu haben. Mochten sie sich jetzt auch mehr zurückhalten, so störten sie Ofelia doch weiterhin. Die paar Stunden Privatheit, die ihr gegönnt waren, gewährte man ihr nur aus Höflichkeit, nicht aber um ihrer selbst willen. Als sie noch ganz allein hier gelebt hatte, war ihr am teuersten gewesen, von allen Entscheidungen anderer frei zu sein. Na ja, wenigstens konnte sie jetzt wieder in aller Ruhe duschen oder laut singen, wann immer ihr danach war. Und sie wurde nicht bei jeder Gelegenheit vom Klacken langer Zehennägel auf dem Fliesenboden aufgeschreckt. Auch hatte sie jetzt die Möglichkeit, vor sich hin zu murmeln und zu schimpfen, wenn es bei der Häkelarbeit an einer Stelle nicht so recht vorangehen wollte – ohne daß große Augenpaare sie beobachteten oder Krallenhände unbeholfen versuchten, ihre Fingerbewegungen nachzuahmen, bis sie sich, davon entnervt, nicht mehr auf ihr Tun konzentrieren konnte.

Und wenn sie einmal nicht allein sein wollte – zum Beispiel Lust darauf hatte, der Musik dieser Aliens zu lauschen oder Blaumantels rasch wachsenden Wortschatz zu vergrößern –, brauchte sie nicht mehr zu tun, als sich zu erheben und zur Tür hinauszugehen. Die Wesen waren immer für sie da, wenn sie nach Hilfe oder Gesellschaft verlangte. Ruhig, höflich und dienstbereit warteten sie auf ihre Wünsche. Auch hatte die alte Frau nichts dagegen, im Zentrum ihrer Aufmerksamkeit zu stehen, solange sie selbst den Zeitpunkt dafür bestimmen konnte.

Wenn die Aliens abends ihre Musik machten und Ofelia sich zu ihnen gesellte, boten sie ihr stets eines ihrer Instrumente an. Normalerweise nahm sie eine der Flaschenrasseln, aber hin und wieder versuchte sie sich an der Rohrflöte, und manchmal gelang es ihr sogar, diesem Instrument einen Ton zu entlocken. Die Wesen schienen sich auch immer zu freuen, wenn die alte Frau ihnen einen Musikwürfel einlegte. Dann mühten sie sich nach Kräften, die Kinderlieder mitzusingen und trafen die Melodie meist überraschend gut. Ofelia ihrerseits summte zu den Liedern der Aliens, aber nicht zu oft, weil sie stets befürchtete, etwas völlig Falsches von sich zu geben. Da war es doch einfacher, lediglich die Rassel zu schwingen.

Blaumantel und einer der anderen waren offenbar entschlossen, lesen zu lernen. Sie forderten die alte Frau auf, ihnen aus den Kinderbüchern im Klassenzimmer vorzulesen. Ofelia erklärte ihnen Buchstaben und Zahlen und konnte bald feststellen, daß sie mit den Fingern solche Zeichen in der Luft schrieben, an Wände kritzelten oder im Staub auf der Straße hinterließen. Für ihren Geschmack begriffen die beiden ziemlich schnell; allerdings wußte sie nicht, wie rasch Erwachsene, die nie eine Schule besucht hatten, schreiben lernen konnten. Manchmal fragte die alte Frau sich, ob die Wesen eine eigene Sprache besaßen. Sie fragte Blaumantel mehrmals danach, aber wieder schien er nicht zu wissen, was sie zu erfahren suchte. Verstand er sie einfach nicht, oder wollte er ihr auf solche Dinge nicht antworten? Wie sollte sie das je herausfinden?

Kapitel 14

An Bord der *Mias Vir*, auf dem Weg zur ehemaligen Sims Kolonie 3245.12

Kira Stavi sagte sich zum wiederholten Mal, daß sie nie ernsthaft erwartet hatte, eine angenehme Reise hinter sich zu bringen. Aber hier ging es ja auch gar nicht um eine Vergnügungs-Kreuzfahrt. Sie würden bald die Chance erhalten, mit der ersten Alien-Rasse in Kontakt zu treten, die man je auf einer Kolonialwelt entdeckt hatte. Um ganz genau zu sein, die Menschheit war bisher noch nie einer anderen intelligenten Rasse begegnet. Warum sich also über den Streß und Ärger an Bord eines Raumschiffes aufregen, wenn einen eine so verlockende Aussicht erwartete.

Aber Kira ärgerte sich doch immer wieder. Alle hier besaßen eine außerordentliche akademische Ausbildung – was man bei einer solchen Mission wohl auch erwarten durfte –, also bestand doch überhaupt kein Grund für die Sticheleien, die versteckten Rippenstöße, das Gerede hinter dem Rücken oder das Bemühen, die anderen zu beeindrucken. Jeder, der an dieser Mission teilnahm, würde bis an sein Lebensende so viel publizieren, wie er wollte, ganz gleich, wieviel Erfolg sie auf der ehemaligen Sims-Welt haben würden. Jeder würde in der akademischen oder Regierungswelt die Anerkennung finden, nach der er immer gestrebt hatte. Es bestand also wirklich kein Grund für die Teilnehmer, untereinander in Konkurrenz zu treten.

Nur schien das leider ihre Lieblingsbeschäftigung zu sein. Sie waren zwei Teams, das Haupt- und das Reserve-Team zu je vier Spezialisten. Acht brillante Köpfe, die allesamt entschlossen waren, diese Reise bestmöglich für ihre Reputation zu nutzen. Vielleicht lag es daran, daß sie hier an Bord zu viel Zeit und zu wenig zu tun hatten. Da schlichen sich wohl ganz natürlich Sorgen darüber ein, wie die anderen den eigenen Ruhm schmälern könnten.

Das Haupt-Team konnte allein für sich schon eine Daily Soap füllen, dachte Kira. Bilong Oliausau mußte den anderen ständig ihre Kenntnisse über die neolinguistische Forschung und ihre sexy Figur vorführen. Ori Lavin, normalerweise ein ruhiger und pragmatischer Anhänger der Peloristen-Bewegung (und damit fast schon eine Karikatur dieser Sekte), reagierte auf Bilong, als habe sie bei ihm einen zweiten Frühling ausgelöst, und jedes Mal, wenn sie hüftschwingend an ihm vorbeiging, strich er sich unwillkürlich den Schnurrbart glatt. Ansonsten verwickelte er Vasil bei jeder sich bietenden Gelegenheit in eine hitzige Debatte, bei der es meist nur um Nichtigkeiten ging. Vasil seinerseits interpretierte seinen Rang als Team-Leiter dahingehend, daß ihm von Rechts wegen der Löwenanteil an der Sendezeit und auch an Bilong zustanden.

Kira störte sich nicht sonderlich an Bilongs Auftritten. In Wahrheit tat ihr die junge Frau sogar ein wenig leid. Sie befand sich hier auf ihrer ersten längeren Expedition, und den Platz im Haupt-Team hatte sie nur erhalten, weil der Dekan der Linguistischen Fakultät im allerungünstigsten Moment vom Schicksal geschlagen worden war – in Gestalt eines aufgebrochenen Magengeschwürs (das sich nicht unverdient in ihm entwickelt hatte). Kira kannte die Geschichten über Dr. Lowaasis sagenhaften Verschleiß an jungen Frauen, wobei er zwischen Studentinnen und Sekretärinnen keinen Unterschied zu machen pflegte. Gerüchten zufolge sollte es in der Linguistischen Fakultät zu Freudentänzen gekommen sein, als ein Krankenwagen den Dekan abtransportiert hatte. Tja, ob wahr oder nicht, Kira konnte sich über die Unreife und instabile Persönlichkeit Bilongs nicht wundern. Die junge Frau flirtete mit Vasil und machte gleichzeitig Ori über die Schulter schöne Augen. Nein, das alles verdroß Kira nicht so sehr wie der Umstand, daß der Leiter so gut wie alle Übertragungszeit für sich in Anspruch nahm.

Kira sagte sich, daß ihre eigene Position ziemlich sicher sei. Sie besaß Titel, und aus ihren Werken wurde oft zitiert – nach dieser Mission sicher noch viel öfter. Der Xenobiologe im Ersatz-Team, dessen unaussprechlicher Name von jedem an Bord auf Chesva abgekürzt wurde, respektierte sie sehr, aber nicht in einer Weise, die ihr peinlich gewesen wäre. Er ordnete sich gern als ihr Assistent unter und ließ ihr so Zeit und Gelegenheit, die Denkarbeit zu übernehmen. Ob die Aliens nun intelligent waren oder nicht, ob man sie dazu bewegen konnte, den Vertrag zu unterzeichnen oder nicht, Kira würde auf jeden Fall exklusiv Berge von Daten sammeln können – der Wunschtraum eines jeden Xenobiologen. Natürlich besaß sie schon einige Proben. Sims Bancorporation hatte schon vor Jahrzehnten die geforderten Proben beim Büro für Kolonialangelegenheiten abgegeben. Aber die waren kein vollwertiger Ersatz für das Studium lebender Organismen in ihrem natürlich Ökosystem. Im Grunde mußte sie nicht mehr tun, als diese Reise zu überleben und keinem ihrer Kollegen an die Gurgel zu springen.

Tag für Tag erinnerte sie sich daran, besonders in den langen Stunden nach einem Zwischensprung, wenn das Schiff geradezu zum nächsten Planeten zu kriechen schien. Kira sagte sich auch immer wieder, daß es durchaus schlimmer hätte kommen können und sie auf einem normalen Raumer dahinschleichen müßten. Manchmal gab sie sich der Vorstellung hin, daß ein größeres Team vermutlich weniger interne Probleme bereitet hätte. Aber so ganz stimmte das nicht. Aus früheren Feldexpeditionen wußte sie, daß sich bei größeren Teams die Chancen und Gelegenheiten für persönliche Aversionen und Konkurrenzkämpfe durchaus potenzieren konnten. Im Grunde genommen war es sogar besser, nur mit einer so kleinen Gruppe arbeiten zu müssen; sobald sie die Zielwelt erreicht hatten, würden die vier gezwungen sein, sich irgendwie zusammenzuraufen. Sie selbst, der einzige Missionsteilnehmer, der sich verantwortungsbewußt und erwachsen benahm, würde schon dafür sorgen.

Als sie sich 3245.12 näherten, gesellte Kira sich zu den anderen, die sich im Aufenthaltsraum vor dem großen Wandschirm versammelt hatten. Eine Welt voller Blau, Weiß, Braun und Dunkelgrün ... Polkappen, Gebirgszüge und Wälder ... Kein Wunder, sagte sie sich, daß man diese Welt kolonialisieren wollte. Keine künstlich geschaffene zweite Heimat für die Menschheit hätte idealer ausfallen können.

»Ein Mond wäre nicht schlecht«, bemerkte Ori, als hätte er gerade ihre Gedanken gelesen. Die beiden hatten schon an mehreren Expeditionen gemeinsam teilgenommen, und heute war nicht das erste Mal, daß er zu wissen schien, was gerade in ihr vorging. Kira wertete das als gutes Zeichen. Offenbar war sein Schwärmen für Bilong am Abklingen. Sie lächelte ihn kurz an, sagte aber nichts.

»Da unten werden wir für eine ganze Weile herumhocken und uns alles gründlich ansehen«, erklärte Vasil. Das hatte er auch früher schon von sich gegeben, und nicht nur einmal. Kira spürte, wie sich ihr Rücken verkrampfte. Sie mochte es nicht, wie ein Idiot behandelt zu werden, der sich an nichts erinnern konnte. Aber vielleicht kannte der Leiter es aus seinem Bereich nicht anders. Im Gegensatz zu den anderen entstammte er nicht der Universitätswelt. Kira versuchte, sich davon zu überzeugen, daß er eigentlich nur ein Opfer seiner Umgebung war.

»Wir schicken einen Niedrigorbit-Scanner los«, fuhr er fort. Kira hätte jeden seiner Sätze Wort für Wort herunterbeten können, was sie im stillen und ohne die Lippen zu bewegen auch tat. »Und erst, wenn wir ganz genau wissen, was uns da unten erwartet, entscheiden wir, wo wir landen werden.«

Am logischsten wäre es natürlich gewesen, bei der aufgegebenen Siedlung zu landen, da ihre Aufgabe ja auch darin bestand, das Kraftwerk abzuschalten. Vasil wußte das selbstverständlich. Auch dem Shuttle-Piloten war das bekannt. Kira starrte auf den Wandschirm und sagte sich, daß es ihr vermutlich gleich bessergehen würde, wenn sie für ein paar Stunden aus diesem Schiff herauskäme.

Sie verfolgte noch, wie der Scanner abgefeuert wurde, und zog sich dann in ihr Labor zurück, um die eintreffenden Daten durch ihre Analysegeräte zu schicken. Natürlich erwartete sie kaum, daß das atmosphärische Gasgemisch sich seit damals verändert hatte, als die nötigen Daten von Sims Bancorporation beim Erwerb der Lizenz für diese Welt vorgelegt worden waren. Aber hier, vor ihren Apparaten, fühlte sie sich wesentlich wohler als in der dicken Luft im Aufenthaltsraum.

Chesva betrat wenig später das Labor. »Soll ich mich um den Atmosphärenkram kümmern, damit Sie sich gleich die Oberflächendaten vornehmen können?«

»Ich glaube, es wird noch eine Weile dauern, bis die ersten Oberflächenwerte eintreffen. Aber wir können ja nachsehen, was die Sichtgeräte von sich zu geben haben.«

»Dann lade ich gleich die alten Daten auf, damit wir eine Vergleichsgrundlage haben.« Beide kannten die alten Werte in- und auswendig. Aber der Computer konnte leichte Abweichungen erfassen, die ihnen vermutlich entgangen wären.

»Danke«, sagte Kira. Sie wünschte, Chesva wäre mit ihr im Haupt-Team. Aber dann hätte man vermutlich Bilong zu ihrem Ersatz im zweiten Team gemacht. Wahrscheinlich war die gegenwärtige Aufteilung die beste.

Die Atmosphärenwerte tauchten auf ihrem Bildschirm auf. Sie setzte die alten Daten dagegen und befahl dem

Computer, Abweichungen kenntlich zu machen. Die Maschine zeigte jedoch keine Veränderungen an, genau wie Kira es erwartet hatte.

»Wie sieht es mit dem alten Wettersatelliten aus?« wollte Chesva wissen. »Besitzen wir seine Zugangs-Codes?«

»Moment, das überprüfe ich gleich.« Kira sah im Expeditions-Handbuch nach, in dem eigentlich alle relevanten Daten aufgeführt sein sollten, inklusive der Zugangs-Codes für alle Ausrüstungsgegenstände, die Sims zurückgelassen hatte. »Ja, da stehen sie. Ich drehe ihn in unsere Richtung.«

Der Computer des Wettersatelliten sandte gehorsam Datenberge ins Labor – Grafiken, Wetterentwicklung und so weiter und so fort. Kira rief die momentane Wetterlage ab. Blaues Wasser, weiße Wolken, die sich gemäß den Windmustern auseinandergezogen hatten, und mehr Wolken, die sich am Westrand um etwas ballten. Sie suchte nach topographischen Informationen. Aha, dort erhob sich also ein Gebirge.

Chesva trat hinter sie. »Glauben Sie, der Wettersatellit besitzt noch ein paar Scanner, die gerade nicht genutzt werden? Ich meine, dann könnten wir doch schon einen ersten Blick auf –«

»Gute Idee. Haben Sie je mit einem solchen System gearbeitet?«

Er grinste. »Ehrlich gesagt, ja. Und dabei hätten die Militärs mich fast einmal am Kragen gehabt. Sie wollten mich tatsächlich in ihren Verein zwingen.«

»Hört sich nach einer spannenden Geschichte an. Nun, wenn das so ist, dann spielen Sie doch ein bißchen an dem Kasten herum, während ich hier sitze, zusehe und noch etwas lerne.«

Chesva ging gleich ans Werk und erklärte ihr dabei alles, was er gerade versuchte und welche Wirkung er damit erzielte. Kira war aber viel mehr an den hereinkommenden Daten interessiert. Wie ihr Assistent den

Wettersatelliten dazu überredete, seine Scanner und Antennen so auszurichten, daß die beiden hier oben die Daten erhielten, die sie sehen wollten, war ihr eher egal. Als Chesva die Aufgabe zu seiner Zufriedenheit erledigt hatte, näherte sich der Ausschnitt, den der Wettersatellit präsentierte, der Nachtseite.

»Wie hübsch, daß die Energieanlage in Betrieb ist«, bemerkte er. »Ihre Wärmequelle ist der Grund dafür, warum der Satellit all die Jahre lang in dieser Position geblieben ist.

»Ehrlich?« Eigentlich wollte sie das alles gar nicht hören. Sie hatte den hellen Punkt auf dem Infrarotschirm längst entdeckt. Um ihn herum zeigten sich kleinere helle Punkte – die Häuser in der Siedlung, die jetzt die Hitze abstrahlten, die sie tagsüber von der Sonne aufgenommen hatten.

An diesen Punkten leuchtete eine Seite besonders hell, während der Rest sich eher verschwommen darstellte. Diese Seite war am stärksten von den Sonnenstrahlen getroffen worden, während der Rest im Schatten gelegen hatte.

»Wenn wir unseren Freund da draußen jetzt noch dazu bringen können, bestimmte Ausschnitte zu vergrößern«, murmelte ihr Assistent. »Aha, da haben wir ihn ja ... Nun, was halten Sie davon?

Er hatte einen Restlicht-Scan besorgt. Die niedrig hereinfallenden Strahlen der untergehenden Sonne erzeugten tiefe Schatten ... da standen die Häuser der aufgegebenen Kolonie in Reih und Glied ... dahinter der Wald mit seinen längeren Schatten ... und etwas bewegte sich zwischen den Häusern.

Kira lief es kalt den Rücken hinunter. Nein, das mußten, das konnten nur Tiere sein. Entweder Vieh, das überlebt hatte, oder Waldbewohner, von denen die Siedler berichtet hatten. Die Aliens hielten sich mehrere tausend Kilometer weiter oben im Norden auf. Vierzig Jahre hatten die Kolonisten hier gelebt, ohne jemals auch nur eines dieser Wesen zu Gesicht zu bekommen. Doch die Schatten, die sie warfen, waren viel zu lang und schmal.

»Thermalquellen«, sagte Chesva. »Für was auch immer sie stehen, sie sind Warmblüter, geben aber nicht soviel Hitze ab wie das Kraftwerk.«

»Aufrecht stehende Wesen«, entgegnete Kira und wunderte sich darüber, wie fest ihre Stimme klang.

»Ja«, antwortete er ebenso ruhig wie sie. Beide waren Profis, reife Menschen, ausgebildete Wissenschaftler ... aber Kiras Herz schlug schneller. Sie wußte, und daran konnte es keinen Zweifel geben, daß es sich bei diesen Quellen nicht um Rinder, Schafe oder Affenwesen aus dem Wald handelte. Dies konnten nur die Wesen sein, die die neuen Kolonisten getötet und ein Shuttle gesprengt hatten ... und nun liefen sie dort unten herum und lernten Dinge, von denen sie eigentlich nichts wissen durften. Das Sonnenlicht verging, und ohne den scharfen Kontrast von Licht und Schatten konnte die Xenobiologin überhaupt nichts mehr erkennen, nicht einmal Bewegungen ausmachen. Auf dem Infrarotschirm gaben die Häuser immer noch ihre gespeicherte Wärme ab. An den Rändern der Siedlung waren zwei Gruppen von Lichtpunkten zu sehen. Das mußten die Schafe und die Rinder sein. Aber zwischen den Häusern bewegten sich kleine Punkte ... und von einem Moment auf den anderen waren sie verschwunden.

»Vermutlich sind sie reingegangen«, erklärte Chesva. »Sie halten sich jetzt in einem der Gebäude auf ...« Er schluckte. »Sie sind wirklich da!«

»Wir spekulieren hier, ohne uns die Daten angesehen zu haben«, entgegnete Kira und bemühte sich, professionell zu klingen.

Ihr Assistent schnaubte: »Sie wissen sehr gut, daß wir nicht nur spekulieren. Wir haben hier Daten gesehen, wie sie noch kein Mensch vor uns erblickt hat.«

Abrupt veränderte sich das Bild. Lichter tauchten wieder auf dem dunklen Schirm auf.

»Sie haben recht«, gab Kira zu. »Die Aliens haben herausgefunden, wie man Licht macht.«

»Ist ja auch nicht allzu schwer.« Er saugte mit der Unterlippe an den oberen Zähnen – seine einzige unangenehme Eigenschaft. »Man braucht eigentlich nicht einmal Finger, um einen Lichtschalter zu bedienen. Vermutlich haben sie da unten Standardschalter eingesetzt. Ein Tentakel reicht schon aus. Sogar ein Schnabel.«

»Zweibeiner«, bemerkte Kira. »Wie an den Schatten zu erkennen war.«

»Es müssen nicht unbedingt zwei Beine sein«, korrigierte der Assistent, »aber ich gebe Ihnen recht: Sie bewegen sich aufrecht. Schalten wir doch die früheren Bildfelder ein und sehen uns das alles gründlich an.«

»Ja, tun Sie das, ich möchte hier noch ein bißchen zuschauen.« Sie deutete auf ihre Bildschirme. Lichter. Der Computer zählte vier Lichtquellen. Kira ließ sich den Ausschnitt von der Stelle vergrößern, an der die kleinen Punkte die Straße überquert hatten und in einem Haus verschwunden waren. Nachdem sie kurz darüber nachgedacht hatte, rief sie den Grundriß der Siedlung auf, den Sims natürlich auch dem Büro überlassen hatte. Sie entdeckte, daß die ... nein, die Eingeborenen, sie sollte sie eher als solche und nicht mehr als Aliens bezeichnen. Die Wesen hatten das Vielzweckgebäude betreten, in dem sich diverse Überwachungs- und Kontrolleinrichtungen, die Sammeltanks für Regenwasser, Klassenzimmer, Werkräume und vieles mehr befanden.

Der Computer gab ein Piepen von sich. Sie blickte sofort auf den Schirm und entdeckte einen weiteren Punkt. Ein Blick auf den Grundriß belehrte Kira, daß der Punkt vor dem Haus stand, das Falfurrias, Bartolomeo gehört hatte. Daneben fand sich der Zusatz ›mF + mM‹. Sie schlug wieder im Handbuch nach: ›Mit Frau und mit Mutter‹. Das Haus war ursprünglich von Humberto und Ofelia Falfurrias gebaut worden. Kira sah in der Evakuierungsliste nach. Bartolomeo und Rosara Falfurrias waren mit Shuttle 3-F abgeholt worden. Ofelia Falfurrias erst mit Shuttle 3-H.

Sie fragte sich, warum man die drei getrennt hatte. Bislang war sie davon ausgegangen, daß man Siedlerfamilien immer zusammen beförderte. Na gut, so wichtig war das auch wieder nicht. Kira wünschte, ihr läge die Personenliste der evakuierten Siedler auf ihrer neuen Welt vor. Aber das Schiff war noch lange nicht an seinem Zielpunkt eingetroffen. Sie rümpfte die Nase und war froh, nicht auf einem der alten, langsamen Unterlichtraumer reisen zu müssen. Der Kryo-Frostschlaf machte Menschen solche Reisen möglich, aber von Effizienz konnte man dabei wirklich nicht sprechen.

»Ich habe hier noch eine Quelle«, teilte sie ihrem Assistenten mit. Er grunzte nur, und Kira sah zu ihm. Er beschäftigte sich gerade mit einem Bildfeld der früheren Sichtdaten. Sein Bildschirm veränderte die Farbe, und die Abbildungen nahmen kontrastreichere Tönungen an.

Sie wandte sich wieder ihren eigenen Nachforschungen zu. Wesen, von denen Kira sicher war, daß es sich bei ihnen um dieselben handelte, die die gelandeten Siedler der zweiten Kolonie aufgerieben hatten, hielten sich in den Gebäuden auf und hatten bereits herausgefunden, wie man einen Lichtschalter bediente. Was mochten sie sonst noch gelernt haben? Kira ging die Inventarliste der Einrichtungen durch, die Sims dort installiert hatte. Ein Abfall-Recycler, der den Treibstoff für das Kraftwerk lieferte, das wiederum die nötige Elektrizität für Licht, Kühlschränke, Belüftung und Pumpen zur Verfügung stellte. Dann Fahrzeuge, einige davon mit Elektromotor, andere mit Biotreibstoff betrieben ... keine Flugapparate, Gott sei Dank ... Von den Booten war keines übriggeblieben ... Sie fragte sich, was aus den Gefährten geworden war. Solange sie Strom hatten, konnten sie Herde und Kühlschränke einschalten, aber damit ließ sich nicht allzuviel anfangen, was der Erde gefährlich werden konnte ... hoffte Kira jedenfalls. Wie die meisten Kolonien hatte auch diese nur über wenige Waffen verfügt. Die Evakuierungsbeauftragten hatten berichtet, diese samt und sonders mitgenommen zu haben. Allerdings hatten die auch behauptet, die Energieanlage stillgelegt zu haben. Kira lief es wieder kalt den Rücken hinunter, und ihr drängte sich die Erkenntnis auf, daß die Frage nach dem, was sonst alles nicht erledigt worden war, schon viel früher hätte gestellt werden müssen.

Sie suchte nach dem Niederorbit-Scanner. Der befand sich zur Zeit auf der anderen Seite des Planeten und führte wahrscheinlich immer noch den ersten Durchlauf der Messungen durch, die man einprogrammiert hatte. Kira interessierte sich nicht mehr für atmosphärische Gasgemische oder Tidendaten.

»Aha!« rief Chesva. »Sehen Sie sich das mal an!«

Kira ging zu ihm. Auf dem Bildschirm zeigte sich eine unbewegte Szene, nur stand hier die Sonne noch höher am Himmel. Die Schatten waren kürzer und zeigten in eine andere Richtung.

»Vormittag«, erklärte er. »Ich habe ein paar Suchparameter eingegeben, basierend auf den wenigen Bildfeldern, die uns zur Verfügung stehen, und das hier ist das Beste, was ich daraus machen konnte.«

»Warum hat der Wettersatellit einen optischen Scan durchgeführt? Der war doch eben noch nicht an, als Sie den Kasten manipuliert haben, oder?

»Vielleicht ist eines von den Wesen mit einem Fuß an die Kontrollen gekommen«, entgegnete Chesva trocken. Anscheinend war ihm egal, wie der Satellit an die Bilder gekommen war, Hauptsache, sie lagen ihm jetzt vor. Kira empfand ziemlich ähnlich.

»Zweibeiner«, erklärte die Wissenschaftlerin nur, statt auf die Möglichkeit oder besser Unmöglichkeit einzugehen, ein Alien könne auf den richtigen Knopf getreten sein und das Gerät eingeschaltet haben – um dann später nochmal auf dieselbe Stelle zu treten und es auszuschalten.

»Ja, damit dürften Sie recht haben. Laut Theorie ist die Wahrscheinlichkeit ziemlich groß, daß sich fremdes Leben als aufrecht gehendes, zweibeiniges entwickelt hat. Unsere Freunde scheinen auch zwei obere Extremitäten zu besitzen – die Schatten weisen eindeutig darauf hin. Aber was ich eigentlich meinte, ist das hier.« Er deutete auf eine Gestalt, die kleiner war als die anderen. Ja, eindeutig kleiner, aber mit bekannten Proportionen. Ein Mensch.

Kira unterdrückte die Flüche, die ihr jetzt in den Sinn kamen, und sagte nur: »Vasil wird davon nicht begeistert sein.«

»Sicher nicht«, grinste der Assistent. »Aber dann könnte er wenigstens mal an etwas anderes denken als an Bilong, oder?«

Natürlich stand es außer Frage, daß sie auf dem Shuttle-Feld der ehemaligen Sims-Siedlung landeten. Man hatte der Mission ein militärisches Shuttle zur Verfügung gestellt, das allen Widrigkeiten trotzen konnte »außer einer außerordentlich fortgeschrittenen Technologie«, wie die Militär-Piloten versicherten. Die Piloten waren Bedingung gewesen, um das Shuttle ausgeliehen zu bekommen, ebenso wie ein kleines Kontingent »Militärberater«, die aber während der Reise unter sich geblieben waren.

Nachdem der Niederorbit-Scanner angezeigt hatte, daß es hier keine außerordentlich fortgeschrittene Technologie gab, die das Shuttle hätte vom Himmel schießen können, führten die Piloten noch ein paar Erkundungsflüge durch.

Dabei erhielten sie Berge von Daten über Technologie auf niedrigem Niveau. Steinhäuser in offensichtlich dauerhaften Siedlungen, die sich weit im Norden und Osten von der Sims-Kolonie auf den felsigen Küsten erhoben. Und westlich davon Nomadenhorden, die mit ihren Herden von vierbeinigen Grasfressern über die Steppe zogen.

»Ich verstehe ja, daß die Sims-Leute die Nomaden übersehen haben«, bemerkte Chesva. »Auf den ersten Blick kann man sie ja auch für wandernde Tiere halten. Schließlich errichten sie keine Lagerfeuer oder Unterkünfte. Wir selbst haben sie nur aufgespürt, weil wir wußten, wonach wir suchen mußten. Aber wie konnten ihnen die Städte entgehen?« Er schüttelte dramatisch den Kopf.

Kira hatte keine Lust, sich jetzt auf eine längere Diskussion über Wendepunkte, Katastrophen und Evolution, also auf den Streit über graduelle Entwicklung versus kultureller Diskontinuität, einzulassen. Hier oben standen ihnen nicht die historischen Daten zur Verfügung, die erforderlich waren, um festzustellen, wann die Eingeborenen die kognitive und kulturelle Komplexität erreicht hatten, um Technologie auf diesem Niveau herstellen zu können. An die würde das Team erst gelangen, wenn es sich tatsächlich unten aufhielt. Dann sollte Ori oder sein Ersatz sich darum kümmern, diese Frage zu klären.

Kira konzentrierte sich jetzt lieber auf die Bio-Daten. Vierbeinige Tiere begleiteten die Nomaden. Wurden sie gejagt? Oder in Herden gehalten? Ganz sicher handelte es sich bei ihnen um Pflanzenfresser. Nur eine außerordentlich üppige Vegetation konnte dafür sorgen, daß eine solche Masse Fleisch möglich wurde.

Bei den Eingeborenen hingegen mußte es sich um ehemalige Raubtiere handeln. Die Augen an den Seiten der länglichen Köpfe, mit denen sie zur Seite und nach hinten blicken konnten, sprachen dafür. Stellten die Eingeborenen die einzige Raubtier-Spezies auf dieser Welt dar? Sie hielt Ausschau nach Caniden, hundeähnlichen Wesen, entdeckte aber nichts dergleichen.

»Schiffe mit Rudern und Segeln«, bemerkte der Assistent, als er sich die Bilder von den Küstensiedlungen näher ansah. »Also verstehen sie sich darauf, Holz zu bearbeiten. Ich frage mich, ob die hiesigen Hölzer alle so hart sind wie die, die Sims aus den Tropen exportiert hat. Man kann diese Stämme nur mit Metall bearbeiten ... Das läßt den vorsichtigen Schluß zu, daß diese Wesen bereits Metallwerkzeuge entwickelt haben dürften ...«

Kira betrachtete die Aliens. Nein, Eingeborene, ermahnte sie sich. Auf den ersten Blick konnte man ihnen nicht ansehen, welcher Gattung sie angehörten – Säugetiere, Reptilien oder Vögel ...

Sie besaßen weder Haare noch Federn, doch schien ihre Oberfläche eher aus Haut als aus Schuppen zu bestehen. Ihr langbeiniger, fast hüpfender Gang erinnerte die Wissenschaftlerin an die großen flugunfähigen Vögel auf der alten Erde. Aber das entsprechende Beingelenk zeigte bei diesen Wesen, wie bei Menschen, nach vorn. Die großen Augen saßen etwas weiter an den Kopfseiten als bei Menschen. Damit mußten sie sowohl über monokulare wie binokulare Sicht verfügen. Vier Zehen ... vier Finger ... an der Hand einer davon in Opposition stehend ... und am Fuß anscheinend ebenso.

»Sehen Sie mal auf die Gebäude«, riß Ori sie aus ihrer Konzentration. »Ich könnte schwören, das da sind Röhren. Vielleicht nur Schilfrohre oder so etwas, aber ja, sie tragen diese Dinger. Ein Wesen ist gerade mit diesem Rohr dort aus dem Haus da gekommen.«

Kira warf einen Blick auf die Röhren und überlegte. Was mochte sich einmal darin befunden haben?

Memnin, der Anthropologe des Ersatz-Teams, meldete sich zu Wort. »Ich bemerke vor allem, wie selbstbewußt diese Eingeborenen sind. Ist Ihnen aufgefallen, Ori, wie sie damals auf das Shuttle reagiert haben? Nicht mit Panik und auch nicht wirklich überrascht ... und dieser Bursche dort«, er zeigte auf eine Ecke des Bildschirms. »Sieht ganz so aus, als würde er dort etwas zeichnen ... oder schreiben?«

Bilong und Apos, die Linguisten der beiden Teams,

standen hinter ihnen und blickten auf den Bildschirm. Da die Scanner noch keine Töne übertrugen, hatten sie im Moment wenig zu tun. Apos wirkte interessiert, aber seine Kollegin schmollte. Kira wünschte sich zum wiederholten Mal, daß man jemand anderen als Bilong dem ersten Team zugeteilt hätte. Apos mochte jünger als sie sein und weniger Berufserfahrung besitzen, aber wenigstens machte er keinen Ärger, wenn er sich zu wenig beachtet fühlte.

Die nächsten Tage vergingen mit Erkundungsflügen und Datenanalysen. Sie sammelten genug Material, um damit eine ganze Fakultät zu beschäftigen. Kira hatte manchmal das Gefühl, in dieser Informationsflut zu ertrinken. Endlich erklärten die Militär-Piloten sich einverstanden, eine Landung in der alten Kolonie riskieren zu können. Sie bestanden aber darauf, daß jeder, der mitkäme, einen Schutzanzug tragen müsse – klobige Gebilde, in denen einem rasch heiß wurde und mit denen man sich nur plump bewegen konnte. Die Zivilisten waren es nicht gewohnt, sich in solche Ungetüme zu zwängen.

Kira sagte sich, daß die Militärberater sich über die Wissenschaftler lustig machten, und wahrscheinlich sahen sie in den Dingern ja auch lächerlich aus. Sie bemühte sich, die komische Seite an dieser Geschichte zu sehen, während sie mit den Gelenkstücken und Schließen kämpfte, die die dicken Platten zusammenhielten. Immerhin standen sie jetzt kurz davor, die fremde Welt zu betreten und wirklich zu sehen. Ein paar kleine Unannehmlichkeiten ließen sich da leicht verschmerzen.

Für ihren Geschmack besaßen die Militär-Shuttles einen entscheidenden Nachteil: Sie hatten weder Bullaugen noch die anderen Annehmlichkeiten, die sie von Zivil-Transportern gewohnt war. Kira war eigentlich davon ausgegangen, die Landung von einer Art Fenster aus verfolgen zu können – mitansehen zu dürfen, wie die Atmosphäre die Farben wechselte und sich so die Landschaft veränderte. Außenkameras nahmen das alles für die spätere Analyse auf, aber das war ja wohl kein vollwertiger Ersatz dafür, nichts von der Landung sehen zu können. So hockte die Wissenschaftlerin im Shuttle und hatte den ganzen Flug über nichts anderes vor Augen als Vasils Hinterkopf.

Der Sitz war so hart, daß sie ihr Gesäß bald nicht mehr spüren konnte, und das Rattern und Donnern des Gefährts machte sie ganz taub.

Kira hatte keine Vorstellung, wie weit sie schon gekommen waren, bis der Pilot durchsagte, daß sie in zwei Minuten Bodenkontakt hätten. Das Shuttle sackte abrupt ab, schwankte und schaukelte – ein normaler Landevorgang eben. Kira mußte alle Kraft zusammennehmen, um sich nicht in den Lehnen festzukrallen. Sie haßte diesen Flug. Wieviel hätte es ihr doch gegeben, wenn sie wenigstens die Landebahn sehen könnte. Plötzlich krachte der Sitz gegen ihr Rückgrat, und das Rumpeln, das nun folgte, sagte ihr, das das Gefährt mit seinen Rädern auf überwachsenem Boden ausrollte.

Auf den ersten Blick sah die aufgegebene Kolonie genauso aus, wie man das von einer verlassenen Siedlung erwartete. Sie waren im Morgengrauen gelandet, und dunstiges rosafarbenes Licht glühte von den Wänden der schäbig wirkenden eingeschossigen Häuser. Nichts regte sich hier. In einer ungeraden Reihe waren am Rand des Landefelds die alten Fahrzeuge aufgereiht, alle von Rost überzogen und mit platten Reifen. Hartes Gras und auch ein paar Sträucher hatten sich auf der Landebahn breitgemacht. Eine feuchte, warme Brise fuhr durch die Vegetation und trug den fremdartigen Geruch einer anderen Welt mit sich.

Die Außenhülle des Shuttles ploppte und zischte. Die Wissenschaftlerin hörte anfangs nur das, bis es in ihren

Ohren knackte. Irgendwo weit weg stöhnte etwas grauenhaft. Kira fuhr zusammen.

»Das müssen die Kühe sein«, bemerkte Ori. Kira hätte sich dafür in den Hintern treten können, sich von so etwas Harmlosem einen solchen Schrecken einjagen zu lassen. Immerhin war sie in dieser Truppe die Xenobiologin; man durfte von ihr wohl erwarten, Tierlaute identifizieren zu können. Vasil wollte gleich die Rampe hinunter, aber einer der Militärberater hielt ihn zurück.

»Wir können uns noch nicht sicher sein«, erklärte der Mann. Worauf wartete er denn noch? fragte sich Kira. Sie alle wußten doch, daß sich hier Eingeborene und mindestens ein Mensch aufhielten. Immerhin hatten sie doch endlos über diesen Vertreter ihrer Spezies spekuliert, den der visuelle Scan des Wettersatelliten angezeigt hatte. Wer mochte dieser Mensch sein? War er männlich oder weiblich? Wie hatte er oder sie hierher gefunden? Und was wollte er oder sie hier? Vielleicht ein Besatzungsmitglied, das hier seinen Rausch ausgeschlafen und nichts vom Abflug mitbekommen hatte? Irgendein Abenteurer, der diese Welt besuchte, um alles mitzunehmen, was von der Kolonie noch an Wertvollem übriggeblieben war – oder jemand, der diesen Planeten für sich in Anspruch nehmen wollte?

»Da kommt jemand«, meldete der zweite Ratgeber. Trotz Vasils Einwänden hatten die beiden sich bewaffnet. Vasil mochte der Team-Leiter, womöglich sogar der zukünftige Botschafter der Erde auf dieser Welt sein, aber wenn es um militärische Dinge ging, ließen diese Männer sich keine Vorschriften machen. Und schließlich waren sie ja in einem Militär-Raumer in dieses System gelangt und mit einem Militär-Shuttle gelandet. »Zum Schutz des Shuttles«, hatte der Kapitän Vasil entgegnet. Kira, die gerade hinter dem Leiter gestanden hatte, hatte bemerkt, wie seine Ohren sich röteten. Vasil hatte den anderen gesagt, er werde sich schon darum kümmern. Damit hatte er gemeint, die Soldaten davon abzuhalten, ihre Waffen mitzunehmen. Aber seine heftige Beschwerde hatte zu rein gar nichts geführt.

Die Berater entsicherten jetzt ihre Gewehre, was Kira nicht im mindesten überraschte. »Unternehmen Sie bitte noch nichts«, flehte der Leiter. Sie schienen ihn gar nicht zu hören. Kira, die in ihrem Schutzanzug bereits in Schweiß gebadet war, ignorierte Vasil ebenfalls.

»Eine Person«, sagte der Berater jetzt. Er sprach in sein Helmmikrophon, und die Wissenschaftlerin war sich nicht sicher, ob seine Worte überhaupt für sie bestimmt waren.

»Anscheinend menschlich ... weiblich ...« Das klang noch knapp und nüchtern, aber jetzt fügte er überrascht hinzu: »Alt. Sehr alt. Eine alte Frau ... allein.«

Kira konnte nicht ausmachen, was die Berater und Vasil zu sehen schienen. Sie standen in ihren wuchtigen Schutzanzügen direkt vor ihr und versperrten ihr die Sicht auf die Hauptstraße des Ortes. Die Kerle hätten doch etwas beiseite rücken können, um den anderen auch einen Blick auf die alte Frau zu gönnen. Aber nein, sie standen da wie Kleiderschränke. Als ob sie die hinter ihnen ärgern wollten. So schaute Kira zur Seite. Vielleicht gab es dort ja etwas zu sehen. Die Landebahn mit ihrem unregelmäßigen Grasbewuchs, dahinter der Fluß, dessen Wasser im frühen Sonnenschein funkelte. Auf der anderen Seite nur Wald, wie eine grüne Mauer. Die Wissenschaftlerin konnte nicht erkennen, ob es sich dabei um den von den Siedlern angelegten Forst oder bereits um den einheimischen wilden Wald handelte. Von den Scans wußte sie, daß sich nach Westen hin ein schier endloser Urwald ausbreitete.

»Die Person ist ...« Der Berater schien zu schlucken, und dann schwieg er noch einen Moment lang, bis ihm die passende sachliche Beschreibung eingefallen war: »Ist unangemessen bekleidet. Sie trägt nur ein, äh, eine Art Umhang und ein paar Halsketten ... ist barfuß ... Achtung, die Person scheint geistig verwirrt zu sein.«

Kira hielt es nicht mehr aus. Sie war die Assistentin des Expeditionsleiters, und die drei vor ihr nahmen sie überhaupt nicht wahr! Die Wissenschaftlerin drängte sich rücksichtslos vor. Vasil prallte gegen einen der Berater, und der wäre beinahe über den Rand der Rampe gekippt. Aber das war Kira egal, sie wollte endlich etwas sehen.

Tatsächlich, da schlurfte eine dürre alte Frau auf das Shuttle zu. Sie war klein, ihr weißes Haar stand wirr ab, sie lief barfuß, und sie trug tatsächlich nicht mehr als einen bestickten Umhang. Irgendwas hatte sie sich um die Hüften gebunden. Und an ihrem Hals hingen Holzperlen an Schnüren.

Die Frau machte auf Kira keinesfalls einen geistig verwirrten Eindruck. Sie wirkte überhaupt nicht wie die Patienten in den Senilenkliniken, die manchmal in den Nachrichtenwürfeln gezeigt wurden, um die Bürger dazu anzuhalten, ihre Anti-Senilitätspillen nicht zu vergessen. Die Alte schien eher verdrossen zu sein, so wie jemand, der an einem Tag, für den er sich schon etwas vorgenommen hat, unerwartet Besuch erhält. Diese Ausstrahlung war es wohl auch, wie Kira vermutete, die alle auf der Rampe schweigen ließ, als die Frau unten stehenblieb. Die alte Frau schien sich ihres Aufzugs nicht zu schämen, und gleichermaßen ließ die Ansammlung von Menschen über ihr sie unbeeindruckt.

So standen die Missionsteilnehmer in ihren schweren Schutzanzügen da und schwitzten vor sich hin. Kira versuchte zu erkennen, um was für ein Muster es sich bei den Stickereien auf dem Umhang handelte. Plötzlich erkannte sie, daß es sich dabei um Gesichter handelte. Gesichter und Augen. Immer wieder Augen. Die Alte legte den Kopf in den Nacken und starrte die Gruppe mit ihren leuchtenden schwarzen Augen zornig an.

»Sie haben sich einen schlechten Zeitpunkt ausgesucht«, begann sie. »Und sie erschreckt und aufgebracht.«

Vasil fand als erster seine Sprache wieder. »Kraft der mir übertragenen Autorität –«

Die Frau unterbrach ihn gleich: »Ich habe doch schon gesagt, daß Sie sich einen schlechten Zeitpunkt ausgesucht haben. Das hätten Sie schon erfahren können, als ich versucht habe, mich mit Ihnen in Verbindung zu setzen.«

»Sie wollten sich mit uns in Verbindung setzen?« fragte die Wissenschaftlerin rasch, ehe der Leiter zu einer empörten Entgegnung ansetzen konnte.

»Ja«. Die Alte nickte und ließ für einen Moment den Kopf hängen, sah die Gruppe dann aber wieder an: »Aber Sie haben irgend etwas mit dem Wettersatelliten angestellt, und ich konnte nicht zu Ihnen durchkommen.«

»Haben Sie die Bilder gemacht?« fragte Ori. »Haben Sie die visuellen Scans von dieser Region zuwege gebracht?«

»Natürlich«, antwortete die Frau. »Die Leute wollten wissen, wie es hier von oben aussieht, und nicht nur wettermäßig. Das hat ihnen geholfen, besser zu verstehen.«

Die Leute. Sie. Kira fing an zu zittern, als ihr klar wurde, wen die Frau damit meinen mußte. Vielleicht war sie wirklich bereits dem Altersschwachsinn anheimgefallen. Jeder Erwachsene, der bei Verstand war, wußte, daß man Aliens keine irdische Technologie zeigen, vorführen oder zugänglich machen durfte.

»Wie kommen Sie dazu ...«, begann Vasil, aber der zweite Berater fing gleichzeitig zu reden an: »Wer hat Ihnen das Recht gegeben ...« Beide hielten inne und sahen sich unfreundlich an.

»Wer sind Sie?« nutzte Kira gleich den Moment.

»Wer sind *Sie?*« fragte die Alte zurück, ohne eine Antwort zu geben. Wenn sie wirklich senil war, hatte sie vermutlich ihren eigenen Namen vergessen.

»Wir wollen Ihnen nichts tun«, versicherte die Wissenschaftlerin ihr in freundlichem und geduldigem Tonfall.

»Wir möchten Ihnen nur helfen –« Das klang ja wirklich dämlich. Kira überraschte es daher nicht, als die Alte nur verächtlich schnaubte.

»Ich brauche keine Hilfe«, erklärte die Frau. »Wenn Sie zu der anderen Truppe gehören, sind Sie am falschen Ort gelandet.«

»Was für eine andere Truppe?« konnte der Leiter jetzt hervorbringen, wenn auch nach einem vernichtenden Blick auf den Berater.

»Ist schon 'ne Weile her. Sie wollten hier landen. Aber davon wissen Sie doch sicher.«

»Ja«, bestätigte der Berater schneller als Vasil. »Was wissen Sie denn darüber?«

»Ich habe sie über den Computer gehört. Wie sie gelandet sind, wie sie um Hilfe geschrien haben ...«, sie preßte die Lippen zusammen, fuhr dann aber trotzdem fort: » ... und wie sie gestorben sind.«

»Haben Sie nicht versucht, Ihnen zu helfen?« platzte es aus Vasil heraus. Kira grinste in sich hinein. Eben hatte sie sich mit einer ziemlich blöden Frage blamiert. Und gerade hatte der Leiter bewiesen, daß er zu noch dümmeren Fragen in der Lage war. Glaubte Vasil denn wirklich, diese gebrechliche alte Frau hätte ein Massaker aufhalten können, daß sich ein paar tausend Kilometer weiter nördlich ereignete?

Die Alte gab ihm gar nicht erst eine Antwort, sondern starrte nur die Gruppe an. Der Leiter verfärbte sich und räusperte sich. Kira fiel auf, daß die Mundwinkel der beiden Berater zuckten.

»Sind Sie schon lange hier?« fragte Kira, als anscheinend niemand sonst eine Frage zu stellen hatte.

»Klar. Seit vierzig Jahren. Nein, noch ein paar Jährchen mehr.«

»Aber die Sims Bancorporation hat erklärt –«

Sie verzog spöttisch das Gesicht. »Die Firma hatte wohl Besseres zu tun, als ihre Zeit damit zu verschwenden, eine alte Frau suchen zu gehen, die sie sowieso nicht mitnehmen wollten. Die Repräsentanten haben von meiner Familie eine Gebühr verlangt, weil ich ein gewisses Alter überschritten hatte. Wahrscheinlich haben sie sich gesagt, daß ich nicht mehr aus dem Kryo aufwachen würde.«

Kälte machte sich in Kira breit. Soviel Roheit hätte sie nicht erwartet, nicht einmal von der Sims Bancorporation. Ein solches Verhalten konnte doch nicht legal sein, oder?

Aber auf der anderen Seite, wer würde hier draußen schon darauf achten, daß alles entsprechend dem Gesetz zuging?

»Deswegen bin ich geblieben.« Die Alte grinste immer noch, was ziemlich grotesk aussah.

»Vorsätzlich?« fragte der Leiter, als könne er es einfach nicht glauben. Die Miene der Frau verfinsterte sich wieder.

»Ja«, antwortete sie barsch. Kira fragte sich, wie die Alte hier so lange und ganz allein überlebt hatte. Oder waren noch andere zurückgeblieben? Die Wissenschaftlerin traute sich nicht, dieses verärgerte Gesicht danach zu fragen.

»Nun gut«, begann Vasil in dem sichtlichen Bemühen, alles unter seine Leiterkontrolle zu bringen. »Welche Gründe Sie auch zu diesem Schritt bewogen haben mögen, Sie haben damit dem Evakuierungsbefehl zuwidergehandelt. Und durch Ihre Taten haben Sie der Sims Bancorporation großen ideellen und materiellen Schaden –«

Die Alte murmelte etwas, das Kira nicht verstehen konnte. Ihrem Gesichtsausdruck nach zu schließen, konnte es sich dabei aber kaum um Freundlichkeiten handeln.

»– und Sie haben uns in ein unüberlegtes und unnötiges Dilemma versetzt«, fuhr Vasil fort. »Was sollen wir nur mit Ihnen anfangen?«

Kira konnte die Antwort nicht wirklich überraschen:

»Mich in Ruhe lassen.« Damit machte die Alte kehrt und watschelte zum Ort zurück.

»Aber – aber Sie verstehen doch sicher den Ernst der Lage!« rief der Leiter.

Die Frau blieb stehen und drehte sich wieder um. »Ich bin nicht blöd, und ich verstehe sehr gut, worum es hier geht. Aber Sie haben sich einen schlechten Zeitpunkt ausgesucht. Und jetzt verschwinden Sie gefälligst.«

Sie ging wieder los und blieb nicht mehr stehen. Die Fransen am Saum ihres Umhangs strichen über die Waden ihrer krummen sonnengebräunten Beine. Auf der Rückseite des Capes war ein großes glitzerndes Gesicht angebracht. Die übergroßen Augen besaßen Wimpern, die wie Strahlen bis an die Gesichtsränder fuhren.

Kira fühlte sich unbehaglich, so als würden diese Augen sie anstarren; und sie ärgerte sich noch mehr darüber, so auf dieses gestickte Antlitz zu reagieren. Schließlich war sie eine gebildete, zivilisierte Frau und sollte sich nicht von solchen primitiven Symbolismen beeinflussen lassen.

»Kommen Sie sofort zurück!« befahl der Leiter sehr laut, aber die Alte scherte sich nicht darum. Vasil wandte sich an einen der Berater, aber die Wissenschaftlerin legte ihm eine Hand auf den Arm.

»Lassen Sie es mich mal versuchen. Von Frau zu Frau. Wenn sie seit so vielen Jahren hier allein lebt, war sie vielleicht nicht darauf vorbereitet, unvermittelt einer ganzen Gruppe Menschen gegenüberzustehen.«

»Ma'am, ich halte das nicht für –«, begann einer der beiden Soldaten, aber Kira stampfte bereits die Rampe hinunter.

»Nehmen Sie uns als Geleitschutz mit!« rief der andere Berater.

»Nein, die Frau wird mir schon nichts tun«, entgegnete sie. Es bereitete ihr die größte Mühe, in dem klobigen Ding von einem Schutzanzug die Rampe hinunterzufinden. Sie fummelte an den Verschlüssen und öffnete die Vorderseite. So schwül und heiß, wie es hier war, würde ihr das kaum Erleichterung verschaffen, aber einen Versuch war es wert.

Kira gelangte, ohne zu stolpern, ans Ende der Rampe, und jetzt mußte sie feststellen, daß das Gewicht des Anzugs viel zu groß war, um die Frau einholen zu können. Ganz davon abgesehen, daß die Alte bereits einen Vorsprung von zwanzig Metern hatte. Sie war nicht mehr weit von den ersten Häusern entfernt.

»Bleiben Sie in Sichtweite!« rief einer der Berater. »Wenn Sie zu weit gehen –« Die Wissenschaftlerin winkte zurück, um anzuzeigen, daß sie verstanden hatte und sich nicht unnötig in Gefahr begeben würde. Insgeheim mußte sie dem Soldaten recht geben. Schließlich hielten sich hier irgendwo die Aliens – nein, die Eingeborenen – auf, und da sollte sie wirklich mit ihrer Gruppe in Sichtkontakt bleiben.

»Bitte –«, rief sie der Frau hinterher. »So warten Sie doch auf mich. Die anderen bleiben zurück, da werden Sie doch mit einem von uns reden können.«

Die Alte blieb tatsächlich stehen und drehte sich so langsam um, als litte sie an einer Gelenkerkrankung. Kira versuchte es mit längeren Schritten, geriet gleich ins Straucheln und wäre beinahe hingefallen. Nun war sie näher an der Frau als vorhin und konnte ihre Gesichtszüge deutlicher erkennen. Die dunklen Augen funkelten belustigt.

»Tut mir leid«, begann die Wissenschaftlerin atemlos. »Aber wir sollten wirklich –«

»Es ist ein schlechter Zeitpunkt«, entgegnete die Frau. Kira entdeckte jetzt die letzten dunklen Stellen in ihrem grauen Haar, die Warzen und die Hautverfärbungen, die davon herrührten, daß die Frau ein Leben lang ungeschützt der Sonne ausgesetzt war. Die Hände der Alten waren runzlig und wie Leder, die Knöchel geschwollen und knotig. Wer so aussah, hätte eigentlich in ein Krankenhaus oder Pflegeheim gehört. Kira entdeckte an diversen Körperpartien Wunden. Doch insgesamt erweckte die Frau einen lebendigen, gesunden Eindruck, sowohl körperlich wie auch geistig.

»Welches Haus gehört Ihnen?« fragte die Wissenschaftlerin. Ihr war bewußt, daß sie fest auftreten mußte. Bei Ungebildeten – und normale Kolonisten hatten nur eine minimale Schuldbildung genossen, im Grunde genommen gar nichts gelernt – und besonders bei Alten, die nicht mehr ganz bei sich waren, mußte man einfach Entschlossenheit und Entschiedenheit zeigen. »Wir können dorthin gehen, um zu reden. In Ihrem Haus können Sie sich etwas ausruhen.«

Die Alte starrte sie zuerst nur an, und das Grinsen war aus ihrem Blick entschwunden. Dann seufzte sie und kratzte sich mit den schmutzigen Zehen des einen Beins die Wade des anderen. »Wird heute sicher heiß.«

War das hier Brauch, ein Gespräch mit einer Bemerkung über das Wetter zu beginnen? »Haben wir denn jetzt hier Sommer?« ließ die Wissenschaftlerin sich gleich darauf ein, weil sie wußte, daß Höflichkeit eine wichtige vertrauensbildende Maßnahme war.

Wieder starrte die Frau sie an, diesmal noch länger. »In dem Ding werden Sie tüchtig schwitzen.« Sie zeigte auf Kiras Schutzanzug.

»Ja.« Die Wissenschaftlerin zwang sich zu einem fröhlichen Lachen. »Die Berater haben uns das eingebrockt. Sie fürchten, jemand könne auf uns schießen oder sonstwas tun.«

»Berater? Von einer Firma?«

»Nein. Militärberater.« Kira gewann den Eindruck, sich mit einem Computer im Dialog zu befinden, der auf Input nicht mehr mit Output reagierte.

»Lassen Sie es mich Ihnen erklären«, sagte die Wissenschaftlerin. »Als die neuen Kolonisten angegriffen wurden, ist das Schiff im Orbit nach Hause zurückgekehrt und hat den Vorfall der Regierung gemeldet.« Sie entschied, nichts von der Meuterei zu erwähnen, die zu einer gehörigen zeitlichen Verzögerung geführt hatte; schließlich wollte sie die geistige Aufnahmefähigkeit der Frau nicht überfordern. »Und die Regierung hat uns dann hierhergeschickt, damit wir uns ein Bild von der Lage machen.«

»Um die Aliens zu töten«, entgegnete die Alte, als könne man nichts mehr daran ändern.

»Nein!« Die Wissenschaftlerin war verblüfft, wieviel Vehemenz in ihrer Stimme steckte. »Wir wollen sie nicht töten, sondern sie studieren. Und sondieren, ob wir miteinander Verträge abschließen können. Außerdem sind wir hier, um das Kraftwerk stillzulegen, damit die Wesen keine Möglichkeit erhalten, sich Zugang zu unserer Technologie zu ...«

Jetzt lächelte die Alte wieder, aber es war kein warmes, freundliches Lächeln. »Sie sind sehr gescheit. Und sie verstehen alles.«

Kira hoffte, sie habe sich verhört. »Was verstehen sie?«

»Die Energieanlage. Die Elektrizität. Die Maschinen.«

Unmöglich. Die Alte schien nicht mehr zu wissen, was sie redete. Die Wissenschaftlerin verstand solche Technologie ja selbst nicht einmal in ihrer Gänze. Aber wahrscheinlich glaubte die Frau, wenn jemand in der Lage sei, einen Schalter zu drücken, sei das gleichbedeutend mit technischem Wissen. Möglicherweise hatten die Kolonisten die Eingeborenen ja schon früher kennengelernt, das aber aus irgendeinem Grund nicht gemeldet. »Hatten Sie schon vor der Evakuierung Kontakt mit diesen Wesen?«

»Nein. Solche Kreaturen haben wir früher nie zu Gesicht bekommen. In all den vierzig Jahren nicht. Erst, als die zweite Siedlergruppe oben landen wollte.« Ihre Zehen spielten mit dem Straßenstaub. »Dann sind sie hierhergekommen und haben mich gefunden.«

»Und Sie haben Ihnen alles gezeigt?« Kira konnte nicht anders, als die Frage vorwurfsvoll zu stellen. Selbst der ungebildetste Kolonist hätte es besser gewußt. Die Wissenschaftlerin war überzeugt, daß man das allen Siedlern schon vor dem Start einschärfte. Wenn jemand auf eine fremde Intelligenz stieß, hatte er das umgehend zu melden. Auf gar keinen Fall aber durfte den Aliens die menschliche Technologie zugänglich gemacht oder erläutert werden.

Die Alte zuckte die Achseln und ließ den Kopf wieder hängen. Sie ähnelte damit sehr einem Kind, das etwas ausgefressen hat und nun der Strafe zu entgehen versucht.

Die Frau schien wirklich nicht allzu gescheit zu sein. Wahrscheinlich war sie auch ein wenig geistesgestört. Wer würde schon freiwillig und ganz allein auf einer fremden Welt bleiben wollen? Ungebildet, geistig verwirrt und auch im Denken recht langsam ... vielleicht hatte sie in den Eingeborenen nicht mehr als eine angenehme Gesellschaft gesehen; sie sogar begrüßt, weil nun ihre Einsamkeit zu Ende schien. Kira fragte sich, warum die Wesen sie nicht auch umgebracht hatten.

»Zeigen Sie mir, wo Sie wohnen«, drängte die Wissenschaftlerin wieder, als würde sie mit einem geistig behinderten Kind reden. Kira bemühte sich um Höflichkeit, glaubte sogar, Charme aufzubringen. »Dann können wir uns ein wenig unterhalten.«

Nun strahlten die dunklen Augen schwarz wie Opale, und der Körper der Alten machte den Eindruck, als verwandle er sich gerade in Stein. »Der Zeitpunkt ist schlecht. Kommen Sie doch später wieder.«

»Sie brauchen sich wirklich keine Gedanken zu machen, wenn bei Ihnen zu Hause gerade nicht aufgeräumt oder überall geputzt ist«, entgegnete die Wissenschaftlerin leutselig und stellte sich dabei vor, wie solch eine alte Schachtel, die nichts als ein Lendentuch und einen bestickten Umhang trug, wohl einen Haushalt führte – wenn überhaupt. Wahrscheinlich hatte sie in all den Jahren, die sie hier schon allein verbrachte, nicht einmal das Geschirr gespült. Kira rechnete damit, an einen stinkenden, völlig verdreckten Ort geführt zu werden, aber was tat man nicht alles im Namen der Forschung ...

»Darum geht es nicht«, sagte die Frau. »Die Zeit ist einfach nicht richtig. Kommen Sie ein anderes Mal.« Sie drehte sich um und setzte sich wieder in Bewegung. »Morgen. Und folgen Sie mir nicht.«

Langsam, aber gleichmäßig schlurfte sie in den Ort. Die Morgensonne hatte allen Dunst aufgelöst und legte die Krampfadern an den Waden der Alten bloß.

Die Wissenschaftlerin stand nur da und starrte ihr hinterher. Seit ihrer Kindheit hatte sie niemand mehr so unfreundlich abgewiesen. Kira hielt sich nicht für einen von diesen akademischen Blaustrümpfen, die von aller Welt erwarteten, ein Übermaß an Anerkennung zu erlangen ... aber das bedeutete nicht, daß man sie unhöflich behandeln durfte. Sie rang mit ihrer Irritation. Ach was, ihr Ärger rührte nur daher, daß ihr in dem Anzug heiß war und sie schwitzte. Wer würde sich schon von einer alten Frau verärgern lassen, die ihre fünf Sinne nicht mehr beisammen hatte? Was wollte man schon von jemandem erwarten, der freiwillig allein zurückblieb. Aber nein, vom Alleinsein hatte die Alte nichts gesagt. Wahrscheinlich hatte sie hier einen Gefährten. Vermutlich einen alten Mann, der gerade erkrankt war und den sie pflegen wollte. Ja, das würde eine Menge erklären.

Kira sah ihr immer noch hinterher. Die Frau watschelte die Straße hinauf, die man kaum als solche bezeichnen konnte: ein besserer Trampelpfad zwischen den Häusern, der weder geteert noch in den Genuß eines anderen Belags gekommen war. Allerdings verfügte dieser Weg über einen Abflußgraben an jeder Seite. Die Alte bog schließlich ab und verschwand in der Lücke zwischen zwei Gebäuden – vielleicht ein Garten. So genau konnte die Wissenschaftlerin das von ihrem Standpunkt nicht erkennen. Schließlich drehte sie sich um und kehrte zur Rampe zurück. Unterwegs wurde sie sich unangenehm bewußt, wie sehr die Sonne brannte. Die Kleidung, die sie unter dem Schutzanzug trug, war bereits durchnäßt, und sie roch etwas streng. In ein paar Stunden würde es im Freien nicht mehr auszuhalten sein, und an den Nachmittag wollte sie lieber gar nicht erst denken.

»Und, Kira, was haben Sie erreicht?« fragte Vasil gleich. Er schien sich ziemlich sicher zu sein, daß sie mit leeren Händen kam. Die Wissenschaftlerin blieb am Fuß der Rampe stehen und fing trotzig an, sich von dem Schutzanzug zu befreien. Schließlich stieg sie ganz hinaus, legte die einzelnen Segmente ordentlich zusammen und sah ihre Gefährten herausfordernd an. Sie spürte eine Brise, die über ihre nassen Kleider strich.

»Sie meinte, der Zeitpunkt sei etwas ungünstig, und wir sollten morgen nochmal kommen. Die Frau ist der Ansicht, wir seien erschienen, um die Eingeborenen zu töten, weil die schließlich die zweite Siedlergruppe umgebracht hätten.«

»Haben Sie ihr den wahren Zweck unserer Mission klar gemacht?« wollte Vasil wissen.

»Ich habe es versucht. Aber sie ist nicht die Intelligenteste, verfügt nur über eine minimale Bildung und ist höchstwahrscheinlich, wie auch schon unser Berater bemerkt hat, geistig verwirrt. Man muß ihr zugute halten, daß sie recht betagt ist. Eigentlich sehr alt, obwohl sie nicht die Senilitätssymptome im üblichen Sinne aufweist. Viel läßt sich damit zum gegenwärtigen Zeitpunkt nicht anfangen.« Ihr fiel auf, daß sie immer gereizter klang, und das löste Schuldgefühle in ihr aus. War die Alte wirklich dumm und verrückt, oder ließ Kira nur den ganzen Frust an der Person ab, die ihr dieses Unbehagen beschert hatte?

»Sie hat kein Recht, uns nach Belieben warten zu lassen«, erklärte Vasil.

»Wenn wir ihre Kooperation wünschen«, sagte Ori, »wäre es wohl nicht verkehrt, ihrem Wunsch zu entsprechen. In gewisser Hinsicht befinden wir uns hier in ihrem Reich. Sie lebt schon sehr lange hier. Und als Anthropologe möchte ich hinzufügen –«

Der Leiter brachte ihn mit einem finsteren Blick zum Schweigen. Bilong stieß ein dramatisches Seufzen aus und konnte sich gleich der Aufmerksamkeit beider Männer sicher sein. Zum ersten Mal begrüßte Kira die Art der jungen Frau. Alles war ihr jetzt willkommen, was einen neuerlichen Ausbruch der Hahnenkämpfe zwischen den beiden verhinderte. Sie wußte, daß Vasil es nicht ausstehen konnte, wenn Ori sich Anthropologe nannte, war er doch in seinen Augen nicht mehr als ein technischer Assistent.

»In diesen Anzügen ist es wirklich zu heiß, und bis jetzt hat noch niemand auf uns geschossen. Wir sollten also versuchen, es uns etwas bequemer zu machen.« Bilong fing mit geschickten Körperbewegungen an, sich aus dem Anzug zu schälen. Kira brauchte gar nicht erst nach Vasil und Ori zu sehen, um deren Reaktion zu kennen. Statt dessen warf sie einen Blick auf die beiden Soldaten. Sie verzogen verächtlich das Gesicht, sagten aber nichts.

Kapitel 15

Ofelia erfuhr endlich von Blaumantel, was das sonderbare Verhalten eines der Wesen zu bedeuten hatte. Es war schwanger und brauchte ein Nest. Die alte Frau betrachtete den Alien nun mit anderen Augen. Sie wußte bei ihnen immer noch nicht zwischen Männern und Frauen zu unterscheiden. Allerdings trugen sie stets ihre Lendenschurze, und Ofelia vermutete, daß ihre Geschlechtsorgane darunter verborgen lagen. Nur trieb sie nicht gerade unstillbare Neugierde um, den Unterschied durch Nachsehen in Erfahrung zu bringen. Das Wesen, das schwanger war, wies keinen geschwollenen Bauch oder sonst etwas auf, was sie mit werdender Mutterschaft in Verbindung brachte. Der Alien hatte unten am Fluß eine Senke in den Grasboden gegraben, aber die anderen schienen ihn davon abbringen zu wollen, hier niederzukommen. Ofelia erfuhr auch den Grund dafür: Im Wasser lebten Tiere mit großen Zähnen, die vielleicht die Nestlinge fressen würden. Das Gras an der Schafweide lag zwar ausreichend weit vom Fluß entfernt, war dem (der?) Schwangeren aber nicht hoch genug. Der Alien scharrte dort mißmutig herum und trat lose Erdbröckchen fort.

Trotz aller Fortschritte, die sie mit Blaumantel machte, hatte die alte Frau die größte Mühe zu begreifen, was die/der Schwangere eigentlich wollte. Nun gut, der Alien brauchte ein Nest. Und dazu hohes Gras als Unterlage? Ofelia brachte ihm ein Bündel weicher Kleider, aber der Alien wurde wütend und schleuderte die Sachen fort. Die anderen sammelten sie wieder ein und gaben sie der alten Frau zurück. Dabei senkten sie ihren Blick, so als befürchteten sie, Ofelia könne jetzt zornig sein.

Doch die alte Frau wußte es besser. Jedes schwangere Wesen wurde nervös und gereizt, wenn der Zeitpunkt der Niederkunft näherrückte. Sollte das hohe Gras vielleicht den Zweck erfüllen, das Nest vor den Blicken anderer zu verbergen? Sie fragte Blaumantel danach. Der zeigte in den Himmel. Ofelia schaute nach oben, entdeckte dort aber nichts Ungewöhnliches. Der Alien machte mit den Armen Flugbewegungen und spielte dann einen Raubvogel, der erst sucht und dann auf die Jungen niederstößt. Ja, das klang natürlich vernünftig, nur hatte die alte Frau hier noch nie einen Vogel gesehen, der groß genug war, um die Aliens nervös zu machen. Vielleicht verhielt es sich oben im Norden damit ja etwas anders.

Dann kam ihr die Idee, die Geburt nicht im Freien, sondern in einem der Häuser stattfinden zu lassen. Sie schlug dies den Wesen mit den wenigen Grunz- und

Quieklauten, die sie beherrschte, und hauptsächlich mit Gesten und Mimik vor. Blaumantel starrte sie nur an, und sie fragte sich, ob sie vielleicht etwas Ungehöriges getan hatte. Doch dann führte er sie ins Zentrum und dort ins Klassenzimmer. Er kramte in den Bücherregalen, bis er das gesuchte Werk gefunden hatte. Ofelia zog es heraus und schlug es auf. Dieses kleine Ritual hatte sich inzwischen bei ihnen eingespielt. Sie blätterte in den Büchern, weil das mit ihren Fingern leichter ging als mit seinen Krallen. Und wenn sie ahnte, was er ihr zeigen wollte, ging alles noch viel leichter. Das betreffende Werk erzählte von einem Kind, das bei seiner Tante aufwächst, weil die Mutter jeden Tag zum Arbeiten in die Stadt fährt.

Ofelia schlug mehrere Seiten um, weil sie zu wissen glaubte, auf welches Bild der Fremde es abgesehen hatte. Blaumantel hatte mehrmals auf die Abbildung gezeigt, auf dem das Kind der Mutter zum Abschied winkt, während die Tante ihm eine Hand auf die Schulter legt. Tatsächlich tippte er gleich mit einer Kralle darauf, als die alte Frau es gefunden hatte. Er tippte sogar mehrmals darauf. »Ja, ich schaue hin«, sagte Ofelia.

»Thhu«, machte er und meinte damit »du«. Dabei deutete er auf die Tante. Das hatte er auch früher schon getan. Ofelia hatte immer geglaubt, er meine damit, sie habe sich auch schon um andere Kinder als ihre eigenen gekümmert – was durchaus den Tatsachen entsprach.

»Ja«, bestätigte sie. »Ich habe nicht nur meine eigenen großgezogen.«

Er gab ein Geräusch von sich, von dem sie mittlerweile wußte, daß es sich dabei um den Namen des schwangeren Aliens handelte. Ihr selbst war es allerdings nie möglich, ihn richtig auszusprechen: »Gurgel-Klick-Hust«, war das beste, was sie zustande brachte. Blaumantel zeigte auf die Mutter, die gerade das Haus der Tante verließ. Gut, das verstand sie: Gurgel-Klick-Hust würde bald Mutter werden.

Jetzt zeigte er abwechselnd auf die Tante und auf Ofelia. Sollte sie etwa die Tante von Gurgel-Klick-Husts Kind werden? Sie spürte, wie ihre Wangen heiß wurden. Sicher war das nur ein Ehrentitel oder -amt, aber trotzdem fand sie es sehr nett von den Burschen, sie dafür ausgewählt zu haben.

»Nassth ...« Der Fremde zeigte auf das Haus der Tante. Offenbar meinte er, daß die Niederkunft in einem der Gebäude des Ortes stattfinden solle. »Thhu Thahhte.« Wenn der Schwangere sein Nest in einem Haus baute, sollte sie dann die Tante sein? Ja, offenbar, nur ... nur hörte sich das irgendwie nicht nur nach Ehrenamt, sondern auch nach Pflichten an.

»Tahhte iss ...« Dem folgte ein unaussprechlicher Schwall von Geräuschen, den die alte Frau einfach nicht nachsprechen konnte. Ihre Zungenspitze wanderte suchend im Mund herum und fand nichts, was ihr weiterhelfen konnte. Blaumantel sagte ihr das Wort wieder und wieder vor, bis sie sich ein Herz faßte, und es wenigstens versuchte. Das Wesen gab nicht auf, und Ofelias Aussprache verbesserte sich von Mal zu Mal.

Als es schon ziemlich ähnlich klang, hörte es sich wie »Klick-Kohh-Kirr« an – ein Ausdruck, der ihr beim besten Willen nichts sagte. Blaumantel rief die anderen herein und redete kurz mit ihnen. Dann führten sie pantomimisch Räuber vor: einen lauernden, einen kriechenden und einen, der hinter einem Versteck hervorspringt ...

Die alte Frau sah fasziniert und erstaunt zu. Sie hätte nie gedacht, wie viele Feinde diese Jäger hatten und wie geschickt sie diese Raubtiere darstellen konnten.

Ob sie Ofelia wohl auch so nachäfften, wenn sie unter sich waren? Ihr blieb keine Zeit, darüber nachzudenken, denn schon wandte Blaumantel sich an sie, um dafür zu sorgen, daß sie auch alles verstand: Die Klick-Kohh-Kirr, also die Tante aus dem Kinderbuch, beschützte die Nestlinge vor den diversen Gefahren, und in der Zwischenzeit erzählte sie den Kleinen etwas, beruhigte sie und sang ihnen etwas vor.

Ofelia kam das eher wie die Rolle einer Mutter als die einer Tante vor. Verließen die Mütter dieses Volks ihren Nachwuchs etwa nach der Geburt? Aber warum sollten sie so etwas tun? Auch gewann die alte Frau den Eindruck, daß die Wesen eine ganze Menge von ihr erwarteten, wenn sie zuließ, daß der Schwangere in ihrem Haus sein Nest bauen durfte. Allem Anschein nach gingen sie davon aus, daß Ofelia sich dann die ganze Zeit um ein fremdes Wesen kümmerte, über dessen Bedürfnisse sie nichts wußte; genauer gesagt, sie hatte überhaupt keine Ahnung, was bei einem solchen Kleinen zu tun war.

Blaumantel unterbrach die Show und erklärte: »Ahll Klick-Kohh-Kirr Sahn, Ahppah Thhu Klick-Kohh-Kiir Mahihhstah.« Die alte Frau brauchte eine Weile, ehe sie das für sich übersetzt hatte, obwohl der Fremde sich doch bemühte, größtenteils in ihrer Sprache zu sprechen. Sie alle waren also so eine Art Klick-Kohh-Kirrs, aber sie war von allen am meisten Klick-Kohh-Kirr, vorausgesetzt natürlich, sie ließ den Schwangeren sein Nest in ihrem Haus bauen.

Ofelia fragte sich, auf was sie sich alles eingelassen haben mochte, als sie in dem Sommersturm die ursprüngliche Gruppe in das Haus geholt hatte. Vielleicht erklärte das auch einiges an ihrem Verhalten und den Respekt, den sie der alten Frau bei unerwarteten Gelegenheiten entgegenbrachten. Allerdings begriff sie, daß ein schwangeres Wesen nach einem sicheren, geschützten Ort suchte, an dem es seinen Nachwuchs zur Welt bringen konnte. Am Fluß schien es zu gefährlich zu sein, und wenn Ofelia etwas Besseres bieten konnte, sollte sie das wohl auch zur Verfügung stellen.

Aber wohin mit dem Nest und der werdenden Mutter? Die Aliens hielten sich gern im Zentrum auf, doch die Räume dort waren entweder zu groß oder mit Maschinen und anderem Gerät vollgestopft. Das Nest, das das Wesen im hohen Gras am Fluß gebaut hatte, war ziemlich klein gewesen, und die alte Frau sagte sich, daß einer der Kleiderschränke genau das Richtige sein könnte.

Sie führte Blaumantel in das Haus, das dem Zentrum am nächsten stand, und führte ihn vor den Schrank im Schlafzimmer. Im Innern roch es etwas muffig, aber das ließ sich beheben, wenn man gut durchlüftete. Wenigstens war es noch einige Zeit bis zur nächsten Regensaison hin. Ofelia hatte den Packen Kleider aufbewahrt, den sie dem Schwangeren bei einer früheren Gelegenheit angeboten hatte. Sie besorgte die Stücke und zeigte Blaumantel, daß man sie bequem auf den Schrankboden ausbreiten konnte.

Der Fremde besprach sich mit den anderen, die wie üblich draußen warteten, und sie redeten so rasch miteinander, daß die alte Frau nicht folgen konnte. Danach machten sich einige daran, überall im Haus die Fenster zu öffnen. Einer verließ das Haus und lief die Straße hinunter. Wollte er dem Schwangeren die gute Nachricht bringen? Woher sollte Ofelia das wissen? Eigentlich wußte sie überhaupt nichts mehr, außer daß sie Tante werden sollte. Besser gesagt eine Klick-Kohh-Kirr, ein Amt von dem sie nur hoffen konnte, daß sie ihm genügte.

Die Wesen fingen an, im Haus Ordnung zu schaffen, und besorgten sich dazu sogar die Besen aus dem Zentrum. Als sie damit fertig waren, verschwanden sie. Die alte Frau vermutete, daß sie die Besen zurückbrachten, aber sie blieben ziemlich lange fort. Ofelia hatte schließlich keine Lust mehr, auf sie zu warten, und begab sich drei Häuser weiter, wo sie einen Kräutergarten angelegt hatte, und pflückte dort ein paar gut und frisch riechende Blätter. Sie hatte nämlich einige Male beobachtet, wie die Aliens sich über solche Pflanzen bückten; anscheinend genossen sie den Duft dieser Kräuter.

Als die alte Frau zu sich nach Hause zurückkehrte,

war eines der Wesen bereits wieder da und breitete frisch geschnittenes Gras auf dem Schrankboden aus.

Der Schwangere erschien ebenfalls und trat vorsichtig durch die Tür. Ofelia hatte im Garten entschieden, ihre Namen für die Wesen zu überprüfen. Der ›Fremde‹ erschien ihr unsinnig, weil sie ihn mittlerweile am besten aus der ganzen Bande kannte. ›Führer‹ oder ›Anführer‹ war wohl passender. Und wenn einer von den Aliens schwanger war, würde sie von ihm nicht mehr als ›er‹ oder ›es‹ sprechen. Gebären war eine ureigene weibliche Angelegenheit, und deswegen wollte sie das Wesen auch als Frau ansehen.

Die werdende Mutter grunzte, als sie den Schrank und den im Entstehen begriffenen Grasboden darin erblickte. Nun trafen zwei weitere Wesen ein und brachten noch mehr Gras mit. Die Schwangere stieg in den Schrank und fing an, die Halme zu zerstampfen und zu arrangieren, bis das Ganze einem Vogelnest glich, wie Ofelia es von der Erde her kannte. Der alten Frau fiel auf, daß die werdende Mutter dabei kaum die Hände einsetzte. Der Grasnachschub schien kein Ende nehmen zu wollen, und die Schwangere schob, trat und schichtete, bis das Nest schließlich einen halben Meter hoch war. Nun schafften die Aliens feinere Gräser und kleine Blätter herbei. Daraus schuf die werdende Mutter die Innenseiten des Geleges. Endlich schien sie fertig zu sein, verließ den Schrank und gurrte Ofelia etwas zu.

»Thhu Nassth«, übersetzte der Führer.

Was sollte das denn bedeuten? Verlangte man von ihr, in das Nest zu steigen? Die Wesen hatten sich im Halbkreis um sie aufgebaut und sahen sie erwartungsvoll an. Die alte Frau zuckte die Achseln und tat ihnen den Gefallen. Das Gras fühlte sich unter ihren Füßen elastisch und fest an, und dank der schüsselartigen Konstruktion blieb sie immer in der Mitte. Ofelia dachte kurz daran, daß dies das ideale Plätzchen für ein Nickerchen sei. Sie hockte sich hin und murmelte beruhigend vor sich hin.

Verlangten die Wesen das von ihr? Wollten sie vielleicht auch, daß sie so tat, als würde sie schlafen? Oder bauten sie zuerst ein Nest für die Tante und dann ein zweites für die werdende Mutter?

Bitte, gern. Sie legte sich hin, zog die Beine an und rutschte etwas hin und her, bis sie die ideale Stellung gefunden hatte. Unvermittelt stieß sie etwas Spitzes in die Seite. Ofelia richtete sich auf, tastete umher und fand schließlich den Störenfried: einen Stein mit scharfen Kanten von der Größe eines Hühnereis. So etwas gehörte doch nicht in ein Nest! Wie hatte die Schwangere ihn bloß übersehen können? Sie hielt ihn hoch und sah die Aliens tadelnd an.

Die Burschen fingen gleich an, mit den linken Zehen zu trommeln. Ofelia wußte, daß sie auf diese Weise Zustimmung ausdrückten. Die werdende Mutter nahm ihr den Stein ab und zeigte ihn den anderen. Das Trommeln wurde intensiver, weil sie nun auch noch mit den Fingern auf die Brust und schließlich der Schwangeren auf den Kehlsack klopften.

Anscheinend hatten sie den Stein mit Bedacht dort hineingelegt. Warum? Um festzustellen, ob die Tante ihn finden würde? Es war doch bloß ein ganz gewöhnlicher Kiesel gewesen. Ein Wesen half ihr nun aus dem Schrank, und die Schwangere ergriff ihre Handgelenke und senkte den Kopf. Ofelia spürte gleich die kitzligen Bewegungen einer trockenen Zunge auf ihrer Haut. Die werdende Mutter ließ sie los, und der nächste Alien trat vor, um es ihr gleichzutun. Alle erwiesen ihr auf diese Art ihre Verehrung, sogar Blaumantel. Ihre Hände prickelten noch eine ganze Weile von der Liebkosung durch so viele Zungen.

Aber die Freude darüber hielt sich nicht lange. Ofelias Magen ballte sich vor Furcht zusammen. Auf was hatte sie sich da bloß eingelassen? Sie hatte sich diesen Wesen nun für etwas verpflichtet, von dem sie nicht so recht wußte, woraus es bestand. Wenn sie nun etwas falsch machte? Oder wenn sie irgend etwas tat, woraus dem Nestling ein Schaden entstehen würde? Die alte Frau sah sich nach dem Führer um. Wenn sie die Mienen der Aliens richtig deutete, waren sie zutiefst zufrieden. Auch Blaumantel schien zu finden, es sei gut. Alle wirkten entspannt, nur die Schwangere hatte sich auf die Stelle am Boden gelegt, auf die der Sonnenschein fiel. Ein anderer hockte sich zu ihr und streichelte ihr langsam über den Rücken.

Blaumantel führte Ofelia jetzt aus dem Haus, und die anderen folgten. Nur die werdende Mutter und der Rückenstreichler blieben zurück. Wer war er? Ihr Geburtshelfer? Ihr bester Freund? Ihr Gatte? Zwei der Wesen hockten sich vor dem Haus auf die Straße und zogen die langen Messer. Der Rest kehrte ins Zentrum zurück, und die alte Frau begleitete sie dorthin. Hinter sich hörte sie das metallische Klingeln und Raspeln von Klingen, die gewetzt wurden. Kalte Schauer liefen ihr über den Rücken.

Ofelia hatte Hunger. Höchste Zeit fürs Mittagessen, aber noch mehr drängte es sie danach, ihre Fragen beantwortet zu bekommen. Sie wußte immer noch nicht, worauf sie sich einstellen mußte: auf Eier, ein zappelndes Baby oder was? Wozu wurden die Messer geschärft – um eine Schwangere und ihren Nachwuchs vor anschleichenden Raubtieren zu schützen, oder um eine dumme, unwissende Tante zu bestrafen, wenn sie einen Fehler beging?

Die alte Frau wollte sich gerade an den Führer wenden, um von ihm Antworten zu erhalten, als im Kontrollraum der Alarm losschrillte. Ofelia fuhr zusammen und begab sich dann gleich mit den anderen dorthin. Ein Unwetter konnte es nicht sein, denn bis zum Sommer war es noch einige Zeit hin. Und auf ihrem morgendlichen Rundgang hatte sie bei den Pumpen nichts Ungewöhnliches feststellen können.

Im Kontrollraum stellte sie rasch fest, daß sich alle

Werte im Normalbereich befanden. Das rote Warnlicht blitzte am Wettersatelliten auf. Das konnte nur eines bedeuten: Jemand hatte eine Verbindung zu ihm hergestellt – ein Raumschiff war in diesem System aufgetaucht.

Ofelia hatte immer gewußt, daß es eines Tages so weit kommen würde. Irgendwann würde jemand von der Erde auftauchen, um Nachforschungen über den Angriff auf die zweite Kolonistengruppe anzustellen – und natürlich über die Wesen, die die Siedler attackiert hatten. Aus diesem Grund hatte die alte Frau auch die Alarmsysteme so eingestellt, daß man sie beim Eintreten eines solchen Ereignisses warnte und sie rechtzeitig verschwinden und sich verstecken konnte.

Die alte Frau hatte auch versucht, das dem Führer zu erklären. Sie war sich aber nicht sicher, ob er sie auch verstanden hatte; denn was mochten diese Wesen schon über die Raumfahrt oder interstellare Entfernungen wissen? Eigentlich hatte sie immer gehofft, längst tot zu sein, wenn das Schiff von der Erde einträfe. Aber anscheinend war dieser Wunsch nicht in Erfüllung gegangen.

Und schlimmer noch, die Schwangere bereitete sich auf ihre Niederkunft vor. Ofelia hatte keine Ahnung, wie lange es noch dauern würde, bis sie einem Kind das Leben schenkte, Eier legte oder was auch immer täte. Ihr war nur klar, daß die Menschen keinen ungünstigeren Zeitpunkt hätten auswählen können.

Sie versuchte, Blaumantel davon in Kenntnis zu setzen: Wesen wie sie seien in einem Boot erschienen (man hatte sich auf diesen Ausdruck für Raumschiffe verständigt), und zwar hoch oben am Himmel. Diese würden sicher landen wollen (Ofelia hatte daran nicht den geringsten Zweifel), und zwar in einem kleineren Boot, einem Shuttle. Höchstwahrscheinlich vor der Siedlung auf dem Landefeld.

Die alte Frau wußte nicht, wie lange es bis dahin noch dauern würde. Gut möglich, daß die Besatzung erst tagelang im Orbit bliebe und diverse Scans und Daten analysierte, bis die Landung sicher genug erschien. Vielleicht standen sie aber auch schon seit einigen Tagen im Orbit und bereiteten sich bereits darauf vor, auf den Planeten hinabzufliegen. In dem Fall hatte es wenig Sinn, den Aliens zu sagen, sie sollten sich in den Häusern verstecken; denn dann hatte man sie oben im Orbit längst entdeckt. Und wenn die Menschen den Wettersatelliten anzapfen konnten, würden sie auf etliche Bilder stoßen, auf denen die alte Frau und ihre neuen Freunde zu sehen waren.

Und wenn die Menschen glaubten, die Aliens hätten diese alte Siedlung hier in ihren Besitz gebracht und man müsse sie vernichten? Ofelia brach der kalte Schweiß aus. Nein, das durfte nicht sein, das würde sie niemals zulassen. Die alte Frau hatte zwar noch keine Vorstellung, wie sie das verhindern wollte, dafür war ihr Entschluß aber um so unerschütterlicher.

Als erstes sollte sie versuchen, etwas über das Schiff oben in Erfahrung zu bringen. Sie befragte den Wettersatelliten, erhielt aber keine Antwort. Offenbar hatten die Menschen auf dem Schiff ihn allein auf sich ausgerichtet. Das könnte bedeuten, daß sie noch nichts von Ofelia wußten oder daß sie an dem Gerät herumgespielt hatte. Andererseits war aber auch nicht auszuschließen, daß es ihnen schlicht egal war, ob eine alte Frau sich daran zu schaffen gemacht hatte.

Sie wandte sich an den Führer und wollte von ihm erfahren, wie lange die Schwangere – wieder hatte sie Mühe, Gurgel-Klick-Hust auszusprechen – noch bis zur Niederkunft brauchte. Was er zu antworten hatte, erfüllte sie nicht mit Zuversicht. Heute, sagte er, oder morgen oder übermorgen. Immerhin sei es Gurgel-Klick-Husts erste Geburt, und da könne man sich nie auf den Zeitpunkt verlassen. Erst weitere Geburten liefen geregelter ab. Ofelia verstand das sehr gut; bei den Menschen verhielt es sich kaum anders.

Die alte Frau hatte es aber schon wesentlich schwerer damit, Blaumantel begreiflich zu machen, daß die in Kürze zu erwartenden Menschen eine ganz besondere Gefahr für Gurgel-Klick-Hust und ihre Nestlinge darstellten. Der Führer legte den Kopf schief und trommelte mit den rechten Zehen auf den Boden. Ofelia hatte früher schon versucht, ihm zu erklären, daß die Menschen, die oben im Norden getötet worden waren, nicht mit denen identisch seien, die hier gelebt hätten; diese habe man fortgebracht und transportiere sie an einen sehr fernen Ort. Und nun mußte sie ihm zu verstehen geben, daß die Menschen, die jetzt gekommen waren, nicht wie sie selbst seien, sondern zu denen gehörten, die den Tod gefunden hatten.

»Nassth Klick-Kohh-Kirr«, meinte er nur, als sei damit alles geklärt. »Tahhte.«

»Das hilft wohl kaum«, entgegnete sie, »und wird die Menschen kaum interessieren.« Die alte Frau grübelte, wie sie es ihm mit Gesten sagen könnte, doch als sie ihn ansah, stand er wie erstarrt da. Sein Kehlsack war aufgebläht und pulsierte, und er hatte die Lider halb gesenkt, als befinde er sich in Trance. Nach einem Moment blinzelte er.

»Nassth Klick-Kohh-Kerr Nihht Kühhmmahh?« Er schwieg kurz und suchte nach dem passenden Wort. »Thötthh?«

»Nein, ich kümmere mich um die Nestlinge, und die Menschen werden die Nestlinge nicht töten wollen. Aber sie kümmern sich sicher nicht um mich ... weil ich nicht zu ihnen gehöre. Ich bin nicht ihr ...« Wie hieß der Ausdruck noch, mit dem die Wesen sich selbst bezeichneten? Er wollte ihr nicht einfallen, und so grenzte sie mit Gesten sich selbst, Blaumantel und die anderen hier gegen Wesen ab, die woanders lebten.

»Thhu«, er zeigte auf sie, um keinen Zweifel aufkommen zu lassen, »Klick-Kohh-Kirr.«

Ja gut, sie war die Klick-Kohh-Kirr, was immer das

auch heißen mochte, und sie würde tun, was man von ihr verlangte. Ofelia kam der beunruhigende Gedanke, daß zu ihren neuen Pflichten auch gehörte, Gurgel-Klick-Hust und ihre Nestlinge vor anderen Menschen zu beschützen … und wenn nötig, dafür auch ihr Leben zu riskieren.

Die alte Frau wollte die Leere in ihrem Bauch lieber allein auf den Hunger zurückführen. Sie ging nach Hause, um sich etwas zu kochen.

Die Aliens sahen die weißen Streifen, die das Shuttle bei seinem Flug am Himmel hinterließ. Sie hörten auch die kurze Funkübertragung zwischen dem Shuttle und dem Schiff im Orbit. Die alte Frau fragte sich, wieviel die Wesen davon verstehen mochten. Sie selbst hatte ja große Mühe, dem Austausch zu folgen. Die Menschen sprachen mit einem fremden Akzent, und möglicherweise verständigten sie sich in einer Art Code, um eventuelle Zuhörer zu täuschen. Ofelia überlegte, sich über den Funk im Kontrollraum mit den Menschen oben in Verbindung zu setzen. Sie schaltete das Gerät ein, aber die Übertragung mußte über den Wettersatelliten laufen, und sie bekam keinen Kanal geöffnet, weil die oben ihn immer noch blockierten. Anscheinend hatten sie noch nicht genug Daten über diesen Planeten gesammelt. Auf eine Weise, die ein schlechtes Gewissen in ihr auslöste, erleichterte es sie, keine Verbindung herstellen zu können; denn tief in ihrem Herzen wünschte sich die alte Frau immer noch, die Fremden würden wieder abziehen, einfach so.

Währenddessen hatte Gurgel-Klick-Hust sich im Haus neben dem Zentrum niedergelassen, allerdings noch nicht das Nest bezogen. Die anderen versorgten sie mit Nahrung oder hielten ihr die Krallenhand. Die Schwangere schien dicker geworden zu sein. Unter dem Lendenschurz zeigte sich eine Wölbung. Jedenfalls kam es der alten Frau so vor. Sie verließ nur noch selten ihr Quartier und brachte für die Neuigkeiten kein Interesse mehr auf. Jedes Mal, wenn Ofelia zu ihr ging, leckte sie der alten Frau die Hände und ließ sich von ihr festhalten. Ofelia fühlte sich dann hilflos und beschützend zugleich.

Am dritten Tag weckte Blaumantel sie noch vor dem Morgengrauen, weil wieder Stimmen empfangen worden waren. Die alte Frau humpelte ins Zentrum, fühlte sich steif und unbeweglich und hatte schlechte Laune, weil man sie vorzeitig aus dem schönsten Schlummer gerissen hatte.

»Sie landen jetzt«, verkündete sie, nachdem sie eine Weile zugehört hatte. »Und zwar hier bei uns.« Das war ihr die ganze Zeit schon klar gewesen. Warum auch nicht, sie konnten keinen logischeren Ort finden. Außerdem mußten sie längst herausgefunden haben, daß sich in der ehemaligen Siedlung ein Mensch und eine Gruppe Aliens aufhielten. Dennoch hatte sie immer gehofft, die Fremden würden sich unlogisch benehmen und einfach wieder davonfliegen.

Der Führer blähte den Kehlsack auf und trommelte darauf.

»Ich weiß, ich weiß«, sagte Ofelia. »Höchste Zeit für mich, etwas zu unternehmen.«

Aber sie wußte noch immer nicht, was sie anstellen sollte. Sie lauschte dem Shuttle-Piloten, wie er dem Schiff von seinem Abstieg berichtete und angab, an welcher Stelle er landen wolle. Das Boot würde die Kolonie überfliegen, um noch einmal nach Waffen und ähnlichem Ausschau zu halten. Das war sicher mit Lärm verbunden und würde noch mehr Getöse verursachen als die eigentliche Landung. Erst gestern waren sie im Niedrigflug über die Siedlung gezogen und hatten mit ihrem Dröhnen alle Tiere verschreckt. Die Schafe und Rinder waren in Panik ausgebrochen.

Ofelia sah Blaumantel an und hielt sich die Ohren zu.

Von fern hörten sie schon das Donnern des Shuttles. Es

würde über die Kolonie hinaus aufs Meer fliegen und dann in einem weiten Bogen zurückkehren und landen.

Ofelia würde hinausgehen müssen und irgend etwas zu ihnen sagen ... aber was? Wie konnte sie die Fremden davon abhalten, Gurgel-Klick-Hust zu belästigen? Sie erhob sich, und erst jetzt wurde ihr bewußt, daß sie eben erst das Bett verlassen hatte und nichts weiter am Körper trug als die Perlenketten, die sie schon seit einiger Zeit nicht mehr ablegte.

In ihrer Aufregung wollte ihr auch nicht einfallen, wo sie ihr Kleid gelassen hatte – das einzige Kleidungsstück, das die Fremden als angemessen ansehen würden. Gar nicht zu reden von Schuhen ... Sie erinnerte sich, das letzte Paar schon vor längerem in den Recycler geworfen zu haben.

So rasch es ihr möglich war, lief sie durch das erste Grau des Tages in ihr Haus zurück und warf sich rasch das Cape über die Schultern, mit dem sie Blaumantel bei seiner Ankunft beeindruckt hatte. Zumindest die Wesen hier würden sie nun für angemessen bekleidet halten. Über dem Ort dröhnte das Shuttle, aber die alte Frau ging nicht nach draußen, um nach ihm zu sehen. Sie mußte auf die Toilette, wusch sich danach das Gesicht, putzte sich die Zähne und strich sich mit beiden Händen das abstehende Haar glatt. Ein Stück Stoff kam ihr gerade recht, um es sich um die Hüften zu binden. Schließlich legte sie alle Ketten an, derer sie in den verbleibenden Minuten habhaft werden konnte. Wahrscheinlich würden die Fremden denken, sie sei halb verwildert, aber zumindest mußten sie anerkennen, wie sehr sie sich bemüht hatte, einen festlichen Eindruck zu machen.

Das Ganze dauerte länger, als sie dachte, und zu allem Überfluß mußte sie mittendrin noch einmal die Toilette aufsuchen. Kaum war das Geschäft verrichtet, hörte sie schon, wie das Shuttle zur Landung herabglitt. Ofelia eilte aus dem Haus, scheuchte jedes Wesen, das sie draußen antraf, ins Zentrum, und ging dann die Straße hinunter. Wenn den Fremden nur eine alte Frau entgegenkam, würden sie wohl nicht sofort zu den Waffen greifen, oder? Wenn aber doch, würden hoffentlich die Wesen die Warnung verstehen und sofort das Weite suchen.

Sie sah, wie das Shuttle auf die Landebahn zuhielt. Und sie hatte sich gut genug im Griff, um nicht auf das Haus zu blicken, in dem Gurgel-Klick-Hust lag. Die beiden Wächter hatten sich hinter die Tür zurückgezogen. Im Dämmerschein wirkten sie grimmig und zu allem bereit. Warum machen die denn kein Licht? dachte die alte Frau, ging dann doch hinüber und trat ein. Aber als sie die Hand nach dem Lichtschalter ausstreckte, packte einer der Wächter sie am Handgelenk. Im selben Moment hörte sie aus dem Kleiderschrank ein angestrengtes Keuchen. Ofelia seufzte. Natürlich mußte es ausgerechnet jetzt so weit sein! Einen schlechteren Moment hätte der Alien sich wirklich nicht aussuchen können. Und Ofelia würde nicht bei der Geburt dabei sein dürfen, weil sie mit Wesen ihrer Art fertig werden mußte. Wie gemein! Aber eigentlich auch nicht unfairer als der Rest dessen, was das Leben ihr beschert hatte.

»Ich wünsche dir viel Glück«, flüsterte sie.

»Klick-Kohh-Kirr«, entgegneten die Wächter im Chor. Als wenn Ofelia jemals ihre Pflichten vernachlässigt hätte!

Sie eilte weiter, und als sie das Landefeld erreichte, ging gerade die Sonne auf und strahlte ihr direkt ins Gesicht. Die alte Frau konnte kaum etwas erkennen, bis auf einen großen dunklen Schemen, der nach verbranntem Plastik und Öl stank. Ofelia blinzelte und ging langsam über den Asphalt, der den Kampf gegen das Gras, das sein Territorium zurückerobern wollte, unweigerlich verlor. Niemand rief ihr eine Begrüßung zu, und niemand kam ihr freundlicherweise entgegen.

Erst als sie in den Schatten des Shuttles geriet, konnte

sie die Fremden sehen. Sie standen dicht gedrängt oben auf der Rampe und trugen allesamt unförmige Schutzanzüge, in denen es ihnen in wenigen Stunden unerträglich heiß werden würde. Ofelia hätte am liebsten laut darüber gelacht, aber dann hätten die Menschen bestimmt geglaubt, eine Verrückte vor sich zu haben. Wer wußte schon, ob sie das nicht längst dachten? Als sie jetzt die Blicke aller auf sich ruhen fühlte, wurde ihr erst richtig bewußt, wie sie ihnen erschienen war. Die alte Frau spürte, wie sie rot anlief. Vielleicht würden die Fremden das ja nicht bemerken, weil ihre Haut so sehr von der Sonne gebräunt war.

Zwei von ihnen hielten Schußwaffen in den Händen und starrten mit professioneller Intensität an Ofelia vorbei in den Ort. Derjenige, der vorn stand, war vermutlich ihr Anführer. Auf jeden Fall trug er diesen Gesichtsausdruck und schien es gewohnt zu sein, anderen zu befehlen, was sie zu tun oder zu lassen hatten. Die alte Frau hatte schon ganz vergessen, wie sehr sie diese Typen haßte.

Eine Frau drängte sich nach vorn. Sie wirkte genauso mißmutig, wie Ofelia sich fühlte. Dieses geteilte Leid gab ihr den Mut, als erste das Wort zu ergreifen.

»Sie haben einen schlechten Zeitpunkt ausgesucht«, erklärte Ofelia und fügte mit allem Tadel, zu dem eine Mutter fähig war, hinzu: »Und sie erschreckt und aufgebracht.« Es bestand kein Grund, näher darauf einzugehen, wer erschreckt und aufgebracht worden war. Das würden sie noch früh genug von selbst merken; wenn sie es nicht längst wußten.

Der Anführer plusterte sich auf. Offenbar gefiel es ihm nicht, daß sie als erste gesprochen hatte. Ofelia hörte schon gar nicht mehr zu, als sie »... Autorität« hörte, unterbrach ihn gleich und erklärte noch einmal, daß der Zeitpunkt schlecht gewählt sei. »Sie haben mich ja nicht hören wollen, als ich versucht habe, mich mit ihnen in Verbindung zu setzen.« Die Fremden brauchten ja nicht zu wissen, daß sie nur einmal das Funkgerät eingeschaltet und es bei dem Versuch belassen hatte.

Diesmal antwortete ihr die mißmutige Frau. Ihre Stimme klang, als wäre sie nicht mehr die Jüngste. Aber sie konnte noch lange nicht so alt sein wie Ofelia. Vermutlich in den mittleren Jahren, sagte sie sich.

Ofelia wandte sich an die Sprecherin und überlegte, womit sie sie wohl beeindrucken könnte. Vor dem Mann, dem Missionsleiter oder wie auch immer er sich schimpfte, hatte sie keine Angst, das war ihr gleich klar. Sie hoffte aber, daß die Frau genügend Einfühlungsvermögen besaß und ihr zuhören würde. Was man von den Männern natürlich nicht erwarten durfte. Ofelia hatte kaum angefangen zu reden, als der Chef und ein anderer sie unterbrachen. Doch sie knurrten sich gleich darauf gegenseitig an, und die Frau nutzte sofort die Gelegenheit, das Wort zu ergreifen.

»Wer sind Sie?« fragte die Frau so selbstverständlich, als hätte sie ein Recht, das zu wissen.

Ofelia stellte dieselbe Frage. Würde die Frau die Beleidigung erfassen? Sie stellte sich auch nicht vor, versicherte Ofelia aber, daß man ihr nichts tun, sondern ihr helfen wolle.

Helfen? Die alte Frau hatte niemanden um Hilfe gebeten und brauchte auch keine. Was sie wirklich wollte, war, daß diese Leute verschwanden und sie in Ruhe ließen. Ofelia schnaubte empört, auch wenn sie sich eigentlich nichts von ihren Gefühlen anmerken lassen wollte. Die Frau errötete, als sei ihr gerade klar geworden, wie absurd ihre Erklärung geklungen hatte.

Ofelia wollte es nicht dabei belassen und stellte klar, ein für allemal, wie sie hoffte: »Ich brauche keine Hilfe.« Und sie sollten gleich erfahren, daß sie über die zweite Kolonie Bescheid wußte: »Wenn Sie wegen dieser anderen Gruppe hergekommen sind –«

Erst unterbrach sie der Boss, dann einer der Bewaffneten. Fast konnte man den Eindruck gewinnen, als befänden die beiden sich in einem Wettbewerb, wer am schnellsten Fragen abfeuern konnte. Die alte Frau gab nur knappe Antworten. Schließlich war sie kein Schulkind, daß vom Lehrer geprüft wurde. Die Fremden hätten wenigstens soviel Höflichkeit aufbringen können, sich zu ihr herabzubegeben, um sich auf gleicher Ebene mit ihr zu unterhalten. Natürlich hätten sie einer alten Frau erst einen Stuhl anbieten können, bevor sie sie mit ihren Fragen bombardierten. Die Wesen, mochten sie auch Aliens sein, hatten Ofelia von Anfang an mit mehr Respekt behandelt.

»Haben Sie denn nicht versucht zu helfen?« fragte der Leiter schließlich. Ofelia starrte ihn nur finster an und wünschte seinem Erzeuger Geschwüre an den Körper und seinen Kindern Kopfläuse. Erst hatte er sie in einer Weise befragt, als habe er ein dummes kleines Mädchen vor sich, und jetzt erwartete er, sie besäße magische Kräfte und könne mehrere tausend Kilometer weit fliegen, um gesunde junge Menschen vor einem Desaster zu bewahren? Sollte sie darüber lachen oder sich ärgern? Im stillen ging sie alle Schimpfwörter durch, die ihr einfielen, und starrte ihn dabei weiter an, bis er rot anlief.

Jetzt war die Frau wieder an der Reihe und fragte, wie lange sie schon hier sei. Wollte sie ihrem Chef beweisen, daß auch sie die blödesten Fragen stellen konnte? Nun gut, diese Frage war nicht ganz so beleidigend, und vielleicht wollte die Frau ja auch nur sicherstellen, ob die verrückte alte Schachtel – für die sie Ofelia zweifellos hielt – nicht vielleicht mit einem Raumschiff hier notgelandet oder gar vorsätzlich hierhergekommen sei, um nach Verwertbarem zu suchen.

Die alte Frau nahm sich zusammen und erklärte der Gruppe kurz, wie lange sie schon hier war. Als sie davon berichtete, wie die Firma Menschen zu behandeln pflegte, die ein gewisses Alter überschritten hatten, entdeckte sie zu ihrer tiefen Genugtuung Entsetzen auf dem Gesicht der Frau.

Du weißt auch längst nicht alles, was? dachte Ofelia. Hast einen tollen Job und kriegst vom Rest der Welt wenig mit. Warte nur ab, bis du selbst zu alt geworden bist. Mal sehen, was für einen Fußtritt deine Firma dir dann gibt.

Bevor sie ihren Gedanken weiter freien Lauf lassen konnte, sprach der Leiter sie wieder an. Diesmal beschimpfte er sie, hiergeblieben zu sein. Wie Sims schien auch er zu glauben, sie sei nur eine unnütze Last. Eine Altlast sozusagen, die man irgendwie entsorgen mußte. Der alte Zorn erwachte in Ofelia wieder, und sie hatte gleich einen bitteren Geschmack im Mund. Der Boss war noch nicht einmal Kolonist gewesen und war des Respekts nicht würdig, den sie den Männern und Frauen gezollt hatte, die zusammen mit ihr die Siedlung aufgebaut hatten. Ofelia hatte nicht alle im Ort gemocht und erst recht nicht einige von den Dingen, die sie getan hatten. Aber die Faulpelze und Drückeberger waren recht früh auf die eine oder andere Weise zugrunde gegangen. Und die Kolonisten, die schließlich evakuiert worden waren, genossen durch die Bank ihre Anerkennung. Manche von ihnen hatte sie sogar richtiggehend gemocht. Aber der hier mit seiner glatten Raumfahrerhaut, der sich in seinem Schutzanzug versteckte, als ginge von einer einzelnen alten Frau eine tödliche Bedrohung für seine Sicherheit aus ... Aber vielleicht war sie das in seinen Augen auch.

»Lassen Sie mich in Ruhe«, erklärte Ofelia mit mehr Bitternis in der Stimme, als sie eigentlich beabsichtigt hatte. Er sah sie ernst an und versuchte, sie von der ›Bedeutung der Situation‹ zu überzeugen. Wieder hätte die alte Frau am liebsten laut gelacht. Der Mann wußte ja gar nicht, was für eine ›bedeutende Situation‹ sich gerade in einem Haus des Ortes entwickelte.

»Ich bin nicht blöd«, entgegnete sie schroff, und der Leiter riß die Augen weit auf. Ob es wohl etwas nutzte, wenn sie noch einmal betonte, daß sie sich einen schlechten Zeitpunkt ausgesucht hatten? Nein, wahrscheinlich nicht. Sie sagte es aber dennoch.

»Gehen Sie«, forderte sie die Fremden schließlich auf, drehte sich um und humpelte fort. Sie spürte die Blicke der Menschen auf ihrem Rücken, als würden die gestickten Augen auf ihrem Cape umherwandern.

Als sie ein Stück vorangekommen war, hörte sie hinter sich eine Debatte und dann schwere Schritte. Anscheinend kam die Frau ihr hinterher. Meinetwegen. Sollte die Frau ihr doch folgen, dann konnten sie sich auf gleicher Ebene miteinander unterhalten, und Ofelia würde keinen steifen Nacken davon bekommen, ständig hinaufschauen zu müssen.

Die alte Frau ging weiter. Sie wollte die Fremde in den Ort führen, weit genug weg von den anderen. Natürlich hatten diese Leute bestimmt Richtmikrophone oder sonstwas mitgebracht, aber wenigstens konnten sie sich nicht mehr gegenseitig damit überbieten, Ofelia zu unterbrechen.

Als die Frau sie bat stehenzubleiben, freute Ofelia sich, daß sie wenigstens ein Mindestmaß an Höflichkeit besaß, und hielt inne. Wenigstens hatte sie den Anfang der Straße erreicht. Sie wäre zwar lieber noch weiter gekommen, aber immer noch besser, als vor dem Shuttle zu stehen.

Von hier aus konnten die Wesen sie sehen. Die alte Frau drehte sich langsam um.

Das Gesicht der Frau wies eine dunklere Haut auf, als Ofelia erwartet hatte. Vielleicht war sie doch keine Raumfahrerin. Das dichte karamelfarbene Haar war modisch und kurz geschnitten. Ihre graugrünen Augen versuchten, Ernsthaftigkeit und Freundlichkeit auszustrahlen, aber Ofelia ließ sich davon nicht beirren. Von der Fremden ging nämlich eine Aura der Autorität aus. Nicht die, die man sich in seinem Beruf erwirbt, sondern die, die aus einer hohen Position entspringt. Die Frau war außer Atem, was sicher davon herrührte, daß sie die ganze Zeit in dem Schutzanzug herumlief. Ofelia atmete tief ein und setzte ein freundliches Lächeln auf.

Die Frau fing gleich an zu reden, aber Ofelia ließ sie nicht zu Wort kommen. Die Fremde mußte begreifen, daß die alte Frau sich um etwas Wichtigeres als die Mission von irgendwelchen Menschen zu kümmern hatte. »Sie sind wirklich zum falschen Zeitpunkt gekommen«, begann sie. Die Frau betrachtete sie von Kopf bis Fuß: das Haar, das Gesicht, den Körper und die sonderbaren Kleider. Würde sie Ofelias Worte ernst nehmen, oder würde sie dem keine Beachtung schenken, was eine alte Frau, die auch noch merkwürdig aussah, von sich gab?

Das Gespräch plätscherte hin und her und fand nie zu einer Ebene, auf der beide Frauen sich bewegen und die Informationen austauschen konnten, von denen Ofelia sich sicher war, daß sie für beide große Bedeutung hatten.

Ofelia erfuhr, was sie schon erwartet hatte; daß nämlich die Fremden die Aliens entdeckt hatten. Die Fremde zeigte sich schockiert darüber, daß sie mit den Wesen zusammenarbeitete. Was dachte diese Frau sich denn? Hätte sie den Aliens aus dem Weg gehen sollen? Oder daß sie allein die Kreaturen davon hätte abhalten können, sich alles anzusehen? Diese Menschen schienen noch eine Menge über die Aliens lernen zu müssen.

Das wurde ihr vor allem klar, als die Haltung ihres Gegenübers sich plötzlich änderte, sie vermutlich zu dem Schluß gekommen war, daß Ofelia den Verstand verloren habe und daher für die Mission ohne Belang sei. Dann fing sie auch noch an, die alte Frau zu drängen, sie mit zu sich nach Hause zu nehmen, damit sie dort in aller Ruhe plaudern könnten. Ofelia hatte ganz gewiß nicht vor, sich mit einer jüngeren, kräftigeren Frau in einem Schutzanzug in die Begrenztheit eines geschlossenen Raums zu begeben.

Als die Fremde nicht lockerließ, blieb Ofelia nichts anderes übrig, als wieder barsch zu werden. Sie erkannte an der Miene der Frau, daß sie sich von solcher Unhöflichkeit tief getroffen fühlte.

Gut so. Hoffentlich tat es richtig weh. Möglicherweise würde sie dann beim nächsten Mal etwas vorsichtiger sein. Und vielleicht, ganz vielleicht, würde sie die anderen davon überzeugen, bis morgen zu warten. Wenn Ofelia recht behielt, würde Gurgel-Klick-Hust vorher ihre Nestlinge zur Welt gebracht haben, und dann könnten sie im Schutz der Nacht Mutter und Kind(er) irgendwohin in Sicherheit bringen.

Kapitel 16

Die alte Frau marschierte zunächst zu ihrem Garten – für den Fall, daß die Fremde ihr folgte und ihr hinterhersah. Das fehlte noch, daß Ofelia ihnen den Weg zum Nest-Haus zeigte. Sie stocherte ein paar Minuten zwischen den Pflanzen herum, ohne darauf zu achten, was sie da tat. Als sie sich umdrehte, konnte sie von dem Shuttle nur die hohe Heckflosse erblicken, die über den Häusern aufragte. Die Straße war leer und von der Frau nichts mehr zu sehen. Wahrscheinlich befand sie sich auf dem Rückweg.

Sie betrat durch die Hintertür ihr Haus und spürte gleich das große Loch in ihrem Magen. Ofelia wärmte das Fladenbrot von gestern abend auf, rollte es zusammen und schob es sich so hastig in den Mund, daß sie beinahe daran erstickt wäre.

Wäre das nicht wirklich zu dumm, wenn sie sich gerade jetzt selbst zugrunde richtete? Sie spuckte alles aus und nahm den Rest vorsichtiger zu sich. Die alte Frau verspeiste das ganze Brot und versuchte, sich nur auf den Geschmack zu konzentrieren, um nicht mehr an das zu denken, was sie gerade erlebt hatte.

Die Menschen hatten nicht so ausgesehen, wie sie es erwartet hatte. Ofelia hatte sich so sehr an die Wesen mit ihren großen Augen, langen Beinen und vierfingrigen Händen gewöhnt, daß ihr die Fremden wie bleiche, teigweiche Personen vorkamen, deren Augen rosinenklein in den viel zu großen Gesichtern lagen. Und ihre wabbeligen Hände hatten zu viele Finger, die auch noch weich wie Tentakel zu sein schienen.

Die alte Frau vermied es, in einen Spiegel zu blicken, wollte sie doch nicht daran erinnert werden, daß sie selbst ganz genau so aussah. Als sie mit der Mahlzeit fertig war, ging sie wieder hinaus in den Garten und spähte um die Ecke auf das nächste Haus. Niemand war zu sehen. Aber das bedeutete natürlich noch lange nicht, daß keiner von ihnen sich in den Ort geschlichen hatte und irgendwo auf der Lauer lag.

Die Neugier ließ ihr keine Ruhe. Sie mußte unbedingt erfahren, wie es mit der Geburt voranging. Die Sonne stand noch tief, und sie machte sich über die Straße auf den Weg zu dem Nest-Haus.

Hinter der Tür trommelten die beiden Wächter leise. Sie hatten die Kehlsäcke aufgeblasen. Als die alte Frau eintrat, schwiegen sie und hielten sie nicht auf. Ofelia eilte gleich zum Schlafzimmer. Zwei von den Wesen hielten sich hier auf, unter ihnen auch Blaumantel. Wo mochten die anderen abgeblieben sein? Die alte Frau konnte nur hoffen, daß sie sich irgendwo versteckten. Die Aliens hatten auf der Sonnenseite die Läden geschlossen und die restlichen halb geöffnet. Ein bläulicher Schatten herrschte in dem Raum. Im Kleiderschrank war es noch dunkler, aber Ofelia konnte die gekrümmte Form der hart arbeitenden Mutter ausmachen. Schnaufend, zischend und gurgelnd ... Das Wesen befand sich mitten in dem Prozeß, wie immer der auch aussehen mochte. Die alte Frau setzte sich aufs Bett und wartete.

Der Rücken tat ihr weh, und die Lider fühlten sich an,

als sei Sand darunter geraten. Man hatte Ofelia einfach zu früh geweckt. Sie bekam gar nicht mehr richtig mit, wie sie sich gegen die Wand lehnte, denn sofort war sie eingenickt. Sie erwachte von einem Chor aus Quieken und Tschirpen. Der Führer stand am Schrank, und sein Kehlsack dehnte sich hellorangefarben aus und zog sich wieder zusammen. Ofelia brauchte eine Weile, ehe sie erkannte, daß das Geschrei aus dem Schrank kam. Mehrere Stimmen. Gurgel-Klick-Hust hatte ihren Nachwuchs zur Welt gebracht.

Die alte Frau schob sich hoch und fragte sich, ob sie sich dafür entschuldigen sollte, den ganzen Vorgang verschlafen zu haben. Blaumantel sah sie mit seinen großen Augen an, und einen Moment später spähte auch die Mutter über den Nestrand. Eine Einladung oder eine Warnung? Die alte Frau warf einen Blick aus dem Fenster in die glühende Mittagssonne. Kein Mensch zeigte sich auf der Straße, und von dieser Seite aus war die Shuttle-Heckflosse nicht zu erkennen. Ofelia begab sich ins Wohnzimmer, wo die Wächter noch neben der Tür hockten und mit gezücktem Messer die Straße im Auge behielten. Nirgends ließ sich ein Mensch blicken. Die Frau mußte die anderen tatsächlich davon überzeugt haben, erst morgen wiederzukommen – oder sich wenigstens solange der Siedlung fernzuhalten.

Die alte Frau kehrte beruhigt ins Schlafzimmer zurück. Gurgel-Klick-Hust stand jetzt im Nest und streckte eine Hand nach Ofelia aus. Sie trat zu der frischgebackenen Mutter. Den Geruch einer Geburt hatte sie nie als angenehm empfunden, und sie rechnete damit, daß das bei diesen Wesen nicht anders sein würde. Tatsächlich roch es in dem Schrank streng nach den Aliens und ihren Körperausscheidungen. Aber darin mischte sich ein anderes Aroma, das ihr unbekannt und überhaupt nicht widerlich war.

Ofelia beugte sich über das Nest. Die Mutter nahm ihre Hand und führte sie. Da war etwas Feuchtes und

Warmes. Ein kleiner Körper, der sich zur Gänze mit dem Herzschlag bewegte. Wie winzig er war. Und da lag noch ein zweiter, und ein dritter. Gurgel-Klick-Hust machte etwas Platz, und nun konnte die alte Frau alle sehen. Schwarz und hellbraun gestreifte Wesen mit scheinbar viel zu großen Köpfen, die fast nur aus Augen zu bestehen schienen. Dazu dürre kleine Beinchen, Arme, die an den Körper angelegt und kaum wahrnehmbar waren, und kleine Schwänzchen.

Ein Nestling fing an zu zischen, und die anderen taten es ihm nach. Einer brachte sogar ein leises Quieken zustande. Die Mutter hob diesen auf und balancierte ihn vorsichtig auf der Hand zu Ofelia. Die bildete mit beiden Händen einen Trichter und nahm den kleinen Kerl entgegen. Er fühlte sich sehr warm, leicht und zerbrechlich an. Wie alle Babies fing er gleich an, sich zu regen, und sein Schwanz streifte über Ofelias Handgelenk. Die alte Frau hätte ihn vor Schreck fast fallenlassen. Sie hielt ihn sich an die Brust, wie sie das bei einem menschlichen Säugling getan hatte. Das Wesen öffnete die Augen – blaßgolden mit einem noch helleren Ring am Außenrand der Pupille – und quiekte sie an.

Ofelia hielt sich den Kleinen an die Wange und murmelte ihm etwas zu, wie sie das schon bei ihren Kindern getan hatte. Oh, was für ein Lieber, ja, ja, ja, was für ein Lieber. Alles ist gut, alles ist gut. Ganz ruhig, alles ist gut. Als sie ihn wieder ein Stück hinabließ, stieß er gleich mit seinem kleinen, harten Schnabel gegen ihr Brustbein, und sie mußte kichern. Tut mir leid, kleiner Mann, aber hier gibt's bei mir nichts mehr zu holen – auch nicht für ein kleines Wesen, das noch mehr wie eine Echse aussieht als seine Mutter. Dann spürte sie, wie eine winzige rauhe Zunge an ihr leckte. Tränen traten ihr in die Augen. Sie hatte immer weinen müssen, wenn sie zum ersten Mal ein Neugeborenes in Händen hielt. Dennoch verblüffte es sie, daß selbst ein Alien-Nestling diesen Reflex bei ihr auslösen konnte.

Gurgel-Klick-Hust nahm ihr den Kleinen jetzt ab und reichte ihr den nächsten. Ofelia mußte sie alle kennenlernen, und jeder Nestling leckte ihre Hand oder ihre Brust. Blaumantels Kehlsack pochte leise – er schien zufrieden zu sein.

»Klick-Kohh-Kirr«, erklärte er.

»Klick-Kohh-Kirr«, bestätigte sie. Natürlich wollte sie diese kleinen Wesen beschützen. Mochten sie ihr auch noch so fremdartig erscheinen, sie würde nicht zulassen, daß ihnen etwas zustieß. Eigentlich konnte Ofelia sich kaum vorstellen, daß sie zu den Aliens heranwachsen würden, die sie nun schon seit einer ganzen Weile kannte. Andererseits waren auch menschliche Babies direkt nach der Geburt gerötete, schleimige und schreiende kleine Bescherungen. Die alte Frau vermutete, daß diese Wesen ebensowenig glauben konnten, daß aus den kleinen Bündeln einmal Erwachsene wie sie werden würden.

Ofelia betrachtete die herumkrabbelnden Nestlinge. Sie konnte sie nicht voneinander unterscheiden, aber hier im Schrank war es ja auch ziemlich dunkel.

Am Nachmittag, zur heißesten Stunde, wusch Ofelia gerade in der Spüle in der Küche die weichen Tücher aus, die Gurgel-Klick-Hust doch benutzt hatte, als eines der Wesen einen Schrei ausstieß und in ihr Haus gelaufen kam.

»Aha«, sagte die alte Frau nur. Sie wußte, warum der Alien gekommen war. Die Menschen hatten nicht bis zum nächsten Tag warten wollen, obwohl sie sie darum gebeten hatte. Andererseits hatte Ofelia auch nichts anderes von ihnen erwartet. Wenigstens waren die Fremden nicht mitten in den Geburtsvorgang hineingeplatzt.

Sie warf durch die offene Küchentür einen Blick nach draußen. Tatsächlich, da kamen sie auf der Straße heran: die Frau, die ihr nachgelaufen war, hatte den Schutzanzug abgelegt und trug eine jetzt beigefarbene Hose und Bluse und auf dem Kopf einen breiten Hut. Eine weitere Frau kam mit ihr und dazu noch zwei Männer. Alle hatten das Gleiche an, so als handele es sich dabei um eine Art Uniform. Den Schluß bildeten zwei Männer mit Waffen und leichteren Schutzanzügen. Deren Gesichter waren stärker gerötet als die der anderen, und unter den Helmen rann ihnen der Schweiß hinab.

Ofelia holte die Eiswürfel aus dem Eisfach und gab sie in einen großen Krug. Vorher hatte sie bereits Zitronen und Limonen ausgepreßt. Sie goß den Saft über die Eiswürfel und gab Wasser und Zucker hinzu. Verschwitzte Menschen hatten nur selten gute Laune. Wenn sie ihnen eine Erfrischung reichte, würden sie sich wohler fühlen und ihr vielleicht zuhören.

Als die alte Frau nach draußen trat, um die Fremden hereinzubitten, waren sie nicht mehr weit von ihrem Haus entfernt. Sie sahen neugierig auf die anderen Gebäude zur Linken und zur Rechten. Ofelia wollte noch nicht, daß sie auf Gurgel-Klick-Hust stießen; deswegen rief sie nach ihnen und winkte.

»Kommen Sie, ich habe frischen Saft gemacht.« Die Männer und Frauen sahen sich fragend an. Dann traten sie auf ihr Haus zu. Die beiden Bewaffneten setzten allerdings eine Miene auf, als witterten sie eine Falle.

Sie beachtete die Soldaten nicht und konzentrierte sich auf den Rest der Truppe. Da war Kira, die Frau, die sie schon kennengelernt hatte. Neben ihr eine wesentlich jüngere Frau – vielleicht gab sie sich auch nur ein jugendlicheres Aussehen –, die Ofelia sehr an Linda erinnerte (eigentlich zu sehr). Dann der Mann, der sich als Leiter der Expedition ausgegeben hatte, und ein kleinerer, aber stämmigerer Mann, der seine Augen nicht von der Jüngeren lassen konnte. Nein, nicht schon wieder so eine Geschichte. Die alte Frau war der Begegnung bereits überdrüssig, noch ehe sie begonnen hatte.

Die Soldaten kamen nicht mit ins Haus, sondern bauten sich vor der Tür auf. Ofelia reichte ihnen ein Glas Saft. Die beiden starrten sie mit leeren Mienen an, dann nahm jeder einen kleinen Schluck. Mittlerweile drängten sich die vier anderen im Wohnzimmer und betrachteten neugierig ihre Einrichtung.

»Das ist das Haus der Falfurrias«, erklärte Kira den anderen. »Jedenfalls nach dem Sims-Belegplan.« Sie lief durch alle Zimmer und schien sich nicht im mindesten darüber Gedanken zu machen, sich hier in fremdem Eigentum zu bewegen.

»Sind Sie sicher?« fragte der Chef in einem Tonfall, als sei Ofelia gar nicht vorhanden oder als habe sie vergessen, wo sie sich aufhielt.

»Das stimmt«, bestätigte die alte Frau. Er drehte sich reflexartig zu ihr um, sah sie aber nicht an, so als gefiele ihm nicht, wie sie sich ausstaffiert hatte. Ofelia hatte das Cape gegen eine Bluse mit Fransenärmeln und vielen bunten Bändern getauscht. Für diese Kleidung war es eigentlich viel zu heiß – immerhin herrschte Sommer –, aber es war ihr noch unangenehmer, sich vor diesen Fremden halbnackt zu präsentieren. Und dann ärgerte sie sich darüber, sich wieder vor anderen zu schämen.

»Dies ist mein Haus«, erklärte sie. »Ich habe daran mitgearbeitet, es aufzubauen. Mein Name ist Ofelia Falfurrias.«

»Aber Sie stehen doch auf der Evakuierungsliste«, entgegnete der Boss, ohne die Höflichkeit zu besitzen, sich ebenfalls vorzustellen. Was für ein Flegel! Die alte Frau spürte, wie die Antipathie sich in ihr verhärtete, so als handele es sich dabei um etwas, das in der Sonne austrocknete. »Niemand von den Kolonisten sollte zurückbleiben. Und auch alle Maschinen und Anlagen dieser Siedlung hatte Sims stillzulegen. Wenn Sie nicht gewesen wären –«

»Es war doch nicht ihre Schuld«, wandte Kira ein, so als könne Ofelia nicht mehr für sich selbst reden. »Sie ist doch nur eine alte Frau . . .«

Nur eine alte Frau. Kira war also keinen Deut besser als die anderen; glaubte wie sie, daß eine alte Frau überhaupt keine Bedeutung habe.

»Vielleicht sollten wir uns jetzt vorstellen«, erklärte der andere Mann und lächelte Ofelia an. »Ich heiße Orisan Almarest und bin Kulturanthropologe, Sera Falfurrias. Ich studiere im besonderen, welchen Stellenwert Werkzeuge in den verschiedenen Kulturen haben.«

»Kira Stavi«, gab die Frau kurz angebunden von sich.

»Vasil Likisi, Leiter dieses Teams und designierter Repräsentant der Regierung«, brummte der Chef.

»Bilong«, sagte die junge Frau nur und setzte ein viel zu breites Lächeln auf. »Nennen Sie mich ruhig Bilong, das geht schon in Ordnung.«

Nein, das ging nicht in Ordnung. Sie hatte keine Lust, dieses Flittchen Bilong zu nennen, und wollte sie lieber mit den Schimpfnamen bedenken, die die alten Frauen für Linda verwendet hatten. Als einziger in diesem Quartett schien Orisan Almarest Manieren zu besitzen. Ofelia nickte ihm zu. »Ser Almarest.« Sie deutete auf den Saftkrug. »Möchten Sie vielleicht etwas Kühles zu trinken?«

»Vielen Dank, Sera Falfurrias.« Die alte Frau schenkte ihm ein Glas ein, und er probierte davon. »Sehr gut«, lobte er.

Ofelia entspannte sich etwas. Das waren die Umgangsformen, die sie gewöhnt war. »Das Obst ist in diesem Jahr recht bitter«, entgegnete sie, wie die Höflichkeit es verlangte. »Sie sind sehr freundlich, mir zu danken.«

»An einem so heißen Tag gibt es nichts Erfrischenderes«, sagte er, lächelte sie über den Glasrand an und nahm einen tiefen Schluck. Die anderen standen nur herum, wie Kinder, die nicht wußten, was sie mit ihrer Zeit anfangen sollten. Schließlich sah Kira sie an.

»Vielen Dank, daß Sie uns in Ihr Haus eingeladen haben, Sera Falfurrias«, erklärte sie.

Ofelia schenkte ihr das Lächeln, das für solche Fälle

erforderlich war, aber nicht mehr. »Sie sind in meinem Haus willkommen. Leider kann ich Ihnen nur diesen Saft anbieten.«

»Seien Sie dafür bedankt.« Die Frau lächelte genauso formell wie Ofelia. Sie nahm einen kleinen Schluck, und im nächsten Moment hellten sich ihre Züge auf. Anscheinend hatte sie wirklich geglaubt, das Getränk sei bitter. Ofelia hätte beinahe laut gelacht.

»Oh, bitte, kann ich auch etwas haben?« fragte das Flittchen wie ein ungezogenes Kind, das nicht abwarten kann, bis es an der Reihe ist.

»Selbstverständlich.« Die alte Frau füllte ein Glas und reichte es ihr kommentarlos – so wie man es eben bei ungezogenen Kindern tat.

Der Höfliche lächelte sie an. »Bilong ist unsere Linguistin«, erklärte er. »Sie wird die Sprache der Autochthonen studieren.«

»Autochthone?« Das unbekannte Wort war schon heraus, ehe sie es aufhalten konnte, und darüber ärgerte sich Ofelia. Alle ihre »Gäste« lächelten darüber, als belustige sie ihre Unwissenheit. Nur Orisan verzog keine Miene.

»Das ist der wissenschaftliche Ausdruck für Urbevölkerung oder Eingeborene«, klärte er sie auf. »Sie oder ich sind auf dieser Welt keine Autochthonen oder Eingeborenen, aber die Wesen, die die zweite Kolonistengruppe angegriffen haben. Zumindest halten wir sie für die hiesigen Ureinwohner.« Er sprach so freundlich und normal, als sei überhaupt nichts Schlimmes daran, daß Ofelia das nicht wußte. Sie war ihm für seine Freundlichkeit sehr dankbar, auch wenn sie diesem Mann nicht trauen durfte. Orisan fuhr schon fort: »Und Kira, Sera Stavi, ist Xenobiologin. Sie studiert die Tierarten, die wir auf der Erde nicht kennen. Natürlich wären diese Tiere auch Autochthone, jedenfalls auf ihrer Welt. Sera Stavi will die hiesige Fauna erforschen.«

»Diese Wesen sind aber keine Tiere«, widersprach Ofelia gleich mit strengem Blick auf die Frau.

»Nein, sicher nicht, aber wie wir Menschen besitzen auch sie tierische Züge«, erklärte Kira. Auch sie klang jetzt freundlicher. Lag das am Saft, oder hatte sie sich nur vorgenommen, etwas höflicher zu sein? »Es gehört zu meinen Aufgaben herauszufinden, wie ihre Körper aufgebaut sind, welche Nahrung sie zu sich nehmen und so weiter.«

Ofelia wandte sich dem Mann zu, der sich gleich als Anführer zu erkennen gegeben hatte. Er verstand den Hinweis sofort.

»Wie ich schon erwähnt habe, bin ich der Leiter dieses Teams und gleichzeitig der Repräsentant der Regierung. Als solcher habe ich zu prüfen, ob diese Wesen hier intelligent genug sind, um unter den Schutz des Gesetzes gestellt zu werden. Sollte dies der Fall sein, bin ich weiterhin ermächtigt, mich in offizieller Eigenschaft ihren Führern zu nähern und einige Fragen zu klären. Darunter fallen die jüngsten Ereignisse, aber auch unser Wunsch, ein Abkommen zu treffen, nach dem unsere Wissenschaftler sie studieren können. Ihnen ist sicher nicht bekannt, daß diese Wesen eine einzigartige Entdeckung in der Geschichte der menschlichen Raumfahrt darstellen.«

Er schien gar nicht mehr aufhören zu wollen, und Ofelia hatte keine Lust, sich diesen Vortrag noch lange anzuhören. Sie goß ihm rasch ein Glas Saft ein und schob es ihm in die Hand, als er gerade Luft holte. Der Mann starrte sie überrascht an, preßte ein »Danke« hervor und trank einen kleinen Schluck.

»Nehmen Sie doch bitte Platz«, forderte Ofelia sie auf. Die Sitzgelegenheiten reichten gerade aus, wenn sie selbst sich auf dem Hocker niederließ, auf dem sie sonst in der Küche thronte, wenn sie Gemüse schnitt. Langsam und zögerlich kamen die Fremden der Einladung nach. Ofelia füllte den Krug noch einmal auf, schenkte die Gläser voll und setzte sich dann auf den Hocker.

»Seit die anderen gegangen sind, habe ich hier ganz

allein gelebt«, erklärte die alte Frau den Forschern. Das hatten sie sicher längst herausgefunden, aber es entsprach Höflichkeit und Sitte, ein Gespräch mit dem Offensichtlichen zu beginnen. So schuf sie eine gemeinsame Grundlage, auf der sie die Zuhörer zu der von ihr gewünschten Sichtweise der Dinge heranführen konnte. »Als ich auf diese Welt kam, war ich noch eine junge Frau.« Na ja, eigentlich in den mittleren Jahren und bereits Mutter von drei Kindern. Das konnte man schwerlich als jugendlich bezeichnen, aber heute wußte sie, wieviel sie damals hätte erreichen können.

»Mein Mann und ich haben dieses Haus gebaut, und meine jüngsten Kinder sind hier geboren worden. Dann verschied mein Gatte, und auch die Kinder starben eines nach dem anderen. Nur Barto blieb mir. Als die Firmenleute kamen und sagten, wir müßten von hier fort, haben sie Barto erklärt, ich sei sowieso zu nichts mehr nutze und würde aller Wahrscheinlichkeit das Kryo nicht überleben. Deshalb solle er dafür bezahlen, daß sie mich mitnähmen. Ich wollte ihn von diesen Kosten befreien und bin hiergeblieben. Außerdem mochte ich nicht von dem Ort fort, an dem mein Mann und meine Kinder gelebt haben und gestorben sind.«

»Sie Ärmste«, sagte Bilong, aber es klang falsch und schmalzig.

»Sie hätten hier auch den Tod finden können«, tadelte Kira, als beschuldige sie Ofelia eines Verbrechens.

»Genausogut wie im Kryo«, entgegnete Ofelia. »Alte Leute sterben eben, so ist das nun einmal. Ich habe keine Angst vor dem Sterben.« Das stimmte nicht ganz, aber sie fürchtete sich auf eine andere Weise vor dem Tod, als die Frau es gemeint hatte.

»Trotzdem war das unverantwortlich von Ihnen«, empörte sich der Chef. »Sehen Sie nur, was Sie angerichtet haben?«

»Angerichtet, Ser Likisi?« Sie sah ihn verständnislos an.

Er fuhr mit dem Arm durch die Luft und hätte dabei beinahe das Flittchen ins Gesicht getroffen. »Diese ... diese Kreaturen hier haben sicher viel über uns Menschen und unsere Technologie lernen können – wegen Ihnen. Die Regierung hat strenge Vorschriften betreffs des Einsatzes von fortgeschrittener Technologie im Beisein primitiven Kulturen erlassen.«

»Die Wesen hätten alles auch ohne mich herausgefunden«, erwiderte die alte Frau.

»Aber Sie haben Ihnen gezeigt, wie man die Geräte bedient.«

Das hatte sich Ofelia auch gesagt, in jenen ersten sinnverwirrenden Momenten, als sie mit den Aliens zu kommunizieren begann. Aber damals war ihr wenig Zeit zum Nachdenken geblieben ... Außerdem lernten sie so unglaublich schnell. Schließlich war die alte Frau zu dem Schluß gelangt, daß die Monster auch ohne ihr Mittun bald herausgefunden hätten, wozu die einzelnen Knöpfe und Schalter gut waren. Wenigstens hatte sie ihnen beigebracht, mit Umsicht und Vorsicht an die Maschinen heranzugehen und Respekt für sie zu entwickeln. Das wollte sie den Forschern jetzt sagen, aber unvermittelt bewegte sich einer der Soldaten draußen vor der Tür und brachte seine Waffe in Anschlag.

»Halt! Sofort stehenbleiben!« rief er, als würde er davon ausgehen, daß jedes Lebewesen im Universum seine Sprache auf Anhieb verstünde.

»Nein!« schrie Ofelia. Er würde, ohne zu zögern, einen von ihren Freunden niederschießen, und das durfte sie nicht zulassen. Sie konnte an gar nichts anderes mehr denken, rutschte vom Hocker, wollte gleich los, taumelte aber, weil die schlimme Hüfte gleich wieder anfing zu stechen, schob sich dennoch weiter, zwischen den beiden Männern in den Sesseln hindurch, zur Tür. Der breite schwarze Rücken des Bewaffneten versperrte ihr den Weg.

»Beiseite!« drängte sie und stieß ihm ihren Zeigefinger

in den Rücken. Er reagierte unfaßbar schnell. Noch ehe sie wußte, wie ihr geschah, lag sie schon mit dröhnendem Schädel auf dem Boden. Von draußen ertönte ein lautes Quieken und dann das Geräusch vieler Füße. Die Wesen kamen!

»Nicht schießen!« ächzte sie, so laut sie konnte. »Nicht –«

»Aber sie greifen uns an«, entgegnete der Soldat. Ofelia konnte zwischen seinen Beinen hindurchsehen. Der Führer hatte sich den blauen Umhang übergeworfen, und sein Kehlsack war aufgebläht und pulsierte. Zwei Aliens waren bei ihm. Sie hatten die Messer gezogen, und ihre Lider waren halb geschlossen.

»Das tun sie nicht«, stöhnte die alte Frau. Ihr Kopf schmerzte wie flüssiges Feuer, und sie wußte, daß er noch mehr weh tun würde – und keiner von diesen sogenannten Forschern und ihren Begleitern besaß den Anstand, einer hilflosen Frau aufzuhelfen. Sie rollte herum und besah sich die vier: Sie hockten weiterhin in ihren Sesseln und hatten den Mund aufgerissen, als wohnten sie einer aufregenden Show bei. Ofelia versuchte sich aufzurichten, mußte aber feststellen, daß auch ihre Rippen höllisch brannten, und ebenso der Arm, auf den sie gestürzt war.

»Klick-Kohh-Kirr!« rief Blaumantel.

»Klick-Kohh-Kirr«, antwortete die alte Frau. Wenigstens konnte sie sich noch verständlich machen und ihn beruhigen. Sie rappelte sich auf die Knie hoch, schüttelte benommen den Kopf, zog sich dann ganz hoch und humpelte zur Tür. »Lassen Sie mich durch«, bat sie den Soldaten. »Die Wesen greifen nicht an. Sie wollen nur feststellen, ob mit mir alles in Ordnung ist.«

»Ich hätte Sie töten können«, murmelte der Mann ärgerlich, und sie sah ihm an, daß er ein *blöde Kuh* oder *dummes Huhn* folgen lassen wollte. Aber er unterließ es, und Ofelia sagte auch nichts. »Tut mir leid«, meinte er dann. »War eine reine Reflexbewegung.«

»Lassen Sie mich bitte nach draußen«, sagte sie noch einmal. Der Soldat trat langsam ein Stück beiseite, richtete aber weiterhin die Waffe auf die Aliens.

»Kommen Sie uns nicht in die Schußlinie«, warnte der Soldat. »Wenn ich mich verteidigen muß, kann ich auf Sie keine Rücksicht nehmen.«

»Dann passen Sie lieber gut auf«, entgegnete Ofelia schnippisch. Sie ärgerte sich maßlos über den ungehobelten Klotz und sah nicht ein, ihn höflich zu behandeln. »Diese Wesen greifen nicht an, und sie haben mir auch nie etwas getan.« Im Gegensatz zu dir, du brutaler Kerl, dachte sie so laut, wie sie nur konnte.

Die alte Frau humpelte auf die Straße und streckte dem Führer die Hände entgegen. Er nahm sie, und sein Kehlsack schrumpfte zusammen. Dann betastete er mit einer Kralle ihren Kopf und ihre Seite. Ofelia sog zischend Luft ein. Schon ein so leichte Berührung bereitete ihr Schmerzen. Sie konnte sich bereits vorstellen, was für eine Beule sich gerade auf ihrem Schädel entfaltete.

Hinter sich hörte sie, wie der Leiter auf den Soldaten einredete. Sie konnte zwar nicht verstehen, was er sagte, aber er hörte sich ziemlich zornig an. Der Bewaffnete ließ sich jedoch nichts gefallen und antwortete im gleichen Tonfall. Sollten die zwei sich ruhig streiten, damit gewann sie wertvolle Zeit.

Zeit wozu? fragte sie sich. Ihr Kopf brummte wie ein Bienenschwarm, und sie fühlte sich schwindlig und hätte sich am liebsten hingelegt – an einem schattigen Plätzchen, wo zur Abwechslung einmal sie bedient und mit kühlen Getränken verwöhnt wurde.

Blaumantel schlug sich mit einer Faust an den Kopf und zuckte dann so zurück, wie vor einiger Zeit sie, als sie ihm die Wirkung eines Stromschlags demonstrieren wollte.

»Ja«, sagte sie. »Ich habe mir den Kopf auf dem Fußboden aufgeschlagen. Er tut ziemlich weh. Aber sonst ist mit mir alles in Ordnung.« Der Führer zeigte auf den Soldaten und stieß den Ellenbogen zurück. So wie der Bewaffnete es eben bei ihr getan hatte.

»Stimmt«, bestätigte die alte Frau. »Aber ich habe ihn erschreckt.«

»Klick-Kohh-Kirr«, sagte er nur. Ofelia runzelte trotz der Kopfschmerzen die Stirn. Was hatte eine Klick-Kohh-Kirr damit zu tun, daß sie von einem Mann an der Tür niedergeschlagen worden war? Wollte Blaumantel etwa damit sagen, daß man einer Klick-Kohh-Kirr nichts tun dürfe? Ja, verprügelten diese Wesen ihre Klick-Kohh-Kirrs denn nicht? Verdammt, was war eine Klick-Kohh-Kirr denn überhaupt?

»Er wußte es nicht besser«, sagte die alte Frau. »Ich bin noch nicht dazu gekommen, ihnen von den Nestlingen zu berichten.« Eigentlich war sie sich gar nicht so sicher, ob sie das überhaupt wollte. Ofelia erinnerte sich daran, wie sie mit ihren Neugeborenen im Krankenhaus gelegen hatte. Einige von den Schwestern hatten die Babies wie Stoffpuppen oder Tiere behandelt. Sie konnte sich gut vorstellen, daß diese Kira genauso mit den Alien-Nestlingen umgehen würde. Ofelia war sich sicher, daß diese Frau noch nie ein Kind zur Welt gebracht hatte.

»Nihht Uissehh, Thhu Klick-Kohh-Kirr?« fragte der Führer.

»Nein, nicht gewußt«, versicherte sie ihm. »Er hat es nicht gewußt.«

Blaumantel gab seinen Begleitern einen Befehl, und sie ließen die Messer in der Scheide verschwinden. Auch wenn sowohl Blaumantel wie auch sie enorme Fortschritte darin gemacht hatte, die Sprache des anderen zu erlernen, konnte Ofelia immer noch kaum etwas verstehen, wenn die Wesen zu schnell sprachen.

Sie erkundigte sich nach dem Befinden von Gurgel-Klick-Hust und ihrem Nachwuchs.

Er grunzte und senkte die Lider. Also schliefen sie alle. Eigentlich ganz natürlich so bald nach einer Geburt. Sie fragte sich, ob die Mutter die Kleinen fütterte, oder ob sie anderweitig Nahrung zugeführt bekamen. Aber wer brachte ihnen dann etwas zu essen?

»Ist das der Anführer?« rief Vasil von der Tür. »Trägt er deswegen diesen blauen Fummel?«

Ofelia drehte sich zu ihm um und bemühte sich, nicht zu deutlich das Gesicht zu verziehen, weil ihre Hüfte und das Bein sofort gegen diese Bewegung protestierten. »Das ist Blaumantel«, teilte sie ihm mit. »Ich nenne ihn wegen des Umhangs so. Seinen richtigen Namen kann ich nicht aussprechen.«

Sie wandte sich wieder an den Führer. »Das ist Ser Vasil Likisi, ihr Leiter.«

Die anderen zeigten sich jetzt hinter ihrem Boss in der Tür, und die alte Frau stellte sie ihm der Reihe nach vor: Kira, Ori, Bilong. Blaumantel schwieg.

Er stand nur im Sonnenschein und hatte den Kopf leicht schiefgelegt.

»Sie haben gerade mit dem Wesen gesprochen!« fiel der Jungen auf. »Das habe ich genau gehört. Können Sie es dazu bewegen, auch etwas zu sagen?«

Ofelia erklärte dem Führer: »Sie ist Sprachwissenschaftlerin und will eure Sprache erforschen.« Am Funkeln in seinen Augen glaubte sie zu erkennen, daß er mehr verstanden hatte, als er zugab.

Er sah an ihr vorbei auf das Flittchen: »Thhu Philohhk.«

Die alte Frau hätte laut lachen mögen, als sie den Ausdruck auf dem Gesicht des Mädchens sah.

Bilong ächzte: »Es hat meinen Namen gesagt.« Sie machte Anstalten, vor Begeisterung auf und ab zu hüpfen.

Blaumantel gab nun einen ganzen Schwall von Quiek-, Grunz-, Tschirp- und anderen Lauten von sich, die das junge Ding in höchstes Verzücken versetzten. Ofelia vermutete, daß er nicht mehr als ihr Alphabet oder etwas ähnlich Bedeutungsloses aufgesagt hatte.

»Ist mit Ihnen alles in Ordnung?« fragte die Biologin. Sie schien wirklich besorgt zu sein.

»Mir tut der Kopf weh«, antwortete Ofelia.

»Das wundert mich nicht. Als ich das gesehen habe, war ich vor Entsetzen wie gelähmt. Tut mir sehr leid, aber ich konnte mich einfach nicht von der Stelle rühren.«

»Macht ja nichts«, sagte die alte Frau. Diese Kira schien sich wirklich zu schämen, sonst hätte sie so etwas ja wohl kaum von sich gegeben. Vielleicht steckten doch ein paar gute Seiten in ihr.

»Thhu Kihhahh«, sagte Blaumantel und streckte eine Hand aus. Die Frau nahm sie vorsichtig.

»Vier Finger . . .«, entfuhr es ihr.

»Und genauso viele Zehen«, bemerkte Ofelia.

»Sind sie zweigeschlechtlich?« wollte die Biologin wissen, so als habe Blaumantel nicht eben erst bewiesen, das er sehr viel verstehen konnte.

»Da habe ich noch nicht nachgesehen«, entgegnete die alte Frau spröde. Sie würde den Teufel tun und vor diesen Leuten zugeben, daß sie das noch nicht herausgefunden hatte. Selbstverständlich hatte sie auch nicht diesen Wesen unter den Lendenschurz geschaut. Das wäre einfach zu rüde gewesen.

»Natürlich, klar, das ist ja nicht Ihr Gebiet«, bemerkte Kira, als sei Ofelia eine Idiotin, weil sie so etwas nicht wußte. Damit vernichtete die Biologin das bißchen guten Eindruck, das sie gerade eben bei der alten Frau hinterlassen hatte.

Jetzt stand das ganze Team auf der Straße. Die vier Wissenschaftler beratschlagten und zeigten immer wieder auf Blaumantel und seine Begleiter, als seien sie Statuen in einem Museum oder Tiere in einem Zoo. Die beiden Soldaten standen immer noch vor dem Haus auf Posten und beobachteten die ganze Szene mit finsteren Blicken. Reichlich dumm, hier draußen in der Sonne zu stehen. Ofelia pochte der Schädel, und sie wußte, daß sie unbedingt in den Schatten mußte. In ihrem Haus befanden sich nicht genügend Sitzgelegenheiten für alle. Aber im Zentrum.

»Kommen Sie doch mit ins Gemeindezentrum, damit Sie sich nicht länger der Sonne aussetzen müssen«, bot die alte Frau den Fremden an. »Dort finden sich auch ausreichend Sitzplätze.«

»Das ist überaus freundlich von Ihnen«, sagte Ori und sah sich suchend um. Natürlich konnten die Forscher nicht wissen, wo sich das Zentrum befand.

»Es ist da drüben«, erklärte jetzt die Biologin, die auch schon gewußt hatte, welche Familie in Ofelias Haus gewohnt hatte, und setzte sich gleich in Bewegung. Die alte Frau hätte ihr am liebsten eine runtergehauen, hielt sich aber zurück. Kira hätte Ofelia den Vortritt lassen müssen; schließlich war das nicht ihr Zentrum.

Blaumantel tippte leicht auf ihre Schulter. »Küh?«

Ja, genau, das brauche ich jetzt ganz dringend. Eis für meinen Kopf und ein kühles Getränk für meine Kehle. Der Führer schritt neben ihr, während die Biologin den Zug anführte. Die anderen plapperten ungerührt miteinander. Plötzlich blieb Kira stehen. Vor der Tür standen drei Aliens und betrachteten die Gruppe intensiv. Ofelia spürte, wie ein gehässiges Kichern aus ihr hinauswollte, und sie hielt sich rasch eine Hand vor den Mund.

»Teilen Sie denen da mit«, befahl der Leiter, »daß wir dort hineindürfen!« Die alte Frau trat mit Blaumantel an Kira vorbei vor. Die Wesen an der Tür wichen beiseite, und Ofelia winkte den anderen zu, ihr zu folgen.

»Sie sollten sich nicht so weit entfernen!« hörte sie hinter sich jemanden rufen. Vermutlich die Soldaten, denen wohl bei der Vorstellung mulmig wurde, ihre Schutzbefohlenen nicht mehr sehen zu können und gleichzeitig von einer Horde Monster umringt zu sein. Der alten Frau war es auch nicht recht, die Fremden hier überall hineinzulassen, aber im Moment wußte sie nicht, was sie sonst mit ihnen anstellen sollte.

»Geht schon in Ordnung«, rief der Boss zurück. »Wenn sie der alten Frau nichts getan haben, werden sie uns auch nicht zu Leibe rücken.«

Ofelia ging in Gedanken all die Fehleinschätzungen durch, die in diesen wenigen Worten steckten, kam aber nicht dazu, sie alle aufzuzählen, weil Kira die Gruppe bereits zu einem der Werkräume führte. Warum sollten die Aliens einer alten Frau etwas tun, die niemals eine Bedrohung für sie dargestellt hatte? Und warum sollten sie davor zurückschrecken, wenn diese Menschen hier alles Erdenkliche anstellten, um sie mißtrauisch zu machen? Aber warum die Forscher darauf aufmerksam machen; dafür hatte sie viel zu starke Kopfschmerzen.

Der Führer rief einem der Wesen etwas zu, das daraufhin gleich in Richtung Küche verschwand.

»Ist Ihnen aufgefallen«, fragte Kira Ori, »wie sie sich bewegen? Sie setzen beim Gehen nicht immer den ganzen Fuß auf. Ich würde mir zu gern ihr Knochengerüst ansehen.«

Der Höfliche nickte nur und wandte sich an die alte Frau. »Sie scheinen sich nicht wohl zu fühlen, nicht wahr, Sera Falfurrias? Vielleicht sollten Sie sich ein Weilchen hinlegen und ausruhen.«

Nichts würde ihr besser gefallen, aber das ging nicht, solange diese Fremden hier in alles ihre Nase hineinsteckten. Genausogut hätte man eine Gruppe Kleinkinder unbeaufsichtigt in einer Küche lassen können. »Danke, es geht schon«, sagte sie, setzte sich dann aber gleich auf den Stuhl, den er ihr hinschob.

Nun kehrte das Wesen mit einer Schüssel voller zerstoßenem Eis zurück. Wann hatten sie gelernt, einen Eispickel zu benutzen? Es hatte auch ein Tuch dabei, in das es, geschickt wie eine Krankenschwester, Eis wickelte und das Ganze Ofelia auf die Kopfbeule legte. Die alte Frau hielt die Luft an, aber tatsächlich ließen sich die Schmerzen damit rasch betäuben. Sie hob eine Hand, um den Wickel am Platz zu halten, doch dazu bestand kein Anlaß; der Alien hatte sich hinter sie gestellt und hielt die Tuchenden angezogen.

»Nun gut«, bemerkte der Chef. Ofelia hatte Mühe, seinen Namen zu behalten. Vasil oder so ähnlich ... Vasil Likisi. »Es steht wohl außer Frage, daß Sie diese Wesen als Freunde gewonnen haben. Wie haben Sie ihnen bloß so etwas beibringen können?«

»Tahhte«, sagte Blaumantel und zeigte auf die alte Frau. Alle starrten ihn an. »Tahhte.«

»Meint er ›Tante‹?« Bilong schien als erste begriffen zu haben. »Wirklich Tante? Wie die Schwester der Mutter oder des Vaters?«

Blaumantel schlug das Bilderbuch auf, das ein anderes Wesen ihm aus dem Klassenzimmer gebracht hatte – die Geschichte von dem kleinen Mädchen, das bei seiner Tante leben muß. Er zeigte der Linguistin die entsprechende Seite. »Tahhte.«

Als sie nicht sofort begriff, zeigte er auf das Mädchen, die Tante und Ofelia.

»Es begreift diese Bilder sicher nicht wirklich«, bemerkte Kira ungeduldig. »Eine Kindergeschichte. Was immer das Wesen unter Tante verstehen mag, für ihn hat dieser Ausdruck sicher eine ganz andere Bedeutung als für uns.« Sie sah Ofelia an. »Haben Sie eine Ahnung, wovon es redet?«

Natürlich hatte sie die, aber wie sollte sie das dieser Forscherin erklären, die ihr auf ihre Weise genauso fremd war wie Blaumantel? Die Biologin war so zappelig, daß sie mit den Fingern unsinnige Bewegungen vollführte. So eine hätte Ofelia nicht lange zugehört. Nein. Dafür tat ihr der Kopf zu weh. Die Höflichkeit verlangte von ihr, eine Antwort zu geben – aber nicht, daß diese vollständig sein oder unbedingt der Wahrheit entsprechen mußte.

»Ich habe früher ein paar Kinder aufgenommen, die nicht meine eigenen waren«, erklärte sie. »Wahrscheinlich spielt Blaumantel darauf an.«

»Ach so.« Die Biologin war zwar nicht überzeugt, schwieg jetzt aber.

»Wie haben Sie ihm das denn vermitteln können?« fragte das Flittchen.

In Ofelias Kopf hämmerte es, und wenn sie auf dem Stuhl ihr Gewicht verlagerte, meldeten sich gleich zig andere Schmerzquellen. »Ich habe es mit Gesten erklärt«, antwortete sie. »Und ich fühle mich jetzt wirklich sehr müde.« Sie schloß die Augen.

»Glauben Sie, sie ist ernstlich verletzt?« erkundigte sich der Boss. Wenn Ofelia ihm einfach zuhörte, ohne direkt von ihm angesprochen zu werden, hörte er sich immer noch steif und formell an, so als habe er ein Lineal verschluckt. Allem Anschein noch empfand er es als Belästigung, daß sie hier vor sich hin litt.

»Das hoffe ich nicht«, antwortete der Höfliche. »Immerhin ist sie unsere beste Quelle für das Verständnis dieser außerirdischen Kultur ... Sie hat längere Zeit zusammen mit diesen Eingeborenen gelebt.«

»Aber sie benimmt sich so –« Ofelia konnte ihn nicht sehen, vermutete aber, er tippte sich gerade an die Stirn. Vermutlich warf er auch einen Blick auf sie, um festzustellen, ob sie wirklich eingeschlafen war oder nur so tat. »Diese Frau verfügt nicht über eine entsprechende Ausbildung.« Ja, recht so, sich bloß nicht festlegen oder zuviel sagen.

»Vasil, Sie sind der –« Leider erfuhr die alte Frau nicht, was Vasil in Oris Augen war. Sie hörte nur noch das Scharren von Stühlen und Füßen von Menschen, die sich bemühen, leise zu verschwinden, und dabei wenig Erfolg haben. Sollten sie doch abhauen. Ihr war das egal. Ofelia nickte ein, und als sie wieder erwachte, stellte sie fest, daß jemand ein paar Stühle unter ihre Beine geschoben und sie mit einer Decke zugedeckt hatte. Ihr Kopf dröhnte immer noch, aber nicht mehr so schlimm wie vorher.

Blaumantel stand neben ihr. »Nahhen«, bemerkte er.

Was? Wer nahte? Kamen die Menschen etwa wieder zurück? Dann ging ihr ein Licht auf: Er meinte »Narren«. Sie mußte nicht erst fragen, wem diese Bezeichnung galt – den Forschern.

Die alte Frau machte sich gar nicht erst die Mühe, sich zu erheben. Am liebsten hätte sie sich nie mehr bewegt. Sie blinzelte dem Führer zu: »Ja, sie sind Narren.« Und das ist noch harmlos ausgedrückt, dachte sie bei sich.

»Thhu Nihht Lllloahhte Klick-Kohh-Kirr?« Er zeigte von sich fort, und Ofelia vermutete, er meinte die Fremden.

»Nein«, bestätigte sie ihm. »Das sind nicht meine Leute. Sie sind nicht von meinem Volk, und ich bin nicht ihr Klick-Kohh-Kirr. Nicht ihre Tante.«

Blaumantel reichte ihr seinen Arm, und sie zog sich daran hoch, bis sie aufrecht saß. Sie biß die Zähne zusammen, weil ihr Bein und ihre Seite höllisch schmerzten. Ein weiteres Wesen trat hinzu, und gemeinsam halfen sie der alten Frau aus dem Zentrum. Draußen war es Nacht, und die Sterne glühten sanft im schwülfeuchten Wind.

»Wo sind sie hin?« fragte Ofelia. Der Führer zeigte auf den Ortsausgang. Sie machte auf dem Landefeld ein Licht aus. Waren die Forscher in ihr Shuttle zurückgekehrt? Eigentlich war das nicht weiter wichtig. Blaumantel und der andere stützten sie den ganzen Weg zu ihrem Haus und begleiteten sie hinein. Sie machten Licht und nahmen ihr auch sonst so viel wie möglich an Arbeit ab.

Blaumantel öffnete den Kühlschrank und betrachtete den Inhalt. Ofelia hatte eigentlich keinen Hunger und versuchte, ihm das begreiflich zu machen. Doch der Führer ließ sich nicht abhalten. Er kramte herum, bis er ein Stück Fladenbrot gefunden hatte, über das er Salz streute und es ihr dann reichte. Das trockene Brot schmeckte überraschend gut, und ihr Magen behielt die Nahrung. Blaumantel schenkte ihr auch ein Glas Saft ein und blieb bei ihr, bis sie es ausgetrunken hatte. Sie spürte, daß er nicht gehen würde, bevor sie nicht aufgegessen hatte. Die alte Frau tat ihm den Gefallen und wollte danach nur noch ins Bett.

Zum ersten Mal, seit der Führer in die Siedlung gekommen war, begleiteten Aliens sie ins Schlafzimmer. Seltsamerweise löste das in ihr keine Schamgefühle mehr aus; denn erstens hatten die Wesen sie schon mehr oder weniger nackt gesehen, und zweitens war sie viel zu müde, um sich über so etwas Gedanken zu machen. Rein zufällig fiel ihr Blick in den Spiegel, und sie entdeckte einen violett verfärbten Klumpen auf ihrem Kopf. Ofelia betrachtete nun auch die anderen verletzten Stellen. Am Arm war die aufgerissene Haut von einer schwarzroten Kruste bedeckt. Als sie zu Blaumantel sah, stellte sie fest, daß er sehr grimmig und zornig dreinblickte. Aber wenigstens schien er nicht auf sie böse zu sein.

»Ist schon in Ordnung«, erklärte sie ihm. »Nichts Ernstes. Nur eine Beule und ein paar Schürfwunden.« Ofelia war froh, daß die beiden ihr auch noch zum Bett halfen. Als sie auf der Bettkante saß, bückte sich das andere Wesen, hob sanft ihre Beine und legte sie aufs Bett. Der Führer trat auf die andere Seite des Betts und schlug die Decke auf. Dann sah er sie auffordernd an.

Ofelia hätte auf der Stelle einschlafen können, aber sie nahm die letzten Kräfte zusammen und schob sich unter die Decke. Blaumantel deckte sie sorgfältig wie eine Mutter zu.

Die Wesen machten ihr Angst, und zwar auf eine Weise, wie sie noch nie Angst verspürt hatte. Ofelia hatte nicht die geringste Vorstellung, wie sie den Vorfall einschätzten oder wie er ihnen erschienen war. Und erst recht konnte sie nicht wissen, was der morgige Tag ihr bringen würde. Wenn sie nicht so erschöpft gewesen wäre, hätte sie die Aliens danach gefragt.

Der Führer löschte das Licht, und sie wollte noch darauf warten, bis die Haustür geschlossen wurde. Aber sie schlief schon vorher ein.

Kapitel 17

Als Ofelia im perlweißen Licht des Frühmorgens erwachte, hörte sie aus dem Nebenzimmer leise Stimmen. Sie streckte sich und zuckte zusammen, als die Wunden vom gestrigen Sturz sich gleich bemerkbar machten. Alles tat ihr weh, sogar Stellen, die gestern nicht in Mitleidenschaft gezogen worden waren. Wer hielt sich bloß in ihrem Wohnzimmer auf?

Die alte Frau hatte keine Lust aufzustehen. Warum nicht bis zur Stunde ihres Todes hier liegenbleiben, oder bis die Schmerzen endlich nachließen? Sie hob vorsichtig die Linke und betastete die Beule am Kopf. Der Klumpen schien sogar noch gewachsen zu sein. Ofelia ließ die Hand herabfallen und stellte sich vor, welcher Aufruhr entstehen würde, wenn die Forscher zurückkämen und sie tot vorfänden. Würden sie auf die Idee kommen, daß sie daran schuld waren, oder würden sie die Aliens dafür zur Rechenschaft ziehen wollen?

Dummerweise mußte sie dringend zur Toilette. Es war eine Sache, hier zu liegen und darauf zu warten, an einer Beule und ein paar Schürfwunden zu sterben, und eine ganz andere, sich mit einer vollen Blase herumzuquälen. Außerdem mußte sie daran denken, was aus Gurgel-Klick-Husts Nestlingen wurde, wenn die Forscher den Wesen die Schuld an ihrem Tod gaben.

Sie versuchte sich aufzurichten, aber ihr tat gleich alles so weh, daß sie den Atem anhielt und ihr Tränen in die Augen schossen. Ofelia war sehr unzufrieden mit sich, und schon meldete sich die alte Stimme wieder zu Wort und schien sich zu freuen, sie mit Schimpfworten zu bedenken, die sie seit Jahren nicht mehr gehört hatte: Feigling. Schwächling. Heulsuse. Ein paar Schrammen, und du stellst dich an wie die Prinzessin auf der Erbse.

Ofelia biß die Zähne zusammen, aber als sie endlich auf den Füßen stand, fühlte sie sich ziemlich wacklig, und die Schmerzen raubten ihr alle Kraft. Der Arm hatte in der Nacht wieder zu bluten begonnen und klebte jetzt am Laken. Als sie ihn losriß, wurde es ihr einfach zuviel, und sie ächzte laut.

Sofort flog die Tür auf, und Blaumantel kam mit aufgeblähtem Kehlsack herein. Er zischte gleich, als er sie sah, lief zu ihr und bot ihr seinen Arm an. Die alte Frau war froh um den Halt und haßte sich gleichzeitig dafür, so schwach zu sein. Das Wesen legte einen Finger auf das langsam sickernde Blut, schnüffelte an der Flüssigkeit und trommelte. Ofelia konnte nicht erkennen, mit welchem Körperteil er diese Geräusche erzeugte, aber der ganze Raum hallte davon wider.

»Mit mir ist alles in Ordnung«, versicherte sie ihm und ärgerte sich darüber, daß ihre Stimme so zitterte. »Nach einer Dusche geht es mir bestimmt sofort besser.« Der Führer half ihr ins Badezimmer. Sie fühlte sich schon wohler, nachdem sie die Toilette benutzt hatte, und das heiße Wasser aus der Brause dämpfte die meisten Schmerzen. Doch ihr war klar, daß sie später unvermindert zurückkehren würden.

Als sie die Dusche verließ, stand Blaumantel schon mit ein paar Handtüchern da und half ihr beim Abtrocknen. Der Spiegel war beschlagen, und darüber war Ofelia froh. Sie hätte sich jetzt nicht ansehen können. Was sie so zu sehen bekam, war schon schlimm genug: Die ganze Seite, auf die sie gefallen war, hatte sich dunkel verfärbt.

Ein neues Problem stellte sich: was anziehen? Die Kleidungsstücke, die sie sich für den Sommer geschneidert hatte, waren viel zu luftig und ließen die Wunden unbedeckt. Die alte Stimme erklärte ihr, so etwas sei kein schöner Anblick, und sie würde damit bei den Forschern Widerwillen auslösen. Sie müsse sich bedeckt vor ihnen präsentieren, so als habe der gestrige Hieb des Soldaten nichts Schlimmes bei ihr bewirkt. Immerhin reiße ihre alte Haut so leicht, daß schon ein leichter Schlag sie bluten ließ. Die Menschen hatten an ihrem Zustand keine

Schuld. Woher sollten sie auch wissen, wie verletzlich und fallsüchtig sie war?

Die neue Stimme schwieg. Ofelia fragte sich, wo sie abgeblieben sein mochte. Die alte Frau suchte in ihrem Kleiderschrank nach einem Hemd mit langen Ärmeln, damit die Arme und der Oberkörper bedeckt sein würden. Aber alle in Frage kommenden Hemden waren für das Wetter viel zu dick und eigentlich für die Regenzeit gedacht, wenn es gelegentlich empfindlich kühl werden konnte. Ofelia zog trotzdem eines an und verzog schmerzlich das Gesicht, als der rauhe Stoff über die empfindlichen Stellen glitt. Dazu die längste Hose, die sie besaß – sie reichte ihr gerade bis über die Knie.

Danach war ihr warm, und sie hatte Mühe, zu Atem zu kommen, aber wenigstens konnte sie sich so den Forschern zeigen. Die nackten Füße fielen ihr ins Auge. Die Männer und Frauen hatten Stiefel getragen. Zwar hatten die Menschen ihr bislang noch nicht auf die Zehen getreten, aber jetzt kamen ihr die bloßen Füße ziemlich verwundbar vor. Und sie wußte ja, wie rasch ihre Haut aufplatzte. Schon ein strenger Blick reichte da aus. Aber sie besaß ja keine Schuhe mehr, das letzte Paar hatte sie in den Recycler geworden, wie ihr wieder einfiel. Für einen Moment fühlte sie sich glücklich, als sie sich daran erinnerte, welchen Freudentanz sie aufgeführt hatte, nachdem die letzten Schuhe in der Maschine verschwunden waren. Das häßliche Kleid, von dem Rosara und Barto immer gewollt hatten, daß sie es öfter trug, hatte sie gleich hinterhergeworfen.

Blaumantel gurrte leise. Ofelia lächelte ihn an. »Jetzt geht es mir wirklich besser. Vielen Dank für deine Hilfe.« Der Führer wußte, was mit Dank gemeint war. Die alte Frau hatte ihm und den anderen die richtigen Höflichkeitsformeln beigebracht, und sie übten sich seitdem fleißig darin.

Ofelia verzog das Gesicht, als ihr Blick auf das Bett fiel. Noch nie hatte sie ein Bett ungemacht gelassen und fleckige Bettwäsche nicht gleich abgezogen. Aber heute morgen glaubte sie einfach nicht, die Kraft zu haben, das Bett frisch zu beziehen. Blaumantel bemerkte ihren Blick, deutete auf die Blutflecke und tippte dann vorsichtig auf ihren Arm. »Thhu Bhluhht?«

»Ja, das ist mein Blut. Aber keine Sorge, es ist nicht viel.«

Sie hoffte, er würde die Angelegenheit damit auf sich beruhen lassen.

Doch der Führer rief etwas in seiner Sprache, und wenig später kam eines der Wesen herein. Blaumantel zeigte auf das Bett und gab einen Befehl. Der Alien zischte, blähte seinen Kehlsack auf, zog dann aber das Laken ab und ließ es auf den Boden fallen. Der Führer mußte eine weitere Anweisung geben, ehe das Monster das Bündel aufhob.

»Was hast du vor?« wollte Ofelia wissen.

»Uashhe«, antwortete Blaumantel. Als die alte Frau nicht recht zu begreifen schien, sagte er langsam und betont: »Schmmuhtssch! Schthof Schmuhtssch. Mussehh Uashhe!«

Ofelia war so verblüfft, daß sie einen Moment brauchte, ehe ihr klar wurde, daß der Führer das Laken – den Stoff – glaubte waschen zu müssen. Rechtzeitig fiel ihr noch ein, dem Wesen, das gerade mit dem Bettzeug das Zimmer verließ, hinterherzurufen: »Nimm kaltes Wasser! Blut bekommt man am besten mit kaltem Wasser raus!«

Blaumantel riß die Augen auf. »Küh?« Er zeigte auf sich. »Maihh Bhluhht Ahhch Uashhe Ihh Küh Uahhssah, Ahhch ahht.«

»Ihr entfernt also auch Blutflecken mit kaltem Wasser.« Der alten Frau war bislang nicht aufgefallen, daß die Wesen ihre Sachen überhaupt wuschen; obwohl, sie rochen nicht streng wie Menschen, die sich vor längerer Zeit von Wasser und Seife verabschiedet hatten.

»Uashhe Haichsss Bhluhht Blaihbb.« Ganz recht, mein

Freund: Wenn man mit heißem Wasser an Blut herangeht, bleibt es im Stoff.

»Bhauhhnn Ähndah.« Das brachte die alte Frau ins Grübeln, bis ihr einfiel, daß die Wesen kein »r« sprechen konnten. »Braun Änder?« Was mochte das sein? Moment, das zweite Wort enthielt zwei »r«, eins davon am Anfang. Braune Ränder.

»Ja, so ähnlich ist das bei uns auch.« Jetzt bekam sie tatsächlich Hunger. Als sie die Küche betrat, mußte sie zu ihrem Schreck feststellen, daß jemand – Blaumantel? – versucht zu haben schien, für sie Fladenbrotteig zu machen. Der Raum sah aus wie ein Schlachtfeld. Als er ihr Gesicht sah, flatterte er mit den Lidern.

»Lllaiht Thun«, sagte er leise.

»Danke, wenn auch nur für den guten Willen«, entgegnete die alte Frau und bemühte sich, nach außen hin ernst zu bleiben. Der Bursche hatte nämlich auch versucht, hier wieder Ordnung zu schaffen, dabei aber alles nur noch schlimmer gemacht. Auf alles hatte sich eine feine Mehlschicht gelegt, und in diversen Ecken klebten Teigkügelchen. Mitten auf dem Tisch ruhten zwei Klumpen. Sie wollte lieber gar nicht wissen, was er alles beigemengt hatte. Irgendwann hatte er sie wohl einmal dabei beobachtet, wie sie Teig rührte und knetete, und sich gesagt, das ist einfach, das kann ich auch.

Ofelia warf die beiden Klumpen zusammen und walkte sie gründlich durch. Vielleicht ließ sich mit der Masse ja doch noch irgendwas anfangen. Außerdem freuten sich ihre Hände, sich wieder auf vertraute Weise betätigen zu können.

Der Führer schaltete inzwischen für sie den Backofen ein und reichte ihr das Backblech, als sie sich danach bücken wollte. Als der Teig im Ofen lag, sammelte sie all die Gläser und Kartons ein, die der Alien bei seiner Arbeit herausgeholt hatte, und stellte sie in die Vorratskammer zurück. Wieder befiel sie der Drang zu einem Lächeln. Sie hatte schon mit Frauen in der Küche zusammengearbeitet, die wesentlich unordentlicher und ungeschickter gewesen waren als Blaumantel.

Eine neuer Alien kam herein, nicht derjenige, der mit ihrem Bettzeug verschwunden war, und brachte zwei Tomaten und eine Handvoll Bohnen.

»Danke«, sagte die alte Frau und fragte sich, was heute los war. Die Wesen waren eigentlich immer schon freundlich zu ihr gewesen, aber man konnte nicht gerade sagen, daß sie sich bislang vor Hilfsbereitschaft ein Bein ausgerissen hatten. Sie schnitt das Gemüse und hackte auch noch eine Zwiebel klein, die der Führer für sie aus dem Kasten holte. Letztere trieb ihr die Tränen in die Augen, aber ohne Zwiebeln schmeckte es ihr nun einmal nicht, und deshalb mußte sie eben die scharfen Ausdünstungen über sich ergehen lassen. Blaumantel schien schon wieder zu ahnen, was sie als nächstes benötigte, und versorgte sie mit Petersilie, Cilantro und Rosmarin. Die schnitt sie unter die Tomaten und die Zwiebelstücke und schüttete die Masse auf das erste Fladenbrot.

Danach fühlte sie sich schon deutlich besser. Die Beule ließ sich zwar immer noch nicht berühren, und jede Bewegung bereitete ihr Mühe, aber wenigstens wurde ihr nicht mehr schwindlig oder übel. Als ob die Aliens das spürten, verließen sie nun das Haus. Ofelia räumte in der Küche das Geschirr zusammen, putzte sich die Zähne und wickelte ein weiches Tuch um die nässende Wunde an ihrem Arm.

Die Sonne stand schon hoch am Himmel, als die Menschen wieder zu Besuch kamen. Aber diesmal erschienen nur zwei: Ori (sie hatte den Nachnamen vergessen) und Kira, die Biologin. Ofelia befand sich gerade im Garten. Die Arbeit gab ihr inneren Frieden, und sie hatte sich seit Tagen nicht mehr um ihr Gemüse kümmern können. Eines der Wesen hatte sich zu ihr gesellt, offiziell um zu helfen, aber in Wahrheit nur, um Schleimruten zu ergattern. Ein anderer Alien hatte sich freiwillig angeboten, mit dem Besen die Zimmer auszufegen. Die warme

Sonne linderte Ofelias Schmerzen. Nur die Schweißtropfen brannten auf den wunden Stellen. Als ihr Freund tschirpte, hob sie den Kopf.

»Sssuaihhh«, verkündete er und hielt zwei Finger für den Fall hoch, daß sie nicht verstanden hatte. Viel weniger verstand sie aber, bei welcher Gelegenheit dieser Alien die menschliche Sprache gelernt hatte.

»Hat Blaumantel dir das beigebracht?« fragte sie. Er legte aber den Kopf schief und antwortete: »Thhu.«

Nein, das stimmte nicht. Die alte Frau hatte seit Blaumantels Ankunft nur noch wenig Zeit mit den anderen verbracht. Und in der Zeit davor war ihr nur selten in den Sinn gekommen, sie in der Menschensprache zu unterrichten. Wahrscheinlich wollte der Bursche nur höflich sein. Sehr schmeichelhaft von ihm.

»Guten Morgen«, grüßte Ori, als er sich auf der Höhe ihres Hauses befand. »Wie fühlen Sie sich heute?«

»Ganz gut«, antwortete die alte Frau. Sie hatte einen ganzen Korb Tomaten eingesammelt. Die Früchte wurden schneller reif, als Ofelia sie essen konnte. »Möchten Sie vielleicht eine davon? Sie sind zwar recht klein geraten, aber ...«

»Die sehen köstlich aus«, sagte der Forscher. »Sie wissen sicher, daß man auf einem Raumschiff nie frisches Gemüse vorgesetzt bekommt.«

Nein, das wußte sie nicht. Ihre Zeit in einem Raumschiff hatte sie im Kryo verbracht. Aber das wußte wiederum er sicher nicht.

»Ihr Arm ...«, begann Kira.

Ofelia sah rasch darauf. Der Ärmelschlitz ließ einiges von den Verfärbungen und dem Schorf erkennen.

»Ist nicht so schlimm«, entgegnete die alte Frau und wandte den Kopf ab, um anzuzeigen, daß sie nicht darüber reden wollte.

»Aber ...«, insistierte die Forscherin. Ori gab ihr mit einem Handzeichen zu verstehen, daß sie still sein solle. Ofelia grinste in sich hinein. Die Arroganz dieser Frau schien auf tönernen Füßen zu stehen, wenn sie sich immer noch von einem Mann den Mund verbieten lassen konnte. Sie entdeckte eine weitere Schleimrute und klickte, damit das Wesen sich zu ihr umdrehte. Es kam sofort zu ihr und verschlang den Schädling mit einem Haps. Ofelia beobachtete dabei die beiden Menschen. Beide wurden ziemlich blaß.

Ori erholte sich als erster. »Sie … Sie scheinen mit diesen Aliens gut zurechtzukommen, oder?«

Die alte Frau zuckte die Achseln und verwünschte sich im selben Moment dafür. Zum einen meldeten sich sogleich die Schmerzen zurück, und zum zweiten wußte sie nicht, ob der Forscher eine solche Geste als unhöflich empfand. »Sie sind gute Nachbarn, und sie lassen mich in Ruhe, wenn mir danach ist.«

»Sie können mit ihnen sprechen?«

»Sprechen würde ich das nicht direkt nennen«, antwortete Ofelia. »Wir verständigen uns. Und dazu gebrauchen wir hauptsächlich die Hände.«

»Können Sie uns sagen, wer ihr Anführer ist?« fragte Ori. »Etwa derjenige, den Sie Blaumantel nennen?«

Die alte Frau fragte sich, ob Blaumantel sich tatsächlich für den Anführer der Truppe hielt; zumindest im Sinne von Ori.

»Blaumantel ist unter ihnen der, der am schnellsten und besten lernt«, antwortete sie schließlich vorsichtig. »Vor allem, was die Sprache angeht. Ihn kann ich besonders gut verstehen.«

»Aber ist Blaumantel auch der, der hier die Entscheidungen trifft?« bohrte die Frau nach.

Ofelia schüttelte den Kopf. Auch eine Geste, die sie besser bleibengelassen hätte. Für einen Moment drehte sich alles um sie. »Nur in einigen Fragen«, entgegnete sie, als sie wieder sprechen konnte. Ihr wurde bewußt, daß sie nicht einmal sagen konnte, um welche Fragen es sich dabei handelte. Ofelia hatte ja selbst noch nicht herausgefunden, wie es um die Hierarchie der Aliens bestellt war. Sie konnte nur Mutmaßungen über das anstellen, was ihr bislang aufgefallen war.

»Das ist doch nur eine kleine Gruppe«, erklärte der Forscher seiner Kollegin. »Möglicherweise besitzen sie eine Herrschaftsform, die auf allgemeinem Konsens basiert. Und wenn mal eine Streitfrage auftaucht, machen sie es so lange unter sich aus, bis sie eine Lösung gefunden haben.«

»Nein, so einfach kann das nicht sein«, widersprach Kira. »Immerhin haben sie die gerade gelandeten Kolonisten angegriffen. Dazu bedarf es einer gewissen Organisationsform und einer Führerschaft. Und wenn man noch die Küstenstädte in Betracht zieht –«

»Städte?« entfuhr es Ofelia. »Diese Wesen haben Städte?« Das verdroß sie, und sie kam sich hintergangen vor. Blaumantel hatte ihr nie etwas von Städten erzählt, selbst dann nicht, wenn sie sich die Bilderbücher angesehen hatten und dort Ortschaften abgebildet gewesen waren.

»Wir haben sie vom Shuttle aus gesehen«, sagte die Forscherin. »Einige dieser Aliens leben an der Nordostküste dieses Kontinents. In Häusern aus Stein und Holz. Die Siedlungen sind groß genug, um als Städte bezeichnet werden zu können. Außerdem besitzen sie Schiffe ...«

Die alte Frau erinnerte sich an das Boot, mit dem die drei bei ihrer Abreise über den Fluß übergesetzt hatten. Aber sie konnte sich beim besten Willen nicht vorstellen, daß diese Wesen, die sie mittlerweile so gut zu kennen glaubte, in Städten daheim waren. So wie sie alles hier in der Kolonie angesehen hatten, konnte man kaum schließen, daß ihnen überhaupt so etwas wie eine feste Unterkunft bekannt war. Mit Ausnahme vielleicht der Nester.

»Wir wollen Sie nicht länger von der Arbeit abhalten«, sagte Ori, während sie noch überlegte, ob sie die Nester zur Sprache bringen sollte. »Wenn Sie noch so freundlich wären, uns ein paar von Ihren wunderbaren Tomaten zu überlassen, dann sind wir auch schon fort. Heute wollen wir die Gegend erkunden, uns alles einmal anschauen. Keine Bange, wir werden schon nichts anfassen, was Ihnen gehört«, fügte er überflüssigerweise hinzu. Als sei sein Erscheinen hier nicht schon Belästigung genug.

Die alte Frau hielt den Korb über den Gartenzaun, und Kira und Ori nahmen sich je eine Frucht.

»Wenn es Ihnen recht ist«, bemerkte er noch, »dann würde ich mich später gern mit Ihnen unterhalten. Schließlich hatten Sie als erster Mensch Kontakt mit diesen Wesen, auch wenn man Sie nicht für so etwas ausgebildet hat.« Er grinste, als wolle er damit Fröhlichkeit und gute Laune zum Ausdruck bringen. Der Mann sah auch tatsächlich wie ein grinsender Lausbub aus. Dennoch war Ofelia wütend auf ihn, auch wenn sie sich keinen Grund dafür nennen konnte. Am liebsten hätte sie ihm eine Ohrfeige gegeben, und das erschreckte sie. Ihres Wissens hatte sie noch nie den Drang verspürt, einen anderen Menschen zu schlagen.

»Sie wissen ja, wo Sie mich finden können«, entgegnete sie, aber nicht zu unfreundlich. Ori lächelte, nickte ihr zum Abschied zu, marschierte fort und biß gleich in seine Tomate.

Die alte Frau wartete einen Moment und sah sich dann nach links und rechts um. Kein Mensch weit und breit. Vielleicht wäre jetzt die beste Gelegenheit, nach Gurgel-Klick-Hust und ihren Nestlingen zu sehen.

Die beiden Wesen, die sie im stillen als ihre Eskorte bezeichnete, folgten ihr und begrüßten die Wächter an der Tür. Ofelia fiel gleich auf, daß sie wieder ihre Messer aus der Scheide gezogen hatten. Im Schlafzimmer hockte Blaumantel auf dem Bett und sang leise und mit halb geschlossenen Augen. Als die alte Frau eintrat, erhob er sich sofort, ergriff ihre Hände, führte sie an seinen Mund und leckte ihr über die Handflächen.

»Klick-Kohh-Kirr.« Ofelia wußte nicht, ob das eine

Begrüßung oder einfach nur eine Feststellung sein sollte. Auf jeden Fall fühlte sie sich geehrt. Sie trat an den Kleiderschrank. Gurgel-Klick-Hust steckte wachsam den Kopf aus dem Nest, entspannte sich aber gleich wieder. Die alte Frau fragte sich, wie sie sich eigentlich sicher sein konnte, das Mienenspiel dieser Wesen richtig zu interpretieren?

Die Mutter streckte ihr eine Hand entgegen, und Ofelia trat näher heran. Die Kleinen lagen zusammengerollt und in einem dichten Haufen in der Mitte des Nests und zwischen den Beinen ihrer Erzeugerin. Ofelia konnte nicht auseinanderhalten, welcher kleine gestreifte Schwanz zu welchem dünnen Beinpaar gehörte. Doch sie hätte schwören können, daß die Nestlinge seit gestern ein ganzes Stück gewachsen waren.

Das Nest roch jetzt auch besser. Frische Kräuter waren zwischen die Gräser geschoben worden. Die alte Frau fragte sich, ob die irdischen Kräuter den Kleinen vielleicht schadeten. Einer der Nestlinge öffnete kurz die Augen und gab einen scharfen Fiepton von sich. Gurgel-Klick-Hust beugte sich über ihn. Der kleine Schnabel ging auf, und die Mutter spuckte hinein. Ofelia hätte sich fast auf der Stelle übergeben, konnte sich aber im letzten Moment beherrschen. Was war das gewesen? Speichel? Erbrochenes? Sie wollte es lieber gar nicht wissen, und eigentlich ging sie das ja auch nichts an. Der Nestling kaute und schluckte, zischte dann zufrieden und schloß die Augen wieder.

Gurgel-Klick-Hust hob den Kleinen auf und reichte ihn der Klick-Kohh-Kirr. Ofelia drückte ihn an sich und zuckte nur unmerklich zusammen, als er ihr mit seiner katzenähnlichen Zunge über das Handgelenk leckte.

Blaumantel sagte etwas, und die alte Frau drehte sich zu ihm um. Er winkte sie zu sich heran. Ofelia hockte sich neben ihn auf die Bettkante und setzte sich den Nestling in den Schoß. Damit schien er ganz zufrieden zu sein. Die Mutter fütterte inzwischen die anderen.

Ofelia hatte nun Gelegenheit, sich das kleine Bündel genauer anzusehen. Dunkelbraune Streifen zogen sich an Rücken und Schwanz über einen cremeweißen Untergrund. Der Kopf kam ihr für ein so kleines Wesen immer noch viel zu groß vor, war aber nicht so überproportioniert wie der eines menschlichen Säuglings. Der Führer fing an zu summen, und das Kleine drehte den Kopf in seine Richtung. Als aus dem Summen eine Melodie wurde, bewegte der Nestling den linken Fuß im Takt dazu.

Linkes Trommeln bedeutete Zustimmung ... Das Wesen lernte wohl gerade, sich positiv zu äußern, oder ... oder was?

»Sihhghahh«, forderte Blaumantel sie auf. »Klick-Kohh-Kirr Sihhghahh.«

Ofelia wußte nicht, was sie einem außerirdischen Nestling mit gestreifter Haut und Schwanz vorsingen sollte. Die einzigen Weisen, die sie kannte, waren die Wiegenlieder, mit denen sie ihre Kinder in den Schlaf gesungen hatte. Sie atmete tief durch und fing an, bis der intensive Blick des Kleinen sie plötzlich aus dem Konzept brachte. Sie versuchte es mit einem anderen Lied.

»Schlaf, Kindchen, schlaf ...« Aber der Nestling dachte gar nicht daran. Er zog sich an ihren Kleidern hoch und beobachtete ihr Gesicht. Sein Blick wanderte zwischen ihren Lippen und ihren Augen hin und her.

»Kummer und Sorgen sind vergangen morgen, drum weine nicht ...« Ofelia wußte doch gar nicht, ob diese Wesen Tränen vergießen konnten. Das Kleine schien auf etwas Bestimmtes zu warten ... auf eine Weisheit über das Leben?

Die alte Frau sang, bis sie heiser war und ein Krampf im Rücken sich bemerkbar machte. Der Nestling beobachtete sie immer noch und zeigte nicht das mindeste Anzeichen von Müdigkeit oder Langeweile. Ofelia kam mühsam hoch und brachte den Kleinen ins Nest zurück. Hoffentlich erwartete die Mutter nicht, daß sie sich jetzt auch die anderen der Reihe nach vornahm ... Aber Gurgel-Klick-Hust war selbst eingeschlafen, und der Kleine, den sie auf dem Schoß gehabt hatte, kroch sofort zu dem Haufen seiner Geschwister, fand einen Platz, ohne die anderen zu wecken, und schloß die Augen.

»Klick-Kohh-Kirr«, sagte der Führer und begleitete sie nach draußen.

Ein Stück die Straße hinunter stand Bilong und redete mit einem der Aliens. Ofelias Magen verkrampfte sich. Sie sah Blaumantel an, aber den schien das nicht zu interessieren. Das Wesen stand wie ein begossener Pudel oder wie ein debiler Halbidiot vor der jungen Forscherin. Aber die alte Frau wußte es besser. Dieser Alien war alles andere als dumm.

Vor dem Zentrum stand der Boss und blickte nach Westen. Ofelia konnte aber nichts erkennen, was jenseits der Straße seine Aufmerksamkeit errungen haben mochte. Plötzlich drehte er sich um, entdeckte sie, runzelte gleich die Stirn und kam auf sie zu.

»Ich habe nach Ihnen gesucht«, erklärte er vorwurfsvoll, als habe sie einen Termin nicht eingehalten. Ofelia wollte nicht gleich wieder unhöflich werden, aber andererseits fiel ihr nichts ein, was sie dazu hätte sagen können. Schließlich hätte er nur zu ihr kommen müssen, um sie anzutreffen. Oder, wenn sie wie eben gerade nicht zu Hause war, einfach rufen sollen. Das war doch nicht ihre Schuld, verdammt. Trotz Verkrampfung im Magen brachte sie ein Lächeln zustande.

»Sie müssen erfahren, wie wir bei unserer Mission vorgehen werden«, erklärte der Leiter ihr nun. »Wir wollen die ... die Autochthonen studieren und dann einen offiziellen Kontakt zu ihnen herstellen. Ich nehme an, Sie glauben, bereits Kontakt zu diesen Wesen hergestellt zu haben, aber Ihnen ist hoffentlich klar, daß Sie für eine solche Aufgabe nicht ausgebildet sind. Was waren Sie früher ... eine Hausfrau ... oder was?«

Die alte Frau widersprach ihm nicht. Was immer sie in

ihrem früheren Leben gewesen war, als sie noch auf der Gehaltsliste der Firma gestanden hatte, war lange vorbei und heute nicht mehr wichtig. Und die Ausbildung, die sie genossen hatte, würde diesem Mann wahrscheinlich lachhaft vorkommen.

»Ich versuche nur, Ihnen beizubringen, daß so etwas nicht in Ihre Verantwortlichkeit fällt.« Sein Gesicht leuchtete im Sonnenschein. »Sie haben sogar erstaunlich gute Arbeit geleistet, das ist uns nicht entgangen, und wie sie es geschafft haben, ein friedliches Miteinander mit diesen Aliens zu entwickeln, alle Achtung! Aber jetzt sind wir ja hier und nehmen Ihnen diese Bürde ab.« Er atmete aus und wieder ein, als wolle er noch mehr sagen. Aber dann fragte er langsam: »Sie verstehen doch, was ich sage, oder?«

Ofelia hatte nicht alles verstanden, aber mehr als genug mitbekommen. Sie war jetzt überflüssig, wurde nicht mehr gebraucht. Das habe ich dir doch immer schon gesagt, meldete sich die alte Stimme. So geht es nun einmal zu in diesem Leben. So war es immer, und so wird es immer sein. Finde dich endlich damit ab, dann akzeptieren sie dich vielleicht als das, was du bist: eine alte, unnütze Frau.

»Und dann müssen wir uns natürlich noch etwas wegen dieser Anlagen einfallen lassen ...«, bemerkte er gedehnt und ohne sie anzusehen.

Panik erfaßte die alte Frau. Nicht die Maschinen! Die brauchte sie doch noch. »Was ist mit den Anlagen?« fragte sie bang, obwohl sie die Antwort schon zu kennen glaubte.

Er winkte ungeduldig ab. »Fortgeschrittene Technologie. Die dürfen die Eingeborenen nicht in die Finger bekommen. Sie hätten sie überhaupt gar nicht erst sehen dürfen. Zu den Aufgaben unserer Mission gehört es auch, alle Anlagen stillzulegen. Ich schätze mal, wir werden für Sie schon ein Plätzchen finden. Immerhin ist es ja die Schuld von Sims. Die Firma wird Ihnen sicher eine

Abfindung zahlen müssen, eine Art Schadensausgleich, und davon können Sie sich ein Zimmer in einem Seniorenheim leisten.«

»Sie meinen ... ich soll von hier fort?« Der alten Frau wurde schwarz vor Augen, und sie bekam keine Luft mehr. Aber nein, vor so einem würde sie nicht in Ohnmacht fallen.

»Nun, liebe Frau, hierbleiben können Sie nicht.« So wie er es sagte, bestand daran überhaupt kein Zweifel. »Selbst wenn wir uns hier auf Dauer einrichten sollten ... findet sich für jemanden wie Sie keine freie Stelle. Verstehen Sie, für jemanden in Ihrem Alter ... Und die Stillegung eines Kraftwerks und all die anderen Maßnahmen, die allein dem Zweck dienen, eine junge Kultur davor zu bewahren, von fremder Technologie kontaminiert zu werden, nun, das ist ein hartes Stück Arbeit, selbst für ein ausgebildetes Team. Wissen Sie was, Sie kommen einfach mit uns an Bord des Shuttles. Und dann schalten wir die Energieanlage ab.«

»Aber noch nicht jetzt«, platzte es aus ihr heraus, und sie ärgerte sich über das Zittern in ihrer Stimme. Damit verriet sie ihm ihre Wünsche, und das stellte sie vor ihm bloß, als wäre sie nackt!

»Aber nein, heute nicht«, entgegnete er, als sei der Zeitpunkt wirklich ohne Belang. »Die Wesen halten sich ja schon eine ganze Weile hier auf. Das, was sie bereits gesehen haben, können wir ihnen natürlich nicht mehr nehmen. Aber ich glaube, sie haben das meiste ohnehin nicht verstanden. Sollten wir ihnen jedoch noch lange die Möglichkeit einräumen, sich hier umzutun, werden sie eines Tages doch mehr verstehen, als ihnen guttut. Sobald die Vorbereitungen unserer Forschungen abgewickelt sind, dürfte es auch Zeit für die Abreise werden.« Er schenkte ihr das breite Lächeln von jemandem, der weiß, daß seine Beschlüsse unumstößlich sind. »Machen Sie sich keine Sorgen, äh, Sera Falfurry, wir kümmern uns schon um Sie. Sie dürfen sich freuen, von nun an werden Sie nie mehr allein sein.« Damit ging er wiegenden Schrittes ins Zentrum zurück und schien mit sich und der Autorität, die er ausgestrahlt hatte, höchst zufrieden zu sein.

Ofelia stand wie vom Donner gerührt da. Selbst wenn jemand sie angestoßen hätte, hätte sie sich nicht von der Stelle bewegen können. Sie wünschte, ein Windstoß würde aufkommen und sie davonwehen. Aber soviel Glück war ihr nicht beschieden. Kein Lüftchen regte sich.

Blaumantel machte sich bemerkbar. Sie drehte sich zu ihm um. Er nickte in Richtung des Leiters.

»Kusss-Hust-Klick«, bemerkte er.

»Blöder Möchtegerndiktator«, erklärte sie und war sich sicher, daß sie beide dasselbe meinten.

Als sie allein in ihrem Haus war – Blaumantel hatte alle hinausgeschickt und als Wache vor ihrer Tür postiert –, ließ sie ihrer Wut freien Lauf. Sie riß die frisch bezogenen Laken vom Bett, prügelte auf das Kissen ein und trat gegen die Matratze. Sie würde nicht von hier weggehen. Niemals! Ofelia war damals nicht mit abgeflogen, und sie würde auch jetzt nicht mitfliegen. Niemand konnte sie dazu zwingen.

Doch, das können sie, sagte die alte Stimme. Sie nehmen dich einfach mit. Die Menschen wissen, daß du dich einmal davor gedrückt hast. Ein zweites Mal wird so etwas nicht vorkommen.

Das ist nicht fair! jammerte sie in Gedanken. Ich habe mich so abgerackert, so viel getan. Das alles ist doch allein ihre Schuld.

Macht aber nichts, entgegnete die alte Stimme. Du zählst in ihren Augen nicht. Was du willst, ist ihnen egal. Sie haben die Macht dazu, dich mitzunehmen, und sie werden keinen Moment zögern.

Die alte Stimme erinnerte sie nun daran, wie sehr ihre Beschwerden dem Gezeter glichen, das Rosara und die anderen damals veranstaltet hatten – und wie sie selbst sich im stillen über diese Proteste lustig gemacht hatte, weil sie ja in ihrem Hochmut geglaubt hatte, auf immer entfliehen zu können.

Das machte Ofelia noch wütender.

Endlich war sie vollkommen erschöpft, legte sich aufs Bett und schlief ein. Sie erwachte am Nachmittag. Von draußen drangen menschliche Stimmen zu ihr. Sie schlich ans Wohnzimmerfenster und spähte hinaus. Draußen spazierten die beiden Frauen über die Straße. Sie bewegten sich wie selbstverständlich hier, und für einen Moment war Ofelia so verblüfft, daß sie ihnen beinahe einen nachbarschaftlichen Gruß zugerufen hätte.

Aber diese Frauen waren nicht ihre Nachbarn, sondern Feinde, die ihr alles wegnehmen wollten. Böse Menschen, die all das zerstören wollten, was sie sich hier aufgebaut hatte. Sie wollten Ofelia ihr bisheriges Leben nehmen und auch die Freunde, die sie gewonnen hatte.

Am nächsten Morgen stand Ori vorm Gartenzaun und wollte das Gespräch mit ihr führen. Er erklärte sich sogar bereit, sie weiterarbeiten zu lassen, wenn sie ihm dabei Auskunft geben würde. Seine Fragen waren gar nicht einmal so dumm. So wollte er wissen, welche Arten von Bohnen, Tomaten und Mais sie anbaue und welche Erfahrungen sie damit gemacht habe. Zu ihrer eigenen Verblüffung redete sie bald wie ein Wasserfall und erzählte ihm, welche Sorten die Firma zur Verfügung gestellt habe und welche die Siedler selbst gezüchtet hätten.

»Dann fanden sich in Ihren Reihen also auch Genwissenschaftler?« fragte der Forscher. Wenn er Ohren wie ein Hund gehabt hätte, hätten die sich jetzt bestimmt steil aufgestellt.

»Nicht ... nicht so wie in den Universitäten«, antwortete sie. Wie sollte sie es ihm erklären? »Die Firmenleute haben uns alles beigebracht, von dem sie glaubten, daß es uns weiterhelfen könnte. Praktische Sachen eben. Welchen Dünger man für welche Feldfrüchte nehmen muß. Wie man die Pumpen, das Kraftwerk oder den Recycler repariert. Aber bei den meisten Dingen haben sie uns nur das und nicht mehr erzählt.«

»Hat Sie das gestört?« fragte er, aber ohne großes Interesse. Ofelia wunderte sich über sich selbst, so etwas heraushören zu können. Sie hatte keine Ahnung, woher sie das wußte.

»Eigentlich nicht«, antwortete die alte Frau. »Wir hatten so viel Stoff zu bewältigen und nur so wenig Zeit dafür.« Damals war ihr die Zeit tatsächlich äußerst knapp vorgekommen. Jede Nacht in den Abendunterricht oder zu Hause sitzen und büffeln. Die Kinder waren damals noch klein gewesen, und sie hätte die freien Stunden dazu nutzen können, zu flicken, aufzuräumen oder einen Moment Ruhe zu finden. Doch wenn sie heute auf jene Wochen zurückblickte, mußte sie zugeben, daß die Praxis so viel Zeit in Anspruch genommen hatte, daß für die Theorie kaum noch etwas übrigblieb.

Ori schien mit ihrer Antwort zufrieden zu sein, und sie sagte nichts mehr zu dem Thema.

»Gut. Als Ihnen die Kreaturen zum ersten Mal begegnet sind, wie haben Sie da reagiert? Was ist Ihnen durch den Kopf gegangen? War Ihnen gleich klar, daß Sie es mit Intelligenzwesen zu tun hatten?«

Der erste Kontakt ... Sie begann mit dem Sturm und wie sie versucht hatte, den Ort wetterfest zu machen. Das schien den Forscher zu langweilen, auch wenn er keine diesbezügliche Bemerkung von sich gab. Aber Ofelia sah es ihm deutlich an: Sein Blick wanderte ständig ab, und manchmal starrte er sogar richtig intensiv an ihr vorbei. Wenn dann ein oder zwei Minuten später Bilong in ihrem Sichtfeld auftauchte, wußte sie, was ihn so abgelenkt hatte.

Die alte Frau berichtete ihm von dem ersten stürmischen Nachmittag, dem Gewitter in der Nacht und wie es dann tagelang so weitergegangen war. Anfangs ließ er sie ohne Unterbrechung ausreden, doch bald drängte er sie zum Weitersprechen, wenn sie gerade mal Luft holen mußte.

Irgendwann schien es ihm zu dumm zu werden, und er fing an, Fragen zu stellen. Wann und wie sei ihr zum ersten Mal aufgefallen, daß die Wesen intelligent waren? Woran habe sie gemerkt, wer von ihnen der Anführer gewesen sei? Was habe sie über ihre Sozialstruktur in Erfahrung bringen können? Fühlten sie sich hier als Herren, und wie sehe überhaupt ihr Verhältnis zu Macht und Besitz aus?

»Das weiß ich nicht mehr ... habe ich vergessen ... gar nichts ... Nein, so ist das bei denen nicht«, konnte sie darauf nur antworten. Genausowenig wußte sie dazu zu sagen, wie sie ihre Nahrung zubereiteten, wie bei ihnen Entscheidungen gefällt wurden, wie ihre Hierarchie aussah. Je mehr er fragte, desto mehr mußte sie sich eingestehen, wie wenig sie die Wesen eigentlich kannte. Bevor Ori die Frage stellte, war ihr überhaupt noch nie in den Sinn gekommen, bei ihnen nachzusehen, ob beide Geschlechter mit einem aufblähbaren Kehlsack ausgestattet waren. Offen gesagt hatte sie sich überhaupt sehr wenige Gedanken über die Geschlechtlichkeit der Wesen gemacht.

Als sie ihm das schüchtern eingestand, lächelte er nachsichtig – so wie ein Erwachsener zu einem geistig zurückgebliebenen Kind.

»Das macht nichts«, erklärte er gönnerhaft. »Anthropologen gehen eben anders an solche Dinge heran.« Auf die richtige Weise, wollte er damit sagen. Daß er höflich genug war, das für sich zu behalten, änderte nichts mehr daran, daß Ofelia sich verletzt fühlte.

Der Forscher wollte noch viel mehr wissen, und sie teilte ihm alles mit, was sie wußte. Nur die Nestlinge und ihre Stellung als Klick-Kohh-Kirr verschwieg sie. Sie hatte nämlich Angst, einer von den Menschen könne den

Kleinen etwas antun. Sie wußte, daß die Forscher nicht zögern würden, einen der Nestlinge zu sezieren, wenn sie sich davon wertvolle neue Erkenntnisse versprachen. Diesem Ori hier mit seiner freundlichen Stimme hätte sie vielleicht noch Vertrauen entgegenbringen können, wenn … wenn er nicht so oft nach diesem Flittchen geschielt hätte. Dabei hatte er bei ihr einen Rivalen, den Team-Leiter mit den kalten Augen, und dem traute die alte Frau keine Sekunde über den Weg.

Nach diesem wirklich langen Gespräch erschien Ori nicht mehr bei ihr. Ofelia sah ihn nur noch, wenn er den Kreaturen hinterherlief, sich abseits von ihnen hinsetzte und sie auf seinem Block zeichnete. Er hatte ihr bei dem Treffen erzählt, daß ihm die selbst angefertigten Skizzen oft mehr verraten konnten als Videoaufnahmen. Dabei hatte er ihr auch seine ersten Zeichnungen vorgelegt. Er führte einen raschen und sicheren Strich und war in der Lage, mit seinen Abbildungen das Wesen der Aliens einzufangen. Sie bewegten sich wirklich so, wie der Forscher sie auf dem Block darstellte. Ofelia hätte gern gesehen, wie er die Nestlinge zeichnete, wie sie mit ihren beweglichen Hälsen die Schnäbel vorstreckten oder mit den gestreiften Schwänzen wedelten.

Der Leiter ignorierte die alte Frau vollkommen. Wenn sie ihm bei seinen Gängen durch den Ort einmal begegnete, nickte er ihr nur kurz zu, um dann gleich in einem der Häuser zu verschwinden. Unablässig sprach er in den Rekorder, den er an seinem Gürtel trug. Anscheinend legte er eine Inventarliste von allem an, was sich in der Kolonie fand. Ofelia beobachtete ihn sogar dabei, wie er die Tomatenpflanzen zählte. Nur das Haus, in dem Gurgel-Klick-Hust ihr Nest gebaut hatte, suchte er nicht auf. Ori hatte darauf bestanden, daß niemand aus dem Team einen Ort betrat, den die Aliens für tabu erklärt hatten.

Kira unternahm kürzere Ausflüge in den Wald und sammelte eifrig Pflanzenproben ein, sowohl aus der

Buschzone wie auch aus dem Wald selbst. Des weiteren stellte sie am Fluß Angeln und im Umland Fallen für kleinere Tiere aus. Die Aliens beobachteten sie dabei, und ihre Mienen zeigten, nach Ofelias Dafürhalten, eine Mischung aus verwunderter Neugier und milder Abscheu. Die alte Frau wußte nicht, wie sie die Wesen das fragen sollte, was sie zu gern in Erfahrung bringen wollte: Störte sie ein weiterer Jäger in ihrem Territorium, dazu noch einer, der das, was er erbeutete, nicht einmal verspeiste?

Die junge Frau schien die meiste Zeit damit zu verbringen, mal dem einen und mal dem anderen Mann schöne Augen zu machen. Darüber hinaus bewegte sie sich häufig mit einem Rekorder durch die Gegend, und sie hatte auch an bestimmten Stellen im Zentrum Mikrophone und Aufzeichnungsgeräte installiert; das hatte Ofelia selbst gesehen, und sie vermutete, daß sie so etwas auch an anderen Stellen angebracht hatte, um Sprachproben zu sammeln.

Was Bilong jedoch nicht wußte, dafür die alte Frau aber um so mehr, war der Umstand, daß die Aliens den Standort dieser Mikrophone kannten. Sie schienen sich sogar einen Spaß daraus zu machen, sich davorzustellen und endlose Wortschwalle von sich zu geben. Ofelia vermutete, daß sie nicht mehr taten, als zu zählen, Listen vorzutragen oder erfundene Worte zu sprechen. Ganz gewiß hatte das, was sie da zu hören bekam, nichts mit dem zu tun, was sie sonst von ihnen hörte.

Die alte Frau richtete sich wieder auf ihr altes Leben ein. Doch bei jeder passenden Gelegenheit, wenn von den Menschen gerade keiner in der Nähe war, besuchte sie die Kleinen, um mit ihnen zu spielen. Die Nestlinge wuchsen rasch und waren sehr aktiv. Die Forscher hielten sich zu ihrem Glück nicht oft in der Siedlung auf. Ofelia vermutete, die Wesen hätten etwas damit zu tun, um der Klick-Kohh-Kirr ausreichend Zeit für den Nachwuchs zu verschaffen.

Die Kleinen entwickelten sich auch rascher als menschliche Babies. In der ersten Zeit erinnerten sie die alte Frau mit ihrer Wachsamkeit und Lebhaftigkeit an junge Lämmer oder Kälber. Ofelia hatte immer geglaubt, die anfängliche langsame Entwicklung von menschlichen Säuglingen hänge mit ihrer höheren Intelligenz zusammen – und daß Wesen, die schon bald nach der Geburt auf eigenen Beinen stehen und herumlaufen konnten, dafür über geringere Geistesgaben verfügten und die Intelligenz ihrer Eltern sehr bald erreichten.

Sie erinnerte sich an die Elternabende in den Krabbelgruppen und im Kindergarten. Dort wurde einem genau das beigebracht. Kinder hätten eben ein sehr langes Wachstum, weil ein sehr weiter Weg vor ihnen liege. Das menschliche Gehirn müsse erst lernen, sich zu organisieren und sich darauf vorbereiten, etwas zu lernen. Tierischer Nachwuchs hingegen beherrsche schon bei der Geburt mehr Fähigkeiten, weil er danach nicht mehr sehr viel hinzulernen könne.

Aber diese Nestlinge hier ... Ihr helles Quieken hörte sich bereits wie eine Sprache an. Und ihre nimmermüden vierfingrigen Hände beschäftigten sich damit, die Gräser und Kräuter im Nest herauszuziehen und umzugruppieren. Wenn ein Erwachsener ihnen eine leere Flasche zum Spielen gab, füllten sie diese mit Steinen oder was ihnen sonst in die Finger fiel und kippten den Inhalt wieder aus. Natürlich zankten sie sich auch untereinander, um ihre Kräfte zu messen. Sie schoben und stießen sich, bissen sich und setzten die Schwänze zur Abwehr ein ... Doch diese Auseinandersetzungen um die Hackordnung währten nicht lange, dann entwickelte sich unter ihnen so etwas wie ein Gruppengefühl. Wenn man ihnen ein Spielzeug gab, untersuchten sie es gemeinsam. Sie waren erst zwanzig Tage alt und erinnerten Ofelia in ihrem Verhalten doch schon an Dreijährige.

Die alte Frau konnte ihnen nicht einfach nur zuschauen, denn die Nestlinge vereinnahmten sie rasch.

Sie wurde zum Spielzeug, genauer gesagt zum lebenden Klettergerüst oder Hindernis-Parcours. Die anderen Aliens reichten ihr die Dinge, von denen sie glaubten, daß die Kleinen sie brauchten: Kürbisflaschen, Holzperlen, kleine Steine, Drahtstücke oder Stoffetzen. So blieb es Ofelia auch überlassen, die Nestlinge zu ermahnen, wenn einer von ihnen sich Draht um den Hals wickelte. Der Unglückliche erstarrte dann und riß die Augen weit auf. Die alte Frau führte ihm dann vor, wie man aussah, wenn man sich selbst strangulierte. Das Kleine blinzelte, und die anderen wurden darauf aufmerksam, richteten sich auf Beinen und Schwanz auf und quiekten leise. Zu ihrer großen Überraschung versuchten sie nie mehr, sich den Draht um den Hals zu winden.

Wenn sie hier Menschenkinder vor sich gehabt hätte ... nicht auszudenken! Ofelia fragte sich, ob die Nestlinge schon in der Lage waren, mit Buchstaben oder Zahlen etwas anfangen zu können. Wenn die Forscher nicht hiergewesen wären, hätte sie die Kleinen mit ins Zentrum genommen und ihnen die Bücher und die Computer gezeigt. Aber so war das natürlich ausgeschlossen. Das schlechte Gewissen regte sich wieder in ihr. Eigentlich durfte sie an so etwas überhaupt nicht denken. Die Wesen durften nicht mit menschlicher Technologie in Berührung kommen, mußten davor geschützt werden.

Wasser rauschte in den Ausguß und ließ Ofelia zusammenfahren. Einer von den Nestlingen stand mit den langen Zehenkrallen auf der Wasserleitung, während er mit beiden Händen am Hebel zog. Ein zweiter stand auf der Spüle, lehnte sich an die Wand und schob mit den Füßen gegen den Hebel. Als sie ihren Erfolg feststellten, beobachteten sie, wie das Wasser strömte, und setzten dann ihre Kräfte in umgekehrter Richtung ein. Der, der gezogen hatte, schob, und der, der geschoben hatte, zog. Zumindest in der Theorie, denn der Kleine, der auf der Leitung stand, verlor dabei seinen Halt und platschte ins

Wasser im Ausguß. Die alte Frau eilte gleich dorthin und steckte einen Arm in die Spüle. Der Nestling verkakte sich sofort mit den Krallen in der Haut, krabbelte an ihr hoch und schimpfte fürchterlich.

Eine schöne Aufpasserin war sie, tadelte Ofelia sich. Sie mußte den Kleinen beibringen, wie man sicher mit Technik umging; anscheinend war es schlicht unmöglich, sie davon abzuhalten, sich Maschinen und Geräten zu nähern.

Auch wenn die alte Frau das tägliche Beisammensein mit dem Nachwuchs genoß und die Nestlinge ihr viel Freude bereiteten, wurde sie doch eine Furcht nicht los, die immer schwerer auf ihr lastete. Irgendwann in naher Zukunft, an einem Tag, der viel zu schnell kommen würde, käme der Leiter zu dem Schluß, daß sie nun genug gesehen und getan hätten. Dann würde an Ofelia der Befehl ergehen, das Shuttle aufzusuchen. Entweder würde sie mitfliegen oder hier zugrunde gehen. Sie hatte sich noch keine Gedanken darüber gemacht, ob sie diesmal wieder in den Wald oder sonstwohin fliehen sollte; aber das lohnte wohl auch nicht. Sie konnte nichts von dem essen, was von dieser Welt hervorgebracht wurde – und die Forscher waren sicher fest entschlossen, sie nicht einfach davonkommen zu lassen. Man würde sie suchen und finden. Und dann mußte sie fort von dieser Welt, die Wesen verlassen ... konnte ihre Verantwortung für die Kinder nicht mehr wahrnehmen ...

Andere Menschen würden ihr folgen und mit den Aliens in Kontakt treten – Menschen, denen sie nicht traute.

Kapitel 18

Einige Tage lang hatte Ofelia nur flüchtigen Kontakt mit den Forschern. Sie behandelten sie höflich, aber distanziert. Ihr war klar, was das zu bedeuten hatte: Die Menschen waren zu dem Schluß gelangt, daß jede weitere Beschäftigung mit der ungebildeten alten Frau reine Zeitverschwendung sei.

Doch dann schienen die Forscher sie wieder mehr wahrzunehmen, und Ofelia war sich nicht sicher, ob ihr das besser gefiel, vermutete sie doch, daß die Arbeiten sich ihrem Ende näherten und sich der Zeitpunkt näherte, an dem sie ihre »endgültige Entscheidung« fällen würden, die das Schicksal von ihr, den Wesen und der Siedlung betraf.

Der Wandel in ihrem Verhalten drückte sich zunächst darin aus, daß sie Ofelia herzlicher begrüßten, sich nach ihrem Befinden erkundigten und auch an ihrer Gartenarbeit Interesse zeigten. Die Biologin wollte mehr über die selbstgemachte Halskette erfahren, die die alte Frau ständig trug. Ori teilte ihr mit, er habe herausgefunden, daß Blaumantel so etwas wie ein Sänger oder Entertainer sei. Bilong hing öfters bei Ofelia im Haus herum, ohne aber viel zu sagen. Sie war eben einfach nur da und stand im Weg herum – wie ein verzogenes Kind, das etwas will.

Die alte Frau entdeckte, daß Bilong sich einfach eine von ihren Halsketten genommen hatte und daß sie entschieden zu viele Knöpfe an ihrer Bluse offenließ. Nach einigen Tagen war Ofelia fast so weit, ihre gute Erziehung zu vergessen und das junge Ding vor die Tür zu setzen. Doch unerwartet fing sie an zu reden und fragte die alte Frau, wie es ihr gelungen sei, den Wesen die Menschensprache beizubringen.

Ofelia erklärte es ihr, so gut sie konnte. Sie habe ihnen wie bei Babies einzelne Worte vorgesprochen (damit meinte sie natürlich Menschenbabies; aber die junge Frau wußte ja nichts von den anderen).

»So kann man doch keine Sprache lehren«, entgegnete Bilong. »Ich weiß, Sie haben sicher geglaubt, Ihren Kindern auf diese Weise das Sprechen beigebracht zu haben, aber so funktioniert das nicht. Babies besitzen bereits die Fähigkeit zu sprechen, sie müssen nur noch die Wörter lernen.« Das Flittchen gab sich wirklich Mühe, höflich zu klingen, das merkte Ofelia deutlich; genau wie bei Kira, die ihr gegenüber immer bemüht war, viel Geduld aufzubringen, so als sei die alte Frau ein verstocktes Kind. Und so riß auch Ofelia sich zusammen und reagierte nicht harsch auf die Unhöflichkeit der beiden Frauen, die so ja gar nicht gemeint war.

»Bei einigen ist das sicher der Fall«, stimmte sie Bilong zu. Wahrscheinlich sogar bei den meisten, aber hatte je einer Mutter der Versuchung widerstehen können, ihrem Kind etwas beizubringen?

»Nein, nicht nur einige, sondern *alle*«, erklärte das junge Ding. »Alle kleinen Kinder lernen von sich aus zu sprechen, weil ihnen diese Fähigkeit schon von Geburt an mitgegeben ist.«

Ofelia wünschte, sie könne sich daran erinnern, wie sich die alte Fähigkeit wiedererwecken ließ, die sie über so viele Jahre meisterlich beherrscht hatte – den anderen einfach reden zu lassen und den Eindruck zu erwecken, sie höre zu. Aber irgendwie wollte es nicht mehr klappen. »Bei Saras Kind war das aber anders«, hörte sie sich schon sagen, auch wenn die alte Stimme sie mahnte, den Mund zu halten. »Das konnte überhaupt nicht sprechen, ganz gleich, was die Eltern mit ihm angestellt haben.«

»Ich meinte ja auch normale Kinder.« Das Flittchen wurde jetzt ungeduldig. »Doch bei diesen Wesen handelt es sich um Aliens, Ofelia – oh, ich darf Sie doch Ofelia nennen, oder?«

Ein Mädchen aus unserer Schicht hat keinen Grund, den Kopf hoch zu tragen, hatte ihr Vater immer gesagt.

Hochmut kommt vor dem Fall, hatte ein anderer ihr gepredigt. Wenn das Gras zu hoch hinaus will, kommt es als erstes mit der Sichel in Berührung. Du bist nichts. Du hast nichts zu wollen.

»Sera Ofelia«, sagte sie, immer noch um Freundlichkeit bemüht.

»Oh, Sie heißen Sara? Tut mir leid, ich dachte, ihr Name wäre Ofelia.« Die junge Frau wirkte verwirrt, schien aber noch bereit zu sein, sich weiter mit ihr abzugeben. An Bilongs Akzent hörte Ofelia heraus, daß sie tatsächlich zwischen Sera und Sara keinen Unterschied feststellen konnte. Daß es sich bei Sera um eine Anredeform handelte, schien ihr auch gänzlich unbekannt zu sein. Vermutlich hatte sie auch gerade an etwas anderes gedacht (an was wohl?), als der Leiter Ofelia korrekt mit Sera Falfurrias angesprochen hatte.

Die alte Frau beließ es dabei; warum diesem jungen Ding so etwas erklären wollen? Ofelia wartete und hoffte, ihr Gesicht würde bald die leere Miene wiederfinden, die ihr früher so oft dabei geholfen hatte, sich gar nicht erst Ärger einzuhandeln.

»Also gut, Sara«, fuhr die Linguistin jetzt fort, »dann will ich Ihnen einmal etwas über außerirdische Sprachen erzählen.« Die alte Frau schwieg tapfer, auch wenn sich in ihren Gedanken allerlei ehrenrührige Bemerkungen bildeten.

»Mit außerirdischen Sprachen verhält es sich nicht so wie mit menschlichen.« Ach tatsächlich? Glaubte sie wirklich, das sei außer ihr noch niemandem aufgefallen?

»Da ihre biologische Natur sich von der unseren unterscheidet, bringt die andersartige Struktur ihres Gehirns – und dabei ist noch zweifelhaft, ob wir das entsprechende Organ bei ihnen überhaupt Gehirn nennen dürfen – eine erheblich von der unseren abweichende Sprachform hervor.«

Die alte Frau mußte an sich halten, um nicht zu schnauben. Wie auch immer ein Gehirn eine Sprache aufbaute und strukturierte, gewisse Botschaften würden doch immer gleich bleiben: Ich habe Hunger, gib mir etwas zu essen; ich bin verletzt, versorge mich; komm her; geh weg; Aua!; mach das nochmal; laß das; was ist das, und wie funktioniert es …

»Daher können wir noch nicht einmal davon ausgehen, daß die Aussage eines Außerirdischen dieselbe Bedeutung wie bei uns hat, mag sie auch noch so ähnlich klingen«, schloß die Linguistin und komplettierte damit den Eindruck, den Ofelia von ihr gewonnen hatte – nämlich den einer vollkommenen Idiotin.

Höflichkeit, Vorsicht und Klugheit mußten den Kampf verloren geben, der im Innern der alten Frau geführt wurde. Außerdem hatte sie schon zu lange das gesagt, was sie dachte; wenn auch nur zu sich selbst. »Sie müssen aber gewisse Dinge äußern, die wir auch von uns geben«, widersprach sie. »Zum Beispiel wenn sie Hunger haben, oder wenn sie sich verletzt haben.«

Bilong zog die Augenbrauen hoch. »Na ja … Es existieren tatsächlich einige wenige universelle Aussagen. Aber die interessieren die Linguistik gar nicht so sehr. Selbst Arten, die sich nonverbal äußern, können sich verständlich machen, wenn sie Hunger oder sich verletzt haben. Davon abgesehen werden solche Botschaften selbst in den uns bekannten Sprachen nicht auf die gleiche Weise ausgedrückt.

Die Goetiae zum Beispiel sagen ›meine Säfte sind ausgetrocknet‹, wenn sie zum Ausdruck bringen wollen, daß sie Hunger haben. Und in einem Dialekt Ihrer Sprache –« Bilong sagte tatsächlich »Ihre Sprache«, als sei die bloß sinnloses Gebrabbel, »im Süd-Naryanischen nämlich, heißt es, Moment, nicht daß ich mich vertue … sagt man nicht ›ich habe mich verletzt‹ oder ›ich bin verletzt‹, sondern ›es tut mir weh‹.«

Ofelia rieb mit dem Fuß über den Boden, einmal vor und einmal zurück, einmal vor und einmal zurück, um sich daran zu erinnern, daß sie sich noch in der Wirklichkeit befand. Sie hatte noch nie von irgendwelchen Goetiae gehört. Wer sollte das sein? Eine andere außerirdische Rasse? Allerdings hatte sie eine Tante gehabt, die Süd-Naryanisch sprach, und von der wußte sie, daß sie in entsprechenden Fällen immer »ich habe mich verletzt« gesagt hatte. Wie hielt es eigentlich die Linguistin damit? Wenn ihr der Rücken weh tat, sagte sie dann »Ich glaube, ich habe mir den Rücken verstaucht, es muß der sechste oder siebente Wirbel sein«, oder äußerte sie einfach »mir tut der Rücken weh«? Ofelia fiel eine Frage ein, die sie der jungen Frau stellen konnte.

»Wie viele außerirdische Sprachen kennen Sie eigentlich?«

Das dumme Ding lief rot an. »Nun ... im Grunde genommen ... offen gesagt, keine einzige. Keine echte außerirdische Sprache jedenfalls. Schließlich sind wir noch nie auf Aliens gestoßen. Diese Wesen hier sind die ersten.«

Während die alte Frau noch rätselte, was sie sich unter ›unechten‹ außerirdischen Sprachen vorzustellen habe, gab ihr Bilong schon die Antwort: »Wir verfügen aber über computergenerierte Sprachen, und an denen üben wir Linguisten uns. Die Neural-Modeler haben Alien-Networks erzeugt, und wir analysieren die Sprachen, die auf diese Weise entstanden sind.«

Jetzt gelang Ofelia der leere Gesichtsausdruck. Dabei begriff sie sehr wohl, was die junge Frau da gerade von sich gegeben hatte. Die Linguisten hatten Computer dazu gebracht, Maschinensprachen zu entwickeln, und diese Wissenschaftler glaubten nun, sie bräuchten diese nur zu studieren, um sich mit Außerirdischen unterhalten zu können. Die alte Frau hatte noch nie etwas Dümmeres gehört. Maschinen dachten doch nicht wie Aliens, sondern wie Maschinen. Und die Wesen hier waren keine Maschinen, ganz im Gegenteil.

Entsetzt stellte sie jetzt fest, daß das Flittchen näher heranrückte, so als sei sie ihre Lieblingstante oder Großmutter, der sie etwas Wichtiges anvertrauen wolle. Ofelia wollte weder Bilongs Tante noch Großmutter sein. Sie hatte genug von solchen Rollen. Das alles – gutes Kind, gute Ehefrau, gute Mutter – lag weit hinter ihr, und sie wollte es nicht mehr zurückhaben. Über siebzig Jahre ihres Lebens hatte sie damit zugebracht, einer solchen Rolle zu genügen; sich sogar sehr dafür angestrengt. Heute wollte sie nur noch Ofelia sein, Holzperlen bemalen, Kleider schneidern und mitsingen, wenn die Kreaturen ihre Musik machten. Die Rolle der Klick-Kohh-Kirr, die die Wesen ihr übertragen hatten, reichte ihr vollauf. Mehr konnte sie beim besten Willen nicht vertragen.

»Ich habe so eine Anspannung in mir«, begann das Flittchen, »und wahrscheinlich sollte ich gar nicht darüber reden.« Dann laß es doch, dachte Ofelia. Ich will es bestimmt nicht wissen.

»Aber Sie strahlen so etwas Weises aus, auch wenn Sie keine richtige Schulbildung genossen haben.« Soviel Arroganz kostete die alte Frau beinahe den Rest ihrer Selbstbeherrschung. Mit letzter Kraft konnte sie sich die scharfe Entgegnung verkneifen. Trotz mangelnder Schulbildung sei sie weise? Was hatte Weisheit denn mit dem zu tun, was man in der Schule lernte? Davon abgesehen hatte sie eine schulische Ausbildung hinter sich. Stunden hatte sie damit verbracht – entweder nachts oder morgens vor der Arbeit –, ihren Stoff zu pauken. Und das zu einer Zeit, als dieses dumme Ding noch gar nicht geboren war. Diese eingebildete Pute, die sich nur darauf verstand, ihre Bluse aufgeknöpft zu lassen, aber neulich zu blöde gewesen war, eine Pumpe zu reparieren, und die vor ein paar Tagen einfach zwischen einer Kuh und ihrem Kalb hindurchgetrampelt war.

»Wissen Sie, was das Problem ist«, fuhr sie unbefangen und in gänzlicher Ahnungslosigkeit dessen fort, was der alten Frau gerade durch den Kopf ging, »daß die beiden Männer sich nicht riechen können, einander noch nie grün gewesen sind. Deswegen lassen sie alles an mir ab. Der eine beschwert sich, ich würde zuviel mit dem anderen flirten, der andere behauptet, ich würde nie mit ihm flirten. Was soll ein armes Mädchen wie ich denn da nur tun?«

»Flirten Sie denn mit einem von ihnen oder beiden?« fragte Ofelia. Natürlich tat sie das. Warum sonst trug sie ein so aufdringliches Parfüm auf? Warum sonst schwang sie ihre Rundungen bei jeder Gelegenheit wie eine reife Frucht an einem Baum, die vom Wind bewegt wird. Warum sonst drückte ihre ganze Körpersprache aus: Ich bin reif und will gepflückt werden?

»Ich? Selbstverständlich nicht!« Sie klang empört und sah die alte Frau böse an. Genau wie Linda, die auch mit dem Mund immer alles abgestritten hatte, während ihre Hüften das genaue Gegenteil ausdrückten. »Na ja, vielleicht ein bißchen ... hier und da einmal. Aber das war nicht ernst gemeint, wissen Sie. Eine gebildete Frau tut so etwas nicht.« Wieder diese herablassende Art. »Wissen Sie, in meinen Kreisen handhabt man das nicht so.« Als würde die menschliche Biologie sich verdrehen, um ihr zu gefallen; als würden Männer aller Schichten nicht genau auf die Signale reagieren, die Bilong von sich gab. »Offen gesagt, einer von den beiden ist mir ja nicht unsympathisch, und warum soll er das nicht durch zarte Hinweise erfahren dürfen? So etwas aber schon Flirten zu nennen, nein, das geht entschieden zu weit!«

»Haben Sie mit ihm geschlafen?« fragte die alte Frau. Das Flittchen lief knallrot an und verzog dann ärgerlich die Miene.

»Das geht Sie überhaupt nichts an –« Sie unterbrach sich abrupt, und augenblicklich änderte sich ihr Gesichtsausdruck, so als habe jemand eine Tontafel glattgestrichen. »Oh, hallo, Kira. Wie läuft's denn mit der Überprüfung der Anlagen?«

Ofelia sah zu ihr hin.

Die Biologin war älter und reifer als Bilong, in ihren Augen aber immer noch jung. Kira schien sich über etwas zu ärgern – vermutlich über den Aufzug der Linguistin.

»In zwanzig Minuten haben wir eine Teambesprechung, Bilong, auf der du deine erste Analyse vortragen sollst.«

»Das kann ich nicht. Dafür ist es noch viel zu früh. Ich vermag nicht mehr, als über die ersten Rohdaten zu spekulieren.«

»Dann bereite dich eben darauf vor.« Die Biologin stand auf der Straße und wirkte wie eine Sturmwolke, die sich über dem Meer zusammenballt, bis die Jüngere aufstand und mit hängendem Kopf von dannen zog.

»Sind Sie über etwas verstimmt?« fragte die alte Frau freundlich. Sie lehnte sich an die sonnengewärmte Wand und hoffte, einen alten und vertrottelten Eindruck zu machen.

»Bilong hat Besseres zu tun, als ihre Zeit hier bei Ihnen zu vertrödeln. Eine Menge Arbeit wartet auf sie.«

Ofelia dachte sich ihr Teil. Solches Verhalten hatte sie schon unter Geschwistern erlebt, wenn der Ältere den Jüngeren fortschickt. In Wahrheit wollte ersterer nur die Mutter oder die Großmutter gerade für sich allein haben.

Kira seufzte. Diese dramatische Art von Seufzer, die gern als Einleitung für eine vertrauliche Mitteilung verwendet wurde. Die alte Frau senkte die Lider, bis ihre Augen fast geschlossen waren. Vielleicht würde die Biologin ja von ihrem Vorhaben absehen, wenn Ofelia einen möglichst einfältigen Gesichtsausdruck aufsetzte.

»Sie sind keine Frau, die viele Worte macht«, begann Kira. Zu dumm, Ofelia hatte einen Fehler begangen. Diese Biologin wollte sich ganz dringend jemandem anvertrauen, und eine dumme und wortkarge alte Frau kam ihr da gerade recht. Ofelia riß die Augen weit auf, aber es war schon zu spät, jetzt noch Geschwätzigkeit vorzutäuschen. Kira verzog den Mundwinkel: »Und ich glaube auch nicht, daß Sie geistig so unterbelichtet sind, wie Sie immer tun. Eine törichte Frau hätte niemals hier draußen so lange überleben können.« Eine gute Beobachtungsgabe, das mußte sie der Biologin lassen; aber sie fühlte sich von dieser Bemerkung nicht wirklich geschmeichelt. Die alte Frau wünschte sich, daß die anderen sie so sehen würden, wie sie wirklich war, und nicht, wie sie den Betreffenden erschien; nur einmal, das war doch wohl nicht zuviel verlangt.

Sie sah die Frau an. Das kurze Haar war so sorgfältig gestylt, daß es sich dabei um eine Modefrisur handeln mußte. Ihre glatte Haut zeigte die ersten Fältchen. Was wußte sie eigentlich von dieser Biologin? Wer war sie wirklich? »Ich selbst halte mich auch nicht für dumm.«

Kira riß die Augen auf und zog sie dann gleich wieder zusammen. »Bestimmt nicht, das ist mir bewußt. Was ich allerdings nicht begreife, ist, warum Sie sich dafür entschieden haben, hier allein zurückzubleiben.«

»Das glaube ich Ihnen gern«, äffte sie den Tonfall der Biologin nach. »Sie verstehen es wirklich nicht. Aber Sie sind auch noch zu jung dafür.«

»Sie wollten nicht auf dem Schiff sterben, im Gefrierschlaf, stimmt's?«

Die alte Frau zuckte entnervt die Achseln. Die Jüngeren kamen immer auf den Tod zu sprechen. Warum waren sie bloß so von ihm besessen? Wider besseren Wissens versuchte sie, es ihrem Gegenüber zu erklären: »Es ging nicht um den Tod, sondern um das Leben. Mir war klar, daß ich allein sein würde, wenn ich zurückbliebe –«

»Aber niemand kann eine solche Isolation überleben«, unterbrach Kira sie gleich, wie sie es auch früher schon getan hatte – und die anderen eigentlich auch. »Sie müssen sich schrecklich einsam gefühlt haben. Es war ein großes Glück für Sie, daß die Autochthonen hier eines Tages aufgetaucht sind.« Warum ihr widersprechen und ihr entgegnen, daß sie sich absolut nicht einsam gefühlt hatte? Das hatte sie schon bei anderen versucht, und die hatten darauf mit Mitleid und der Überzeugung reagiert, es wirklich besser zu wissen.

»Vielleicht bin ich ja verrückt«, sagte sie.

»Ihr Psycho-Profil hat aber keine Tendenz dazu aufgezeigt«, erklärte die Biologin. Also hatten sie in ihrer Personalakte herumgeschnüffelt. Wieder bohrte Wut in ihr; sie selbst hatte nicht einmal einen Blick in dieses Dokument geworfen. Welches Recht besaßen diese Fremden dazu? Sie waren weder Familienmitglieder noch Freunde noch Mitkolonisten ... sie waren nicht einmal Menschen, die sie um Hilfe angegangen war. Ofelia hatte sie nicht gerufen, und dennoch mischten sie sich hier in alles ein.

»Es ist ... einfach nicht normal«, fuhr Kira schon fort. »Als einziger Mensch auf einer fremden Welt leben zu wollen, das ist einfach nicht richtig.«

»Dann bin ich eben nicht richtig«, entgegnete die alte Frau patzig. Sie hatte jetzt begriffen, daß sie bei dieser Forscherin mit Schweigen nicht weiterkommen würde.

»Nennen Sie mir doch wenigstens einen Grund.«

Ofelia zuckte die Achseln. »Meine vorherigen Antworten haben Ihnen nicht gefallen, und Sie haben mir gesagt, ich könne das sowieso nicht verstehen. Was möchten Sie jetzt von mir hören: Meine Wahrheit, oder soll ich die Unwahrheit zu erraten versuchen, die Sie erwarten?«

Die Biologin sah sie mit großen Augen an.

Überraschung, was? dachte Ofelia. Die Alte kann sich noch wehren, ist noch nicht vollkommen vertrottelt.

»Sie müssen nicht gleich so, so heftig werden. Ich habe doch nur versucht, hinter das Rätsel zu kommen.« Kira klang beleidigt. Prima. Sollte sie ruhig beleidigt sein.

Ofelia antwortete ihr: »Ich wollte ganz einfach allein sein. Seit vielen Jahrzehnten habe ich keine rechte Zeit mehr für mich finden können. Als Kind hat es mir nie etwas ausgemacht, allein zu sein. Und als hier alle abgeflogen waren, hat mich das auch nicht gestört.«

Kira fuhr sich über ihr perfekt gestyltes Haar. Eine Geste, daß sie diese Aussage einfach nicht wahrhaben wollte. »Liegt es vielleicht daran, daß Ihr Mann und Ihre

Kinder hier beerdigt wurden? Daß Sie ihnen nahebleiben wollten?«

Die alte Frau seufzte, schob sich von der Wand ab und richtete sich langsam auf. Diese Menschen kamen ihr fast so fremd vor wie die Aliens; nein, noch fremder, bemühten sie sich doch nicht einmal ansatzweise, Ofelia zu verstehen. »Wenn Sie nicht zuhören wollen, können Sie auch nicht verstehen«, beschied sie die Forscherin und zupfte sich zur Unterstreichung ihrer Worte am Ohr. Die Wissenschaftler würden sich ohnehin ihre eigene Meinung bilden, und nichts, was die alte Frau sagte, konnte daran etwas ändern.

Ofelia ließ Kira stehen und ging hinter das Haus und zu den Weiden. Die Forscherin folgte ihr ein paar Meter weit und grummelte irgendwas vor sich hin. Irgendwann konnte die alte Frau sie nicht mehr hören. Sie drehte sich nicht zu ihr um, spürte aber ihren stechenden Blick zwischen den Schulterblättern.

Draußen bei den Schafen, diesen wunderbar ruhigen Tieren, die die Freundlichkeit besaßen, die alte Frau vollkommen zu ignorieren, konnte Ofelia sich vor den Menschen verbergen. Sie hatte einen Korb mitgebracht, um Schafdung einzusammeln. Den wollte sie am Rand der Wiese verteilen, um so dem terraformten Gras die nötigen Bakterien und Pilze zuzuführen, damit sein Bestand erhalten blieb.

Die Menschen konnten diesen Kot nicht ausstehen. Sie haßten überhaupt alles, was lebendig roch. »Es stinkt organisch«, pflegten sie zu sagen. Solange die alte Frau mit etwas beschäftigt war, was sie als schmutzig empfanden, kamen sie ihr nicht zu nahe. Ihre erste Begeisterung über die frischen Tomaten hatte sich rasch gelegt, nachdem sie festgestellt hatten, daß Ofelia weder den Viehkot noch die Küchenabfälle sterilisierte, obwohl die doch auf den Kompost und damit zurück in die Erde wanderten.

Seitdem nahmen die Forscher von ihr weder Tomaten noch andere Feldfrüchte an. Und Frischgepreßtes wollten sie auch nicht mehr trinken. Allerdings pflückten sie sich manchmal selbst Obst oder Gemüse, aber nur, um es dann in der Küche im Zentrum gründlichst zu waschen.

Ofelia war es leid, sich mit der törichten Panik der Menschen vor allem ›Schmutzigen‹ abzugeben; sie war der Geschäftigkeit der Forscher müde; und sie konnte es nicht mehr ertragen, wie sie einfach bei ihr hereinschneiten, ohne sich darum zu kümmern, ob sie gerade beschäftigt war oder nicht, wie sie sie überhaupt nicht ausreden ließen und sie immer wieder unterbrachen, wie sie ihr irgendeinen Unsinn erzählten und dann irgendwann einfach wieder gingen, ohne auch nur im mindesten Höflichkeit bewiesen zu haben. Deswegen lag sie ja mit ihrer Gartenarbeit so weit zurück, deswegen konnte sie sich auch kaum noch ihren Lieblingsbeschäftigungen hingeben, dem Nähen, Sticken und Schmuckherstellen; denn jeden Moment konnte einer von ihnen auftauchen und gleich die Augen verdrehen, weil sie glaubten, es sei hirnrissig, sich mit solchen Arbeiten aufzuhalten, wenn man doch bald von hier fortging. Die Forscher kamen nur, wenn sie irgend etwas von ihr wollten; ansonsten ließen sie Ofelia links liegen – wahrscheinlich, um ihr das Gefühl zu vermitteln, sie sei es nicht wert, Zeit mit ihr zu verschwenden.

Selbst ein Blinder hätte erkennen können, wie deutlich sich ihr Verhalten von dem der Aliens unterschied. Die alte Stimme, die fast platzte vor Selbstzufriedenheit, das alles von Anfang an gewußt zu haben, fragte, was sie denn anderes erwartet habe. Warum sollten die Menschen denn auch von ihr besonderes Aufhebens machen? In der Wertskala nehme sie schließlich den Platz ganz, ganz unten ein. Die Aliens hätten eine solche Skala nicht, weil sie dafür noch nicht weit genug entwickelt waren. Vielleicht mochten sie Ofelia, weil sie der erste Mensch war, den sie kennengelernt hatten. Möglicherweise war sie für diese Wesen interessant, weil der Reiz des Neuen für sie so groß war. Sicher, sie respektierten Ofelia, aber bestimmt nicht aus einem wesentlichen Grunde; sie waren einfach zu primitiv, um Wesentliches erfassen zu können.

In der heißen Sonne trocknete der Dung schnell. Der alten Frau machte es nichts aus, ihn anzufassen und aufzuheben; nur das damit verbundene Bücken störte sie. Dabei setzten auch gleich wieder Kopfschmerzen ein, und alles Blut schien in die Beule zu strömen und dort zu pulsieren. Vielleicht verhielt es sich ja wirklich so. Das Hemd, das sie heute trug, spannte an den Schultern.

Siehst du, sagte die alte Stimme, du kannst überhaupt nichts mehr, du bist zu nichts mehr nütze. Die neue Stimme schwieg, saß nur wie ein kalter Klumpen in ihrem Herzen. Ofelia ignorierte die alte Stimme nach Kräften und konzentrierte sich lieber auf ihre Arbeit. Wenn sie sich von den Forschern fernhielte, vielleicht würde die neue Stimme sich dann wieder vernehmen lassen. Die alte Frau vermißte sie sehr.

Ein Schatten huschte wie ein Schemen vorüber. Das konnte nur eines der Wesen sein. Ofelia hob den Kopf, versuchte sich an dem Begrüßungsgrunzer und erhielt darauf Antwort. Dieser Alien trug eine ihrer Halsketten; das Stück stand ihm gut. Er kam näher, tippte auf den Korb und gurgelte eine Frage, obwohl er zu denen gehörte, die sich nur selten der menschlichen Sprache bedienten.

»Schafkot«, antwortete die alte Frau ganz natürlich, auch wenn sie Mühe gehabt hatte, die Frage zu verstehen. »Für das Gras. Er füttert das Gras.«

Das Wesen trat langsam auf eines der Schafe zu, das den Kopf drehte und den Fremden anstarrte. Der Alien bückte sich, rupfte ganz langsam ein Büschel Gras und hielt es dem Tier hin. Das Schaf nahm die Halme in stoischer Ruhe entgegen, und seine Kiefer fingen gleich an zu mahlen. Das Wesen legte dem Tier eine Hand auf den Hals. Die Finger wanderten weiter zum Bauch des Schafs. Das verstand Ofelia: Nahrung kommt in den Mund und wandert von dort in den Magen. Als der Alien aber den Schwanz des Tiers anhob, riß es sich los und trottete rasch davon. Das Wesen drehte sich mit offenem Mund zu der alten Frau um – Was bedeutete das: Ärger oder Lachen? – und zeigte dann auf das Hinterteil des Schafs und ein paar Köttel auf dem Boden.

»Ja, genau«, bestätigte Ofelia und nickte mehrmals.

Der Alien deutete jetzt auf seinen Bauch und hob dann den Lendenschurz. Ja, da war tatsächlich eine entsprechende Öffnung zu erkennen. Die alte Frau wandte rasch den Blick ab. Sie wollte nun wirklich nicht wissen, wie dieses Loch genau aussah. Doch das kurze Hinschauen hatte schon ausgereicht, die typischen Runzeln an den Rändern zu entdecken.

»Ja, der Kot fällt aus einem Loch im Unterleib.« Das mußten sie doch längst herausgefunden haben. Sie hatte die Burschen immer schon in Verdacht gehabt, sie heimlich zu beobachten, wenn sie auf der Toilette saß oder sich abends vor dem Zubettgehen allein wähnte. Ofelia hoffte, dieses Thema rasch beenden zu können. Aber zu den Charakterzügen dieser Aliens gehörte es, an einer Sache so lange dranzubleiben, wie ihr Interesse anhielt. Was wollte der Bursche denn noch wissen, sie hatten doch schon alles über sie herausgefunden? In der Anfangszeit hatte sie sich kaum ungestört zurückziehen oder die Toilette benutzen können. Aber dieser Alien war erst mit Blaumantel in den Ort gekommen. Vielleicht gehörte er zu den wenigen, die noch keinen Blick auf ihre unaussprechlichen Stellen hatte werfen können ... Nein, er würde auch Bescheid wissen, und wenn auch nur aus den Gesprächen mit seinen Kumpels. Ofelia hätte darauf wetten mögen, daß die Wesen oft über sie sprachen.

»Ahnnthheh Thhu«, sagte er.

›Andere du‹, damit waren die Forscher und ihre Soldaten gemeint. Eigenartigerweise sagten die Aliens nie Menschen, obwohl dieses Wort ihnen doch keine zu große Mühe hätte bereiten dürfen.

»Was ist mit den anderen?« fragte die alte Frau. Sie hatte schon vor einiger Zeit herausgefunden, daß die Wesen sehr viel von dem verstanden, was sie von sich gab.

Es zeigte auf seinen Mund, dann auf ihren Mund – auf seinen Unterleib, dann auf den ihren – und schließlich auf das, was den Schafen hinten rausgefallen war.

»Ach, du willst wissen, ob die anderen das auch so handhaben?« Was für eine dumme Frage. Natürlich schieden die Forscher aus. Jeder tat das. »Ja, sie tun es auch«, nickte Ofelia.

»Nihht Shehhnn«, entgegnete er. Die alte Frau dachte darüber nach. Die Forscher und Soldaten lebten in ihren Quartieren, die sie am Landefeld aufgestellt hatten. Erst vor wenigen Tagen waren sie aus dem Shuttle aus- und dort eingezogen. Gut möglich, daß die Wesen sie nie beim Essen oder Toilettenbesuch beobachtet hatten.

Der Alien tippte sich jetzt auf die Nase, schnüffelte übertrieben und meinte: »Nihht Hlleisch.« Ofelia wußte mit dem zweiten Begriff wenig anzufangen. Wollte er sagen, die Menschen äßen kein »Fleisch«? Was hatte das mit dem zu tun, worüber sie gerade sprachen? Glaubte er, wenn man auf Fleischgenuß verzichte, erübrige sich der Gang zur Toilette?

Das Wesen schien ihre Verwirrung zu bemerken und versuchte es jetzt auf andere Weise: »Ahnnthheh Thhu«, begann er, schnüffelte wieder ausgiebig und dann erneut: »Nihht Hlleisch.« Fleisch? Nein. Gleich, ja, das war es! Die anderen rochen nicht gleich, oder?

Ofelia fragte ihn danach: »Die anderen riechen nicht wie ich? Sind mir nicht gleich?«

»Jhahh.« Er tippte sich auf seinen Schurz und die Gurte. »Nihht Hlleisch Khlladhhah.«

Richtig, die Forscher kleideten sich anders als sie und trugen lange Hemden und Hosen in gedämpften Farben. Und ohne Stiefel oder Schuhwerk bekam man sie auch nie zu sehen.

»Hlleisch Ahnnthheh Thhu Bhennhh Nassth.«

Schon wieder eine harte Nuß. Die gleichen anderen Du, aber wie weiter. Bhennhh? Irgendwas Bhennhh mit einem oder mehreren Nestern. Spielte er etwa auf die Ereignisse bei der Landung der zweiten Kolonistengruppe an? Ofelia stellte den Korb hin und versuchte es mit Gesten. Hatten die anderen Du den Nestern etwas angetan? Waren sie möglicherweise darauf herumgetrampelt? Hatten die Wesen sie deswegen angegriffen?

»Bhennhh?« fragte die alte Frau und stampfte mehrmals fest auf dem Boden auf.

Nun machte der Alien einen verwirrten Eindruck. Dann schüttelte er den Kopf. »Bhennhh Ahht Haichsss.«

Macht heiß. Bhennhh macht heiß ... Brennen.

»Brennen!« Entsetzen und Verwunderung überkamen sie mit gleicher Wucht. Woher kannte das Wesen den Ausdruck brennen? Hatte sie ihn einmal verwendet, um vor den Gefahren eines heißen Herds zu warnen? Sie konnte sich nicht daran erinnern. Hatte die zweite Kolonistengruppe etwa die Nester verbrannt? Ihre Nestlinge getötet?

Ofelia dachte an die Roboter, die aus dem Himmel fielen und sich gleich daran machten, die Erde zu bewegen, um eine glatte Fläche als Landestelle für die Shuttles zu schaffen. Wenn sie dort oben im Norden unwissentlich auf eine Nestanlage gestoßen waren. Aber wodurch hatten sie Feuer gefangen? Durch die heißen Abgase der Roboter? Oder hatten die Maschinen alle Vegetation weggebrannt?

Die alte Frau wußte, wie furchtbar erschrocken sie jetzt aussehen mußte. Der Alien starrte sie an, als schien er genau zu spüren, was in ihr vorging.

»Ahnnthheh Thhu«, erklärte er mit einem entschiedenen Kopfschütteln. »Nihht Hlleisch. Nihht ...« Er ratterte einen langen Satz in seiner eigenen Sprache herunter, von dem Ofelia nur »Klick-Kohh-Kirr« heraushören konnte.

Mochten die Forscher auch unverschämte und ungehobelte Klötze sein, sie hatten nicht die Nester und Kinder der Aliens zerstört und wußten höchstwahrscheinlich nichts davon. Die alte Frau fühlte sich verpflichtet, sie vor den Wesen in Schutz zu nehmen. Aber wie sollte sie diesen Knoten entwirren, dieses Mißverständnis aufklären? Nein, sagte sie sich, Mißverständnis war falsch. Hier handelte es sich eher um tiefsitzende Feindschaft. Warum hatte Blaumantel ihr nie etwas davon gesagt, als sie sich gegenseitig etwas beibrachten, sich im Würfel Bänder anschauten? Sie hatte ihm doch auch die Aufzeichnung vom Untergang der Siedler vorgespielt.

Hatte er ihr mißtraut ... oder sie einfach nicht verletzen wollen?

»Klick-Kohh-Kirr«, sagte sie, weil sie wußte, daß dieser Ausdruck die Wesen meist beruhigte. »Für Gurgel-Klick-Hust.«

Das Wesen berührte mit einem Finger ihre Stirn. »Thhu Chuthh Klick-Kohh-Kirr.«

Gute Klick-Kohh-Kirr. Das mochte sie ja vielleicht sein, aber sie hatte immer noch keine Ahnung, welche Pflichten dieses Amt umschloß. Sie war den Nestlingen verpflichtet ... aber auch den Menschen, wurde ihr in diesem Moment bewußt. Ofelia wollte diese Verantwortung nicht. Die Forscher würden ihr ja sowieso nicht zuhören ... Aber sie durfte sie nicht in Unwissenheit lassen, mußte ihnen mitteilen, was sie gerade erfahren hatte. Zuerst wollte sie jedoch mehr über die Vorfälle herausfinden, und dazu wandte sie sich am besten an denjenigen, der am meisten zu wissen schien.

»Blaumantel?« fragte sie. »Wo steckt Blaumantel?

Er nickte in Richtung Wald. Was wollte der Führer denn dort? Vermutlich befand er sich auf der Jagd. Ofelia fürchtete sich zwar nicht mehr vor dem Anblick der langen Messer, aber sie wollte lieber doch nicht mit ansehen müssen, wie Blaumantel Baumkletterer abschlachtete. Der Alien setzte sich jedoch schon in Richtung Bäume in Bewegung, und der alten Frau blieb wohl nichts anderes übrig, als ihm zu folgen. Sie trug den Korb mit den Kötteln zum Rand der Weide, stellte ihn dort ab und trat dann in die Sträucher des Buschlands.

Als sie noch ganz allein gewesen war, hatte sie sich oft überlegt, im Wald spazierenzugehen, aber leider hatte es im Ort immer soviel zu tun gegeben, daß sie nie dazu gekommen war. Und nachdem Ofelia die Jagd der Monster auf die Baumkletterer miterlebt hatte, wollte sie nicht zusammen mit ihnen dorthin. Aber nun trieb sie die Neugier, dem Wesen zu folgen. Unter den Bäumen war es auch sicher kühler. Sie beobachtete den Alien, wie er sich bewegte. Der Wald mit seinen Ästen und Wurzeln war seinem federnden Gang etwas hinderlich. Er führte die alte Frau über einen Weg, den sie nicht kannte, aber als sie die Stelle erreichten, an der Ofelia ihre erste Nacht verbracht hatte, war es ihr, als sei sie erst gestern hier gewesen. Da lag noch der umgestürzte Baum, und dort war auch die Mulde bei der Wurzel, in der sie ihren Sack mit den Vorräten untergebracht hatte.

An diesem Ort warteten auch die Aliens. Fast alle waren erschienen. Der Führer trug seinen Umhang. Gurgel-Klick-Hust und ihre Kinder. Vier Wesen hatten sich so hingelegt, daß sie mit ihren Leibern einen Laufstall bildeten, in dem die Nestlinge herumtollten und kletterten. Sie quiekten gleich um die Wette, als sie Ofelia entdeckten, und stiegen auf das Bein eines Erwachsenen. Die Kleinen wurden immer noch täglich größer.

Während Blaumantel sie begrüßte, bemerkte sie, wie zwei der Aliens zum Dorf davonschlichen. Die langen Messer in ihren Händen funkelten. Planten sie etwa, über die Menschen herzufallen? Ofelia wollte sofort wieder zurück, aber der Führer hielt ihre Hände fest.

»Nihht Thötthh«, versicherte er ihr, als habe er ihre Gedanken gelesen. Vermutlich war ihrer Miene deutlich anzusehen, was ihr gerade durch den Kopf ging. Menschengesichter waren soviel beweglicher und flexibler als die dieser Wesen.

»Nihht Thötthh Ahnnthheh Thhu. Bheoahht.« Gut, sie wollten nicht töten, sondern nur beobachten. Vermutlich auch die Forscher davon abhalten, sich der Lichtung zu nähern. Die Aliens waren mit Bedacht an diesem Ort zusammengekommen, denn so weit außerhalb der Siedlung hatte die umtriebige Bilong ihre Mikrophone und Aufzeichnungsgeräte nicht aufgebaut.

Die alte Frau sagte sich, daß das Wesen, dem sie auf der Schafweide begegnet war, wohl auf sie gewartet hatte. Sie hätte gern gewußt, wie lange der Bursche sich dort schon herumtrieb; nun, nicht zu lange, denn gestern waren die Aliens noch den ganzen Tag im Ort gewesen. Aber das war jetzt nicht weiter wichtig, galt es doch andere Fragen zu klären.

Plötzlich schwoll Blaumantels Kehlsack an, und er fing an zu trommeln. Bald taten es ihm alle mit Fingern, Zehen und Körper nach – ein komplexer Rhythmus, unter dem die Kleinen in ihrem Geviert hin und her sprangen. Ihre kleinen Zehen und Finger versuchten erstaunlich gut, bei dem Getrommel mitzuhalten. Schließlich vereinfachte sich der Rhythmus, wurde aber intensiver, und Ofelia spürte ihn am ganzen Körper. Ihre Zehen machten wie aus eigenem Willen mit, und ihr Herzschlag verlangsamte sich, bis er sich dem Takt angepaßt hatte.

Dann trat unvermittelt Stille ein, in der nur noch das Quieken der Nestlinge zu hören war. Die alte Frau streckte eine Hand in den Laufstall, und die Kinder eilten herbei, leckten ihr Handgelenk und hielten sie mit den kleinen Händchen fest. Die Finger wirkten immer noch soviel schwächer als die Zehen, aber sie konnten damit schon alles greifen, was ihnen in die Nähe kam.

Die winzigen Krallen piekten wie stumpfe Stecknadeln in Ofelias Haut.

Nun erhob der Führer das Wort, und die alte Frau konnte kaum glauben, was sie da zu hören bekam. Er hörte sich tatsächlich genau wie Vasil Likisi an. »Die Regierung hat mich ermächtigt ...« Er hielt inne und sprach den Rest in seiner eigenen Sprache.

Ofelia starrte ihn an: »Aber du ...«

Doch jetzt redete der Führer so, wie sie es von ihm gewohnt war: »Sahn Chuthh Khobhihh, Jhahh?«

Ja, wirklich eine gute Kopie. Er hatte Vasil täuschend echt nachgeahmt. »Kannst du das ... konntest du das immer schon?«

»Nahn. Khobhihh Schdimmahh.«

Das war der alten Frau zu hoch. Wenn er Likisis Stimme bis auf Akzent und Tonfall exakt kopieren konnte, warum hatte er dann solche Mühe damit, die gleichen Worte auszusprechen, wenn er seine eigenen Gedanken formulierte? Zum ersten Mal hatte Ofelia das Bedürfnis, sich mit Bilong zu unterhalten. Vorausgesetzt, die Linguistin hörte ihr überhaupt zu und begriff, was die alte Frau von ihr wollte. Aber wenn man das junge Ding mal brauchte, war es natürlich nicht da.

Blaumantel ließ ihr nicht die Zeit, sich Klarheit zu verschaffen. Er sagte einen Satz mit der Stimme Kiras, ahmte die Soldaten nach, wie sie in ihr Helmmikrophon sprachen, und sang schließlich das Lied, das Ofelia den Kleinen vorgesungen hatten. Die alte Frau sagte sich verwundert, daß sie sich wohl so anhören müsse, obwohl ihre Stimme wie die einer betagten Greisin klang. Sie hatte sich auch noch nie vom Band gehört. Aber wenn der Führer die anderen so akkurat nachmachen konnte, mußte das wohl auch ihre Stimme sein.

»Verstehst du alles, was du da von dir gibst? Oder sind das für dich nur Geräusche?«

»Jhahh, Vähhsstthehh Ahhs«, antwortete der Führer. Er verstand also auch die Bedeutung dessen, was er nachahmte? Wie war ihm das möglich? Wie konnte er soviel begreifen, wenn sie selbst erst einen winzigen Bruchteil ihrer Sprache gelernt hatte? Ofelia wußte, daß diese Wesen sehr gescheit waren, aber gleich so klug? Bilong hatte ihr doch lang und breit erklärt, wie schwierig es war, andere Sprachen zu lernen, sogar solche aus verwandten Sprachfamilien.

»Könnt ihr das alle?«

»Ahhs Köhnn. Nihht Ahhs Schbhhächh.«

Alle konnten das, aber nicht jeder von ihnen tat es. Alle sollten diese Fähigkeit besitzen? Das war in Ofelias Augen natürlich völlig ausgeschlossen. Aber nur einmal angenommen, es verhielt sich wirklich so: Wenn sie tatsächlich alles verstanden hatten, was ihnen in den letzten Wochen zu Ohren gekommen war, dann mußten sie aber eine verdammt merkwürdige Vorstellung von den Menschen gewonnen haben.

Die alte Frau ließ sich auf einem Kissen nieder, das einer von ihnen hinter dem umgestürzten Baum hervorzauberte. Die Gedanken in ihrem Kopf jagten einander wie die Kleinen in ihrem Laufstall. Wie lange verstanden die Aliens schon alles? Begriffen sie wirklich jedes einzelne Wort? Und was hatte dieses Treffen hier zu bedeuten? Was hatten sie vor? Und was erwarteten sie von ihr?

Einer der Nestlinge schrie und versuchte zu Ofelia zu gelangen. Gurgel-Klick-Hust hob ihn auf, leckte ihn ab und reichte ihn der alten Frau. Sie setzte sich den Kleinen auf den Schoß. Erst fuhr er mit seiner Zunge über ihre Handgelenke, dann rollte er sich zwischen ihren Beinen zu einem Knäuel zusammen.

»Ihhsch«, Blaumantel zeigte auf sich, »Ahht Thhu klahhr, uahhss uihhrr uollahhn.« ›Ich mache dir klar, was wir wollen.‹ Ofelia stellte fest, daß sie den Führer immer besser verstand. Ihre Gedanken setzten diese Laute fast schon automatisch in die ihr gebräuchlichen Ausdrücke um. Also gut, sie sollte jetzt erfahren, was hier eigentlich vor sich ging. Gut so. Und vielleicht konnte sie ja noch etwas mehr herausfinden. Während der nächsten Stunden mußte die alte Frau Blaumantel nur selten bitten, ein Wort zu wiederholen oder sich verständlicher auszudrücken. Mit der Kombination von menschenähnlicher Sprache und ausgefeilter Gestik vermochte er auch kompliziertere Sachverhalte auszudrücken. Auch wenn sie die Leute vom Forscher-Team nicht leiden konnte, so dachte sie doch immer wieder, daß die vier jetzt an ihrer Stelle hier sein müßten. Oder auch mit ihr zusammen. Die Wissenschaftler besaßen schließlich genügend Ausbildung, um das rasch zu erfassen, wofür sie doch gelegentlich sehr lange brauchte. Aber sie bekam hier Dinge zu hören, die die Wesen (wie der Führer deutlich betonte) nicht mit den anderen Menschen teilen wollten.

»Warum sagt ihr es ihnen nicht«, hielt sie dagegen. »Schließlich handelt es sich bei ihnen um offizielle Vertreter der Erde.« Mist, wie erklärte man einem Außerirdischen den Begriff ›offiziell‹? Wie sollte sie den Aliens begreiflich machen, daß keiner aus dem Team ihr zuhören wollte, daß sie in ihren Augen weniger als nichts wert war? Aber der Führer unterbrach ihre Fragen und erklärte ihr, sie würden ihr alles erklären, und sie müsse nur aufmerksam zuhören. Etwas anderes schien ihr nicht übrigzubleiben.

Ori wäre sicher fasziniert von der Sozialstruktur dieser Wesen, dachte die alte Frau. Sie waren Nomaden, die die meiste Zeit mit ihren Herden herumzogen oder auf die Jagd gingen. Daneben bestanden aber feste Orte, an denen die Jungen aufgezogen wurden. Hier fanden sie Schutz vor Raubtieren, und hier blieben ihnen die Mühen der ständigen Wanderschaft erspart. Nur die weisesten Erwachsenen wurden für würdig befunden, sich um die Nestlinge zu kümmern.

Ein Volk setzte sich wie folgt zusammen: An oberster Stelle standen die Personen mit besonderen Aufgaben – der Fremdensänger, der Kriegsführer, der Pfadfinder und der oder die Klick-Kohh-Kirr. Darunter stand die lose Konföderation der Krieger. Alle Meinungsäußerungen wurden ständig von den anderen beurteilt, und sie gaben ihre Zustimmung oder Ablehnung durch Trommeln kund: linke Hand für ja, rechte Hand für nein. Ungehorsam war ihnen daher völlig unbekannt. Wer mit einer Entscheidung nicht einverstanden war, konnte jederzeit den Zug verlassen und alle mitnehmen, die wie er getrommelt hatten.

Danach kam Blaumantel auf seine und Ofelias besondere Stellung zu sprechen: Klick-Kohh-Kirr bedeutete mehr als nur eine Tante und stellte vielmehr eine Kombination aus Amme, Kinderschwester, Kindergärtnerin und Lehrerin dar; ganz zu schweigen natürlich von der Beschützerrolle. – Unter Fremdensänger verstand man die Personen, die den Kontakt zu anderen Völkern oder Stämmen herstellten, die über die Aufteilung von Land oder Pflichten verhandelten und die dafür sorgten, daß am Ende alle zufrieden waren und links trommelten.

Kira und Ori hätten sicher gern mit angehört, was die Wesen über die Tiere und Pflanzen dieser Welt wußten; wie sie Flora und Fauna einteilten und klassifizierten; wie sie feststellten, wozu eine Tier- oder Pflanzenart nützlich war; wie sie ihre grasfressenden Herdentiere züchteten; wie sie Gras für ihre Nester anpflanzten.

Die alte Frau bemerkte, wie sie das, was sie von dem Sänger erfuhr (sie konnte ihn nur schlecht weiterhin Führer nennen), nach den einzelnen Fachgebieten der Forscher aufteilte. Aber so dachte Blaumantel nicht. Für ihn gehörte alles zusammen. Jede Geruchsspur führe zu einer anderen Beute, sagte er, aber alle gemeinsam genössen die Freuden der Jagd. Ofelia erinnerte sich, wie die ersten Aliens ganz begierig darauf waren, möglichst viel zu lernen. Unbekümmert wie kleine Kinder, bevor man diesen sagt, daß zuviel Neugier schädlich und unnütz sei.

Sie konzentrierte sich wieder darauf, was der Sänger ihr mitteilte. Für sein Volk könne es nicht die Herrschaft eines Führers oder einer Regierung geben. Und tatsächlich erinnerten sie in nichts an die Staatswesen, die sie von zu Hause kannte. Blaumantel sang für einen ziemlich großen Stamm, für einen Teil der Leute (wie er es nannte), und diese zogen über die weiten Ebenen; aber auch wenn er für seine Leute Verhandlungen führte und anderes tat, war er doch nicht ihr Herrscher. Auch hatte er schon einige Male vor den Leuten gesungen, die an der Steinküste lebten, und es sei nicht zwangsläufig zu einer Übereinkunft gekommen.

Die alte Frau wollte mehr über diese Leute an der Steinküste erfahren. Als sie die Forscher danach gefragt hatte, hatten diese ihr nicht darauf geantwortet. Der Sänger aber gab ihr Auskunft. Im Lauf seiner Ausführungen begriff sie auch, warum diese Wesen so rasch verstanden hatten, was es mit Wasser und Elektrizität auf sich hatte. Die Aliens hatten eigene Röhrensysteme aus Holz oder Schilfrohr, durch die Wasser, andere Flüssigkeiten oder auch Sand liefen. Und sie kochten in Gefäßen aus Ton oder gebranntem Sand. Eine eigene Stromversorgung besaßen sie nicht, noch nicht, und ihre Pumpen wurden durch Wasser- oder Muskelkraft bewegt. Somit war ihnen die Vorstellung, Wasser über Höhen oder Entfernungen zu bewegen, nicht fremd. Für Nomaden eigentlich erstaunlich.

Schließlich kam der Sänger auf sein eigentliches Anliegen zu sprechen: die Zerstörung der Nester durch die zweite Siedlergruppe – und warum die Wesen sie in ihrem Schock und in ihrem Zorn niedergemacht hatten. Dabei ging es natürlich auch um die Forscher, die wegen dieses Vorfalls hierhergekommen seien und nun ihre Regeln für die Leute festlegen wollten – was man ihnen überlassen wolle und was nicht. Die alte Frau erfuhr auch, daß die Nester, worunter nicht nur die eigentlichen Gelege, sondern auch die Kinder und ihre Wächter zu verstehen waren, in der Kultur dieser Aliens als unantastbar galten.

Nach Blaumantels Meinung – übrigens die Meinung aller Leute – hatten die Fremden, die aus dem Himmel gekommen waren, vielleicht nicht gewußt, was sie da zerstörten. Aber eine solche Entschuldigung könne eine Klick-Kohh-Kirr nicht einmal von einem Nestling akzeptieren. Das Ende einer Tat schon in ihrem Anfang zu sehen, war für diese Wesen die höchste Tugend. Ein junger Jäger bekam schon sehr früh beigebracht, daß man eine Falle nur dort auslegte, wo Beute vorbeiziehe, aber nicht an einer Stelle, wo eigene Wesen oder Herdentiere entlangzulaufen pflegten. Und auch in allen anderen Lektionen, die der junge Jäger erhielt, war diese Philosophie enthalten: Bleib lieber hungrig, als die letzte Mutter deiner Beute zu töten und zu verspeisen; bleib lieber durstig, als den Wesen das Wasser zu nehmen, die du noch verspeisen willst; laß einige der süßesten Früchte hängen, damit die Baumkletterer dorthinkommen.

Ofelia verstand den Kern dieser Ausführungen, aber nicht die umständliche Denkweise, die dahinter stand. Sie hatte nie eine Ausbildung in logischem Denken oder Ethik erhalten, und was man ihr an Mathematik beigebracht hatte, reichte gerade aus, um die Handbücher zu verstehen und mit den Maschinen arbeiten zu können.

Sie erinnerte sich, wie Blaumantel einmal über einem alten Mathematik-Lehrbuch gesessen hatte. Er hatte auf eine komplizierte Gleichung und die angegebene Probe gezeigt und erklärt, das sei einfach. Sein Volk denke in längeren und gewundeneren Bahnen.

Als er auch jetzt wieder darauf verwies, sagte sie: »Aber ihr seid ...« und brach dann ab, weil ihr einfach keine taktvolle Wendung einfallen wollte, um ihnen entgegenzuhalten, daß sie es bei soviel Klugheit noch nicht sehr weit gebracht hätten. Sie meinte dann, daß sie es noch nicht zu Städten gebracht hätten, wenn man einmal von den Ortschaften an der Küste absah, und auch Fahrzeuge oder größere Maschinen hätten sie noch nicht entwickelt. Nun gut, sie erinnerte sich, während sie den

Untergang der zweiten Siedlergruppe verfolgt hatte, etwas von einem Katapult gehört zu haben, das möglicherweise Explosivstoffe verschleuderte. Aber Metallmaschinen, Roboter oder Computer, so etwas hätte es bei ihnen noch nicht gegeben.

»Bähhbihhs«, entgegnete er. Wenn Ofelia ihn richtig verstand, so sahen sich diese Leute als sehr junges Volk, als Babies an. Blaumantel schien aber selbst auch nicht so recht den Prozeß zu verstehen, der seit einiger Zeit mit den Aliens vor sich ging. Früher einmal seien sie anders gewesen, und das sei noch gar nicht so lange her, erst zehn oder zwanzig Generationen. Mit der Hilfe des Mathematikbuchs (das er wohl eingesteckt haben mußte) und einigen Steinen, die er in Reihen hinlegte, erklärte er der alten Frau, daß seine jüngeren Vorfahren nur von einem Punkt zum nächsten hätten denken und lernen können. Seine Generation könne aber schon wesentlich kompliziertere Dinge erfassen und in Assoziationsketten denken. Irgend etwas mußte mit den Leuten geschehen sein, aber niemand wußte, worum es sich dabei handelte. Irgendwann würden sie sicher dahinterkommen, und bis dahin gab es genug andere Dinge, um die sie sich kümmern mußten.

Wie zum Beispiel um die menschlichen Eindringlinge, die dem Lerneifer der Leute unbedingt Grenzen stecken wollten. Und damit waren sie wieder bei den Nestwächtern angekommen.

Gute Nestwächter, sagte Blaumantel, wollten, daß die Nestlinge so viel wie möglich über alles nur Erdenkliche lernten, um auf neue Dinge vorbereitet zu sein und begierig nach Wissen zu streben. Schlechte Nestwächter machten den Kleinen das Leben zu einfach, indem sie den Nachwuchs mit den immer gleichen Dingen umgaben und ihn zufriedenstellten.

Die Menschen damals, fuhr er fort und sah Ofelia dabei direkt an, hätten eine Nestanlage zerstört. Und jetzt wollten die Menschen die Leute daran hindern, neue Dinge zu lernen. Daher seien sie schlechte Nestwächter. Sie, Ofelia, sei aber eine gute Nestwächterin. Und die Menschen respektierten sie nicht gebührend. Aus seinem Mund klang das fast so verwerflich, wie eine schlechte Nestwächterin zu sein.

Die alte Frau mußte an die vielen Male denken, bei denen sie ihren Kindern keine Antwort auf ihre Fragen gegeben hatte; oder an die häufigen Gelegenheiten, bei denen sie sich über die aufdringliche Neugier dieser Wesen geärgert und sie ausgesperrt hatte. Woher hätte sie es auch besser wissen sollen? Man hatte ihr ja auch immer gesagt, »dafür bist du noch zu klein«, »das geht dich nichts an« oder »jetzt laß mich endlich in Ruhe«. Und das nicht nur von den Eltern. Auch in der Schule hatte man ihr nur das beigebracht, was man für sie für wichtig hielt, und sie daran gehindert, mehr zu erlernen. Bislang hatte sie nie an der Richtigkeit dieses Systems gezweifelt. Daß man Kindern nicht ihren Willen lassen dürfe, daß man sie mit Sinnvollem beschäftigen müsse, daß man sie disziplinieren mußte, weil sie sonst nicht das lernten, was richtig und wichtig für sie war.

Ofelia sah ihre aufgeregten Gesichter und strahlenden Augen noch vor sich, wenn sie auf etwas Neues gestoßen waren, das der Erkundung harrte. Und sie wußte auch noch, wie dieser Ausdruck aus ihren Mienen verschwunden war, wie sie sich verändert hatten – wie sie selbst ihre Kinder verändert hatte –, bis alle Wißbegier und aller Eifer unter passivem Gehorsam vergangen waren. Ihre Gesichter und Augen waren dann so leer gewesen, weil sie soviel verloren hatten.

»Ich war meinen Kindern keine gute Nestwächterin«, erklärte sie. Das Kleine in ihrem Schoß regte sich und packte mit beiden Händen ihren Daumen. Die alte Frau sah auf den Nestling und streichelte ihm über die Auswüchse am Rücken.

Heute sei sie aber eine gute Nestwächterin, erklärte der Sänger. Mütter seien ohnehin selten gute Nestwächterinnen. Nur die Alten, die keine eigenen Nestlinge mehr zu versorgen und viel Reife gewonnen hätten, kämen als Nestwächter in Frage. Vielleicht habe sie ja nicht die richtigen Nestwächter gehabt, die sich ausreichend um ihre Entwicklung gekümmert hätten.

»Und was ist mit den Vätern?«

»Nihht.« Mehr erfuhr sie darüber nicht. Ofelia konnte ja verstehen, daß Mütter und Großmütter – zumindest die, die noch rüstig genug waren – sich im Gegensatz zu den Vätern und Großvätern am besten damit auskannten, was für Kinder wichtig war. Aber diese Wesen hier waren keine Menschen, und sie durfte menschliche Väter nicht mit Alien-Vätern gleichsetzen – falls es so etwas überhaupt bei ihnen gab. Blaumantel hatte sich noch nicht darüber geäußert, wie die Leute sich fortpflanzten.

Er erklärte jetzt, daß sie Ofelia vertrauten. Sie sei Nestwächterin und habe sich bei Gurgel-Klick-Husts Nest in dieser Rolle bewährt. Die Kleinen akzeptierten sie. Blaumantel könne für sie singen, aber es bliebe ihr überlassen, ein Abkommen zu treffen, daß die Leute des ganzen Stammes aufgrund der Entfernung, die zwischen dieser Gruppe und dem Rest bestand, nicht zusammen trommeln könnten.

»Was denn für ein Abkommen treffen?«

»Oder nicht treffen.« Und was sie jetzt zu hören bekam, verschlug ihr den Atem. Sie war die Nestwächterin. Die Leute würden nur über sie mit den anderen Menschen verhandeln. Und als sie das begriffen hatte, verlangte der Sänger auch noch von ihr, daß sie das den Forschern klarmachen müsse. Die alte Frau hatte das Gefühl, jemand habe ihr einen harten Schlag gegen die Brust verpaßt.

»Aber das funktioniert nicht! Sie hören mir doch überhaupt nicht zu. Davon ganz abgesehen haben sie erklärt, ich müsse bald mit ihnen abreisen.«

»NEIN!« Alle Wesen blähten ihre Kehlsäcke auf. Der Nestling auf ihrem Schoß hielt ihren Arm mit Händen und Beinen fest und quiekte fürchterlich. Sie beruhigte ihn, ohne darüber nachzudenken, gleich mit der anderen Hand.

»Ich will ja nicht fort von hier«, versicherte Ofelia ihnen. »Ich möchte bleiben. Vorher wollte ich auch schon nicht fort und bin geblieben, bis –« Aber was redete sie denn da, sie war doch bloß eine alte Frau, die sich vier kräftigeren und jüngeren Forschern, zwei militärischen Beratern und einem Pilot entgegenstellen wollte. Schon die Hälfte oder weniger hätte ausgereicht, sie einfach ins Shuttle zu tragen, mochte sie auch noch so sehr strampeln und schreien. Oder man gab ihr einfach eine Spritze, nach der sie gleich einschlief, um dann später irgendwo anders aufzuwachen – oder auch nicht.

»Nihht Gahhnn!« erklärte Blaumantel fest. »Schihh Afhhalthn!«

Was meinte er damit, sie solle nicht gehen, und sie seien aufzuhalten? Würden die Wesen sie etwa davor bewahren? Wenn sie sich die Burschen so ansah, glaubte sie schon, daß sie zumindest den Versuch unternehmen würden. Aber hatten sie denn nicht zugehört, als sie ihnen von den Waffen der Menschen erzählt hatte? Die Aliens mochten ziemlich gescheit sein, aber gegen die schweren Gewehre der Militärberater und erst recht gegen die Bordkanonen des Shuttles, gar nicht erst zu reden von der Bewaffnung des Schiffs im Orbit, hatten sie nicht die geringste Chance. Die alte Frau wollte nicht, das die Wesen für sie in den Tod gingen. Das war es ihr nicht wert. Sie versuchte, dem Sänger das zu erklären, aber er zischte nur und mit ihm alle Nestlinge. Es klang wie statische Störungen in einer Leitung.

Doch, anscheinend war sie es wert, unter allen Umständen geschützt zu werden. Immerhin war sie ihre Klick-Kohh-Kirr, und als Nestwächterin nahm sie die wichtigste Position ein, die die Leute zu vergeben hatten. Alle Augen starrten auf sie, während die Zehen zu Blaumantels Worten links trommelten.

Sie war die Nestwächterin.

Sie war wichtig.

Tränen traten Ofelia in die Augen. Nie zuvor hatte sie solche Zuneigung erlebt.

Das Trommeln endete, und der Sänger fuhr fort und erklärte es ihr noch einmal, so als versuche er einem kleinen Kind beizubringen, daß eins und eins zwei ergeben. Ihre Aufgabe bestehe darin, die Menschen zum Verstehen zu bringen. Sie dürften die Leute nicht am Lernen hindern, sondern müßten ihnen dabei helfen. Sie müßten Ofelia mit Respekt behandeln, und auch alle anderen Nestwächter und die Nester selbst. Und die Leute würden nur durch die Nestwächterin mit den Menschen in Kontakt treten ... Wenn sie Ofelia wegbrächten, gebe es überhaupt keine Verhandlungen mehr.

Die alte Frau erkannte die Wichtigkeit dieser Forderungen, wunderte sich aber darüber, sie auf diese Weise gestellt zu bekommen. Die Wesen waren für sie vorher wie Kinder gewesen ... aber nein, dieser Gedankengang war nicht richtig. Kinder stellen auch Forderungen; sie selbst hatte das schließlich auch getan, als sie noch klein gewesen war. Der Teil, der in ihr geblieben war und sich in der neuen Stimme ausdrückte, war nicht die Erwachsene Ofelia, sondern das Kind Ofelia, und dieser Teil war auch entschlossen, seinen eigenen Weg zu gehen, das zu tun, was er selbst für wichtig hielt ... oder, wie die Leute sagen würden, seiner eigenen Geruchsfährte zu folgen.

Die alte Frau stellte sich vor, wie die Teammitglieder, besonders der aufgeblasene Likisi, darauf reagieren würden. Man verlangte von ihnen, Ofelia zuzuhören, dieser Person, die sie bestenfalls als Belästigung ansahen? Die alte Stimme war gleich wieder da und malte ihr aus, wie gering sie den Forschern erscheinen mußte. Sie habe keine Ausbildung, keinen Beruf erlernt und keine mächtige, einflußreiche Familie. Sie überbrächte den Menschen eine Botschaft, die diese nicht hören wollten; weder der Bote noch die Botschaft gefielen ihnen, und sie würde dann den ganzen Ärger zu spüren bekommen, den eine solche Unverschämtheit in ihnen auslöste. Zuerst würden sie Ofelia auslachen. Dann ihren Zorn an ihr auslassen. Und sie schließlich überhaupt nicht mehr wahrnehmen.

Die Wesen warteten auf ihre Antwort.

Das Baby in ihrem Schoß richtete sich auf und tappte mit dem rechten Fuß. Die alte Frau sah zu ihm hinab. Das Kleine starrte sie an und hörte nicht auf zu trommeln. Ablehnung. Nichtübereinstimmung. Wogegen wandte der Nestling sich eigentlich? Die hellen Augen blickten sie unverwandt an. Ofelia seufzte.

Dieses Mal, bei diesem Kind würde sie es richtig machen. Von nun an würde sie all das geben, was sie eigentlich nie wirklich hatte zurückhalten wollen. »Du«, sagte sie dem kleinen Burschen und spürte zum ersten Mal seit langer Zeit ein wirklich freundliches Lächeln in ihrem Gesicht, »du willst, das ich das Unmögliche tue, nicht wahr?«

Er blinzelte und trommelte mit dem linken Fuß. Das Unmögliche. Tu es. Der Nestling konnte sie wohl kaum verstehen, er war ja erst ein paar Tage alt. Aber da gab es die Menschen, die glaubten, sie könne nicht verstehen, weil sie schon zu alt und zu dumm sei. Vielleicht lagen die Menschen bei ihr ja genauso falsch wie sie bei diesem Kind.

Aber das hier sind Aliens, widersprach die alte Stimme. Nein. Das waren Leute, Personen mit Kindern und Großmüttern, die sich um den Nachwuchs kümmerten. Und dem Eifer in den kleinen großen Augen und den Fingern, die sich an ihr festhielten, konnte Ofelia nicht widerstehen.

Die ganze Geschichte war einfach Irrsinn. So verrückt, daß sie vielleicht sogar damit durchkam. Unmögliche Dinge erledigten sich nicht dadurch, daß man im Schatten saß und mit den Kleinen spielte.

Dennoch spielte sie noch mit den Nestlingen, bis sie

aufbrach. Sie bückte sich sogar vor ihnen, damit sie ihr Haar erforschen konnten, was sie besonders zu faszinieren schien.

Kapitel 19

Als sie am späteren Nachmittag in den Ort zurückkehrte, konnte sie immer noch nicht so recht glauben, was ihr eben widerfahren war. Die alte Stimme gab keine Ruhe und beharrte darauf, daß Ofelia niemals das erfüllen könne, was die Monster von ihr verlangt hatten. Sie besäße kein Talent dafür, sei ganz und gar ungeeignet und hätte ja noch nicht einmal einen Titel oder akademischen Grad vor ihrem Namen. Außerdem sei sie viel zu alt, zu dumm und zu unwissend. Ofelia schloß für einen Moment die Augen, und die goldenen Augen der Nestlinge sahen sie aus der Dunkelheit hinter den Lidern an. Sie war die Klick-Kohh-Kirr, und sie hatte es den Kleinen versprochen. Sie mußte es einfach tun, ganz gleich, wie unmöglich es sein würde.

Die alte Frau hatte keinen guten Start. Sie konnte die Forscher nicht einmal finden. Die Menschen hielten sich weder im Zentrum noch auf der Straße auf. Auf der Schafweide war niemand zu sehen, und auch an dem Flußstück, das sie von hier aus einsehen konnte, zeigte sich keiner von ihnen. Ofelia ging in einige Häuser, und auch hier das gleiche Ergebnis. Draußen war es viel zu heiß, um alle Wege und Gebäude abzuklappern. Ob sie sich zum Essen oder Ausruhen in ihre Quartiere zurückgezogen hatten? Die alte Frau machte sich auf den Weg zum Landefeld. Jetzt entdeckte sie jemanden. Die beiden Soldaten schienen gerade mit einem der verrosteten alten Lastwagen beschäftigt zu sein. Einer von ihnen bemerkte Ofelia und stieß seinen Kumpel in die Seite.

Nun starrten beide zu ihr. Die alte Frau traute sich nicht, den Soldaten den Rücken zuzukehren. Die beiden waren ihr schon unheimlich genug, wenn sie ihnen von vorn begegnete. Zögernd und auf der Hut näherte sie sich ihnen. Ofelia hatte noch nicht herausgefunden, wer von den beiden ihr den harten Schlag verpaßt hatte. Die Soldaten waren wahre Hünen und hätten von ihrem Gesichtsausdruck und Gehabe Zwillingsbrüder sein können.

»Was wollen Sie hier?« fuhr einer sie an, als sie nahe genug gekommen war. Er sprach sehr laut, so als sei die alte Frau taub.

»Ich wollte mit einem von den Forschern reden«, antwortete sie. »Mit Ser Likisi oder einem anderen.«

»Die sind weg«, gab der Soldat barsch zurück und wandte sich wieder dem Motor des Lasters zu.

»Wissen Sie vielleicht, wann sie zurück –« Er unterbrach sie gleich, ohne sich zu ihr umzudrehen.

»Nein. Die Damen und Herren sind nicht so gnädig, mich von ihren Terminen in Kenntnis zu setzen.«

Die alte Frau brauchte einen Moment, bis sie erkannte, daß er nicht auf sie sauer war, sondern auf die Forscher. Offenbar mochte er sie nicht sehr. Etwas in der Art hatte Ofelia immer schon vermutet, aber sie hatte die Militärberater immer nur in Begleitung der anderen gesehen, und da wußten sie ihre wahren Gefühle stets zu verbergen.

»Tut mir leid, wenn ich Sie gestört habe«, sagte die alte Frau höflich. Das brachte ihr von beiden einen leicht überraschten Blick ein.

»Macht nichts«, bemerkte der, der eben so barsch gewesen war, und sprach diesmal nicht so furchtbar laut. »Haben Sie sonst noch etwas auf dem Herzen?«

»Nein, ich wollte nur mit den Wissenschaftlern reden.« Doch ihre Neugier war erwacht. »Was stellen Sie denn da mit dem Lastwagen an? Wollen Sie ihn wieder flott bekommen?«

Beide Soldaten lachten laut. »Nein, Oma«, antwortete der andere. »Die Karre hat's hinter sich. Aber der Leuteschinder hat uns befohlen, die Maschinen und die Elektronik auszubauen, damit die Glubschaugen nichts mehr damit anfangen können.«

Die alte Frau blinzelte. Leuteschinder? Meinten sie damit Ser Likisi, für den ein solcher Spitzname noch viel zu gut war, oder Sera Stavi? Und Glubschaugen? Nannten sie unter sich so die Aliens?

»Halt doch deine Klappe!« fuhr der andere seinen Kameraden an und bedachte dann Ofelia mit einem ernsten Blick. »Hören Sie, Sie werden doch nicht zu unserem noblen Boss rennen und ihm erzählen, wie wir über ihn reden, oder!« Das klang weniger nach einer Frage als mehr nach einem Befehl. Und in seiner Stimme schwang deutlich eine Drohung mit.

»Nein, keine Bange, ich werde ihm schon nichts davon sagen«, versicherte sie ihm. Allerdings würde sie ihnen auch nicht auf die Nase binden, daß sie Likisi bei sich schon ganz andere Namen gegeben hatte. Oder? Warum eigentlich nicht? »Der Mann scheint sehr von sich überzeugt zu sein«, erklärte sie auf eine Weise, die deutlich machte, daß sie sich nur besonders höflich ausgedrückt hatte. Die beiden sahen sich an und lachten wieder.

»Das kann man wohl sagen«, meinte der zweite. »Ihnen scheint er wohl auch nicht sehr am Herzen zu liegen, was? Ich habe gehört, daß er früher bei Sims war. Als er dann Schwierigkeiten bekam und ihm der Arsch auf Grundeis ging, ist er lieber dort ausgestiegen und hat bei der Regierung angefangen –«

»Kedrick!«

»Mach dir nicht ins Hemd, Bo. Diese liebe kleine Oma hier wird nicht herumlaufen und alles weitertratschen. Sie mag den Speichellecker Likisi genausowenig wie wir, nicht wahr?« Ofelia grinste nur, sagte aber nichts. Interessant, wie wenig die Menschen sich voneinander unterschieden, ganz gleich, bei welcher Organisation sie tätig waren, nicht wahr? Solche Reden hatte sie früher schon gehört, meist von mürrischen Kolonisten-Ausbildern.

»Möchten Sie vielleicht eine ... kleine Erfrischung?« fragte der erste sie, öffnete den Mund und stieß mehrmals mit dem Daumen in die Öffnung.

Anscheinend besaßen die beiden Schmuggelware. Irgend etwas Illegales. Das war typisch für solche Männer. Sie erinnerte sich noch an die Anfangszeit der Kolonie. Kaum waren die Firmenberater abgezogen, da installierte schon einer der Siedler eine Destille, um aus allem, was hier wuchs, Schnaps zu brennen. Sie hatte auch noch die rüden Auseinandersetzungen im Gedächtnis. Es war sogar zu Prügeleien gekommen, bis man die Destille zerstört hatte. Und wenig später war eine übelriechende, scharf schmeckende Flüssigkeit aufgetaucht, die in kleinen Flaschen von einem zum anderen weitergegeben worden war.

»Dafür bin ich schon zu alt«, entgegnete sie lächelnd. Ja, Männer wie die beiden hier kannte sie sehr gut. Ihr Leben lang waren sie ihr begegnet, obwohl die zwei hier vermutlich keine Ähnlichkeit zwischen sich und den anderen festgestellt hätten. »Trotzdem danke«, sagte sie. Es war nie klug, Männern, die sich illegale Substanzen einflößen wollten, mit Moral oder Vorschriften zu kommen.

»Geht schon klar, Oma«, sagte der erste. »Aber Sie werden unserem herrlichen Führer auch davon nichts sagen, oder?«

»Wie käme ich denn dazu? Der Kerl hört mir ja sowieso nie zu.«

Das Mißtrauen der beiden hatte deutlich nachgelassen. Offensichtlich sahen sie in ihr keine Gefahr mehr.

Aber Ofelia benahm sich ihnen gegenüber ja auch wie eine typische alte Frau, die nicht mehr ganz bei Sinnen war.

»Klar hört er Ihnen nicht zu«, sagte der zweite, »schließlich ist er ja der Leiter dieser Mission. Da braucht er niemandem zuzuhören, außer vielleicht der Oberseele des Universums.«

Die alte Frau hätte gern gefragt, ob irgendwer noch an Gott oder ein sonstiges höheres Wesen glaubte. Aber sie ließ das lieber bleiben. Frag einen anderen nie nach seiner Religion. Das gibt immer nur Ärger.

»Ich wette, Sie haben hier kein schlechtes Leben geführt«, fuhr der zweite fort. »So ganz allein, alle Maschinen noch in Betrieb und Essen bis zum Abwinken, was?«

»Es war hier sehr ruhig. Und die Maschinen haben mir vieles leichter gemacht«, antwortete sie.

»Diese Kneifzange Kira hat gesagt, Sie hätten im offiziellen Tagebuch herumgepfuscht. Irgendwelche Geschichten hineingeschrieben oder so. Waren Sie vielleicht Schriftstellerin, bevor man sie hierhergeschickt hat?«

Die alte Frau schüttelte den Kopf. »Nein, Ser. Früher habe ich nie geschrieben. Irgendwann habe ich in der Chronik gelesen, und das kam mir ziemlich langweilig vor, nur Zahlen und Namen und so. Außerdem habe ich mir gedacht, daß ja doch nie jemand meine Geschichten zu sehen bekommt.«

»Also haben Sie dem Ganzen ein bißchen Würze gegeben. Die Kneifzange meinte, Sie hätten Liebesgeschichten und solches Zeug da reingeschrieben.«

Ofelia erkannte, daß der Mann selbst gern die Geschichten lesen würde. Und zwar ganz bestimmte: Betrug, Ehebruch, Affären und Schlägereien. Aber er würde von Kira nie die Erlaubnis dazu erhalten. Sie grinste ihn an wie einen Komplizen. Eine alte Frau, die ihre schmutzigen kleinen Geheimnisse mit einem jüngeren Mann teilte, der genau so etwas hören wollte.

»Da hätte man prima eine Daily Soap draus machen können«, begann sie mit gesenkter Stimme und sah sich sorgfältig um, ob die tugendhafte Kira nicht gerade in der Nähe war. »Sie müssen verstehen, Ser, daß wir hier ziemlich isoliert gelebt haben. Und erst der Streß –«

Der Mann schnaubte. »Streß? Was wissen Erdwühler schon von Streß? Aber der Sex –«

»Natürlich hatten wir auch Sex«, entgegnete Ofelia mit lüsterner Stimme, die alles zu enthalten schien, wonach es den Soldaten verlangte. »Schließlich hat man uns hierhergebracht, damit wir uns wie die Karnickel vermehren und die Kolonie vergrößern. Wir hatten hier keine festgelegte Geburtenrate, und wer mehr als vier Kinder in die Welt gesetzt hat, ist mit einem Bonus belohnt worden. Und immer gibt es einige, die mehr Spaß daran haben als die anderen, und zwar bei beiden Geschlechtern, wenn Sie verstehen, was ich meine?« War sie jetzt zu direkt, zu offensichtlich geworden? Nein, die Männer legten ihre Werkzeuge beiseite, lehnten sich an die Motorhaube und schienen offensichtlich mehr davon hören zu wollen.

»Ich weiß nicht, ob ich Ihnen das überhaupt erzählen darf«, fuhr Ofelia in gespielter Schüchternheit fort. »Sera Stavi war doch schon böse, weil ich im Tagebuch was dazugeschrieben habe, und vielleicht wird sie jetzt –«

Der Lautstarke von den beiden erklärte ihr, wo die Kneifzange sich ihren Unmut hinstecken könne. Die alte Frau erinnerte sich, solch lose Reden auch schon von den Männern der Kolonie gehört zu haben. Sie fragte sich, nicht zum ersten Mal, ob die Menschheit in zehntausend Jahren überhaupt einen schmutzigen Witz oder eine vulgäre Bemerkung neu erfunden hatte. Fast konnte man meinen, die Terraner reisten nur zu den Sternen, um den immergleichen Zoten und Obszönitäten zu entfliehen.

Aber dann erfreute die alte Frau die Männer mit einer deftigen Geschichte, die nicht in der Chronik stand. Als Ofelia sie hatte verfassen wollen, waren die Aliens bei ihr aufgetaucht, und dann hatte sie keine Zeit mehr dazu gefunden. Es ging darin um die junge Ampara, die mit ihrem Aussehen und ihrer aufreizenden Art die Hälfte der Männer im Ort und alle jungen Burschen dazu mindestens ein halbes Jahr lang verrückt gemacht hatte.

»Und wie hat diese Ampara denn ausgesehen?« wollte der Erste wissen. Der andere hatte irgendwie die Lust daran verloren und arbeitete schon weiter. Er schlug laut mit dem Hammer oder klapperte mit den anderen Werkzeugen, weil er sich über die Faulheit seines Kameraden zu ärgern schien. Ofelia grinste ihren treuen Zuhörer so breit an, daß ihre Kinnlade knackte.

»Sie erwarten von mir, einer alten Frau, daß ich Ihnen das richtig beschreiben kann?« Sie kokettierte natürlich nur, denn so etwas gehörte dazu, wenn man das Publikum solcher Geschichten so richtig fesseln wollte. Ofelia beschrieb sie ihm, besonders die Körperpartien, die ihn interessierten. So genau hatte sie das Mädchen gar nicht mehr im Gedächtnis, dafür aber um so mehr das, was sie belauscht hatte, wenn die Männer sich über sie unterhalten hatten. Amparas langes Haar interessierte den Soldaten nur mäßig, die Rundungen dafür um so eher. Er schnaufte bereits, und ihr fiel bald nichts mehr ein. »Achtung!« zischte der andere plötzlich. »Sie kommen.«

Die alte Frau hielt sofort den Mund und drehte sich langsam um. Der Leiter und Kira kamen eilig heran, als führten sie ein Geherrennen durch, und beide machten ein durch und durch verdrossenes Gesicht.

»Sera Falfurrias!« Die Biologin schien böse auf sie zu sein. Ofelia konnte sich keinen Grund dafür erklären.

»Ja, Sera?« entgegnete die alte Frau unterwürfig. Sie hatte die Hände vor dem Schoß gefaltet und hielt den Kopf gesenkt, wie jemand, der von seinem Herrn Befehle erwartet. Die neue Stimme verhöhnte sie dafür.

»Was haben die Wesen vor? Was wissen Sie darüber?«

»Worüber, Sera?«

»Na, die Autochthonen. Sie sind verschwunden, bis auf einen, und der redet nicht viel. Sind sie nach Hause zurückgekehrt, oder was? Ich habe genau gesehen, wie Sie heute morgen in den Wald gegangen sind. Also erzählen Sie mir nicht, Sie wüßten von nichts!«

Da sie mit der Unterwürfigkeit nicht weiterzukommen schien, blieb ihr nichts anders übrig, als Kira abzulenken. »Warum glauben Sie, ich würde Sie belügen, Sera?«

»Das habe ich doch gar nicht behauptet«, erwiderte die Frau gereizt.

»Verzeihen Sie, Sera, aber Sie haben gerade gesagt –«

Die Forscherin stampfte wütend mit dem Fuß auf. »Ich habe nur gemeint, daß Sie ja nicht beabsichtigen sollten, mir zu erklären, Sie wüßten von nichts, weil ich Sie nämlich heute morgen – ach, vergessen Sie's!« Kira starrte die alte Frau wütend an. Ofelia entdeckte, daß der laute Soldat hinter dem Rücken der Biologin Grimassen schnitt.

Mittlerweile war ihr eingefallen, wie sie sich aus der Sache herauswinden konnte. »Die Aliens hatten die Stelle entdeckt, an der ich mich während der Evakuierung der Kolonie versteckt hielt. Ich habe dort wohl etwas vergessen, und sie wollten wissen, ob das mir oder Ihnen gehört.«

»Aha.« Ofelia merkte ihr an, daß sie ihr nicht glauben wollte. Kira hätte jede komplizierte Erklärung sofort angezweifelt, aber auf eine so simple, unspektakuläre Antwort war sie nicht gefaßt gewesen. Zögernd machte die Forscherin sich klar, daß eine solche Geschichte zu der biederen und einfachen alten Frau paßte, und entspannte sich langsam. »Also gut. Wir haben uns nur gefragt, was los sein mag.«

Ofelia überlegte, ob sie ihre Ausrede noch etwas ausschmücken sollte, beschloß aber, es damit gut sein zu lassen.

»Wahrscheinlich haben die Wesen mich dabei beobachtet, wie ich in den Wald gegangen bin und dort Pflanzenproben gesammelt habe«, sagte die Biologin. »Sicher haben sie gedacht, ich hätte dort ein Gerät oder sonstwas vergessen.«

»Ja, Sera, das glaube ich auch«, bestätigte die alte Frau.

»Sind Sie aus einem bestimmten Grund hierhergekommen?« fragte der Boss. »Oder wollten Sie nur unseren

Beratern ein wenig Gesellschaft leisten?« Aus seinem Mund klang es so, als habe sie die Burschen von der Arbeit abgehalten und schlimme Dinge mit ihnen getan. Nun ja, irgendwie hatte sie das ja auch, aber dennoch empfand Ofelia es als Unverschämtheit, dessen bezichtigt zu werden.

»Ich wollte eigentlich mit Ihnen reden, Ser Likisi«, entgegnete die alte Frau. »Und auch mit Sera Stavi, wenn das möglich ist.«

Er verdrehte die Augen. »Ja, natürlich. Aber wenn es nur wieder um diese leidige Angelegenheit geht, daß Sie hierbleiben wollen, sollten Sie das besser gleich wieder vergessen, um Ihrer selbst und meiner Geduld willen.«

»Nein, Ser, ich habe etwas anderes auf dem Herzen.« Sie versuchte, demütig zu klingen, aber die Worte kamen doch viel zu trotzig heraus. Kira sah sie scharf an, sagte aber nichts.

»Dann kommen Sie mit«, forderte Likisi sie auf. »Hier draußen ist es viel zu heiß.« Er führte sie von dem Lastwagen und den Soldaten fort, die beide ein Gesicht machten, als hätten sie in eine Zitrone gebissen, und in eines der Zelte, die ihnen als Quartier dienten.

Im Innern stand die Luft, obwohl ein Ventilator sich redlich abmühte. In den Häusern wäre es jetzt viel kühler gewesen, besonders in den schattigen Räumen.

»Ja, so ist es schon deutlich besser.« Der Leiter breitete die Arme aus und ließ sich auf eine gepolsterte Bank fallen. »Kira, seien Sie ein Schatz, und bringen Sie uns eine kühle Erfrischung, ja?«

Nun sah auch die Forscherin so aus, als habe sie in eine Zitrone gebissen. Aber sie bekam sich rasch wieder in den Griff und fragte die alte Frau freundlich, was sie ihr bringen könne. Ofelia lehnte die beiden ersten angebotenen Getränke ab, wie es die Höflichkeit verlangte, und sagte dann bei einem Glas Wasser ja. Die Biologin verschwand hinter einer Trennwand. Sie hatte Likisi nicht gefragt, was er wolle. Das konnte wohl nur bedeuten, daß sie ihm häufiger etwas zu trinken bringen mußte.

Der Boss beobachtete sie aus halb geschlossenen Lidern. »Was können wir für Sie tun? Waren Sie einfach nur neugierig und wollten einmal sehen, wie wir hier in den Zelten leben? Oder möchten Sie vielleicht erfahren, wieviel Gepäck Sie beim Abflug mitnehmen dürfen?«

»Nein, Ser Likisi, darum geht es nicht.« Er hatte ihr keinen Sitzplatz angeboten, und so blieb sie mit zusammengefalteten Händen stehen. Die Ventilatorblätter drehten die Luft, trockneten den Schweiß auf ihrem Rücken und ließen sie bald frösteln.

»Hier, bitte.« Kira reichte ihr ein Glas Wasser mit Eiswürfeln. »Warum setzen Sie sich denn nicht, um Himmels willen? Sie müssen doch nicht die ganze Zeit stehen.« Die Forscherin gab dem Boss ein Glas mit lilafarbenem Inhalt und ließ sich dann mit ihrem eigenen Glas, das eine durchsichtige Flüssigkeit enthielt, an einem niedrigen Tisch nieder. »Kommen Sie, setzen Sie sich zu mir ... wenn Sie möchten.«

Ofelia schlurfte zu der Frau und hockte sich auf den Sessel neben der Forscherin. Die Sitzfläche bewegte sich unter ihr. Die alte Frau sprang gleich wieder auf und sah Kira entsetzt an.

»Oh, tut mir leid«, sagte die Forscherin, und ihrem Gesichtsausdruck nach zu schließen, schien es ihr damit ernst zu sein. »Wie dumm von mir. Das sind Sessel, die sich der Person anpassen, die sich auf sie setzt. Verzeihen Sie, daß ich vergessen habe, Ihnen das zu sagen.«

Die alte Frau ließ sich wieder nieder, aber sehr vorsichtig. Die Sitzfläche verschob sich unter ihrem Gesäß und ihren Oberschenkeln, anscheinend um es ihr so bequem wie möglich zu machen. Ofelia fiel es schwer, aufrecht und steif sitzenzubleiben, und schließlich gab sie nach. Während sie sich entspannte, bewegte sich der Sessel wieder unter ihr. Bald mußte sie zugeben, daß diese Einrichtung nicht unangenehm war. Sie trank einen

Schluck Wasser. Es war kühl, aber vollkommen geschmacklos, und erinnerte überhaupt nicht an die Flüssigkeit, die sie sonst zu sich zu nehmen pflegte. »Vielen Dank, Sera«, sagte sie höflich. »Das Wasser ist sehr gut.«

»In den Seniorenheimen verfügt man über ähnliches Mobiliar«, sagte Kira. »Damit werden Druckstellen vermieden.«

»Sehr interessant«, entgegnete die alte Frau. Sie hatte immer noch keine Idee, wie sie die Forscher überzeugen sollte. Ofelia nahm noch einen Schluck und sagte dann: »Sera, diese Autochthonen, wie Sie sie nennen ...«

»Ja, was ist mit ihnen?« fragte Likisi.

»Ich fürchte, sie sind sehr beunruhigt. Wegen Ihnen.«

Der Boss lachte. »Das kann ich mir gut vorstellen. Die ersten Menschen, denen sie begegnet sind, konnten sie überraschen und überwältigen. Aber jetzt sind wir zurückgekehrt ... Und sie können mit eigenen Augen sehen, über welche Technologie wir verfügen. Das ist sicher auf der einen Seite bedauerlich, auf der anderen Seite aber auch durchaus von Vorteil. So begreifen sie wenigstens, was für ein langer Weg ihnen noch bevorsteht, bevor sie es mit uns aufnehmen können.«

»Wir wollen den Wesen bestimmt nichts zuleide tun, Sera Falfurrias«, schaltete sich Kira ein. »Uns ist klar, daß die Aliens damals nicht wußten, was eigentlich vorging, als die Kolonisten gelandet sind. Der Angriff und das alles war eben eine Verkettung unglücklicher Umstände. Wir haben hier feststellen können, daß die Autochthonen nicht so blutrünstig sind, wie auf der Erde lange angenommen wurde. Sie sind auch ziemlich intelligent, und sobald Bilong ihre Sprachanalyse abgeschlossen hat, werden wir uns sogar mit ihnen unterhalten und ihnen erklären können, warum ...«

Diese Ausführungen strotzten vor Mißverständnissen wie eine Apfelsine vor Kernen.

Die Leute hatten verstanden, was vorgefallen war. Diese Forscher hier nicht.

»Die Kolonisten haben ihre Nester zerstört«, entgegnete Ofelia.

»Nester?« Likisi starrte sie an. »Diese Wesen bauen Nester? Davon hat Bilong aber nichts gesagt!«

»Unsere Linguistin meint, die Siedler seien auf einer heiligen Stätte der Aliens gelandet, auf geheiligtem Boden oder etwas in der Art«, fügte Kira hinzu.

»Es waren ihre Nester«, sagte die alte Frau noch einmal.

»Das haben die Menschen damals nicht gewußt«, rief die Biologin. »Woher auch? Sie hatten ja keine Ahnung, daß es auf dieser Welt intelligente Eingeborene gibt!« So besorgt die Frau auch klingen mochte, sie schien sich nicht im geringsten Gedanken um die Nester zu machen, die in ihren Augen von Halbwilden gebaut worden waren. Ofelia schämte sich für diese Menschen.

»Ob Nester, Heiligtum oder was auch immer spielt jetzt wohl keine Rolle. Wichtig ist allein, daß wir verstehen, warum sie damals so aggressiv reagiert haben. Wenn die Wesen sich vor unserer Rache fürchten, müssen wir ihnen eben begreiflich machen, daß wir nicht auf weiteres Blutvergießen aus sind – so lange die Aliens sich friedlich verhalten.«

Die alte Frau wäre am liebsten aufgesprungen und hätte die beiden angeschrien. Aber was hätte das schon bewirkt? Einfach zu glauben, daß der Tod von Nestlingen und Nestwächtern nicht mehr ins Gewicht falle ... davon auszugehen, daß die Leute sich vor der Rache der Menschen fürchteten ... sich einzubilden, daß die Macht in ihren Händen lag und nicht in denen der Wesen, die hier zu Hause waren ... Ja, sie waren Narren, ob Ofelia ihnen das nun entgegenschrie oder nicht.

»Für sie hat es aber eine große Rolle gespielt, daß ihre Nester zerstört wurden.« Mehr konnte sie nicht erwidern. Sie erhob sich, weil sie keine Sekunde länger mit diesen Menschen unter demselben Dach verbringen wollte.

Hinter ihr wurde die Zeltöffnung aufgerissen, und die alte Frau zuckte erschrocken zusammen. Es waren aber nur die beiden anderen Forscher, die von irgendeiner Unternehmung zurückkehrten.

»Der Bursche hat mit uns Katz und Maus gespielt«, sagte Ori gleich. »Ich glaube, er wollte uns seine Jägerfähigkeiten vorführen, aber ganz sicher bin ich mir da nicht. Mann, ich bin richtig ausgedörrt. Oh, hallo, Sera Falfurrias. Vergeben Sie mir bitte, daß ich Sie nicht sofort begrüßt habe.«

»Sie glauben ja gar nicht, wie viele Gaumenlaute diese Aliens hervorbringen können.« Bilong klopfte auf einen grauen Kasten, der an ihrer Seite hing. »Diesmal habe ich sehr gute Aufnahmen machen können. Keine störenden Nebengeräusche. Wenn wir das durch die Wellenanalyse geschickt haben, dürften wir vor dem Abschluß stehen. Dann dauert es nicht mehr lange bis zur phonetischen Analyse.«

»Deswegen hat unser großer Jäger auch nichts gefangen. Er hatte viel zuviel damit zu tun, Bilongs Kasten vollzuquatschen.« Ori klang nicht sehr glücklich. Wenn er tatsächlich einem der Wesen gefolgt war, dessen Aufgabe darin bestanden hatte, ihn von der Waldlichtung fernzuhalten, hatte er einen harten Tag in der heißen Sonne hinter sich. Ofelia sagte sich, daß sie wohl besser wartete, bis seine Laune sich etwas gebessert hatte. Aber jetzt stand sie nun einmal hier, und wann würde sie noch einmal die Chance erhalten, alle vier gleichzeitig ansprechen zu können? Die alte Frau spürte, wie ihre linken Zehen zuckten, so als wollten sie Zustimmung ausdrücken.

Doch sie schwieg. Wieviel war die Erfahrung einer Klick-Kohh-Kirr wohl wert, wenn niemand da war, der sie hören wollte? Aus Erfahrung wußte sie, daß diese Menschen sie nicht ernst nahmen; und das um so mehr, wenn der eine viel zu aufgeregt war, ein anderer hingegen schlechte Laune hatte.

»Ich würde Sie alle gern zu mir zum Essen einladen«, sagte sie schließlich. »Bislang habe ich Sie noch nicht bei mir zu Hause empfangen dürfen.«

»Was?« Likisi starrte sie mit glasigen Augen an (was mochte das bloß für ein lilafarbenes Zeugs sein?), ehe ihm seine Manieren wieder einfielen. »Äh, ja, vielen Dank, Sera, aber nicht heute, ja? Ori macht einen ziemlich erschöpften Eindruck, und ich könnte auch etwas Ruhe gebrauchen.«

»Dann vielleicht an einem anderen Tag«, bot Ofelia an. »Morgen oder übermorgen?« Die Wesen hatten darauf bestanden, daß sie die Sache so bald wie möglich angehen mußte. Sie waren jedenfalls bereit für die große Konfrontation. Die alte Frau wußte nicht, was genau sie beabsichtigten, aber sie vertraute ihnen.

»Morgen wäre uns sehr angenehm«, sagte Kira. »Erlauben Sie uns, ein paar Kleinigkeiten vom Schiff mitzubringen?«

Ofelia durchschaute sie gleich. Die Menschen hatten Abscheu vor den Nahrungsmitteln, die sie in ihrem Garten zog. Die alte Frau ärgerte sich darüber und hätte am liebsten abgelehnt. Ihr Zorn verlieh ihr zusätzliches Gewicht, und sie fühlte sich wie ein Fels in der Brandung.

»Ich werde alles vorher sorgfältig reinigen, Sera«, entgegnete sie. »Und ich koche bereits seit vielen Jahren.« In Gedanken fügte sie hinzu: Und ich bin nicht an meiner Küche gestorben, sondern erfreue mich immer noch meiner Gesundheit.

»Selbstverständlich, Sera«, seufzte Ori. »Vermutlich machen wir uns darum auch zu viele Gedanken. Seien Sie versichert, daß wir uns geehrt fühlen, an Ihrer Tafel speisen zu dürfen.« Die anderen drei wirkten wenig begeistert, sprachen sich aber nicht dagegen aus.

»Vielen Dank für Ihre Freundlichkeit«, sagte die alte Frau und entfloh hinaus in die heiße Nachmittagssonne. Die beiden Soldaten beugten sich immer noch über den

Lastwagen, schienen aber nicht mehr daran zu arbeiten und lieber zu schwatzen. Als sie Ofelia bemerkten, richteten sie sich auf. Der Laute grinste breit, sagte aber nichts.

Auf dem ganzen Weg bis zu ihrem Haus wurde sie von der alten Stimme getadelt, die ihr sagte, sie habe alles falsch angefangen und ihr ganzes Vorhaben sei von vornherein zum Scheitern verurteilt. Die neue Stimme schwieg wieder, aber die alte Frau spürte, daß sie sich tief in ihrem Innern regte und dort einiges in Bewegung brachte. Die Stimmen waren linke Hand und rechte Hand.

Im Haus wartete schon Blaumantel. Ofelia hatte damit gerechnet, ihn hier anzutreffen. »Sie haben mir heute nicht zugehört«, erklärte sie ihm, »aber mir versichert, daß die Erde nicht gedenke, an euch Rache zu üben, weil ihr die Kolonisten getötet habt. Die Forscher meinten, davor hättet ihr Angst.« Er klopfte einmal mit dem Fuß auf. Sie mußte gar nicht hinsehen, um zu wissen, welcher von beiden. »Sie gehen davon aus, die Regeln für mein und für dein Volk aufzustellen, um uns so besser kennenzulernen. Die Forscher glauben, ihr würdet das akzeptieren, weil euch doch keine andere Wahl bleibe. Keine Sorge, sie werden schon noch verstehen, auch wenn bislang nur wenig darauf hindeutet. Morgen kommen sie zu mir zum Abendessen. Das ist das, wozu eine alte Frau in ihren Augen noch taugt: sie bekochen, sie versorgen und ihnen zuhören.«

Der Sänger fragte sie, wieviel sie den Menschen schon hatte beibringen können? Er sprach so klar und deutlich, daß Ofelia nicht einmal nachfragen mußte.

»Ich bin nicht viel losgeworden«, antwortete sie. »Sie litten unter der Hitze und hatten Hunger und Durst. Da haben sie mir noch weniger als sonst zugehört. Aber ich will noch mehr über sie herausfinden.« Zum Beispiel, mit welchen Waffen das Shuttle und das Schiff im Orbit bestückt waren? Welche Befehle der Schiffskapitän erhalten hatte? Der alten Frau war klar, daß eine bewaffnete Auseinandersetzung für die Leute schlecht ausgehen mußte. Deswegen durfte es gar nicht erst so weit kommen. Wenn überhaupt eine Einigung möglich war, dann nur auf dem Weg der Verhandlung und Überzeugung.

Früh am nächsten Morgen begab Ofelia sich in ihren Garten, um frisches Gemüse zu besorgen. Amüsiert verfolgte sie, wie einige der Aliens sich beschäftigten und sich von ihr fern hielten. So blieb ihr ausreichend Zeit, sich darüber Gedanken zu machen, was sie aus dem zaubern konnte, das ihr zur Verfügung stand. Sie trug alles zusammen, breitete es auf dem Küchentisch aus und machte sich dann an die Vorbereitungen. Viel Zeit war vergangen, seit sie zum letzten Mal ein Festmahl zubereitet hatte. Zu lange hatte sie nur das gekocht, was ihr selbst schmeckte.

Ofelia überlegte, was diesen jüngeren Menschen, diesen Fremden, gefallen würde. Sie zerteilte einen Kürbis und kochte die Stücke in Wasser. Die alte Frau beabsichtigte, ihnen zwei Sorten von Pastetchen vorzusetzen, die eine mit Kürbis, die andere mit Obst gefüllt. Dazu besorgte sie aus dem Kühlraum gezuckerte Beeren und aus der Fleischabteilung eine Lammkeule.

Natürlich hatte sie nur das Wissenschaftler-Quartett eingeladen, aber die Soldaten vergaß sie trotzdem nicht. Am Mittag trug sie einen Krug Saft zu ihnen. Die beiden arbeiteten heute an einem anderen Fahrzeug.

»Tut mir leid, aber mein Haus ist so klein«, entschuldigte sie sich bei ihnen und senkte in gespielter Scham den Kopf.

»Macht nichts«, sagte der zweite. »Vielen Dank für diese Erfrischung.«

»Meinen Sie, Ihnen bleibt noch genug Zeit, die Geschichte von gestern zu Ende zu erzählen?« fragte der andere. Ofelia hoffte, er sei es gewesen, der sie neulich niedergeschlagen hatte. Weil er so laut war, mochte sie ihn ohnehin nicht besonders. Der Verstand sagte ihr, daß der Ruhigere mindestens genauso gefährlich war. Doch wie konnte sie jemandem böse sein, der, ohne daß man ihn dazu aufforderte, höflich zu ihr war?

»Tut mir sehr leid, aber ich habe noch so viel zu kochen«, entgegnete sie. »Vielleicht später ... Dann könnte ich Ihnen ja eigentlich auch ein paar von den Pastetchen vorbeibringen.«

»Wir sind nicht allein. Da wäre auch noch der Pilot«, wandte der Laute ein. »Ich glaube, er hätte nichts dagegen, ebenfalls etwas abzubekommen.«

»Laß doch«, mahnte der andere.

»Es wäre mir eine Ehre«, sagte Ofelia rasch und zog sich dann zurück, ehe einer von ihnen noch etwas sagen konnte. Die alte Frau rechnete damit, daß die Soldaten den Saft erst in eine ihrer Maschinen gießen würden, um sicherzugehen, daß sie nicht vergiftet werden sollten. Natürlich wäre Ofelia niemals so dumm, das zu versuchen, aber das wußten die Berater ja nicht. Auf jeden Fall drehte sie sich auf dem Heimweg nicht zu ihnen um, um festzustellen, was sie mit dem Getränk anstellten.

Im Haus rollte sie den Pastetenteig aus und portionierte ihn. Auf jeden kleinen Kreis gab sie einen Eßlöffel Beeren oder gewürztes Kürbisfleisch. Nachdem sie die Pasteten in den Backofen geschoben hatte, begab sie sich ins Zentrum, um eine große Servierplatte zu besorgen. Wenn ihr die Essenseinladung früher eingefallen wäre, hätte sie viel umsichtigere Vorbereitungen treffen können – wie zum Beispiel sich vom Fabrikator hübscheres Geschirr anfertigen lassen oder es sogar mit ihrem eigenen Design zu verschönern. Aber wie hätte sie in den letzten Tagen auch nur einen klaren Gedanken fassen können, wo diese Forscher ihr doch ständig den letzten Nerv geraubt hatten?

Die Pasteten hatte sie früh genug in den Ofen geschoben, damit es im Lauf des Tages im Haus nicht zu heiß würde. Die Lammkeule wollte sie im Nachbarhaus oder im Zentrum braten. Als die Pasteten fertig waren, stellte sie sie zum Abkühlen in ein Regal und schob dann den Küchentisch auf die andere Seite des Raums. Nun zurück ins Zentrum, wo sie ein ausreichend langes Stück blauen Stoff fand, das als Tischtuch dienen sollte. Das einfache Geschirr wirkte darauf fast schon festlich. Die Tagrebenblüten würden sich nicht lange genug halten, also dekorierte sie die Tafel mit Kräutern und Früchten.

Danach blieb ihr nur noch wenig Zeit, um mit einem Tablett voller Pasteten, einem selbstgebackenen Laib Brot, einem Topf selbstgemachter Marmelade, einer Dauerwurst und etwas Obst zu den Soldaten zu eilen. Die beiden beschäftigten sich gerade mit dem Piloten, den sie noch nie zuvor gesehen hatte, an einem dritten Fahrzeug, bemerkten sie aber rasch. Diesmal kamen sie ihr sogar entgegen, um ihr das beladene Tablett abzunehmen.

»Vielen Dank«, sagte der Leise. »Das ist wirklich sehr freundlich von Ihnen.« Er nahm sich gleich eine Pastete. »Ich hoffe, Ihrem Kopf geht es wieder besser ... ein bedauerlicher Unfall ... Aber sie haben mich so erschreckt.«

Ofelia lächelte ihn an. Sie wünschte immer noch, der andere hätte ihr den Schlag verpaßt, weil sie den leichter hassen konnte. »Er tut nicht mehr weh«, sagte sie. »Und ich wollte Sie wirklich nicht erschrecken.«

»Das weiß ich doch.« Er biß in die Pastete, und seine Miene verwandelte sich sofort von Höflichkeit zu Überraschung. »Das ist ja wirklich toll!« rief er, als hatte er erwartet, etwas Bitteres oder Verkochtes zu schmecken.

»Wenn Sie mich jetzt bitte entschuldigen wollen«, sagte die alte Frau, »aber ich muß mich wirklich um das Dinner kümmern. Ich will nämlich eine Lammkeule auf den Tisch bringen –« Und damit schilderte sie in allen Einzelheiten, was sie für den heutigen Abend geplant hatte, um die drei neidisch zu machen. Und tatsächlich stellte sie schon bald fest, wie ihre Zuhörer immer unzufriedener wurden. Aber wie sie sich ausgerechnet hatte, richtete sich ihr Unmut auf die Forscher und nicht auf sie. Danach kam ihnen das, was auf dem Tablett lag, weniger toll vor, wußten sie jetzt doch, was ihnen entging.

Als die Gäste eintrafen, war der Tisch bereits gedeckt. Als Vorspeise reichte sie Schüsselchen mit geschnittenen Tomaten und Zwiebeln in Essig und Öl, das Ganze umrahmt von einem Kranz aus Basilikum und Rosmarin. Die Lammkeule hatte sie mit einem Mantel aus zerstoßenen Kräutern versehen. Unglücklicherweise sah gebackenes Rosmarin immer aus wie die Reste eines Insekts, das gegen eine Glühbirne geflogen ist, aber als Geschmacksveredler war es so hervorragend, daß Ofelia nicht darauf verzichten wollte.

Die alte Frau schnitt den Braten, und die Gäste hielten den Atem an. Sie hatte vorher den Knochen herausgetrennt und den Braten dann mit Käse, Gemüse und Kräutern gefüllt. Jede Scheibe wies nun ein ganz eigenes Muster auf.

Ofelia selbst hatte keinen Appetit mehr, und das lag nicht nur daran, daß sie den ganzen Tag so oft probiert und abgeschmeckt hatte. Sie war ja die ganze Zeit auf den Beinen, räumte ständig ab oder tischte Neues auf.

»Ich hatte ja keine Ahnung, daß Sie eine so gute Köchin sind, Sera Falfurrias«, lobte Likisi. »Waren Sie vielleicht hier in der Kolonie die Köchin?«

»Nein, Ser. Anfangs, als unsere Häuser noch nicht standen, hat jede Familie nur für sich gekocht. Aber wir alle haben ein paar Portionen mehr gemacht und die im Gemeindezentrum gelagert. Es konnte ja immer mal jemand krank werden oder so. Die Gemeindeküchen haben wir für die Schulspeisung benutzt oder in den Wochen, wenn die meisten von uns hinaus auf die Felder mußten.« Oder während der Fluten oder während der Epidemien, aber das wollte sie nicht alles aufzählen.

Anfangs probierten die vier nur vorsichtig, aber dann langten sie zu, als hätten sie seit Tagen nichts Richtiges mehr zu essen bekommen. Als Ofelia zum Nachtisch die gefüllten Pasteten auf den Tisch brachte, lehnten die Forscher bereits in ihren Stühlen und trugen den halb schläfrigen Gesichtsausdruck zur Schau, der von einem vollen Magen kündete. Genauso hatte die alte Frau es auch beabsichtigt.

Sie räumte alles schmutzige Geschirr ab, stellte ihnen kleine Teller für die Pasteten hin und ließ sich dann auf ihrem Stuhl nieder, den sie den ganzen Abend über kaum benutzt hatte.

Beine und Rücken taten ihr weh. Bis eben hatte sie soviel gearbeitet, daß ihr das gar nicht aufgefallen war. Aber schmerzende Glieder und Knochen hatten noch keinen umgebracht – im Gegensatz zu Kriegen. Sie lächelte ihre Gäste an, und die lächelten wohlig zurück, während sie die Pasteten verdrückten. Jetzt befanden sich die Forscher genau in der Stimmung, in der Ofelia sie haben wollte; eine bessere Gelegenheit würde sie wohl kaum erhalten. Die alte Frau warf einen kurzen Blick aus dem Fenster. Draußen im Dämmerschein marschierte Blaumantel gerade mit zwei anderen ins Zentrum.

Als Ofelia jetzt anfing zu sprechen, besaß sie die Aufmerksamkeit der anderen, und keiner unterbrach sie. Die alte Frau fuhr dort fort, wo sie gestern aufgehört hatte – bei den Aliens. Die Autochthonen seien bestürzt, erklärte sie noch einmal, weil sie der Ansicht seien, die Menschen hätten noch nicht begriffen, was vorgefallen sei. Der Angriff auf ihre Nester habe erst den Angriff auf die Kolonisten ausgelöst, aber die Wesen sorgten sich nicht um irgendwelche Vergeltungsschläge.

»Sie sind der Ansicht, daß ihre Tat gerechtfertigt gewesen ist«, schloß die alte Frau, »und sie werden keine weiteren Störungen mehr dulden.«

»Sicher haben Sie ihnen doch erklärt, daß weitere Kolonisierungsvorhaben für diese Welt nicht vorgesehen sind, oder?« fragte Likisi Bilong.

»Ich habe es versucht«, antwortete sie, »und ich glaube auch, daß ich ihnen das klarmachen konnte.«

»Sie sehen also, Sera Falfurrias«, wandte er sich an Ofelia, »die Wesen stehen unter dem Schutz unserer Gesetze. Niemand wird es wagen, sich ungebeten hier niederzulassen. Aber die Aliens dürfen auch nicht weiter herumlaufen und Menschen abschlachten, bloß weil sie aufgebracht sind.«

»Die Kolonisten haben ihre Kinder und Nestwächter umgebracht«, entgegnete die alte Frau.

»Aber das war doch nur ein Unfall«, erklärte der Leiter. »Das können doch wohl auch die Autochthonen begreifen. Die Siedler haben einen Fehler begangen, zugegeben, aber das geschah nicht vorsätzlich. Wir sind bereit, den Wesen zuzuerkennen, daß auch ihr Vorgehen auf einem Mißverständnis beruhte. Niemand auf der Erde schreit nach Rache ... Na ja, einige schon, aber von denen läßt die Regierung sich nicht beeinflussen. Nur dürfen die Aliens uns gegenüber nie wieder zu Mitteln der Gewalt greifen. Außerdem werden wir sicherstellen, daß ihnen die nötige Technologie nicht in die Hände fällt, mit der sie uns wirklichen Schaden zufügen könnten. Erst wenn sie reif genug sind, kommen wir ihnen in dieser Hinsicht entgegen.«

Ofelia hatte das Gefühl, jemand habe ihre Eingeweide zu einem komplizierten Knoten verschnürt. Sie mußte sich zwingen, das Gespräch fortzusetzen. »Aber nach dem, was Sie mir erzählt haben, besitzen die Wesen oben im Norden Städte und Segelschiffe. Wie wollen Sie sie denn davon abhalten, den Rest von sich aus dazuzulernen?«

Der Leiter lachte. »Dazu brauchen sie Jahrzehnte, ach was, Jahrhunderte wird es dauern, bis sie ihre eigene Industrie aufgebaut haben. Bedauerlicherweise sind sie hierhergekommen und dabei mit Elektrizität in Berührung gekommen. Nun gut, das läßt sich nicht mehr ändern. Aber wir können uns ganz gelassen zurücklehnen. Bis die Aliens Generatoren oder Batterien entwickelt haben, wird wohl noch ein Weilchen vergehen. Die Menschen haben dafür mehrere tausend Jahre gebraucht. Warum sollten diese Eingeborenen es schneller schaffen? Aber wie dem auch sei, solange sie ihren Planeten nicht verlassen können, haben sie auch keine Möglichkeit, uns zu schaden.«

Aber die Menschen waren auch nie mit dem fertigen Produkt konfrontiert worden, dachte die alte Frau. Wie lange hatten bestimmte Staaten auf der Erde gebraucht, um das nachzubauen, was andere Staaten erfunden oder entwickelt hatten? Da reduzierte sich der Zeitraum auf wenige Jahre.

Bilong meldete sich zu Wort: »Sera, ich verstehe nicht ganz, woher Sie das alles wissen wollen. Sie haben die Sprache dieser Kultur doch gar nicht studiert –«

»Aber ich lebe schon eine ganze Weile mit diesen Wesen zusammen. Und sie haben sich ziemlich rasch mit mir verständigen wollen.«

»Natürlich, aber wie groß ist die Wahrscheinlichkeit, daß Sie auch alles richtig verstehen?« wandte die Linguistin ein. »Zum Beispiel dieser Ausdruck, den ich von Ihnen einmal gehört habe. Ich habe ihn einer akustischen Analyse unterzogen, und Sie sprechen ihn nicht einmal so aus wie die Autochthonen.« Bilong atmete tief durch und gab ein »Klick-Kohh-Kirr« von sich, das sich in Ofelias Ohren ziemlich korrekt anhörte. »So sprechen die Wesen das aus, Sie aber sagen ›Klick-Kohh-Kirr‹. Haben Sie den Unterschied mitbekommen?« Nein, hatte die alte Frau nicht. Und wenn es einen Unterschied geben würde, wäre das nicht weiter tragisch. Blaumantel hatte sie bis jetzt noch immer verstanden.

Die junge Frau stützte sich mit beiden Ellenbogen auf den Tisch. »Worauf ich hinaus will, ist folgendes: Sie verstehen diese Aliens nicht richtig, Sie glauben nur, sie zu verstehen. Als die Wesen hier aufgetaucht sind, waren Sie ganz allein. Vermutlich hatten Sie aufgrund der Einsamkeit eine Psychose entwickelt und haben deswegen die Kreaturen als Ihre Freunde angesehen. Aber sie sind nicht Ihre Freunde, sondern Fremdwesen. Ich meine natürlich Autochthone«, fügte sie rasch mit einem Blick auf ihre Kollegen hinzu.

Ofelia schaute zum Fenster hinaus. Draußen war es Nacht geworden. Die Dämmerung in den Tropen ging sehr rasch vorüber. Wenn sie etwas über die Menschen wußte, dann dies: Die beiden Soldaten und der Pilot glaubten, daß ihre Vorgesetzten für Stunden beschäftigt waren, und hatten ihr kleines Festmahl mit dem Selbstgebrannten veredelt, den sie ihr gestern angeboten hatten. Falls sie irgendeine Form von Unterhaltung dabeihatten, Würfel oder Disketten, dann würden sie sich die gerade ansehen und anhören. Noch machten sie sich bestimmt keine Sorgen. Erst später würde es opportun sein, die Augen aufzuhalten. Zu dem Zeitpunkt, an dem sie mit der Rückkehr des Leiters rechneten.

Was die alte Frau nicht wußte, war, mit welchen Einrichtungen das Shuttle gesichert war. Sie hatte dem Sänger von den Sicherungen berichtet, die sie kannte, von den Lichtstrahlen oder Tonwellen, die sofort Alarm auslösten, wenn jemand sie unterbrach. Auch die Druckplatten hatte sie erwähnt, und die Einrichtungen, die den Handabdruck oder das Retinamuster registrierten. Blaumantel hatte das alles nicht sonderlich beunruhigt, und deswegen sollte sie sich jetzt wohl auch kein Problem daraus machen.

»Diese Wesen sind sehr intelligent«, erklärte Ofelia nun den Gästen. »Sie lernen überaus schnell, auch schon als Baby.«

»Babies? Was wissen Sie über ihren Nachwuchs?« Kira legte die Pastete zurück auf den Teller, von dem sie ihn gerade genommen hatte.

Nun kam der Teil, vor dem Ofelia sich am meisten

fürchtete. Sie hatte eigentlich den Menschen nicht aufdecken wollen, daß einer der hiesigen Aliens Nachwuchs bekommen hatte, aber Blaumantel und die Mutter hatten darauf bestanden. Sie müsse den Forschern unbedingt von den Nestlingen erzählen, und sie müßten sie unbedingt sehen. »Ihre Kleinen sind wirklich süß«, antwortete die alte Frau. »Sie sind sehr liebevoll und lernen außerordentlich schnell.«

»Haben Sie die Babies etwa gesehen?« riefen alle vier wie aus einem Munde. »Hier in der Siedlung?«

»Warum haben Sie uns nichts davon gesagt?« wollte die Biologin außerdem wissen.

»Sie haben mich nicht danach gefragt«, antwortete Ofelia mit grimmiger Selbstzufriedenheit. Als bei den Forschern die Überraschung erster Verärgerung wich, erhob sich die alte Frau. »Folgen Sie mir, wenn Sie die Nestlinge sehen wollen.«

Nichts und niemand hätte sie aufhalten können. Sie drängten hinter Ofelia über die Straße bis zum Zentrum, wo die alte Frau an der versperrten Tür anklopfte. Der Sänger öffnete ihnen und ließ alle ein. Als sich alle im Gang versammelt hatten, schloß Ofelia die Tür wieder.

»Warum schließen Sie denn ab?« fragte der Leiter.

»Weil wir nicht wollen, daß die Kleinen entwischen und nach draußen laufen«, antwortete die alte Frau und führte die Gruppe ins Klassenzimmer. Licht drang unter der Tür her auf den Gang, und sie konnte die quiekenden Stimmen der Nestlinge hören.

Kapitel 20

Ofelia wußte nicht so recht, was Blaumantel für seine Demonstration geplant hatte. Aber was sie dann im Klassenzimmer zu sehen bekam, übertraf all ihre Erwartungen. Eines der Babies hockte bei Gurgel-Klick-Hust auf dem Schoß und tippte auf der Konsole des Computers herum. Auf dem Bildschirm wirbelten Farben durcheinander. Zwei der Erwachsenen beugten sich über eine Ansammlung ihrer Flaschen und steckten dort Drähte hinein. Die wiederum führten ... Ofelia mußte blinzeln ... zu mindestens der Hälfte der elektrischen Vorführapparate in diesem Raum.

Zwei weitere Nestlinge hockten auf dem Boden und setzten mit Schraubenziehern und anderen Werkzeugen etwas zusammen, was ziemlich kompliziert aussah. Ofelia fragte sich, was das wohl sein mochte, hoffte aber, daß es funktionierte, sobald die Kleinen damit fertig waren.

»Oh ... mein ... Gott!« stöhnte Likisi. Von ihm hatte die alte Frau am allerwenigsten erwartet, daß er gläubig war. »Sie benutzen ... einen Computer!«

Blaumantel trat zu ihr. Er hatte hinter ihnen leise die Tür geschlossen. »Ähhrlähhdihht«, flüsterte er Ofelia zu.

»Aber wie konnten sie das lernen? Haben Sie ihnen das etwa beigebracht? Obwohl wir Sie gewarnt haben?« Der Leiter sah sie wütend an. Der Sänger trat zwischen sie und zwang Likisi, sich ihm zuzuwenden.

»Uahhss Uihhrr Shehhnn, Ahht Uihhrr«, erklärte er ihm und verwies ihn mit einer weiten Armbewegung auf die unterschiedlichen Aktivitäten in dem Raum.

»Er meint: ›Was wir sehen, machen wir‹«, klärte Bilong ihren Chef auf. »Und ich fürchte, damit hat er nicht übertrieben. Er sagt, sie könnten alles nachmachen, was sie einmal gesehen haben. Natürlich verhält es sich nicht wirklich so, aber sehen Sie sich das doch bloß mal genau an ...«

»Ahht Psss«, sagte der Sänger und wandte sich dann in seiner eigenen Sprache an die beiden vor den Flaschen. Die alte Frau hielt den Atem an. Sie konnte kaum glauben, daß es ein zweites Mal funktionieren würde. Beim ersten Mal war es ihr schon wie Magie vorgekommen.

Jemand schaltete das Licht aus, und bevor die erschrockenen Menschen sich beschweren konnten, flammte in der Mitte des Raums eine Lichterkette auf. Ein Alien schaltete die Beleuchtung wieder ein, und einer der beiden an den Flaschen blähte zweimal seinen Kehlsack in Richtung der Forscher auf, ehe er einen Schalter umlegte und die kleinen Glühbirnen ausgingen.

»Aber das ist doch unmöglich!« rief der Leiter. »Sie haben sicher eine Verlängerungsschnur benutzt oder irgendwo eine Batterie versteckt!«

»Die Batterie ist da, direkt vor Ihnen, in Form der Flaschen«, erklärte ihm Ofelia wissend; Blaumantel hatte ihr das vor kurzem erklärt. »Sie brauen irgendein Zeugs zusammen, das wie die Säure in unseren Batterien wirkt.«

»Aber das können sie nicht ... Das ist doch einfach ausgeschlossen!«

»Doch, denkbar wäre es schon.« Kira trat näher an die Anlage heran, um sie genauer zu betrachten. »Wenn sie schon hinter die richtige Säure gekommen sind ...«

»Wissen Sie, Ser«, sagte die alte Frau, »die Wesen verstehen sich auch darauf, Explosivstoffe herzustellen. Eines der gelandeten Shuttles wurde –«

»Psss Ihh Immhhäl«, erklärte Blaumantel. »Psss Ihh Kahhal, Ahht Lllliahht, Ahht Küh, Ahht –«

»Sie haben sie darauf gebracht!« Likisi fuhr zu der alten Frau herum. »Von allein können sie nicht darauf gekommen sein. Sie haben es ihnen gesagt! Dabei haben diese Wilden nicht einmal eine Regierung!«

»Regierungen und wissenschaftlicher Fortschritt bedingen einander nicht unbedingt«, bemerkte Ori trocken. Er schien sich als einziger nicht zu erregen, wirkte sogar amüsiert, so als würde er Likisis Entsetzen genießen. »Offen gesagt, ich glaube nicht, daß Sera Falfurrias über das nötige Hintergrundwissen zum Aufbau einer solchen Demonstration verfügt.« Er wandte sich an die alte Frau: »Sagen Sie mir doch, Sera, was für ein

Gebräu muß man zusammenkochen, um auf chemische Weise Strom zu erzeugen? Nun, wissen Sie es?«

»Batterien arbeiten mit Säure«, antwortete sie. »Das Zeug stinkt und sondert gefährliche Dämpfe ab.«

»Ja. Genau wie ich vermutet habe. Und lassen Sie mich noch weiter gehen, Vasil. Ich vermute, wenn wir den Inhalt dieser Flaschen dort analysieren, werden wir etwas ganz anderes feststellen als die Säure, die unsere verehrte Sera Falfurrias schon einmal in einer Batterie gesehen hat. Ich habe Ihnen seit unserer Ankunft hier schon mehrfach gesagt, daß diese Autochthonen sich erheblich von allen Kulturen unterscheiden, die ich bislang studiert habe.«

»Das sind ja auch Außerirdische«, entgegnete der Leiter. »Natürlich unterscheiden sie sich von unseren Kulturen.«

»Entschuldigen Sie mich bitte.« Ori ließ Vasil stehen und trat zu Kira. »Haben Sie eine Ahnung, was sich in den Flaschen befinden könnte?«

»Diese Anlage – nein, ich habe keine Vorstellung, woraus sie sich zusammensetzt oder nach welchen Plänen sie zusammengebaut worden ist.« Sie hielt eine Handvoll Blätter und ein paar orangerote Früchte hoch, die kleiner als Pflaumen waren. »Ich weiß nicht, wie sie daraus die Säure herstellen . . .«

»Spielt es denn eine Rolle, wie sie das anfangen?« fuhr der Leiter dazwischen. »Wichtig ist doch wohl nur, daß es sich bei ihnen um Außerirdische handelt, die noch keine Ahnung von der Elektrizität hatten, bevor sie unserer Oma hier begegnet sind. Und jetzt wissen sie darüber Bescheid. Das alles ist allein die Schuld von –«

Ofelia duckte sich, als Vasil vor ihr auftauchte. Vielleicht hatte er gar nicht vor, sie zu schlagen, aber die alte Frau kannte diesen Tonfall und diese Körperhaltung zu gut.

Plötzlich schlossen sich Krallenhände um Likisis Arme. Zwei Wesen hielten ihn fest und hinderten ihn daran, sich loszureißen. Die anderen Wissenschaftler erstarrten und sahen Ofelia fragend an.

»Blaumantel ist der Sänger der meisten Jagdstämme und ihrer Nestwächter«, erklärte die alte Frau und ignorierte den gefangenen Leiter und die erschrockenen Forscher. Sie konnte sich nur darauf konzentrieren, die richtigen Worte zu finden, um das möglichst genau wiederzugeben, was der Alien ihr erklärt hatte. »Unter Sänger darf man sich keinen Unterhaltungskünstler vorstellen; vielmehr handelt es sich dabei um eine Position oder ein Amt. Der Sänger stellt Kontakte her oder vermittelt. Zum Beispiel zwischen Nestwächtern, die einen Vertrag über Nestplätze oder Jagdgebiete abschließen wollen. Wir würden ihn also eher als Diplomaten bezeichnen. Allerdings sind Nestwächter die einzigen, die für alle verbindliche Abkommen schließen können.«

»Sie meinen, die Nestwächter sind ihre Herrscher?« fragte Ori. Eines mußte man dem Mann zugute halten. Er schien sich nicht darüber zu ärgern, mit seiner Einschätzung falschgelegen zu haben, sondern wollte viel lieber mehr über das Hierarchiesystem der Aliens erfahren.

»Nein. Nicht direkt ihre Herrscher. Die Nestwächter sind für die Jungen verantwortlich, von deren Geburt bis zu dem Zeitpunkt, an dem sie alt genug sind, mit den Stämmen zu ziehen. Deswegen entscheiden die Nestwächter in allen Fragen, die die Nestlinge angehen. Sie übernehmen die Erziehung der Kinder und achten darauf, daß die bestehenden Verträge eingehalten werden.«

»Ich verstehe noch immer nicht, wie dieses System funktionieren soll«, sagte Kira. »Wenn diese Nestwächter mit den Jungen in den Nestern zurückbleiben, wie wollen sie dann erfahren, was die Nomadenstämme unterwegs beschließen?«

Das wußte die alte Frau nicht, ihr war nicht einmal bekannt, ob die Nestwächter überhaupt davon erfuhren. So fuhr sie einfach, als wenn kein Einwand von der Biologin gekommen wäre, fort: »Blaumantel erschien erst mit der zweiten Alien-Gruppe hier, nachdem er von der ersten erfahren hatte, daß hier jemand lebt, nämlich ich, der von derselben Art ist wie die Monster, die die Nester zerstört hatten. Aber irgendwie bin ich wohl auch anders. Weil ich alt bin und Kinder gehabt habe, doch auch weil ich zurückgeblieben bin, als mein Volk weiterzog, glauben sie, ich sei eine Nestwächterin der Menschen.«

»Das kann ich nachvollziehen«, bemerkte Ori. »Aus ihrer Sicht wäre das sogar logisch. Schließlich mußten die Wesen sie irgendwo einordnen, in eine Kategorie setzen.«

»Und seit kurzem bin ich auch die Nestwächterin für ihren Nachwuchs«, erklärte Ofelia.

»Was? Wie denn das?«

»Als die kleinen Nestlinge zur Welt kamen, war ich da. Und seitdem bin ich ihre Klick-Kohh-Kirr –« Beim Klang dieses Worts fingen die Babies an zu quieken und sahen die alte Frau an. Die beiden auf dem Boden liefen sofort zu ihr und zogen sich an ihren Beinen hoch. Ofelia ging in die Hocke, auch wenn ihre Knie gleich knackten, und die Nestlinge griffen nach ihren Händen. Sie spürte das mittlerweile vertraute Lecken der kleinen Zungen.

»Markierung setzen ... Chemotaxis ...«, murmelte die Biologin. »Sie hinterlassen ihre Markierungen auf Ofelia.«

»Und deswegen kann ich nicht von hier fort«, fuhr die alte Frau jetzt fort. »Ich bin die Klick-Kohh-Kirr der Kleinen, die einzige, die sie besitzen. Normalerweise kümmern sich mehrere Nestwächter um die Kleinen. Wenn ich fort müßte, wäre es schon zu spät, den Nestlingen eine neue zu besorgen.«

»Aber einer von denen hier hätte doch ...«, begann Kira. Ofelia schüttelte den Kopf.

»Nein, nur Mütter, die keine Kinder mehr bekommen, können Nestwächter werden. Jeder andere kommt dafür nicht in Frage. Kurz vor der Geburt dieser Nestlinge hier war ich die einzige Person weit und breit, die die Kriterien erfüllte. Die Wesen haben mich gefragt ... und ich habe zugestimmt. Und wer hätte bei so goldigen Kleinen schon nein sagen können ...« Sie lächelte die Babies an, die sie aus ihren großen Augen mit all der Zuneigung und dem Vertrauen ansahen, das sie von ihren eigenen Kindern kannte. Diese Nestlinge würde sie besser behandeln als früher ihren eigenen Nachwuchs. Das hatte sie sich und ihnen versprochen.

Ofelia sah zu dem Leiter, der schwitzend und mit hochrotem Gesicht zwischen den beiden Wesen stand. Er wehrte sich zwar nicht mehr gegen diese Behandlung, aber alles an ihm drückte Wut aus.

»Tut mir leid, Ser Likisi, daß Ihnen diese Unannehmlichkeit nicht erspart werden kann, aber Sie müssen verstehen, daß ich Ihnen das alles mitzuteilen hatte, um Sie zu überzeugen: Sie sollten begreifen, daß ich nicht mit Ihnen von hier fort kann, selbst wenn ich es wollte, was ich ganz gewiß nicht tue. Diese Nestlinge hier brauchen mich, und ich bin die einzige Person, die für sie die Klick-Kohh-Kirr sein kann.«

»Das sind Fremdrassige«, knurrte er. »Ich weiß nicht, was Sie sich da vorstellen oder einbilden, in meinen Augen sind Sie nicht mehr als eine ignorante alte Frau, die sich zwanghaft in alles einmischt.«

Die beiden Aliens, die ihn festhielten, blähten ihre Kehlsäcke drohend auf. Vasil erbleichte. Ofelia sah, wie ihm der Schweiß auf die Stirn trat.

»Diese Wesen vertrauen und respektieren Nestwächterinnen, Ser Likisi«, erklärte sie ihm. »Und sie mögen es nicht gerne, wenn jemand einer Klick-Kohh-Kirr den nötigen Respekt versagt.«

»Aber –«

»Halten Sie doch endlich den Mund«, warnte Ori ihn. »Sie machen alles nur noch schlimmer.« Der Forscher ließ sich an der Anlage mit den Drähten und kleinen

Glühbirnen nieder und sah dann die alte Frau an: »Fahren Sie bitte fort.« Der Leiter schwieg, und Ofelia spürte, daß es innerhalb des Teams zu einer Machtverschiebung gekommen war. Sie hoffte, daß es dabei bleiben würde.

Die Knie taten ihr weh. Sie mußte aus dieser Hockstellung heraus und sich hinsetzen. Die Kleinen krabbelten ihr gleich auf den Schoß.

»Die Wesen, so hat Blaumantel es mir gesagt, akzeptieren mich als Nestwächterin, sowohl für ihren Nachwuchs als auch für die Menschen. Mit anderen Worten, ich bin die einzige, die hier Verträge abschließen kann. Und auch aus diesem Grund darf ich die Welt nicht verlassen.«

»Das leuchtet mir ein«, sagte Ori. Er warf nicht einmal mehr einen Blick auf Vasil. »Wir müssen also Ihnen unsere Vorschläge unterbreiten, und Sie setzen sich dann mit den Aliens zusammen.«

Nein, er hatte immer noch nicht richtig verstanden.

Die alte Frau hoffte sehr, er würde auch so ruhig bleiben, wenn sie ihn aufgeklärt hatte. »Tut mir leid, Ser, aber die Geschichte funktioniert andersherum. Die Wesen nennen mir ihre Vorschläge, und die gebe ich dann an Sie weiter.«

»Natürlich, technisch gesehen ja, aber ich meinte eigentlich das Abkommen zwischen unseren beiden Völkern.«

»Das habe ich auch gemeint«, entgegnete Ofelia. Er starrte sie lange an, und hinter seiner Stirn arbeitete er hart daran, das zu verdauen.

»Die, äh ... ihre Bedingungen für einen ... für ihren Vertrag?«

»Ja, Ser.« Sie bemühte sich, so wenig bedrohlich wie möglich zu klingen.

»Ich, äh ... verstehe.« Ori sah seine drei Kollegen an. Die beiden Frauen standen immer noch da, und Likisi wurde weiterhin festgehalten. »Wir sollten wohl ausführlich darüber reden. Ohne Sie, Sera Falfurrias, bei allem Respekt ... Ich glaube, Sie sind zu sehr in diese Sache involviert, um unvoreingenommen ...«

»Nahn«, meldete Blaumantel sich jetzt zu Wort, nachdem die Nestwächterin alles Wesentliche vorgetragen hatte.

»Das ist doch lächerlich«, murrte Kira und schritt zur Tür. Niemand stellte sich ihr in den Weg, aber als sie die Klinke herunterdrückte, öffnete sich die Tür nicht.

»Sie ist abgeschlossen«, erklärte Ofelia überflüssigerweise. Als sie den Ausdruck auf dem Gesicht der Biologin sah, konnte sie ihre Schadenfreude kaum zurückhalten. Ob die Frauen der Siedlung, die sie früher immer für schlecht gehalten hatte, auch so boshaft gewesen waren? Ofelia hatte die Frauen oft zusammenstehen und tuscheln sehen. Und deren Mienen hatten denen geähnelt, die sie jetzt aufgesetzt hatte. »Auch der Haupteingang ist zu. Ihnen wird nichts anderes übrigbleiben, als an der Besprechung teilzunehmen.«

Die Menschen griffen in ihre Taschen und an ihre Gürtel, ehe ihnen einfiel, daß sie zu einem Abendessen bei der alten Frau eingeladen gewesen waren und natürlich ihre Waffen, ihre Funkgeräte und auch sonst nichts mitgebracht hatten. Jetzt würden sie wohl erkennen, daß eine dumme alte Frau nicht unbedingt zum alten Eisen gehörte.

Macht konnte tatsächlich Boshaftigkeit hervorrufen, das wurde Ofelia jetzt klar. Die alte Stimme schimpfte jetzt tüchtig mit ihr, weil sie beim Anblick der verdutzten Forschergesichter am liebsten laut losgelacht hätte.

»Die Wesen wollen Ihnen nichts antun«, versicherte die alte Frau den Menschen. »Aber Sie müssen ihnen zuhören und dann über das entscheiden, was sie für notwendig erachten.«

»Wissen Sie, was die Aliens von uns wollen?« fragte Ori. Er war von allen der Ruhigste und auch der, der am pragmatischsten dachte. Ofelia würde es gern sehen, wenn er auf dieser Welt bliebe.

»Sie wollen lernen«, antwortete die alte Frau. »Das ist ihnen die größte Freude.« Sie verschob die Babies in ihrem Schoß sanft, und Gurgel-Klick-Hust murmelte ihnen etwas zu. Die Kleinen stiegen sofort von der alten Frau hinunter und liefen dann zu der Konstruktion, an der sie bis eben gearbeitet hatten.

Der Sänger gab ein Zeichen. Eines der Wesen hob das Gebilde hoch und stellte es auf einen Tisch. Die Babies quiekten. Ofelia verstand nicht, was sie da von sich gaben, aber die Erwachsenen hörten ihnen aufmerksam zu. Das Wesen nahm die Konstruktion vom Tisch und plazierte sie in den Ausguß.

Blaumantel reichte Ofelia seinen Arm und half ihr hoch, damit sie sehen konnte, was sich gleich tun würde. Die Kleinen quiekten wieder, bis sich jemand ihrer erbarmte und sie hochhob. Eines wollte zu Blaumantel, ein anderes zu der alten Frau.

Der Alien am Ausguß drehte das Wasser auf und lenkte den Strahl auf die Konstruktion. Nun konnten alle sehen, daß die Kleinen eine Maschine gebaut hatten, die von Wasserkraft betrieben wurde. Räder waren daran angebracht, die sich immer schneller drehten.

»Psss!« rief eine Kinderstimme. »Ahht Psss!«

»Unmöglich!« ächzte Likisi. Doch zum ersten Mal klang er weniger verärgert als vielmehr erstaunt. »Laßt mich los!« forderte er seine beiden Bewacher auf. »Das muß ich mir ansehen!«

Sie nahmen ihre Hände von ihm, und er trat an den Ausguß und schaute hinein. »Das kann doch nicht sein. Hier gibt es im Umkreis von vielen Lichtjahren keinen wasserbetriebenen Generator ... aber andererseits ... könnte diese Anlage ... funktionieren ...« Er schob einen Finger hinein und zog ihn hastig wieder zurück.

»Wollen Sie diese Wesen zu Freunden gewinnen, oder soll Feindschaft herrschen?« fragte Ofelia. Sie verstand nicht so recht, was die Babies da gebaut hatten; doch wenn sie sagten, das Ding könne Strom erzeugen, glaubte sie ihnen aufs Wort. »Wenn sie diese Wesen unterdrücken wollen, dann lassen Sie sich lieber gleich gesagt sein, daß Ihnen das nicht gelingen wird. Im Gegenteil, so etwas würde sie nur wütend machen. Nun, Sie haben die Wahl.«

»Aber das geht uns viel zu schnell, und diese Aliens sind so klug ...« Likisi sah erst die Kleinen an, dann die Erwachsenen und schließlich die alte Frau.

Ofelia gab sich Mühe, sich ihre Ungeduld nicht anmerken zu lassen. »Sie können wählen zwischen klugen Freunden oder klugen Feinden. Die Wesen glauben, daß gute Nestwächter – gute Lehrer und gute Freunde – den Jungen bei ihrer Entwicklung helfen und ihnen viel beibringen können.«

»Ich würde zu gern wissen, wo diese Aliens auf der Varinge-Skala eingeordnet würden«, knurrte Vasil voller Neid.

»Bestimmt höher als wir«, bemerkte Kira. »Für endgültige Untersuchungen sind natürlich noch viel mehr und viel ausgedehntere Analysen notwendig, aber wenn diese Gruppe hier repräsentativ für das ganze Volk ist, dann dürfte ihr Durchschnitt um gut zwanzig Punkte über dem unseren stehen. Und wenn man bedenkt, daß sie Bücher, Computer-Manuals und was weiß ich sonst noch in die Finger bekommen haben ... Ihre Entwicklung verläuft bereits explosionsartig ... Nun, ich würde sagen, in weniger als hundert Jahren dürften sie die Raumfahrt entwickelt haben, auch ganz ohne unsere Hilfe.«

»Und sie verhalten sich sehr aggressiv, wenn es um ihre Nestterritorien geht«, fügte Ori hinzu. »Keine sehr beruhigenden Aussichten. Wirklich unheimlich.« Er klang aber nicht furchtsam, sondern begierig, mit diesen Wesen zusammenzuarbeiten.

Ofelia streichelte dem Kleinen den Hals, den sie im Arm hielt. »Sie sind eigentlich gar nicht unheimlich, Ser ... hier bitte.« Ofelia hielt ihm den Nestling hin.

Blaumantel und sie hatten natürlich vorher darüber gesprochen. Ori schien ihnen von allen im Team der Freundlichste und Sanfteste zu sein. Er war bereit zu lernen und mit den Wesen zu kommunizieren. Die Leute meinten daher, er solle die Chance erhalten, eines der Babys halten zu dürfen. Die alte Frau hatte zwar immer noch Bedenken, aber sie sagte sich, daß man kaum ein Volk fürchten und hassen könnte, dessen Nachwuchs man an die Brust gedrückt hatte.

Der Forscher sah sie unsicher an, streckte dann aber zögernd die Hände aus. Der Nestling kletterte zu ihm hinüber – wenn die Aussicht winkte, etwas Neues kennenzulernen, gab es für die Kleinen kein Halten mehr – und leckte ihm über die Handgelenke. Doch dann drehte er sich zu Ofelia um und quiekte. Nicht derselbe Geschmack. Die alte Frau brauchte das, was der Kleine von sich gab, gar nicht erst zu übersetzen.

Aber der junge Mann gab nicht auf, sah Ori mit seinen großen Augen an und kletterte an ihm hoch, um seinen Hals zu lecken. Er strahlte, und seine Angst schien verflogen. Kira grinste, und auch Bilong zeigte sich gelöst.

In diesem Moment, in dem alle beglückt waren, sprang Likisi unvermittelt vor. Er wandte sich jedoch nicht wieder gegen Ofelia, sondern packte den Nestling, der auf Blaumantels Schultern saß (der Sänger verfolgte gerade ebenso fasziniert, wie der Forscher und der Kleine Freundschaft schlossen). Das Baby zischte und versuchte, seine Krallen in Vasils Handgelenke zu bohren, der aber hielt es fest am Nacken, und es bekam keine Luft mehr.

Die alte Frau stürzte sich gleich auf ihn, aber der Leiter stieß sie nur mit einer Hand beiseite und zog sich rückwärts zur Tür zurück.

»Sie haben Schwänze!« zischte er. »Dressierte Tiere, Glubschaugen, die sich recht geschickt anstellen. Ich fasse es einfach nicht, daß Sie auf so etwas hereinfallen. Eine ganze reiche Welt liegt vor uns, mit der diese Kreaturen doch sowieso nichts Richtiges anfangen können, und Sie wollen zulassen, daß der Planet von einer alten Oma regiert wird, die eine Schraube locker hat? Ich bin jedenfalls nicht dafür.«

Der Nestling zuckte, seine Streifen wurden blaß, und seine Augen quollen hervor. »Keinen Schritt näher, ihr Bastarde, sonst drehe ich diesem kleinen Scheißer hier den Hals um.«

Für einen Moment hielten alle den Atem an und rührten sich nicht von der Stelle. Dann zeigte Vasil mit der freien Hand auf Ofelia: »Sie da. Kriechen Sie zu mir, und machen Sie die Tür auf. Erzählen Sie mir bloß nicht, Sie würden den Kode nicht kennen. Nein, stehen Sie gar nicht erst auf, Sie sollen kriechen. Andernfalls hat dieser Wicht hier sein Leben hinter sich.«

Ofelia sah den Sänger an und blickte dann auf die anderen Menschen und auf die Mutter. Schließlich betrachtete sie Likisi und den Kleinen, der sich in seinem Griff wand. Langsam ließ sie sich auf alle viere nieder, ihre alten Glieder konnten nicht schneller, und rutschte auf den Leiter zu.

»So ist es recht«, höhnte er. »Es sind immer Leute wie Sie, die den ganzen Ärger verursachen. Man hätte Ihnen gar nicht erst das Lesen beibringen dürfen.«

Laß ihn reden, sagte die neue Stimme, die jetzt endlich wieder aus ihrem Versteck herauskam. Solange er schwatzt, hört er nicht zu – und denkt auch nicht nach. Ofelia kam nur mühsam voran. Seit Jahren hatte sie sich nicht mehr auf diese Weise bewegt. Knie und Schultern bereiteten ihr höllische Schmerzen, gar nicht erst zu reden von ihrer schlimmen Hüfte.

»Schneller!« befahl Vasil, obwohl auch er wissen mußte, daß alte Frauen sich nicht sehr gut auf allen vieren bewegen konnten, und Ofelia war in dieser Hinsicht besonders langsam. Sie hob den Kopf, um sich für ihre Unbeholfenheit zu entschuldigen, und sah, daß er einen Fuß gehoben hatte ... um sie zu treten.

Ofelia packte gleich den Fuß und zog daran. Natürlich verfügte sie nicht über die Kraft, ihn von den Beinen zu reißen, aber die Attacke kam so überraschend, daß sich sein Griff am Hals des Nestlings löste. Der Kleine drehte sich sofort herum und versenkte seine scharfen Zähne in das Fleisch zwischen Daumen und Fingern. Gleichzeitig bohrte er die Krallen von Füßen und Händen in den Arm des Leiters.

»Au!« schrie Vasil und öffnete reflexartig die Hand. Der Nestling kam frei und ließ sich mit einem Triumphquieken fallen. Ofelia, die immer noch kniete, sah vier Schatten an sich vorbeihuschen, und im nächsten Moment ragten vier Langmesser aus Likisis Leib.

Die alte Frau blieb noch lange so hocken, während weitere Wesen sich um sie herum bewegten, bis jemand dem Leiter die Kehle durchschnitt und ihm so den Garaus machte.

Danach nahm sie nur noch Wärme und freundliche Stimmen war.

Jemand trug sie zurück in ihr Haus und legte sie in ihr Bett. Und wenig später drang ihr der Geruch von Essen in die Nase ...

Ihr eigenes Bett. Sie lag unter ihrer Decke, und die Babies krabbelten um sie und auf ihr herum. Blaumantel stand neben ihrem Bett. Ein Stück weiter Ori und Kira, beide blaß, aber ruhig. Bilong schluchzte unentwegt. Hinter ihnen und auf der anderen Seite drängten sich die restlichen Wesen.

Die alte Frau wußte nicht, wieviel Zeit vergangen war oder was in der Zwischenzeit noch alles passiert sein mochte. Nur der Geruch von Likisis Tod steckte ihr noch in der Nase.

Gurgel-Klick-Hust brachte ihr ein Glas kaltes Wasser. Sie trank davon, und die Verwirrung in ihrem Kopf legte sich so weit, daß sie wieder einige klare Gedanken fassen konnte. Ofelia befand sich in Sicherheit. Ebenso die Nestlinge. Keinem schien etwas geschehen zu sein – bis auf

Vasil, aber er war es auch gewesen, der die Kinder bedroht hatte.

Wenn überhaupt jemand den Tod verdient hatte, dann hatte es den richtigen getroffen, dachte sie grimmig.

Bevor die Soldaten zu der Ansicht gelangten, wieder wachsam sein zu müssen – was so ungefähr um Mitternacht sein würde –, hatte Ori einen Plan gefaßt. Zusammen mit Kira begab er sich zu den Beratern und berichtete ihnen, was angeblich vorgefallen war: Likisi sei auf einmal durchgedreht, habe alle bedroht, eines der Kinder an sich gerissen und Ofelia ans Leben gewollt. Die Aliens hätten sich natürlich wehren müssen, und dabei habe er den Tod gefunden. Bilong spielte dabei die Rolle der trauernden Geliebten etwas zu gut. Ofelia fragte sich, ob sie den Leiter nicht etwas zu streng beurteilt hatte. Die Tränen der jungen Frau schienen wirklich echt zu sein.

Als die Soldaten bewaffnet und in Kampfmontur im Zentrum erschienen, hatten die Wesen längst alle Demonstrationsobjekte weggeräumt. Vasils Leichnam lag bestimmt noch auf dem Boden des Klassenzimmers in seinem Blut, sagte sich die alte Frau. Wenigstens blieb es ihr erspart, noch einen Blick darauf werfen zu müssen. Die Berater hatten die Druckstellen an ihrem Körper und auch am Hals des Kleinen inspiziert. Ori hatte zufrieden registriert, daß den Männern das Beweis genug zu sein schien. Später kamen sie in Ofelias Haus, um die Aussagen der einzelnen Team-Mitglieder zu hören. »Was für ein Idiot«, bemerkte einer der Soldaten in ihrem Wohnzimmer. Während Kira darauf wartete, an die Reihe zu kommen, flüsterte sie der alten Frau zu, daß die Berater eigentlich kein Recht zu einem solchen Verhör hätten. Likisi habe diese Vollmacht besessen, und nun, nach seinem Tod, sei diese auf sie übergegangen. Immerhin sei sie die stellvertretende Leiterin gewesen. Aber das schien hier niemanden zu interessieren. Sie wolle sich jedenfalls nicht beschweren, und außerdem sei es nie gut, die Berater gegen sich aufzubringen.

»Was für ein Idiot«, sagte der Soldat noch einmal. Es war der Laute. »Der alte Leuteschinder hatte ja nie besonders viel Grips.«

»Darf ich eines von den Kleinen anfassen?« fragte Kira mit Blick auf die schlafenden Nestlinge.

»Natürlich«, sagte Ofelia. »Sie mögen es, wenn man sie am Nacken und Rücken streichelt.« Die alte Frau führte es ihr vor.

Die Biologin tat es ihr nach, und das Baby öffnete die großen Augen, leckte Kiras Hand und schlief dann weiter. »Ich weiß, süß ist das falsche Wort«, flüsterte sie, »nur ...«

»Es gibt kein richtiges Wort dafür, jedenfalls nicht in unserer Sprache, weil diese Wesen Außerirdische sind«, sagte Ofelia. »Um sie richtig zu beschreiben, muß man sich ihrer Sprache bedienen.«

»Bilong ...«, begann die Biologin jetzt.

»Ja, Bilong«, gab die alte Frau schnippischer als beabsichtigt zurück. »Sie ist eine Närrin. Von ihrem Fachgebiet mag sie ja was verstehen, oder auch nicht, aber was ihre menschliche Reife angeht ...«

Kira grinste sie an. »Ich dachte, einer Frau wie Ihnen wäre jemand wie Bilong sympathischer, weil sie ... viel traditioneller denkt als ich ...«

»Lesen Sie, was ich im Tagebuch über Linda geschrieben habe«, entgegnete Ofelia. Der Nestling hatte die Biologin gemocht. Die alte Frau hätte Kira nicht für die Pflege der Kleinen ausgewählt, aber das Urteil des Babies war eindeutig. Vielleicht sollte sie anfangen, ihre Vorurteile zu überwinden und die Biologin mit neuen Augen sehen. Kira war sicher wesentlich gescheiter als Rosara. Vielleicht ließ sie sich ja doch noch zu so etwas wie einer Tochter erziehen, zu einer vernünftigen Tochter.

»Und passen Sie ja auf, daß Sie Ihre Chance nicht verpaßt haben«, erklärte sie jetzt, »sobald Bilong aufhört, ständig und überall Vasil zu beweinen. Dann wird ihr sicher rasch bewußt, daß Ori noch zu haben ist.«

Kira lief rot an. »Ori? Was meinen Sie damit? Ich bin nicht –«

Ofelia brachte sie mit einem Blick zum Schweigen. »Ich mag zwar alt sein, aber ich bin nicht verblödet und weiß immer noch, was ich sehe. Sie mögen Ori.«

»Nein, ja, nun, aber nicht so ...«

»Er möchte hierbleiben. Sie werden auch hierbleiben. Glauben Sie mir, über kurz oder lang mögen Sie ihn genug, um seine Kinder zu gebären. Sie haben doch jetzt schon eine Menge für ihn übrig. Deswegen können Sie ja auch Bilong nicht leiden.« Wieder überkam Ofelia das boshafte Grinsen, als sie entdeckte, wie dieser Frau, die sich immer so selbstbewußt gab, die Kinnlade herunterfiel. Diebisches Vergnügen sprudelte in Ofelias Adern, weil die Biologin in diesem Moment erkannte, daß sie durchschaut worden war, daß ihre Gedanken und Gefühle wie ein offenes Buch vor den Augen einer alten Frau lagen, die in ihrem langen Leben mehr über die menschliche Natur gelernt hatte, als ihr lieb war.

Ofelia lehnte sich zurück und beobachtete Kira durch halb geschlossene Lider. »Sie werden mich auch weiterhin Sera Ofelia nennen. Und Sie werden mir mit diesen Babies hier helfen – und mit dem nächsten Wurf. Und bald brauchen Sie dann eine Klick-Kohh-Kirr für Ihre eigenen Kinder.«

»Aber ... aber ...« Wenn sie stotterte, wirkte sie überhaupt nicht mehr arrogant und überlegen. Und wenn Scham und Ärger ihre Wangen röteten, sah sie um so hübscher aus.

»Gute Nacht«, sagte Ofelia und schloß die Augen. Nach einer Weile verschob sich die Matratze, als die Biologin aufstand und hinausging. Sie hörte Flüstern, und die Kleinen krabbelten weiter auf ihr herum. Zufrieden schlief sie ein.

Die formalen Pflichten einer Nestwächterin fielen Ofelia nicht schwer. Sie verbrachte jeden Morgen in ihrem Garten, und die Kleinen krabbelten unter den großen Blättern der Ranken umher und fingen Schleimruten. Später begab sie sich dann mit ihnen ins Zentrum, wo sie zusammen mit den Älteren am Unterricht teilnahmen. Anders als die regulären Klick-Kohh-Kirrs erhielt Ofelia Hilfe von den Wesen. Ihnen war klar, daß die alte Frau überfordert war, ganz allein mit den kleinen Rangen fertigzuwerden. Wenn sie sich mittags hinlegen wollte, war gleich jemand da, der an ihre Stelle trat – manchmal sogar Kira oder Ori, die sich beide entschlossen hatten, als Ofelias Assistenten auf dieser Welt zu bleiben.

Die alte Frau genoß zwar nicht die völlige Freiheit wie zu den Zeiten, als sie ganz allein gewesen war, erlebte dafür aber andere schöne Momente, die sie früher nicht gekannt hatte. Die in ihren Augen schlimmsten Übel des Gemeinschaftslebens existierten nicht mehr. Keiner sagte ihr, was sie zu tun oder zu lassen habe. Niemand ließ sie spüren, daß ihre Meinung nicht interessierte. Selbst die alte Stimme verging, erstarb vermutlich an Ofelias mangelnder Bereitschaft, ihr zuzuhören.

Und es bereitete ihr ein geradezu boshaftes Vergnügen, in die Sonderfunkverbindung zu sprechen, die, wie man ihr erklärt hatte, ihre Stimme sofort zu den verantwortlichen Regierungsstellen auf der Welt trug, die für sie schon seit Jahrzehnten nicht mehr Heimat war.

Dort, wo sie geboren worden war, in der überfüllten, anonymen Enge eines Mietshauses in der Stadt, wo sie aufgewachsen war und ständig zu hören bekommen hatte, daß sie dies nicht lernen müsse und jenes zu schwer für sie sei, dort auf der Erde waren die Männer und Frauen, die die Gesetze machten, gezwungen, ihr zuzuhören.

Sie hatten nicht einmal die Möglichkeit, ihr das Wort abzuschneiden oder ihr zu sagen, sie habe jetzt still zu sein; denn die Verbindung verlief jeweils nur in eine

Richtung. Morgens gab sie ihren Bericht ab (und was ihr sonst noch so einfiel), und ein paar Tage später traf die Antwort von der Erde ein.

Am Anfang ließ sie Kira und Ori immer mithören. Die beiden fühlten sich dann gleich wichtiger, und Ofelia mußte nicht ganz allein dasitzen und die Befehle und Anordnungen der Regierung über sich ergehen lassen. Später fand sie dann heraus, daß die alte Heimat keine Möglichkeit hatte, sie zu kontrollieren. Ihre menschlichen Assistenten fanden das überhaupt nicht schlimm, hatten sie sich doch ineinander verliebt und genossen es, zusammenzusein.

Und ihnen gefiel auch die Gesellschaft dieser intelligenten, immerzu wißbegierigen Leute, die gern zu Besuch kamen.

> PROFIL
> *Zeitschrift für Politische Wissenschaft*
>
> Der irdische Botschafter bei der ersten nichtmenschlichen Kultur, die die Menschheit auf ihrem nimmermüden Weg zu den Sternen entdeckt hat, ist eine Frau, genauer gesagt, eine kleine, grauhaarige und barfüßige Seniorin, die keine einzige Qualifikation für eine solche Position besitzt ... bis auf die, daß die Fremdwesen sie in ihr Herz geschlossen haben.
> Sera Ofelia Falfurrias erblickte als Ofelia Damareux in der Arbeitersiedlung von South Rock in Porter City (auf Esclanz) das Licht der Welt und hat nun die prestigeträchtigste – manche behaupten sogar die empfindlichste – diplomatische Position in der Geschichte der Menschheit inne.
> Was muß das für eine Regierung sein, die einen kompletten Amateur – ja, nicht ein-

mal das, sondern eher einen absoluten Niemand – in eine solche Stellung einsetzt?
Um eine Antwort auf diese Frage zu erhalten, haben wir mit Ser Andreys Valpraiz, dem Direktor des Büros für Koloniale Angelegenheiten, gesprochen. »Meiner Meinung nach«, erklärte Ser Valpraiz, »war diese Ernennung eine grobe Fehlbesetzung. Mein Vorgänger, der noch von der früheren Regierung eingesetzt worden war, hat es sicher an Entscheidungsfreudigkeit mangeln lassen, um in einer zugegeben etwas konfusen Situation Einfluß zu nehmen.
Der vorgesehene Kontaktmann und wohl unter anderen Umständen auch erste Botschafter war den Anforderungen anscheinend nicht gewachsen, geriet in eine psychische Streßsituation und verlor bei einem Angriffsversuch auf eines der Fremdwesen sein Leben.
Als ich diese Stelle hier angetreten habe, durfte ich den dadurch entstandenen Schlamassel übernehmen. Eine meiner ersten Maßnahmen hat denn auch darin bestanden, einen qualifizierten Ersatz für Sera Falfurrias zu finden. Es handelt sich dabei um einen ausgebildeten Diplomaten mit den besten Referenzen und einem großen Wissen um die wahren Bedürfnisse beiden Völker.
Sobald er ernannt ist und seinen Posten antreten kann, wird bald Schluß sein mit diesem ganzen Unfug von ›Nestwächtern‹ und ähnlichem. Zudem müssen wir uns vor Augen halten, daß Sera Falfurrias nicht mehr die Jüngste ist ...«

Charlotte Gathers beäugte mißtrauisch den dicken silberfarbenen Umschlag. »Silver Century Tours bietet freie Reise für rüstige Seniorinnen«, stand darauf zu lesen.

Charlotte öffnete den Umschlag und entdeckte unter anderem einen Fragebogen, den sie ausfüllen mußte, um für die Reise in Betracht gezogen zu werden. Ja, das erforderliche Alter hatte sie erreicht; ja, sie hatte Kinder und Enkelkinder; ja, sie war bereit, eine längere Reise anzutreten (besonders gern nach den scheußlichen Ferien an der Küste zusammen mit ihren Töchtern, die ihr unmißverständlich klargemacht hatten, wie sehr sie sich darüber ärgerten, für ihre Mutter ein eigenes Zimmer bezahlen zu müssen. Was für selbstsüchtige Frauen sie doch waren, und das nach allem, was Charlotte für sie getan hatte!

SIND SIE ZUR EMIGRATION BEREIT? Sie kreuzte ohne Zögern JA an. Sicher würde sie es auf einer der Außenwelten besser antreffen. Charlotte hatte in den Nachrichten einen Bericht über eine kleine alte Lady gesehen, die es irgendwo zur Botschafterin gebracht hatte. Für einen Moment stellte Charlotte sich vor, auch Botschafterin bei irgendwelchen Aliens zu werden ... aber wenn sie es recht bedachte, war deren eigenartiges Aussehen (und sicher rochen sie streng) eigentlich doch nichts für sie.

Nun ja, es mußte ja nicht gleich Botschafterin sein, aber sie könnte ja deren Freundin werden ... mit ihr zu Mittag speisen, Karten spielen ... Hauptsache, sie gelangte an irgendeinen exotischen Ort und konnte ihren Töchtern beweisen, daß sie nicht auf sie angewiesen war.

Charlotte Gathers bestand den Vorabtest für eine Qualifikation zur Nestwächterin nicht. Die freundliche junge Frau am Empfang mußte nur einen Blick auf ihre sauertöpfische Miene und die verkniffenen Augen werfen. Sie teilte Charlotte mit, sie habe den Trostpreis gewonnen: eine Woche im White Spring-Seniorenheim.

Andere alte Frauen wurden von der Empfangsdame

durchgelassen, damit sie sich den Fragen des eigentlichen Komitees stellen konnten, und einige von ihnen qualifizierten sich tatsächlich als Nestwächterinnen und wanderten auf die ferne Welt aus. Die Reise wurde von den Profiten bezahlt, die die überaus erfindungsreichen Leute mit ihren Entwicklungen erzielen konnten.

Langsam füllte sich die Siedlung wieder auf. Bald war über die Hälfte der Häuser erneut bewohnt. Grau- und weißhaarige Nestwächter lebten zusammen mit gestreiften Nestlingen, alte Nestwächter der Leute gemeinsam mit dem sich langsamer entwickelnden Nachwuchs der Menschen, die hierhergezogen waren. Die Kinder von Ori und Kira waren natürlich auch darunter und hatten gleich von Geburt an die Sprache der Wesen gelernt.

Fast jeden Morgen wachte Ofelia von den Stimmen unten auf der Straße auf und hörte die Worte der Wesen und der Menschen. In den letzten Jahren schlief sie länger und bekam nur noch selten einen Sonnenaufgang mit. Gurgel-Klick-Husts erster Wurf hatte bereits seine Streifen verloren und sah nun schon beinahe so aus wie die Jäger. Diese Jungen fielen nicht länger unter ihre Verantwortung. Die alte Frau hatte verfolgt, wie sie alle zur ungefähr gleichen Zeit die Streifen und die Schwänze verloren hatten. In der folgenden Periode verhielten sie sich wie Menschenkinder in der Pubertät. Für kurze Zeit waren sie unausstehlich, wußten mit den kleiner gewordenen Schwänzen, die sie nicht länger um Gegenstände wickeln konnten, nichts mehr anzufangen und ärgerten sich darüber, daß die Streifen so lange brauchten, bis sie ganz verschwanden.

Einer von ihnen schien mehr an technischen Erfindungen als an Jagdbeute interessiert zu sein. Er hatte wesentlichen Anteil an Entwicklung und Bau des ersten Flugapparats der Leute. Ofelia erfuhr, daß mittlerweile alle Städte an der Küste mit elektrischem Strom versorgt waren, und selbst die Nomadenstämme führten kleine batteriebetriebene Computer mit sich.

Die Pflanzen, die zur Herstellung der Säure notwendig waren, wurden nun in großem Stil angebaut. Ofelia verstand noch immer nicht allzuviel davon. Sie verbrachte ihre Tage immer mehr mit Dösen und immer weniger mit Unterrichten.

Die alte Frau machte sich keine Sorgen mehr. Manchmal fragte sie sich, welche Geschichte Rosara und Barto wohl über sie zu hören bekommen würden, wenn sie in dreißig Jahren an einem fernen Ort aus dem Kryo erwachten.

Würde man ihnen sagen, Ofelia sei im Transit gestorben ... oder würden sie erfahren, daß sie zurückgeblieben und berühmt geworden war?

Gleich wie, Ofelia mußte lächeln, wenn sie sich vorstellte, was für ein Gesicht die beiden dann machen würden.

Und als ihre Zeit gekommen war, starb sie zwar nicht in Einsamkeit, wie sie es einmal vorgehabt hatte, dafür aber mit einem Lächeln auf den Lippen.

ENDE